大宋北斗司 下

月关
作品

湖南文艺出版社
HUNAN LITERATURE AND ART PUBLISHING HOUSE

博集天卷
CS-BOOKY

目录。

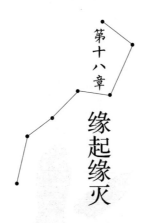

第十八章

缘起缘灭

夜色下，文武百官纷纷向午门下聚拢。

寇准出现在人群中央，振臂高呼："一国之后，母仪天下，此乃国事，岂可天子一言而决？六宫之主，正位皇后，居然要半夜三更，悄然册封，岂不令天下耻笑？我等臣工，食朝廷俸禄，当此时也，正该为朝廷效忠，虽死无悔！"

众大臣攘臂高呼："虽死无悔！虽死无悔！"

寇准首当其冲，带领着文武百官气势汹汹地冲向宫门。

宫中武士跑到大庆殿，抱拳禀告。

"启禀陛下，大臣们听说陛下正在大庆殿举行册后大典，纷纷聚拢于午门之外，要闯宫见驾。"

开阳和小太子都有些吃惊。

雷允恭眉头一挑，尖声说话："这些大臣太放肆了，竟然如此欺君。"

刘娥露出忧虑神色，看向皇帝。赵恒眉头一皱，沉声下令："召集当值侍卫，挡住他们！"

武士领命，转身要走。

"慢着！"

赵恒犹豫一下，吩咐道："只许阻拦大臣们进宫，可万万不许伤了他们。"

"臣遵旨！"武士领命离去。

午门外，寇准等人正举着拳头砸门，纷纷大呼："开门！开门！我们要见陛下！"

"我们要见陛下！"

一大队武士未带刀剑，人手一只大盾牌，排着整齐的队伍跑过来。禁军侍卫们用大盾将大臣们推开，在午门前横着一排架起大盾。

一位白发白须，眼看着最少有六七十岁的老臣大怒，攘臂高呼："道之所在，虽千万人吾往矣！"

说着，他当先冲上去对禁军侍卫手中的大盾牌拳打脚踢，其他大臣纷纷效仿，一拥而上。

禁军侍卫缩头躲在大盾牌后面，打不还手，骂不还口。

大庆殿中，捧着桐油灯盏的弟子站成两排，戴傩面的九个弟子在殿上跳着沉稳庄重的祭神舞。

"官家，吉时已到，可以册后了。"德妙一扬拂尘，朝赵恒垂首道。

雷允恭和周怀政小步上前，雷允恭将呈着圣旨、金册、凤印、凤冠的托盘举于顶。

周怀政伸手去取圣旨，赵恒摆手道："朕亲自宣旨！"

"是！"周怀政忙退下一步。

赵恒从托盘中取出圣旨展开，亲自宣读。

太子举手示意侧厢宫廷乐起。

赵恒捧起金册和印玺，面向刘娥，神情庄重道："帝王承天立极，做民父母。使四海同伦，万方同化。故必慎选贤媛，用资内助。德妃刘氏，温良贤淑，贞静持躬，有安正之美，静正垂仪，应正位中宫，母仪天下！朕以册宝，立尔为皇后！"

刘娥俯首跪地，手举过顶，接过圣旨，高声道："谢主隆恩！"

赵恒上前扶起刘娥，将皇后印玺和金册交给她，又捧起凤冠，郑重地戴在刘娥的头上。

刘娥微微侧身，周怀政忙端着礼盘上前一步，刘娥把金册和印玺放在上面，转身又朝向皇帝。

二人身着龙凤衣袍，四目相对，心里感慨不已。

这一天，我等了多久？

这一天，我已经等了太久！

赵恒执起刘娥的手深情款款地对望，二人眼眶都有些湿润。

宽阔方正的皇宫庭院中，禁军林立，每隔几步站一人，身姿挺拔如枪，森严肃穆。

赵恒挽着刘娥的手，在众人陪同下缓步走出。

"来人，把为皇后准备的焰火搬出去。"赵恒朗声下令，说起"皇后"二字，他心里隐隐激动。

四个小太监将焰火鼎抬至院中，赵恒挽着皇后，看着焰火鼎，相视而笑。

开阳向前走了几步，从小林子手中接过火把，走到焰火鼎前，正要点燃。

"且慢。"赵恒突然开口阻止。

开阳起身，疑惑地看向皇帝。

"朕亲手为皇后点燃这庆祝的焰火。"赵恒道。

开阳微微一笑，退了一步。

赵恒看向皇后，伸手挽住她，又看向太子。"祯儿。"

太子走上前，向赵恒一揖道："阿爹！"

赵恒又拉住了他的手，一步步走下台阶。

九个傩面弟子中一人冷冷地盯着皇帝从他面前走过去，身形动了一动，目光扫向院中焰火，忽又停住。

赵恒从开阳手里接过火把，示意皇后也握住。他举着火把，对太子道："祯儿，咱们一家三口，一块儿点燃这焰火！"

太子欣然称是，上前一步，握住火把的下端。

三人一起把火把凑向焰火的引线。

就在火苗与引信还有毫厘之差时，洞明的声音击破暗夜："住手！"

三人一怔，原地僵住。皇帝扭头看见洞明轻功跃下急急赶到，他身后是瑶光和太岁赶到。

赵恒举着火把转身，刘娥揽着太子转身。

"洞明，你是来阻止朕册后的吗？"赵恒脸色阴沉。

太子上前一步道："防御使，册后大典已经结束了！"说着，他猛朝洞明使着眼色，示意他赶紧走，别触怒皇上。

洞明拱手揖礼道："陛下，臣是来护驾的。"

"护驾？朕在宫中，侍卫重重，何须护驾？"赵恒和刘娥、太子都是一怔。

"陛下，凶险就在这焰火之中。"洞明语出惊人。

赵恒吃了一惊，回首看了眼焰火，又看向洞明道："此话怎讲？"

众人听到这话都有些吃惊地看向洞明，九个傩面弟子中有一人的眼神陡然变得凌厉起来。

洞明拱手道："陛下，这焰火乃是我北斗司开阳所制。开阳承接圣命，想着要把这焰火造得无比绚丽，便向民间匠人孟冬求援，所以这焰火，实是开阳与孟冬联手打造。"

九个傩面人中，眼神凌厉的那人悄悄向前挪动了一步。

"今臣已查明，那孟冬实乃已然伏法的大匠卿偃正之孙。他隐瞒身份，接近我北斗司，恐怕意图不轨。陛下，这焰火，万万点不得。"

赵恒震惊道："竟是如此？那……"

他话没说完，德妙弟子中，戴着傩面的孟冬突然冲出，直奔皇帝。

与此同时，德妙携来的众多法器纷纷化作小型飞行傀儡飞禽，几面鼓中更是鼓面破裂，飞出许多小型傀儡飞禽，尖端都是锋利如剑刃的锥子，一窝蜂从鼓内涌出来，对人群进行无差别攻击，就连德妙与其他弟子也不例外。

这些傀儡飞禽逢人便攻，时不时还会射出湛蓝色的飞针，显然涂有剧毒。它们体形小而速度快，比大型傀儡兽更加难以对付，现场登时乱作一团。

洞明护在皇帝前面，反击飞来的傀儡飞禽，将皇帝等人逐渐护进大庆殿中。

太岁和瑶光也加入战团。

瑶光动用暗器，打击空中飞行的飞禽类傀儡兽。

而开阳却一脸震惊地站在原地，神色怔然，一时间竟没做出任何反应。

人群中，德妙东躲西藏。一不小心，肩膀被傀儡飞禽飞过时划伤，她惊呼一声，捂着手臂倒地。刚要站起逃跑，突然发现，这些飞禽好像不大攻击这么低的目标。

德妙眼珠一转，也不起身，赶紧爬向一边墙角。

开阳瞪大双眼，茫然地看着眼前的这一切，脑中不断回响着方才洞明所说的话，以及她和孟冬相处的画面。

"今臣已查明，那孟冬实乃已然伏法的大匠卿偃正之孙，他隐瞒身份，接近我北斗司，恐怕意图不轨……"

洞明的声音在她脑海中不停地回荡。

"他隐瞒身份，接近我北斗司……"

难道说，他是故意接近我的吗？

开阳心里绞痛，一时不愿相信。

殿中纷乱，不时有人惨号呼喊，殿前武士们纷纷参战，挥砍着傀儡兽，但因为这些小巧的飞行傀儡兽十分灵敏刁钻，善于躲闪，武士们仍然不是对手。

而此时太监小林子躲避不及，正被一只傀儡飞禽攻击。小林子急急后退，眼看傀儡飞禽尖利的喙直逼面门，他吓得目瞪口呆全身僵住。

就在此时，太岁突然冲了过来，抱着小林子就地一滚，滚到墙边，避开了傀儡飞禽。

可飞禽一个盘旋，突然从喙中又射出一枚锋利的针，本来是漫无目的乱射，却恰好射向小林子的眼睛。

小林子吓得大叫捂脸，一旁太岁眼疾手快，抬手一扫，锋利的针射进了他的手背。

太岁闷哼一声，抬手拔掉银针，从地上捡起一把被人丢弃的刀，朝着天空狠狠一抢，"啪"的一声，那盘旋飞来的傀儡飞禽被砸成了碎片。

另一边，洞明和瑶光护皇帝、刘娥和太子三人。洞明手里不知从哪儿捡到了一把长刀，上下挥舞，泼水不进。而瑶光却是不管不顾，随手拎起一张桌子，左右抡动。

只是傀儡飞禽体形都不大，而且会飞，两人根本照应不过来。

刘娥一手拉着皇帝，一手拉着太子，神色惊慌失措，可是洞明和瑶光一个闪失，有一只傀儡飞禽穿过他们的防线刺向皇帝。

刘娥惊慌尖叫，身子向后一栽，拉得皇帝身子也一歪，傀儡飞禽刺空，盘旋飞去。

她脚下一稳，不倒翁似的又站直了身子，假作慌张地一转身，把太子也扯离了原地，一只傀儡飞禽射出的针贴着太子的脸颊飞了过去。

想要回身扑救的洞明正好看到了这一幕，瞳孔一缩，可此时不是说话的时候，他朝刘娥匆匆一瞥，转身又投入战斗。

带着傩面的孟冬其实是会武功的，他一直想要冲向皇帝，但每每都被人所阻。有时候傀儡飞禽也向他发动攻击，迫使他必须自保，错失了冲向皇帝的机会。

这时，一只傀儡飞禽擦着开阳的肩膀飞过，划出一道血痕，痛得开阳一声惊叫，身子一歪。

不等她倒地，另一只傀儡飞禽也正好飞到这里，笔直地向开阳胸口飞去，尖利的喙锋利细长，带着尖锐刺耳的风声，令人惊惧。

傩面孟冬眼神中露出震惊之色，本来扑向赵恒的身形突然一转，纵身朝开阳跃了过去，手腕一翻一拍，将那傀儡飞禽拍得歪歪斜斜晃飞出一阵。与此同时，傩面孟冬一拉开阳，将她扯到身边，护着她迅速闪到一根大柱旁边。

"背靠柱子，伏低些！"孟冬沉声道。

听到他的声音，开阳登时身子一震，大吃一惊道："孟冬？"

孟冬身子一僵，开阳吃惊地看着他，突然伸手去抓他面具。

孟冬一时没来得及反应，被她一把抓下面具，露出了真面目。

"孟冬，怎么是你……真的是你？"开阳惊骇地张大眼睛，不敢置信地看着孟冬。

丝缕乱发披在孟冬脸上，他身上的道袍已破损褴褛，伤痕累累，血迹斑斑。对上开阳瞪大的双眼，他有些愧疚地闪开，可一转开视线，他恰看到洞明护着皇帝、皇后和太子正在应付傀儡飞禽的攻击。

孟冬把牙一咬，不理开阳，猛然向皇帝冲去，路上一弯腰，从地上捡起一把长刀，"呼"的一声，朝洞明砍去。

周围不断有人仓皇躲藏，可开阳木然呆立，手里拎着一张面具，仍然不敢置信地看着孟冬。

蓦然，一只飞行傀儡兽向孟冬发起攻击，他伶俐地闪过，一掌拍中飞行傀儡兽的木羽翼。

飞行傀儡兽歪歪斜斜地晃飞了一下，正对着开阳，射出一支弩箭。

开阳呆呆地站着，痴痴地看着孟冬，丝毫不知闪避，孟冬大惊，高呼一声："开阳！"

他不顾正与之交手的洞明，返身向开阳扑去。

而洞明收手不及，一掌拍中了孟冬后背。

眼见他是扑救开阳，洞明一怔，没有再追击。

"噗！"孟冬喷出一口鲜血，但他丝毫没有迟疑，借力向前，一把抱住开阳，挡在了弩箭前方。

"噗！"弩箭入肉，正中孟冬后心，他身体一僵，软软地倒了下来。

开阳大惊，回过神来用力地抱着孟冬，只是她不会武功，力气弱小，根本抱持不住，只能随着孟冬朝后坐倒在地。

她跪坐在地，泪眼婆娑地看着怀里垂死的孟冬，颤声问道："为什么？孟冬，你为什么要这么做？"

周围的人还在与飞行傀儡兽交手，人影攒动。

孟冬强打精神，虚弱地向开阳一笑道："我的祖父……就是大匠卿偃正！"

"偃大匠？"开阳惊讶道。

"而他，是死在你们北斗司手上！"孟冬缓缓点头。

开阳蒙了，看着孟冬喃喃自语："原来如此！你……你接近我……"

"是的！我在利用你！"孟冬轻咳一声，嘴里涌出鲜血，脸上挂起一丝微笑。

而听到他的话，开阳却身体一晃，全身都在微微发颤。

孟冬看着开阳的眼睛，心里轻叹一声，又道："你我的相识，真的只是缘分。那时，我祖父还未遇害，我正要关了店，随祖父回故乡……"

四周战斗不断，到处兵器撞击声、叫喊声，人影闪烁。

"可我带回的，却只有祖父的灵位。我恨北斗司，我要为祖父复仇！这时，斗姆天尊找到了我。"

"斗姆天尊？"开阳喃喃问道，眼神恍惚。

孟冬也不管开阳是否认真在听，趁还有些力气，急喘了几声，才接着道："是！斗姆天尊！我祖父……就是为他效命的！那时，我已知道你的真正身份。因为……你委托我制造的东西太过奇特，我查过你的……底细。而这件事，斗姆天尊也是知道的，所以……他告诉我说，只要我听他安排，他会帮我报仇！"

说到这里，孟冬向开阳凄然一笑。"于是，我回京了！于是，我再次遇到了你……"

开阳蒙了，一时间脑子里乱哄哄一片，两行眼泪不知何时奔涌而下。可奇怪的是，此时此刻，开阳却并不恨孟冬，她只是有些累了，只想好好睡一觉，最好醒来时，发现这一切都只是一场噩梦。

众人持续大战，洞明虽然武功高明，护在皇帝身前一时无忧，但是面对层出不穷的飞天暗器和飞行傀儡兽，也是手忙脚乱，险之又险。

周怀政和雷允恭不会武功，但周怀政忠心护主，紧紧地跟着皇帝，仓皇地呼喊："护驾！护驾！快调兵来！"

而另一旁，雷允恭四肢着地，爬来爬去。突然爬到了一根大柱子旁，见德妙也正四肢着地趴在那里，两个人惊惶地对视一眼，都没有说话。

这时，场上瑶光手中的桌子已经废了，被她随手扔了出去，只能用暗器射向空中的傀儡兽。只是这些傀儡兽并非血肉之躯，除非被打中要害关节，否则就算连中几枚暗器也没什么影响。

场面一时僵持，可过了没一会儿，瑶光伸手一摸腰间，惊叫："糟了！暗器用光了！"

她平日里虽然随身携带暗器，可毕竟是用来对付敌人的，有十个八个的也就够用了，可这么点暗器，在此时根本没什么大用。

这时，太岁突然冲过来，将她撞开。几乎是同时，一只飞行傀儡兽从瑶光方才站立处一掠而过。

"小心点，它们身上带毒。"太岁急声朝瑶光警告，低头看了眼自己中过针的手背，上面青紫一片。好在他恢复力惊人，而且自幼服食各种灵药，几乎百毒不侵。

但他不怕毒，不代表别人也不怕毒。

"有毒？"瑶光听了也吓了一跳，连忙大吼一声，"大家都小心！傀儡兽射出的弩箭上有毒！"

众人一听，虽然慌乱，但同时，一个个也更加小心了。

另一边，开阳怀抱着孟冬，好像全世界只剩下了怀中之人。

孟冬凝视着开阳，深情道："所有的一切，都是一个局！让你相信我，依赖我，我就有机会……帮你制造焰火！而焰火中，只要做些手脚，伤了皇帝、皇后或太子，你和北斗司，就难逃干系！可惜……"

孟冬艰难抬手，颤抖地抚着开阳的脸颊道："可惜，千算万算，我也好，斗姆天尊也好，唯有一件事，没有算到。"

开阳颤声道："什么事？"

"我竟作茧自缚，无法自拔地爱上了你……我不想也不舍得害你，只好改变计划，假传斗姆天尊的命令，利用德妙进宫，亲手杀了皇帝！"孟冬开始变得虚弱了，声音断断续续。

"因为你，我无法为祖父报仇。我只能……替祖父完成他的遗愿，杀掉……他想杀掉的……皇帝！"

午门外，一个小太监急急跑了过来，跑得上气不接下气，边跑边扬手大喊。

"救驾！救驾啊！快去大庆殿救驾！有刺客！快去大庆殿救驾啊！"

御林军守卫纷纷赶往大庆殿。

守军一撤，众位请愿大臣们趁机进了宫跟着前往。

寇准等人满脸惊疑，不知道宫中究竟发生了什么事。

禁军队伍整齐，速度很快，和大臣们迅速拉开了距离。

孟冬不住地咳嗽，又是一口鲜血涌出，开阳心疼得直落泪。

孟冬双眼无神地看了皇帝那边一眼，此时洞明和一些侍卫还在护着皇帝与飞行傀儡兽交手，虽然处于下风，可一时间，并没有生死之危。

这时正好听到瑶光大吼"有毒！"，孟冬看着开阳担忧的神色，轻笑道："放心吧，那不是毒，只是一种变色的药水，很快就会褪色。呵呵，我吓他们的。本来……我是准备用毒的，但我知道，今天你必然会到场，我……不想伤到你。"

转过头，孟冬看着开阳淡然一笑道："刚刚，皇帝从我身边走过去点焰火的时候，我……本有机会下手的。可我想……等他点燃焰火，看完我们……一起制造的那朵……天作之合。因为，我一旦出手，不管成功与否，都不可能……活着离开了……"

开阳泪如泉涌。

孟冬吃力地从怀里掏出一本秘籍，握住开阳的手按在秘籍上，艰难道："这里面……有我祖父传授给我的机关术，还有……我的一些心得体会……我……可以死。祖先传下来的技艺，不能失传。我……交给你了……"

开阳哽咽道："孟冬，你怎么这么傻……这么傻……"

孟冬嘴角挑起一丝从容的微笑道："很多事，不是我想做的，但我不得不做。很多事，是我想做的，可它却不属于我。"

他缓缓伸手去抚摸开阳的脸，眼神温柔，脸上漾出同往日一样温柔似水的笑，声音越发虚弱："认识你，是我这一生……最幸福的事……"

还没说完，孟冬的手便无力地滑落，溘然而逝。

开阳握着孟冬的手摩挲着自己的脸、亲吻他的手，潸然泪下。片刻，终于忍不住撕心裂肺地呼喊出他的名字。

"孟冬！"

宫中还在激战。

洞明与攻击皇帝、皇后、太子等人的飞行傀儡兽对战。

刘娥暗用功夫，护着皇帝和太子左闪右避，巧妙地躲避袭击而来的飞行兽。

洞明一边与傀儡兽打斗，一边注意到了这一点，不时地以余光观察刘娥。

这时，大队禁军及时赶到皇帝、皇后、太子三人周边，一列就地一蹲，竖起大盾，另一列则把大盾架在地上的大盾上，最上面又倾斜地架上一层盾牌，护住盾牌手头部。

众守卫军用大盾布阵，以叠罗汉的形式，架出一个四面包围的空间，不但保护住了皇帝一家人，还一步步向前逼近。

飞行傀儡兽尽管巧妙，但比起这种直来直去的力量碾压，马上就暴露出了弱点。

很快，一个个傀儡飞禽撞毁在大盾上，场上局面得到了控制。

没一会儿工夫，所有傀儡飞禽都被击落击毁，所有人都松了口气。

大战刚息，众人停手，宫殿中一片狼藉。

太岁抬袖拭去脸上的血和汗，无力地坐倒在地。

这些傀儡飞禽实在太难缠了，太岁宁愿与一群大汉真刀实枪地大战一场。他最担心的是瑶光鲁莽之下中了毒，一直在她身边保护。

众人回首看向阵眼，御林军撤下大盾，赵恒刚露面，德妙便慌忙跑上跟前，跪地请罪。

"德妙失察，致使奸人混入，危及圣上，请官家降罪！"

赵恒一甩衣袍走出来，震怒道："哼！朕待你不薄，你却居心叵测，想要谋害朕的性命！"

德妙连忙伏地请罪："德妙对陛下的忠心天地可鉴！此次凶险，实非德妙所料。"

太岁冷笑道："你不是活神仙吗？前知五百年后知五百年的神算子，怎么这回不灵了？"

德妙一窒，慌忙狡辩："陛下！贫道实未料到会有歹人混入弟子当中，事先不曾卜算，自然无法知道。"

"陛下，德妙曾与官家多次讲法，若是有半分加害之意，过往机会数不胜数，何苦冒此莫大风险，官家你看……"

德妙趁机再度进言，指着自己肩上的伤。"德妙也险些送命呢。求官家明察！"

赵恒看看德妙也受了伤，怒气稍消，但仍半信半疑。"内情如何，不容你一言而否，朕也不会一言而决！这件事，朕会交付有司详查，你先起来吧！"

"谢官家。"德妙松了口气，在弟子的搀扶下，抱着受伤的臂膀缓缓起身。

就在这时，开阳的声音骤然响起："德妙的确是刺客同谋！"

所有守卫都紧张起来，围上德妙。洞明更是直接挡在赵恒身前护驾。

不远处，开阳轻轻搁下怀中孟冬，脸有泪痕，神情悲愤。她起身上前几步，朝赵恒行礼道："启奏圣上，刺客孟冬临死前，已将真相和盘托出。他说他是罪臣偃正之孙，并且供出德妙与其祖父偃正都是一个被称作斗姆天尊的人手下。他能混入宫中，正是德妙协助。"

德妙一惊，慌忙解释："你……你胡说！看你模样，与那刺客显然熟识，为了摘清自己，就要陷害贫道吗？贫道承蒙天人点拨，潜心修道，一心向善，修一身浩然正气，岂会行那阿鼻之事？换而言之，若贫道真有趋利之心，现如今侍奉圣前，皇恩浩荡，又何必冒天下之大韪，伙同刺客对陛下不利？倘若贫道换投于他人门下，有何好处可言？"

德妙再度跪下，言辞凿凿："官家明鉴，贫道冤枉啊！"

赵恒一听，又迟疑起来。

从本心上来讲，他并不太相信德妙是刺客同伙。理由很简单，就像德妙自己说的，她有什么理由要投于他人门下呢？

别人给她再多，能比得上自己吗？

与其说赵恒相信德妙，不如说他相信皇权，相信天子威严。

另一方面，也是出于人的本能，不愿意相信别人会背叛自己。

当然，帝王心术，疑心很重，或许过段时间，再想到今日之事，赵恒很可能会回过味来。

但那是以后的事了，至少在眼前，德妙给自己争取到了一线生机。她心里也有了决定，只要过了今天这一关，她就离开皇城京都。

经此一事，德妙也想明白了，就算今天不出错，杀死了皇帝，自己能有什么好下场？

没错，斗姆天尊是神秘强大，但她相信，只要自己隐姓埋名远走他乡，以斗姆天尊的野心来讲，不太可能会远走寻找自己。

"你……"赵恒犹豫一阵，看着身旁神色疲惫的刘娥，心想，也不急于一时，等以后再查清也不迟。

可就在这时，大殿外一个铿锵的声音传来。

"一派胡言！"

四个字破空而入，响彻大殿，众人闻声纷纷注目。

就见包拯和展昭匆匆赶到。二人风尘仆仆，展昭身上还背着包袱，显然是远道赶回。

太岁一见二人，勾起笑意，不由得脱口而出："包黑子！"

瑶光惊讶道："他怎么来了？"

包拯进了大殿，抖擞衣袍，跪地行大礼。"臣大理寺评事官包拯，参见圣上。"

赵恒语气平和："起来吧。"

包拯起身道："臣有要事启奏！"

"讲！"赵恒见他神色严肃，也沉下心，想听听他要说什么。

包拯朝一旁展昭看了一眼，展昭点点头，卸下背上的包袱，双手托着。包拯上前打开，里面是厚厚的一摞案录。

"臣要奏的是郑御史谋杀案。"

太岁听罢惊讶。赵恒听罢也颇诧异："旧案重提，所为何由？"

包拯肃声道："陛下，郑御史一案，诸多证据直指德妙。三司共审时，薛凉却突然包揽了所有罪名，之后又离奇死去。臣觉得其中大有蹊跷，所以，前往泰安暗访了一番。"

说到这里，包拯看向德妙道："你做事固然谨慎，可你离开泰安之后，便再也没有了在泰安一手遮天的本事。本官本以为此去要颇费一番手脚，却不想随意一打听，便处处都是你犯下的罪孽！"

包拯步步逼向德妙，怒声训斥："你所谓的治病救人，不过是用一些奇异药物，暂时消解病患的痛苦，可这过程中，却也延误了他们的救治时间，甚而害得许多人本来可以不死，也因延误了治疗而痛苦死去！"

"你还敢说你浩然正气不行阿鼻之事？如此蛇蝎心肠！枉顾人命，把人间变成炼狱！你还敢说你一心向善？"

德妙瞠目结舌，瞪着包拯道："你！你胡言乱语！谋害贫道！"

包拯大怒道："笔录口供都在这里，你还敢狡辩！本官如今还带了大量人证进京，此刻就候在宫门之外。"

德妙被他震慑住，一时无言。

"再说郑御使被害一案！你以为你做的案子天衣无缝吗？"包拯双目一瞪，指向德妙，"你可还记得洛东山此人？"

德妙嗫嚅："洛……洛东山又如何？"

包拯冷喝："你的姘头相好洛东山为你而死，他的部下各自散去沦落为贼，作案时被官府拿获，已经把你伙同洛东山、杀害郑御使的真相和盘托出，这些人由泰安府押解着，业已在赴京路上！"

德妙吃惊地退了几步。

赵恒冷冷地看向德妙道："来啊！把她给我拿下！"

几名禁军武士走向德妙。

德妙惊惶四顾，忽然一眼看到刘娥，急忙上前几步，跪倒在刘娥面前，张口想要求救。

刘娥微露惊容，屈指一弹，一道细小蛊虫落在德妙颈上，奇异地没入肌肤。

德妙张口，却说不出话来，不禁又惊又怕，不敢置信地看向刘娥。

见她无言，赵恒冷哼一声道："哼！你已无话可说了吗？把她给我拿下！"

侍卫们拥上，想制住德妙。

可就在这时，德妙脸上突然露出凶狠之色，猛地往怀里一掏，摸出一口小匣子。

站在皇帝不远处的柳随风看见她的举动，大喝："陛下小心！"

柳随风迅速闪到皇帝面前，立刻挡住。

德妙启动小匣子，一蓬细如牛毛的细针猛然暴射出去。此物正是之前斗姆天尊送给她的"暴雨梨花针"！

"出必见血，空回不祥；急中之急，暗器之王。"

像这般在江湖上鼎鼎大名的暗器，北斗司岂能不知？

事实上，北斗司不但知道，而且在密库里就有成品，甚至连制作之法都有记载。

所以，一看德妙掏出此物，柳随风瞳孔猛地一缩，几乎是在德妙启动暗器之前，他就深吸口气，施展出了咆哮神功。

如龙如虎的声音传出，随之而来的还有巨大的声波气浪。

声浪席卷过去，凌厉射来的毒针倒卷回去。但暴雨梨花针发射呈扇面，毒针的面积很大，柳随风的咆哮神功虽强，便也只能把正面的毒针震了回去，侧面的毒针却有几枚射向了太子。

太岁正站在太子一侧，见此来不及多想，急步上前，一把将太子抱在怀里，用后背迎向毒针。

"噗噗……"毒针入肉，几枚毒针钉在他的身上。

而另一边，柳随风施展的咆哮神功震回了毒针，德妙措手不及，身上也中了几枚毒针。

暴雨梨花针有多么歹毒，她又岂能不知，当下心里大惊，一时间来不及再多想，惊慌失措之下，转身就要逃跑。

江湖传闻，这暴雨梨花针上涂有剧毒孔雀胆，见血封喉，无药可救。

德妙虽然只精通幻术，可驱使幻术时，要用到很多药剂，也就是说，她本身就是一个用药的大行家。

再说，暴雨梨花针在她手里这么久，多多少少她都有所研究。

孔雀胆虽毒，但她自信可以解，甚至只要能让她回到自己的房间，她就有把握用现有的药物暂时压制住毒性。

可是此时此刻，她能逃得掉吗？

她才刚一转身，大队禁军侍卫就已经扑了上来。

眼看着就要把她制住，德妙周围却突然腾起一团烟雾，整个人消失不见了。

"这是……"赵恒大吃一惊，连忙退后一步，身前禁军也赶紧把盾牌立上。

众人惊讶地四下搜寻，一个禁军侍卫突然指向大殿外广场，喊道："妖人在那里。"

众人扭头一看，德妙正惊惶地跑在广场上。立即有人追了上去，但洞明和柳随风守在皇帝身边没有动。

太岁放开太子，急问："太子无恙吧？"

太子感动道："本官无恙。你……你怎么样？"

瑶光急忙赶到太岁身边，惊呼："糟了，你中了毒针！"

太岁咧嘴一笑，对太子和瑶光道："我没事，小小毒针，伤不了我！"

他扭头一看，见德妙身影奇异地一闪，已经出现在广场边缘，不由得冷哼一声："区区幻术，有什么了不起！"

说着，他拔腿向殿外追去。

"我跟你去！"瑶光惊呼一声，也追了出去。

御道上，德妙急急向前逃跑。

迎面，寇准和许多官员正气喘吁吁地小跑过来。

德妙眼珠一转，举步迎了上去道："众爱卿快来护驾！快护驾啊！"

寇准等人吃惊望去，向他们匆匆跑来的人正是皇帝赵恒。"陛下！怎生如此慌忙？"

赵恒抱着受伤的手臂，边跑边叫："刺客！刺客杀了德妃和太子，还想杀朕，众爱卿快快护驾！"

寇准等众大臣大吃一惊道："什么？"

这时太岁和瑶光跑过来。

赵恒用手向太岁和瑶光一指道："他们就是刺客！"

寇准等人向太岁和瑶光看去，在他们眼中看到的，是两个凶恶的黑衣人持刀扑来。

寇准二目圆睁，放声大喝："陛下快走！老臣豁出一死，也会拦住他！"

说着，他张开双臂，向两个黑衣刺客扑去。

大臣们也都纷纷向前扑去，喊着："保护陛下！"

太岁和瑶光忽见寇准等众大臣疯了一般向他们扑过来，不禁惊讶地站住。

"这些大臣怎么了？"太岁奇怪问道。

"他们神情不对劲呀！"瑶光也是一脸迷糊。

太岁突然明白过来道："不好！他们中了幻术！"

此时，众大臣已经扑到他们身边，拳打脚踢起来。

太岁被人扯住了手脚，又不敢打伤众大臣，只得挨打招架。

瑶光一边躲闪，一边惊叫："太岁，你快解了他们的幻术！"

太岁一边挨打一边说："你得先拉开他们，让我腾出手来呀！"

匆匆跑到远处的德妙扭头看了他们一眼，冷冷一笑，没入夜色。

大庆殿中一片狼藉，禁军抬着牺牲的同伴尸体往外运，雷允恭指挥女侍和太监们打扫清理，搬走破碎的机械傀儡兽等物。

开阳痴痴地守在孟冬的遗体旁。两个禁军走到旁边，看见开阳这副模样，摇摇头，先去抬运其他尸体了。

洞明和柳随风站在一边，柳随风扫视着混乱的现场，洞明却冷冷地盯着不远处正在低声交谈的皇帝和皇后，太子也站在他们身边。

广场上，几个小太监要把摆在那里的大型焰火鼎搬走。

开阳正怀抱着孟冬的遗体，有些失神地望着外面，看到这一幕，马上醒过神来。她轻轻放下孟冬，走向皇帝和皇后。

皇帝一家三口正在低声说话，见开阳面带泪痕地走来，不禁住了口，一起看向她。

"陛下，臣……请陛下恩准，燃放焰火！"

赵恒一愣道："什么？"

两行泪缓缓从开阳颊上滑落，她哽咽着再度重复："臣请陛下恩准，燃放焰火。"

太子不解道："方才洞明先生说了，那焰火有机关，会伤人的。"

开阳摇摇头道："不！孟冬说，那焰火只是焰火，我信他！"

赵恒皱眉，正想呵斥，被一旁刘娥拉了下，闭上了嘴。

刘娥同情地看着开阳，点了点头道："你去吧！"

开阳感动地看着刘娥，轻轻福礼道："多谢娘娘恩准！"

她返身走向孟冬的遗体，低下头，轻轻在孟冬耳边说了句什么。

赵恒不解地看向刘娥，刘娥看着开阳的背影，轻声道："'情'之一字，最是多愁。"

开阳正要努力抱起孟冬的尸体，可毕竟力弱。柳随风看了，摇头一叹，走过去帮她抱起，一起向殿外走去。

这时，赵恒忽然一拉刘娥道："走，我们也去看看！"

刘娥看向赵恒，轻轻点了点头。

太子也连忙跟上。没人注意到，此时赵恒的靴尖上不知何时钉上了一枚牛毛针，外面只露出一小截，显然针尖已经入肉。

赵恒一出殿，大队禁军侍卫马上排着整齐的队伍，拿着大盾跑过来，在他们前面将大盾排成盾墙。

可这么一来，赵恒和刘娥等人几乎只露出了脸，个子小的太子甚至连脸都被挡住了。

赵恒皱了皱眉，看向一边，旁边站着周怀政和雷允恭。

周怀政忙解释道："陛下万金之躯，小心为上。"

雷允恭也应和着点头道："是啊！是啊！"

赵恒无奈，只能转头看向广场。

广场正中，摆着一只焰火鼎。

开阳单膝跪地，让孟冬枕在她膝上，另一只手手执火把。

火光映得她的脸庞熠熠生辉，双眸盈盈透亮。

这时，瑶光和太岁衣衫不整、十分狼狈地跑了回来，后边跟着寇准等众大臣。

看到广场上的一幕，众大臣都呆住了。

太岁和瑶光两人跑上前，在柳随风身边站住。

瑶光低声问柳随风："大柳，这是干什么？"

柳随风摇摇头，没有说话。

广场中，开阳怀抱着孟冬，低头看着他平静的脸，微颤着小声道："孟兄，我们一起看焰火！"

太岁大步走来道："还有我们！"

开阳抬头，发现太岁和瑶光站在面前，她先是有些意外，随后感激地一笑。

柳随风叹了口气，也缓步走了过来，稳稳地往那一站。

紧接着，洞明也缓步走来，站在他们身边。

太岁和瑶光惊讶地看着他道："防御使大人，你？"

洞明一脸严肃，瞥了他一眼，哼道："我北斗司上下一体，难道要撇下我这个老头子吗？"

太岁挠挠头道："我还以为洞明前辈素来刻板严肃，不近人情……"

洞明"哼"了一声。

开阳感动地看着他们，吸了吸鼻子，将火把凑向火药捻，火药捻"刺刺"地燃烧起来。

火药捻燃尽，"嚓"的一声巨响，一道流星般的亮光蹿上云霄，在高空"嘭"地呈巨大爱心状炸开，照亮整片天空。

焰火接连在高空绽放，无比绚丽多姿，有的似一朵朵金菊怒绽，有的姹紫嫣红，有"百年好合""幸福安康"等祝福字样，有璧人相拥、比翼双飞等图样。

所有人都仰头望着，目眩神驰，谁也没有说话。

皇帝和皇后对视，轻轻牵起了手。

瑶光和太岁不自觉地逐渐靠近，肩膀靠着肩膀。

开阳怀抱孟冬，靠坐在地，仰望着璀璨美丽的夜空。孟冬靠在开阳的颈窝处，神色平静而从容，像是沉沉睡着了一样。

开阳含着笑仰望着夜空，不知不觉间已经泪流满面，脑海中一幕幕往事浮现。

"你接受我的委托了？"

"我不但接了你的生意，还想请你喝茶，不知姑娘是否愿意赏光？"

"荣幸之至。"

…………

"相遇是缘起，相识是缘分，能否再遇……还看看我们彼此的缘续，姑娘不必过于执着。"

"那么……你说缘分是天注定吗？"

"若一切都是老天注定，那我们活得该多么无趣。"

"既然缘非天注定，那我以后要常来了，靠自己的努力争取再见的缘分。"

…………

"你真做出来了？手艺不错！"

"仅仅不错？"

"不，堪称完美。但鉴于某人一贯谦虚，我就帮他谦虚谦虚喽！"

…………

"怎么，姑娘看不上呀？那还给我……"

"我的！"

"好好好，你的，你的，没人跟你抢。"

…………

晶莹的泪水顺着开阳的脸颊淌落下去，水滴状的泪珠被焰火映成不同的颜色，直至坠地，摔得粉碎。

赵恒和刘娥手挽手地仰望着绽放的焰火，可看着看着，赵恒依旧面带微笑，却缓缓地仰面倒下。

与他手挽手的刘娥以及另一侧的太子惊愕地扭头看着他。

刘娥大惊道："官家！官家！"

没人注意到，赵恒靴尖处一枚毒针，也在焰火的绽放中反射着不同的颜色，缤纷艳丽，像一只正在开屏的孔雀。

福宁宫内殿。

赵恒和衣躺在福宁宫的床上，一名御医诊脉，另一名御医紧锁双眉站在旁边。

诊脉御医摇了摇头，面容忧虑地抬头与另一名御医对视了一眼。

刘娥紧张地上前一步问："官家怎么样了？"

"娘娘，陛下身中奇毒，臣无能，解不开此等剧毒！"御医无奈拱手。

刘娥惊愕道："身中奇毒？怎么会？"

"娘娘，陛下脉象至大而虚，至搏而绝，乍疏乍数，如指弹石辟辟然，此乃……此乃……"

"住口！"刘娥大怒。

两位御医"扑通"一声跪下，惶恐道："请娘娘降罪！"

太子赵祯也腾地跪下，跪行几步到皇帝赵恒榻前，握住赵恒的手，流泪呼喊："阿爹！你一定要醒过来啊，阿爹！"

周怀政和雷允恭一脸惶急。

寇准神色忧虑。

刘娥惊惶地扭头看向洞明，带着祈求与期盼。

洞明此时正看着躺在榻上的皇帝，目光徐徐移动，忽然一定，走上前去，弯腰从赵恒靴尖上捏住针尖，将针拔了出来。

周怀政失声叫道："这不是德妙妖人射出的毒针吗？"

雷允恭惊呼道："官家中了毒针？"

刘娥急忙向洞明走近两步道："洞明先生，陛下所中的毒，你能解吗？"

洞明在灯下看了看针，又凑到鼻下嗅了嗅，脸色凝重起来。

寇准脸色凝重地询问："洞明先生？陛下所中的毒，可有解吗？"

洞明脸色凝重地看了寇准一眼，轻轻摇头，看向刘娥道："娘娘，应该马上召集文武重臣入宫……"

刘娥惊退了两步道："你是说？"

洞明缓缓点头道："此毒极为罕见，臣毕生精研医术，也只有少年时见过一次。"

"这毒？"刘娥声音发颤。

"这毒名叫'勾魂'，中者无药可救！"洞明脸色难看，"此毒据说是由孔雀胆、鹤顶红，配以五种不同的毒物制成，就算是当初炼药之人，也不一定能配出解药。"

听了这话，刘娥身子一晃，险些跌倒。

"娘娘！"两名宫娥赶紧上前搀扶。

寇准脸色沉重地看了看皇帝，询问洞明："陛下，还有多少时间？"

洞明看了他一眼，沉着脸摇头道："中了'勾魂'，便再没有醒来的希望。陛下的时间，已经挨不到鸡啼！"

寇准顿时呆若木鸡。

赵祯听了，跪在榻前放声大哭："爹……你不要走，不要走啊……"

刘娥深呼吸，不复方才那般激动。她脸上挂着泪痕，闭着双眼，语气淡淡道："你们都……退下吧……"

雷允恭道："还请娘娘以凤体为重。"

刘娥闭着眼点点头，竭力控制自己的情绪，可还是有眼泪不受控制地淌了下来。"都退下吧……全都退下……"

寇准和洞明略一犹豫，慢慢退了出去，其他人也都跟着退了出去。

刘娥缓缓走到皇帝榻旁，太子抬起头，眼泪汪汪地看着她哭道："娘！"

刘娥摸了摸赵祯的头。"祯儿，你也退下吧，娘……想跟你爹单独待一会儿。"

赵祯仰着满脸泪痕的脸，一脸不舍道："娘……"

刘娥看着昏迷不醒的赵恒，语气幽幽道："你爹若有不测，你马上就要承担很多。出去吧，有什么事，请教寇相公。"

赵祯依依不舍地看看父亲，慢慢退了出去。

宫外走廊里，洞明和寇准站在一起，雷允恭和周怀政有些凄惶地站在一边。

洞明看了眼寇准，低声道："大臣们还在外边等候消息，寇相公……"

"我明白该怎样做了。"寇准点了点头，刚要转身出去，忽又停住，抱着万一的希望看向洞明，"洞明先生，陛下……真的无药可救了吗？"

洞明缓缓点头。

寇准目光一垂，低沉道："我知道了！"

这时候，太子脚步沉重地走出来。

雷允恭连忙膝行两步，扑到太子脚下道："太子！太子！官家怎么样了？"

周怀政也急急赶到他面前，眼巴巴地看他。

太子轻轻摇了摇头，擦了擦眼泪。看到寇准，忙走过去，深施一礼道："寇公。"

寇准点点头道："老臣陪太子先去安抚一下群臣。陛下的情况，目前不宜公开，不过一些股肱之臣，得悄悄宣进宫来候命了。"

太子拱手，哽咽地回答："本官心乱如麻，彷徨无策，全凭寇公做主。"

寇准长叹一声，陪着太子向外边走去。

洞明看了眼周怀政和刚刚爬起来的雷允恭，上前一步。

"周公公，雷公公。"

周怀政和雷允恭忙向他拱手道："洞明先生。"

洞明看着二人，低声道："两位执掌内廷，有些事，也该去准备了。"

周怀政一听顿时老泪纵横道："咱家……想送官家最后一程。"

洞明摇摇头道："两位公公，做好该做的事，陛下才走得安心啊！"

雷允恭擦擦眼泪，拉了周怀政一把，道："洞明先生说的是，周公公，咱们……还是去做些准备吧。"

周怀政伤心地回头望了眼内殿方向，默默地点了点头。

赵恒床边，刘娥一只手握着赵恒的手，一只手抚摸着他的脸，热泪盈眶道："自从那年，汴梁街头，你我初相识。这许多年来，风风雨雨，多少坎坷……"

她的声音哽咽起来："我识得你，本就是天尊的安排。是为了接近你，在皇室里插下一根钉子。可你，为什么要对我那么好……"

刘娥深情地摸着赵恒的脸道："我接近你，本是抱着牺牲清白，为天尊大业献身的想法。多年来，却是委曲求全，只想保全你的性命，可终究……他们还是没有放过你……"

两行眼泪缓缓爬过刘娥的脸庞，她凝视着赵恒，心里突然有了决定。

刘娥一抬指，点向自己心口，然后手掌一翻，一个殷红如琥珀的红色光影从胸口浮现，渐渐幻化成实体，落在她的掌心。

红色琥珀状的东西变化着，渐渐分离成两个水滴状的殷红物体。

刘娥拿起一个，缓缓递向赵恒紧闭的嘴唇，轻声道："恒郎，这是奴家的本命蛊。我把它一分为二，植入你的身体，延续你的性命！从此你我一体同命，你生，我生！你死，我死！"

说完，她缓缓将托着本命蛊的手翻转，按在赵恒的唇上……

大庆殿外，众大臣聚拢在一起，寇准一手扶着太子，一边在说着什么。

洞明快步走出来，向那边扫了一眼，这时候在这一侧的太岁、瑶光和柳随风急忙迎上来。

洞明扫了他们一眼，问道："开阳呢？"

"她带了孟冬的尸体去安顿。"柳随风道。

点点头，洞明又看了眼寇准和太子那边，神情凝重地吩咐："你们跟我来！"

说罢，他转身离开，柳随风三人惊诧地互相看了看，快步跟上。

几人来到一座偏殿，洞明关上门，轻声说了几句。

"什么？德妃……啊不！皇后娘娘会武功？"太岁一脸惊讶。

洞明轻轻点头道："不但会武，而且武功很高明。"

太岁和柳随风、瑶光惊讶地互相看看。

柳随风皱眉道："娘娘就算会武，也没什么了不起吧。身为皇妃，不好显露自己会舞枪弄棒的本领，也在情理之中。"

洞明冷冷一笑道："先前德妃中蛊，之后任由德妙在宫中一通折腾，险些害死沈才人，之后这蛊毒又莫名其妙地解了，我心中就一直存着疑虑，只是无论我怎么想，也实在想不到德妃本人身上，因为……实在想不出她有这么做的道理。可是……"

洞明深深地吸了口气，在殿中缓缓踱步起来。"而刚刚德妙被揭穿真相，仓皇跪地时，我注意到，她实际上要跪的、要求的，并不是皇帝，而是……德妃。"

"还有……"洞明冷笑道，"不知你们可注意到，当德妙刚要开口相求时，德妃突然屈指一弹，她就无法言语……"

洞明看向众人道："这种手段，除了点穴，只能是……"

"蛊！"柳随风脱口而出。

"没错，就是蛊！"洞明眯了眯眼睛，"如此看来，先前中蛊的事，很可能就是她自导自演！"

太岁疑惑地道："你们是说，娘娘和德妙其实是一伙的？"

瑶光惊讶道："不会吧？娘娘和陛下好恩爱的，她为什么要害皇帝？"

"这也正是我想弄明白的！"洞明看向柳随风，脸色一正，"文曲！"

柳随风急忙上前一步，抱拳道："卑职在！"

"如果本官今日殁于宫中，就由你接任防御使一职，执掌北斗司！"洞明沉声道。

柳随风大吃一惊，失声叫道："什么？前辈你想做什么？"

太岁和瑶光也吃惊地看着洞明。

洞明神色凝重道："皇帝中了'勾魂'奇毒，已不可救。明晨就是新君当国，那时德妃就成了皇太后！"

他一脸沉重道："如果皇太后是奸人一党，后果不堪设想！所以，我要马上去找她，当堂对质，问个清楚。如果她有一丝可疑……"

洞明眯起了眼睛，一字一顿道："为了我大宋江山社稷，洞明拼却一死，也要把她当场格杀！届时，北斗司，就要交给你们了！"

柳随风神色震撼，上前一步道："前辈……"

洞明摆摆手，截断了他的话。"太子宽厚和善，素来对我北斗司友好。你们只需向太子说明真相，相信太子不会执意追究整个北斗司的责任。"

说完，他也不顾众人反应，转身便走，柳随风迅速跟上道："不成！身为北斗司一员，文曲岂能让前辈一人涉险，我跟你去！"

太岁和瑶光也迅速跟上，异口同声道："我也去！"

洞明赫然止步，脸色一沉，回首呵止众人："给我站住！陪我一死易，传承北斗司，继续维护我大宋江山难！老夫舍难就易，你们这些年轻人，也不肯担起重担吗？"

柳随风摇头道："前辈此言差矣，既然这是舍难就易，何妨让我同去？北斗司还有魁星前辈们在呢，不怕没了传承。"

太岁瑶光异口同声道："对！"

洞明大怒，瞪着他们道："我一人去，尚有话说！你们与我同去，就是北斗司造了朝廷的反！统统给我留下！"

三人见洞明震怒，不由得站住。

洞明横扫了他们一眼，大步离去。

福宁宫后殿，皇帝躺在床上，气色和呼吸好了许多，但仍然在昏睡中。

刘娥一身凤袍，脸色却苍白得没有一丝血气，此时虚弱地坐在榻边，深情地望着赵恒，不时轻声说着什么。

"北斗司洞明，求见娘娘！"这时外面传来洞明的声音。

刘娥又静静地坐了片刻，朝床上赵恒轻声道："恒郎，你等等我，我很快回来。"

说完，她缓缓站起，整了整衣袍，挺直腰脊朝外走去。

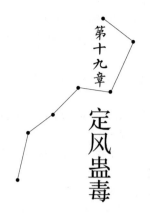

第十九章

定风蛊毒

刘娥从屋里走出来，面带戚容，看着洞明。

洞明长揖，恭敬道："臣见过娘娘。"

"洞明先生有何话要说？"刘娥摆摆手，现在根本没心思跟人客套，直接问道。

"臣有几件事情颇感疑惑，还请娘娘指点迷津。"洞明起身，直视刘娥双眼。

按说他这种举动很有些无礼，身为臣子，哪有这么看皇后的？

刘娥却不以为意，神色不变，问道："何事？"

"先前娘娘莫名其妙地中了蛊又莫名其妙地解了蛊的事情，德妙说是娘娘中了厌胜之术，陛下信了，但臣不信，相信娘娘也不信。"洞明面无表情地说道。

刘娥神色不变，淡定地看着洞明道："哦？还有吗？"

"今夜孟冬刺杀陛下，娘娘貌似仓皇，实则脚下进退有据，矫健灵活，分明有着不俗的武功。娘娘何时有了这样一身不错的功夫，臣颇为疑惑。"洞明拱手。

刘娥望着洞明，嘴角牵起一丝淡淡的笑意。

见她这副神态，洞明心里一紧，双手微微凝力，两只眸缓缓抬起，盯向刘娥，蓄势待发。

"德妙方才向陛下和娘娘下跪，似欲求饶，娘娘屈指一弹，便令她哑口无言。据臣所见，并非点了她的哑穴，那么娘娘用的什么功夫，臣还请赐教。"

刘娥微微闭上双眼，沉默片刻，长长地吁了口气，又缓缓张开眼睛道："终是瞒不过洞明先生的一双慧眼。"

洞明眼角微挑，警惕地盯着刘娥，浑身肌肉慢慢绷紧。

刘娥沉默了一阵，才缓缓开口，只是嗓子声音有些发涩，话中带着苦意："本官，实是斗姆天尊座下九子之一，相信洞明先生已经知道僭冒斗姆天尊之神名的那个人是谁了。"

洞明的神情一震，眼中精光四射。"如此说来，娘娘并非江湖艺人，当年在汴梁街头与当今圣上的巧遇……"

刘娥轻叹一声，点头道："没错，那都是安排好的，是斗姆天尊设下的一个局。他……需要在皇室里下一步暗棋，而我，就是他的那枚棋子。"

洞明神色冷峻，盯着刘娥双目，似想看到她的心底。"斗姆天尊究竟想要做什么？娘娘又为斗姆天尊做了什么？"

刘娥向前走出两步，洞明立刻谨慎地退了一步，身上气势一涨，时刻准备动手。

这位皇后会武功，不但会武功，而且还懂蛊术。若只是武功，就算她功夫再高，洞明也有信心接住。可是蛊术……面对这种诡异的东西，洞明心里也没底。

甚至，他都不清楚，自己现在是否已经中了蛊。

好在刘娥只走了两步，却并没有看向洞明，而是眼神放空，看向前方，神色漠然地问道："斗姆天尊的真正身份，相信洞明先生早已心中有数了吧？"

洞明沉声道："如果臣没猜错的话，斗姆天尊应该就是我大宋太祖皇帝昔日身边第一侍卫高手苗训，也是后来一手组建了北斗司的第一代隐光星君。"

"不错！斗姆天尊就是太祖当年第一侍卫高手，也是你们北斗司的创建者！"刘娥微微点头。

洞明的眸子微微收缩了一下，盯着刘娥道："当年太祖驾崩，由皇弟而非皇子继承了皇位，苗训为此耿耿于怀，执意认为是太宗杀害了太祖谋朝篡位，为此不惜叛出北斗司，化身斗姆天尊匿藏于暗处。看来，他是不死心，依旧想要夺回皇位，还给太祖之子八贤王了。"

"不错！"刘娥神色漠然，这种惊天之秘竟然毫不否认，直接点头承认。

但洞明听了，却瞬间紧张起来，咽了咽喉咙，涩声问道："八王……可参与了这个阴谋？"

刘娥凝视洞明，轻轻摇头。

"我能相信娘娘的话吗？"洞明心里一松，可却不太相信，问道，"九五至尊，君临天下……他能不为其心动？"

刘娥凄凉地一笑，转身看了洞明一眼，叹息道："等你听完我的话，你就会信了。"

"臣，洗耳恭听！"洞明重重一点头，神色肃然。

大庆殿中，文武百官在寇准的安抚后，三三两两交头接耳地离开。

寇准站在殿上，面含忧虑地目送众大臣离去。

见百官退去，太子这才上前一步，神色哀伤地道："寇公，我想去福宁宫看看父亲和母亲。"

寇准脸色凝重地点点头道："太子尽管去吧，老臣还得去见一见曹大将军，部署宫中和京城的戒备。"

"有劳寇公。"太子红着眼朝寇准半鞠一躬，这才转身离开大庆殿。

此时刘娥和洞明对面而立，均侧对大殿门口，二人已经交谈了一阵。

"苗训既然在当今圣上还未登基时就已把娘娘安排到了圣上身边，又深得圣上宠爱，随时可以动手，为何圣上已在位二十五年，却迟迟没有动静？"洞明有些疑惑。

"谋夺皇位，不是江湖仇杀，当然不是杀了皇帝那么简单！更何况，天尊对太祖真的是太忠诚了，不！甚至不能说是忠诚，而是无比地敬仰与膜拜！"刘娥神色有些复杂，像是敬重，又好像带着几丝讥讽。

洞明皱眉道："此话怎讲？"

刘娥叹息一声，缓缓道："天尊对太祖无比敬仰、尊重，不想让太祖之子承受任何污名。所以，他坚持要让八王堂堂正正、名正言顺地坐到皇帝的宝座上，而不是杀死当今圣上、灭其子嗣，强行还位于八王，可谓用心良苦。"

洞明恍然点头，沉声道："原来如此！臣明白了，之前陛下突然召集心腹大臣，想要禅让皇位给八王，就是苗训的手段？"

刘娥颔首道："不错！天尊招揽精通幻术的德妙，做下种种手脚，让官家疑神疑鬼，怀疑上天发怒，又让我佯称梦到神人，配合德妙，使得官家信以为真，这才决定禅位。"

说到这里，她露出悲伤之色，声音哽咽："可惜，八王固辞不肯，还请出了太后，使得官家回心转意了。否则，官家又怎会有今日之祸？我与官家，也能太平度日了。"

洞明冷笑一声，看向刘娥道："娘娘太天真了！如果陛下真的禅位，苗训为永绝后患，绝不会让陛下再活着。"

刘娥怔怔地看着洞明，半晌才缓缓点头道："这一层，我倒是没有想到。如你所言，也有道理。"

太子心事重重，步伐缓慢地走进大殿，忽然看到大殿尽头，刘娥和洞明对面而立，气氛诡异，似在说着什么隐秘之事。

太子不由得一怔，停下脚步。

此时刘娥和洞明二人都侧身对着大殿门口，彼此又把注意力全放在了对方身上，所以并未察觉到太子进来。

太子迟疑了一下，轻轻走向一边，绕到了殿柱后面，从侧面悄悄向前走去。

随着他脚步走近，渐渐听清了二人说话的声音。

"娘娘既然精通蛊术，用蛊一事，应该是娘娘所为了，却不知娘娘这么做，又是为的什么呢？"洞明不解。

"我虽是天尊安排到官家身边的人，可我与官家却是患难夫妻。这么多年来，官家对我不离不弃，始终如一，我又岂能不感动？"

刘娥轻轻叹了口气，缓缓垂下目光道："我早就放弃了接近官家的本来目的，可是，天尊神出鬼没，皇宫之内也是出入自如。我不敢公开背叛天尊，我怕他伤害官家，我怕他揭露我的真正身份，更怕他干脆调我离开，另行安排人到官家身边，只得虚与委蛇。也幸亏天尊本来就不想用强硬手段夺取皇位，我才能维持至今。"

洞明微微蹙了蹙眉，望着刘娥，不太确定是否该相信她。

不过，刘娥好像也无所谓他相信与否了，径直道："天尊找到德妙，安排她接近官家的时候，我就知道天尊想做什么。所以，我才对自己下蛊，我本想伺机把矛头指向德妙，从而把她驱离官家身边。怎料，天尊很快察觉，立即入宫向我施压，我只得半途而废，所做准备也全都放弃了。"

洞明沉默片刻，好像在思索对方话语的真实性。过了一阵才又问道："既然娘娘说苗训不想强行夺位，那今日之事，又做何解释？"

刘娥茫然地摇了摇头，突然露出愤怒之色道："我不知道！我好恨！为了官家的安全，我委曲求全，忍耐再忍耐。可……可终究还是……枉费了心机……"

说到这里，她闭上双眼，眼泪潸然而下。

但洞明好像心如铁石，望着刘娥，神色冷峻，又道："娘娘所言，语出至诚。臣宁愿相信娘娘所说的话！但，苗训的人，不能留在陛下身边。臣宁愿背负反贼逆臣之骂名，请娘娘恕罪！"

他身形微侧，缓缓摆出一个起手势，准备出手。

刘娥没有睁眼，对洞明的威胁好像毫不在意，一脸悲伤地道："洞明先生请动手吧！官家命不久矣，我……本来也不想活了！"

太子站在不远处一根柱后，正偷看偷听二人谈话，见此情景大惊失色，脚下一动，就想要冲出去阻止。

可就在这时，刘娥突然逆血上冲，"呃"的一声，唇角溢出鲜血，身体缓缓软倒。

洞明一怔，惊讶不已道："娘娘？"

他飞身掠近，顾不得忌讳，一手托住刘娥后背，另一手手指迅速搭到她的手腕上。

柱子后面，太子见此一幕不禁惊讶地站住，睁大了眼睛。

洞明为刘娥切了会儿脉，微微露出惊讶神色道："娘娘……做了什么？"

刘娥虚弱地看着洞明道："我……用本命蛊……为官家续了命。"

洞明一脸震惊道："果然如此！本命蛊与蛊之寄主一体同命，娘娘你……"

刘娥缓缓摇头道："官家……所中的毒，无药可解。但我的本命蛊，却能为官续命。"

洞明皱眉道："勾魂之毒会持续发作，不断消耗寄主寿元，就算娘娘为陛下续命，也不过延得一时残喘啊！"

刘娥惨然笑笑，虚弱地咳了两声，心伤若死。

"官家若不在了，我活着还有什么意义呢。我这么做虽然不能挽救官家的性命，好在多少也能维持些时日，让官家做好后事安排，免得天子咄嗟驾崩，致使天下大乱。"

洞明心里一颤，深深地看了刘娥一眼，重重点头道："皇后娘娘如此深明大义，洞明佩服。"

他轻轻放手，让刘娥靠坐在走廊长椅上，后退几步，拱手揖礼，语气温和恭敬："陛下性命垂危，太子尚在年少。朝中不可生乱，还请娘娘多多操劳。"

"洞明先生，你这是……"刘娥疑惑地看向洞明。

洞明拱着手，一步步后退道："臣只知娘娘您是我大宋的皇后，至于娘娘曾经是什么身份，洞明一概不知。"

说罢，他微一躬身，以示尊敬，随后不等刘娥再说话，转身离去。

洞明出了福宁宫，仰头望着夜空，长长地吁了口气，心情很复杂。

在此之前，洞明其实是抱了必死之心的。

斩杀皇后，不管怎么说，无论皇后是善是恶，是否奸细敌人，只凭"皇后"二字，冒犯者就是死罪。

若真杀了她，不但皇家要杀自己，就连那些之前满口反对立德妃为后的大臣，也绝对容不下自己。

现在看来，这样应该是最好的结果了。

皇后不用死，自己也能苟活。

洞明摇摇头，心里苦笑，看来，自己也是一个俗人，还是怕死啊。

他正要步下台阶，忽然发现前方夜色中齐刷刷地站着三个人。

洞明有些意外，心中很欣慰，却佯装愠怒道："我不是命你们先回去的吗？"

三人一起望着洞明，齐声道："要走一起走。"

洞明沉默片刻，轻轻点头一笑。

"好！我们一起走！"

说着，他举步向前走去，错过三人身边时，柳随风看到他嘴角在笑，不由得一怔，紧接着也跟着笑了起来。

见他真的朝外走，太岁却忍不住询问："前辈，皇后娘娘的事……"

洞明站住脚步，没有回头，只是默默地向远方看了一眼，沉声道："是本官误会了娘娘。娘娘贤德，和陛下伉俪情深，相辅相成，乃是一位贤后。"

说完，他阔步离去。

三人无奈一笑，迈步跟上。

刘娥望向洞明离去的方向，好一阵后才吃力地起身，想回寝宫陪赵恒，可就在这时，眼中出现了太子的身影，他正从殿柱后面慢慢地走了出来。

"祯儿……"刘娥大惊，有些心虚，一时间不知如何向太子解释。

赵祯缓缓走近，眼眶逐渐湿润，偶有泪珠滴落。"方才种种，我都听到了……"

刘娥惊慌地退了一步。

"娘，虽然您曾是歹人从党，但是无论如何……您对阿爹无愧为妻，对祯儿无愧为母……"话音落下，赵祯泪眼模糊地望着刘娥，猛然一把抱住刘娥，"娘。"

赵祯的一席话，听得刘娥摧心剖肝，心里既痛苦，又大感欣慰。

"祯儿……"刘娥缓缓抬起双手，犹豫了一下，才抱紧赵祯，泣涕如雨。

母子相拥而泣。

一间幽暗的暗室里，德妙衣衫褴褛地躺在石台上，石台上方一根蜡烛，烛火摇荡，好像随时都会熄灭。

一边角落里，两只老鼠正在觅食，空气中传出糜烂腐臭之味，令人闻之欲呕。

此时德妙的肌肤已有明显溃烂，原本花容月貌的脸也是溃烂斑驳。

直到这时，德妙才明白勾魂之毒究竟是何等厉害，自己之前准备的药物竟然没有任何作用。

她躺在台上，奄奄一息。

不知过了多久，一只老鼠悄悄地凑到德妙的手边细嗅，似乎被老鼠的长须触动，德妙已经糜烂的手指突然动了动。

"吱！"老鼠发出一声轻叫，晃了两下，突然倒毙。

德妙眼皮轻动，慢慢睁开双眼，眼神迷茫。

"我这是死了吗？"看着黑黝黝的屋顶，好一会儿她才回过神，刚起身坐起，却突然抚着胸口发出剧烈的咳嗽。

"你醒了？"

德妙咳了一阵，感到舒缓了些。黑暗的墙角里，一个黑衣黑袍，头戴面具的高大人影徐徐走出，好似一个诡异的幽灵。

赫然是那神秘莫测的斗姆天尊。

德妙一惊，止住了咳嗽，闻声望向黑暗处，只见斗姆天尊自黑暗中走出。

"天尊？"

斗姆天尊冷哼一声，训斥道："是谁让你们擅作主张刺杀皇帝的？"

德妙一脸惊怒道："孟冬说是天尊您吩咐他带我入宫的，而且他当时只说要窥探宫中动静，没要杀皇帝！难道……他假传您的命令？"

话到此处，德妙意外地发现自己能说话了。

"咦？我能说话了！"她眼中透出惊喜。

"孟冬？"斗姆天尊语气中有些愠怒，怒哼一声，"这个不成器的东西！那么你又为何要动用暴雨梨花针？"

德妙满脸惊讶道："天尊这么快就知道详情了，难道当时天尊也在场？"

天尊冷哼一声没有回答。

德妙见此，知道自己说错话了，马上说道："天尊，属下是迫不得已啊！当时皇帝要拿属下治罪，属下……"

她一边说着，一边伸手比画，可一抬手，忽然发现溃烂的肌肤。

"啊！"德妙惊恐地尖叫一声，伸手摸向自己的脸。

"我的脸！我的脸……"德妙说到底也是个女人，此时突然发现自己脸上肌肤溃烂，瞬间失去了理智，尖叫不已。

好一阵后，她才惊慌失措地抓住天尊的衣袖，哀求道："天尊，赶快给我解药。我的脸……"

天尊一甩衣袖，将德妙甩开，无情道："我当初告诉过你，此毒无药可解。我也救不了你。"

他话音刚落，德妙便毒性发作，皮肤下似乎有无数只虫子在爬动，本就已经半溃烂的皮肤上突然鼓起大小不一的疙瘩，像气泡似的上下起伏。

胳膊上，脖子上，脸上，无处不有。

突然，"噗"的一声轻响传来，像是气泡涨爆，黄绿色的脓血喷溅而出。

德妙瞬间发出凄厉地惨叫，揪扯着自己的衣领，在石台上滚来滚去，"砰"的一声掉在了地上，可她仍然不觉，嘴里发出凄厉痛苦的惨叫。

"天尊！救我！天尊！"好一阵后，她无力地停下，双目哀求地看向斗姆天尊，像是要抓住最后一丝希望。

斗姆天尊见状，却冷哼一声道："'勾魂'无药可解！"

德妙绝望地惨叫，转开视线，气息渐渐变弱，身子也不大动弹了，只是偶尔抽搐一下，显然命不长久了。

斗姆天尊眼神冷漠地看着这一切。见德妙渐渐不动了，就转身想要离开。

可就在这时，他身后突然传出了粗重的喘息声。

斗姆天尊怔了一怔，慢慢转身看去，只见德妙的身体突然发生剧变，肌肤下炸开的疙瘩里，开始有无数虫样东西在脓血中来回爬动，好像要破茧而出似的。

斗姆天尊见状，惊讶地看着她的变化，登时目光一闪道："你还中了蛊毒？"

可此时德妙根本没听到他在说什么，只顾抱着头在地上痛得滚来滚去，不停挣扎。

"好痛！好痛！天尊救我！"

斗姆天尊厉声道："你中过蛊毒？"

"是皇后害我！属下本想向皇后求救，却被皇后用蛊毒让我说不出话来。"德妙大叫，疼得浑身乱颤。

斗姆天尊皱眉想了想，突然恍然大悟道："定风蛊？"

所谓定风蛊，并非真能定住风，实则是作用于人的肺部气管，一旦被催动时，可以使人短暂闭气，嗓子里发不出声音，不能呼吸。

不能呼吸，就没有气，没有气，就没有风。

因此，此蛊得名"定风"。

斗姆天尊看向德妙，目光落在她的皮肤上，只见那些疙瘩脓包来回鼓动，无数虫子似的东西好像正要爬出来。可诡异的是，过了一阵子，它们突然平息了下来，就好像之前的一切都是幻觉一样。

斗姆天尊虽然对蛊术不太在行，可也能猜到，这必然是蛊虫与勾魂之毒两者起了什么反应，因而才有了这种意外变化。

他好奇地看着德妙，任由她惨叫不停，既不帮忙，也不离开，就好像看着一个有趣的玩物，眼神中充满着玩味。

好一阵子过后，德妙的惨叫声陡然一停，整个人像死去了一样，完全不动了，甚至连呼吸也停了下来。

斗姆天尊眼中精光一闪，认真看着，并不急着离去。

"呼！"就在这时，德妙突然长出口气，身体像是僵尸一样突然立了起来。

此时的她看着非常可怖，满脸满身都坑坑洼洼，不是脓血就是疙瘩，看起来像是一具腐烂多时的尸体。

但诡异的是，她此时的气势却非常强大，浑身上下破烂的衣衫无风自动，披散的长发猛地荡起，沙沙作响。整个人看上去，仿佛充满了力量。

斗姆天尊眼中露出惊喜，喃喃道："蛊术与毒术还能如此结合？"

想了一阵，他渐渐恍然，点头轻道："是了，据说蛊虫一向以毒为食，看来这勾魂之毒正对它们胃口啊！嗯……也可能是两者都含有剧毒，以毒攻毒，这才发生如此奇异的变化。不错，嗯，真不错！"

这时，德妙双眼猛地睁开，原本黑白分明的眼睛已经大变，暗黄的瞳孔中透着碧绿，像是虫眸，又好似兽瞳，诡异又恶心，令人看了不寒而栗。

但斗姆天尊看着她的双眼，不但毫无惧色，反而兴致勃勃，甚至有种迫不及待想要认真研究一番的意思。

好在他心性不俗，身形刚一动，马上又止住，静静地看着德妙，想看看还有没有其他变化。

"内元真气？"德妙这时也回过神了，身上不但不再痛苦，反而充满了力量，之前的一番折磨，好像令她脱胎换骨了似的，浑身上下暖洋洋的，舒服极了。

她举起双手，缓缓握拳，不敢置信地看去，喃喃自语道："我曾被师伯废了武功，从此再不能修炼内力，现在怎么？"

她的双手恍惚中似乎不断地被内力鼓荡着放大、缩小，坑坑洼洼的皮肤虽然恶心难看，却不时有条条青筋鼓动，充满了力量。

这时，德妙挥手猛地朝对面空气中击出一拳，石室轰然一震，摇晃了一下，对面的石壁传来"咔嚓"一声轻响，紧接着浮现出无数的裂纹。

斗姆天尊惊讶地看着这一切，又惊又喜。

德妙此时感觉到一股力量充盈全身，惊讶地摸着自己的身体。她的身上所露出的皮肤，除了方才的溃烂，还多了许多疙瘩小包，肤色又黑又绿，像是一只蟾蜍。

她大喜过望，但声音已经变得粗哑刺耳，大叫道："我恢复武功了！哈哈哈，我恢复武功了！我不仅恢复了武功，而且……而且强大了数倍不止……"

说到这里，她忽然想起自己的容貌，赶紧又摸摸脸。

"我的脸！我的容貌！天哪！"德妙愤怒地悲呼出声，之前的兴奋完全退去。

斗姆天尊目光一闪，突然出手道："接我两招试试！"

说着，他抬手一掌，朝德妙胸口拍去。

德妙本来就在为失去容貌而悲痛，心里焦怒至极，此时见对方一掌打来，眼神马上一厉，二话不说，抬手就还以一掌。

只是她到底是多年不动武了，此时就算恢复了真气，甚至远比当年还要强大得多，身体却毕竟失之灵活，交手经验更是远远不如从前。刚一抬手，就被斗姆天尊轻轻拨开手腕，被他另一掌打在肩膀上。

不过，此时的德妙力大无穷，就算被打中，也只是觉得微微一痛，好像斗姆天尊威力巨大的一掌对她根本没什么威胁似的。

她虽然不痛，但仍然被掌力震飞，退后两步。

德妙怔了下，低头看看自己，竟然没事。她在奇怪之余，碧黄的眼瞳中也闪出凶光，二话不说，再度扑上。

斗姆天尊一掌击中德妙后，手掌立刻变成了绿色，而且还向手臂上蔓延，随之而来的是一股麻痒之感。

中毒了！

斗姆天尊大吃了一惊，忙用内力逼压，将绿色往指尖逼去。

而就在他逼毒时，德妙已经再度扑至。斗姆天尊皱了皱眉，突然伸手从袖口里拔出一柄锋利的短剑，毫不留情地刺向德妙胸腹。

"刺！"空中传来破空声，像是撕裂帛布般。

德妙根本没反应过来，眼看着短剑刺在身上，眼中露出惊恐之色。

但随后的一幕，却令二人都愣住了。

剑刺在德妙身上，竟发出铿铿之声，直冒火星，对她根本没有伤害。

二人愣住，但斗姆天尊只微微一愣，便马上反应过来，变刺为拍，同时上前一步，脚下如钩，钩住德妙脚踝。

"砰"的一声，将德妙整个人击飞而去。

德妙似乎也没受伤，从地上一咕噜就爬起来，正准备朝斗姆天尊扑去，可对方已经收招，看着她开心大笑。

"哈哈哈，好得很！你因祸得福了，现如今你不但刀枪不入，力大无穷，而且周身是毒，好！太好了！"

德妙怔了怔，先是不敢相信地看看自己的手，又摸摸自己的脸，神色复杂，似喜似悲。

"我的脸……"

斗姆天尊不屑地打断道："一副臭皮囊，有什么打紧。你现在的本领，可比以前有用多了。"

德妙抬头，不甘心道："可是我……"

"够了！"斗姆天尊愠怒地喝断她的话，冷冷地看了德妙一眼，"你和孟冬留下的烂摊子，本尊还要替你们收拾，无暇听你呼天抢地。"

说着，他一挥袖子，手中短剑隐沉，转身朝向石室门口，头也不回道："现在风声很紧，你先住在这里。一日三餐，我会派人送来。时机到了，本尊会让你出去的。"

德妙嘴角动了动，想说些什么，却又止住了。直到斗姆天尊离开后，才又颓丧又愤恨地退了两步，跌坐在石床上，颤抖地看着自己溃烂又畸形的双手，想去摸脸又不敢，终于跳了起来，流泪嘶吼："都是皇帝的错，都是北斗司的错，是你们毁了我……"

她伏地大哭，两行眼泪滴落，像硫酸似的冒起了白烟。

德妙双手握拳，浑身蜷缩绷紧，像是一只受伤的野兽，用尽全力哑声嘶吼："都是你们毁了我！都是你们！我要报仇！报仇！报仇……"

晌午的太阳颇有些炽烈，阳光晃得人眼睛有些睁不开。

皇城内，一些衙门口的公人胥吏三三两两地聚在一起议论。

"没想到那德妙如此毒辣呀！"

"是呀，还妄称什么仙师呢，分明就是个妖妇啊。"

丁谓疑头疑脑地路过，凡是见到丁谓的人，唯恐躲避不及，边绕道边指指点点地小声议论。

丁谓瞧在眼里，非常不屑地轻声道："呸！都是些什么玩意儿，真是虎落平原被犬欺。哼！"

他走在宫中御道上，不时听到路过的太监在议论。

"哎哟！你知道吗，今日中书省下发缉捕文书了，现正全城张贴，要缉拿钦犯德妙呢。"

"唉，当时怎么就叫她逃了呢，北斗司也太没用了。"

"唉，这你可别乱说，当初北斗司是把那德妙妖妇以牢车押送回来的，要不是丁相公力保……"

"嘿，丁相公，这一下丁相公只怕要倒大……"

小太监还没说完，同伴突然看到丁谓的身影，赶紧碰了碰他的衣袖，下巴微扬，示意他别说了。

"哎哎哎，别说了，别说了。"

说话的太监看见丁谓，立即闭嘴，低着头快步避开了。

丁谓横眉冷对，怒哼一声就要发火，可他刚一张嘴，似乎想到了什么，深吸口气强行忍住，气哼哼地朝前走去。

来到福宁宫前，他顾不得擦汗，二话不说，跪倒在石阶之下，叩首于地，大呼："臣丁谓，再以微诚，伏阙请罪。"

一直守在福宁宫殿前的雷允恭拉门出来，瞧见丁谓，忙过去扶他。

"丁相公，丁相公！您这是干什么？官家累了，正歇着呢，您先起来吧。"

"臣有罪！"丁谓摇头不起，满脸哀恸之色，任雷允恭拽着他的胳膊，大声道，"雷公公，你是不知道哇！我丁某人要是再不来向官家解释一番，就要被口水淹死了！"

他这点伎俩雷允恭自然明白，但他不但没有生气，反而配合着惊讶道："竟有此事，谁敢对丁相公如此不敬？"

丁谓继续大声冲殿里喊："雷公公，你是不知道啊！现在到处都在非议，说我丁某人是那德妙妖妇的同党，还造谣说，我在玉清宫创建之事中贪污银两。哎呀，我现在就如同屎壳郎偷粪，走一路臭一路，真是百口莫辩哪！"

雷允恭偷偷往后瞥了一眼，紧接着大声问道："丁相公当真与那德妙仙妖妇无关？当初可是您力保德妙的啊……"

"我那是被妖妇给蒙蔽了啊！"丁谓叫苦不迭，满脸痛心疾首。

"俗话说，宰相肚里能撑船，丁相公何必跟那些背后嚼人舌根的人计较？嘴巴长在别人身上，您就是苦恼，也只好自己放宽了心哪。"雷允恭扶着丁谓的手，大声安慰道。

丁谓一听，语气如同哭诉："哎哟！雷公公，三人成虎，人言可畏啊！我是怕官家受了歹人挑唆，轻信了谣言啊！"

"丁相公这句话咱家可就不爱听了。咱们官家圣明治世，堪比尧舜，谁能哄骗得了官家。"雷允恭神色不喜，一把松开拽着丁谓的手，作势要走。

丁谓神色一紧，连忙伸手拉住，另一手作势掌嘴："瞧我这张臭嘴，我这不是被逼急了嘛。"

说完，他面向慈宁宫紧闭的宫门，言辞诚恳凄然，说着说着便开始老泪纵横："我丁某人任宰将近七年，可算是勤勤恳恳，为赵宋江山劳心劳力，绝无半点私心。老臣不是来显摆功绩的，老臣只想请陛下明鉴，老臣忠君之心绝对无愧天地啊！"

雷允恭连忙又去扶丁谓。这时慈宁宫内一位小太监跑出来，在雷允恭耳旁低语几句后，恭敬地站在他身侧。

雷允恭闻言，怔了怔，恭敬亲和的神态变冷淡了。"丁相公，官家醒了。"

丁谓闻言一喜，忙顺势起身，追问："官家醒了？官家可是说了什么？"

雷允恭淡声道："官家龙体欠安，现下无心见您，传谕命丁相公闭门思过，等候裁决。"

"这……"丁谓惊怔。

雷允恭叹口气，十分无奈道："唉……丁相公，您还是先回去吧。"

丁谓怔怔地站在原地，脸色忽青忽白。好一会儿后，才转身往外走，只是脚步有些蹒跚，整个人像是老了十岁。

福宁宫后殿里，赵恒半躺在床上，背靠着软锦垫，气色虚弱，脸色苍白。

姿色绝美的沈才人跪在床边，轻轻啜泣，以丝绢掩面。

一旁刘娥轻叹一声，走上前去，轻轻拉起沈才人道："都是姐姐不好，委屈了妹妹，姐姐向你赔不是了。"

赵恒侧了侧身，宽慰沈才人道："不关皇后的事，是我误信德妙奸人所言，害你受委屈了。"

他咳嗽两声，叹息道："唉，我大怒之下，昏了头脑，险些要杀了你。亏得皇后阻止，否则朕今日真要追悔莫及了。"

沈才人听了，忙向刘娥姗姗福礼道："妾身谢皇后娘娘。"

刘娥轻拍她的手背，安慰道："都是自家姐妹，叫姐姐就好，可别生分了。"

"姐姐……"沈才人垂泪，脸上露出感激之色，心里也松了口气。

看皇帝现在的样子，恐怕命不久矣，此时后宫里谁人不是心惊胆战？沈才人再怎么单纯天真，可到底不是傻子，到了这种时候，也难免要想方设法自保。

虽然自汉唐以来，中原就已经没了殉葬之事，可后宫阴森，往往皇帝大行后，皇后就会对以往受宠的妃子进行清洗。而此时的宫中，除了皇后，就只有她沈才人最是受宠了。

可以说，她今日来陪皇帝，至少有六分心思是放在皇后身上的。此时得了一句隐约的暗示，自然松了口气。

她的那点心思，刘娥自然心知肚明。不过现在的她已经抱着与赵恒同生共死之心，自然也没心思去为难她。

"唉！老了老了，真的是糊涂了，之前种种糊涂作为，如今想来，仿佛一场梦啊！"对于两个女人之间的隐晦交流，赵恒根本没察觉到，或者说，此时的他已经没有那份心力再去揣摩别人的言语了。

与赵恒不同，刘娥心思要细得多。既然人情已经送出去了，不如干脆送到底，一来心里落个踏实，再者，将来自己和官家都走了，宫里也能有人照应一下太子。

想到这里，她看了眼泪眼婆娑下仍然美艳非凡的沈才人，微一沉吟，转向赵恒轻声道："官家，沈才人一向克娴专静，唯谦淑慎。如今又受了这么大的委屈，依我看，官家也该加以褒奖，进一进了。"

赵恒看着刘娥，虚弱地点点头，笑道："你是六宫之主，你拿主意就好。"

沈才人慌忙拒绝道："娘娘抬爱，沈氏入宫不久，不敢高望。"

刘娥不疾不徐地拉起沈才人，轻声道："你莫慌张。依我看，一个贵妃的位子，你总是当得的。"

赵恒微微一笑，浅浅道："就按皇后说的办吧。明日册封！"

沈才人慌忙下跪道："妾身谢官家、娘娘恩典！"

刘娥和赵恒相视一眼，都露出淡淡的微笑。

孟冬店里，一身素服的开阳抚摸着木牛流马，若有所思。

这时瑶光轻手轻脚地走进来，看着椎髻布衣的开阳，眼中露出心疼之色。

开阳缓缓抬头，看着瑶光微微一笑，并不急着说话。

瑶光犹豫一下，才轻声道："开阳姐姐，你又想孟冬大哥了？"

"你怎么来了？"开阳笑而不答，淡雅如兰。

"你最近闷闷不乐的，我们都很担心你。"瑶光上前几步，拉着开阳的手，担心地看着她。

"我没事。"开阳摇摇头，缓缓抽出手臂，走到桌旁，拿过一卷画轴，轻轻展开，露出一条条规整而繁复的图案，正是她与孟冬共同设计的焰火鼎的图纸。

看了一会儿，开阳又将图纸小心地卷起，打开另外一卷，摩挲着。图纸上是八脚蜘蛛傀儡的设计图。

"这是什么？"瑶光凑过去，好奇地看了眼问道。

"这是……他帮我改善了蜘蛛傀儡的设计，这就是他的设计图，可惜……还没有完成。"开阳眼神有些迷茫，有些哀恸。

"那……姐姐你来完成它，我们帮你！"瑶光小心地看了开阳一眼。

开阳点点头，将图纸卷好，和焰火鼎的图纸都握着放在胸前，缓缓打量着小店。

过了半晌，她才转过身，对瑶光轻叹一声："走吧！"

瑶光点点头，跟着她转身出去，轻轻把门扉关上，落锁。

看着手中的钥匙，开阳深吸了口气，小心地收入袖中，朝瑶光微微一笑，迈步迎着阳光走去。

北斗司仓库里，开阳坐在案前，摊开孟冬尚未完成的图纸，蹙眉思索，不时勾勒一笔。

太岁在室内无所事事地转悠一阵，走到开阳面前献殷勤道："开阳姐姐，有什么需要我帮忙的？"

开阳抬头，向他浅浅一笑，摇头道："我还没设计完呢，等我把它完善了，有你帮忙的时候。"

太岁开心地笑了。"好嘞！那……我不打扰你了。需要帮忙时，尽管开口！"

校场旁，柳随风斜坐在柳树上，身子半躺，正眯着眼在假寐。

这时，他身旁树叶飒然一动，一道人影跃上树来，在旁边树干上坐下来。

柳随风睁眼看了看，见是瑶光，又闭上了眼睛。

瑶光有些担忧地看着远方，过了一阵才幽幽地开口道："开阳姐姐一直在闷头完善她的八脚蜘蛛……"

柳随风闭着眼睛听着，好一会儿才轻声道："不用担心。她有事做，就能排遣心情。时间是最好的药，她会痊愈的。"

瑶光默默地点点头，左右看了看，也用一个舒服的姿势，躺在了柳树干上。

阳光透过树叶照在她的脸上，暖洋洋的很舒服，令人昏昏欲睡。

"这世上的事呀，真是奇妙。谁能想到，开阳姐姐居然会喜欢了孟冬大哥呢。"瑶光似乎心有感慨。

柳随风笑笑，张开眼睛看着瑶光，嘴角勾起古怪的笑意。"是啊！咱们去泰安府办案的时候，只怕你也没想到一口一个小贼的他，现在居然是你的心上人吧？"

瑶光小脸微红，害羞起来，不过她性子直爽，并不否认自己喜欢太岁。只是咬着唇想了想，有些遗憾的模样："他呀，不是嘻嘻哈哈，就是打打闹闹，我也不晓得，我们这样算不算是两情相悦。要我觉得啊，还是陛下和皇后娘娘那样，或者是孟冬大哥和开阳姐姐那样……"

说到这儿，她脸上露出向往和憧憬，声音也轻柔起来："温文尔雅，柔情似水。对他心爱的女人说话时，声音柔和的像春风，眼睛会一直深情地盯着她看……"

此时太岁正走过来，听到瑶光的声音，悄然站住，侧耳听着她说话。

"爱情，应该就是这样子吧。我和太岁呀，唉……每天里不是拌嘴吵架，就是没心没肺地傻闹，我总觉得……差了点味道呢……"

太岁眨眨眼，若有所思，放轻了脚步朝远处走去。

下午，瑶光迈步走进花园，四下张望，一脸迷惑。

"太岁刚刚明明在这儿的，跑哪儿去了？"

她话音刚落，太岁从花丛后缓缓走出来，一袭青衫，头戴书生巾，神情恬淡平静地看着瑶光，模仿着当初曾见过孟冬对开阳说话时的神情语气，淡声道："你来啦！"

瑶光翻了个白眼，没好气地瞪了太岁一眼道："废话！我这么个大活人戳在这儿，你看不见哪！"

太岁缓缓上前，轻轻握住瑶光的手，含情脉脉，语气斯文："当然看得见，这不是因为……我看见了你，很是惊喜吗？"

瑶光一脸好笑，挣脱他的手道："我们刚刚在校武场还见过面，这才一会儿的工夫，有什么好惊喜的？"

太岁深情款款道："一日不见兮，如隔三秋。"

"哦……"瑶光不自在地摸摸手臂，好像起了一身鸡皮疙瘩。见太岁仍旧温柔轻笑，和平时的模样完全不同，忽然有些担心，伸手摸了摸太岁的额头，"太岁，你没病吧？"

太岁仍然满脸温柔道："当然没有。我只是，忽然发现了你的好！"

瑶光一脸茫然道："啊？"

"山有木兮木有枝，心悦君兮君不知……"太岁看着瑶光，突然开始吟诗。

"啊？"瑶光惊诧地看着太岁，像是不认识他似的。

背完了诗，太岁又去握瑶光的手，含情脉脉道："我刚烹了一壶顾渚紫笋，今年的新茶。要不要一起去品尝一下？"

瑶光东张西望道："在哪儿？"

"在西苑小竹林，那儿环境幽雅，修竹如林，正适合执杯品茗……"太岁一脸神往地举起手臂加强语气，"坐看云卷云舒，静看花开花落……"

瑶光打了一个寒战，抽手后退两步，见鬼了似的看着太岁道："太岁，你是不是中邪了？"

太岁温文尔雅地一笑，继续深情地看着瑶光道："此言差矣，我只是……喜欢与你小园独处，于无声处细品滋味……"

瑶光吃惊地退了两步道："中邪了，你果然中邪了，我去找防御使大人！"

说着，他转身要跑，太岁装不下去了，赶紧冲上两步拉住她，急道："哎，哎，哎，你别走啊！我没病！"

瑶光目光乜视着他道："自己病了都不知道，病得果然不轻。"

说着就要抽开手臂，太岁忙拉住，愁眉苦脸道："我真没病！我只是……嘿，这不是因为你说的嘛。"

瑶光站住，诧异地看着太岁道："我说什么了？"

太岁支支吾吾，好一会儿也没说出来话。

瑶光一脸不耐烦道："你哼哼唧唧什么呢？有什么话快点说啊！"

太岁有些尴尬，挠挠头说道："我……我之前听你说你很羡慕陛下和孟冬哥哥那样的男人，我……我就……"

瑶光闻言，愣了愣，"扑哧"一声笑了。看着太岁呆呆的模样，心里像吃了蜜一样甜，感觉整个世界都是那么美好。

不过紧接着，她又假装生气道："好哇！你偷听我和大柳说话！"

太岁一急，慌忙摆手否认并解释："不不不！我……我只是想让你开心，你喜欢那样的男人，我就想……"

说到这里，他尴尬地一笑道："看来我学得还不像，你再宽我些时日……"

瑶光哭笑不得，轻轻摇了摇头，语气也柔和下来，看着太岁眼睛，娇声道："我明白啦！我知道你想对我好。可是，你不必学别人。你虽然比不上皇帝位高权重，也不及孟冬哥哥斯文知礼，可你是太岁！我喜欢的是你，不是他们。"

说着说着，她也有些脸红了，拉起太岁的手低声道："你若变成了他们，那还是我喜欢的那个人吗？"

片刻，二人都害羞地垂下了头，可马上又都鼓起勇气，四手相牵，深情相望。

正堂里，丁谓坐立不安，负手来回踱步，喝一口凉茶，还呛了几口水，接着又是踱来踱去，神色分外焦虑。

不多时，一个小厮慌忙跑进来，点头哈腰道："老爷！"

一听到声音，丁谓马上转身，快步走过去急问道："送给皇后的厚礼，她可收下了？"

"老爷，小的按您吩咐给皇后娘娘送去了，可她瞧都没瞧一眼，就给退回来了。"小厮不敢隐瞒，低着头回禀。

丁谓怔愣片刻，又急声问道："皇后可曾交代什么？"

小厮连忙回话："皇后娘娘说，让老爷闭门思过，陛下自有公断。老爷，这可怎么办哪？"

丁谓闻言怔愣，徐徐转身，整个人都好像佝偻起来了。好一会儿才挥退小厮，哑声道："你先下去吧。"

"是！"小厮不敢多说，悄声退下。

沉默半响，丁谓走到桌旁，端起茶水想饮一口。突然一声猫叫，吓得他端杯的手一抖，茶水洒落，斑驳了衣袖。

他低头看去，见一只大花猫正蹲在脚边，心里这才一松。

放下茶杯，蹲下去将它抱起，继而坐下。丁谓伸手轻轻扶着猫背，嘴里低声责怪道："哎哟！我的宝贝，你可吓死我了你！"

说着，他抬起袖子擦了擦额头的虚汗，忽然长叹一声，神色怅然。

刘娥走进福宁宫，突然两眼发黑，脚下一软险些晕过去，幸好身旁侍女扶得及时，这才没让她倒地。

"娘娘！"侍女惊叫一声。

"无碍。"刘娥摆摆手，小声吩咐一句，"此事不得说与官家。"

她声音虽不大，连眼神也淡淡的，可侍女却是一激灵，马上垂首躬身答应："是！"

刘娥轻"嗯"了一声，深吸口气，继续往福宁官后殿走去。

撩开后殿的珠帘进去，躺在病榻上的赵恒见她来了，脸上一喜，作势要起身。

刘娥见状，连忙过去扶住他，担心道："官家切莫乱动。"

说着，她接过女侍递过来的织锦枕头，塞在赵恒腰后，好让他靠着。

赵恒半躺着，拉着刘娥的手，微微笑道："这些日子，只苦了你，里里外外的操劳，难得空闲下来，怎不好好歇着？"

"方才丁谓备了厚礼到我官里，我叫人给他退回去了。"刘娥想了想，轻声道。

果然，赵恒一听，脸上马上露出愠怒之色。"这个丁谓，执迷不悟，还在钻营！"

他话音将落，便是一阵猛力咳嗽。刘娥忙递上丝绢，赵恒接过，掩嘴止不住地咳。

刘娥一边伸手在背后为他顺气，一边接过侍女递过来的水伺候赵祯喝下。

当赵祯撤下丝绢，准备去喝水时，刘娥接过丝绢，发现上面一抹殷红。

她眼眶一下红了，紧接着小心劝慰道："官家莫要动怒，你这样难受，我……我看了实在揪心。"

赵恒摇摇头，方止住咳嗽，便握住刘娥的手，反倒安慰起她来："娥娘切莫焦虑，我……咳咳……我不咳就是了。"

他虽强忍咳嗽，但这是身体自然反应，不是忍就能忍得住的，时不时仍不受控制地咳出来。

刘娥心疼得两眼湿润，可此时说什么也没用，只能伸手不停地为他顺气。

过了一阵，赵恒终于缓些了，喝了一口水，长吁口气，虚弱地道："丁谓欺上瞒下，贪赃枉法，我的确恼他，可我细细思量过了，不能办他。"

这里面的道道，其实不用赵恒多说，刘娥心里也清楚。当下只是轻轻抚着赵恒的胸口，替他顺气的同时，听着他说话。

赵恒双目无神，看着前方，语气有些凄然："他毕竟是跟随了我……几十年的臣子，况且我此时病重，诛杀大臣实为不妥。咳咳咳……何况我、我大宋天子与士大夫共治天下，祖训……咳咳咳咳……祖训有不杀大臣之诫。"

他沉思片刻，缓过神来，看向刘娥，叹声道："让他乞骸骨，主动告老吧，也算给他一个体面的结果。"

刘娥轻轻点头，温和地微笑道："官家仁厚。"

明月高悬，乌云半掩，城中一片灰暗，只有打更的声音笃笃作响。偶尔或有夜鸟惊飞，或闻几声凄厉的猫叫。

丁谓仰躺在床上，脸色苍白，似乎正做着什么噩梦，脑袋时而左右闪避，牙关紧咬，额头上冒着豆大的汗珠。

突然，他惊恐地喊着："冤枉……冤枉……官家饶命……官家饶命……"

被他的呼喊声惊醒，一旁丁夫人半撑起上身，揉了揉双眼，见丁谓一副魂不守舍的模样，微微一惊，连忙轻轻摇晃着丁谓，呼唤他："老爷？老爷？"

梦中，烈日下，一个飞眉横眼、满脸络腮胡的威猛刽子手，正凶恶地扬起明晃晃的大刀。

随着一块血红色、写着"斩"字的令牌从远处飞来，"啪"的一声落在眼前地上，刽子手轻喝一声，手中大刀奋力劈下！

"啊！"丁谓大叫一声猛然坐起，大口喘着粗气，浑身已被冷汗浸透。

丁夫人被吓了一跳，下意识地瑟缩在被子里，瞬时又微微起身，扯扯丁谓的袖子，试探地问道："老爷？"

丁谓一摸自己的后脑勺，一直摸到脖颈，这才长出了口气，脸上露出劫后余生的神色。

扭头看了眼夫人，丁谓张了张嘴，没说话，摆了摆手，重重地躺倒在床上，两眼无神地看着屋顶，一时间再无睡意。

阴暗的地宫中，不断有滴水击石的声响。

一个身披黑色斗篷、头戴诡异面具的神秘人从阴影中缓缓走出。

"你失败了。我早说过，像你这般畏首畏尾，难成大器。"他声音沉哑，听起来约莫五十岁的年纪。

顺着神秘身影看过去，在他对面还站着一个一身黑色斗篷的人，那人俨然是戴着似鬼似神面具的斗姆天尊。

斗姆天尊冷哼一声："放肆！我苗训什么身份，轮得到你来教训？"

对面神秘人放缓了语气，并不生气，只是沉声道："对你的大计，我们有诸多支持，可我们想要的东西，迄今还全无下落！家师对你，很不满意！"

斗姆天尊沉默了一会儿，慢慢转身，背对神秘人道："我答应给你们的，一定会给，只等我大计得成！"

神秘人追上一步，逼问道："你什么时候，才能成功？"

斗姆天尊道："我原打算利用德妙的幻术，打造一个神人形象，进而蛊惑赵恒主动禅位于太祖后人，在最平稳的状态下使天下易主，以保证天下太平。却不料人算不如天算……"

神秘人以冷冷的语气道："所以，你还是失败了！"

斗姆天尊得意冷笑，徐徐道："此时言败尚早。本尊……还有一着伏棋。"

说完，他沉默片刻，低声狞笑起来。

皎洁的月光从地宫顶上的洞口洒下，清冷地照在穿黑衣，披黑斗篷，戴似鬼似神、狰狞面具的两名神秘人身上，云雾迷蒙中，二人的身影犹如九幽恶鬼，显得分外阴恶。

第二天一大早，刚吃过早饭，丁谓府中就迎来了官中旨意。

传旨的是丁谓的老熟人雷允恭，此时的雷允恭，神色冷漠，身侧站着两列小太监，昂然立于丁谓面前。

"陛下口谕：念丁谓还有些苦劳，朕对他的糊涂事就不深究了。明日早朝，让自辞官，乞归故乡吧，也算朕给他的一点体面！"

丁谓眼神迷茫，似乎没听清雷允恭在说什么，一时无言。

"丁谓，还不领旨谢恩？"雷允恭等了一会儿，见丁谓一言不发，眉头一皱，沉声喝道。

"啊？"丁谓愣愣地抬头，看着雷允恭。

"还不领旨谢恩？"雷允恭有些不耐烦。

丁谓回过神，浑身轻颤，绝望地叩首在地，闭眼涩声道："老臣……领旨谢恩……"

雷允恭眼睛斜睨了一眼丁谓，神色恢复了冷漠，淡声道："咱家已把圣上口谕传到，丁相公，你好自为之吧。"

说着，他一甩袖子，转身带着小太监们离开了。

雷允恭一走，丁谓马上万念俱灰地瘫坐在地，双目失神，像是一下子老了十岁。

一旁侧厅里，丁夫人快步走出，蹲下身摇晃着丁谓，哭诉着询问："老爷，你为何突然要告老还乡？老爷？到底发生了什么事？老爷你说啊！"

丁谓被她摇得身体不停晃动，可他此时眼中神采全无，一句话都没说。

夜里，丁谓和夫人躺在床上已经睡熟，窗前桌上一盏烛台发出"啪啪"的轻响，一只飞蛾落在桌上，翅膀上冒起黑烟。

"不要啊！"这时，丁谓突然惊坐起来，大呼出声，显然噩梦缠身。

他汗流浃背，慌忙摸向自己的脑袋脖颈，发现头颅还在，不由得松了口气。

就在这时，他从眼角处忽然看到有一双脚立在床边，吓得他惊恐后仰，瞬间看到一张似鬼似神的面具。

丁谓在床上连连后退，忽然想起自己的夫人还一直睡着，他赶紧晃动自己的夫人，却如何都晃不醒。

"夫人！夫人！"

斗姆天尊不以为然道："我点了她的穴，她暂时醒不了。"

丁谓连咽着口水，胆战心惊地问话，声音不自觉地发抖："你……你是何人？"

"我是何人？"斗姆天尊冷哼一声，"你当初用七年时间完成原本需十五年才能建造完成的玉清宫，从此声名大噪，封侯拜相。如果不是我命偃正全力配合，你以为你能成功？"

丁谓闻言愣怔道："什么？偃正？你命令偃正？你究竟是谁，偃大匠为什么要听的你吩咐？"

斗姆天尊不答，接着说道："到后来你为了邀宠，盛情邀请德妙进京，可她偏偏惹上了人命官司。如果不是我暗中帮你们毁灭罪证，逼泰安知县翻供，不但她要完蛋，就连你，也要灰头土脸。"

丁谓突然惊闻此事，不由得骇然，惊愣地看着斗姆天尊。"你……你到底是谁？"

"我是谁，并不重要！你现在该关心的是你自己，大难临头，尚不自知！"斗姆天尊冷笑。

丁谓一听，顿时垂头丧气。是啊，等天一亮，自己就要乞骸骨了，还想那么多干吗？

"唉！老夫一生追求功名利禄，如今尽是一场空，不日就要告老还乡了。除此之外，还能有什么大难临头？"

斗姆天尊仰天笑了几声，忽地低头，凌厉地看向丁谓道："你以为，皇帝真的不想杀你？天真！"

丁谓一惊，身子猛地一抖道："你说什么？陛下……陛下想杀我？"

谁知斗姆天尊却摇头道："不，皇帝当然不想杀你……"

丁谓松了口气，疑惑地看向斗姆天尊道："那么？"

斗姆天尊冷笑道："皇帝现在不杀你，是想留着你，等太子继位之后再杀，用你的人头，为新皇帝立威！"

丁谓惊住。"什么？"

斗姆天尊冷冷地从袖中甩出几本账册和奏折，丢到丁谓怀里。

丁谓赶紧捡起一本，就着灯光翻看。

斗姆天尊讥讽道："你看看，这是我从宫中盗出来的东西，除了你贪污的账册，就是御史弹劾你的奏章，你以为，皇帝为何留着不发？是为了他的儿子啊，哈哈……"

丁谓看着账册，惊恐万状，越想越觉得对方说得有道理，脸色也越来越难看。

见他神色大变，斗姆天尊轻哼一声，缓缓弯腰俯视着丁谓，声如恶魔："你已走投无路了，但是你只要肯归顺于我，我不但能保你一命，还能保你富贵荣华，甚至更进一步，封侯封王，也不在话下。"

"你是谁？我如何能信你？"丁谓一惊，但到底是多年宰辅，定力自是不凡，当下抬头直视对方，神色也变得沉着起来。

但斗姆天尊见此却冷笑连连："不信我？你……还有第二条出路吗？"

他的腰弯得更深了，对着丁谓低低耳语几句。

听了几句，丁谓刚刚恢复沉稳的面色立刻大变，目瞪口呆地看着对方，一时竟说不出话来。

斗姆天尊不以为意，伸出手慢慢拍了拍他的肩膀，沉声道："按我说的做，你就能逢凶化吉！否则……你自己应该明白！"

说完，他身影一个恍惚，瞬间消失，好像之前从没出现过一样。

丁谓愕然，摇摇头，四处看看，根本找不到对方身影。直到他低头看到自己手中的奏章，这才肯定，之前发生的一切不是幻觉。

大庆殿中，太子赵祯坐于皇位之上，俯瞰殿下众臣子，神情略显紧张。坐于太子身旁的皇后刘娥，轻轻握了握他的手，母子相望，轻轻颔首鼓励。

雷允恭一扬拂尘，高声宣唱："陛下龙体有恙，暂时不能料理国事，即日起由太子监国，皇后听政。各位大臣，有本早奏，无本退朝。"

这时，丁谓捧笏而出道："皇后娘娘，陛下只是龙体有恙，还是病情严重？"

刘娥微微一怔，冷峻地看向丁谓道："丁相公这是何意？"

丁谓脸色有些苍白，此时却一脸严肃，抬头看向刘娥，沉声道："娘娘，陛下的病情，可瞒不得人，如今已是天下皆知，自欺欺人，与民何益？"

底下不少大臣小声议论。

丁谓一脸大义凛然，上前一步，继续道："老臣一生为赵宋江山殚精竭虑，忠心耿耿，当此时候，不敢不直言进谏！皇后娘娘，臣说句大不敬的话，陛下实则是中了奇毒，无药可解，如今已是危在旦夕。而太子年少，岂可当国？"

说着，他霍然转身，面向群臣，慷慨陈词："昔日，我大宋开国太祖驾崩，本应传位于皇子。只因皇子年少，为社稷黎民计，太祖不传皇位于皇子，而是传位给了皇弟，即为我大宋太宗皇帝！故此，兄终弟及，也算是我大宋朝廷的规矩之一！如今太子年少，天子病危，老臣以为，当循旧例，请天子废太子位，改立八王为皇太弟！"

丁谓此言一出，大臣们纷纷震惊，轰的一下乱了起来。

台上刘娥大怒，愤然起身，指向丁谓喝道："丁谓，你大胆！竟敢妄议立储！"

太子有些紧张地看向母亲。

丁谓徐徐转身，面向刘娥，怡然不惧道："八贤王勤政为民，威仪天下，受万民敬仰。拥八贤王为皇太弟，是民心所向。更何况，先皇太宗帝继承大统时曾许诺，将来势必将皇位还给太祖子孙。那么，眼下朝局，臣以为，应当拥八贤王为皇太弟！臣一片忠心，何来妄议！有何不可！"

他神色凛然，言辞恳切，底下已有不少大臣在议论中表示认可丁谓的说法，也有不少大臣站出来附议。

"臣附议！"

"臣附议！"

…………

刘娥脸色大变，眼中露出惊慌之色，但紧接着又强行忍住。而一旁太子却小脸苍白，一时不知所措，只能惶恐地看向母亲。

刘娥沉吸口气，目光扫向底下百官，心里凄然，正要开口说话。

就在这时，寇准捧着笏板出列，转过身怒目圆睁地看着百官，又怒视丁谓一眼，厉声道："此一时，彼一时也！太宗皇帝时候的事，岂可强行附和当前情形？八贤王固然宅心仁厚，恩泽天下，可若是他在此时被立为皇太弟，天下百姓会如何说他？对我大宋虎视眈眈的各方势力会不会趁机作乱？"

寇准声如洪钟，震得满朝文武一怔。又是一阵窸窣议论，方才还出列附议丁谓的大臣，神色都犹豫起来。

震住了场面后，寇准转身看向台上母子，再言道："此时另立新帝，如同制造内乱，动摇朝纲，给外人以可乘之机！万万不可！"

听了他的话，百官议论再起，很快有人捧着笏板出列，朝台上刘娥和太子躬身行礼，口称："臣以为寇相公所言有理。"

"臣附议。"

"臣附议。"

…………

丁谓斜眼看了看寇准，侧耳听着朝中细碎嘈杂的议论声，丁谓暗动心思，再次谏言："太子监国，则主少国疑！岂不等于自毁社稷！况且，兄终弟及，在我朝也非没有先例，以八王之贤德，一旦被立为皇太弟，必然天下归心，万民拥戴，又何致产生内乱？"

许多大臣又是一怔。

这时，朝中乱作两派，有支持寇准的，有支持丁谓的，双方激烈争论起来，整个大殿里乱哄哄地闹成一片。

刘娥站在上面，看着争论的群臣，心中发寒，握紧拳头，心中暗暗后悔："早知如此，昨日就该直接下旨，罢了丁谓的宰相之职！陛下一念之慈，给了丁谓机会啊！"

她有心说些什么，可毕竟刚刚被册为皇后，心里也清楚，自己此时还没什么威严可言。这些大臣就算表现恭敬，但心里不一定在乎自己。特别是寇准，此时虽然在帮着太子说话，可刘娥注意到，他从始至终都没称呼过自己一句皇后。

对皇后之名，刘娥其实并不太在乎，就像她之前与赵恒说的一样，这是他们夫妻之间的事，别人承认与否，又何必在意？

但是，她不在意自己皇后之名之位，却不能不在意太子的名分。

好在她到底是见过世面，又熟读史书，心里很清楚，在眼下这种时候，万言不如一默。自己不说话还好，万一张嘴说错了一句话，甚至一个字，都可能惹出无法想象的后果。

想明白了这一点，刘娥深吸口气，扭头看了眼满脸惶然的太子，嘴角挤出一丝强笑，给他递了一个安慰的眼神，缓缓坐下。

转眼半个时辰过去，下面两派大臣还在激辩，看着他们一个个口若悬河，滔滔不绝，当着自己和太子的面就无所顾忌地大声讨论着废立之事，刘娥脸色越发铁青，紧紧握着太子的手，一言不发。

一片嘈杂中，太监一声尖厉的高呼，令全场突然安静下来。

"八贤王到！"

众大臣听闻八贤王上朝了，纷纷向左右让开。刘娥脸色有些发白，握着太子的手不知不觉加了些力，疼得太子脸一抽。

八贤王一身蟒龙袍，头顶紫金冠，面色惶急地快步上殿。

到了殿中，八贤王先抬手向皇后娘娘揖礼，又朝太子递了一个安心的眼神，转身看向众列大臣。

八贤王声音沉磁，器宇轩昂道："诸位大臣为官多年，难道只剩下一肚子诗书礼仪，至今还不懂辅政治国吗？枉费我赵宋皇家，推心置腹地要与士大夫们共治天下！"

八贤王一番话说得刚烈，激得满朝文武瞠目结舌。

他神色稳重，不怒自威，见低下大臣们都不说话，这才又道："当今圣上公平直正，明德惟馨，治理出如此富饶天下，你们是要否认这太平盛世的功绩吗？太子乃宗室首嗣，天位所属，自正位东官以来，克俭端重，毫无瑕疵，岂可言废？"

众人噤若寒蝉。

丁谓见状，惶恐上前道："八贤王，老臣也是为了……"

"你住口！"八贤王怒喝一声，打断丁谓，目光如炬，扫视整个朝堂，俄而转身，向皇后和太子行礼。

"皇后，太子，赵德芳在此一诺，绝不继承皇位，誓此一生效忠赵宋江山，若违此誓，神鬼共诛之。"

八贤王一席话，说得丁谓目瞪口呆。

皇后刘娥激动地站了起来，拉着太子快步走下御座，到了八王面前。

刘娥激动地看着八王，对身旁太子道："儿啊，还不谢过你八叔扶保之恩！"

太子听了，忙向八王长揖道："八叔，侄儿定当励精图治，以谢八叔扶保之恩！"

八王急忙上前搀扶，恭敬道："太子怀瑾握瑜，定能大有作为。"

见八王如此表态，百官大臣们也算是明白了，这事过去了，以后不用再提了。提也没用，反而会获罪于皇室，里外不讨好。

底下寇准欣慰地笑了，一边将须，一边点头，一副老怀大慰的模样。

而另一边，丁谓则满脸沮丧，眼中更是露出绝望之色。

龙椅旁，雷允恭依旧稳稳地站在御阶上，轻轻撩了一下眼皮，又慢慢垂下。

寝宫中，赵恒咳嗽不止，刘娥坐在榻边扶着他，脸上满是担忧。

好一会儿过去，赵恒才算咳完，慢慢攥紧手帕，但仍露出淡淡血丝，看得刘娥眼圈一红。

"现在……不能罢他的官了。"赵恒喘息着道。

"怎么？"刘娥一怔，神色不解。

在她看来，丁谓妄言废立，就算不斩杀，也应该马上罢官流放。

"丁谓刚刚提议由老八继位，此时罢他的官，不管什么理由，天下人都只会认为……认为……咳咳咳咳……"

刘娥连忙轻抚赵恒的背，一脸悔恨道："我明白了！没想到一念之仁，留下这么个祸害！"

赵恒舒服了一些，轻轻喘了口气，慢慢靠在被上，长出口气道："幸好，老八无意于皇位，当众表态，打消了他的妄念。"

"可是，丁谓显然是孤注一掷了，他为相多年，党羽众多，恐怕不会就此罢休。"刘娥有些担心。

赵恒轻轻点了一下头道："我明白，所以……才……才召人来，商议后事。"

刘娥听到"后事"两字，眼圈一红，默默抹泪。

这时，周怀政蹑手蹑脚地走进来，低声对赵恒禀报："官家，三位大臣到了。"

赵恒点点头，又坐正了些。

周怀政忙摆摆手，宫娥和太监们都低头退下，他自己也踮着脚步，快步走出去。

片刻后，周怀政引着寇准、杨亿、温仲舒三位大臣进来。

三人向皇帝长揖道："见过陛下！"

赵恒闻声，微微抬眼，看着三人气息微弱，说道："都免礼吧！"

"是！"寇准、杨亿、温仲舒三人起身，皆恭敬上前，周怀政悄然走到书案旁，执笔站定。

刘娥抬袖擦擦眼泪，退了出去。

"朕……不行了。今日召你们来，是要拟立传位遗诏……"刚走出门，里面就传出赵恒虚弱的声音，刘娥脚步微微一顿，继续前行至前殿。

她立在前殿门前，裙幅挽迤三尺有余，一身凤披，却柔弱得不如一般普通女子。

刘娥缓缓闭上眼睛，眼泪默默流下。

过了一会儿，她摆了摆手，声音疲哑地吩咐道："你们都退下吧。"

"是！"跟在她身后的众宫娥侍女都福了一礼，柔声应道。

待侍女们转身退出殿门时，顺手将殿门关上了。

整个大殿里只剩下一道孤寂的身影。过了一阵，刘娥缓缓睁开眼睛，眼中除了哀色，还有一丝倔强和不甘。

炎阳炙人，令人心烦意乱。

午门外，丁谓满头大汗，将官帽揽抱在腰间，徘徊于宫门前，不时以方巾做扇兜风，擦拭额头和脸颊的汗水。

他愁眉锁眼，望着天估算着时辰，嘀咕道："这都几个时辰了，他们也该出来了吧？"

丁谓话音刚落，远远地就瞧见了寇准、杨亿、温仲舒三人心事重重地往宫外走来。他连忙戴上官帽，整了整衣袖，大步朝他三人迎去。

寇准三人看见丁谓迎来，不由得一顿身形，都是皱眉。

"丁老鬼冲咱们来了。"杨亿胳膊肘朝身旁温仲舒撞了撞，下巴一扬。

"别是他听到什么风声了吧？"温仲舒眼中透出厌恶之色。

"传位遗诏一事，现在声张不得！两位大人先走，我来对付他！"寇准看着丁谓，眼中露出疑惑，但他实在太了解这位老对手了，当下对温、杨两位低声嘱咐道。

杨亿和温仲舒微微点头，警觉地看着丁谓，又迈开了步子。

丁谓赶过来，向三人拱手，脸上带着惊喜似的笑意道："哈哈，寇相公，杨学士，温枢密，这么巧啊。"

二人匆匆走过，丁谓左右虚拦了一把，一见寇准站住，赶紧上前拉住寇准衣袖。

寇准微微一笑道："丁相公今天怎么有空，跑到这里来散心哪？"

丁谓叹了口气，脸色变得沉痛道："寇相公，你就别开我玩笑了。"

寇准鼻息一哼道："落得如今这步田地，还不是你咎由自取？"

丁谓痛心地一叹，黯然摇头道："是啊，是我咎由自取，是我利令智昏，如今想来，恍如一梦。"

"想当初，你我同科进士，同殿为臣，一同为陛下效力，于国于民，你也是做过许多好事的。谁承想……"寇准惋惜地摇摇头。

"追忆往昔，我何尝不是后悔莫及。利欲熏心，老来失去，亲手葬送一生清誉……"丁谓说着说着，忽然落泪，忙低头拭泪，好像不想让寇准看见。

见他如此模样，寇准心里有些颤动，或许是物伤其类，也可能是想到了当初的交情，他神色和缓下来，深深地叹了口气，道："往昔种种，也就算了。可你昨日为何又突然当众进言，议立八王为皇太弟？"

丁谓抬头，一脸严肃道："寇相公，这件事，丁谓可是毫无私心！平心而论，你说八贤王当不当得我大宋天子？如果八王做天子，于国于民，有无益处？"

寇准摇头道："八贤王当然是一代贤王，可当今太子，也是一块璞玉。太子早已正位东宫，百姓归心，大臣归心，天下归心，此时骤然变迭东宫，是何道理？"

"太子毕竟年少……"丁谓还要辩解。

"可如今并非太祖时候。我大宋已历经三代，民心早定，何必杞人忧天？"寇准打断，语重心长地说道。

"这个……"丁谓话音一滞，两眼出神，喃喃自语："难道……我真的错了……"

寇准摇摇头，对丁谓语重心长地道："你呀，好好思理一下吧！"

说完，他举步要走，丁谓一激灵，回过神，连忙把他拉住道："寇公留步！"

寇准扭头看向丁谓。

"寇公，丁某如今彷徨无措，很想找个人一起聊聊。我府上正有一坛上好的清心堂酒，寇公你看……"丁谓脸上露出恳求之色。

"我还有事，就不打扰了。"寇准摇头。

丁谓苦笑一声，松开了拉住寇准衣袖的手道："抱歉，是丁某莽撞了！丁某如今已是过街老鼠，人人喊打！寇公爱惜羽毛，自然不愿与我这等声名狼藉的人为伍……"

他黯然摇头，垂着袖子，慢慢向外走，显得非常落寞。

寇准看见他的样子，心里不由得一软，迟疑了一下，追上去，无奈道："你呀，早知今日，何必当初？罢了罢了，我就去你府上，讨一杯酒喝！"

丁谓府花厅中，丁谓频频向寇准敬酒。

寇准语重心长地劝慰丁谓："只要你能幡然醒悟，未必就没有机会洗刷污名。"

"谁愿做一个奸佞之臣，留下千古骂名？丁某已存改过之心了！"丁谓把杯中酒一饮而尽，慨然道。

"如此甚好！"寇准欣慰地抚须点头。

丁谓把杯倒满，又给寇准倒了杯酒，举起杯，神色诚恳地说道："寇公一番金玉良言，丁某记在心里了。不管陛下是否惩罚于我，如今念头通达，心里总是敞亮了许多。寇公，我敬你！"

寇准举杯与丁谓一碰，一饮而尽，放下杯，刚要说话，可脑中突然一晃，目光变得迷茫起来。

丁谓掩袖饮酒，再慢慢放下手，看向寇准的脸色变得阴险起来。他慢慢倾身，凑到寇准耳旁，声音轻柔地问道："寇公今日入宫，所为何事呀？"

寇准脸色呆滞，眼神发直，已经中了迷药。听到丁谓询问，寇准声音有些呆板地回答道："陛下自知时日不久，准备料理后事了。"

丁谓一惊道："料理后事？陛下打算做什么？"

寇准声音呆板地道："陛下要传位于太子，今日找我入宫，就是为了立下传位遗诏。"

丁谓更加吃惊道："传位遗诏？已经立好了？"

寇准道："当然！"

"遗诏在哪里，可在寇公身上？"丁谓一面说，一面紧张地打量寇准。

"遗诏，由内廷大太监周怀政收藏了，只等陛下大行，就会公布……"

不知过了多久，寇准皱着眉眼缓缓醒来。

小丫鬟赶紧上前道："老爷，您醒了？"

寇准轻轻敲着额头，四下看了一眼，发现在自己家里，皱眉问道："老夫喝多了？"

丫鬟抿嘴一笑道："老爷您醉在丁相公府上了，是丁相公派人将您送回府的。"

寇准扶额摇晃着脑袋，昏昏沉沉，自言自语："我怎么一点印象都没有啊。"

"老爷，婢子再去给您端碗醒酒汤来。"说着，丫鬟匆匆退下。

寇准一脸茫然，轻轻敲着额头："怎么什么都想不起来了？唉，老啦，真的老啦……"

送走了寇准没多久，神出鬼没的斗姆天尊就出现了。

"千真万确，寇老西儿亲口说的。现在传位遗诏已交由周怀政保管。"丁谓一脸严肃，就差诅咒发誓了。

斗姆天尊听了，咬牙切齿道："他这是逼我铤而走险了！"

丁谓眼巴巴地看着斗姆天尊。片刻，斗姆天尊冷笑一声，看向丁谓道："你不用担心，遗诏的事，本尊自会解决！你只管笼络好朝臣，配合本尊就好！"

下午，雷允恭在周怀政卧房中尽量保持原样地翻来找去，翻箱倒柜地找，敲着墙壁敲着地砖地找。

终于，让他在一幅仙鹤水墨画后面发现了一个暗洞，雷允恭脸上一喜，伸手入洞，从中抽出一个长方形锦匣，锦匣加了锁和封印。

雷允恭冷笑，从怀中取出一个一模一样的锦匣，塞回暗洞，而原本的锦盒却被他藏于袖中，小心地将一切归位。

就在他袖着锦匣快步朝外走时，忽然听到门外传来周怀政的声音："洞明先生，请！"

雷允恭吃了一惊，看看撑起的袖子，仓皇四顾，发现墙角有一只五尺高的金酒柱，忙又取出锦匣，投进金酒柱。

"吱嘎！"门被推开了。

周怀政和洞明二人走进来，看见雷允恭正跷着二郎腿，坐在椅子上喝茶，都一怔。

"雷公公，你怎么在这里？"周怀政眉头一皱，不着痕迹地瞟了眼放锦匣的暗洞。

雷允恭看到周怀政，忙放下茶杯站起来，脸上露出笑容道："周公公，您让咱家准备的凶礼应用之物，已经备齐了。"

说着，他从怀里摸出一本札子，双手递给周怀政道："您请过目。"

周怀政眉头松了松，接过札子看了眼，点头道："有劳雷公公了，咱家还有事与洞明先生商量。你看……"

雷允恭会意地赔笑道："好好好，您二位先聊着，告辞！告辞！"

说着，他朝洞明点头示意，拱拱手走了出去。

洞明眼睛眯了眯，眼神在雷允恭身上打了几个转，拱手回礼，并不说话。

等雷允恭退了出去，周怀政急忙赶到藏锦匣处，仔细检查了一番，见盒子完好无损，这才松了口气。

洞明走过来看了一眼，见盒上缠着金丝，心里有数了，转开目光不再多瞧。

夜里，明月高悬，繁星似锦。

月光下，一道人影突然出现，正是雷允恭。

他借着夜色，悄悄闪到一处宫墙角处，偷偷探头，朝周怀政住处看去。

此时的周怀政住处外，戒备森严，两队禁卫军正在来回巡逻。

这时，洞明和柳随风从里边走出来，边走边说着什么。

雷允恭忙掩躲到墙角后，侧耳倾听。

"文曲，从今日起，此处就是我北斗司负责警戒的至关重要的所在。今夜由你轮值，须得谨慎了！"

"属下明白！"柳随风应是。

雷允恭暗暗咬牙，沉思片刻，悄然离去。

第二十章

真假遗诏

　　坤宁殿后殿中，此时的赵恒已经面容枯槁，两眼深陷，如同一具行将就木的尸体。

　　看着眼神空洞、唇无血色的夫君，刘娥泪水滚滚而下，紧紧握着他的手，心疼得令她难以呼吸。

　　一旁御医、太监、宫娥纷纷垂首肃立，不敢发出一点声音。

　　不知过了多久，赵恒眼皮微微颤动，刘娥一捂嘴，不敢让自己哭出来。

　　好一会儿过去，她才稍稍缓了缓心情，抽泣两下，凑到赵恒耳畔轻声呼唤："官家……官家……"

　　似乎听到了刘娥的呼唤声，赵恒缓缓睁开半张眼皮，无力地转动眼珠，看着刘娥，虚弱道："后事……我……已经安排好了。一切，都托付……给你了，娥娘……"

　　刘娥眼睛已经哭肿了，泣不成声："官家……"

　　赵恒眼中闪过不舍，但他心知自己时间不多了，于是强打起精神来，断断续续道："帮我……照看太子，帮我……看护我……大宋江山！辛……辛苦你啦……"

　　刘娥用力点头，吞声忍泪，却仍然泪如雨下。

　　或许是回光返照，赵恒把要说的话说完，不知哪来了一丝力气，缓缓抬起手，轻轻抚上刘娥的脸颊，一边替她拭泪，一边深情地看着她："我好想……与你……白头……偕老……"

　　话音将落，赵恒的手缓缓滑落，溘然离世。

　　"官家……官家呀……"刘娥放声大哭起来。

　　御医、太监、宫娥齐刷刷跪下。

　　刘娥哭了几声，忽然眼前一黑，晕厥过去。

　　她的发丝眼看着变白，几息之间，满头黑发变作银丝。

　　宫娥小环听刘娥哭了几声突然没了声音，连忙抬头看去，眼见她瞬间白头，连忙惊呼起来："娘娘！娘娘……"

　　刚刚跪下的几个御医也抬起头，一见皇后晕倒，顾不得失礼，急忙抢步上前。

　　其他人见此也哄乱起来，一个个慌忙起身，都围着刘娥。

　　就在这时，寝宫里突然一静，所有人都不动了，不但身形不动，而且连声音也都卡住了。

　　他们竟然被同时点住了穴道。

这是凌空点穴，非宗师级高手莫不能行。

一个脸戴半神半鬼面具的黑衣人一闪而入，正是斗姆天尊。

他一进来，先是朝赵恒扫了一眼，眼神冷漠，随后低头看向刘娥，伸手捏住刘娥的脸颊，使其嘴张开，另一只手丢下一粒丹药，尔后在她喉咙一按，"咕嘟"一声，丹药入腹。

紧接着，他双手一托，将刘娥虚扶平放在地上，驭指如风，朝刘娥身上奇经八脉疾点而去，最后双手一合，结了一个不动根本印，右手拇指缓缓按向刘娥膻中。

"呼……"刘娥身上衣衫、长发无风自动，好一会儿才静了下来。

斗姆天尊施功完毕，站起身，眼中露出淡淡疲惫之色，看着头发迅速花白仍旧昏迷不醒的刘娥，他深吸口气，冷声轻道："你，还不能死！"

一句话说完，他迅速跃离，凌空为众人解穴，众御医、太监、宫娥恢复正常，扑向刘娥，完全没有发觉自己曾经被人点住过穴道。

皇帝大行，天下素裹。

消息刚一从寝宫传出，禁宫已经城门四闭，大队的禁卫军绕宫巡卫，俱都身穿孝服，腰系孝带，兵器上也缠了白布。

大群太监、宫女捧着白布四处奔走，禁宫之内，但凡有梁之屋，在门之所，都被挂上孝布。

可以预见，从此时起，孝白之色将从禁宫传至皇城，进而遍布天下。

皇帝驾崩，自有一套流程礼制，全国吊孝不必提，按制，一年之内全国礼乐全休，民间禁婚嫁，着素服……

若按周礼，太子应该守孝三年，与官员丁忧等同。但考虑到实际情况，国不可一日无君，所以，一般来讲，太子虽守孝，但一天可抵一年，也就是三天。

三天过后，无论如何，都要立新君主，承袭国祚。

说是三天后的事，实则在老皇帝刚刚大行时，主事大臣就已经开始做安排了。

次日，大庆殿中一片肃然，丧乐大作。

百官皆白衣单裳，白帻不冠，哭踊如礼。

他们在前面守灵，后宫里也是一片哀悼，相比起那些文武百官亦真亦假的恸哭，后宫里却是真正的哀声一片。

真宗皇帝算是比较专情的皇帝，在他生前，后宫里从婕妤到婉仪，从才人到妃子，算上皇后刘娥，加起来，赵恒的女人也不过三十。

一个皇帝的后宫，竟然只有不到三十个女人，这简直就是一个奇迹。

这些女人很多年纪轻轻，最小的甚至才十几岁。老皇帝一死，她们都变成了太妃，从此孤老终生，别说出宫改嫁，就算是想走出自己的院子都难。

想到以后的这种种遭遇，换成谁能不哭？不伤心？

但除了这些自知没了未来的妃子外，此时的皇后刘娥更加痛苦。

本来刘娥分了赵恒一半本命蛊，可以说是与他同生共死，但就在她身死前一刻，却偏偏被斗姆天尊给生生阻止了。

对大多数人来讲，好死不如赖活着。

但对刘娥来讲，死亡，未必不是一个解脱。

此时，她躺在榻上，头发花白，嘴唇干裂，本来保养的还算娇媚的容颜，此时也变得苍老许多。

太子穿着孝服，跪在榻前，流泪呼唤："母亲！母亲……"

伴着太子的轻声呼唤，刘娥缓缓醒来。一睁眼，就看到太子泪流满面地看着自己，她怔了好一阵，回过神左右看了看，虚弱地问道："我……没死？"

"娘！你没死！你没死！你活得好好的！"太子惊喜地扑上去。

刘娥怔了怔，突然泪如雨下。

"官家……"

她不知道自己为何没死，但心里明白，从此以后，她与赵恒已经天人两隔，甚至将来黄泉路上，也未必能有缘相逢了。

想到这里，她岂能不恸，不哀？

哭了一阵，刘娥心情略有平缓。看着年仅十三岁的太子，她心里一动。

"自己不能倒，至少不能现在就倒下，祯儿还太小了，我死了，就没人帮他了。"

想到这里，刘娥不知哪来的力气，缓缓起身，就要坐起。

一旁宫娥连忙过来搀扶，被她一把推开。

"我儿，现在不是哭的时候，走，跟娘去前殿。"

刘娥起身，任由宫娥披上孝服，深吸口气，挺直腰板缓缓走出门。

紫宸殿中，皇后挽着太子，穿着麻衣孝服缓缓走进大殿。后边跟着周怀政、雷允恭等太监、宫女。

太岁走在他们中间，手捧锦匣，神色严肃。

百官默默下拜。

刘娥挽着太子走到棺前，眼圈一红，又忍住。抽出一块青白手绢抹了抹泪，稳了稳心神，这才缓缓转身，面向众大臣站定。

众大臣缓缓站起，当先一人正是披麻戴孝的八贤王。

太岁同样身着孝服，捧着锦匣缓缓上前，双手托着递给周怀政。

周怀政接过，转身朝刘娥躬身行礼。

"宣吧！"刘娥淡淡点头。

"是，娘娘！"

周怀政应了一声，转过身面对群臣，小心地去掉锦匣上的封印，金线，用早已准备好的钥匙开锁，取出圣旨，缓缓展开。

"大行皇帝遗诏！"

周怀政声音一出，群臣百官，太监侍卫俱都跪伏，垂首听诏，刘娥也拉着太子走到群臣之前，跪伏在地。

"门下。修短有定期，死生有冥数，圣人达理，古无所逃。朕自继位以来，应天顺命，休养苍生，历二十五载，焦劳成疾，弥国不瘳。言念亲贤，可付后事。皇……皇……皇……"

念到这里，周怀政突然顿住，惊愕地瞪大了眼睛看着手中诏书，直到确认没有看错，不禁抬起头来，惊惶地扭头看向皇后刘娥与太子。

满朝文武都因为周怀政奇异的表现有些惊讶，纷纷疑惑地抬头看他。

刘娥也奇怪地看着周怀政，不知其意。

这时，雷允恭缓缓抬起头，脸上带着阴险的笑意，声音也阴恻恻的："周公公，大人们都等着哪，您……倒是念哪！"

周怀政惊恐地看着刘娥，颤声说话："娘娘，这遗诏……遗诏……"

刘娥慢慢站了起来，紧张地看着周怀政，太子也疑惑地站起来，看看皇后，看看周怀政。

周怀政双手发抖，几乎拿不住遗诏了，颤声道："这……这遗诏……有问题！"

满朝文武轰然一声，交头接耳起来。

刘娥神色紧张，立即快步走向周怀政。

这时，一旁雷允恭突然迎了上去，含威不露，朝刘娥喝道："娘娘，请留步！"

刘娥脚步一顿，皱眉看向雷允恭，雷允恭欠着身，姿态恭谨，但眼神凌厉。"娘娘，满朝大臣都在看着，此时……不合适吧？"

声音入耳，刘娥一震，不可思议地看着雷允恭的眼睛。

雷允恭此时的眼神与平时恭顺的模样全然不同，双眼如潭，犀利如鹰。

刘娥惊怔不已，似乎看出了什么，又不敢确定，一时间竟然被慑住了胆气。

见她止步，雷允恭浅浅一笑，缓缓转身，走到仍旧一脸惊恐的周怀政身边，看了他一眼，抬手夺下了遗诏。

展开遗诏，重新宣读。

"门下。修短有定期，死生有冥数，圣人达理，古无所逃。朕自继位以来，应天顺命，休养苍生，历二十五载，焦劳成疾，弥国不瘳。言念亲贤，可付后事。皇弟德芳天钟睿哲，神授莫奇，自列王藩，愈彰厚德，可于枢前即皇帝位……"

朝堂上顿时哗然一片，文武大臣惊讶莫名，有人交头接耳，有人一脸惊喜，有人目瞪口呆。

寇准霍然抬头，凌厉的眼神看向雷允恭。

丁谓唇角露出一丝阴冷的笑意。

八王赵德芳惊讶地看着雷允恭，一时不知所措。

此时此刻，大殿上，几乎每个人的表情都不相同。

但雷允恭仿佛没有注意到朝堂上的变化，仍旧继续念着遗诏："……命丁谓、王钦若、林特、陈彭年、刘承珪为辅政大臣，将相协力，中外同心，共辅乃君，永绥天极。故兹诏示，咸使奉行！"

"臣不敢奉诏！"这时，八贤王突然怒吼出声。

雷允恭停住声音，缓缓看向八王，沉声道："八王爷，这是先皇遗诏！"

八贤王豁然起身，怒视着雷允恭，沉声道："赵德芳早在先帝面前立下重誓，绝无觊觎帝位之心！故不能奉诏！"

说着，他拱手倒退几步，从群臣中间穿过，拂袖转身，大步向外走去。

他一边走，一边朗声道："自即日起，本王不出府门一步，不见府外一人！"

"八王爷！八王爷……"雷允恭终于慌了，拿着诏书快步追去。

百官愕然，纷纷望向八贤王离去的背影。

这时，寇准忽然恍然大悟，登时手指雷允恭，疾言厉色："这遗诏是假的！这遗诏是假的！"

杨亿冲出来，站在前面，大声疾呼："先帝病危之际，将本官、寇相公与温枢密召至御前，由本官草拟，寇公手书，温枢密加印立下传位遗诏，继位之君分明是太子，如何就变成了八王？这遗诏是假的！有人矫诏！"

温仲舒挺身而出："不错！本官可以为证，这遗诏绝非先帝所立！"

曹玮曹大将军疑惑地摸着大胡子，左看右看，一时有些拿不定主意。

不过他拿不定主意，有人却主意早定。

丁谓上前一步，冷冷地看着寇准："寇相公，你一向倚老胡为，先帝仁厚，素来都忍让了你。如今连传位大典这样的时刻，你也要胡闹吗？"

寇准怒指丁谓道："你混账！莫非这假遗诏，你也有份？"

王钦若走上前几步，冷冷地帮丁谓说话："寇相公，你说这圣旨是假的，你倒是拿份真的出来啊！"

林特、陈彭年、刘承珪等人也纷纷上前。

"对啊！寇相公，你说它是假的，那你拿份真的出来吧！"

这时雷允恭没有追上八贤王，举着圣旨急急赶了回来，手里高举圣旨，喊道："圣旨在此，谁敢抗旨！"

见他如此一说，丁谓快步上前，先向圣旨一揖，然后伸手接过，展开仔细看了看，又将圣旨展示给满朝文武。

"圣旨是真的！"

寇准气急败坏，上前抢夺圣旨。"你胡说！尔等好大胆子，竟连圣旨也敢伪造！"

丁谓拿着圣旨躲过寇准，王钦若等人上前阻拦寇准。

"你才是好大的胆子，竟敢抗旨！殿前武士何在？"丁谓大叫。

大殿边上站立的武士一动没动。

丁谓将圣旨举起，大声喝道："吾乃辅政大臣丁谓，殿前武士何在？"

殿前武士略一犹豫，纷纷上前，叉手施礼。

丁谓一手举圣旨，一手指寇准，大喝："寇准咆哮金殿，罪大莫及，立即把他轰出宫去！"

武士们上前，架起寇准就往外走，寇准挣扎疾呼："丁谓！你狗胆包天！丁谓，你不得好死……"

骂声渐去渐远，百官群臣面面相觑，一时都不说话了。

这时，周怀政忽然冲上来，指着雷允恭大喊："先帝在坤宁殿拟旨，是咱家记录的，先帝明明说要传位于太子，你敢篡改遗诏？"

雷允恭脸色一沉，瞪向周怀政道："周怀政，先帝待你一向不薄，这个时候，你居然也敢否认圣旨？来人啊！"

雷允恭看了丁谓一眼，丁谓会意，又举起圣旨道："周怀政图谋不轨，立刻把他给我抓起来！"

武士上前，将周怀政抓走。

刘娥突然沉声道："丁谓、雷允恭，你们究竟想干什么？"

丁谓转向刘娥，深深地看了她一眼，徐徐拱手道："皇后娘娘，先帝刚刚驾崩，娘娘还是在后宫安心清养的好，切莫让这朝堂上的纷争，扰了娘娘的心神。"

丁谓说完，神色一变道："来人哪！送娘娘和太子回宫歇养！好生看顾着……"

殿前侍卫上前示意刘娥和太子回宫。

太子愤怒上前，想要打开侍卫。

刘娥突然看到雷允恭森冷的眼神充满杀气，不由得一惊，急忙拉住太子。

她缓缓扫视群臣，好像要把每个人的嘴脸都记住，片刻后，她一字一顿地道："我们走！"

说着，在殿前武士的看送下转身离开。

见他们母子离开，丁谓、王钦若等人互相看了看，一脸惊喜。

雷允恭却转头看了眼大殿的门口，眉头轻轻锁了起来。

矫诏？

抗旨？

闹出了这么一出，文武百官们都待不下去了，议论着纷纷出了宫。可想而知，用不了多久，这件事就会传遍京师，甚至传遍天下。

群臣们刚一出宫，宫里马上变得一片混乱，各宫各府，到处都是持械的侍卫在抓人。

有在太监带领下，指挥侍卫拿人、押解。

有太监行乱棍仗刑，有妃子为免受辱而投井撞柱。或有宫娥、太监托着托盘。盘中或有匕首、毒药、白绫。

宫中哀号遍野，死伤遍地。

小人物只要随便两个太监领着侍卫就能处理了，可像周怀政这般有品有位的大太监，就需要雷允恭亲自出马了。

不过，对雷允恭来说，眼下的当务之急，不是除掉周怀政，而是找出那份足以颠倒乾坤的真正诏书。

很快，雷允恭带了一群侍卫和太监冲进周怀政的房间。

四下一扫，竟没有发现那只立在墙边的金酒柱。雷允恭顿时一怔，指着原来放金酒柱的位置，急急询问身边太监："金酒柱呢？那里原来有一只金酒柱，哪儿去啦？"

"雷公公，小的不知道啊。"小太监惶恐不已。

雷允恭大怒，一个耳光扇过去。"不知道就去问！"

小太监慌忙捂脸称是，仓皇跑开。

雷允恭慌张上前四下找了找，可屋子就这么大，根本就没有，他忽又拉住一个中年太监，急问："周怀政呢？"

中年太监四下看看，小声回答道："公公，您不是说一杯毒酒送他上路吗？现在……"

雷允恭用力一推，中年太监踉跄退了几步。"快！快去，阻止他们，不要杀了周怀政，一定要给我问出金酒柱的下落！"

太监听令，顾不得说话，慌忙跑开。

禁宫密牢里，周怀政披头散发、鼻青脸肿的被强行押跪在地，旁边立着一个狱卒，手里拿着一个小瓷瓶。

"周公公，这是雷公公的意思，黄泉路上，您可别找小的麻烦呀！"狱卒狞笑两声，朝身旁同僚一扬下巴，押着周怀政的狱卒用力一压周怀政，逼他仰起脸来。

拿着毒酒的狱卒皮笑肉不笑地走上前去，一手捏着周怀政的脸，另一手把毒酒狠狠地灌了下去。

此时周怀政的屋子已经被翻得乱七八糟。

两个太监站在雷允恭面前，胆战心惊地垂头回话。

"雷公公，小的去晚了，周公公已经……"

"雷公公……"

雷允恭冷冷地看着二人，不等二人说完，就打断问道："金酒柱去哪儿了？"

小太监一脸惶恐道："小……小的没问到。"

雷允恭大怒，一把揪起他的衣服，咬牙切齿道："没问到？那么大一个物件，怎么会没人知道？周怀政的人呢？都死了吗？"

太监苦着脸发抖道："是！是！他们……他们……的确都死了哇！公公您不是下令，把周怀政的亲信统统干掉，换咱们的人看守皇后和太子吗？"

雷允恭呆了一呆，松开手，脸色茫然地退了一步。

寇准负手立于庭院中，满面愁容地仰望着彤云密布的天空，不时长叹出声。

他虽被宫中武士赶出了皇宫，可毕竟是三朝元老，别说武士，就算是皇帝也不敢轻易动他。

所以，武士们把他"礼送"出宫后，又派了人一路把他护送回寇府，生怕他在路上出了什么意外，惹出天大的乱子来。

从某种角度来说，一个真正位列人臣巅峰的老臣，其所拥有的能量有时候甚至要比皇帝还要大。

皇帝死了，自然有新皇帝继位。

但像寇准这种老臣若是死了，却是国家巨大的损失。

当然了，若是老死病死，倒没什么。毕竟人总有一死嘛。

可若是出了意外，被害死，或死于刺杀之类的阴谋，那天下所有读书人都不会答应。

简单来说，就是四个字——物伤其类。

若是连寇准他这样的老臣都能死得不明不白，其他读书人谁还能有安全感？谁还敢入朝做官？

是以尽管赵恒生前一直都不喜欢寇准，可该尊重还是得尊重。

天子与士大夫共治天下！

当然，到了寇准这个年纪，以他的风骨，个人荣辱已经不放在心上了。但他不得不担心，若真有了惊天之变，天下读书人受苦受难是一方面，可怕的是，会不会引起整个国家的纷乱，甚至是——崩溃？

内部民心不稳，外有敌寇虎视眈眈，这让他这位三朝元老，岂能不担忧愁苦？

"唉！红紫乱朱，狐裘蒙戎。陛下，你走的不是时候啊！若太子再大上几岁，又岂会如此？岂会如此啊！"寇准仰天长叹，心中惘然。

这时，寇夫人携了一件外衣碎步前来，小心地为他披上，轻声道："老爷，小心风寒。"

寇准仿佛没有听见夫人的话，好像并不知道寇夫人的到来。

寇夫人见他怅然出神，心里也不好受，想了想，开口委婉劝解道："老爷，不就是被贬为相州知州？咱们就去呗，离开这个是非地，也不是坏事。"

寇准望着暗空，轻轻叹息："没你想得那么简单！没那么简单啊……"

这时，一名小厮急匆匆跑过来，到了二人身前站定禀报："老爷，北斗司防御使求见。"

"北斗司……"寇准略一沉吟，将外衣扯下交给夫人，迈步朝前堂走去。

客厅里，洞明正在低头喝茶，眉头紧锁，似在思索着什么。

"洞明先生久等了。"这时，寇准大步走进来。

"寇相公客气了。"洞明连忙起身，拱手为礼。

寇准抬抬手，算是回礼，看了洞明一眼，叹了口气："羞莫提及。拜那逆贼所赐，老夫现在只是一方知州，不必称相公了。"

他摆摆手落座，与洞明只隔了一方案桌小几，几上是丫鬟斟上的茶水。

见洞明面色肃然，寇准心知他有话要说，于是挥手屏退丫鬟。

等下人都退下，大厅里只剩下二人时，洞明才不疾不徐道："丁谓篡改遗诏，寇相公可有切实证据？"

"证据？何来证据？遗诏，被他们调包了！"寇准苦涩摇头。

洞明听了皱了皱眉，沉思不语。

寇准纠结了片刻，扭头见洞明在出神，心里不由得一动，急问道："洞明先生可有线索？"

洞明轻轻摇头，缓缓看向寇准道："寇相公，丁谓把持大权，假传圣旨，贬你为相州知州，寇相公打算怎么办？"

寇准冷笑道："哼！我不会走的！难道让我坐视他们在汴梁城兴风作浪？豁出这把老骨头，老夫跟他们拼了！"

洞明摇头道："寇相公，退一步，海阔天空啊！"

"退？"寇准脸色难看，斜睨一眼洞明，若非知道北斗司一向忠诚于皇室，他必然翻脸送客了。

洞明看着寇准的脸色，却不以为意，面色凝重地说道："寇相公，此时您已然成为他们非拔不可的眼中钉、肉中刺，若再留在京城，徒惹祸事上身，何苦来哉？不如留此有用之身，先离开汴梁，再寻机而动。"

"老夫岂是怕事之人？"寇准一瞪眼。

洞明摇头道："寇相公自然不是怕事的人，但强留京师何益？寇相不在京师，他们才会更加肆无忌惮，而我……"

说到这里，洞明食指轻点案几桌面道："我现在就需要他们肆无忌惮。"

寇准目光一亮，紧盯洞明，又抚须沉思片刻，侧目看向洞明。

洞明微微点头，轻声道："打草惊蛇，不如引蛇出洞啊！"

"本王说过，绝不继位！"赵德芳怒不可遏，将手里的圣旨遗诏往雷允恭身上狠狠砸去。

"王爷，国不可一日无君，您继承皇位，乃是上承天意，下遂民心……"雷允恭苦苦哀求着。

赵德芳怒不可遏地把衣袖一甩，怒目瞪喝："你是要让本王背上乱臣贼之名吗？滚出去！"

雷允恭突然老泪纵横，双膝一软跪了下去，言辞切切地道："王爷不爱听，但老奴就是粉身碎骨，也要冒死相谏。王爷，先帝将皇位传与你，也是将江山黎民传与你呀。当前江山无主，则百姓无主，势必天下大乱。倘若契丹人趁势攻打掠夺，怕是一盘散沙的赵宋江山将如待宰牛羊，任人狗烹呀。"

赵德芳愤然怒视，道："先帝有太子，理应太子继位。本王绝不做乱臣贼子！"

雷允恭无奈，只能苦口婆心劝道："王爷，这皇位本就该是您的。当年太宗从太祖帝手中接过皇位时，曾许诺，今后必将江山把手奉还。更何况，即便没有这一诺，当初太祖登遐时，膝下分明有长子得昭，也就是您的哥哥。太祖不也是在深思熟虑后，将皇位传给了您的皇叔太宗吗？"

雷允恭顿了顿，满眼泪水地抬头，恳切道："同一条血脉，无论是谁继承都理所应当。但是太子年少，不可当国啊。为了黎民苍生，您也该继承皇位，主持朝纲！倘若年少太子登基，只怕朝局不稳，民心惶惶，更有逆贼谋反，连患爆发，届时赵宋江山危机四起，岌岌可危啊！"

雷允恭一席话说得言辞恳切，但听在赵德芳耳中，却令他火冒三丈。

"一派胡言！简直一派胡言！"

赵德芳怒斥道："当初太祖大行之时天下未定，又未立下太子，才将皇位传于亲弟。现如今天下已定，太平盛世，怎能以当年做论？更何况，先帝已然立有太子赵祯，说明先帝是有意传位于祯儿……"

说到此处，他突然眉头一皱，笃思审度，疑思道："不对啊，我曾当面劝诫过数次，按理说，这遗诏就该立的是祯儿才对，怎么会是我呢……"

赵德芳低语声音轻而小，雷允恭却恰巧听了个满耳不漏，不由得暗吃一惊，脸色微变。

赵德芳磨揣片刻，皱着眉头，一脸严肃地看向雷允恭道："你回去吧，继位之事，本王绝不可能。如果你真的忠于朝廷，就想想如何扶保太子继位！"

说着，一甩袖子，朝外喊道："来人啊，送客！"

雷允恭还想再说什么，可见赵德芳如此态度，只能无奈起身，涩声道："那老奴告退了。"

"唉！"雷允恭无奈叹气，转身朝外走去。

他走出了八贤王府，一个小太监快步迎上禀报："雷公公，寇准已经举家离开汴梁，先往相州赴任去了。"

雷允恭听了，稍显精神一些，冷笑一声："算他识相！"

只是当他转身看向八王府，却又轻轻叹了口气，一脸的无奈。

雷允恭走后，赵德芳负手在厅内踱步，思虑片刻，止步抬头，朝外叫道："来人！"

侍卫出现在门口，拱手行礼。

"备马入宫！"赵德芳吩咐一声，大步朝外走去。

一刻钟后，赵德芳快步赶到慈寿殿，还未接近便被门口的守卫持戟拦住。

"大胆！我要见太后，谁敢阻挡？"赵德芳怒喝。

守卫抱拳行礼，正色道："请王爷恕罪，属下只是奉命行事。"

赵德芳目光炯炯看着他，威严质问道："奉命？是何人所命？"

守卫抱拳道："辅政大臣丁相命令我等在此保护太后，任何人不得出入。"

"任何人不得出入？"赵德芳一皱眉，强行抑制住自己胸中即将爆发的怒气，语气在"出入"二字上咬得极重。

守卫们低头不语，赵德芳扫了一眼守卫二人，冷笑道："本王今天偏还就要闯一闯了，我倒要看看，他丁谓敢不敢杀我！"

说着，他不理阻拦，直直朝着眼前长戟撞了过去，就要强闯宫殿。

侍卫们束手无策，既不敢真的阻拦，又不敢让他进去，戟抵在八王胸前，赵德芳进一步，他们就退一步，很快退进了门内。

慈寿殿中，菩萨座下，太后跪在蒲团上，闭目数着佛珠，口念佛经。

这时，殿门突然被人从外推开，但太后纹丝不动，好像没听到似的。

一个三十多岁的宫娥满脸急切地快步走来禀告："太后，八王爷来了。"

太后平静地睁开眼，微微抬手，宫娥伸手上前搀扶。

"搀我过去。"太后起身，刚走出侧殿，正碰上赵德芳摆脱了侍卫。

一见太后，赵德芳脸上一喜，急急上前，伸手搀住太后，担忧地问道："婶娘，见你无恙，我就放心了！"

太后笑笑："不要慌，我老婆子年纪大了，就算有个什么三长两短，那也是时辰到了。"

赵德芳愤怒地说道："丁谓真是吃了熊心豹子胆了，究竟是谁给他撑腰，竟敢如此胆大妄为！"

太后站住脚步，转向八王，神情凝重地嘱咐道："德芳啊，你兄弟去了，祯儿虽是太子，但毕竟年少。这皇帝若换你做，也没什么，反正都是咱赵家人。"

赵德芳闻言，慌忙跪倒，神情惶恐。

"婶娘千万不要这么说，先帝去了，我若置孤儿寡母于不顾，自登帝位，又有何脸面面南背北，面对天下人？"

太后听了，脸上露出感动之色，伸手拉起八王，叹声道："侄儿啊，不是婶娘疑心了你。只是这些奸贼图谋已久，只怕他们为达目的会不择手段啊！"

赵德芳一怔道："您是说？"

"我担心，皇后和祯儿恐遭不测。"太后点点头，见左右无人，凑到赵德芳耳畔轻声道。

赵德芳闻言大惊道："他们……他们不会这么大胆吧？"

太后轻轻摇头道："本来也许不会。可事到如今，他们也是骑虎难下，铤而走险，有何不能？"

赵德芳一听，马上明白过来，皱眉思索片刻，一跺脚道："不成，我得去盯着，他们既然要拥我上位，总不会害我！"

说完，他转身要走，忽又站住，担心地看向太后道："可……侄儿去了那边，婶娘你……"

太后微微一笑道："放心，我这老婆子，对他们没用，没人会害我的。"

赵德芳犹豫了一下，想留下陪着太后，但此时事关紧急，由不得他磨蹭，便快步离去。

福宁宫，一些太监和侍卫站在宫门处，刘娥领着太子走向宫门。

"娘娘请留步！"看到刘娥过来，侍卫交叉兵器，厉声制止。

刘娥和太子站住，刘娥威严地扫了他们一眼道："怎么？你们食我赵家俸禄，现在却想把本宫和太子拘禁起来么。"

侍卫们有些尴尬，太监们马上七嘴八舌地说话。

"娘娘，我们守在这里，也是为了娘娘和太子的安全，宫中不静啊！"

"娘娘，我们只是奉命行事的下人，雷公公如此安排，娘娘可不要为难小的才是。"

"小的们可做不了主，得雷公公点头才行。"

刘娥大怒，提高了声音："雷公公？雷允恭也不过是我赵氏家奴！他有什么资格在本宫面前指手画脚！给我滚开！"

她勃然大怒，挺身向前走去，众侍卫横戟阻拦，刘娥忍无可忍，朝面前铁戟伸手一拨，一股阴冷的真气顺着铁戟涌向侍卫手臂。侍卫不防，只觉一股寒气钻入体内，手一松，铁戟掉落。

旁边侍卫先是一惊，马上挺戟朝刘娥刺来。不过他们还有些分寸，说是刺，不如说是挡架，想要把刘娥制住。

可刘娥武功本来就不俗，而这些侍卫仅仅几人，哪里是刘娥的对手？更别说他们还有意留了手，十成实力最多只能发挥出五成。

在太子的目瞪口呆中，刘娥大发神威，几招的工夫，六个侍卫全都被她打倒在地，躺在地上呼痛呻吟。

太监们忙扑上前去，想要制服刘娥。

别看刘娥对付几个侍卫轻而易举，可轮到这些太监，她心里却有些没底。

一来，雷允恭之前的表现着实令她惊惧忌惮。

二来，宫中设有武书阁，里面藏有天下武术经典，按规矩，太监们但凡有些身份，都能接触得到这些武书，这也算是皇家的一条隐秘防线。太祖设此规制，主要是防备禁宫中侍卫作反，毕竟宋太祖就是禁军起家，为防他们效仿，自然在这方面做了准备。

不过，好在刘娥并非只会武功，既然心里没底，她也不再藏拙，见太监们扑来，手指一动，弹出一道轻烟，正是南疆绝学蛊毒之术。

轻烟如雾，一被弹出，马上就挥散一空，只呼吸之间，所有扑上来的太监都痛呼倒地，一边打滚，一边伸手朝自己身上挠去，实在是痛痒难忍。

做完这一切，刘娥一把拉住太子向外冲去。

就在这时，迎面突然一道人影跃然出现，凌空一掌拍向刘娥。

刘娥一惊，一手把太子拽到身后，另一手迎着对方手掌击去。

这一接掌，她的心瞬间沉了下去，来人武功实在太高，自己根本没有战胜的可能。

好在她心思灵动，一见不敌，马上借着招架之机，连连后退几步，双腿在地上用力一蹬，借力向后跃出，两手一展，七只蛊虫凌空射出，袭向来人。

来人伸手一圈，幻化出数道虚化的掌影，手掌停住摊在空中时，手中有七只小蛊虫正在挣扎，像是被一股无形之力黏住般，竟然无法逃脱。

刘娥大惊失色，自她懂事起，还从未见过有如此对付蛊虫的手段。抬头看去，来者不是别人，正是雷允恭。

雷允恭冷哼一声，手掌一震，七只蛊虫都被他掌心热力灼为飞灰。

刘娥闷哼一声，方才所受的沉重掌力和蛊虫被灭引发的伤势同时发作，嘴边慢慢沁出血丝。

太子慌忙扑过来，扶住刘娥，紧张地呼唤："娘，娘，你没事吧？"

说着，太子仇恨地转头，看向步步紧逼的雷允恭，张开双臂拦在刘娥前面道："你不要过来！"

雷允恭站住，冷冷地看了他们一眼道："娘娘，还请回宫！"

刘娥伸手把太子慢慢拉到自己身边，双目如刀，紧紧盯着雷允恭道："你究竟是谁？"

雷允恭含笑不语。

刘娥突然露出恍然大悟的神色，顿时紧张地指着雷允恭道："你……你也是他的人？"

雷允恭冷冷一笑，耷拉下眼皮道："请娘娘回宫。"

刘娥一咬牙，再度出手，手如鹰爪，竟使出了北地鹰爪门的绝学——鹰爪行拳。

鹰爪行拳有十二路行拳、五十路连拳，号称沾衣号脉、分筋错骨、点穴闭气。这是一门易练难精的功夫，一般来说，像这类擒拿手之类的功夫，女子很少学习。就算是学，也很少能练出名堂来，多是些花拳绣腿，中看不中用。

但刘娥使的鹰爪行拳明显不是那种江湖把式，就见她手如爪，指如刀，一招一式像是要撕裂空气般，发出"嘶嘶"的怪响。任何人被她一把抓中，就算是练有金钟罩一类的硬气功，也绝对会皮开肉绽。

面对漫天爪影，雷允恭竟然原地不动，只以单手迎敌，见招拆招，十分轻松，好像在陪小孩子玩耍似的。

"住手！"就在这时，赵德芳的声音从不远处传来。

雷允恭一愣，伸出手指，在刘娥掌中破绽轻轻一点，趁着刘娥吃痛后退的当口，收住招式，慢慢转过身子。

赵德芳怒气冲冲地走过来，眼中好像在喷火一样。

雷允恭欠身施礼道："老奴见过八王千岁。"

太子又惊又喜，刘娥也有些激动。

赵德芳怒指雷允恭道："你好大胆子！竟敢对皇后出手。"

雷允恭神色平静，欠身回答："老奴也是为了娘娘的安全着想。"

"你……"赵德芳气得说不出话来。

"他八叔……"这时，刘娥出声叫道。

赵德芳马上转向刘娥，拱手行礼道："嫂嫂……"

接着他又看看太子，一脸沉痛道："嫂嫂、祯儿，德芳无能，卫护来迟……"

刘娥抓住赵德芳的手臂，轻轻摇了摇头，眼泪缓缓流了下来，其中委屈不言而喻。

　　雷允恭瞟了他们一眼，微微欠身。"老奴不打扰王爷和娘娘、太子叙话了，告退！"

　　说完，他也不等三人反应，欠身退了几步，一转身扬长而去，远远还传来他对手下太监的吩咐声："守紧门户，出了半点差池，我剥你们的皮！"

　　赵德芳听了大怒，想要追上去，嘴上大骂道："这个狗奴才！"

　　刘娥一把抓住了八王，轻轻摇了摇头。

　　赵德芳一滞，回头看了眼嫂嫂侄子，顿足一叹，无奈止住脚步。

　　刘娥制止了八王，目光却投向了雷允恭的背影，眼中露出既愤恨又恐惧的神色，嘴角紧闭，良久没有说话。

　　雷允恭拦住了皇后、太子后，见八王来阻，也不纠缠，四处巡视了一圈，回到了房间。

　　一推开门，就见丁谓正背着手在自己屋里等着，雷允恭微一皱眉，随即挤出笑脸，边笑边拱手道："哎哟，丁相公，您怎么过来了，在等咱家？"

　　听到开门的声音，丁谓一个转身，见是雷允恭回来了，他急忙迎上去，刚想说话，就见雷允恭给他使了个眼色，忙闭上嘴巴。

　　雷允恭微一侧头，喝退周围小太监："行了，你们都退下吧，没有吩咐，不得入内。"

　　"是！"小太监们领命躬身退下。

　　外人一走，丁谓马上恭维地上前作势要搀扶雷允恭。

　　雷允恭也不拒绝，任他搀着，嘴里却打趣道："怎的，丁相公如此卑躬屈膝于区区一名宦官？"

　　丁谓诌笑道："雷公公，斗姆天尊让我凡事与您相商，我便知您不是一般人。先前是我丁某人有眼无珠，您莫见怪。"

　　雷允恭听了撇撇嘴，脸上露出鄙夷的神色道："你此番找我，所为何事？"

　　一说起正事，丁谓脸上也严肃起来，凑过去放低声音道："如今群臣持议两派，争论不休，那寇老西儿虽然被贬了，但拥护他的大臣还很多啊。总不能有一个算一个，都轰出汴梁去吧，一个不慎，激得他们群起反扑，只怕……"

　　雷允恭乜视着他道："你有什么法子？"

　　丁谓神秘兮兮附上来，低声说道："先下手为强，挟控朝野，直至八王爷回心转意！"

　　雷允恭讶然道："如何挟控朝野？"

　　"他们人再多又如何？真正说了算的是谁？是皇帝啊。如今先皇龙驭宾天，新帝尚未登基。那说了算的，还不是先帝的一道圣旨吗？"丁谓脸上带着阴险的笑意。

　　对雷允恭来讲，并不在意是阴谋还是阳谋，只要有用就行。是以听了丁谓的主意，马上思索起来。

　　丁谓连忙又道："雷公公，你我联手，以陛下圣旨遗命，控制内廷外廷，就不怕他们反了天去。到时候，只怕八王迫于时势，也得改变主张！"

　　雷允恭思索着慢慢点了点头道："成！这就以监国太子的名义传下旨意，从现在起，所有官员奏章，必须先经你审阅，再送内廷批复。如此一来，朝堂上下，滴水不漏，尽在你我掌中矣！"

　　说完，他走到书桌后面，掏出钥匙，打开一个沉重的铜柜，捧出了玉玺，看了丁谓一眼道："丁相公，你来拟旨吧！"

　　丁谓脸上一喜，连忙点头上前。

另一边，坤宁殿中。

刘娥半靠在卧榻上，太子坐在榻边，用手帕小心地帮她擦去唇边血迹。

赵德芳站在一边，担心地看着刘娥道："嫂嫂，你没事吧。"

刘娥轻轻摇摇头，看向赵德芳，叹声道："想不到，雷允恭也是他的人，难怪对我的一举一动，他都了如指掌！"

"他？他是谁？丁谓？"赵德芳脸上露出疑惑之色。

刘娥苦苦一笑道："说来话长，这件事如今也只有洞明先生才知道……"

说到这里，她突然双眼一亮，露出兴奋神色道："洞明！我怎么把他给忘了？"

刘娥一脸兴奋地从榻上下来，太子忙扶住她。

"北斗司号为北斗，拱卫紫微帝星的最后一道屏障！如今丁谓和雷允恭内外勾结，欺君犯上，北斗司怎么会毫无动静？"刘娥激动道。

赵德芳不以为然地摇头道："嫂嫂，北斗司所恃者不过是匹夫之武勇，庙堂之事，他们能起什么作用？"

赵德芳的想法，其实与朝堂上的大臣们类似，在他们看来，庙堂之上，是文人智士们施展计谋的场所，武人们，别说北斗司，就算是军方将帅也没什么发言权。

可刘娥却不这么想，摇头道："不然！你以为，如今时局，还能循庙堂规矩来解决吗？匹夫之勇，也能完璧归赵！"

赵德芳一听，也不禁意动，沉吟道："北斗司……真的能力挽狂澜吗？"

刘娥肯定地点头道："我了解他们，北斗司，绝不会明哲保身的。"

一旁太子也用力点头，俊秀的小脸上满是信任。"对！北斗司是不会当缩头乌龟的！"

"若是这样……既然嫂嫂和侄子这么信任北斗司……。"赵德芳低着头想了想，渐渐有了主意。

他把想法一说，刘娥马上双眼一亮，补充了几句后，二人相视点头。

枯藤老树昏鸦，断肠人，在天涯！

天色渐晚，夕阳西下。

京城郊外，一群太监背着包袱，没精打采地赶路。小林子也走在他们中间，背着个小包袱，垂头丧气。

小林子是进宫后管事的给起的名字，原本他并不姓林。

他四岁时就已净身进宫。别人都以为他不记事，可没人知道，他生性早慧，刚一断奶就能记事了。

他清楚地记得，自己原本姓何，家住岭南，除了自己，家里还有两个哥哥。

他还记得，那一年岭南大旱，村里人都吃不饱饭，没办法，大家只能结伴出去逃荒。半路上，许多人都饿死了，连他二哥都饿死了。

后来，眼看着自己也要饿死的时候，一群陌生人出现了。

这些人一出现，马上就开始四处找人，打听有没有人家要卖孩子。

他们很挑剔，只买男孩，而且买之前还要看相貌，长得难看的不要，皮肤黑的不要，脸上有痣的不要……

最后，小林子被挑中了。跟他一起被挑中的还有另外三个孩子，每个人值十斤粮食。

当时他还不懂事，不知道自己被父母卖了，懵懵懂懂中就被带到了京城。净了身，然后在一间院子里住下。

那是一间非常大的院子，里面到处是跟自己差不多大小的孩子。每天有大人教课、教规矩，做错了就要挨打、挨罚，很辛苦。

但是有一点好，那就是能吃饱，穿暖，不用再挨饿受冻。

后来，他一点点长大，也明白了自己是什么处境。

一开始，他很恨自己的父母，为什么要把自己卖掉。

可等渐渐明白事理了，他也明白了当年父母的难处。

不知为何，小林子突然想到了往事，想到了那个十多年没再见过，不知道是否还活着的父母和大哥。

小林子要去守陵了，心里很难受。若是大哥当年也饿死了，将来谁给父母守陵？若将来自己死了，别说守陵，有谁会给自己下葬呢？

小林子一边赶路，一边在心里胡思乱想。

在他们身后，是一群大内侍卫押送，对于这些太监，侍卫们很是瞧不起，不时呵斥几句，或用武器捅他们一下，趁着他们落魄，倒也出了口气。

"走快些，一个个哭丧着脸干什么。"

"就是，不就是把你们发配去守皇陵嘛，比起那些被砍头的，你们可幸运多了。"

常年在宫中混饭的，谁不知道被发配守陵，几乎就代表着永无出头之日了？换在几百年前，这些太监就是殉葬的货色。

无人察觉的是，就在他们不远处的路边树丛中，有两道人影正在悄悄移动，一路紧紧地跟随着他们。

小林子走着走着，因为疲乏，速度渐渐慢了下来，落在最后面，靠近了树林。

树林中那两道人影突然跃起，一把捂住小林子的嘴，将他拖进树林。

小林子拼命挣扎，咿咿唔唔的，但是忽然看到捂住他嘴巴的是太岁，旁边蹲着的是瑶光，登时又停止了挣扎。

远处，侍卫继续骂着太监们，并未察觉少了一个人。

"快点！你们这些腌臜货，磨蹭什么呢？快点！"

"再磨蹭别怪大爷不客气了啊！"

太岁轻轻放开手道："别嚷，是我！"

小林子惊喜道："恩公！"

刚一喊出口，太岁下意识地捂住小林子的口鼻，扭头四望，急问道："你怎么给发配去守陵了，宫里情形如何？"

小林子也放低了声音，问道："恩公尚不知宫中情形？"

瑶光茫然地摇摇头道："自从丁老鬼和那不男不女的雷老公把持了大权，我们北斗司进出宫廷的权利就被收回了。防御使大人为了避免不必要的误会，禁止我们进去打探。"

太岁着急地打断了瑶光的话，朝小林子问道："你快说，宫里情形如何了？"

小林子神色难看，答道："娘娘、太后和太子，都被软禁了。雷公公控制了内廷，上上下下都由他的党羽把持着。"

瑶光吃惊道："什么？那周公公呢？他才是内廷权力最大的啊。"

小林子眼圈一红，哽咽道："周公公……说是被下了大狱，实则已被毒死，周公公的人也都被抓的抓、杀的杀，就连我们这些小鱼小虾，这不，也被赶去守陵了。"

瑶光和太岁脸色凝重地对视了一眼。

小林子擦擦眼泪，忽然想起一事，急忙抬头道："对了，有件很奇怪的事，雷公公把持大权后，第一件事就是跑到周公公那儿找一只金酒柱。"

"金酒柱？"

"对！平素就放在那里，贴着墙，一人多高的金酒柱。"

太岁警惕地问："雷允恭找那个干什么？"

小林子摇头道："不知道，他找不到金酒柱，还赶紧派人去阻止杀死周公公，可惜，去晚了一步。因为周公公身边的大太监也都被杀光了，所以，根本问不到金酒柱的下落，雷公公气得发疯。"

太岁和瑶光互相看看，太岁想想问道："雷允恭刚刚控制后宫，第一件事就是去找金酒柱，就算这东西是纯金的，也不应该吧？"

瑶光肯定地点头道："其中一定有鬼！"

二人一起看向小林子。

"最后，他找到了吗？"

小林子摇摇头，忽又得意地一笑，赶紧左右张望一眼，压低了声音道："雷公公以为只有周公公和他身边的大太监才知道这金酒柱的下落，偏偏……我也是知道的，可我没告诉他。"

太岁和瑶光双眼一亮，太岁急切地问："你知道？那金酒柱在哪儿？"

小林子也不隐瞒，说道："那只金酒柱，是先皇赐给周公公的，先皇大行之后，周公公悲痛欲绝，就把这只金酒柱也做了陪葬品，代替他陪伴先帝，送进皇陵了。这事，知情的人几乎死光了，我也是无意间看到的。"

太岁和瑶光彼此深深地看了一眼。

"这件事你千万别告诉别人，最好提都别提。"太岁想了想，嘱咐小林子道："这里面可能有什么隐秘，若是漏了口风，被雷允恭知道，肯定会杀你灭口。"

小林子吓了一跳，连连点头道："放心，这事我谁也不说。"

"嗯，那先这样，我们把你送回去，你跟着队伍去皇陵，别怕，等这事有了结果，我一定想办法让你回宫。"太岁朝小林子承诺道。

"好，我相信恩公。"小林子也严肃起来。他毕竟在宫里待了十年，也知道宫里规矩，若是等队伍到了皇陵，一查人数发现自己不见了，到时可就麻烦大了。

坤宁殿。

门下挂着灯笼，门外站着几个太监和侍卫，一脸无奈地看着赵德芳。

门下已经架好了一块门板，赵德芳正往上铺着褥子。

太子赵祯抱着厚厚的被子和枕头从宫里走出来，赵德芳看见，赶紧上前接过被褥。

太子看看简单的床铺，有些担心道："八叔，夜里凉，你睡在这儿……"

赵德芳把枕头摆好，向他朗一笑道："无妨。你叔这身子骨啊，不碍事的。"

刘娥从宫里走出来，看到这情形，轻轻叹了口气道："老八，要不……你就睡在宫里吧。"

太子也点头道："是啊，那么多房子呢。"

赵德芳摇头，神情严肃道："嫂嫂，别说傻话！德芳宿在这里，是为了卫护嫂嫂和侄儿的安全。若是宿在殿上，难免遭人口舌，坏了嫂嫂名声，万万不可。再者说，就算不坏了嫂嫂名声，可万一他们以此为名，说我赵老八已经入主皇宫，传出去非天下大乱不可。"

刘娥欲言又止，只是轻轻一叹。

赵德芳把被子铺好，向外面的侍卫和太监们扫了一眼，回头对刘娥和太子说道："嫂嫂和侄儿回去歇息吧，德芳但有一口气在，就不会叫人伤害了你们！"

太子咬了咬嘴唇，忽然说道："侄儿是晚辈，怎么能让叔父为我守门！叔，你等着……"他转身就往宫里跑。

赵德芳望着他的背影喊："祯儿，你干什么去？"

太子一边跑一边扭头回答："我去再搬套被褥来，和八叔一起睡在门口。"

赵德芳愣了愣，看着太子跑去的背影，含笑地点了点头，笑容里有心酸，有欣慰。

门外众侍卫、太监看着这一切，默默无语，只有站在外侧的一个小太监悄悄退开，隐入夜色当中报信去了。

夜色深沉，坤宁殿中一灯如豆。

刘娥正侧身而睡，眼角隐有泪痕，神色哀恸，显然梦中亦不快活。

突然，外面传来一声雷声，桌上的灯火晃了一下，刘娥猛然惊醒，一下子坐了起来，满头冷汗，脸色苍白，眼中满是恐惧。

她急喘了一阵，听着外面雷雨阵阵，好一会儿才缓过来。

"是噩梦吗？"她喃喃一句，脸上露出苦笑之色，身体往后一摔，倒在床上。

可就在这时，她的眼角突然掠过一道身影，刘娥大惊，浑身绷紧看去，就见一个戴着诡异面具的身影正站在床头看着自己，露出一双冰冷锐利的眼睛。

不用说，来人自是那位神秘的斗姆天尊了。

"是你？"刘娥回过神，缓缓坐起，一脸仇恨地看着斗姆天尊。

斗姆天尊看着刘娥，声音冰冷："是我抚养你长大，教导你成人的，今日见了我，竟如见仇人吗？"

刘娥冷哼一声，咬牙切齿道："是你把我送到恒郎身边，也是你夺走了我的丈夫，难道我不该如见仇人吗？"

她慢慢起身走下床，赤脚站在地上，一身素白睡袍披在身上，在黯淡的灯火中显得柔软而冷清。

她咬紧牙关，攥着拳头瞪着斗姆天尊道："你说过，要留他性命。你骗我！"

斗姆天尊并不辩解，冷笑一声道："我并未叫你爱上赵恒，是你忘记了自己的使命！"说完，他侧身走出几步，来到窗前，透过窗棂仰头望向夜空，毫不防范。

"我更未想到，你为了赵恒，居然豁得出自己的性命，用本命蛊为他续命！"

刘娥惊讶地后退了一步，失声道："既然用了本命蛊，就该同生共死，为何恒郎死了，我却还能活着，难道……是你救了我？"

斗姆天尊慢慢转过身，看着刘娥，冰冷的眼神消失不见，而是变得感伤而怜悯："斗姆九子，你是老三，从小也是我最疼的人，我对你，就像一个父亲对他的女儿一样，我能眼睁睁看着你死去吗？"

刘娥感到有些意外，眼神波动了一下，但很快又变得冷漠，冷笑道："可你害了我的丈夫，现在又想害我的儿子，天下，有这样的父亲吗？"

斗姆天尊微微摇头道："我说过了，我要的，只是把皇位还给本该拥有它的人，从未想过要杀死赵恒。"

"是吗？可我丈夫，就是死在你的手上！"刘娥根本不相信，压抑着声音低吼道。

"不是我，是德妙！"斗姆天尊淡淡道。

刘娥激动地两眼通红道："德妙是你的人！"

斗姆天尊看着她激动的模样，不由得轻叹一声："不错！可……并不是我下令叫她杀了赵恒。"

他上前两步，望着刘娥，语气有些复杂："孟冬爱上了北斗司的开阳，不忍心牵累北斗司，所以，假传我的命令，叫德妙带他入宫，想为祖父报仇，杀了皇帝。而德妙，更是在走投无路的情况下，为了自保，被迫动用暗器，这些事并不在我的掌握之中！"

刘娥怔怔地看着斗姆天尊，泪水在眼中打转。

"你丈夫的死，与我无关。而现在，你的儿子是否还能活下去，却取决于我了。"简单解释了几句，斗姆天尊又恢复了冷酷的本色，淡声道："当然，也取决于你。"

刘娥大惊，抬手飞快地抹了把眼泪，惊恐道："你想干什么？"

"八王迂腐，不肯继位。我要你说服他，让他登基称帝。如此，你母子便可平安，来日，还可保一个王位，荣华富贵，并不逊于帝王！"

刘娥不敢置信地退了一步，震惊道："你让我……劝说老八当皇帝？"

"不错！我相信由你来开口，八王一定会回心转意！"

斗姆天尊淡淡地点头，眼睛露出笑意。"八王仁孝，你该看得出。如果他做了皇帝，一定不会慢待了你们母子。"

刘娥眼中掠过赵德芳的身影，想起他对自己，特别是对太子的疼爱，心里一暖。是啊，若是他做主，一定不会慢待了自己和太子。

这个念头一出，她突然惊醒过来，猛地退了一步，用力摇头道："不！我不会再上你的当了！"

"上当？"斗姆天尊语调一挑。

刘娥冷笑道："我已经看穿你了，为了达成你的目的，不管什么人，你都是可以牺牲的！我的丈夫已经死在你的阴谋之下，现在你又打我儿子的主意？"

斗姆天尊声音不悦起来："我说过，只要你听命于我……"

不等他说完，刘娥就开口打断道："我已经想得很清楚了，八王不会伤害祯儿，但你会！祯儿是太子，一旦让位，难免会有人想着让他复辟，所以，八王一旦登基，为了免除将来的麻烦，你一定会杀死祯儿！"

斗姆天尊的声音严厉起来："一派胡言！你不听我命令，我现在就可以让他死！"

刘娥冷笑道："若是听你摆布，我母子才一定会死。如果我不听，说不定还有一线生机。我……已经想得很清楚了。"

斗姆天尊大怒，猛地举起右掌，想要拍下。

他刚要动手，刘娥反而壮起了胆气，仰起脸，闭上眼睛，一脸平静地说道："我不是你的对手，要杀尽管动手吧！"

斗姆天尊迟疑片刻，缓缓放下了手，沉默片刻才重重一点头，冷声道："我给你指了阳关道，你不走！好！好得很！"

他缓缓后退，看着刘娥，声音变得稍稍干涩："无论如何，你总是我养大的，我不会亲手杀你。你……好自为之吧！"

说完，斗姆天尊人影一闪，消失不见。

听着衣袂破空声远去，刘娥缓缓睁开双眼，身子仍然紧绷着。又等了片刻，确认他真走了，不禁退了两步，一下子瘫在榻上，急促地喘息一阵，这才抬起袖子抹了抹额头的冷汗，眼中犹有余悸。

雷雨交加，暴雨如瀑。

太岁房间里灯光昏暗，房中太岁、瑶光和柳随风三人正聚坐在桌前悄声商议。

"……事情就是这样了。雷允恭到处找那金酒柱做什么？我猜，那里边一定有不可告人的大秘密。"太岁一脸沉凝。

听完他的话，柳随风站起来，抱着双臂，捏着下巴，沉吟地在屋中来回走了几步，慢慢停住。

"之前，遗诏是由周公公负责保管的，而我们都曾轮班值守，看护过周公公的住处，目的就是为了保护遗诏。"

太岁点头道："对啊！宣读遗诏那天，我亲眼看着周公公从墙上取出遗诏，然后由我护送着上殿的。"

柳随风看向太岁道："那么你说，金酒柱里，应该有什么？"

听到这里，本来皱眉思索的瑶光两眼一亮，跳了起来，一脸兴奋道："莫非……你是说，雷允恭偷了真遗诏，却也没办法携走，所以，只是换了份假遗诏进去，而把真的……"

太岁一脸吃惊道："丢进了金酒柱？"

柳随风赞赏地看了眼瑶光，摊开双手道："不然，我实在想不出，还有什么重要东西，会让雷允恭如此在意的。"

太岁和瑶光互相看看，一脸兴奋道："如此说来，真遗诏此刻就在皇陵地宫之中？"

瑶光兴冲冲地就要朝外走，口中叫道："我们马上禀报洞明前辈。"

"且慢！"柳随风连忙阻止。

瑶光站住，疑惑地看向柳随风。

柳随风伸手下压，示意她别着急，缓缓开口道："这只是我们的猜测，并无实据。去地宫里翻找，那对先皇是大不敬的，万一洞明和瑶光两位前辈不答应，怎么办？"

太岁走上前，赞同地点头道："不错！如果是隐光前辈，大概还好些。可洞明前辈，太古板了，他一定不肯答应的。"

瑶光听了也犹豫起来，眼神在二人身人来回转了转。"那……只告诉隐光前辈？"

太岁白了她一眼道："你以为隐光前辈知道了的话，会不告诉洞明前辈吗？"

瑶光认真地点头道："有道理！那……开阳姐姐呢？"

柳随风摇头道："我们只是摸进地宫翻找一只金酒柱，就不要告诉她了。"

太岁听了马上赞成道："对！再说，开阳姐姐主要负责内务，轻易不出门的，一旦发现她不在，咱们反而容易暴露。"

瑶光看看柳随风和太岁，仍有些犹豫。"那……就咱们仨？"

柳随风和太岁一起点头，异口同声："对！就咱们仨！"

此时，雷允恭站在监栏院的大堂上，外边暴雨如注，不时响起雷声。

大堂上站着一排大太监，一个个垂手低头。

雷允恭脸色阴沉，锐利的眼神从众人身上来回扫视，哼声道："周怀政房里那只金酒柱，还是没有下落吗？"

太监们低着头互相看看，轻轻摇摇头，都不敢说话。

"一群废物！"雷允恭大怒，指着众人骂道："就这么大点地方，它能藏哪儿？"

众人都不敢说话。

见他们一个个跟鹌鹑似的，雷允恭更气。"说话啊，都装什么哑巴？"

太监们低着头左右看看，最后还是一个中年太监低声解释道："公公，整个宫里，我们都搜遍了，那么大个物件，不该找不到啊，可就是离奇消失了。"

身旁另一个轻年太监也低声应和道："是啊！真是莫名其妙，如果是个怀炉把件，或者还能有人给偷走了，可这么大一件东西……"

雷允恭突然想到了什么，神色陡然严肃起来，一个箭步就迈到了众太监面前。

"近日，宫里可曾有把大批大件物品运出宫的事情？"

几个太监互相看看，其中某太监回答："没有啊！也就是……往皇陵运送过一次陪葬之物。"

"皇陵……陪葬……"雷允恭喃喃自语。

这时，外面传来一声雷响，雷允恭突然精神一振，语气急切起来："你们马上去藏宝监，调阅皇陵陪葬之物的名册，一件件、一条条地给我找，务必找出金酒柱的下落。"

众太监还未反应过来。

雷允恭厉喝："还不快去！"

众太监慌忙答应一声，冲出大厅，冒雨跑了出去。

这时，一个身披蓑衣的人从院子里走进来，与冲出去的太监交错而过。

披蓑衣的人走上大堂，推下蓑帽，露出一张略显疲惫的脸，正是丁谓。

"雷公公，你找我？"

雷允恭没理会丁谓，与他错身而过，走到廊下，望着阴暗的天空，脸色也阴沉下来。

见他如此无礼，似不把自己放在眼里一样，丁谓先是一怔，心里不由得有些生气，但想了想，他还是皱眉跟了上去，沉声叫道："雷公公？"

雷允恭阴沉着脸，转头看他一眼，低声道："八王一根筋，不肯继位。"

丁谓听了也是皱眉，但更多的却是不解："九五之尊的宝座，八王怎么就不动心呢？"

雷允恭摇头，恨声道："皇后也咬紧了牙关，宁死不肯出面说服八王。"

"那……怎么办？"丁谓终于有些着急了。

做出矫诏这么大的事，自己图的什么？除了自保外，不就是这从龙之功吗？

"轰！"一道闪电划过黑夜，映亮了雷允恭阴沉的脸。

他慢慢转过脸，大雨倾盆的背景下，盯着丁谓，一字一句地道："我们处心积虑，只想让八王堂堂正正地披上龙袍，可他不肯！那，我们只有用强的了。"

丁谓疑惑道："用强的？"

雷允恭又转向雨幕，古怪地笑了一下。"不错！如果皇后和太子都死了，你说……八王继不继位？"

"这……"丁谓吓了一跳，嘴唇颤了颤，一时不敢说下去。

这可不比矫诏，矫诏虽然也是死罪，但只要没人能找到真的诏书，再或者时间一久，大家都接受了新皇帝上位，那假的也变成真的了。

可是杀人……还是杀太子和皇后？

这若是将来事发，就算大宋立朝以来有不杀士大夫的传统，恐怕也免不了一死了。就算新皇帝想保自己，恐怕大臣们、宗室们也不会饶过自己。

想到这里，丁谓不由得犹豫起来。

丁谓心存顾忌，雷允恭却好像无所忌惮，他慢慢转过身，盯着丁谓的双眼，诡笑着问道："如果，我们把龙袍披在他的身上，强行拥他登基，你说……这个皇帝，他做？还是不做？"

丁谓愣住，呆呆地看着雷允恭，说话都结巴起来了："你……你是说……我……我们……再来一出陈桥兵变，黄袍加身？"

雷允恭一脸冷酷道："这种事，又不是没人做过！"

"可是……可是……那毕竟是前朝与今朝的区别。咱们要是杀了本朝的皇后与太子，那可是抄家灭门的死罪……"丁谓一脸惶恐，头上冷汗都下来了。

雷允恭不屑地一甩袖子负手背立。"八王继位，我等就是从龙功臣，有什么罪？"

丁谓咽了咽口水道："朝中文武，岂会坐视？"

雷允恭蓦然转身，叮嘱丁谓道："蛇无头不行，没有寇老西儿从中作祟，他们又能掀起什么风浪来？"

丁谓还是有些犹豫，他虽然人品欠佳，可毕竟熟读经典史集，对于天下大势自有一番看法。当年太祖登基，虽说有些不光彩，可毕竟是战乱之时，在那种时候，手里有兵马，就能成事。可是现在情势已经不同了，虽然说也有外敌环伺，大宋内部却是一片太平，这种时候，上演一出兵变……他心里实在没底。

见他一时拿不定主意，雷允恭眼珠一转，说出一句丁谓最想听的话："我还真怕那寇老西儿杀个回马枪，不如继续贬他的官，把他贬得远远的？"

听他提起寇准，丁谓脸上马上涌出痛恨之色，但紧接着，脸上又露出一丝阴险痛快的笑意，本来犹豫不决的心思也定了下来，恨声道："那……就把他再贬为雷州司户参军吧，把他赶到天涯海角，连信都听不到！"

雷允恭心里一笑，果然，想让你乖乖听话还得拿寇准说事。

不过他也不揭穿，脸上配合地阴笑道："令广州都督府对他严加看管，不怕他跑了。"

"轰！"一道闪电轰隆隆震天劈下，光亮一明一暗间，照得丁谓和雷允恭的脸时明时暗，分外诡谲。

暴雨倾盆，柳随风穿着蓑衣，推开房门走进太岁房间，外边闪过一道闪电，照在他满是水渍的脸上。

见他回来，太岁和瑶光急忙起身迎上去。

"找到了吗？"瑶光急问道。

柳随风得意一笑，一边往屋里走，一边从怀中掏出一个密封的包裹，扬了扬道："有我出马，手到擒来！"

太岁上前帮柳随风脱下蓑衣，嘴上问道："没被人发现吧？"

柳随风一笑道："地宫建造图纸，都在这里了。放心吧，没人看见。"

瑶光喜形于色，接过包裹打开，只看了几眼就满意地点头。

太岁挂好蓑衣，跟柳随风凑过去，三人一起看图纸，边看边比画，低声商议。

暗无天日的暗室中，除了清脆的滴水声，一片静谧，连外面雷声都传不进来一丝半点。

此时，一身剧毒、已经毁了容的德妙兀自坐在石台上打坐，原本的一头秀发，此时已经掉得斑秃，只剩下几簇几缕，长长短短的，再加上腐烂的肌肤，使她更加不人不鬼。

她低着头，直勾勾地看着自己干枯青黑的双手，不知在想些什么。

忽然，厚重的石门轧轧地打开。

德妙缓缓抬起头，用碧黄色的双眼看过去，就见带着诡异面具的斗姆天尊快步走进来。

斗姆天尊来到德妙身前，低头俯视德妙好一阵，才沉声道："现在，我给你报仇雪恨的机会！今夜，你进宫去，给我杀了皇后刘娥还有太子赵祯。"

德妙脸色一狞，狠厉地回答："好！"

斗姆天尊满意地点点头，想了想又嘱咐道："切记，不可伤了八王！"

"他也在宫里？"德妙皱眉。

"嗯，他担心有人伤害皇后和太子，所以，就睡在坤宁殿门口！你今晚去，可以杀了皇后和太子，但八王，切记不可有丝毫伤害。"斗姆天尊似乎有些不放心，又嘱咐了一遍。

德妙眨了下眼睛，点头道："好！"

斗姆天尊深深地看了她一眼，缓缓点头道："好，你先休息吧，时辰一到，我会派人配合你行动！"

说完，他转身走出去，石门轧轧掩上。

德妙直挺挺地坐在平台上，等门掩上，忽然低低冷笑起来："不能伤了八王？嘿嘿嘿，哈哈哈……"

她诡笑了一阵，猛地抬起头，伸出颤抖的双手摸着自己恐怖的脸，低声嘶吼道："你们毁了我！我要你们……统统去死！统统去死！"

皇陵外，雷雨初停。

小林子提着一盏灯笼，颤颤巍巍地走在树林中，四处巡视。

忽然，柳随风、太岁和瑶光从一旁路出来，出现在小林子左右。

小林子先是吓了一跳，看清是他们，才变成惊喜神色道："原来是你呀，嗯……"

"嘘！"太岁一拉小林子，把他拽进了树林。

四人在林中走了一阵，来到一处角落里。借着小林子手中灯笼昏暗的光线，太岁和瑶光、柳随风开始低声朝小林子吩咐。

"一会儿你……"

听了他们的话，小林子有些犹豫。

三人见状，柳随风给太岁使了个眼色，太岁微微点头，表示明白，又低声朝小林子说了几句。

小林子看着太岁，脸上闪过毅然决然之色，咬着牙点了点头，一打手势，当先迈步走去。

三人对视一眼，忙压低脚步悄悄跟上。

一处屋舍下，管事太监刘荣睡眼蒙眬地走出来，半闭半睁地解开腰带，正要蹲下解手，忽然发现远处冉冉走动的灯光。

刘荣眨了眨眼，定睛看去，见是提灯巡视的小林子，摇摇头准备继续。

可就在这时，他突然发现小林子后边还有人影跟着，其中离得最近的一人正扭头警惕地观望，灯光映着他的侧脸，露出太岁的脸。

刘荣手一顿，皱眉看着太岁，疑惑地自语："这人好面熟……"

突然，他想起来了，喃喃道："啊！他不是上次北斗司派来扮太监保护先皇的那个人吗？"

想到北斗司，他心里大惊，连忙提起裤子，快步往屋檐下躲去。

看着小林子提灯引太岁等人离开，刘荣才站出来，疑惑不解："他们跑到皇陵来干什么？不行，我得赶紧去禀报雷公公。"

左右看了看，认清方向后，刘荣放低了身形，悄悄跑开。

另一边，太岁等人并不知道自己行踪已经暴露了。谁能想到就那么巧，这大半夜的，正好就能碰上一个太监出来解手？

要说皇陵，无论是太岁、瑶光，或是柳随风，都已经不是第一次来了。

不过，当时他们过来是陪着开阳检查陵墓机关，防止出什么问题的。那时真宗皇帝身体还好好的，算是例行公事，并没怎么细看。

现在三人在小林子的带领下一路走来，才发现这里早已经大变，外围已经不知何时建好了两排木屋，想来是给守陵太监们住的地方。

一路走来，三人发现这里不知何时设了好几道关卡。

好在有小林子这个"内奸"，四人一路倒也没惹出麻烦，三绕两绕已经来到了皇陵入口。

小林子指着一道石门，低声道："殉葬品刚刚放置完毕，断龙石还没放下，至于里边的情形，我就不知道了。"

柳随风点点头，拱手道谢："多谢你了，里边我们知道怎么走，你快回去吧，免得走开太久，被他们发现。"

"嗯！"小林子点点头，又不放心地看了看太岁，轻声道："恩公，那我回去了，你们小心。"

太岁笑笑道："好！谢谢你了。"

小林子强笑一下，摇摇头没说什么。扭头看看，弯下腰，小心翼翼地走开了。

柳随风和太岁、瑶光互相看看。

瑶光挺身而出道："我来！"

柳随风和太岁对视一眼，耸耸肩没敢跟她争。虽然不是断龙石，可这石门也不轻，二人还真没把握能推开。

瑶光迈步上前，挽了挽袖子，奋起发出神力，推向甬道石门。

随着石门被推动，两侧落下几块泥块。

柳随风一挑眉，随后松了口气，朝太岁低声道："咱们运气不错，刚下完雨，要不这么一折腾，声音可不小，非得惊动人不可。"

太岁看着泥块，看了眼两边门缝，心有余悸地点了点头。

这时瑶光已经把门推开了一个只容一人通过的缝隙，转头朝两人低声道："快进来。"

太岁和柳随风不敢耽搁，忙迈步走进去，等进去后，瑶光又转身把石门关上。

甬道内一片黑暗，柳随风晃亮火折子，火光映出三人面孔，都显得有些诡异。

"走！"柳随风举着火折子走在前面，后面二人迈步跟上。

监栏院。

客厅内，一个太监捧着一份簿册兴奋地小跑到雷允恭面前道："找到了！雷公公，我们找到了，您看……"

雷允恭一把抢过簿册，急急翻看，同时问道："找到了？那只金酒柱究竟在哪儿？"

太监上前一步，站到侧面，给雷允恭指点簿册道："公公，您看这里，那只金酒柱，被列为陪葬品，葬进皇陵地官了。"

雷允恭仔细看了看簿册，先是有些发愣，想了一想，忽地哑然失笑道："葬进地官了？

从此永不见天日，倒也安全。"

太监巴结地询问："雷公公？"

雷允恭站直了身子，冷然摆手道："行了，我知道了，这件事，你们就当没发生过，去吧。"

见他如此说，太监也不敢多问，忙垂手后退："是，小的告退。"

等太监走了，雷允恭又看看簿册，随手往桌上一丢。"唉，总算去了一块心病。"

他背着手踱到廊下，眺望远方，自言自语道："以德妙如今的武功，完成任务绰绰有余。我该避避嫌，就不过去了，免得八王来时对我嫌隙太深……"

这时一个小太监提着灯笼，引着皇陵管事太监刘荣急急走来。

"雷公公，雷公公……"远远地看到雷允恭，刘荣就急叫道。

雷允恭扭头看见了他，脸色沉了下来。"你怎么回来了？叫你去守皇陵，是给你一个机会，等你回来，就可以担任更高的职务，怎么这都……"

不等他说完，刘荣就一脸焦急地打断了雷允恭的话，急声道："雷公公，小的有要事禀报，所以不得不急急回宫啊！"

雷允恭一怔道："什么事？"

"雷公公，小的无意中发现，北斗司的人出现在了皇陵！"

雷允恭一惊道："北斗司的人？他们去做什么？"

"小的也不清楚啊，不过小的认出其中一人，是曾经扮作小太监，守在先帝身边的。小的觉得其中有疑，所以，就赶来向您禀报了。"刘荣不敢隐瞒，甚至说，他此来就是为了表功的，不夸大其词就不错了。

雷允恭听了沉吟片刻，点点头道："我知道了，你做得很好。你马上回去，不要惊动他们。"

"那这件事……？"

"我会派人去查个清楚，你先回去吧。"雷允恭挥挥手。

刘荣见他脸色，不敢再多说，一欠身道："是！"

等刘荣转身出去，雷允恭深深地望了他的背影一眼，慢慢走进客厅，拿起丢在桌上的藏宝簿册，脸上露出一丝冷酷的笑意。"藏在地下，也不安全吗？"

他冷笑两声，从怀里缓缓掏出一个面具，戴到了脸上。

面具上一分为二的怪脸，非神非鬼，似仙似魔。

左边银色打底，用金色丹砂描绘了半张慈眉善目的仙人相。

右边却是漆黑如墨，用惨白的骨漆画着半面头顶尖角，嘴角滴着鲜血的妖魔头。

若是德妙、丁谓，或是刘娥看到，定会一眼认出，这正是斗姆天尊一直带着的那张诡异面具。

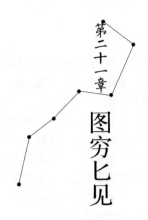

第二十一章

图穷匕见

石门轧轧打开，太岁三人花了一炷香的时间才穿过甬道，进入地宫。

随着三人脚步踏入，地宫中石壁上的火把一一蓬然亮起，身后的石门又轧轧关上。

对此三人并不奇怪，因为这本就是开阳的设计，与北斗司出入甬道几乎如出一辙。

借着墙壁上的火光，能看到两壁栩栩如生的雕刻壁画，中间立着一块石碑，认真看去，上面写的都是些真宗在位时所行所为。当然了，在这上面有功无过，几乎把真宗夸得前无古人，后无来者。

最后落款处，写着"膺符稽古神功让德文明武定章圣元孝皇帝"一共十八字的谥号。

太岁看了眼，马上目瞪口呆道："这么长的名字？"

一旁瑶光顺着他的目光看去，也愣了愣，想说什么，却又忍住了。

"办正事。"柳随风皱眉，低喝道："这是先帝谥号，不要乱说。"

"哦！"太岁醒悟，自己这种行为有些不敬，不好意思地挠挠头，收回目光。

见他们还算有分寸，柳随风放心不少，朝前看去，发现前方又是一条长长的甬道。

他打开图纸，借着火光仔细端详，好一阵才道："嗯！这条通道是运送陪葬物进入地宫的唯一出入口，只等一切部署完毕，落下断龙石，地宫就彻底封闭了。幸好我们来得早，走！"

柳随风收起图纸，举步向前走去，瑶光和太岁紧紧相随，神情警惕。

好在一路太平，三人很快走到了甬道尽头，发现是一堵石壁，石壁上阴刻着一副蟠龙图案，栩栩如生，威严恢宏。

三人在石壁前停住脚步，柳随风又看了看图纸，低声道："打开这道门户，就算是进入地宫了。"

瑶光有些不解道："这可是帝王陵寝，咱们这么容易就进来了？"

柳随风看了她一眼道："容易？依图纸所言，断龙石厚达一丈，重一千八百石，一旦落下，再也不可能升起。而且，这条甬道也是要以五色土填塞夯实，再浇铸糯米汁加固的，就算最高明的盗墓贼也打不开。若是等这甬道封了，咱们再想进来，只有动用大军掘墓了。"

太岁吐了吐舌头道："乖乖，这么复杂。"

柳随风没再说下去，上前一步，扳住蟠龙的石头，用力向左扭动了三圈，然后退后一步。

石门轧轧打开，现出一个更加广阔的石室，里边已经摆放整齐了一些大型的俑人、马等物，但是，距入口还有一段距离是甬道。

太岁想走进去，被柳随风一把拉住。

太岁扭头看他道："怎么？"

柳随风谨慎地看着里边。"这地宫，已经只差落断龙石填塞甬道了，里边的机关一定已经打开了。"

瑶光失声道："机关？"

柳随风看他一眼道："豪门大户人家为了防止有人盗墓，都会在墓中设下许多埋伏，何况是帝王陵寝？连咱们北斗司甬道里都有十八铜人，帝王陵寝里会没有防备？再说这本就是咱们北斗司设计的，当初你也来过，没仔细看吗？"

瑶光吐了吐舌头，有些不好意思，当时过来她还真没怎么注意看，只当是例行公事走了个过场。

柳随风责怪地看了她一眼，无奈摇头，转向蟠龙图，脸色变得凝重。"你们先等一下，我试试。"

说完，他小心翼翼地向前走去，可他刚走出两步，足下的一块石板忽然微微一沉，柳随风一惊，马上倒纵而回。

墙壁两侧及头顶，突然各探出几支粗大的铁矛，交叉而下，呈"米"字形刺在柳随风原本立足处，旋即又撤回。

太岁和瑶光惊呼一声。

柳随风倒是不意外，只是一脸凝重地点头道："果然有机关！"

瑶光跃跃欲试道："跳过去怎么样？"

柳随风摇头道："如果前方另有机关，我们又摸不清后退处哪里安全，岂不真要死在里边？"

太岁一脸懊恼道："唉，要是开阳姐姐在就好了，凭她的本事，或者可以看破这里的机关。"

瑶光不理太岁，朝柳随风问道："图纸上没有记载吗？"

柳随风摇头道："图纸上标注的只是这里边的地形，机关属于保护这陵墓的最后一道防线，就算有图纸，恐怕在建成以后也销毁了。"

瑶光有些失望地看着前面道："那怎么办，回去找开阳姐姐吗？"

柳随风摇头道："不行，万一被防御使大人察觉，不允许我们冒犯地宫怎么办？只要稍有拖延，就来不及了。"

太岁咬了咬牙道："我来！"

柳随风和瑶光一起看向太岁道："你？"

太岁笑了笑道："别忘了，我是最佳肉盾！"

说着，他对瑶光伸出手道："来，把你的火腿借我用用。"

瑶光白了太岁一眼道："什么火腿，那叫降魔杵。"

瑶光反手从背后取出她的大棒槌，交到太岁手上。

太岁接过，瑶光突然抓住他的手。太岁看向瑶光，瑶光一脸担心道："你……小心点。"

太岁轻松地一笑道："放心！能杀我的人，还没出世呢。"

他看了看柳随风和瑶光，扬了扬降魔杵道："本肉盾去也！"

太岁返身走进甬道，避开柳随风方才试过的那块地板，小心翼翼地试了旁边一块，顺利通过。

瑶光一脸欣喜道："嘿！过去了！"

太岁又试一块地板，地板微微一沉，两旁又有锋利的铁矛刺出。

太岁急忙退了一步，不料刚刚还踩着没事的地板又是一沉，又是数支铁矛刺出，太岁闪避不及，身躯急急扭动，避过几支长矛，又用手中降魔杵击开几支铁予，但右小腿还是被一支铁矛刺穿了。

太岁站在原地，痛呼一声。

瑶光惊呼，作势欲冲进去。"太岁，你怎么样？"

太岁痛苦的声音传来："啊！好痛啊！"

柳随风拉着瑶光的手，紧张地盯着太岁的脚下。"我明白了，这底下的机关是会移动的，已经安全走过的路，只要触发了前边的机关，它也会随机改变可以触发机关。"

瑶光恨恨地甩开他的手，气道："太岁受伤了啊！"

"我没事，就是……痛啊！"太岁本来还挺硬气，可紧接着又惨叫出声。

瑶光紧张地看着太岁，眼中满是心疼。"怎么办，要不你快退回来吧！"

太岁咬牙摇头道："不行，我们不能前功尽弃！"

他恨恨地看着前方刚刚触发机关的地板，慢慢将脚踏了上去。

瑶光惊呼："喂！那块石板有问题。"

"我知道！可这么试下去，我可没脑子探得清这么复杂的东西。"

瑶光担心道："那你打算怎么办？"

太岁想了想，转头看向二人，沉声道："以拙破巧！"

说着，他抬起滴血的脚尖，再次点在方才触发机关的那块石板上。

"咻咻……"随着他脚尖落下，几支长矛再度刺出，但已知道它们刺出方位的太岁迅速缩回腿，手中降魔杵用力挥舞，砸断了两支长矛，还有两支长矛被砸弯，缩回时卡在洞眼处，墙壁里传出轧轧的机括声。

柳随风脸上露出了一丝微笑："好办法！"

戴着面具的斗姆天尊站在黑漆漆的皇陵入宫，管事太监刘荣提着灯笼，躬身站在一旁。

"之前我叫人盯着呢，他们就是从这里进去的。"刘荣道。

"他们进去多久了？"

"估摸着……近一个时辰了。"

斗姆天尊冷笑一声，举掌一拍，石门轧轧打开，露出甬道，甬道两侧的火把依旧亮着。

"你回头吧，只当什么都没发生。"

说罢，他迈步走进甬道，石门在他身后缓缓关上。

刘荣张了张嘴，见斗姆天尊已经进了地宫，左右看看，叹着气摇头走开了。

没多久，斗姆天尊停在一处甬道处，看到地上折断的长矛、弯曲卡在石壁上的长箭，以及地上一摊血迹，不由得轻笑："哈哈，有劳你们为本尊探路了。"

说完，他一摆衣袖，快速向地官前方奔去。

而就在前方，太岁正像跳格子似的从一条甬道处蹦跳着前进，身上已经血迹斑斑，衣服更是破烂不堪。

柳随风和瑶光在甬道口紧张地看着，脸上都挂着忧虑之色，替太岁担心。

好在经过这么一阵折腾，太岁虽然还没找到规律，但大体已经适应了这里的机关，可没走几步，机关突然又是一变，原来长矛飞箭一类的机关已经没了，地面不时坍陷，头顶上还有尖锐的石锥此起彼伏地刺下。

"小心！"瑶光惊叫，眼圈已经红了。

北斗司。

隐光一脸严肃地站在洞明对面，洞明一向古板的脸上此时也露出了惊色。"雷公公……居然会武功？"

隐光点头道："是！而且，相当高明！"

洞明目光微微一缩。"他隐藏得这么深，竟连你我都瞒了过去！"

隐光眼睛眯起来。"雷允恭这还是头一次显露武功，头一次敢与皇后娘娘爆发冲突。"

"图穷，方才匕现！恐怕，他们要铤而走险了。"洞明脸色凝重，眉头锁起。

"他们意在扶八王上位，而八王现在正守在皇后娘娘宫门外，或许……"隐光不解道。

洞明摇头，沉声道："八王未必保得住皇后与太子。"

"那怎么办？未得圣谕，我们北斗司是不得入宫的，若公然入宫保护，岂不正授人以口实？"

"宫是必须要入的，倒未必一定要用公然闯入的办法。"洞明想了想，猛然抬头，面向门口喊道："来人！"

门口转出一个侍卫，向二人抱拳听命。

"去，把文曲、开阳、瑶光、太岁唤来！"

侍卫："遵命！"

"太岁！太岁！"开阳带着侍卫推开太岁房门，见屋里无人，她不由得惊讶："奇怪！文曲和瑶光怎么都不在？太岁……"

她转过屏风，见桌上灯亮着，摊开几份图纸，空无一人。

开阳眉头微皱，走到桌前，俯身察看图纸，脸上渐渐露出惊色。"这……这是……"

她越看越是震惊，一把将桌上摊着的图纸都拢起，快步向外走去。

"这是在太岁房内发现的？"洞明摊开看着方才的图纸，蹙眉问道。

开阳点点头，皱眉道："这是……"

隐光低头看了两眼，也跟着皱眉道："这都是关于皇陵建造的，而且……"

洞明脸色凝重道："而且，独缺了皇陵内部的构造图！"

隐光吃惊地看向洞明。"难道文曲、太岁和瑶光潜入了皇陵，他们去那里做什么？"

隐光话音刚落，远处传来警钟声。洞明、隐光和开阳都是一惊，快步走出门外，望向宫中方向。

隐光焦急道："宫里出事了！"

洞明沉声下令："开阳，带上机甲随我入宫。隐光，你去皇陵地宫，把文曲他们三人平安带回来。"

"好！"事况紧急，隐光也不多说，一纵身，消失在茫茫夜色里。

此时地宫中，太岁衣衫褴褛，浑身血迹斑驳地躺在地上。

柳随风和瑶光蹲在他身边。

"太岁！太岁！"瑶光焦急地呼唤，满脸急色。

太岁紧闭双目，没有回答。

瑶光一抿嘴，眼中泪光潸潸。

柳随风看了瑶光一眼，神色有些尴尬地劝解道："呃……不用担心，一会儿他就会活过来了。"

瑶光哽咽地回答："那是刚才，他……他流了好多血，万一这回就活不过来呢？"

柳随风摸了摸鼻子，一时无言。

地宫深处，斗姆天尊的身影从一堵石壁后悄悄闪现出来，盯视着远处围蹲在太岁旁边的柳随风和瑶光，目光既诡异又阴森。

就在这时，躺在地上的太岁，缓缓睁开了双眼。

瑶光一见，大为惊喜，连忙伸手抹了抹眼泪，叫道："太岁，你醒了！"

太岁看着她眼角的泪痕，心里一暖，虚弱地一笑："别担心，我说过……没事的。"

说完，他艰难地爬起身，柳随风和瑶光连忙上前搀扶。

柳随风道："前面就快要到主墓室了，恐怕机关埋伏会更加险恶，你身体虚弱，换我来吧。"

太岁摇摇头道："不行！我出了事，还有的挽回，你出了事，怎么办？"

说着，他挣开二人的搀扶，望着前方，深深地吸了口气道："九十九拜都拜了，还差这最后一哆嗦？"

看着太岁迈着稳重的脚步向前走去，柳随风和瑶光担心地对视一眼，但眼下除此之外，别无他法，二人只能在心里默默祈祷太岁不要出事。

此时，太岁三人还不知道，就在他们冒险闯地宫皇陵时，皇宫中，德妙已经带领着大群黑衣刺客，在内奸的帮助下杀入了皇宫。

德妙力大无穷，刀枪不入，浑身剧毒，沾上即倒，几乎以一人之力就冲散了禁军的阵形。

那些黑衣刺客也不弱，这些人也不知从哪来的，个个武功高强，身手矫健不说，最可怕的是，他们好像一直隐藏在皇宫里，趁着德妙与禁军交手时，从后面突然杀过来，里应外合，几乎瞬间就打乱了禁军侍卫们的部署。

血流成河，哀号遍地。

几十年过去了，皇宫禁地再一次被喊杀声打破了宁静。

当洞明和穿着机甲的开阳赶到官门处，只看见遍地尸体和几乎无处不有的鲜血。

二人大惊失色，僵立止步。

好在洞明只是微微一愣就反应过来，惊叫一声："不好！他们果然动手了，快救皇后和太子！"

说完，他也不等开阳，直接施展轻功纵跃，朝坤宁殿飞驰而去。

开阳也回过神，忙跟了上去。

地宫中，太岁疼得死去活来。半个多时辰后，他终于完成了"肉盾"的使命，被柳随风和瑶光搀扶着，踏进了一间宽敞的墓室。

三人刚踏步进来，墓室顶部的七盏油灯便"噌"地齐齐燃起，外六内一。

中间的油灯最为壮观，是以莲花为底座，此大莲花灯的中心是小莲花灯，每株莲花灯上有一个双手合十的铜铸菩萨像。

随着那七盏油灯"噌"地燃亮，墓室内木鱼声响起，阵阵诵经声从四面八方传来，众人闻之，不由得意识恍惚。

对于声音，柳随风是大行家，只是微一恍惚，马上就回过神来，不由得大惊叫道："春满十方阵？快捂住耳朵！"

说罢，他一抬手，迅速在自己双耳下方一点，闭住了听觉。见太岁和瑶光神色恍惚，似要沉睡,柳随风大急,当下又飞快抬指,点了二人耳旁听会穴,使他们恢复神志的同时闭住了听觉。

太岁和瑶光如梦初醒,惊诧地看向柳随风道:"怎么突然没声音了?"

在太岁和瑶光看来,柳随风只是张了张嘴,没有发出声音。

瑶光大叫:"你说什么?"

柳随风用内功传音道:"太岁、瑶光,我在用内力传音。"

太岁和瑶光不约而同望向他。

柳随风脸色凝重,嘴唇不动:"我方才封了你们的听会穴。春满十方阵会影响你们的意识,令你们在梦境中长眠于地下!"

太岁和瑶光大惊。

柳随风道:"封穴仅能救燃眉之急,必须迅速找到破阵之法!"

太岁和瑶光用力点头。

就在这时,莲花灯上立着的铜菩萨,眼睛徐徐睁开,露出了一双黑色的瞳孔,虽然很明显是雕刻的,但此时显得格外诡异,不但没有丝毫慈悲,反而透着股阴森凶狠之意。

柳随风一见,连忙转开目光,运功传声:"瑶光,阵眼可能在那七盏灯里,用暗器打那七盏灯!小心些,别去看那些菩萨眼睛。"

瑶光点了点头,神色肃穆,双手交错于身前,一抬手,暗器齐飞,直射七盏油灯。

刹那间,所有被打中的铜人灯座下都射出弩箭,还喷出了毒烟。

三人躲避毒烟和暗器,神色狼狈,瑶光一边躲,一边徒劳地继续发射暗器。

这时,斗姆天尊出现在宫室入口旁,向里边窥视了一眼,目光一转,心里暗道:"本尊还要靠你们探路,可不能让你们死在这里。"

想到这里,他向莲花灯上望去,目光凝注在莲花灯的灯火之上,眯眼看了一阵,突然屈指疾弹,七缕指风分别射中七盏莲花灯,将灯火熄灭。

正在喷射的毒烟和疾射的利箭突然停下,柳随风三人不知道是斗姆天尊出手,急忙闪到毒烟还未弥漫处,仰首望去。

瑶光露出喜色道:"机关停了!"

她话一出口,反应过来别人听不见,当下拉了一把柳随风。

柳随风马上明白过来,抬手给二人解了穴,把自己的听会穴也点开。

太岁揉了揉耳朵,长吸口气,欣喜地看向瑶光道:"应该是你的暗器无意中射中了阵眼,破了阵法。"

瑶光得意地一笑,正要说话,柳随风见状连忙打断二人,急声道:"先皇泉下有灵,不可久待,我们快走!"

说着,他快步前行探路,并用大袖驱散毒烟,瑶光一见,连忙闭上嘴巴,挽扶着太岁跟上。

三人一走,斗姆天尊马上从宫门后闪出,快步跟上。

坤宁殿的大门处,一张门板铺成的睡榻挡在门口,赵德芳站在榻旁,一脸凝重。

门外几名侍卫正握着长枪,警惕地望着远方。

"哪里鸣响警名钟?"赵德芳转头看向侍卫。

一名侍卫向前方夜色中一指:"回王爷,是那个方向,那边……"

他还未说完,前面一群人冲了过来,正是刚刚杀光了禁军的德妙率人冲杀了过来。

一见他们个个持刀握剑,满身鲜血淋漓的模样,侍卫们马上反应过来,首领侍卫挺枪大吼:

"来者何人，快止步！"

德妙哈哈狂笑，冲得更快了。

侍卫们见她不回话，当下摆出阵势，最前面几个侍卫更是挺枪疾刺，朝德妙刺去。

"叮叮……"一阵轻响传来，几杆枪戟刺中德妙胸口，发出金铁交击之声。枪尖不但未并刺入德妙身体，反而被她顶得弯曲起来。

几个持械侍卫紧握成了弯弓的枪戟，脚下连连滑退，满脸惊恐。

另外几名侍卫见状大惊，一起挺枪冲上。

德妙振臂一挥，几名持枪侍卫惊叫着倒飞出去。

黑衣刺客们冲过来，德妙冷喝一声："宰了他们！"

说着，她的眼睛已经盯着赵德芳，大步向他走去。

赵德芳见此情形，不但不退，反而拔剑指向德妙，沉声大喝："站住！你是什么人？"

看清了德妙丑陋的模样，赵德芳一惊，脱口道："你是人是鬼？"

德妙狞笑一声，突然伸手，一把握住了锋利的剑刃，猛然一拧。

赵德芳受不住力，惊呼一声，长剑脱手。

德妙一手握剑尖，一手握剑柄，微微弯成弓形，盯着赵德芳道："我是来索命的鬼！你滚开！"

赵德妙大怒道："大胆！本王在此，谁敢伤害皇后与太子？"

就在他们二人说话之时，德妙身后，众黑衣刺客与几名侍卫交手已经结束，侍卫不敌，纷纷丧命。

见赵德芳不让路，德妙狞笑一声，双手用力一弯，手中长剑立断，一片片碎裂的剑片崩射向空。她闪电般出手，在其中一块剑片上一弹，击射向赵德芳心口道："那你就去死吧！"

碎剑击射向而去，赵德芳大惊，想要挥剑阻挡，但他不会武功，剑还未抬起，已经来不及闪避了。

眼看着碎剑飞来，赵德芳心里大叫我命休矣，就待闭目等死。可就在这时，横刺里突然刺出一剑，"叮"的一声，正点在碎剑上，将其击飞。

一个黑衣刺客挺剑站在那里，向德妙大喝："天尊有令，不得伤害八王！"

德妙乖张地大喝："滚开！"

她十指成爪，竟转移了目标，抬手抓向那个刺客。

刺客一惊，马上还手刺剑，可德妙刀枪不入，利剑及体，只发出铿锵之声，就算以内力灌剑也无法伤她，一时间不由得愕然。

德妙狂笑，趁着他失神这一瞬间，抬手一掌将他打飞。

"啊"的一声惨叫，刺客被击飞五六米远，好在他武功不俗，在地上滚过后起身，手中长剑一扬，就想冲过去再次拼杀。

可就在这时，一阵夜风吹来，刺客胸前衣服突然齐刷刷吹起，露出胸口肌肤。刺客怔了下，低头看去，就见自己胸膛肌肤正在变成紫黑色，并且迅速溃烂。

他眼中满是惊恐，但仍然吭都不吭一声，抬手一剑，挖掉胸口烂肉，想以此制止毒性蔓延。

可他却忘了，自己剑尖之前刺中过德妙，虽然并没刺破德妙皮肤，但已经染上她身上的剧毒，此时用毒剑挖毒肉，又怎能奏效？

几乎是随着烂肉被挑开落地，刺客鲜血淋漓的伤口上再次变色，剧毒重新蔓延。

"啊！"刺客发出一声痛苦的惨叫，手中长剑"当啷"一声掉在地上，倒在地上挣扎了两下，没了气息。

看到这一幕的人都大惊，特别是赵德芳，更是被惊得呆住了。

他何曾见过这种惨状？这种死法？

就在赵德芳发愣时，德妙已经转过头，狞笑着抬起手，继续抓向他。

众刺客大惊，纷纷举剑刺来，与她打在一起。

其中一个刺客大喊："德妙！你疯了！竟敢违抗天尊的命令！"

德妙一边出手，一边疯狂地大喊："我有今日，全是你们害的！等我杀光皇家的人，就去找天尊算账！你们该死，所有的人都该死！"

这时，刘娥和太子赵祯各自举着一盏灯从宫中快步走出。刘娥威仪隆重，虽仓促中没穿凤披，但仍然大气庄重。太子虽年幼，胆气却足，脸上虽稍显惊慌，却仍然昂首挺胸。

赵德芳扭头见二人过来，急忙推开卧榻迎上去道："嫂嫂，祯儿！你们怎么来了？快走！这里危险！"

刘娥看了眼与众刺客缠斗在一起的德妙，面色微变，沉声道："我们走！"

说着，转头带着八王和太子急急朝向远处走去，赵德芳有些惊讶嫂嫂此时的镇静，但此时也没时间多问，马上跟在二人身旁，警惕地回护。

见他们要跑，德妙心里一急，就要追上去。

刺客们生怕她伤了八王，于是宁肯放过太子和皇后也要对她纠缠不休。

德妙大愤，嘴里骂道："滚开！你们不去杀太子皇后，拦着我干吗？"

众刺客齐喝："不许伤害八王爷！"

"浑蛋！"德妙气急，当下咬牙，连下狠手，想尽快把他们扫尽。

"嗒嗒……"皇陵外，一阵急促的马蹄声响起，越来越近。

很快，一人一马在陵寝前面石门处停下，中年模样的隐光翻身下马，一拍马臀，让马儿自己去吃草，他自己却在石门前跪倒，行三叩九拜大礼。

跪拜完毕，隐光缓缓起身，一掌拍向石门，石门轧轧闪开，露出里边火把照耀的甬道。

隐光深吸一口气，冲了进去。

石门在他身后轧轧关闭。

皇后刘娥拉着太子在宫中疾走，赵德芳紧随其后，不停回头，左顾右看，脸上全是警惕，担心从哪儿再蹦出个刺客来。

"站住！"但怕什么就来什么，刺客没来，德妙却追上来了。

赵德芳回头一看，就见不但德妙追上来了，她身后还跟着几名刺客，也不知是追杀德妙的，还是跟她一伙的。

"你们快走。"赵德芳虽然一点武功都不会，却面不改色，挺身挡在刘娥和太子身前。

刘娥见德妙扑过来，忙一把将赵德芳拽向身后，迎着德妙抬腿一脚踢去，正中德妙胸口。

"砰！"这一脚快如闪电，德妙不防，竟然被一脚踢中，她身在半空无处借力，整个人被踢得朝后面飞去，"扑通"一声，摔倒在地。

说巧不巧，她这一摔，正好落在了几个刺客中间，不等起身，几支长剑就已经朝她刺了过去。

刘娥这一脚看似仓促，实则不然。

她这一招有个说法，叫作裙剑，又叫天足剑。

这一招看似腿法，实际上却是以腿使剑法，据说练到极处，脚如剑，势如电，取人性命只在弹指间，令人防不胜防，是专门给女子练的杀招绝学。据说是唐代公孙大娘传下来的功夫，此时江湖上早已失传，到底是否如此，已经无处考证。

不用说，这门功夫自然是斗姆天尊传下来的。当年传给德妙时，也只是随意讲了讲，并没当回事。

当然了，说是练成并不准确，若刘娥真把这裙剑练至大成了，踢中德妙时绝对不会发出"砰"声，而是应该如刺剑似的发出"刺"声。

但话说回来，也幸亏刘娥没练到家，否则面对刀枪不入、浑身剧毒的德妙，刘娥很可能反被毒倒毒死，最轻的结果也会失去一只脚。

德妙就像一个无敌的怪物一样，倒在地上被几个刺客疯了般乱剑砍刺，却一点伤都没有。起身后，根本不理他们，只朝着皇后、太子和八王三人扑来。

见她欲杀八王，刺客们马上奋不顾身地阻挡。

但当德妙把目标转向皇后和太子时，刺客们也马上放弃对她的纠缠，一起向皇后和太子出手。

刘娥不时使出蛊术，保护着太子边打边退，一心拖延时间。

到了这时，赵德芳也算看出来了，那帮刺客不知道是什么人，虽然对禁军侍卫们凶狠，可好像对自己有所顾忌，一心要保护自己。

不管他们是出于什么理由，但对他来说，这就是机会，至少能借他们的力量拖住那个妖怪一样的女人。

眼看着刘娥要挡不住了，赵德芳二话不说，也不管自己会不会武功，两条胳膊抡起来，扑上去就要帮忙。

他这一胡乱打来，别人不怕，倒是把那几个刺客吓了一跳。

若是让八王打自己两下倒没什么，可万一他不小心打在德妙身上，岂不要中毒？

刺客们大急，马上奋不顾身地挡在他前面，再度阻挡德妙胡乱出手，唯恐她伤了八王。

就这样，一共三伙人，忽友忽敌地打成一团，一时间倒是谁也伤不了谁。

好在三伙人纠缠了没一会儿，一队禁卫军已经从远处冲过来，口中高呼："保护皇后、保护太子、保护八王！"就这样加入了战团。

禁军一来，刘娥马上松了口气，当下也不再纠缠，连续几招快手将身前刺客逼退，借着禁卫军缠住德妙和刺客的机会，趁机退出战圈，转身拉着太子朝更远处逃去。

当洞明和身穿机甲的开阳抵达皇后的坤宁殿前时，发现广场上遍地死伤，血流成河，有些侥幸未死的禁军和侍卫在低声哀号，可在这个当口，二人根本顾不上救助幸存者，只扫了一眼，就急忙往坤宁殿里冲去。

一进坤宁殿，二人顿时止步，眼神飞快扫过，发现这里也是死伤遍地，而皇后等人却不见踪迹。

二人又匆忙奔出坤宁殿，左右看看，就见不远处一名侍卫气息奄奄，低吟轻哼，显然还没断气。

洞明疾步过去，蹲身疾问："皇后和太子呢？"

侍卫垂死，抬手指出一个方位，口齿不清，断断续续："刺客……快……救皇……皇后……"

洞明飞快往他嘴里塞了一枚药丸，起身朝他所指方向而去，开阳紧追不舍。

皇后护着八贤王和太子逃到灯火通明的宝塔下，德妙和众刺客从远处追来，再后面是大批的禁军。

"走！我们上塔！"刘娥转头看了眼，一咬牙，拎起裙角朝塔上跑去。

太子和八王紧随其后。

"你们先上塔。"可上了几个台阶，刘娥忽然止步。

赵德芳担心地问道："嫂嫂，你要做什么？"

"我略做布置，马上来！"刘娥说完，看了太子一眼。

太子想到母亲一身武功，又懂蛊术，恍然大悟，一拉赵德芳，叫道："八叔，快走！"

赵德芳困惑地看了刘娥一眼，被太子拉着跑上楼梯。

等二人消失在楼梯口，刘娥回头转身站定，深吸一口气，双手缓缓如太极般舞动，点点星光从她手上飞起，缓缓飘散在空中。

"你们已成笼中困兽，逃不掉了！"

德妙飞身掠过宝塔下面，灯光照在她人鬼不分、糜烂不堪的脸上，使本来就恐怖的她，更显诡异惊悚。

德妙冷笑地看着宝塔，张开双臂疯狂地大吼："我德妙落得今日这般田地，全都怪你们！我要把你们杀光，让你们所有的人，为我陪葬！"

说着，她冲进宝塔，众刺客也已冲到塔前，停也不停地往里追去。

有一名刺客高呼："快跟上，别让这疯女人杀了八王！"

德妙快捷如电，迅速冲上楼梯。

后面刺客紧追而上，往楼梯上跑了没几步，突然发出惨叫，一个个呃住喉咙，眼睛惊恐地睁大，在楼梯上痛苦地翻滚，有的人挣扎几下，就蹬腿咽气了。

听到身后传来惨叫，德妙一怔。

突然，她眼角扫过楼梯两侧，见有点点星光闪烁，不由得恍然道："蛊毒？"

德妙疯狂地仰天狂笑道："哈哈哈！拜你所赐，老娘如今刀枪不伤，万毒不侵，区区蛊毒，能奈我何？"

说着，便傲然向上走去。

禁军侍卫们冲进塔内，几名禁军刚要上前，禁军头领忽然双臂一张，拦住了他们。

"且慢！"

禁军头领看着倒在楼梯上的刺客尸体，其中还有两人没有断气，仍在苦苦挣扎。刚要上前问话，两个刺客身体抽搐，口吐血沫，很快断了气。

两人刚一断气，就从他们鼻孔中飞出几点星光，隐没于空气中。

禁军首领一脸凝重："塔梯上布了奇毒，上不去！"

"咚咚……"禁军校场，聚将鼓声不断地响着，点将台下一排亲兵举着火把，众将士陆续从四面赶来，拿着兵器，快速向校场集合。

曹玮大将军在几名亲兵和将领陪同下，顶盔挂甲地快步赶来，登上点将台。

他一上台，下面将士马上静了下来。

曹玮冷峻地扫视校场，高声大喝："宫中生变，警钟长鸣。尔等随我入宫平变。"

众将士轰然抱拳道："诺！"

"且慢！"这时，台下传来一声尖叫。

曹玮和众将士扭头望去，就见一个监军太监双手拢于袖中，抱着御赐宝剑，缓缓登上点将台。

上了点将台，监军太监先是朝台下扫了两眼，这才看向曹玮一众将军，尖细的嗓音冷声道：

"未奉旨，谁敢妄动？"

曹玮大怒。"宫中警钟不断，显然出了大事！等旨意？等旨意到了就来不及了啊！"

监军太监站定，撩起眼皮瞟了他一眼道："尔等未得旨意，谁敢擅闯禁宫，就不怕办你个图谋不轨，灭你的九族？"

校场上顿时安静下来，远处，一声声响起的钟声悠悠传来。

曹玮攥了攥拳头，猛然转向台下众将士，双手一抬，将帅盔缓缓摘下，举在头顶。

曹玮气势恢宏，声音荡彻整片夜空："今日闯宫，若有事，便是救驾之功，功归众将士；若无事，便是杀头大罪！我曹玮一人承担！"

众士兵慨然相从，呼声如同天雷："誓死追随！誓死相随！誓死相随！"

曹玮大手一挥道："出发！"

"诺！"众将士齐喝一声，列队向校场外跑去。

监军太监脸色大变，气急败坏地上前要阻止，口中尖声道："姓曹的，你好大的狗胆！咱家有尚方宝剑在手，斩了你的狗头！"

说着，他"噌"的一声抽出尚方宝剑，脚下无力地冲向曹玮。

曹玮背对着他，看着排着队列跑向辕门的一队队士兵，将帅盔缓缓扣回头上，头也不回地吩咐道："来啊，请陈公公回营休息。"

"得令。"两名身着甲胄的亲兵一抱拳，转身朝监军太监冲过去，干净利落地从监军太监手中夺过宝剑，架起他就走。

监军太监挣扎地大喊："姓曹的，反了你啦！姓曹的，咱家有尚方宝剑！放开我！放开我……"

"走！"曹玮根本连看没看他一眼，大踏步地下了点将台，台下已经有一群亲兵准备好了马匹，曹玮和身边神将一个个翻身上马，轻喝一声，扬鞭而去。

"这是先皇棺椁之外最后一处摆放殉葬品的地方了，那只金酒柱，一定在这里。"三人进入一个方圆百丈的巨大地宫里，柳随风手里拿着一份图纸，仔细看了看，卷起收在怀里。

太岁和瑶光站在柳随风身侧，满眼惊奇地四处观望，眼前是琳琅满目的陪葬品，有金有银，有珠宝有玉器……

正中一处祭坛上，摆着一尊青铜四羊方尊，此乃敬天礼器，效仿周天子之礼，以此祭天陪陵。

地宫两侧立着数百陶俑，有人有马，有兵有将，有战车，有弩阵，简直就是一个小形的军队。

抬头看去，顶棚用艳丽的彩笔画着满天神佛图，最中间一点，镶嵌着一颗拳头大小的夜明珠，光彩夺目，整个墓室都被其绚丽的光芒笼罩，如同梦幻中的神国乐土。

三人哪见过这种场面，一个个都看傻眼了。

好一会儿过去，他们才缓缓回过神。柳随风轻咳一声道："好了，大家四处找找，别傻站着了。"

太岁和瑶光呆呆地点点头，从无数珍宝中收回视线，见柳随风已经朝着一侧走去，二人也分成两头，开始翻找。

远处，斗姆天尊早已经赶到，不过他并没急着过去，而是躲在阴影中看着他们，眼中露出淡淡的冷笑。

洞明和身穿机甲的开阳赶到塔下，就见塔下一排排禁军士兵已经将宝塔围得里三圈外三圈。

"北斗司洞明在此，尔等闪开。"洞明脚下不停，高举令牌，快步走过去。

禁军卫立即左右闪开，一个身着银甲的禁军头领急忙迎过来，看了眼洞明手中的令牌，双手抱拳道："防御使大人，你万万不可……"

洞明现在哪有时间理他，直接从他身边绕过，冲入宝塔。

可他脚下刚一触及台阶，忽然闷哼一声，迅速后退几步，一把拉住正欲冲过去的开阳。

"小心！阶上……有毒！"洞明脸色微变，迅速点了自己几处穴道，原地盘膝坐下，只这么一会儿，他的嘴唇就已经发紫，脸上浮现紫黑色的血脉纹理，诡异骇人。

开阳大惊道："大人，你中毒了？"

洞明从怀中摸出一个小瓷瓶，拔下塞子，倒出一粒丹药丢进嘴里，好一会儿才长吁口气，摇头道："无碍，这点毒，还要不了我的命！不过此毒无孔不入，你的机甲也是防不住它的，不可闯入。"

"那怎么办？"开阳踌躇，仰头看向宝塔。

洞明皱了皱眉，一时也无计，缓缓摇头道："等等，让我想想。"

开阳点头，脑中念头急转，但一时间也没什么主意。

她仰视塔顶，苦苦思索。忽然看到墙角处的一片蛛网，她眼睛一亮，转身急急离去。

宝塔顶层，八王和太子焦急地站在厅中。

刘娥堵在楼梯口，和想要冲上塔顶的毒人德妙竭力周旋，身上已经受了伤，但仍奋力作战。

论起武功来，刘娥和德妙实在是伯仲之间，但德妙刀枪不入，不怕攻击，只不过她现在是仰面上攻，脚下借不上力，因此，才给了刘娥与其僵持的机会。

除此以外，刘娥身负蛊术，在一定程度上能免疫德妙身上的剧毒，否则换个人守在这里，就算武功胜过德妙，也不一定守得住楼梯口。

八王和太子不会武功，有心上前帮忙，却又根本插不上手，在刘娥后面急得手足无措，暗恨自己无力。

皇宫里头血腥弥漫，皇陵中也不太平。

太岁在殉葬品中间缓缓走动，忽然停住脚步，看到了一只金酒柱。

他马上冲上去，扳着金酒柱的沿往里边看了看，又探身进去伸手摸。

很快，太岁冒出头来，露出欢喜之色，大喊道："在这里！"

太岁一手扶着金酒柱，一手将锦匣高高举起。

柳随风和瑶光已经闻声转过来，瑶光欢喜地看向他道："哈哈！果然在此！"

此时，一道人影幽灵般从空中掠过，"咻"的一下，将锦匣一把抢过，蝙蝠般飞掠到对面墓墙处停住。

"什么人？"众人大惊，转头看去。

柳随风和太岁、瑶光飞快地赶到太岁身边，三人并肩而立，盯向背对他们站定的斗姆天尊。

"呵呵呵……哈哈哈……"斗姆天尊低头看着手头中的锦匣，哈哈地笑了起来，笑声越来越大。

柳随风和太岁、瑶光三人对视一眼，亮开架势。

瑶光娇喝道："交出锦匣，否则……"

斗姆天尊打断了她的话，缓缓转过身来道："小辈，不要与老夫妄言了！"

三人看见斗姆天尊半神半鬼的诡异面具，不由得一惊。

柳随风看着那半人半鬼、半仙半魔的面具，沉吟片刻，突然开口试探地问道："斗姆天尊？"

斗姆天尊看向柳随风，眼神有些惊讶，点点头道："小辈，很有眼力！"

他缓缓扬起空着的一只手，沉声道："既然这样，我就先送你归西吧！"

说着，斗姆天尊一跃而下，如猛虎下山般朝三人扑了过来。

三人也不胆怯，低喝一声冲上，与斗姆天尊战在一起。

斗姆天尊一手持锦匣，另一只手与三人交手，虽然以寡敌众，但看他样子，却是游刃有余，嘴里还不时啧啧叹道："现在的北斗司也太差劲了，就你们这点武功，真不知道是如何通过考核的。"

皇宫，宝塔顶层。

此时，刘娥已被德妙逼进塔内，虽仍咬着牙与德妙交手，但就连不会武功的太子和八王也看出来，她现在已是强弩之末了。

此时，她还不知道，正是自己之前所布的蛊毒阻止了援兵，不但挡住了禁军，甚至连被她寄予厚望的北斗司，也被蛊毒拦在了塔下，不得其门而入。

八王拉着太子在塔顶空间内四处躲闪，形势岌岌可危。

宝塔下面，众禁军侍卫包围着宝塔，纷纷仰望，心里虽急，却无能为力。

这时，禁军统领扶着刚刚驱散蛊毒的洞明从塔中走出来。

洞明见众侍卫纷纷仰望，忙也抬头看去。

宝塔上皇后和德妙的身影不时出现在塔窗边缘，又迅速消失，隐约可以看到情况很危急。

洞明心里焦急，一纵身就想跃上宝塔。

不过他刚刚解毒，还很乏力，再者宝塔虽然不高，只有五层，可之前刚下过雨，塔身上光滑不利于着力。洞明跃进，脚刚一登上塔身，就猛地一滑，闷哼一声从半空掉下，一旁禁军统领连忙扶住。

"防御使大人，小心。"

洞明焦灼地推开他，急声道："皇后、太子和八王都在塔顶，我们做臣子的岂能在此坐视？"

"可塔内遍布奇毒，我们上不去啊！"禁军统领也很着急。

这时，外围的禁军突然一阵骚动，纷纷举起长枪向外。

禁军统领扭头看去，不禁目瞪口呆。

远处，一只巨大的八脚蜘蛛，飞快地爬来，没几下就已经到了禁军队前。

"这……这是什么？"禁军统领一脸震惊，结结巴巴地就想下令攻击。

一旁洞明却是满脸兴奋，忙拉住他的手，高声道："是开阳！不许交手！放她过来！"

禁军统领听了忙下命令："不许交手，放她过来！"

原来是自己人！禁军们都松了口气，听令持枪闪开道路，高大的八脚蜘蛛从禁军们面前轰然走过。

不过，开阳并非朝洞明方向过来，而是绕道宝塔另一边侧面，在洞明和禁军侍卫们眼中，高大的八脚蜘蛛利用它的八只长足，扳住宝塔上任何一处可以落脚的凹凸处，灵活地向上攀缘而去，几息工夫，就爬到了塔顶。

开阳抿着唇，专注地操纵着八脚蜘蛛，一边操作，一边低语："阿冬，这是你我共同努力的结晶。"

这被孟冬改造过的八脚蜘蛛，共有两个位置。

此刻，开阳隐隐约约地好像看到了孟冬的身影，他也同开阳一样，正专注地操纵着八脚蜘蛛。

开阳心里一恸，但马上回过神来，打起精神，凝视着前方。

阿冬……

刘娥的心在下沉。

她虽然自幼习武练蛊，但交手经验很少，特别是与赵恒相识以后，虽然也会找时间偷偷练武，但顶多就是健身强体，至于杀敌克胜的手段却少之又少。

而德妙却与她不同。

德妙虽然在十五岁时武功被废，但当年打磨的根底毕竟还在，只是对真气内力的使用有些生疏了些。之前与刺客、禁军等人一番交手后，武功正在飞快地恢复。再加上她此时刀枪不入，身上满是剧毒，说起来比她师父当年都要强上许多。

刘娥脚尖如剑，飞快地刺向德妙。

不过这一招她已经用了太多次了，德妙就算再笨也不能每次都中招。

结果显而易见，德妙只微微一个侧身，就躲过去了。

德妙突然停下身形，狞笑地看了眼刘娥，嘶哑道："皇后，你就这两下子吗？真是令人失望啊！"

刘娥一心想拖延时间，见德妙说话，心里一喜，就要开口敷衍。

可就在这时，八王见二人停下身形，以为找到了机会，拖着太子朝塔边逃去，想逃下塔去。

刘娥一惊，忙大呼："不要下去，塔梯上布了毒！"

八王吓了一跳，急忙拖着太子止步。

德妙狂笑道："你这是作法自毙啊，哈哈哈……"

笑完，她身形一动，就要朝刘娥扑去，给她最后一击。

突然，旁边传来"轰隆"一声，一只巨大的机械足探进窗户，将窗棂击碎。

巨型八脚蜘蛛挥舞巨足捣碎窗棂，渐渐显出身形。刘娥和德妙都侧身后退，惊愕地看向窗外。

八足蜘蛛将长足屈起，从塔外钻了进来，巨足"嗒嗒"地踏着地面冲向德妙。

德妙清醒过来，冷笑道："哼！管你什么怪物！神来杀神！佛来杀佛！"

说着，她弃掉刘娥，朝前冲上，与八脚蜘蛛交起手来。

地宫中，交战正酣。

太岁用拳脚，瑶光用降魔杵，不时还发射出暗器，但都不是单手迎敌的斗姆天尊的对手，一一被他击退。

柳随风收起折扇，拔出腰刀，但没几招工夫，也被斗姆天尊击退。

斗姆天尊一手握着锦匣负在身后，另一手朝三人微微一挥，似在驱赶苍蝇般，不屑道："小辈，你们不是我的对手，让你们陪葬于皇陵之内，也算是一块福地，还是自尽吧！"

"你做梦！"柳随风沉喝一声，突然上前一步，张嘴"吼"的一声，使出咆哮神功。

巨大的声波气浪在地宫中回荡，声势越发惊人，斗姆天尊须发飞扬，情不自禁地退了一步，身上紧绷，抵抗气浪。

可他这一绷紧身体，手中力量也不由得大了几倍，握在他手中的锦匣突然"砰"的一声碎裂，黄帛捆就的密诏落在地上。

斗姆天尊一惊，就想要俯身去拾，但太岁和瑶光已趁机出手，二人好似不要命似的直接扑过来，手中拳脚根本没什么章法，只一味地猛攻而来。

斗姆天尊大怒之下，双手还击，几招便将二人拍伤击退。

斗姆天尊踏前几步，又一掌击向咆哮声刚停、有些脱力的柳随风。

柳随风躲避不及，眼看就要被斗姆天尊击中，突然一个人影飞掠过来，双掌翻飞，如同车轮，将斗姆天尊凌厉的一掌攻势化解。二人交手数个回合，斗姆天尊退了一步，来人也在柳随风面前停住。

趁此机会，太岁抢上几步，一脚将密诏踢向瑶光，瑶光纵身抓住，插在腰间。

停在柳随风前面那人正是隐光。

斗姆天尊看到隐光，目光微微一缩道："是你？"

隐光眼神凝重道："斗姆天尊，你终于现身了！"

斗姆天尊看着隐光，眼神有些古怪。"你也来了！好！很好！那么……你也去死吧！"

说着，他纵身扑了上来，隐光与太岁、瑶光和柳随风与斗姆天尊展开车轮大战。

开阳操纵八脚蜘蛛与德妙交战。

本以为自己应该大占上风，可令开阳惊讶的是，德妙刀枪不入，连锋利有力的蜘蛛爪也伤不了她，每打在她身上，都发出锵锵之声，如同金铁交击。

开阳心一沉，向外大叫："皇后，我缠住她，你们快离开！"

德妙狞笑："想走？没那么容易！"

话音一落，她竟猛地转身，扑向刘娥等人。

好在开阳早有防备，马上驾驶蜘蛛跃到刘娥身前，将德妙缠住。

刘娥略一犹豫，果断带着八王和太子向塔下逃，一边走一边舞动双手，收起布在楼梯上的蛊虫，点点星光落入她的掌心。随后又一弹手指，将解药展开，以防有余毒残留空中。

德妙大急，就想撇开开阳去追赶。可开阳根本不给她机会，一边竭力缠住她，同时驱使蜘蛛巨爪朝上一挥，将挂在塔顶上方的巨大油灯拽倒。

瞬时间，油灯倾倒在地，大火熊熊燃起，开阳借机一挪步，挡在了楼梯口处，与其在火中交手。

"好好好，既然你想死，我就成全你！"德妙大怒，狂吼着朝开阳扑去，也不去理会皇后、太子了。

地宫中，隐光与斗姆天尊飞快地交手，可到底是不敌，几十招后，被斗姆天尊双拳击中胸膛，后背狠狠地飞撞向石壁，吐血倒地。

"隐光前辈！"太岁三人异口同声地脱口而出，纷纷上前扑救。

太岁不管不顾，直接扑了过去，挡在隐光身前，眼看着斗姆天尊手掌就要拍在胸口，突然空中传出"刺"的一声锐响，一抹蓝光闪耀。

斗姆天尊眼神一变，飞快退后躲避，就听"叮"的一声，一支湛蓝的长针钉在墙上，好似涂抹着剧毒。

"咦？"太岁扭头看了瑶光，眼中充满不可思议。"你竟然用毒针？"

瑶光没好气地白了他一眼，快声说道："这是那天从皇宫里捡的。"

"啊！"太岁恍然，马上明白过来，这是当初孟冬所铸的暗器，看似湛蓝涂有剧毒，实则是一种染料，吓唬人用的。

而另一边，柳随风趁此机会已经扶起了隐光。

隐光捂着心口，若有所思地盯着雷允恭："你是……隐光前辈！"

太岁刚刚抢到隐光前面拉开架势护卫，听到这话扭过头，惊讶道："隐光前辈，你在叫自己吗？"

隐光死死地盯住斗姆天尊，声音颤抖："你是……隐光前辈？"

斗姆天尊看着隐光，缓缓抬手，将脸上半神半鬼的面具摘下来，露出雷允恭的模样，看向隐光。

"不愧是本座亲手调教出来的接班人，才交手区区数回合，你就认出我了。"

雷允恭面貌一出，众人惊讶。

柳随风惊诧道："雷允恭？"

太岁道："死太监？"

瑶光道："居然是你？"

隐光以手背拭去淌在下巴的血迹，讶然道："雷允恭？你真是隐光前辈？"

雷允恭："哼！北斗司隐光星君，一生无人识其真面目。这规矩还是我立的！你的易容术也是我教的，还怀疑什么？"

瑶光恍然大悟道："啊！我明白了，你就是北斗司的创建者，第一代隐光星君！"

柳随风一脸激动与惊诧道："雷允恭……居然就是我北斗司第一代隐光星君？"

太岁更是讶然："隐光星君……居然是个太监！"

说着，他转头看向隐光。

隐光一看太岁眼色，脸色一沉。

太岁忙尴尬解释："前辈，我不是说你。我是说……"

太岁指了雷允恭一下道："我是说你的前辈。"

雷允恭冷哼一声，向前走出两步，站定身形，微微仰头，似在缅怀什么，语气低沉下来。

"没错，我现在……是个太监！"

"好狠！为了达成目的，你对自己也舍得下如此狠手！"太岁眼中闪过忌惮之色。

雷允恭看了太岁一眼，淡淡一笑道："我本名苗训，乃本朝太祖皇帝身边侍卫。当初随太祖打天下时，曾在战场上受了伤，自那以后便无法人道。太祖立国称帝后，我才化名雷允恭，入宫侍候太祖左右，组建北斗司时，却是以苗训的身份。"

太岁疑惑道："既然如此，你也算是为大宋出生入死的大功臣了，为什么要做出如此大逆不道的事来？"

雷允恭瞪了太岁一眼道："大逆不道？本座就是因为对大宋忠心耿耿，所以，才殚精竭虑，苦苦经营！"

似乎是多年心愿一朝达成，雷允恭突然有了倾诉的欲望，神情激动地说道："当年，陈桥兵变，太祖黄袍加身，除了程普、楚昭辅、赵光义等人，本座也是主要策划者之一。是本座，扶保太祖建立大宋，是本座创建北斗司，誓死保卫赵宋江山。"

"可恨那赵光义，烛光斧影，篡夺皇位，本座苦心经营，就是为了拨乱反正，扶保我太祖一脉，重登大宝！"

瑶光反驳："所谓烛光斧影的传说，你又不曾亲眼见到，分明就是胡乱揣测！"

"传说？从哪来的传说？还不是官里？当时若非我以隐光身份外出办事，岂会给他如此机会？待我一回宫，自然就打听情况。烛光斧影，是有太监亲眼所见，岂能一句传说以谬之？"

雷允恭怒视瑶光道："再说，此事真假又能说明什么？太祖明明有子嗣，赵光义却做了皇帝，这总不假吧？我苗训对太祖忠心耿耿，只要我还苟活世间一天，就不会放弃扶保太祖一脉重登皇座的机会！"

宝塔顶上火势越来越大，开阳驾驶八脚机械蜘蛛与德妙在火中战斗。

德妙虽刀枪不入，但火显然对她有伤害作用，一时间，她只能不时躲闪火焰。

开阳在机舱道："哼！你虽刀枪不入，却不能避火，今天，你这妖妇死定了！"

德妙狂笑道："我不能避火，你这木质的怪物难道就能？它一样不能避火！"

果然，这时的八脚蜘蛛部分零件已经被火引燃。

开阳冷笑道："是吗？你想想，蜘蛛最擅长的是什么？"

德妙一呆，停住身手："是什么？"

开阳在机舱内微微一笑道："结网！"

说着，开阳扳动一个开关，蜘蛛突然弹出一张大网，一下子罩住德妙，德妙拼命挣扎，但网是软的，韧劲也大，根本挣脱不开。

德妙奋力地扯网，发狂大喊："你这个贱人！你以为这样就困得住我吗！"

开阳语气平静："你解不开这蛛心扣的！这蛛丝是以五金精炼而成，烧不坏。德妙，你不畏刀枪不畏毒，我就不信这大火也烧不死你！"

德妙闻言狂笑道："死又如何？我如今这副不人不鬼的样子，早就不想活了！但就是死，我也要拖着你一起死！"

德妙猛扑上来，抱住蛛脚。

火焰随之席卷过来。

地宫中，雷允恭愤怒斥责："当初，我带着众多弟兄离开北斗司，苦心孤诣地组建这斗姆门，为的就是打抱不平，将这赵宋江山奉还原主！而你们……"

雷允恭一指隐光等人道："你们都属于本座亲手创建的北斗司中人，却为虎作伥，实在令本座痛心！"

隐光拱手，一脸感慨道："曾经的太祖亲兵苗训、北斗司第一代隐光星君、先帝身边的苗公公、江湖上神秘的斗姆天尊，这一系列神出鬼没的身份变化，真无愧于隐光星君之称，晚辈自愧不如。但……"

隐光说着，心口突地一疼，他捂住心口，紧皱眉头，强压住一股似乎要呕血的冲动，顿了顿，继续道："但晚辈有一事着实不解。前辈既然以雷允恭的身份侍奉御前，其实随时有机会对先帝下手，为何隐忍至今呢？"

雷允恭眯着眼睛，蔑视地看着隐光道："江山易主，乃天下之大事。安能不计后果，擅自妄动？"

雷允恭扫了一眼柳随风、太岁、瑶光一眼，眼含不屑道："都是些无知小辈！大宋皇位本就该属于八王，本座如果杀了皇帝替他夺位，难免要让八王背上弑君篡位的恶名！我怎么能让太祖血脉蒙受如此污点？因此我才处心积虑，利用种种手段，包括通过德妙蛊惑皇帝禅位，包括篡改遗诏，可惜，我什么都算到了，就是没算到……"

雷允恭一脸痛惜，仰天长叹了一声。

柳随风冷笑道："前辈就是没算到，你把皇帝宝座双手奉送到八王面前，他还不肯要！"

雷允恭睨了他一眼道："如此，岂不更加证明他可以成为一代贤君吗？对太祖后裔，我是不能强迫的。而只要太宗一脉还有一人活着，恐怕八王都不会接手帝位，所以，我才出此下策。"

隐光上前一步，态度诚恳道："前辈苦心孤诣，以至于斯，令晚辈佩服！可是前辈太偏执了，谁做皇帝并不要紧，要紧的是天下安定，黎民太平。赵氏一家和睦相处，相信这也是太祖的愿望，你这么做，又是何苦呢？"

雷允恭厉声呵斥："你闭嘴！这江山，本就该属于太祖一脉！既然你们一心一意忠于太宗，那么本座就送你们去阴曹地府，继续为他效忠去吧。"

雷允恭狂笑一声，再度扑上。

此时，火势已经把德妙和八脚蜘蛛笼罩，德妙笑得如同鬼哭狼嚎。

"所谓正义之士又如何，还不是要与我这大恶人同归于尽！这大火焚烧的滋味，你一分也少不了！"

开阳操纵着八脚蜘蛛，火光映红了她的脸，但她并不惊慌，而是微笑地看着德妙，突然说道："那可未必！"

说完，她按下一个按钮，座位突然一弹。开阳身上系了一条五金之丝缠成的绳索，从蜘蛛顶部打开的盖中弹出，向打烂的宝塔窗子飞了出去。

洞明与刘娥、太子、八王，以及禁军正紧张地看着塔顶喷吐出的火舌，忽然看见一道人影从塔中跃出，禁军顿时发出一阵惊呼。

开阳系着绳索从空中跃下，将要接近地面时，她一拉腰间的扣环，绳索顿时卡死，将她悬停于即将触及地面的空中。

随后，她解开绳索，从容落地，脸上带着淡然的微笑。

太后、八王和洞明露出欢喜的笑容。

太子雀跃上前，两眼放光。"你没事，太好了！"

就在这时，宝塔内传出德妙凄厉的惨叫声，一团人形火影不断挣扎，除此之外，还有一只蜘蛛傀儡也在熊熊燃烧。

众人连忙转身看去。

好一会儿过去，德妙狠厉的声音传来："我就是化作厉鬼，也不会放过你们的！你们都等着，等着……"

她的声音渐渐微弱，熊熊大火中，德妙彻底被火焰吞噬，再没了声息。

众人站在塔下仰望。

开阳看着火焰，眼前依稀出现了孟冬的幻影，他如往昔那般身着儒衫，发髻扎得利落，却总有几缕发丝在额前飘飞，显得十分清新俊逸。此时，孟冬好像正如往昔那般，一手执笔悬停身前，一手随意负在腰后，站在空中，冲着她温和地微笑着。

开阳眨了眨眼睛，孟冬的身影从眼前消失了，入目仍旧是焚烧的烈焰。

此时，急骤的脚步声响起，曹玮率领大队禁兵匆匆赶来。

曹玮见宝塔焚烧，众人站在塔上，急忙上前拜见。

"娘娘，太子！臣救驾来迟！罪该万死！"

刘娥看了太子一眼，太子会意，急忙上前双手搀起曹玮道："曹将军快快请起，你对朝廷忠心耿耿，何罪之有！"

洞明也露出了微笑，但他忽然想到了什么，笑容不由得一僵。

他快步走到刘娥和太子身边，抱拳施礼道："娘娘，太子，此前皇陵那边也生了意外，隐光与文曲、瑶光和太岁先后赶了去。此间已经安全，臣得马上赶去皇陵一探究竟。"

曹玮大惊道："什么，瑶光出了什么事？"

刘娥笑容一凝。"皇陵那边生了意外？算了，我们一起去，路上再说！"

"是！"众人躬身领命。没多久，有人牵来马匹，有人抬来轿辇。

黑夜中，郊外帝陵一片死寂。

远处，突然出现一支队伍，火把通明，如同一条火龙。管事太监刘荣站在高处，提着灯笼向远处张望。

当他看到那支浩浩荡荡的队伍，特别是前方举着明黄仪仗的禁军时，刘荣大惊失色，仓皇地退了几步，丢了灯笼，急急跑开。

"瑶光，我们缠住他，你带着遗诏先走。"隐光大喝一声。

瑶光犹豫了一下，担心地看了眼太岁，点点头，带着遗诏且战且走。

隐光和柳随风、太岁竭力为她创造着机会，阻挡斗姆天尊。

斗姆天尊怒喝："交出遗诏！我饶你们不死。"

太岁大喝道："做梦！"

隐光一边出手，一边规劝："前辈，回头是岸啊！"

斗姆天尊狞笑道："交出遗诏，本尊就送你们抵达彼岸，哈哈哈哈……"

地宫入口敞开着，里边火把通明。

洞明飞快地赶到洞口，一刻不停地前进。

皇后、太子、八王等人率领大军赶到洞口，开阳扶着刘娥站定。

曹大将军拔出刀来，把手一挥，大声喝令："跟我进去！"

"诺！"禁军齐喝，跟着曹玮进入地宫陵寝。

一旁草丛中有人影一动，几名禁军立即挺枪刺去。

其中一名禁军厉喝："什么人？"

刘荣惊叫一声，一屁股坐倒在草丛中。

两名禁军冲进去，提着他的衣领把他揪出来。

太子看了看刘荣，眉头一皱，厌恶地扭过脸去，对刘娥道："娘，他是雷允恭的心腹，好像叫刘什么来着。"

刘娥也不问，冷冷看了眼刘荣，吩咐道："把他押下去！"

两个禁军拖着哆哆嗦嗦的管事太监退下。

此时，经过一番恶战，太岁、隐光、柳随风已经护着瑶光退到了距最外层甬道最近的地宫。

雷允恭追杀过来。

隐光道："全力阻止他！瑶光，把遗诏送出去！"

"好！"瑶光答应一声，全力向甬道口奔去、隐光和柳随风、太岁冲向雷允恭。

雷允恭一时被三人缠住。

他眼色如冰，突然一挥手，手中多了一个圆筒，他双手轻轻一扭，就见空中寒芒如星，四射而去。

"小心，是暴雨梨花针！"隐光大叫一声，朝一旁躲去。

太岁、柳随风听到提醒，也连连躲开。

好在这时瑶光已经跑远，刚刚拐到一个弧形弯处，躲过了飞针。

雷允恭也不纠缠，见三人躲开，忙飞身扑向瑶光，到了近处，一掌击向她的后心。

太岁惊呼道："瑶光，小心！"

瑶光扭头看见，急忙向旁闪身，却已躲避不及。

此时，从甬道门口突然冲出一道人影，在刻不容缓之际，伸手接下了雷允恭这一掌，跟跄退了几步。

瑶光趁机掠到一边，抬眼看去，见来人正是洞明。

洞明看见雷允恭，先是一怔，继而惊呼："雷公公？"

雷允恭一见是他，知道又来一个强敌，目光一厉，一扭身，掠过洞明，挡到了甬道门口，伸掌一拍甬道门口旁一道机关。

随着他手掌落下，石室顶部轰轰震动，飞尘散布，一道厚重的石板极其缓慢地徐徐落下。

洞明惊呼道："断龙石？"

雷允恭狂笑道："本尊就是与你们同归于尽，这遗诏也不能公开！"

隐光冲过来，与洞明并肩站立。"你疯了吗？断龙石一落，你一样逃不出去！"

雷允恭的眼神有些疯狂地盯了一眼瑶光手中的遗诏。"只要这份遗诏不出现，丁谓会替本尊拥八王登基！只要能还政于太祖血脉，我苗训死有何惜！"

洞明震惊道："什么？你……你是隐光前辈？"

太岁越众而出，高呼："什么前辈！大家都要死在这里了，快冲出去！"

"冲？本尊倒要瞧瞧，你们谁冲得出去。"雷允恭冷笑着，一蹲马步，摆了个长拳的起手势。

洞明一愣道："太祖长拳？"

雷允恭摆着架势，傲然道："不错！正是太祖长拳！太祖长拳，军中多有修习，想必你们也不陌生！可惜，真正悟得这套拳法精髓的，普天之下，也只有我——曾受太祖亲身传授的苗训了！"

雷允恭缓缓变动拳势，看向众人。

洞明和隐光对视一眼，一起扑上。

雷允恭一套拳法大开大阖，化繁为简，简单而直接，一拳一脚好似带动了周围空间，仿佛携着一股天地大势，直扑而来。

洞明、隐光、柳随风、太岁、瑶光轮番上阵，皆不是这套威猛霸道的长拳对手。

雷允恭一边出手，一边哈哈狂笑道："太祖立势最高强，丢下邪行鬼也忙！少游关西老游东，中年一路下南唐！西平巴蜀北平汉，驱逐契丹建汴梁……"

石门缓缓而落，此时已经落到雷允恭头部位置，曹大将军率人冲进甬道，见此情景，立即大喝："给我杀！"

一排禁军齐刷刷刺出长枪，但雷允恭头也不回，只把大袖一卷，犹如一阵狂风起，一排长枪被卷飞，一排禁军重重地摔向甬道石壁。

雷允恭狂笑道："太祖长拳，以大势搏天下。一夫当关，万夫莫开！今天，谁也别想离开了！"

太岁一见断龙石不断落下，十分着急，突然贴地翻滚，好像地趟拳似的，滚到雷允恭身旁，蛇一般缠绕上去，一下子将他紧紧缠住。

雷允恭一愣。

太岁冷笑道："太祖当年开创这路拳法，应该是没想过会有我这样的对手吧？"

雷允恭用力挣脱，但太岁双手双脚紧紧锁在他的身上，扭头冲众人喊："走！快走啊！还等什么！"

洞明一咬牙，命令柳随风："文曲，快带瑶光出去！"

柳随风一把抓住正关切望向太岁的瑶光，身子一矮，从缓缓降下的断龙石下冲出甬道。

洞明和隐光联手攻向雷允恭，雷允恭一手挡二人，奋力抵挡，另一手却凶狠地捶打着不断吐血的太岁。

他身上挂着太岁，与隐光、洞明二人交手，虽然手中拳法已经变形，没了之前的那种大气势、大威能，但洞明二人还要避让着太岁，仍旧不是雷允恭的对手。

断龙石不断落下，已经到了人站立的腰部位置。

外面，瑶光、曹大将军和柳随风都弯腰从下边往里张望。

瑶光含泪高喊："太岁，你快出来啊，太岁！"

瑶光想冲回去，被曹大将军和柳随风紧紧抓住。

太岁吐着血，绞住雷允恭，冲洞明和隐光大喊："两位前辈，走！走啊！"

洞明和隐光仍旧不肯放弃，太岁喘息地大喊："别让我白死！走啊！何况，我未必……"

洞明忽然醒悟，和隐光对视一眼，同时一矮身，想从断龙石下出去。

雷允恭急疯了，大吼："不许走！"

他猛地向前一扑，带着缠在他身上的太岁扑倒，伸手想去抓住洞明和隐光的腿。

洞明和隐光逃出了断龙石，这时断龙石离地面不过两尺距离，下降的速度开始变快。

瑶光又惊又急，被柳随风和曹将军抓着双臂，拼命挣扎，尖叫："太岁！太岁！快出来啊！"

太岁和雷允恭扭缠在一起，在狭窄的断龙石下滚打。

"轰！"断龙石猛地重重落下，压在二人身上，瑶光脸上猛地溅上几滴鲜血。

瑶光怔了怔，凄厉地尖叫："太岁！"

喊完这一声，她眼前一黑，悲痛过度，一下子昏厥过去。

洞明等人怔怔地看着稳稳落在地上的断龙石，就见汩汩的鲜血从石缝间缓缓淌出，高大的断龙石就像一道轮回之门，一朝落下，把陵寝内外分隔成了两个世界。

从此，内外之分，就是生死之别！

"轰隆！"

夜空中一道闷雷响起，天边闪电如龙似蛇，一划而过，照亮了天地。

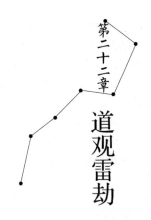

第二十二章

道观雷劫

　　曹玮神色担忧地抱着瑶光，看着女儿眉头紧蹙、泪流满面的脸庞，心里痛如刀绞。

　　在他的印象中，女儿从来都是倔强的、坚强的、如此柔弱的模样，连曹玮也只在她幼时见过几次。

　　不远处，开阳目光转过来，神色马上一紧，快步迎上去，走到曹将军面前，见瑶光虽然神色痛苦，可呼吸尚还平稳，神色微松，伸手搭在她脉搏上探了探，终于松了口气。

　　她左右看看，没有看见太岁，神色一变道："太岁呢？"

　　曹玮黯然摇了摇头。

　　开阳惊骇地退了一步，不敢置信地扭头看向柳随风。

　　柳随风张了张嘴，轻叹一声，没说话。

　　这时，洞明和隐光默默地走到刘娥、八王和太子面前，双手呈上真正的遗诏。

　　"臣等，幸不辱命。"

　　刘娥接过遗诏，欣慰道："辛苦诸位了。"

　　她忽然看见后面曹玮横抱着瑶光出来，马上走到曹玮面前，关切地问道："瑶光怎么了？"

　　无人作答，曹玮也摇摇头没说话。

　　刘娥这才开始认真打量众人，除了曹玮，其他人皆是满身伤痕。

　　太子赵祯向众人看了看，忽然发现太岁不在问："太岁呢？"

　　众人面色凄然。

　　刘娥恍然大悟，愣怔当场。

　　远处树林里，一个黑衣黑袍、黑巾蒙面的黑影眺望着皇陵，皇陵前火把通明。

　　黑影仰天叹息一声："唉！眼看成功在即，想不到苗训还是失了手！"

　　说完，他摇摇头，眼中露出失望之色，转过身悄然离开。

　　翌日天明。

　　紫宸殿外的金水桥下，文武百官陆陆续续走过。

　　丁谓、王钦若等五鬼不期而遇，五人站住，心怀鬼胎，相互使着眼色，暗藏得意。

　　所谓五鬼，指的是王钦若、丁谓、林特、陈彭年、刘承珪五位大臣。

这几位擅长的手段一为投机取巧，邀他人之功为己功；二为迎合帝意，没事就弄出点祥瑞啥的邀宠；三为喜好挑拨离间，谗语伤人打击政敌。除此之外，他们最拿手的是金蝉脱壳、嫁祸之术，只要有看不对眼的，一有机会，就使出手段排除异己。

是以不知何时，就有人称这五人为五鬼，后来慢慢传至民间，五鬼之称就更是牢不可破了。

有路过的官员，三三两两边走边议论。

"昨日我在家中，遥见宫中火起，可别是走了水？"

"我家住得离皇宫近，也看见了，烧了一座宝塔。"

"烧了一座塔？还好！还好！不曾烧了殿宇就好。"

丁谓等人听到这些，相视而笑。

丁谓抚须道："如果丁某所料不错，今日朝堂之上，天子之位，就能鼎定矣！"

王钦若一脸惊喜与激动道："丁相是说……难不成……"

丁谓微微一笑道："不可说，不可说啊！"

"明白了，明白了！"陈彭年连连点头，忙向丁谓拱手，"丁相公，恭喜啊！"

其他三人忙也拱手道喜道："恭喜，恭喜！"

丁谓抱拳还礼，眼露得意道："诸君，同喜。哈哈，咱们……上朝吧！"

"上朝！上朝！请！"

"请！"

五人并排，兴冲冲地向金殿上走去。

紫宸殿内，百官临朝。

八王爷赵德芳淡定地站在上位。

丁谓站在文臣之首，向空空的御座前打量。

"雷公公怎么这般沉得住气？"丁谓喃喃自语，心里感觉有些不对劲。

他久等雷允恭不至，有些按捺不住，捧着笏板向八王这边迈了一步，躬身施礼。

"八王爷，先帝已登遐数日，国不可一日无君。老臣恳请王爷以江山社稷为重，遵奉先帝遗诏，即日登基，主持朝纲，以安天下呀……"

赵德芳淡淡地瞟了他一眼道："此事无须丁相公操心。"

丁谓一皱眉道："臣为宰辅，上佐天子，下治百官，外镇四夷，内亲百姓，天子之位悬而未决，臣不操心，何人操心？"

赵德芳冷哼一声，就在这时，太监扬声高呼："皇后驾到！太子驾到！"

刘娥与太子盛妆隆重，仪仗齐整地从宫殿一侧走进来，款款登上御座。

丁谓连忙退回原位，百官齐齐捧笏躬身。

"臣拜见娘娘、拜见太子！"

天子宝座左右，各设一小座，刘娥与太子双双落座。

刘娥扫了众大臣一眼，微微抬手道："众卿平身。"

丁谓站在班列之首，他本以为皇后和太子已经死于昨日变乱，此时看到太子、皇后双双上殿，不敢置信地看了看，直到确认二人不是伪装假扮，心里才不由得一沉，大觉不妙。

王钦若与陈彭年并排而立，二人惊慌地互相看看，深深地低下头去。

这时，八王赵德芳踏出一步，面对太子，笏板捧于顶，恭敬而虔诚。

"群臣不可以无主，万机不可以无统。先帝龙驭宾天日久，臣等恭请太子奉承圣业，登基继位。"

他的话音刚落，原本拥护太子登基的大臣们，此时齐声相应。

"臣等恭请太子登基继位！"

丁谓大为着急，急忙出班制止："太……太子不可登基！先帝遗命传位于八王。太子登基就是违逆先帝遗命！"

王钦若、陈彭年、林特、刘承珪四人站在班中狡猾地四下打量，一动不动。

丁谓见无人响应，急得质问王钦若等人："王大人！陈大人！你们倒是说话啊！"

王钦若等人俯首，看着御座上活生生的皇后与太子，一言不发。

丁谓急了，指着百官大喝："你们都在干什么！一个个食君之禄，尸位素餐！先帝尸骨未寒，就有人敢不奉遗诏，你们是要做不仁不义、不忠不孝之贰臣吗？"

刘娥拍案而起，神色威严地一指丁谓道："大胆丁谓，依哀家看，不仁不义、不忠不孝之辈，就是你！"

丁谓惊怒地转身，看向刘娥道："臣对朝廷忠心耿耿，皇后娘娘何出此言？"

太子也站了起来，有些不安地看着皇后。

刘娥冷笑一声，盯着丁谓道："忠心耿耿？好一个忠心耿耿的丁相公！来人啊！请先帝遗诏！"

百官震惊，纷纷抬头。

唯有八王和曹玮十分淡定。

小林子高举一卷圣旨过顶，从侧面出现，拾阶登上御座。

刘娥神色端庄道："宣先帝遗诏。"

小林子欠身退了一步，转向百官站定，徐徐展开圣旨。

八王率先一撩袍裾跪倒，曹玮等为首官员相继跪倒，众文武官员见状，忙也跪倒听旨。

王钦若、陈彭年反应慢了些，见别人跪倒，急忙"扑通"一声跪下，唯有丁谓呆立在那儿，一时不知所措。

"门下。修短有定期，死生有冥数，圣人达理，古无所逃。朕自继位以来，应天顺命，休养苍生，历二十五载，焦劳成疾，弥国不瘳。今，太子赵祯，天钟睿哲，神授莫奇，可付后事，于枢前即皇帝位。布告中外，咸使闻知。钦此！"

文武百官呼："吾皇万岁，万岁，万万岁！"

丁谓脸色铁青，静静地站了片刻，忽然崩溃地嘶吼起来："不！不可能！这是假的，这一定是假诏！你们篡改遗诏！你们矫诏！"

刘娥淡定地看着他，吩咐小林子："此乃陛下亲口遗诏，由杨亿草拟，寇公手书，温枢密加印。诸位大臣不妨仔细检验。"

小林子一溜小跑跑下御阶，将遗诏双手奉与八王。

八王展开遗诏审阅，微微颔首道："是真的！"

说完，他将遗诏递给一旁武班行列之首的曹玮。

曹玮接过，展开遗诏看看，沉声回答："是真的！"

曹玮再将遗诏传给下一个人，众文武官依次查看，都点头认可。

丁谓呆若木鸡。

刘娥冷冷地看着丁谓，勃然怒斥："参知政事丁谓！你以公谋私，贪墨民脂民膏；拉帮结派，陷害忠良。先帝仁厚，不予你追究。到如今，你却仍不知悔改！勾结太监雷允恭，假传遗诏，意图谋反！该当何罪！"

丁谓依旧呆呆地站在那里，一言不发。王钦若等人站在班列中，暗自抬袖擦汗。

刘娥含威不露地瞟了他们一眼，吩咐道："殿前武士，把丁谓带下去！"

殿前武士领命上前，左右架住丁谓。

丁谓已然心神俱丧，木然被拖走，并未挣扎。

殿前武士押走丁谓，八王捧笏板施礼道："遗诏为真，臣等恭请太子登基！"

百官连连俯首，捧笏板躬身面朝太子道："臣等恭请太子登基。"

小林子忙上了御阶，搀着太子赵祯往中间的御座上挪了两步，赵祯看了眼刘娥，刘娥朝他微微一笑，轻轻点头。

赵祯神色一肃，一掀衣袍，泰然坐下，双手搭于膝盖，突然给人一种威严之感。

百官俯首跪下，山呼万岁。

赵祯目光在众臣身上扫过，沉声吩咐道："众卿家免礼平身。"

百官闻声起身。

"众卿家……"赵祯缓缓开口，可就在这时，他身后一名打扇的宫娥，双眼一厉，突然从扇柄中抽出一柄尺长利刃，猛地扑上，刺向他后背。

"受死吧！"宫娥大吼。

百官震惊，失声惊呼。

赵祯猛地双眉一扬，手如闪电，侧身躲避的同时一把擒住宫娥的手腕，狠狠向前一摔，将她从御阶上直接摔到前方大殿上，百官赶紧避让了一下。

宫娥"哇"地吐了口鲜血，不敢置信地看向赵祯。

殿前武士立即扑上前，把她死死摁住。

赵祯站在御座前，威风凛凛，也不说话。

倒是一旁刘娥缓缓起身，嘉许地看向赵德芳。"还是八王谨慎，奸人果然留有后手。"

百官惊诧不解，交头接耳。

这时，御座前的皇帝赵祯向旁边退了两步，一拱手。

"恭请圣上！"

随着他声音落下，又一个身着龙袍的赵祯自侧殿缓缓登上阶陛。

百官哗然，愣愣地看着两个一模一样的赵祯，都不知道是怎么回事。

这时，站在御座旁的假赵祯缓缓扯下一张人皮面具，露出一张俏脸，赫然是瑶光所扮。

百官更加震惊。

瑶光神色有些黯然，向赵祯拱了拱手，退到了一边。

真赵祯立于御座前，目光看向百官，沉声道："朕尚年幼，不能亲政，尊母后为皇太后，军国大事，权取处分。亲政之前，皇帝与皇太后五天一临朝，皇帝称朕，皇太后称吾，共治天下。"

群臣们此时也来不及多想，当下叩见。"吾皇万岁，万岁，万万岁！"

赵祯缓缓坐下，脸色沉肃。

刘娥看向八王，一脸感慨道："亲王德芳，忠心社稷，黜邪崇正，功莫大焉！吾以为，当予赏赐，以正纲纪！"

赵祯点头道："母后说的是！朕加封八皇叔双王俸禄，上殿不参驾，下殿不辞驾，再赐你凹面金锏一柄，上打昏君，下打谗臣，代管朕躬严气正性。"

八王跪地谢恩道："臣领旨谢恩。"

刘娥又道："镇国将军曹玮，护驾有功，着赐封号上柱国大将军。"

曹玮跪地谢恩道："臣领旨谢恩。"

刘娥逐一加封。

众人一一跪地领旨谢恩。新皇登基，大封群臣，这是习惯，也是规矩。

皇帝封赏已毕，刘娥看了瑶光一眼，声音柔和下来："瑶光，你是女儿身，希望哀家赏赐你些什么？"

瑶光含泪跪倒道："臣不求封赏，只希望太后开恩，能允许臣……"

说到这里，她声音哽咽，低声悲泣："能允许臣，常往皇陵，祭奠太岁。"

刘娥沉默半晌，轻轻叹息道："北斗司太岁，忠肝义胆，碧血丹心，有大功于社稷。今既授命于皇陵，从此长伴先帝。吾封其御带官，带御器械，殿前承旨，永侍先帝。瑶光可随时前往皇陵祭奠，任何人等不得干预。"

瑶光泪珠滚落，顿首谢恩道："谢太后！"

又是一个盛夏即将过去，时光荏苒，转眼自赵祯登基已经过去一年。

皇陵前，草木半青，荒凉而孤寂。

人生如此，活着的时候再如何风光，再如何功成名就，就算是一朝天子，死后也不过是长眠地下，渐渐被人遗忘。

此时，陵前烧着一堆纸钱，但受祭之人却非先帝，而是另有其人。

瑶光黯然地坐在皇陵前，笨手笨脚地用青草编织着比翼草蚱蜢，形状粗糙，漏洞百出。

尽管如此，瑶光仍然认真地编织着。好一会儿后，草蚱蜢勉强成形，她这才轻轻放在地上，长长地叹了一口气，望着远空出神。

过了好半晌，她回过神来，淡淡一笑，从边上的竹篮里拾起一摞纸钱，一张张放进火里。

"出了趟公差，有些时日没来看你了，你在那边有没有被人欺负呀？就你那欠揍的德行，一定没少被人欺负吧！"

瑶光虽是在打趣，却难掩面上的戚然。"今天多给你烧点，阎王好见，小鬼难缠，要是得罪了人，拿钱开路吧。"

冥纸燃烧，轻风吹来，灰烬如同蝴蝶般飘飞摇曳。

瑶光一边向火中递着纸钱，一边轻声地说话，越说越是忧伤，眼圈渐红。

"今年正式改元了，是为天圣元年，你们那边有改朝换代吗？要是碰上什么好玩的有趣的，你就给我托个梦讲给我听听，我好些日子没见你了。"

"要说咱们人间，现在也有纸钱了呢。朝廷刚刚颁布了一种可以替代铜钱的纸币，叫交子。纸做的，叠起来揣着，十分轻巧，还挺好看的。"

瑶光坐起来，从怀里掏出一张交子，在太岁碑前晃晃。

"喏，就是这样的，我现在出门都带它呢，比揣好重的铜钱可方便多了。"

瑶光收起交子，从旁边地上拾起木棍，拢了拢散开的火苗。"咱们东京汴梁，房子都是木头做的，最怕的就是起火。小皇帝现在组了支专门负责救火的军队。你说咱们护着的这个小皇帝，是不是很贤明？"

瑶光蜷起双腿，下巴放上去，看着火焰，失神道："我们都挺好的，就可惜了寇相公。皇帝本想召他还京的，可惜他在去雷州的路上生了重病，圣旨还没追到，他就过世了。唉……"

瑶光烧完了纸，深情地望着皇陵道："我要走了，你一个人寂寞吗？不过你有萤火虫陪着你。它们可是我最喜欢的，你们正好做个伴，只可惜它们听不懂你说话。"

瑶光抿着嘴唇想了想，叹了口气道："看你怪可怜的，本姑娘开恩，准你在阴间讨个老婆啦，但是，不许比我好看！"

说着，她向皇陵晃了晃拳头，拿起草蚱蜢道："我得走了，这比翼蚱蜢送你吧！我编得不好，都怪你没用心教我。你要不满意，就回来教我啊！"

说完，瑶光把草蚱蜢轻轻投进火焰，眼中两滴轻泪落下，溅起一丝灰烬。

忽然，有一块小石头滚落，瑶光下意识地看了看小石头滚落的方向，又诧异地抬头观望，看到一辆驴车晃晃悠悠地在郊外走着，戴竹笠的老者且歌且行。

"三尺龙泉剑，匣里无人见。一张落雁弓，百支金花箭。为国竭忠贞，苦处曾作战。先望立功勋，后见君王面……"

瑶光站在皇陵眺望着驴车，本来不以为然地转过身欲走，但是歌声入耳，瑶光突然愣住。

这歌，这词……

瑶光眼睛猛然放光，一幕幕本以为尘封的记忆从脑海中浮现。

她还记得，那是在泰安府的青云观里。柳随风面前放着几只破碗，里面装着深浅不一的水，柳随风拿着两根小木棍，敲击着碗沿，奏出动听的音乐，一旁太岁负手而唱："三尺龙泉剑，匣里无人见。一张落雁弓，百支金花箭。为国竭忠贞，苦处曾作战。先望立功勋，后见君王面……"

瑶光还记得当时自己曾问太岁这是什么歌，怪好听的。

"从我师父那儿学来的，他老人家没事就爱唱，我听得耳朵都快起茧子了……"太岁如是回答。

瑶光回过神，忙朝驴车追了过去，可它拐了个弯。等瑶光拐过弯追去时，驴车已不见了踪影。

她诧然地立于原处四望，心中油然生出一种怅然若失之感。

驴车上，太岁趴在窗口，惊喜连连。

"哇！师父！你看那白的是什么花？好漂亮！还有那儿！真好看！"

老人赶着驴车，迎风笑着道："嗯！好看！那你就看个够！哈哈……"

"师父！这儿好美啊！我再不要回那个黑漆漆的洞里住了！"

"当然！师父带你去个山清水秀的地方住。"老人哈哈一笑。

太岁欣然点头，转头四望，好像看什么都好奇。过了会儿，他看向老人，眨了眨眼睛，问道："师父，徒儿还没问过呢，你叫什么名字呀？"

玄玄子迎着风，笑容慈祥，十分欣慰道："为师玄玄子。"

"玄玄子……"太岁嘴里念叨两句，屁股往前挪了挪，陪师父在车辕上坐下，好奇地注视着师父的侧脸，"那我呢？我叫什么？"

玄玄子大为感叹，看着太岁笑道："瞧为师这记性。"

他伸出手揉了揉太岁的头，太岁眨巴着眼睛期待地盼着。

"徒儿呀，你叫太岁。"

太岁眨巴着眼睛呢喃着自己的名字，懵懂中忽然想起了什么，自言自语。

"太岁……太岁……可是我更喜欢'不死儿'这个名字呢……"

玄玄子听见吓了一跳，脸色严肃起来道："休得胡言乱语！"

他左右望了望，严肃认真地告诫太岁："今后切不可提起此名。"

"为什么？"太岁挠挠头，十分不解。

玄玄子肃穆严厉道："你要听话。"

太岁一脸无奈地挠挠头，却也只好认真点点头："哦。徒儿谨遵师父教诲。"

玄玄子又看了太岁一眼，扭过头去，心里暗叹："徒儿死而复生，身体重组，记忆本应全无，不想竟还有模糊的记忆，得小心了。徒儿这不死之身的秘密，万万不可被人知道，否则后果不堪设想啊。"

京城，瑶光一脸落寞地走在街头。

忽然她脸上一凉，不知什么时候起，天色已经变得灰蒙蒙一片，先是零星雨点落下，慢慢变成了靡靡细雨。

瑶光抬起胳膊挡着头跑进路边一家杂货铺，等她再出来时，手里已经多了一把油纸伞。

撑开伞，瑶光左右看了看，忽然瞧见细雨中，开阳独自徘徊在匠人街的巷中，一头黑发，被细密的雨珠染湿。

开阳立在巷中，望着孟冬的铺子出神，良久叹了一口气，忽然头上一暗，雨丝没了，抬眸一看，原来为她撑伞的是瑶光。

开阳讶然，旋即温柔一笑道："你怎么来了？"

瑶光笑道："路过。"

"去看太岁了吧？"开阳看她一身素衣打扮，心里一动，笑容微敛。

"嗯！"瑶光敛了笑容，轻轻点头。

二人合撑一把伞，缓缓行于霏霏细雨中。

走了一阵，开阳抬头朝远处望了望道："那边有间酒楼，咱们去小酌两杯？"

瑶光点头道："好！"

进了酒楼，二人在临窗一个桌前坐下，点过酒菜，看着屋外蒙蒙细雨，都沉默下来，时而小酌，时而沉默，都在想着自己的心事。

过了一会儿，见开阳仍望着窗外雨幕出神，瑶光轻轻替她斟了杯酒，举杯道："何以解忧，唯有杜康。"

开阳笑道："这是花雕。"

瑶光皱皱鼻子，不以为然道："管它杜康还是花雕，解忧就成！"

二女举杯，碰了一下，相视一笑，一饮而尽。

放下杯子，开阳抽出一块青花手帕，抹了抹红润的唇角，轻声道："以前，我和阿冬也来这里喝过酒，也是这样的雨天，也是这个位置。"

瑶光一笑道："他坐在我这里吗？"

开阳莞尔摇头道："是我这边！"

她感慨地望向窗外道："换了个角度，景致都不同了。"

看着开阳出神的侧颜，瑶光也望向窗外，神色变得怅然。"我……从没跟他一起喝过酒。"

窗外的雨渐渐大了，窗前形成水帘，天地朦胧一片。慢慢地，二人的眼神也渐渐迷茫起来。

大雨倾盆，如天河倒灌。

溱水之畔有一高台小丘，其上绿林成荫，古树幽幽。

此地看似普通，实则大大有名，史传为黄帝建都之地，故因此得名轩辕丘。

轩辕丘四周有山冈环绕，中间一处盆地，正好是溱水与洧水交汇之处。不知何时，有道人在河边林中建了一处道观，取名为"空桑"。

空桑观青砖碧瓦，墙屋斑驳，周围古树参天，秀林郁郁，从里到外都透着一股淡然幽静的道韵。大雨滂沱中，雾蒙蒙一片，使道观显得神秘而悠远，令人神往。

清源是空桑观里的一个小道童，今年十四岁，个头不高，容貌憨厚，黝黑的皮肤显得很壮实。若非一身道士打扮，把头发剃光的话，光看模样。他倒更像是一个小沙弥。

清源本是孤儿，自小被观主冲玄道长收养，随着他慢慢长大，平日里做完功课后也开始接待香客。当然，除此之外，他还要负责前殿打扫的工作。累倒是不累，却很忙碌。因此每到雨雪天气，最高兴的就是他了，毕竟在这种天气里，再虔诚的香客也不会过来进香，对他来讲，就是难得的悠闲。

今天也是这样，眼看外面大雨滂沱，清源心里开心不已，先是关窗闭户，然后拿起扫帚，草草地把大殿打扫一遍后，便快步走向后院，准备向师父请教武功。

他沿着滴雨的曲廊向前走去，忽然看到雨中一道人影缓缓朝外走去。

"咦？谁在这种天气还要出门？"清源好奇地驻足看去，发现竟是观主冲玄道长。

奇怪的是，观主竟然连伞都不撑，脚步也显得匆忙，好像有什么急事。

在清源的记忆里，冲玄道长是一个非常淡定的人。从小到大，清源从没见他发过火，更没见过他脸上露出过焦急之色，就好像对世间的一切都不在意似的。

"观主这是要去哪里？怎么不打伞呢？"今天的情况令清源分外好奇，仔细想了想，迈步跟了过去。

冲玄道长白发白须，看年纪最少六十多岁了，但他矫健的身材，仿佛是一个强健的青年般。

他快步出了道观，在道观前一棵苍劲的银杏树停下脚步，微微仰头看着大树，嘴角嚅动，似乎在说着什么。雨水顺着他的脸颊淌下，露出他略显苍白的脸。

"观主在跟谁说话？"清源暗暗好奇，可左看右看，也没发现周围有其他人，朝树上看去，也没有人影。

"难道是自言自语？再或者……"清源眼睛一亮，看向那棵不知长了多少年，有几丈高的银杏树。

"莫非，这棵树成精了？"清源的心怦怦直跳。

可就在这时，忽然，一道闪电亮起，直劈冲玄的天灵盖，冲玄道长应声倒下。

"啊！"清源惊恐地尖叫起来，整个人都吓傻了，一时间浑身发软，跌坐在地。

听到他的尖叫声，道观里飞快地跑出两个中年道人，这二人中当先的那个身材魁梧，浓眉大眼，行走间虎虎生风，此人是观中三代弟子，名为广修。

另一人身材略显消瘦，面容硬朗，但一双眼睛却温和而谦和，道号广益，同为空桑观三代弟子，是广修的师弟。

二人都是中年模样，看起来四十来岁，本来朴素清爽的道袍此时被雨水淋透，都显得有些狼狈。

他们一出来，看到清源的模样，快步上前将他拉起，疑惑地问道："怎么了清源？出什么事了？"

清源满脸惊恐地指着雨中，魂不附体地道："两位师叔，观主他……他被雷劈死啦！"

两个道士大惊，顺着清源的手指看过去，就见一人倒在树下，生死不知。

"怎么会这样？"二人大惊，其中一个略显消瘦的道士连忙跑过去。

另一个高大些的广修却返头往道观里跑。"我去喊师兄弟们来帮忙！"

清源扭头见广修师叔跑开，再看广益师叔已经跑进雨中，忙也冲出雨幕，想追过去。

可就在这时，空中忽然又是一道闪电劈下，将刚刚跑近的广益也劈倒在地。

清源大骇，身体顿时僵住，突然尖叫一声，返身就跑。

此时大雨倾盆，雷声轰隆。

好一会儿过去后，倒在地上、生死不知的冲玄道长手指突然动了动，又过了一会儿，他吃力地睁开双眼，眼神黯淡，迷茫而失神。

"轰！"空中一道闪电划过，照亮了他苍白的脸。

"呼……"冲玄道长长吐出一口气，努力转头，发现身旁不远处，广益脸冲下倒在地上，生死不知。

冲玄双眼微亮，急促地喘息几声，鼓起全力艰难地翻过身，顺着泥泞的土地朝广益颤巍巍地爬去。

他动作慢如蜗牛，像是背负着千斤巨石般，与其说是在爬，不如说是用尽了全身力气一点点地蠕动。

好在二人之前的距离很近，只有不到五尺远，很快便爬到广益身边，冲玄的眼神越来越暗，颤巍巍地抬起左手按在广益后背，然后用尽最后一点力气微微扭了扭腰，把自己的右手藏在腹下。

做完了这一切，好像是完成了什么重要的事，冲玄全身都松了下来，这才感觉到无尽的冰冷正朝自己袭来，好像要把自己整个吞噬。

"唉……"他嘴里发出一声似不舍、似遗憾的叹息，眼中最后一点神采也散去了。

开封府二堂。

包拯与一位面色阴沉、身着绯袍的中年人并立在堂中，正在激辩着什么。

上首处，开封府尹薛奎坐在案后，看着二人你来我往的言语交锋，面无表情。

与包拯面对面辩论的中年人姓韩名瑞府，官居六品，任开封府知事。

依大宋的办案流程，民间发生案件后，首先由当地主管衙门查处，等有了结论后，上报大理寺归档用印，若有异议，下批施行。当然，若大理寺对案情有所异议，也会派人复查审核。

而此案就是包拯发现其中很有些蹊跷，于是到府衙来复查。

"本案死者确系死于失火意外，已检验过，口鼻咽喉皆有灰烬，是活活烧死的。"韩瑞府一脸正色，言语肯定。

他话音刚落，包拯马上严肃地问道："可检查过死者口鼻咽喉的灰烬是干燥的还是黏稠的？"

"这有什么区别？"韩瑞府皱眉。

包拯严肃道："若活人困死火中，吸入的大量灰烬与黏液交混便是黏稠糊状，若是被人故意伪造烧死假象，而死者在火起前已经死亡，其口鼻中灰烬则干如粉尘。这就是小细节大区别！"

上首开封府尹薛奎面色不变，但心里有点惊讶，这种细节他也没注意过。

薛奎不知道，韩瑞府就更不知道了，但他自然不能马上屈服，否则岂不说明自己办案出了错漏？

他眼珠子飞快一转，心里有了主意："这……这个……本案的死者尸体烧成焦炭一般，连头身都是花了好大工夫才分清楚。哪里还分得清那灰烬是湿是干。"

包拯一甩袖袍，厉声喝问："那你如何断言便是意外？根据现场实录，尸体发现在东南角，尸首朝东，而此屋结构，房门出口在西南角，如果是活人遇火焚身，理应朝西南处逃走，死者为何背道而行？你们是否检查过死者头骨是否完好？是否有被重击的痕迹？尸体所处地点是否有血迹？”

开封府尹薛奎端坐上首，抚着胡须微微点头，赞许地看向包拯。

韩瑞府被包拯问得滞住，一时不知如何作答，包拯见他如此，不由得气愤道："遇有死者，必根究其所以致死原因。此案细节处处囫囵，恕大理寺不能归档。请知事大人勘验详细后再转交大理寺吧。下官告辞。"

说着，包拯朝上首薛奎和知事一一拱手，就准备转身离开。

见他要走，上首薛奎忙叫道："且慢，且慢！"

包拯应声止步，抬头看去，薛奎笑容灿烂道："包评事，老夫只讨个伯乐的好名声，不知你可肯成全啊。"

包拯讶然道："府尹大人这是何意？"

薛奎笑道："包评事精明强干，本府甚是欣赏，可愿到我开封府任职啊？只要您点头，本府去大理寺要人。"

"这个……"包拯一怔。

就在这时，门外传来"咚咚"的敲鼓声。

薛奎与包拯、知事三人一起向外望去。

大堂上，薛奎正襟危坐，堂下广修和清源跪在堂前，面色哀恸。

两旁衙役肃立，包拯和开封府知事站在大堂一侧肃静牌旁听审。

"被雷劈死？"薛奎听完清源禀诉案情，微微一怔，脸上惊疑之色。

清源抹了把眼泪，战战兢兢道："是真的！大老爷！真的是天降神雷，劈死了我家观主和广益师叔。"

薛奎眉头一皱道："此乃天灾，报到本府，本府又如何审理？"

广修膝行一步，解释道："大老爷，清源年纪还小，说不清楚。贫道来说吧。当日，我家观主不知何故，冒着大雨走向树林，对着树林也不知说了什么，看到什么。突然便有一道闪电劈下，将我家观主击死。"

薛奎目光一凝道："嗯？"

旁听的包拯蹙起眉头，陷入深思。

"贫道被清源的叫声惊扰，赶来听闻后，便急忙去唤师兄弟们前来帮忙，广益师兄则跑向树林，想把观主拖回来。结果广益师兄刚跑到林边，又被一道闪电劈死了。而且……"

薛奎道："而且什么？"

广修犹豫一下，看了眼清源，接着道："而且经贫道事后问起清源，他说亲眼看见，那闪电不是从天而降，而是自林中闪起。"

薛奎眼睛微微一眯道："照你这么说，是有妖法作祟了？"

广修叩头道："贫道也不知是不是妖法。可我家观主虔诚修道，谨持自身，不可能遭了天谴啊！"

薛奎抚须沉思，询问："暴雨滂沱，你家观主为何冒雨前往树林？"

广修摇头道："贫道不知。"

"要说疑点，这才是最大的疑点。至于接连劈下两道天雷……"

薛奎思索片刻道："罢了，空桑观的状子，本府接下了！"

广修大喜道："多谢青天大老爷。"

"行了，你们先回吧，等本府查明案情后会通知你等。"薛奎挥了挥手。

"是，小人告退。"广修拉着一旁神色恍惚的清源磕头，起身退下。

包拯皱眉思索一阵，朝案上一拱手，转身匆匆离去。

包拯走出开封府，左右看看，站到树下扬声高喊："展昭？"

展昭此时正倒挂在树干上，嘴里叼着一根狗尾巴草，双手环抱在胸前，笑嘻嘻地探出头。

"走！有事情做了。"包拯一挥手，朝外走去。

展昭从树上利落地翻下，稳稳落地，跟在包拯身边，笑问道："去哪儿？"

"北斗司。"

"北斗司？"展昭愣了下。

"没错，去北斗司！"包拯面色凝重，脚步加快。

见他一脸凝重之色，展昭也不再多问，只是心里好奇，又出现什么诡异的案子了？

北斗司。

柳随风带着包拯和展昭，走到肃立的洞明身前站住。

"下官见过防御使大人。"包拯和展昭施礼拜见，神色恭谨。

"包评事？何故来我北斗司？"洞明伸手虚扶一下，也不客套，直接开口问道。

柳随风挖了挖耳朵，笑嘻嘻地插嘴："包黑子说，现在有一桩奇案！三法司只负责断阳，只有咱北斗司才能断阴，所以，想让咱北斗司派员前去查办。"

洞明看了他一眼，又看向包拯。

包拯一脸严肃道："下官并非说笑，此案确实大有蹊跷。"

洞明点点头，朝身旁一摆手道："来，坐下说。"

"谢大人！"

双方宾主落座，包拯开口介绍案情："今日下官在开封府，偶见一桩案子……"

包拯说完，洞明摇头道："包评事，依你所言，实难证明此案就一定有什么诡异。这世间，不可能有人能操纵雷电之力两道雷电接连劈下，一连劈死两人的事，虽说罕见，却也并非不可能，况且开封府已经接了状子。"

包拯却有不同意见，说道："开封府虽然接了状子，但下官却觉得，如此奇案，恐怕开封府未必能查个清楚明白！试问，大雨滂沱中，空桑观主为何要冒雨出去，到那林边？偏偏还就遭了雷劈？不合情理啊。"

洞明抚须想了想，微微点头道："包评事所言，未尝没有道理。只是我北斗司未奉诏谕，擅自插手三法司已经接手的案件，不合适啊。"

包拯一急道："可是……"

洞明摆手打断，道："包评事且先回去吧，先看看开封府能否查出结果，如何？"

包拯无奈，失望地站起来道："是下官莽撞了。那么，下官告辞。"

洞明也站起身，朝柳随风吩咐道："文曲，你送送他们。"

"是。"柳随风点点头，笑哈哈地看向包拯、展昭。

包拯和展昭朝洞明一拱手，转身跟柳随风离去。

等三人出了厅堂，洞明若有所思地负手站在大堂门口，看着他们远去的背影喃喃自语："天雷杀人？"

这时一名侍卫快步走来，抱拳禀报："防御使大人，太后降旨，召您入宫。"

洞明微微一惊，整了整衣袍，快步而出。

后宫，花园中，花团似锦，沁香扑鼻，一群群蜜蜂和蝴蝶在花丛间轻舞，翩翩如画。

花园一角凉亭中，石桌上，一只巴掌大的紫砂茶壶正汩汩作响，从壶嘴中冒起腾腾白气，茶香飘溢，沁人心脾。

刘娥一身凤袍，长襟宽袖，端坐亭中椅上，雍容而华贵，令人不敢直视。只是她当初心血消耗过度后留下的花白头发，却显出几分孤寂苍凉。

此时她面向花圃，似在赏花，但双眼失神，目无焦点，不时感慨轻叹，好似在缅怀着什么。

刘娥身后不远处，两个中年宫娥垂首而立，大气也不敢出一口。若有人能看到她们的眼神，必能看到深深的惧意和惶恐。

她们怕太后，非常怕！

不但她们怕，此时在宫中，除了小皇帝赵祯，就没人不怕她。

究其原因，实在是这一年来，宫里死了太多的人了。

真宗时，宫中有三千禁军，可到了今日，除了当日护卫太子皇后的那两队人马外，余者尽斩，全部换上了新人。

原本八百宫廷武士，此时更几乎换了个遍，原来那些人的下场也不用多说。

至于太监、宫娥就更不必多提，几乎死了九成。

当日效忠太子、皇后的那些人几乎都被雷允恭给杀干净了，剩下的一些都是雷允恭的手下，等赵祯继位，刘娥垂帘，他们又岂能有好下场？

这一场大清洗，可谓是前所未有的干净、彻底，雷允恭所遗留的手下，几乎一个不剩，全部斩尽杀绝。

这种狠厉的手段，让世人很快明悟，这位太后可不是一位软弱可欺的弱女子。

刘娥这一系列毫不留情的大清洗，让她迅速在朝廷中建立起权威。

也正因此，才能在太子继位短短一年的时间里，就稳定了朝堂，安抚了地方百官。

按说，像她这种狠厉的手段应该引起哗然非议，可奇怪的是，朝中百官对此却好似视若不见般，任她施为。

其实这也很好理解，一来在朝臣看来，无论是太监还是宫娥，这些人都只是皇室家奴，生死全在皇家一念间，就算无罪，杀也就杀了，没人会为他们说话。

二来，当初若非这些太监阉人作乱，又岂会闹出后来那么大的事情？

而禁军侍卫、宫中武士，这些人虽然不同，可当朝廷事后查去，马上发现他们多多少少都与雷允恭有些关联，甚至有些人还与当初太祖手下的大将们有着隐蔽的血缘关系。

这是什么？这是隐患，这是祸根啊！就算是刘娥能忍，朝臣们也不能忍啊！

从雷允恭的态度中就能看出，在太祖一脉后人眼中，如今的大臣、文武百官，几乎个个都是叛徒，若非他们背叛了太祖皇帝，岂会被太宗后嗣承了大宝？夺了天下？

虽然大家都忠于赵宋皇室，可太祖和太宗毕竟不同，到了如今地步，更是水火不相容了。

可以说，不管以前如何，发展到现在这种情形，无论双方愿与否，都已经没了缓和余地，成了不共戴天的死敌了。

况且在这种敏感时候，谁若心慈手软，或是为对方说话，难免会被人认为立场不坚定，政治不正确……

是以，当刘娥以狠辣手段进行雷霆清洗时，才没引起朝臣的非议诟病，不但没有诟病，甚至大家都默契地不提此事，就好像那些被斩尽杀绝的人都从来没出现过一样。

俗话说，"一将功成万骨枯"！

而一位新帝登基，自然也少不了鲜血铺就。

赵祯年纪还小，更没有这种狠辣手段。作为他的母亲和依靠，刘娥自然要为他着想。

结果大家都看到了，成千上万条人命，如湖海般的鲜血，都被刘娥拿来浇灌江山，稳固天下。

她残酷吗？没错，她很残酷。

可她若不这么做，能在短短不到一年的时间里就让江山稳固，天下归心？

更何况，此时虽然天下太平，可北有契丹，西有西夏，都对大宋虎视眈眈。若一不小心中原生乱，引得他们挥马而下，那后果……光是想想，就令人不寒而栗！

不能不杀。

不得不杀。

杀了，天下太平。

不杀，天下大乱。

旧浪不倒，新浪岂能掀起灿烂的浪花？

"太后，北斗司洞明星君求见！"一个身着朱色官服的女官过来禀报。

此女不是别人，正是刘娥原本的贴身丫鬟小环。看其打扮，早已今非昔比，此时的她已经是五品尚官，掌后宫巨细金帛，说白了，就是后宫掌管钱财的管家。

听到她的声音，刘娥回过神，微微一点头道："宣吧！"

"是，太后！"小环轻声应了，悄声退去。

没多久，洞明被引了过来。

"臣，洞明，见过太后！"到了亭前，洞明抱拳行礼。

刘娥闻声转头，脸上带着欣然地笑意，温声道："先生来了。"

她抬手示意屏退众人，宫娥、侍女们福礼退下。

"先生可听说空桑观雷劫一事？"

洞明坦然点头道："臣有所耳闻。"

刘娥缓缓起身，朝花圃走去，洞明默默跟着，并不着急说话。

"空桑观地处轩辕丘，而轩辕丘是黄帝定都之地，所以空桑观地位一向超然。如今突发雷击，一时间谣言四起，闲话也就多了。"走了几步，刘娥站住，捻着一株花的花瓣观赏，沉思片刻。

"北斗司可以查一查这桩案子。"

洞明有些意外地看了她一眼，连忙说道："太后，开封府已经接了这桩案子。"

刘娥捏着花茎起身，扭头看了他一眼，摇摇头说道："此事已经闹得人心惶惶，当尽快肃清流言，北斗司接手吧。"

洞明抱拳揖礼道："臣遵命！"

刘娥"嗯"了一声，轻轻一抬手，又转过身去。

洞明见她没别的吩咐，于是行礼退下。

等他走远，刘娥看着花圃中争妍绽放的牡丹，面露隐忧，喃喃自语道："为何偏偏是空桑观呢……"

回到北斗司，洞明坐在大厅里，一边喝茶一边低头沉思。

"空桑观……空桑观……此处有何玄妙，为何太后如此紧张？"

洞明在心里暗自琢磨，这时门外柳随风和瑶光走进来。

"前辈！"二人一抱拳。

"啊，你们来啦！"洞明回过神，抬头朝二人看去，就见柳随风一身青衫，脸上红光满面，领口处还印着两枚唇印，脸不由得一沉。

柳随风讪讪一笑，小心地把目光转开，没敢说话。

洞明轻哼一声，知道他生性风流，说也没用。于是，把目光看向瑶光，见瑶光神色平静，一身硬朗的制服穿在身上，显得很是英朗。他这才脸色微缓，朝瑶光点点头，温声道："瑶光最近做得不错，嗯……长大了。"

"谢前辈！"瑶光微微一笑，拱手谢过，眼中平静无波，少了往日浮躁，却多了一些沉稳。

"叫你俩过来，是有一个案子要你们去查一查。刚才我从宫里回来，太后下旨了……"

出了京城，柳随风和瑶光步行在郊外路上。

"上一次咱们俩单独出去办案，还是一起去泰安府呢，这一晃……"柳随风忽然意识到不对，急忙住口。

他偷偷瞟了瑶光一眼，见瑶光听到"泰安府"三个字后，神色忽然变得黯然，脚步明显加快，明显不想听下去。

见她如此，柳随风不由得暗骂自己一句白痴，这分明是哪壶不开提哪壶啊！

他抬起手，用折扇轻轻敲了一下自己的额头，急忙快步追上去，生硬地转移话题。

"啊！对了，你上次去湘西办案，碰到什么新鲜事了啊？"

"没有！"瑶光淡淡地回了一句，看都不看他一眼。

柳随风苦笑一声，见她不想说话，也闭上了嘴巴，沉下心赶路。

大理寺签押房。

大理寺卿坐在案后正在批阅卷宗，这时包拯走进来。

"大人，您叫我？"包拯拱手行礼。

大理寺卿一抬头，见是包拯，马上皱起眉头，脸上露出无奈之色，责问道："包拯啊包拯，我说你是不是太闲了？"

"大人，雷神杀人案实在蹊跷……"包拯一听，马上明白对方想说什么，开口辩解。

可不等他话说完，大理寺卿"啪"的一声把手里的毛笔摔在案上，轻斥道："蹊跷蹊跷，天下所有事你都觉得蹊跷，这案子开封府都说了是天灾了……多一事不如少一事啊。"

包拯也皱眉，说道："如今满城风雨，谣言四起，下官……"

大理寺卿摆摆手打断他的话，手指点点案上的卷宗，不满道："你看看，你看看，这么多卷宗，老夫日夜不休地批阅，却像是永远也批不完似的，还有闲心管他人闲事？"

包拯正色道："大人，这可不是闲事，下官以为……"

见他仍然固执己见，丝毫没有悔改之意，大理寺卿更加不耐烦了。"你以为你的，就不许我以为我的？罢了罢了，你也不要再在本官面前聒噪了。我准你去查，还不成吗？"

包拯大喜，拱手道："多谢大人。"

大理寺卿见他那张黑脸上露出高兴模样，不知怎的，气不打一处来，连看都不想再多看他一眼，低头翻开卷宗，挥舞了两下毛笔，像是赶苍蝇似的道："快走，快走，别在老夫面前晃悠了，看得心累。"

"下官告退。"对他的厌烦包拯却好似没有察觉似的，反而兴冲冲地一行礼，转身快步往外走去。

听着脚步声渐远，大理寺卿这才抬起头，看着他的背影摇头叹气。

"这个包拯啊，唉……"

包拯刚出来，就见展昭正站在廊下笑嘻嘻地看着他。

"大人准了？"展昭笑问道。

包拯眉飞色舞，边走边点头道："准了。"

见他兴奋的模样，展昭摇头苦笑道："你呀，就是喜欢没事找事，这可不招上官们待见。"

包拯不以为然道："招不招待见无所谓，只要有案件让我办就成。"

"唉……"展昭叹了口气，跟着包拯朝外走，很快脸上也露出兴奋之色，低声问道："你说，这世上真有雷神吗？"

包拯脚步不停，歪着头看了他一眼，轻笑道："有没有……等查清楚了不就知道了吗？"

邙山脚下有一个小村庄，四周群山环绕，山坡上长满了各种青翠的林木，层层叠叠的绿树垒在一起，如同一道绿色浪潮。

村子不大，以山为名，叫作邙林村。

邙林村加起来不过二十几户人家，一条大路通透南北，村东头一条三丈宽的长河从山中滚滚而下，尽管地处偏僻，却依山傍水风景秀丽，勉强也算是一处世外桃源了。

此时大雨初歇，空气中处处飘荡着浓郁的草木清香，一道彩虹如长桥般斜跨天际，伴着道路两侧林中鸟的欢快叫声，一辆破旧的驴车从村外吱嘎吱嘎地行来，在一间小屋前停下。

一老一少两个人下了驴车，先是把驴车安置妥当，这才进了屋。

这二人中的老者身材略显消瘦，但腰板笔直，鹤发童颜，精神矍铄，虽然身着简单的灰布长袍，可行步间仍有股出尘之意跃然而出，好像一位仙风道骨的老神仙偷入凡尘。

此人不是别人，正是太岁之前一直苦苦寻觅的师父——玄玄子。

另一个少年人看模样十七八岁，若北斗司众人在此，必然一眼认出他是谁。

没错，这个少年，正是所有人都以为已经死在陵寝断龙石下的太岁。

不过，比起之前人们认识的那个惫懒的太岁，此时的他已经大大不同。

说他不同，并非单指相貌。

此时的太岁，虽然容貌未变，仍然眉目清秀，五官英朗，但他的皮肤却变得滑嫩雪白，如同刚刚出生的婴儿似的弹指可破。

除了皮肤外，变化最大的，是他的眼神。

以前的太岁，眼睛总是半张半闭，懒洋洋的像是总也睡不醒似的。可此时他的双眼却清澈而明亮，仿佛初晨的朝露，两颗黑宝珠般的大眼珠里时刻都透着好奇之色，就像一个从未被尘世所染的天真孩童，纯真而干净，让人看着就打心眼里舒服。

"咱们以后就在这儿住下了，你先不要到处乱跑，人生地不熟的万一遇到什么歹人，实在危险，还有啊……"玄玄子抱着行李进了屋，一边收拾被褥，一边吩咐道。

他说了两句，一转身，发现身后空无一人。

"咦，人呢？"玄玄子诧异地挑挑眉，满屋子寻找。

"太岁？太岁？"他叫了两声，没人回应。

"奇了怪了，这臭小子跑哪儿去了？"玄玄子出了小屋，在附近寻找。

"太岁？太岁？"

就在玄玄子到处寻找徒弟时，太岁却早跑出了屋子，手里握着一把新采的细长青草，正东张西望、兴高采烈地走在村头田埂上。

忽然，他脚步一顿，看到不远处田野中，几个五六岁的小孩子正在几处草垛间玩捉迷藏。

一个个头最小的孩童面朝草垛，枕着手臂挡住自己的视线，兀自闭目数数。

"我开始咯？五、四……"他大叫道。

不远处，另一个男孩提了提裤子，朝他大喊道："不许偷看！"

"我没偷看。你们快点藏好，五、四、三……"蒙眼的小孩委屈地叫了声，重新记数。

其他孩子兀自寻找着自己的藏身之处，有藏在旁边的草垛里的，有藏在边上大树后面的，还有藏在田野里的。

太岁见状，一时兴起也想参与，快步跑过去，开心地询问："你们在玩什么？可以带我一个吗？"

孩子们闻声望向他，见是个十七八岁的大人如此在问，不禁捧腹大笑。

太岁纳闷，摸摸后脑勺，疑惑道："你们笑什么？我说错话了吗？"

领头那个黝黑的男孩大笑道："都是大人了，还玩小孩子游戏，哈哈哈，哈哈哈！不害臊！"

其他小孩一听，更是笑得前俯后仰，有的干脆一屁股坐在地上笑。

另一个瘦瘦的、看上去五岁的小女孩，指着太岁手里握着的青草，嘻嘻一笑，朝身边同伴说道："他是不是傻子啊？把草当成花采了，一个大男人还采花，哈哈哈，哈哈哈！"

小孩子们笑作一团，做鬼脸嘲笑太岁。

有的小孩子用手指拉着眼皮，扮鬼脸道："羞羞脸！"

太岁十分生气，眉毛都快皱到一块儿了，双手飞快动了起来，把手里的青草迅速编成一只生动的蚱蜢，伸直了胳膊举给他们看。

"你们笑话我？你们看我的本事，你们会吗？哼！"

小孩子们惊羡地围上去。

"哇！"

"好厉害！"

"大哥哥，你教我们好不好？"

太岁得意扬扬，下巴扬得老高。"哼！"

这时，一只手突然揪住了太岁的耳朵。

"唉唉唉……"太岁连连呼痛，斜着眼看去，就见玄玄子正怒气冲冲地瞪着自己，他不由得一缩头。

"臭小子，跟小时候一样顽皮，师父一句话没说完，你就跟蹦豆似的，不知道蹦到哪里去了，跟老夫回家。"玄玄子不放过他，揪着太岁的耳朵往走。

太岁无奈，嘴里叫着疼，同时歪着身子不舍地朝那些孩子看去，发现这些孩子一个个都面露失望之色，七八双小眼睛都盯着自己手中的蚱蜢。

太岁眼珠一转，咧了咧嘴，抬手将那只草蚱蜢远远一扬，朝小孩子们扔了过去，小孩子们欢呼一声，扑抢上去，一个个脸上都露出欢快的笑颜。

师徒二人回到小屋内，太岁两眼茫然地与玄玄子大眼瞪小眼对坐在桌前。

玄玄子看着太岁，心里有些担忧，眉头慢慢皱起。

"徒儿如今记忆全无，心智回落成孩童。半分防人之心都没有，着实危险。得重新教他读书识字，处事做人。"

太岁疑惑地看着玄玄子，问道："师父，你说要教我新的东西，可是我们都这样对坐很久了。"

玄玄子伸出食指，神秘道："你等着。"

他起身进了里屋，片刻后，抱着一摞书出来，将书放在太岁面前，与他对坐。

"这是开蒙的三、百、千，以后你日日读它们，直至倒背如流。"

太岁胡乱地翻了翻，挨个念了遍书封："三字经、百家姓、千字文……"

太岁又惊又喜，抬头看向师父道："哎？我识字哎？"

玄玄子也是惊喜，连忙翻开书教太岁："来来来，快看看里边，认得吗？"

"赵钱孙李，周吴郑王……"

玄玄子非常开心道："好好好，看来许多东西你还记得，这太好了！"

他兴奋地搓着手在屋里走来走去道："这样的话，我干脆请个西席先生来，好好教你读书，将来考状元去得了。"

"啊！"太岁大惊，他看看那摞书，马上装模作样起来。"这个字我不认识！"

玄玄子赶过来问："哪个字不认识？"

太岁指着书上的字道："这个，这个，还有这个，这一大片，都不认识。"

"都不认识？"玄玄子顺着他的手指看去，发现他点的都是些普通字，正、开、冰、下……这些字都很简单，按说不应该不认识啊。玄玄子捻须，脸上露出纳闷的神情。

"哎呀，好累……不是不是，好痛！我头好痛！我得睡一会儿。"太岁见师父看书，马上起身，捂着头往外走。

出了门后，他才转过身来吐了吐舌头，加快步伐逃向自己的小屋。

玄玄子这才反应过来，又好气又好笑地看着他的背影，笑骂道："真是狗肉上不了台面！"

空桑观。

柳随风和瑶光走在后院观曲廊下，广修和清源陪在一旁。

"事出前，冲玄道长可有什么异常？"柳随风不时朝四周张望，边走边问道。

"没有，一切如常。"广修摇头。

柳随风想了想，又问："清源，当时你是唯一在场的人，你来说说，冲玄道长走到林旁，做了什么？"

尽管事情已经过了两天，可清源眼中惊惧之色仍然未褪。听柳随风问起，想了想，伸手指着不远处的小径，口中道："观主就从那边走出去，走到雨里，然后一直走到林边，看着一棵大树，站在雨里，好像……好像对着大树说了几句什么，很生气的样子，然后一道闪电就出现了。"

柳随风和瑶光对视了一眼。

瑶光道："带我们去看看。"

长林丰草的深林里，静谧空寂。

四人站在林边，看着树林。

清源指着柳随风脚下道："观主当时就站在这个位置。"

柳随风道："他看向哪棵树呢？"

"那里！"随着清源指向的方向，瑶光走了过去，在树下开始仔细勘察。清源也跟了过去。

柳随风站在原地问广修："开封府已经来勘察过现场了？"

广修点头道："是。"

柳随风想了想问："你唤了师兄弟们过来，就把冲玄道长和广益道长抬回房中去了吗？"

广修道："是。"

柳随风皱眉看了看眼前的大树，沉吟片刻道："嗯，你把当时的情景再仔细和我说说，一个细节也不要漏掉。"

广修点头，想了想，说道："当时，天上在下雨，我回去领着师弟跑过来……"

随着广修缓缓道来的讲述，柳随风的眼睛渐渐眯了起来。

时间回到两日前。

广修带着几个师弟沿着曲廊急匆匆赶来，正好碰到清源从对面疯狂地跑过来，一见他们，就急急站住，满脸惊恐。

"不不……不好了！广益师叔也被雷……被雷给劈死了！"

广修大惊道："什么？"

众道士互相看看，广修一挥手道："走，去看看！"

雨中，广修领着几个道士冲进雨中，快接近树林时放慢了速度。

清源胆怯地站在较远的雨中。

广修等人小心翼翼地接近冲玄和广益的尸体，发现没有雷电劈下，几人才大起胆子去抬人。

他弯下腰，看到雨水浇在冲玄和广益身上。

广益俯卧在地，冲玄是爬回他身边的，身后一道泥泞，显然是冲玄刚刚爬过来时留下的痕迹。

而冲玄一只手搭在广益背上，身子也是趴着的。

广益把冲玄翻过去，发现他另一只手藏在腹下，手指捏着一个奇怪的手诀……

"停！"广修说到这时，柳随风突然开口打断。

广修一滞，停止叙述，看向柳随风，眼中露出疑惑。

柳随风急问："你说他捏了个奇怪的手诀？为什么要说是奇怪的手诀？"

广修犹豫一下道："因为……那不是我们通常所用的手诀，我从未见过。"

柳随风问："你还能模仿出那个手诀吗？"

广修想了想，右手慢慢捏出一个手诀给柳随风看，这个手诀很古怪，小指和无名指并立竖起，食指蜷在掌中被拇指按住，而拇指又被中指按住。

柳随风认真看了看，开始伸手模仿着捏了个手诀，感觉非常别扭，特别是小指和无名指并立后很难竖起，坚持一会儿就使不上力了。

"冲玄道长遭了雷击，生命垂危之际，为何还要竭力爬回来，还要把手搭在广益的背上？就算这是神智昏乱时的一种本能反应，想要逃离最危险的地方，但他捏出一个观中道人都未见过的手诀，又是什么意思呢？"

柳随风看了看自己捏着手诀的手，一脸不解，喃喃自语。

这时另一边树下，瑶光已经勘察了一圈，抬头看看大树，突然一纵身跃了上去。

柳随风听到衣袂飘风声，抬头向她看去。

瑶光蹲在高高的树杈上，四处仔细看了半天，忽然眼神一凝，低头看去，发现枝杈上有脚印的痕迹。

脚印的痕迹很浅，但是因为当时下雨，脚下有泥，所以，还是能隐约看出一些痕迹。

瑶光纵身跳下大树，兴奋地对柳随风说道："有发现了！"

柳随风眼睛一亮，快步走过去。

邙山脚下，邙林村。

夜深人静的山野里，唯有虫鸣声不断，杂草欣荣处，星星点点的萤火虫于草丛间飞舞，飘飘荡荡，景色梦幻。

皎洁的月色，透过窗户洒进柔白的光亮。

屋里，玄玄子正盘坐榻上打坐吐纳。

床榻内侧，太岁平躺着，两只眼睛轱辘辘乱转，显然并未入睡。

过了一会儿，他感到实在无聊，便悄悄地爬了起来，一点点向开着的窗子方向挪动。

路过师父时，太岁小心翼翼地看了一眼，见师父正在入定，没有察觉自己的动作，太岁嘴角一挑，悄悄向窗外爬去。

他先把脚探出去，再一点点往外挪，鬼鬼祟祟地像个小贼一样。

等他整个身子到了窗外，这才转过身，向师父的背影扮个鬼脸，蹑手蹑脚地走入黑暗的夜色中。

直到出了院子，太岁才放开脚步朝村口跑去，村里响起阵阵犬吠。

他兴高采烈地奔跑在山野间，随着他蹚动野草，萤火虫四处飞舞。

黑夜里，萤火虫成群结队，星星点点，很快组成了一条荧光长河，宛如天上银河倒影，令人痴迷沉醉。

若有位才华横溢的才子在此，见了眼前这般美景，定会诗兴大发，没准就能做出一首流芳百世的绝世佳作。

可太岁根本没这种念头，看到萤火虫被自己赶得飞起，他只是开心地大笑，兴奋地追逐着，朝萤火虫扑去。每逢以为自己捉住了，便偷偷从指缝去看，发现萤火虫已经溜走，也不恼，只是再次展臂，继续捕捉。

好一阵过去了，太岁一点收获都没有，他有些生气，站在原地思索片刻，眼珠一转，有了主意。

这次，他没再毛毛躁躁地直接扑去，而是躲在一旁，守株待兔，等着萤火虫自己送上门。

太岁闭气凝息，没多久，一只萤火虫朝他飞来。

太岁眼中一喜，迅速一伸手，双手捧成笼状，猛地把萤火虫合在掌中。

"哈哈……"太岁得意一笑，可当他通过拇指虎口间的缝隙，偷偷往掌心里探看一眼后，却马上又丧气地垂下手。

太岁挠着后脑勺，纳闷道："奇怪，我好像不喜欢萤火虫啊……可我为什么要跑出来捉萤火虫呢……"

太岁敲了敲脑袋，嘀咕道："好像……我以前很喜欢萤火虫吗？"

"不管了！我非捉住你们不可！"太岁摇摇头，用手搓了搓脸，醒醒精神，又扑进草林中捕捉萤火虫，一时间倒是玩得不亦乐乎。

忽然，远方一道闪电划亮天际，吓得太岁抱着头躲进草丛里。片刻，他探出头，朝方才闪电的方向望去。

太岁撇着嘴，疑惑地自言自语："该不是要下雨了吧？我得赶紧回去！要不师父又该揪我耳朵了。"

他刚要转身，却发现方才闪电处突然有一道火光冲霄而起，如通天之柱，照亮了一方天地。

"哇！太神奇了！"

太岁看得目瞪口呆，当下也不多想，抬腿就冲着火光燃起的方向跑去。

可就在这时，那通天似的火柱却熄灭了。

太岁愣了愣，停住了脚步。

可旋即，又是一道闪电亮起，与此同时还伴有轰轰隆的雷鸣声。

太岁一见闪电亮起，马上欣喜地往前快跑，抬头又见闪电雷鸣间，几道火光闪闪，甚是壮观。

可片刻后，所有光亮突兀消失，四周陷入一片黑暗，仿佛之前的一切都是幻觉。

太岁犹豫了一下，跑了这么远，若被师父知道，定会骂自己吧？

他转头看了看，发现自己早已经出了村，当下一咬牙，反正都跑出这么远了，不差这么一会儿了。

心里拿定主意，他再次动身，借着月色，朝方才亮起的方向赶去。

很快他便来到了附近，远远的有光亮从前方传出，太岁一顿步，想了想，把身体放低，又想了想，干脆趴在了地上，顺着草丛趴向前方。

他看到不远处的野草有一处起了小火，火光中，旁边地上一个人脸朝下趴在地上，生死不知。

太岁吃了一惊，正要站起来，肩膀忽然被人按住了。

他大惊失色，惊恐地睁大眼睛，扭头向后看。

"是我。"一个熟悉的声音传来。

太岁瞪大双眼，就见一张鹤发童颜的脸从黑暗中浮现出来。

"师父！你怎么来了？"太岁松了口气，旋即讪讪。

玄玄子斜了一眼太岁道："你又四处乱奔，还嫌惹的乱子不多？"

太岁果断转移话题，指着前方倒地的老道士说道："师父，那儿有个人睡着了。"

玄玄子瞪了他一眼，警惕地向前走。

到了近前，他先是左右看看，见周围无人，这才蹲下身，将那俯卧着的、背上有一片烧焦痕迹的老道翻过身来。

刚看清他的模样，玄玄子就大吃一惊，脱口而出："谛灵子师兄？"

太岁几步蹦了过来道："师父啊，啥师兄？"

被唤作师兄的老道士虚弱地睁开眼，看到玄玄子，眼中一喜，虚弱地道："玄玄子师弟。"

玄玄子道："师兄，你怎么了？"

谛灵子张口欲言，可一口气没上来，昏倒过去。

玄玄子微惊，伸手按在对方颈部，探了探脉搏，好一会儿才松了口气。

玄玄子决定先带他师兄离开这里再说。可刚要抱起对方，就发现谛灵子手中紧紧握着一根顶端镶着宝石的手杖。

玄玄子伸手拉了拉，想将它取下来，但是手杖被谛灵子紧紧握着，就算在昏迷之中，仍然不肯放开。

无奈之下，玄玄子只好任由他抓着手杖，一弯腰，将谛灵子扛在背后，转身往回走。

太岁马上追在一旁，好奇地看看昏趴在他背上的谛灵子，问道："师父，他是谁呀？"

玄玄子睨了他一眼，犹豫了一下，说道："他啊……他是碧游宫代掌门谛灵子，也是为师的一位师兄。"

太岁挠挠头道："师父和他是一个师父教出来的弟子啊？他怎么受了伤？"

"不是一个师父，我们俩的师父是师兄弟。别说那么多了，先回去！"

见太岁一脸好奇，还想开口询问，玄玄子连忙打住，脚下加快了脚步，背着谛灵子朝村里走去。

第二十三章

碧游神宫

夜色明媚，星河灿烂。

借着幽暗的夜色，玄玄子背着谛灵子，和太岁悄悄地回到了小屋里，连村子里的守夜犬都没有惊动。

回到房间里，玄玄子轻轻地将谛灵子侧放在榻上，小心不让他烧烂的后背直接靠在榻上。

太岁机灵地跑到一边点燃烛火。

或许是伤势并不太严重，谛灵子此时的脸色只是稍有些不健康的红晕，但为防万一，玄玄子还是从怀中掏出一枚拇指大的玉瓶，从中倒出一粒红彤彤的丹药，用手掐住他的面颊，使其张嘴。

太岁见此忙递来一杯水，玄玄子接过，小心地喂谛灵子服下丹药。

昏黄的烛火下，谛灵子仍然昏睡不醒，此时的他非常虚弱且憔悴。

但就算这样，谛灵子手里仍然紧紧握着手杖，不肯放开。

玄玄子用力试了试，拔不下来，无奈之下，只好连着手杖把他的手放在胸前，轻轻给他盖上被子。

太岁瞅着谛灵子，疑惑道："师父，我怎么又有了位师伯啊？"

玄玄子神色冷峻地切了切谛灵子的脉搏，松了口气，在榻边坐下，看向太岁。

"有些事，师父一直没有同你讲，现在也该说给你知道了。"

太岁赶紧拖过一条凳子坐下，眼巴巴地看着玄玄子，好奇不已。

"师父是有师门的，咱们的师门叫碧游宫，位于邙山深处。我碧游宫有两大祖师，乃大唐时候赫赫有名的袁天罡和李淳风。仔细算起来，为师乃属李淳风祖师一脉，而你的这位谛灵子师伯……"

玄玄子扭头看了看仍然昏迷不醒的谛灵子道："他师从袁天罡祖师一脉，他的师父也就是我师伯，道号地藏，乃是我师父天机子的师兄。"

太岁恍然点头道："原来是这样，我还以为咱们师门只有咱们师徒俩呢……"

太岁话没说完，谛灵子突然轻咳出声。

"咳咳咳……"

他的咳嗽声一响起，玄玄子顾不得再多说，赶紧转身朝他看去，惊喜道："师兄，你醒了！"

谛灵子虚弱地睁开眼睛，无力地说道："玄玄师弟。"

他注意到自己还握着手杖，便自然地把手杖放到了身体内侧。

玄玄子看到他的动作，也并未多想，而是焦急地问道："师兄怎么下山了，这是为何人所伤？"

"咳咳……"谛灵子又轻咳两声，才轻声道："说来话长，我代理掌门，自然有诸多俗务，此番下山，处理一件事情。半途发现，有人跟踪，行迹鬼祟，为兄喝破他的行迹，他就大打出手了……"

谛灵子呻吟一声，神色变得痛苦起来。

"师兄，你怎样了？"玄玄子一急，伸手探脉。

"我无事。"谛灵子摆摆手，接着说道："那人……那人擅用火器，我背部被他火器炙伤，火毒攻心，十分难过……"

玄玄子焦急道："我方才已经喂你吃下本门丹药，调理内伤。可这火毒如何治疗，师弟却不擅长。"

谛灵子一笑道："火毒攻心，虽然难受，一时半晌，却不致要了我的性命。无妨，待我写下一个方子，回头……"

说到这里，谛灵子目光一转，看到正好奇地看着他的太岁。

谛灵子一怔道："此人是……"

玄玄子微微一惊，急忙解释道："哦！他……他叫太岁，是师弟刚刚收下的一个徒弟。"

太岁听说刚刚收下，有些不服气，想向师父解释："师父啊，弟子……"

玄玄子向他瞪起眼睛道："你去西屋睡觉！为师与你师伯有话要说。"

太岁噎住，有些不甘道："呃，师父，我……"

"去不去？"玄玄子瞪眼，伸手欲揪他耳朵。

"去去去！"太岁吓了一跳，忙护着耳朵朝外跑，一溜烟跑出房间。

回到自己屋里，太岁心里不喜，撇着嘴，翘着腿脚双手后枕，仰躺在床上，不停地抖着二郎腿，一时间根本睡不着。

过了一阵，他伸手从褥子底下掏出一蓬野草，开始编蚂蚱。

他编好一只比翼蚂蚱，自得地欣赏了一下，放在窗台上。

太岁趴在榻上，双手托着下巴，向窗台上的比翼蚂蚱吹气，吹得它一动一动的。

这时从窗缝里传来了轻微的声音，太岁耳朵一竖，好奇心起，身子忙往窗边凑了凑，小心地把窗户缝隙推大了些，闭目倾听。

"师弟……闲云野鹤，师兄……约束了你，可……受了伤，师弟……回山，助为兄主持大局……"

太岁听得隐隐约约，心里跟猫挠似的，想了想，一骨碌下了地，高抬腿轻落步，双手平端在胸前，悄悄靠在自己门口，微微扒开一道门缝，偷听对面屋里的声音。

果然，在这个位置听得更清楚。

就听里面玄玄子道："师门有难，玄玄子责无旁贷，只是师弟回山，太岁这小子却不好安置……"

谛灵子道："既是你的弟子，带回山去就是了。"

玄玄子苦笑道："不瞒师兄，我这徒弟心智缺失，性情如同顽童，师门规矩大，我怕……"

太岁贴着门口偷听，听到这里，不高兴地做鬼脸。

玄玄子沉吟片刻，似乎有了决定。"算了，且不说他。师兄背上伤处，衣服都与皮肤磨烂于一处了，我先帮师兄清理包扎一下，明日天明，再按师兄的方子抓药回来，等师兄伤势稍愈，我再送师兄回山。"

谛灵子道："那你徒弟呢？"

玄玄子道："付些银钱，交由邻居帮忙照顾便是。"

谛灵子道："好！"

听到这里，太岁眼珠骨碌碌一转，又端着双手，高抬腿轻落步，翻身上床。

次日一早，村里几个村民聚在村口的一棵榕树下，低声议论。

"昨夜里打那么大的雷，我还以为今儿会下雨，结果天气晴朗得很。"

"你听见动静了？我也听见了！我当时还没睡，出门瞧了瞧，看到野林子里有一道火光冲天。"

"火光冲天？可林子里也没起了野火啊，别是有……有……"

众村民互相看看。

"别是有妖怪作祟吧？"

众村民惊慌起来。

"不会吧？你可别吓我，我常往林子里去砍柴的，真要有妖怪的话……"

这时，一个长脸浓眉的中年人沉着脸，背着手走过来。

众村民看见他，忙迎上去道："村正。"

村正点点头，沉着脸问道："嗯！都聊什么呢？"

村民们相互看了看，一个干瘦的汉子当先开口道："村正，昨儿林子里发生了一件怪事！凭空打起了旱天雷，还有一道火光冲天而起。"

村正斥责："什么乱七八糟的，别胡说八道！"

见他不信，一个墩矮的汉子忙说道："是真的，我亲眼看见的，可吓人了！"

村正不悦，声音大了起来："闭嘴！该干吗都干吗去，谁再胡说，看我不收拾他！"

众村民见村正生气了，忙一哄而散。

可眼看着众人都走了，村正却指着一个长得跟瘦猴似的汉子叫道："老七，你站住！"

老七一听，连忙止步，点头哈腰地走过来。四处看看，压低了声音："三哥，啥事？"

村正背着手往前走，脸色阴沉，边走边说道："昨儿晚上，林子里起了旱天雷，还有奇怪的火光冲天而起，我也看见了。"

老七大吃一惊道："什么？三哥，这……"

村正瞪他一眼道："噤声！"

老七连忙闭嘴。

村正左右看看，见四周无人，才压低声音道："我刚才……去林子里瞧过了！"

老七一惊，忙紧张地问道："怎么样？不是真有妖怪吧？"

村正又瞪了他一眼，这才说道："林中有火烧过的痕迹，地上还有些血迹，我琢磨……"

他眯起眼睛道："只怕是有什么歹人，也没准……确实是啥妖怪出没。"

"啊？这……"

"这什么这！咱们一帮泥腿子，能查出个啥。"村正向他招招手，老七忙凑过去。

"你去县里走一遭，跟县大老爷说一声，就说是怀疑有歹人在咱们村子出没。"

老七疑惑地看着村正道："三哥，你是说……"

村正狡黠地一笑道："究竟怎么回事，让差官们来查个清楚好了！"

老七恍然大悟，翘起了拇指道："还是三哥精明！难怪你当了村正呢，嘿嘿！我这就去……"

顺着邙林村大路朝南不过十里处，有一个三岔路口，往左走是京城汴梁，往右则是南下之路，勉强也算是一处交通要道。

既然是要道，自然少不了南来北往的行人。不知何时，路边就有人盖起了一栋三进的宅子，开起了客栈，专门接待那些错过了宿头的过客旅人。

客栈开了好些年，晚上接待住宿饮食，白天就在门外摆起了茶棚，也算多一份小小的收入。

这一天中午，艳阳高照，茶棚下已经坐满了人。

这些茶客多数都是附近村民，到这里一是打发时间，再者也是凑到一起，做些私下的小买卖，交换些粮食、盐糖之类。

时间一久，渐渐地把这儿发展成了一个小型的集市，一者沟通贸易，再者也是交换些消息，散播些八卦。

此时老七身边已经围满了人，正一个个听着他口若悬河地说着什么。

不远处的一张桌子前，桌上有两碗茶，包拯和展昭穿着便服，正在喝茶，一时倒没注意听老七说话。

老七也是个人多就来劲的主，身边人越多，就越是兴奋。

就听他眉飞色舞道："嘿！你们是不知道啊，我们邙林村的野树林子里啊，昨儿闹了妖怪！妖怪！知道嘛！"

有茶客催促道："究竟怎么回事嘛，别卖关子，快说啊！"

老七喝了口茶，一抹嘴，兴冲冲地道："有只狐狸精啊，快修成人形了，结果惊动了上天，派了雷神来拿它。嘿！昨儿晚上在林子里打得呀，一会儿一道火光冲天，一会儿一道闪电惊雷，那只狐狸精被雷神打得连连惨叫……"

包拯和展昭听到闪电惊雷四个字，顿时警觉起来，二人对视了一眼。

包拯向展昭努了努嘴，展昭会意，凑过去听了几句，很快摸清了老七的性格，插口道："这位大哥，你可别吹牛啊！说得跟真的似的，你看见雷神捉拿妖怪了？"

老七一滞，嘴硬道："你这废话嘛！雷神拿妖怪，能叫我看见？"

众茶客道："原来是吹牛啊！"

老七急了道："谁吹牛啦？昨儿夜里可是大晴天，大晴天的半夜打雷，你们听说过吗？啊？谁听说过？"

老七横了众人一眼，见众人不说话，马上又来劲了，压低声音，故作神秘道："雷神和妖精我没看见。可那一道道从天而降的闪电，一道道冲天而起的火光，我可是都看见了。你们说，这要不是雷神拿妖精，还能是啥？"

众茶客面面相觑。

老七眼中露出得意，朝众人斜睨了一眼，端起茶碗一饮而尽。

"得嘞，不跟你们扯了，村正老爷打发我去县衙门报信呢，这得走了。"

说着，他朝桌上丢下一枚大钱，起身急匆匆上路。

老七一走，人群也散了，虽然一个个嘴上不停，可话里说的都是些家长里短的事，展昭听了两句就转回包拯桌前。

之前老七说话声音虽然不大，可附近总共就这么点人，只要稍一注意就能听到，包拯自然也不例外。

展昭回来坐下，就见包拯若有所思，也没敢打扰。

好一会儿过去，包拯才沉吟着喃喃道："邙林村！"

"大人？"展昭低声问道："要不你在这坐着，我去打听一下？听他们说，这邙林村离这不到十里地，很快就能回来。"

包拯想了想，摇头道："咱们一起去邙林村看看。"

展昭疑惑道："那，今天不去空桑观了？"

包拯微微一笑道："空桑观没长脚，跑不了。再说，我们就算马上赶去，也没有现场可看了，还是邙林村这边，没准有点东西瞧瞧！"

说着，包拯站起身朝外走，展昭忙丢下茶钱跟了上去。

两人刚走了没多远，身后岔道上柳随风和瑶光也溜溜达达走来。

柳随风握着合拢的折扇，不时左顾右看，欣赏乡间景色，脸上带着淡淡的微笑。

瑶光与他并肩而行，一身男装打扮，俊俏英挺，干净利落，脸上也带着淡笑，显然心情不错。

柳随风看到了前面的包拯，忙扬声呼喊："包黑子！"

包拯止步扭头，看到了柳随风，脸上露出喜色道："文曲！"

瑶光看到包拯，纵身一跃，到了他和展昭身边。

"黑炭头，小展昭，这么巧？"

包拯轻轻一笑，展昭有些不满道："谁是小展昭，我都十六了，不小了。"

瑶光撇撇嘴，不屑地瞟了他一眼，说道："哼，还不小了？你个头还没我高呢？"

说着，瑶光伸手过头，比了比二人，脸上得意一笑。

展昭不服气地嘴硬道："一个女子长那么高有什么用？"

柳随风看着包拯，问道："包黑子，你这是去哪里？"

"我要往邙林村走一遭，你们这是从哪儿来？"包拯倒没隐瞒。

柳随风耸耸肩道："我们去空桑观了，刚回来。"

包拯神色一喜道："去空桑观？莫非……你们北斗司终于肯出手了？"

瑶光插嘴："不知道为什么，太后对空桑观主遭雷击一事也甚为上心，所以，我们北斗司就出马喽。"

包拯说道："太好了！你们去空桑观，可有所获？"

"这个……"柳随风一怔，有些犹豫是否应该向对方说明案情。

展昭见状，插嘴解释道："柳大人不必隐瞒，我家大人也是奉了大理寺之名，前来查办空桑观一案的。"

柳随风有些惊讶道："大理寺也出手了？照理说，直接由你大理寺经办的案子，涉案人必须得是朝廷命官吧。这一回何以……"

包拯道："哦！说起来，空桑观因为地处轩辕丘，是由朝廷供养。空桑观主是道官，也算是朝廷命官啊！"

柳随风释然点头："这么说，倒也解释得通。"

包拯询问道："柳大人，你们前往空桑观，是否有什么查获，现在可以说了吧。"

柳随风和瑶光互相看看，还是瑶光开口回答："别的收获嘛，倒也没有。不过从我们勘察的情况来看，那空桑观主和广益道长，只怕未必是天雷击杀！"

包拯目光炯炯道："既然并非天灾，那么……就是人为了？"

"现在看来，应是如此！"柳随风微一沉吟，谨慎地点了点头。

包拯若有所思道："如果是这样的话，嗯……"

见他说了半句不说了，瑶光看了看他，忽然觉察不对。"哎，对了。你们既然也是往空桑观去查案的，为什么往那边走？"

此时包拯已经陷入了沉思中，展昭见了忙解释道："我家大人在前边茶棚处，恰好听到一个邙林村的送信人说起他村中昨夜异象，说是村外野树林中，大晴天的雷声不断，电光闪闪，间或还有冲宵的火光，疑为妖精作怪。我家大人觉得事有蹊跷，说不定与空桑观雷击一案有关，所以，想前去看看。"

柳随风神色一动，赶紧问："什么？邙林村外昨夜有雷光闪闪？"

这时包拯正好回过神来，缓缓点头道："不错！邙林村的送信人是这么说的，我怀疑，两件事之间，或许有些关联。"

瑶光一听，马上兴奋道："太好了！我们没找到什么关键线索，正想先回北斗司复命，既然如此，我们一起去邙林村？"

包拯欣然点头道："好！那就一起去，正好你们北斗司在这方面更熟悉，没准能看出些蛛丝马迹。"

有了定计，四人当下也不磨蹭，相携而行。

邙林村村口的一间小房子前，门口挂着一个药幡，显然是一家乡村药房。

药房中，一身短褐的太岁正惫懒地趴在柜台上等着取药。

很快，一名留着八字胡的中年郎中从里面走出，手中提着一捆细绳绑好的药包对着药单交递给太岁，又把找出来的铜钱交托到太岁手里。

"按这方子，我只凑齐了四种药材，还有三种，得去县城那种大地方寻摸，你就是到了别的村镇，怕也没有。"郎中和颜悦色道。

"谢谢郎中！"太岁递过一块碎银，客气地一拱手，悠着药包，哼着歌转身走了。

太岁出了药房，刚拐过路边一幢房子，身影才消失，另一边柳随风和包拯、瑶光、展昭四人便从路口走过来，见药房的门开着，便迈步走进去。

郎中送走了太岁，正要回屋，听到外面传来脚步声，一抬头见有人来了，忙笑脸相迎，走出柜台。

"各位是来看病啊？还是抓药呀？"

或许是职业原因，郎中眼神在四人脸上扫过，最后，定在包拯如黑炭似的脸上，也不等四人回话，他就一伸手，抓住包拯的手臂，探指听脉。

"哎哟，这位公子有点阴虚火旺呀，可是常年休息不好？"

几人同时一怔，一时哭笑不得，柳随风拂下郎中的手，笑道："我们是来问路的，请问本村村正住在哪里？"

一听不是来看病的，那就不是生意上门了。郎中神色顿转快快，没精打采地扬了扬手。"出门右转，第一个路口左转，到了尽头看，那一排房子里最气派的那家就是了。"

四人谢过，转身向外走去，没多久，就到了村正家门口，上前叫门。

太岁抓药回来，见玄玄子正揽着谛灵子喂服之前家里的存药。

"师兄，好些了吗？"

谛灵子摇了摇头道："不行，这乡村小郎中的药物不全，难以拔除火毒。"

太岁坐在桌前，双手撑着脸颊，把嘴挤得都嘟了起来，看着他们。

玄玄子有些担心，眉头皱起道："这可怎么办？"

谛灵子想了想，说道："师弟，还是带我回山吧，师门的药材全一些。再加上天机师叔有妙手回春的功法……"

玄玄子听了也觉得没别的办法，当下用力一点头道："好！只是师兄不良于行，我得去邻家借辆车子，同时……"

说到这里，他睨了太岁一眼，见太岁正托着下巴，一脸茫然地向自己眨眼睛，心里一动，起身朝屋外走，嘴里叫道："太岁，跟我来！"

"哦！"太岁从桌前跳起，跟着玄玄子向外走去。

另一边，瑶光和包拯、展昭三人弯着腰，正在昨日太岁发现谛灵子的地方附近检查着。

柳随风和村正站在一起。"就是这里？你说的血迹在哪儿？"

村正领着柳随风向旁边走出几步，指着草丛道："这里，大人您看。"

柳随风俯身查看，很快在草丛中发现一片血迹，但过了一夜，血迹已经干涸。

瑶光和展昭走回来，来到柳随风身边。

"这里确有打斗的痕迹，如果没猜错的话，两个人应该是一个用火，一个用雷电。"瑶光看了几眼，摇头晃脑地说道。

展昭不解道："雷电怎么用？"

瑶光白了他一眼道："我怎么知道，不过……结合空桑观的事来看，这个人显然是有办法使用雷电。"

村正惊慌道："那……那不就是神仙吗？"

柳随风淡淡地看了他一眼，村正一惊，连忙闭上嘴巴，柳随风轻哼一声，转头看向展昭道："展昭，你怎么看？"

展昭摇摇头道："只能看出确有两人曾在此交手，那边还有一片烧焦的野草，除此之外，没发现什么。"

此时，包拯已经弯着腰检查到稍远的地方，忽然停住，扭头向这边喊起来。

"你们过来看，这边有发现！"

柳随风等人急忙快步赶过去。

包拯指着草丛，兴奋地说道："你们看！这里有一片野草，都是被人扑倒的。"

众人顺着他的手势看去，地上狭长一片草丛，向他们方才所站的方向倾倒着。

柳随风仔细看了几眼，说道："好像有人曾经趴在这儿。"

展昭兴奋起来。"从位置看，这个人应该是趴在这儿，看到了前面交手的双方。"

瑶光看看草丛，又扭头看看前方被火烧光的一片地皮。

包拯微微一笑，指着地上草丛扑倒的痕迹道："草丛向这边倾倒，那么这个人就应该是从相反方向来的。"

包拯指着与草丛倾倒相反的方向问村正："那个方向，是哪里？"

村正抬头看了一眼，结结巴巴道："那里……那里就是我们村子。"

柳随风和瑶光、展昭互相看了一眼。

瑶光兴奋地看着包拯道："你是说，有村里人看到了。"

包拯点头道："深更半夜的，总不会再有第三个人闲极无聊，跑到这荒郊野外吧？而且附近除了邙林村，也没其他落脚处，不出意外，应该是村里有人来过。"

对包拯的猜测，柳随风大为赞同，当下有了决定，起身就走："走，我们回村！"

村子里炊烟袅袅，不时有农忙的村民从外面回来。玄玄子出了门，脚下不停，很快拉着太岁走到一旁邻居家门前，抬手敲响房门。

很快，一个身材健硕的老汉从里面走出来。

"哎呀，老玄头来啦，快快、里面坐。"牛伯很热情，拉着玄玄子往里走。

玄玄子也不推搪，朝身边太岁一拉，带着他往里走。

进了院子，三人在树下站定，玄玄子一拱手道："牛兄弟，我这边有事，就不进屋了。"

说完，他拉着太岁给牛伯介绍道："太岁，来，叫牛伯。"

太岁听话地一躬身，口中叫道："牛伯。"

玄玄子转头看向牛伯，歉意地笑道："牛兄弟，这位是我的小徒儿，劳请帮忙照顾几日。不必太费心管教，给他口吃的别饿着就行。过几日我就回来。"

"哎，这点小事，你就放心吧。"牛伯听了不住地点头，笑眯眯地伸手，要去摸太岁的头，被太岁一歪身子躲过。

玄玄子朝太岁一瞪眼，训斥道："为师不在的这几日，不许跑远了，天黑之前要回家歇息。要听牛伯的话，不许胡闹，可记住了？"

太岁扁着嘴点点头。

玄玄子狠狠地用手指了点太岁的额头，这才朝牛伯笑道："牛兄弟，那我就把他交给你了，如果他不听话，你该骂骂，该打打，不用惯着他。"

太岁听了不乐意，反驳道："师父，在你眼里我就那么不老实啊？"

"你说呢？"玄玄子瞪了他一眼。

太岁扁着嘴，闷闷不乐地低下头。

玄玄子摸出几枚铜钱，塞到牛伯手中道："有劳牛伯了，这些钱，聊表心意，算做小徒这几日的饭资。"

牛伯一见，连忙推让道："哎！这左邻右舍的，用得着嘛，不就多双筷子多张嘴的事嘛。"

玄玄子硬往他怀里塞去，不容他拒绝。"拿着拿着，别客气。"

与此同时，瑶光四人正带着村正走到牛伯家门前。

柳随风边走边朝村正问道："你说村中有几个人昨夜看到过火光与电光，依我看，到过现场的人很可能就是他们之中的一个，咱们就从他们先查起吧。"

村正不敢多说，马上点头答应："好！"

他抬头看了看，指着不远处一家人家，说道："先去老王家吧。"

柳随风顺着手指方向看去，摇头道："也别一家家去了，你直接把他们都叫到你家，一起问问。"

"是，是，这样正好。"村正忙点头，点头哈腰地领着四人朝自家走去。

就在柳随风和村正一问一答间，几人正好走过牛伯家门口，牛伯家的门此时半开虚掩着，若有人扭头看一眼，马上就会看到闷闷不乐低下头的太岁。

安置完太岁后，玄玄子一个人回到家里，很快把紧握手杖的谛灵子扶到驴车上。关好门后，也不滞留，一扬手中的鞭子，赶着车从牛伯家门前走过。

太岁听到声音，走过去扒着门缝，悄悄向外看。

似乎感觉到了他的目光，玄玄子突然扭头向院门看来。

太岁吓了一跳，忙闪到门后，屏住呼吸。

听着门外吱嘎吱嘎的车声渐远，太岁回头看看，见牛伯正捧着个簸箕站在院子一个角落，专心地挑着簸箕中的糠米。他吐了吐舌头，眼珠一转，悄悄打开条门缝，一闪身钻了出去。

在外面把门悄悄掩上后，太岁四处望了望，这才放轻脚步，朝着驴车追了过去。

"回山？不带我去，我就自己跟去。"太岁得意地一笑，远远地跟着驴车，渐渐出了村子。

另一头，柳随风几人已经到了村正家里，一边等着村正去叫人，一边站在院中低声谈论。

"你们北斗司专司莫测事，可听说过有人能驱使雷电吗？"包拯问道。

柳随风和瑶光对视一眼，都摇头。

柳随风道："这个，还真没听说过，但世间奇人无数，也说不定真有人有驱使雷电的本事！"

"若真有人能驱雷驭电……真是想想就可怕啊！"包拯叹道。

二人交谈没一会儿，村正带着三个人回来了。

这三个人走进来，看到柳随风四个人，都有些紧张。

柳随风和瑶光还好，都身着便装，包拯却一身袍服，显然是位官身。展昭腰间还挂着一柄长剑，显然是护卫。

这种派头，村民们哪曾见过？

见他们有些紧张，柳随风温和一笑道："不必紧张，我们就是问几句话，你们如实回答就行。"

"是是，大人。"三个村民都连忙点头。

"嗯，你们昨天晚上都看到那火柱了？"见他们放松了一些，柳随风问道。

三个人点点头，不过紧接着对视一眼，一个干瘦的汉子开口道："大人，我看到那火光了，可是……可是我没去过野树林子，真的没去过。"

展昭有些生气道："你怕什么！我们又不是要抓你去坐牢！我们只是想知道，林子里当时究竟发生了什么。"

干瘦汉子连连摆手，脸色有些发白道："我不知道，我真不知道啊！"

包拯喝止展昭："展昭！耐心些！"

展昭马上老实地闭嘴，小脸板着，装作一副大人模样，旁边瑶光看得暗乐。

包拯又转向干瘦汉子，温声问道："老乡，你别怕。我们是为了查办这桩案子来的，需要了解些线索而已，无意为难于你。你只要把你当晚看到的一切都详详细细地告诉我们就好。"

见包拯和蔼的模样，干瘦汉子微微定了定神，说道："当晚，我起夜的时候……"

太岁鬼鬼祟祟地走在路边，不时躲在路边树旁或是村民家的房檐下，生怕前方驱车而行的玄玄子看到。

好在驴车破旧，不时发出吱嘎声，不但给太岁引路，而且也遮住了太岁轻微的脚步声。

他小心地跟在后面，可眼见着前面一个拐角，驴车消失在视线里，太岁连忙加快脚步追去，正好路过村正家门口，听到院子中传来了声音。

换作往日，若听到里面传来谈话声，太岁必然好奇驻足瞧上两眼，可此时他的心思都放在前面驴车上了，就算隐约听到了"火光""雷电"的词，他也没心思理会，只一门心思追着驴车远去。

而村正家院子里，柳随风等人因为都面朝村民站着，听他们指手画脚地讲当晚的所见，完全没有注意到外面刚刚走过的少年长什么模样。

鬼使神差似的，几人竟然再次错过。

山路难行，玄玄子一路前行，没多久来到了邙山脚下。眼见前方山路陡峭，驴车无法通行，他这才下车把驴子拴在一棵树上，转过身扶谛灵子下车，缓步朝山上走去。

后边灌木丛后，太岁悄悄地跟着，借着路边草木掩护身形，跟踪二人，脸上露出得意扬扬的笑容。

"你不带我去，我就自己跟去，哼，倒要看看师门是什么样！"

太岁心里想着，脚步放得更轻了。他知道自己师父武功高强，此时没了车辕声音做掩护，他不敢跟得太近。

柳随风等人已经问完了村民们，发现这三位宣称自己看到火光的村民实际上都没去过现场，几人不由得有些失望。

无奈之下，只能让村民们先回去，几人低头商量起来。

"说不准还有人看到了，没敢说吧？"瑶光想了想，提出了个主意，"不如把全村人都集合起来，一个个问问？"

包拯想了想，看了眼柳随风道："如果实在没别的办法，也只能这样了。"

柳随风也点头，不过他心里仍有些顾虑，毕竟把全村人集合到一起，问的还是这种听起来有些玄乎的事，若是传出去，恐怕会引起非议。

"不用多想了，就这么办吧，反正这事也瞒不住。"瑶光说道。

柳随风看了她一眼，刚要说话，这时，牛伯神色着急地从外面走进来，口中喊道："村正！村正！娃丢了！娃丢了！"

村正没好气地看他一眼，不耐烦道："谁家娃丢了？"

牛伯跺了跺脚道："唉！就是我家邻居！前些日子搬来的老玄头儿啊！老玄头儿说要出趟门，让我帮忙照看他们家那个傻小子。就这么一打眼的工夫，那小子就不见了啊！"

牛伯很着急，对村正说道："村正，赶紧让乡亲们帮着找啊，要是找不到他那傻徒弟，等老玄头儿回来，我怎么跟人家交代啊！"

"慌什么慌？村子就这么大，人能跑哪儿去？"村正一皱眉，呵斥道，"没看我这边有事呢吗。等我忙完了再叫人去找，还真能丢了似的。"

见他不紧不慢的模样，牛伯也没了主意，用力拍了一下大腿，蹲下身，懊恼地埋怨自己："太岁、太岁，我就觉着他这名不吉利，我这可不是犯了太岁吗！"

瑶光、柳随风、包拯、展昭齐齐一愣，一起瞪大眼睛看着他。

瑶光抢前一步，一把抓住牛伯道："大叔，你说太岁？什么太岁？"

牛伯紧张地看着他们，讷讷地道："你……你们要干什么？"

柳随风上前一把拉开瑶光道："瑶光，你冷静些，不要冲动。"

瑶光怔了下，深吸了口气，轻轻点头，松开手退后一步，但仍然目光灼灼地看着牛伯，好像生怕他跑了似的。

柳随风转向牛伯，和气地问道："大叔，你别怕，我们只是恰好有位朋友也叫太岁，但是他……"

柳随风看了一眼瑶光，又转向牛伯道："但是他离开很久了，我们都很想他。却不知你说的太岁，是个什么样的人。"

见他语气和气，牛伯也放松下来，说道："他啊，傻不愣登的，一个大小伙子，却还跟小孩子似的。"

瑶光又激动了。"你说是个大小伙子？"

牛伯愣愣地点头道："是啊！"

"他长什么样？"瑶光激动地追问，手里比画着："是不是这么高，眼睛总是转来转去，像个小贼似的？"

"啊！"牛伯想了想，摇头，"倒是你说的个头，不过不像小贼……嗯，我也说不好，他看起来挺机灵的，就是不太懂事，像是没长大的孩子。"

"他住哪儿？"瑶光大喜。

"砰！"太岁家堂屋的房门被推开，牛伯被瑶光擦着肩膀撞得一晃，急忙闪开站定。

瑶光风风火火地冲了进去，急唤："太岁？太岁？"

瑶光冲向左屋，紧跟着柳随风和包拯、展昭也进了屋，彼此看了一眼，柳随风跟着瑶光冲向左屋，包拯和展昭走向右屋，几人四处寻找。

村正走进来，站在堂屋，看看牛伯，又看看左右，一脸的莫名其妙。

左屋里面，包拯和展昭四下看着。

展昭眼尖，突然看到墙角有个篮子，里边放着一件破烂衣服，冲过去拾起一看，立即招呼包拯。

展昭道："大人，你看！"

展昭起身，将衣服展开，衣服是一件袍子，后背部分已经烧毁大片，破破烂烂。

包拯脸色一凝，立即赶上两步，接过袍子，仔细端详烧痕。

"村民说过，那林中，曾有火光冲天……"

西屋里，柳随风掀开门帘进去，就见瑶光呆呆地站在窗边。

柳随风迅速向室内扫了一眼，见没有人，便向瑶光走去道："瑶光？"

瑶光没有回答，柳随风走到她侧面，发现她脸上已经挂上了两行眼泪。

柳随风吃了一惊道："瑶光，你怎么了？"

瑶光颤抖地伸出手，指着前边的窗台。

柳随风望过去，见窗台上放着一个草编的蚱蜢，蚱蜢造型古怪，两只蚱蜢连在一起，一只蚱蜢只伸出一只翅膀。

柳随风一脸疑惑道："这是什么玩意儿？"

柳随风伸手想去拿草蚱蜢，瑶光却猛地按住了他的手。

瑶光宝贝似的掬起那草蚱蜢，捧在掌心，看着，一颗泪珠滴在草蚱蜢上面。

柳随风紧张地看着瑶光道："瑶光，你怎么了？"

瑶光突然欢呼一声，张开双臂，一把抱住了柳随风，又蹦又跳，开心不已。

柳随风惊呆了。

瑶光紧紧抱着柳随风，又哭又笑道："他活着！太岁还活着！大柳，你听到了吗？太岁还活着啊……"

柳随风惊愕地推开瑶光道："你说什么疯话，太岁都压成渣……啊！不是，我是说……"

柳随风还在想着如何委婉措辞，瑶光已经再度双手捧着草蚱蜢，又蹦又跳。

"真的！他还活着！你看！你快看！"

柳随风很仔细地看了看蚱蜢，疑惑地看向瑶光道："怎么？"

瑶光激动得声音发抖："这是太岁编的！是他！这个世上，只有他一个人会！而且，刚刚那村夫不也说了，那个年轻人叫太岁！"

说着，笑着，哭着。

瑶光心都飞了起来，好像回到了当初的时光。

太岁把草蚱蜢递给瑶光道："喏，送给你。"

瑶光伸手想接，忽然想到了什么，又收回手，噘着嘴转向一边："我不要！"

"哎，你不是很喜欢这玩意儿嘛，怎么不要。"太岁惊讶道。

"这个东西，你送给过开阳姐姐，我才不要呢。"瑶光有些吃醋地说道。

太岁挠了挠头，有些为难。

瑶光悄悄睃了他一眼，撇撇嘴："没诚意，你要送人家礼物，也得送没送给过其他人的嘛。"

太岁一脸为难："唉！可我会编的东西，上次送开阳姐姐时，都编过了。"

瑶光生气地瞪了他一眼："那我不要了！"

太岁想了想，眼珠一转，向瑶光神秘地一笑，又拿起一根草茎，编了起来。

瑶光偷偷瞟着他，有些好奇和期待。

过了一阵，太岁终于又编好了一个东西，轻轻放在桌子上，笑嘻嘻地看着瑶光。

瑶光转身坐正，看着石桌上的东西，那是两只蚱蜢，但它们的身子是连体，都只在自己一侧伸出一只绿色的翅膀。

"这是什么？"她瞪大眼睛，好奇地伸出手指拨动一下，问道。

"我自创的，比翼双飞的蚱蜢。"太岁扬扬得意。

瑶光又好气又好笑："比翼双飞的蚱蜢？鸳鸯啊，蝴蝶啊，你说它比翼双飞也就算了，可你这……"

太岁不屑摇头："蝴蝶、鸳鸯，怎么能算是比翼双飞呢？《山海经》上说过，比翼鸟，雌雄都只生一只眼睛、一只翅膀，必须得雌雄并翼，才能飞得起来。所以啊，我这才是真正的比翼双飞呢。"

瑶光一脸的不服气："哈！你跟我说《山海经》？那《山海经》上还说，比翼鸟长得像野鸭子呢，那你编两个野鸭子出来。"

太岁一愣："这……"

见瑶光眼神恍惚，柳随风犹豫了一下，干笑道："瑶光，我知道你思念太岁，只是人死不能复生……"

瑶光被他的声音惊动，从回忆中醒过神，生气地看着他。"大柳，你就是个大白痴！"

说着，她捧着草蚱蜢向外跑，恰好包拯提着那件破袍子从外面进来，后面跟着展昭。

瑶光捧着草蚱蜢，欢喜道："包黑子，你快看！太岁没死，他还活着！你快看！"

包拯看看草蚱蜢，一脸茫然。

瑶光着急道："刚刚那村夫不是说他要找的年轻人叫太岁么，我进来之后看到这个，这种草蚱蜢只有太岁才会编，是太岁！他还活着啊！"

柳随风走过来，难过地叹道："瑶光，事情早就过去了，你不要胡思乱想了。事有凑巧，这草蚱蜢，哎……"

包拯也明白过来，叹了口气："是啊，人有同名。至于这草蚱蜢，也难说就有别人异想天开，编成了这样。"

瑶光急得跺脚。"不是的！你们怎么就不信呢，真的是太岁！太岁真的活着！"

柳随风和包拯还要相劝，展昭在一旁叹了口气，一副老气横秋的模样。

"唉！亏你们还都是聪明人，真是聪明反被聪明误啊！"

柳随风和包拯看了看他。

"你有什么高见？"柳随风问道。

展昭翻了翻白眼道："高见没有，低见倒有一个。"

"嗯？"

"你们跟我来！"

几人来到堂屋。

展昭转身出去，从堂屋灶下抽出一根没烧完的木头，就在地上飞快地画了一幅太岁的画像，柳随风等人围过来，村正和牛伯也围了过来。

展昭扭头问牛伯："大叔，你要找的那人，可是这般模样？"

牛伯指着画像，激动地说："对对对！就是他！"

说完，牛伯忽又疑惑，看向众人道："怎么，你们见过他？"

柳随风等人面面相觑，嘴巴渐渐张大。

瑶光欢呼一声："我就知道！他活着！他真的活着啊！太岁！"

她高喊一声，风一般冲了出去。

这一刻，整个世界在她眼里都变得灿烂起来，一年多来的悲苦、压抑瞬间不翼而飞，瑶光开心得只想一下子飞到太岁身边，揪着他的领子，让他再叫一声"媳妇"听听。

确定了这个太岁就是以前那个太岁，柳随风等人也坐不住了，出了门就拉着村正分头寻找。

好一阵后，几人再次聚到太岁家里，展昭气喘吁吁地摇头道："没有。"

牛伯一脸焦急，来回踱步道："唉，这孩子，能跑到哪儿去呢？"

包拯四下看了看，沉吟了一下，问村正："村正，你这村子附近，可有什么特别的地方，比如年轻人和小孩子常去玩的？"

村正连连摇头。"没有，我们村子靠着山，那山里头有一座地狱谷，终年雷电不绝，无论人畜，一旦进入，就休想生还。所以，我们村子里的人从小就告诉孩子，没事别乱走。"

包拯、柳随风等人一听"雷电"都警觉起来。

瑶光急不可耐道："你说什么？你们这村子附近一处终年雷电不绝的山谷？你怎么不早说？"

村正讪然道："哎呀！那地方危险得很，谁也不敢出入的。我想，你们要查的人，要查的事，也不可能跟那山谷有关。"

包拯沉声问道："村正，那地狱谷，距此多远？"

村正想了想道："嗯……估摸着有个七八里地吧？"

柳随风道："走！带我们去瞧瞧！"

一听要去地狱谷，村正脸色一白，惊惧地说道："这个……那里真的很危险哪！"

"你不用怕！到了附近，你指给我们看，你不用靠近！"

瑶光焦急地看向柳随风道："大柳，你说太岁会去那儿吗？"

柳随风摇摇头道："村里村外都找遍了，反正不见他，何不去那里瞧瞧究竟。如果太岁自己回了村……”

柳随风看向牛伯道：“牛伯，就麻烦你留住他，等我们回来。”

牛伯连连点头道：“好好好！你们放心！这孩子只要一回来，我就看得死死的，再也不让他到处乱窜了。”

地狱谷，是邙山附近一处有名的绝地，这里终日雷电不断，但凡生灵入内，无论是野兽还是人类，无论是虫蚁还是鸟雀，都会被从天而降的雷电击成齑粉。

久而久之，附近的人们全都提起色变，不敢靠近。

玄玄子搀扶着谛灵子从山下行来，看其方向，正是朝着地狱谷而去。

可当他耳中听到前方轰鸣声后，却没往地狱谷中走，而是兀自转身，绕道地狱谷往前又走了一段。

前方一片山石，处处挂满了藤萝，宛如绿色的瀑布，茂盛而密集。

玄玄子一手扶着谛灵子，另一手拨开茂密的藤萝，露出里面隐秘的山洞。

等二人走进去后，藤萝落下，又把洞口掩住了。

远处，太岁躲在一棵树后，观察着玄玄子走的方向和方法。

他噘起嘴巴，心里嘀咕：“要钻山洞啊，黑咕隆咚的，我不喜欢。”

想到这里，他转身欲往回走，可又不想一个人回去，犹豫了一下，还是一跺脚，迈步走向山洞。

到了近前，他学着师父的模样，轻轻拨开藤萝，钻进了山洞。

等他进入后，藤萝垂下，又掩住了洞口。

从外看去，这里根本无路可行，俨然是一个天然的隐蔽门户。

一个时辰后，柳随风等人在村正的指引下，来到了地狱谷外稍远处停下。

村正指着前方雷电轰鸣的山坳，说道：“大人，就是那边了，那个山谷就叫地狱谷。”

“走！”瑶光抬头看了看，急不可耐地当先向前走去，众人相视一眼，紧随其后。

不过村正却没动，而是站在众人后面喊道：“诸位大人，那山谷千万别进去，真的很危险哪！”

柳随风向后招了招手道：“我们会小心的。”

见他们不听劝，村正无奈地跺了跺脚，也不再多说。

“轰！”

地狱谷中电闪雷鸣，不时一道天雷落下，电光四射，仿佛有雷神在此酣睡般，令人惊惧胆战。

众人远远地停下脚步，朝地狱谷里望去，看到里面如同雷海似的恐怖场面，一时间所有人脸色都有些发白，一个个皱起了眉头。

看着雷电密布的场景，瑶光的脸色也有些发白，可她心里挂念着太岁，看了一会儿，还是忍耐不住道：“我去探探这个山谷。”

柳随风一把拉住她，摇了摇头道：“我轻功比你好，还是我……”

他还没说完，展昭已经一个箭步蹿了出去，留下鄙夷的声音：“婆婆妈妈！”

展昭身轻如燕，一个纵身落在山谷前，一时倒未马上踏入。

好一会儿过去，他才小心翼翼地往前迈了一步。

随着他的脚步迈入，突然一道电光在空中闪起，展昭大吃一惊，纵身后跃，脚尖刚一落地，立即再度纵身而起。

"轰！"雷击就在他头一次的落脚点炸响。

一道闪电过后，紧接着又有一道闪电追向他的第二个落脚点。

展昭一连几个箭步，倒跃回来，在众人身边落下，满脸骇然道："这什么鬼地方，太邪门了。"

瑶光一脸失望，摇头道："太岁不可能在这里。"

柳随风则和包拯对视了一眼，又双双把目光转向了地狱谷，似乎在思索着什么。

邙山深处并非全是荒野草木，深山老林。实际上，就在地狱谷不远处的另一侧山间，一片好似道观、又似宫殿的建筑群静静矗立其中。

这里群山环抱，林荫葱茏，四周雾气缥缈。远处的一个半山崖中间，更有一道瀑布飞流直下，轰隆阵阵，激起无数氤氲水汽。山中奇花异草无数，楼台亭宇点缀其间，如入仙境。

一道长长的石阶从山下直通上来，此时，许多衣袂飘逸的方士聚在大殿前的高阶下静立，似在等候着什么。

其中有如玉少年，亦不乏长须飘飘的鹤发老人，但更多的却是些说不清年纪，看起来年轻但须发皆白的中年人。

"铛……"

"铛……"

"铛……"

古钟恢宏荡彻三声后，正殿朱门洞开，一位仙风道骨的老人，身着白袍，披玄青薄衫，长须白发与衣袍飘飞，如太上老君临世。

有人惊呼："宫主出关了！"

众人聚拢，皆向仙风老人望去。

此人法号地藏，乃碧游宫当代宫主，他须发皆白，脸上皱纹密布，看起来至少有七八十岁，但奇怪的是，他的一双眼睛却明亮璀璨，纯净如孩童，又使他看起来显得很年轻。

地藏手持拂尘，飘逸地漫步下高阶，下面诸多鹤发方士上前恭贺，一齐稽首道："恭迎宫主出关！"

地藏顿步，捋了捋颔下长须，笑道："哈哈，老夫此番闭关三年，宫中一切可都安好啊？"

众方士再度稽首道："宫主放心，一切安好！"

地藏四下一看，皱眉道："天机子师弟还未出关？"

听到他的询问，一名瘦骨嶙峋的中年方士上前一步，垂首回答道："师尊，天机子师叔一直不曾出关。"

地藏深吸一口气，摇摇头感慨道："老夫闭关，从没超过三年。天机子闭生死关，已经连续十六年了。"

地藏又看了众人一眼，询问道："谛灵子呢，怎么也不在？"

又一名相貌清秀的青年方士上前，揖礼答道："师尊，谛灵子师兄下山办事，算算时间，也快回来了。"

他话音刚落，地藏耳朵就一动，抬头向远处望去，双眼微眯道："他……已经回来了！"

地藏目光方向正是碧游宫山脚，远远地能看到一个黑影，正慢慢地朝上挪步，看他速度，至少还得半个时辰才能走上来。

这二人不是别人，正是玄玄子和谛灵子，只不过此时谛灵子已经被玄玄子背起，从远处看去，好似一人。

走了这么远的路，身上还背个人，就算以玄玄子的体力和功力，此时也有些不支，呼吸渐显粗重。

不过眼看就到了山门，想到背上师兄的伤势，玄玄子也不敢休息，只能咬牙坚持，朝台阶上一步步挪动。

突然，一个人影从山门闪了出来，带着一串虚影，闪到他们面前站定。

玄玄子一惊，站定身子，看到来人模样，脸上露出惊喜之色："师伯，您出关了？"

地藏温和一笑，朝他轻轻一点头，目光看向玄玄子背上的谛灵子，眉头一皱道："谛灵子怎么了？"

谛灵子挣扎着从玄玄子背上下来，由玄玄子扶着，向地藏艰难地施礼。

"恭喜师尊出关。"

地藏点一点头道："是谁伤了你？"

"那人蒙着面，弟子也不……"谛灵子摇头。

谛灵子说到这里，忽然有些痛苦地住口，似乎背上伤势发作了。

地藏迅速上前，一手架起谛灵子，纵身一跃，带着一串虚影闪进了山门。

"呼……"见他们离开，玄玄子当下松了口气，知道师兄算是有救了。

他原地歇息了一阵，感觉体力恢复了一些，也不磨蹭，纵身施展轻功，飞快地朝上跃去。

碧游宫大殿，巍峨肃穆，香炉中有淡淡檀香萦绕，空灵而庄严。

正上方祭台上，两个苍老的方士雕像并肩而立，下面站着一群方士，正在静立等待。

忽然，地藏带着谛灵子从天而降，在殿前站定。

众方士见谛灵子受了伤，纷纷惊讶地从殿中走出，围了上来。

"谛灵子师兄这是怎么了？"

"是谁这么大胆，敢对我碧游宫掌门大弟子无礼。"

地藏一拂袖子，打断众人议论，沉声道："把谛灵子带到我的静室里来！"

说完，地藏扬长而去。人群中两个方士忙上前搀住谛灵子跟去，众方士惊诧不已，又低声议论了几句，纷纷跟去。

这时，玄玄子也赶到了山门口，抬眼一看，见众人正向宫后走去，心中一动，忙也跟了上去。

他们刚走不久，太岁的身影出现在山门处，因为方士们都去了后面，门口没人看守，因此倒没人发现他。

太岁气喘吁吁，弯腰捶了捶腿，抬头看着宫殿，惊叹道："哇！好大的房子！"

他左右看了看，发现周围竟然没有人，不由得好奇心起，信步走了进去。

一进山门，首先是一所方圆百丈的大院，地面青石铺就，中间处被黑白石子镶嵌成了一个巨大的太极形广场。广场外围种着几棵高大的银杏树，每棵树下都有一条小径，显然通往不同所在。

太岁随意在广场上溜达了一阵，兴奋劲很快过去，心里感觉有些无趣，发现几条不同方向的小路，他随意选了个方向，迈步行去。

太岁一路溜溜达达地闲逛，顺着小路渐行渐远，竟然慢慢出了宫殿，来到了一处树林里。

太岁在树林里待了会儿，逗了逗几只不怕人的鸟雀，不知不觉间，走到一个林子尽头的僻静处。抬眼看去，前方是一个山洞，洞前无门，洞口上方刻了"天机"两个字，上边已经长上了青苔。

"天……机……"太岁自言自语，"哈哈！和师父的师父名字一样欸……"

他心想师父回到师门，首先一定要先拜见师父吧？反正换了自己一定会这样。

想到这里，他不由得欣喜："应该就是这里啦！"

说罢，他兴冲冲地走了进去。

洞中寒凉，有缓慢清脆的滴水声。

随着太岁深入山洞，光线渐渐变暗，没多久便已经伸手不见五指。

太岁打了个冷战，抱着胳膊摩挲了几下臂膀，缓缓放轻脚步，开始探查洞内情况。

他东张西望地走着，奇怪的是，除了中间一段黑暗的路段外，越往里走，反而越显明亮，好像里面还有一处光源似的。

太岁好奇心大盛，脚步加快，没多久就走到洞底，眼前不由得一亮。

所谓洞底，实则是一个巨大的溶岩洞穴，洞顶处倒垂着无数大小不一的钟乳石，其上闪烁着暗淡微光。

若仅是一根钟乳石上面的光线，甚至还比不上萤火虫发出的荧光，可这里的钟乳石实在太多了，粗略一看，密密麻麻简直无穷无尽，宛如星空般璀璨耀眼。

一时间，太岁都看傻眼了，仰头看了好一会儿，才喃喃道："好美啊！"

他一边揉着脖子，一边朝地面看去，就见周围到处都是长满了青苔的墙壁，中间处一个屋子大小的石台，石台上有一尊身着方士长袍的少年卧像，从其面容上看，卧像和太岁相差不多，也是个年轻人。不知是哪位大师的手艺，这卧像雕刻得栩栩如生，五官身形都与真人极为相似。只不过似乎有很长时间没人来过这里，此时卧像身上已经落满了灰尘。

太岁靠近端详，眼睛大亮，嘴里啧啧称奇："哇，这雕像跟真人似的。"

他好奇地拍拍卧像的脸颊，又摸摸他的头，伸出手指在卧像头顶按了按，觉得十分有趣。

碧游宫后殿。

众多方士站在一间静室外的院子里，正在交头接耳，窃窃私语。

静室内，脸色苍白的谛灵子俯卧在榻上，玄玄子捧了一个药盘守在一边，神色凝重。

"师伯，谛灵子师兄的伤怎么样了？"

地藏坐在榻旁，蹙着白眉，脸上露出难色道："这不是一般的火焰，火焰本身就有毒，再借火毒之力侵入肺腑，一个调理不好，恐怕就要坏了修行。"

玄玄子惊讶道："竟然这般严重？师伯可以救治吗？"

地藏抚须，想了想，摇头道："药石难医。除非，是你师父出关，用他的蛰龙心法，才能彻底驱除谛灵子肺腑中的火毒。"

玄玄子有些为难，踌躇道："可……师父他闭关已经十六年了，迄今还未出关。"

"唉，没办法，也只能打扰师弟修行了。"地藏叹息一声，扭头向门口吩咐："来人！"

一个中年弟子踏进一步，拱手道："宫主！"

"你去天机洞，唤醒天机子！"

"遵命！"

天机洞内，太岁正玩得不亦乐乎，努力想抬高少年卧像的手，但卧像仿佛石铸，一动不动。

太岁绕着少年卧像转圈，脸上啧啧赞叹："这谁干的，雕得跟真人似的。"

绕了几圈后，太岁伸手掀起天机子落满灰尘的衣袍抖了抖，在少年卧像身上拍了一巴掌，捂着嘴蹙眉道："好大的灰啊！"

可就在这时，他忽有所觉，震惊地看着卧像，试探地伸手摸了摸，惊诧不已。

"奇怪，为什么卧像是软的？难道……他是个活人？"

"天机子太师叔，官主有请！"这时，洞外传来一个声音。

太岁吓了一跳，心道不好，自己可是没报名就进来了，万一被人捉到当成了贼怎么办？

想到这里，他忙左顾右看，眼见没有地方躲藏，干脆一咬牙跑到高台后面蹲下来，用卧像遮挡身形。

刚一蹲下，他又怕露了馅，连忙伸手扯了扯卧像少年的衣袍盖在自己头顶上。

可随着他扯动衣袍，一阵灰尘荡起，太岁皱眉锁眼，强忍住咳嗽，小心地挥开脸前的吹尘，不敢出声。

这时，外面的声音越来越近："太师叔，弟子进来了。"

太岁连忙屏住呼吸，大气也不敢出一口。

一阵轻盈但却略显急促的脚步声很快出现，在卧像前止住。

"天机子太师叔，请醒醒。"

太岁蹲在石台后，拿天机子的衣摆盖着头，眼珠乱转。

"天机子？哎呀，这个雕像真是活的啊！天机子……他就是我师父的师父呀，怎么这么年轻？"

呼唤了几声，见卧像似乎没动静，来人恭敬地道："太师叔，弟子得罪了！"

来人上前推动天机子的身体，但天机子卧像一动不动。

来人脸上露出疑惑之色，想了想，伸出手指探向天机子的鼻息，忽然一惊，转身急急离开。

听着脚步声远去，太岁慢慢站起来，从后边探身看看天机子的脸，眼中满是好奇。

过了一阵，见卧像仍然没反应，太岁突然一伸手，朝天机子的屁股用力一拍，嬉笑道："嘿！起来！嘿！你是不是活的呀！'吱'一声！"

地藏静室中，谛灵子还在榻上趴着，一旁玄玄子正在收拾药匣。地藏双目微闭，坐放在榻旁。

这时门外传来一个急匆匆的声音："官主！官主！"

来人正是之前地藏派去叫醒天机子的弟子，他急急走进房间，匆匆一拱手，急声道："官主，弟子无论怎么招呼，太师叔都不醒。弟子试了太师叔的呼吸，觉得……"

他紧张地咽了口唾沫，不敢说下去。

地藏一皱眉，睁开双眼，露出精芒道："觉得什么？"

弟子讷讷道："弟子觉得……太师叔他……可能是已经……已经坐化了。"

"什么？"地藏大惊，猛地站起身。

玄玄子也吃惊地瞪大了眼睛。

地藏来不及多想，举步就朝外走。玄玄子怔了下，忙放下药匣快步跟上。

天机洞内。

太岁正扯着天机子的衣袖，像拉纤喊号子似的唱歌。

"张哥哥，李哥哥，大家着力一起拖。嘿哟！嘿哟！一休休，二休休，月子弯弯照几州。嘿哟！嘿哟！"

天机子依旧一动不动。

"天机子！"

就在太岁玩得不亦乐乎时，耳畔突然传来一声悠远的声音，这声音似远又近，听着像是从无尽远处传来，可偏偏又好像有人在耳畔低语。

太岁吓了一跳，忙左右看看，又蹲回石头后面，用袍裾盖住头。

这次来人速度比之前那人要快得多，太岁刚一躲好，一阵急促的脚步声音就已经到了近前。

太岁心里暗惊，忙屏住呼吸。

卧像前，地藏止住脚步，看着卧像，脸上露出凝重之色。

"师弟！"

他的声音空远悠然，轻飘飘的似乎不着力，但在空旷的洞穴中却来回回荡，显然是贯注了内力。

卧像没有反应。

一旁弟子怯怯地道："宫主，你看，天机太师叔，是不是真的……真的……"

玄玄子更是担心，上前一步仔细查看天机子，想要推醒对方，可又不敢妄动，犹豫了一下，转头望向地藏。

"师伯，您看这……"

地藏没说话，看着卧像沉思片刻，缓缓伸出双手，在空中虚划，抱丹结印，如演太极。

随着他的动作，空气中一道若有若无的气旋缓缓形成，渐渐缩成一个气团。

"去！"地藏嘴中轻喝，把手中气团向前一推，涌向天机子的卧像。

玄玄子和传令弟子睁大眼睛看着，大气也不敢出。

气团落在卧像身上，像是水滴落在海里，没有丝毫抵抗地陷入其中。

好一会儿过去，卧像突然一震，身上的灰尘等物纷纷飞落，一股气流无中生有般出现，吹得卧像衣袍舞动。

"嗡……"空气中似乎传来一阵颤动，卧像幕地一下睁开双眼，两道青白精芒飞射三尺，缓缓消散。

再看去，整个卧像已经焕然一新，片尘不染。

玄玄子大喜，连忙双膝跪倒，向这个看着跟他孙子一般年纪的天机子跪拜，激动得双目湿润。

"弟子玄玄，见过恩师！"

卧像，应该说是天机子，他依旧托着下巴，保持着睡卧的姿势，睨了玄玄子一眼，脸上露出笑意。

"玄玄啊，多少年没见了啊，你可是又老多了。"

玄玄子一脸尴尬道："呃……是！弟子资质愚钝，恩师传授的蛰龙心法，弟子始终练不成，难免……"

玄玄子摸着自己的脸，一脸遗憾。

这时地藏惊羡地叹息一声，沉声道："三师弟，你的蛰龙心法居然已经练到无垢境界了！直追已然遁世的大师兄！令人羡慕啊！"

天机子微微一笑，缓缓坐起，袍裾一动，从太岁头上滑开。

太岁吓了一跳，赶紧蹲低了些。

天机子盘坐着看向地藏，笑吟吟道："大师兄才是天纵奇才，华山睡仙人的大名，何人不知？师弟可比不了。"

地藏上下打量天机子几眼，见他无事，似乎松了口气，上前两步，笑道："你这样谦虚，令我这个做二师兄的老脸往哪里搁？"

天机子笑而不语。

地藏想到来意，笑容微敛，道："师弟，这次唤醒你，实因无奈。你那师侄谛灵子，受了十分奇怪的伤，火毒攻心，药石难解。师兄思来想去，也只有你的蛰龙心法才能救他，所以……"

天机子微微一惊道："谛灵子受伤了？师兄快带我去！"

说着，他从台下起身，快步走下，抬腿一迈步，就是近丈远，转眼就不见了踪影。

地藏等人连忙跟上，转眼间几个人都出了天机洞。

太岁藏在石台下，听着脚步声飞快远去，这才探出头来瞅瞅，见洞中空空，松了口气。

他站起来，吐了吐舌头，自言自语道："果然是我师父的师父，吓死我了！要是被师父发现我调皮，非得又揪我耳朵不可。"

他来回溜达几步，想就此离开，却又有些犹豫。这时候出去，万一被师父碰上了怎么办？

想了想，反正无事，他看着石台，突然一笑，跳上去学着天机子的样子托起下巴假装睡觉，可没一会儿又睁开眼睛，不解似地喃喃自语。

"师父的师父为什么这么喜欢睡觉呢，简直是个觉主。"

太岁一低头，忽然发现石台上刻有字，连忙起身，跪趴在石头上逐字地看。

"龙归元海，阳潜于阴。人曰蛰龙，我却蛰心。默藏其用，息之深深。白云高卧，世无知音……"

太岁歪着脑袋想想，心里一动，学着天机子的模样，摆好睡卧姿势，合上眼睛，按着石头上的心法吐纳起来。

天机子等人此时已经回到了静室，谛灵子一看到天机子，马上挣扎着要起身见礼。

天机子一笑，伸手朝他虚按，谛灵子马上觉得一股无形的大力笼罩全身，连一根手指都动不起来了，眼中不由得露出骇然之色。

"师弟！"地藏见此，不由得一皱眉。

天机子扭头看了他一眼，轻笑一声道："放心吧师兄，我怎会害自己师侄？"

说着，天机子手朝上一抬，掌下像是黏着胶水似的，竟把谛灵子凌空摄起。与此同时，他另一手伸出，飞快地在谛灵子身上拨动几下，眨眼间把他摆成了盘膝而坐的姿势，这才缓缓收力，将谛灵子放在榻上。

看着谛灵子身上的衣服，天机子朝玄玄子吩咐道："把他上衣除去。"

"是。"玄玄子忙上前把谛灵子上衣脱下，露出后背一片被烧烂了的肌肤。

天机子淡淡地看了几眼，心里似乎有了计划，一跃身，在空中摆出盘坐姿势落在谛灵子对面，深吸口气后，就见他双手如幻影般飞快动了起来，在谛灵子身上或点或拍，运气行法。

随着他的动作，谛灵子的后背开始沁出一丝丝紫黑色的血迹，腥臭难闻，令人欲呕。

地藏和玄玄子站在一旁看着，却都面色平静，不敢打扰。

又过了一会儿，天机子突然飞快舞动的双手突兀一停，双掌平贴在谛灵子胸口处，开始行功。

随着他运转真气，两道白色的小蛇似的云气从他鼻孔中飞快探出，在空中蜿蜒屈伸着，神秘莫测。

见此情形，地藏在一旁赞叹道："蛰龙心法，果然玄妙啊！"

玄玄子却叹息摇头道："可惜！如此神功，师父虽倾囊传授，我练了一辈子却还是练不成。"

天机洞内。

太岁斜卧石台，一手自然垂放在腹部，另一手托着下巴，鼻孔里探出两条像天机子一样的小蛇状的白色云气，调皮灵动地蜿蜒屈伸。

过了一会儿，白色云气被太岁吸回体内。

他睁开眼睛，坐起来，看了看石台上的字，不屑地说道："哼！这上边说练成蛰龙心法第一重境界，天资聪颖者也得五年，我一练就会了嘛！"

觉得自己猜到了真相，太岁喜滋滋道："我再试试第二重！"

说着，他翻身躺倒，继续睡卧，很快，两条气蛇从他鼻孔中飞出，在空中蜿蜒屈伸。

在天机子的帮助下，谛灵子脸上神色渐渐变得平和起来，背后伤口也渐渐开始沁出鲜红的血迹。

过了一会儿，天机子鼻孔里探出的两条气蛇缓缓缩回，同时收回了按在谛灵子胸口的手掌。

见此情形，玄玄子和地藏忙围拢上去。

天机子睁开双眼，眼中精芒一闪而逝，朝谛灵子嘱咐道："你的火毒已除，些许外伤，敷些金疮药就没问题了。"

谛灵子感激道："多谢师叔搭救之恩！"

"自家人，不必多礼。"天机子摆手，又问道："你这伤是怎么回事？"

谛灵子眉头一皱："此事得从师侄这次下山说起……"

接着，他说起了自己的遭遇，天机子三人听着，眉头慢慢蹙起。

太岁摆着睡卧的姿势，托着下巴，不时张开眼睛，四下乱瞧。

他反复摆了几次姿势，觉得无聊至极，起身跳下了石台，嘴里嘟嘟囔囔。

"练功不好玩，不练了。我找师父去。"

可他刚往外走了几步，忽又站住道："哎呀，坏了。师父不许我上山的，要是知道我偷偷跟来，会不会扭我耳朵？"

太岁摸摸耳朵，有些后怕。

"算啦，我还是继续练睡觉功吧！"

想了想，他重又爬回石台，侧卧着，托着腮闭上眼睛。

谛灵子已经说完了自己的遭遇。

地藏坐在椅上，轻轻点了点头道："你下山办事，那人盯上了你，被你喝破行踪，便大打出手，还擅用火器……"

玄玄子插口道："此人必是有备而来！"

地藏点头道："不错！可我碧游宫避世隐居，没有什么仇家啊！"

谛灵子也很疑惑道："弟子只是代理掌门职责，偶尔下山办事，也不曾结下什么私仇。再说，如果我有仇人，总不至于连他会用火器这么明显的特点也不知道。"

地藏皱眉想了想，沉吟道："那就奇怪了，此人究竟有什么目的呢？"

说到这里，他看向天机子，问道："师弟，你怎么看？"

谛灵子和玄玄子也望向天机子，可没想到，天机子听了却仰头打了个哈欠，露出一副不耐烦的模样道："哎呀，这么麻烦。行了，你们商量吧，我回去睡觉去。"

地藏不悦道："师弟，宗门事务，也该多操些心才是。"

天机子站起来，摆摆手，潇洒一笑道："宗门？宗门有什么事务，些许闲事，师兄打理就好，我向来不理俗务的。"

地藏也站起身，皱眉埋怨道："你是本门辈分最长的长老，怎能凡事置身事外？"

天机子听了却不以为意，既不生气，也不苦恼，只是哂然一笑道："唉！师兄，你也知道，我可是李淳风祖师一脉传人，我们这一脉，所追求的就是遁世潜修，习长生术，除此之外，还有何事？"

说完，也不等地藏再劝，天机子一摆袖子，潇潇洒洒地朝外走了出去。

"你……唉！"地藏还要说点什么，可眼见天机子已经跑得没影了，只能无奈地摇了摇头，长叹一声。

邙林村中，柳随风等四个人已经和村正返回。

"太岁还没出现，不过我已经跟村里人打过招呼了，不管谁看到他，都马上告诉我。"村正一脸正色。

柳随风点点头，看向瑶光。"我们得到的线索，得从速回禀防御使大人才行。"

"嗯！你先回去，把这里查到的线索和大人说说。"瑶光点头道。

"那你呢？"

"我……"瑶光咬了咬唇："我……我在这里等他！"

柳随风欲言又止，看向包拯。

包拯理解地看了瑶光一眼道："太岁还活着，这已是莫大的喜事。你也不要太着急，既然他还活着，总会回来的。"

瑶光点点头，轻声道："是啊，活着就是喜事。"

包拯与柳随风对视一眼，都摇头，知道再劝下去也没用。

"我们走吧！"包拯道。

送走了三个人，瑶光原地站了一阵，迈步走进太岁房间，坐在榻上，从怀里摸出那只比翼草蚱蜢，轻轻叹了口气，凝视着蚱蜢，幽幽道："太岁！你这个折磨死人的冤家，你究竟去哪儿了？"

太岁此时却半睡半醒，侧躺在天机洞内的石台上，随着他的呼吸，鼻孔内两道白色云气形成的小蛇此时更加鲜明、灵活，蜿蜿蜒蜒，如同两只活的灵蛇正在云中嬉戏。

不知过了多久，一道身影出现在石台前。

看着鼻孔云气吞吐的太岁，天机子一脸惊愕。

第二十四章 蜇龙心法

天机子十分震惊，这是何人？小小年纪，居然已经把蜇龙心法练至第二重境界！

难道……是大师兄的传人？

想到这里，天机子快步上前，轻拍太岁肩膀。

"小友，醒一醒！小友？"

太岁睡梦中蹙眉，不耐烦地挥开天机子的手。

"别闹！"

太岁转了个身，面朝里，依旧在睡梦中练功，鼻孔中云气吞吐。

天机子大惊失色。

"这……这怎么可能？老夫的蜇龙心法已练至第六重境界，也做不到行功运气时还可以随时活动甚至说话，他怎么……"

天机子再度上前，运气于掌，依旧轻拍太岁肩膀，但掌势沉重了许多。

"小友，醒来！"

天机子一掌拍下，太岁的身体荡起一圈若有若无的气旋，太岁随之睁开了眼睛。

一看是天机子，太岁马上大惊道："哎呀！师父的师父，你怎么进来了！我又睡着了吗？"

说着，太岁惊慌地东张西望，拔腿就往外逃。

见他要跑，天机子先是一怔，随后哈哈一笑，纵身向前一跃，天机洞内闪烁出数个天机子的幻象，分别保持着不同的姿势，一闪即逝，而他的真身已经挡在太岁前面。

天机子伸出一只手，侧拦在太岁前面道："小友，不急着走！你是什么人，到老夫的天机洞来做什么？"

"这个……"太岁眼珠子直转。

天机子徐徐转正了身子，看着太岁，眉锋一耸道："你刚才说……师父的师父，是什么意思？"

"啊……这个……嗯……"太岁心里暗道，"坏了，若是说实话，非得被师父知道自己偷跑出来不可，可若不说实话……"

他一时想不出什么理由能敷衍过去。

"师父……"就在这时，玄玄子的声音却从外面传了进来。

"糟了，师父也来了！"太岁大惊，脱口而出。

天机子微微一眯眼睛道："你说师父？玄玄子是你师父？"

"呃……"太岁赔笑，看着天机子，突然有了主意，上前一步点头哈腰地巴结道，"那个……师父的师父啊，虽然你看着年纪不大，但好歹我也是你徒弟的徒弟，按这辈论呢，我是你爷爷……"

"嗯？"天机子眼睛一瞪。

太岁拍拍脑袋，有点疑惑道："好像不对！我再算算啊……"

他数着手指头，忽然算明白了，大喜道："对！你是我爷爷！老话说了，隔辈亲哪，师父要是揪我耳朵，你得护着我！"

天机子疑惑地看看太岁，侧头朗声道："进来吧！"

很快，玄玄子走进来，太岁赶紧藏到天机子身后。

玄玄子抱拳长揖道："弟子玄玄子，拜见恩师。师父您终于出关了。"

说完，他一抬头，看到太岁从天机背后探头看他，不由得大惊。

"太岁！你怎么在这？"

太岁赶紧又往天机子背后藏，天机子却闪身把他拉了出来，笑吟吟地指了指太岁，朝玄玄子问道："玄玄子，这是你收的弟子？"

"啊！是！他……他叫太岁，是徒儿收的弟子。"玄玄子瞪向太岁，"太岁，还不快给师祖叩头！"

"哦！"知道自己跑不掉了，太岁无奈退开一步，要给天机子下跪，嘴里嘟囔道："有胡子的给没胡子的当徒弟，真是奇怪。"

不等他跪下，天机子已经伸出一只手架住了太岁，上下打量，越看越满意，脸上露出笑容。

"嗯！好！好好好！真是一块璞玉啊！玄玄子，你收了个好徒弟啊！本门的蛰龙心法，你传给他几年了？"

玄玄子一愣道："蛰龙心法？未蒙师父恩准，弟子岂敢将师门最高绝学传授于他？蛰龙心法，弟子不曾传给他呀！"

天机子一愣，看向玄玄子道："你不曾传他蛰龙心法？那他的蛰龙心法，何以都练到了第二重境界？"

玄玄子大惊道："什么？这不可能！"

玄玄子不敢置信地看向太岁，太岁吐了吐舌头，有些不好意思。

"我偷偷跟着师父上了山，又不敢去找师父，就钻到洞里来了。发现这石头台子上刻了字，我闲得无聊，就随便练练。"

天机子和玄玄子一起瞪大眼睛看着太岁。

"什么？你说你……"玄玄子吓了一跳。

"别吵！"天机子打断他，激动地看向太岁，"你是说，你刚刚才看过这蛰龙心法，一练就练成了？"

太岁理所当然地点点头道："是啊！我照台子上说的一练，就睡着了。睡着了，就……练成了。"

"哈哈哈哈……"天机子先是一怔，随后放声大笑。

太岁吓了一跳，赶紧躲到玄玄子身边。"师父，你师父被你徒弟给气疯啦！"

"别胡说！"玄玄子狠狠瞪他一眼。

"旷世奇才！旷世奇才啊！哈哈哈！"天机子笑了一阵，看着太岁，慨声道，"本门这蛰龙心法，对资质最为挑剔，不适合练的，便是练上一百年，也练不成一重。但资质再好，片刻之间便练成两重的，自古至今也再无第二个啊！"

天机子走上前，兴奋地拍着太岁的肩膀道："就是我那天资卓绝的大师兄陈抟，也足足用了四年才练成第一重心法！老夫先后收过两个徒弟，迄今连第一重都没练成。"

玄玄子低头道："弟子惭愧。"

天机子不理他，只顾打量太岁道："从今以后，你就留在老夫身边，老夫亲自调教。据说这蛰龙心法练至第十重境界，便可飞升成仙，老夫要亲手培养一个神仙出来！"

"啊？"

"啊？"

师徒两个都大吃一惊。

令玄玄子吃惊的是，蛰龙心法练至第十重境界便可飞升成仙，这岂不是说，太岁可以长生不死了？

他转头看向太岁，心道："我这徒儿倒是有福，先是有了不死之身，现在又能长生不死。"

可没想到，太岁听了天机子的话后，却马上苦起脸来，连连摆手道："我不要，我不要天天练睡觉啊！"

"你……"天机子和玄玄子都愣了。

天机子目光转向玄玄子，愕然得说不出话来。

玄玄子还淡定些，这世上恐怕没人比他更了解太岁的性子，当下也只是稍稍怔然，随即苦笑摇头。

北斗司。

"我们前往空桑观和邙林村，所获得的线索就这么多。"

柳随风正在向洞明和隐光禀报案情，好一阵子，他才讲完，端起桌上一杯茶大口饮下。

听他讲完，洞明皱眉沉思片刻，按照柳随风刚才演示的，掐出冲玄道长临死之前掐出的手诀，看向隐光。

"你平时行走江湖，见多识广，可认得这个手诀？"

隐光摇头道："毫无印象。冲玄临死前这么做，必有用意，难道……他是想告诉别人什么？"

在一旁的柳随风插口道："如果他是想告诉别人什么，不外乎两件事。一是告诉别人凶手是谁。"

洞明颔首道："不错！"

柳随风道："这么说，他应该藏着一个重大秘密，这个秘密甚至大于他的生死，所以就算死，也不想让这个秘密随他埋于地下。"

隐光摊了摊手道："不管他是想告诉我们凶手是谁，抑或想说出一个什么大秘密，我们从这样一个古怪的手诀，能看出什么呢？"

洞明吁了口气，缓缓站了起来。

"这个手诀乃此案最大关键，隐光，你和文曲分头行动，遍访高僧名道，向他们请教请教，想必……总有人会识得其中含义的。"

"是！"隐光和柳随风起身应命，见洞明再没别的吩咐，二人转身出了大厅。

烈日炎炎，禁军校场上杀声震天，无数士兵正顶着烈日操练，有的持械奋刺，有的攀岩跃障，外围马场上，还有数百骑兵正在演练冲锋骑射。

校场正东高台上，曹玮身着明光鱼鳞铠，头顶玄盔，手挂玄铁长枪，正一脸肃穆地审视下方士兵的操练。这时，瑶光匆忙赶来。

"爹！"

曹玮闻声回头，瑶光已经行至跟前，但被近卫拦住。

这些近卫也是亲兵，自然都认识这个大将军的宝贝女儿，可这里毕竟是校场，自有军中规矩，即使是认识瑶光，但没有大将军命令，他们也不敢逾越。

"女儿，你回来啦？这次公干怎么这么久？"曹玮大喜，连忙挥手示意近卫让路。

"爹，先不说这个了，我有事要你帮忙。"亲兵一让开路，瑶光马上快步上前，脸上露出焦急之色。

曹玮大笑道："哈哈，我的乖女儿求我这老爹帮忙，还是破天荒头一回呢！说吧，什么事？"

瑶光连忙展开太岁的画像。

曹玮一怔道："这是……"

"这是太岁，你见过的。"

"哦，是他！你拿他的画像干什么？"曹玮不解。

"爹，你面子大，跟开封府尹说一声，让他画张图像，帮我找太岁。"瑶光一脸哀求。

曹玮听了，惊讶地看向瑶光，上下打量，似乎想看看她是否生病了。

"女儿！你别是中邪了吧？开封府还负责抓鬼吗？"

"爹你胡说什么啊？抓什么鬼啊！"

瑶光嗔怪道："我才知道，太岁没死！"

"荒唐！他当初都被压成肉糜了，神仙也活不过来啊！现在事过一年，你说他又活了？"曹玮不信。

瑶光不由得着急，上前抓住曹玮手臂一阵摇晃，哀求道："是真的，爹！你就帮帮我吧！

曹玮用怪异的眼神看看瑶光，转身朝亲兵大喝："来人！"

"请大将军吩咐！"两名亲兵上前抱拳。

瑶光惊喜道："爹，你肯帮忙了？"

曹玮一指瑶光道："你们把大小姐送回府去，赶紧找郎中……不！找道士，来驱邪！"

瑶光大怒，顿足瞪着曹玮道："爹！你……"

想了想，曹玮又把手中长枪扔给一个亲兵，拉着瑶光往台下走，嘴中说道："来，爹陪你回家！"

"你……你简直是不可理喻！"瑶光气极，甩开曹玮的手臂转身就走。

曹玮连忙追赶。"女儿，你去哪里？"

瑶光头也不回，没好气道："别管我，我回北斗司。"

"你可别到处乱走啊！等爹请到高人，去北斗司找你。"曹玮一边追一边说。

瑶光一听，马上加快脚步，转身间走得不见踪影。

曹玮站住，无奈一笑："这丫头，准是看见个长得像太岁的，就胡思乱想了。"

隐光和柳随风领了命令，出了北斗司就马上分头行动，去各家道观寺庙打听手印的事。

可忙活半天，无论是道士还是僧侣都问过了，却根本没人认识那个手诀。到后来，二人又去求助那些饱读经书的大儒，仍然没有结果。柳随风无奈之下，甚至跑到了一家尼姑庵里去打听，结果不用说了，好悬，差点没被人打出来。

最终，隐光决定去找些老朋友打听打听。而柳随风却回到了北斗司，想从北斗司收藏的典籍中查找出线索。

花园中，柳随风与开阳对坐于石桌前，柳随风一手捏着那个手诀，一手翻查着书籍图示。一会儿看看自己的手，一会儿看看书，进行着对比。

开阳看着瑶光，见瑶光正烦躁地走来走去，不由得轻叹摇头。

瑶光忽然站住，朝柳随风问道："大柳，有发现吗？"

柳随风摇摇头，放下书籍道："唉，我都快把北斗司的藏书翻遍了，可关于这个手诀，居然半点记载都没有。"

"我不等了，我还是回邝林村，等太岁。"瑶光转身就要朝外走。

开阳连忙起身上前拉住她，嗔道："你不是托了邝林村的人，一旦有消息就送来么。他们没来，说明太岁还未回去，你去了又有何用？"

"可是……"瑶光苦恼不已，恨恨地在桌前坐下，说道："这个浑蛋，真是让人不省心，既然没死，怎么不自己回来呢？"

柳随风放下书，站起来，神情凝重道："太岁出现在邝林村，而在雷电火光发生的次日，他便消失不见。你们说，是不是和那雷电火光有关？"

瑶光一惊，脱口道："你是说，那雷电火光伤了太岁，他逃走了？"

开阳白了柳随风一眼，坐下抓起瑶光的手，安慰道："你别急，文曲只是猜测，太岁消失也许与那雷电火光有关，倒未必是伤了他。其中情形如何，我们现在不得而知。"

瑶光焦急地扭着手指道："如果官府肯帮我们找人，说不定已经找到他了。可是我爹……"

"文曲……"这时，不远处传来包拯的声音。

三人闻声扭头，就见包拯和展昭走过来，连忙起身迎接。

包拯走近，向三人行了个罗圈揖，笑道："我放心不下案情进展，不请自来，三位勿怪啊。"

开阳一笑道："你不怪我们有失远迎就好。"

众人皆笑，相互让了让，齐坐在桌前。

刚一坐下，包拯马上看着柳随风问道："案情进展如何？太岁可曾找到？"

柳随风沮丧地摇摇头。"人也没找到，案子也没进展，我现在是两眼一抹黑呀。"

"这样吗？"包拯皱了皱眉。

"我怀疑，太岁的失踪恐怕也与雷击一案有关。"柳随风想了想，还是把自己的猜测告诉他。

包拯听了点头道："嗯，我也有此怀疑。这次来，也是想提醒你们。"

"所以，所有的一切，最终还是回到了空桑观的离奇雷击案上面。而这雷击案，也是毫无线索。"柳随风一脸无奈。

瑶光一脸烦恼，手里掐着冲玄道长的手诀。

"查来查去，就查到这么个古怪的手势，可是偏偏没有一个人认得。"

展昭举着茶杯刚喝到一半，一看这手势，"噗"地一口茶喷了出来。他赶紧抹抹嘴巴，指着瑶光，一脸惊奇道："瑶光姑娘，你这手诀……"

众人一起向他望去，柳随风满脸激动道："展昭，你认得这手诀？"

展昭放下茶杯，站了起来，走到待在那里不动的瑶光面前，再次认真看了看手诀，点点头："没错！就是这个手诀！我记得，我师父休息的时候，曾经掐过这个手诀。"

"你师父？他是谁？"瑶光激动地站起来。

柳随风一把抓住展昭，激动地说："快带我们去见他！"

郊外山林中，一处茅庐草堂外的木制晒台上，打坐的草蒲团周围散落了一地的书籍。一个身着青色衣袍的老者，正弓着腰在拾捡书籍，把它们规整地摞在一起。

展昭领着众人穿过园子，大声喊道："师父！"

老者直起腰循声望去，就见展昭正领着几人走过来，他眼睛眯了眯，透出疑惑之色。

众人走近，展昭介绍道："师父，这些是我的朋友，他们有事想请教您。"

说完，又向柳随风等人介绍道："这位是家师吕若虚。"

"见过前辈。"柳随风等人恭敬行礼。

吕若虚手里拿着几本书，摆摆手，一脸温和地笑道："诸位不必多礼，这边请。"

说着，柳随风领头随吕若虚往草堂里走，边走边说起手诀一事。

柳随风恭敬道："事情紧急，在下就开门见山了。我等此来，是想请教吕大侠，可否认得这个手诀？"

柳随风做出手诀，吕若虚一见，惊讶不已，脚步顿时停下。

吕若虚问道："你们是如何知道这个手诀的？"

柳随风直言："还请吕大侠先说出这手诀的来历。"

吕若虚沉吟起来。

展昭上前解释："师父，他们都是朝廷的官员，不是坏人。"

吕若虚疑惑地看向柳随风道："你们是朝廷中人？"

包拯拱手道："正是，吕大侠若识得这手诀，还望不吝相告。"

"这个……"吕若虚想了想，回身走到晒台边，将书放下，自己也坐下，拍了拍晒台，示意他们坐下。

众人在晒台边坐下。

吕若虚缓缓做出手诀，瑶光眼睛一亮，神情激动："对，就是这个手诀。"

吕若虚点点头，目光看向远处，似在回忆什么。众人不敢打扰，只静静等候。

好一阵子过去，吕若虚才收回神，朝众人歉意一笑，道："唉，老了，总是走神。"

众人连忙赔笑，都说他老当益壮。

吕若虚摆摆手，缓声道："这也不是什么秘密，既然你们想知道我就跟你们说说。当年，我游走江湖时，曾有幸遇到一位前辈高人，指点了我几手养生的术法。这手诀配合一套独门功法，练之可益寿延年。可惜吕某资质浅薄，这许多年也未见练出什么成就。"

瑶光急不可耐道："传授前辈这门术法的高人叫什么名字？"

吕若虚看她一眼道："那位前辈，道号天机子。"

柳随风道："天机子？那位前辈可还健在？"

吕若虚微微一笑道："天机子前辈练成了这门养生功法，寿元大增，只怕等我老死了，他老人家也不会死呢。哈哈。"

柳随风急问："前辈可知那位高人栖居何处？"

吕若虚也不隐瞒，说道："那位前辈一直隐居于邙山深处，要经过一座地狱谷，才能到达那处洞天福地。我年轻时，曾有幸随天机子前辈去过一次。"

"地狱谷？"柳随风等人都一惊，相互对视一眼。

倒是瑶光没想那么多，听了消息大喜过望，"腾"的一下站了起来，走到吕若虚身边抱拳道："太好了！还请前辈带我们去一趟。"

吕若虚一怔："你们究竟有什么事？那位高人隐世修行，不喜与世俗之人来往的。"

柳随风叹了口气，也不隐瞒。"不瞒前辈，这手诀关系到一桩人命大案，还关系到我们一位挚友的下落，还请前辈慨施援手。"

吕若虚一惊道："人命大案？"

柳随风和包拯对视一眼，都轻轻点头。虽说按规矩办案时都要对案情保密，可有时候想查到线索，必然要对外寻求帮助，难免会被人问起案情。若是一味隐瞒，对方很难诚心配合。

二人对视一眼，达成了默契，把案情如实道来。

听了一会儿，吕若虚很快明白了这手诀代表的意义，抚须点头道："原来是这样。"

包拯拱手道："前辈，事关人命，不能不查。况且，那位前辈高人定然不是作奸犯科之辈，可也难讲他门下弟子中有人不肖，瞒着师父作奸犯科，岂不坏了那位高人一世英名？于公于私，前辈您都不能置身事外啊！"

展昭求情："是啊！师父，你就帮帮包大人吧！"

吕若虚摸了摸他的头，略一沉吟："你们说的也有道理，既是这样，老夫就陪你们走一遭吧！"

"谢前辈！"众人大喜，忙起身道谢。

"师父师父，我受伤了！"

太岁在碧游宫的天机洞外攀树玩耍，一不小心，手滑跌落。幸好他身手敏捷，及时抓住一旁的藤蔓，安全落地，却不小心被荆棘刮伤，手指划破了一道口子，几滴鲜血流出。

此时的太岁过往记忆全失，顶多就十多岁孩子的心性，发现自己受伤，马上伸着手指跑去找玄玄子。

"哪儿受伤了？"玄玄子一脸担心，上下打量他。

太岁举起手指给玄玄子看。"手指头被刺刮伤了！"

玄玄子松了口气，不过还是捉住太岁的手看看。可太岁却突然收回手，盯着自己的手指头，脸上露出疑惑之色。

"咦？好奇怪，怎么好了？"

他摸摸自己的手指头，又举给玄玄子看，不解地问道："师父，方才还有伤口呢，还流了血的，你看这血迹。可是伤口突然就不见了。"

玄玄子一听，脸色大变，如临大敌般，飞快地捂住太岁的嘴，谨慎打量着四周。见四处无人，才松开太岁，小声嘱咐道："你的伤能迅速痊愈的事，不能说给任何人知道，包括最疼你的师祖，知道吗？"

太岁好奇地问道："这么好玩的事，为什么不能说啊？"

玄玄子看着他清澈的双眼，知道跟他说不清道理，当下恐吓道："一旦被人知道，就会把你当成怪物，切成一片一片的，还要用油锅炸了，给别人做下酒菜。"

太岁被吓住了。"师父，我不想被人切了炸了当下酒菜。"

玄玄子郑重嘱咐："那你就要听师父的话。若是有人问起你……"

太岁认真地听着，不时点头。

瑶光和柳随风等人已经抵达地狱谷，与之前来时毫无区别，沼泽处仍然是雷电闪闪。

吕若虚严肃地要求道："各位小友切莫忘记答应老夫的事，一定要保守碧游宫入口的秘密，以免有人打扰山中方士清修。"

　　柳随风坦诚道："老先生放心，我们绝不泄露半点口风。"

　　其余的人纷纷点头，都表示自己不会泄密。

　　吕若虚认真看了看众人的表情，点点头，走到地狱谷有雷电闪鸣的沼泽林，于一旁不起眼的山石前，撩起密集的藤蔓，显出一个矮小的山洞。

　　"此处便是碧游宫的入口了。"

　　柳随风讶异道："远在天边近在眼前，我们这么多双眼睛，居然完全没有发现。"

　　瑶光心急道："我们先进去问个清楚，等找到太岁，再来赞叹也不迟。"

　　"瑶光姑娘说得对，咱们赶路要紧。"包拯少见地附和。

　　吕若虚领头，大家排着队走进了山洞。

　　远处的灌木林中，一个身着黑衣、蒙着面巾的神秘人挺拔地站在一棵大树横着的枝干上，望着瑶光和柳随风等人消失在洞口，露出一丝得意的冷笑。

　　"好美啊！"看着眼前美景，众人不由得惊叹。

　　出了山洞，好像来到了另一个世界般，入眼尽是飞瀑流泉，绿荫环绕，一个高达百丈的台阶直通上下，氤氲的迷雾中，一座如宫殿、似道观的建筑高耸入云，如同地上仙境，人间洞天。

　　众人震惊不已，好一阵过去，才在吕若虚的提醒下启程上山。

　　路边有不知名的野果已经成熟，展昭顺手摘了几个拿在手里，拿了一个在衣服上擦了擦，一边走一边吃，一阵清淡的果香涌入众人鼻孔。

　　"咕噜！"瑶光腹中传出一阵轻响，她脸色一红，见柳随风正望向自己，不由得娇嗔道："看什么看，没见过人肚子饿啊？"

　　柳随风耸耸肩，知道她心里挂念太岁，中午没吃东西，当下也不生气，只是笑了笑转过头去。

　　众人一路前行，很快在半山腰的一棵大树下看到一人正侧卧，捏着手诀，背对着他们。

　　众人一惊，忙止住脚步。

　　吕若虚做了个噤声的手势，示意众人不要出声，自己上前两步，拱手行礼，态度恭谨。

　　"晚辈吕若虚，欲往碧游宫拜见天机子前辈，不知足下……"

　　"哦？你要见我？"那人听了，坐起转身，果然是年轻俊逸的天机子。

　　吕若虚大喜，连忙长揖道："果然是前辈您！前辈您还认得晚辈吗？"

　　天机子瞟了他一眼，淡淡道："不认得。"

　　一旁的柳随风、瑶光、包拯、展昭都很惊讶。

　　展昭小声跟包拯说话："这位前辈……怎么这么年轻？"

　　柳随风摸摸脸，小声对瑶光道："那什么术法，真这么神？"

　　吕若虚有些尴尬，忙咳嗽一声道："呃，十八年未见，前辈英朗如昔，而晚辈却苍老了许多，也难怪前辈不认得。"

　　吕若虚忙又向天机子介绍同行众人："前辈，这位是北斗司军巡判官柳随风柳大人，这位是军巡判官瑶光大人，还有大理寺评事包大人，还有展昭，他是晚辈的弟子。"

　　天机子瞟了他们一眼，眼神一下子定在展昭手里的野果上，不着痕迹地咽了口唾沫。

　　"咳！你们来我碧游宫做什么？"

　　天机子说着，又看了眼展昭手里的野果子。

柳随风道："前辈，我等此来，是为了查办空桑观冲玄道长猝死的案子。"

天机子闻言，疑惑道："空桑观的道士死了，来我碧游宫做什么？"

柳随风谦恭道："冲玄道长临终前，曾捏了一个手诀藏于身下，我等遍访之下，从吕道长口中得知，此手诀出自碧游宫，故而特来请教。"

柳随风捏出冲玄的手诀道："前辈可认得这个手诀？"

天机子欲言又止，看着展昭手里的野果，清了清嗓子，一脸严肃。

"你们……把那几颗野果给我尝尝，我就告诉你们。"

众人对此要求大感诧异，不禁面面相觑。

瑶光看着柳随风，问道："这……"

包拯小声问吕若虚："吕大侠，这位高人多大年龄了？"

吕若虚想了想，犹豫道："嗯，应该将近百岁高龄了吧？"

包拯吃惊道："这功法如此神奇？可是，难道练了他的功法，不仅相貌会变得年轻，连性情也会变得跟小孩子一样？"

吕若虚也疑惑了："不会啊！十八年前我遇到天机子前辈时，他虽也是这副模样，性情谈吐却如老人一般。"

柳随风听了这话，陷入思索。

"喂！这笔买卖，你们做不做呀？"这时天机子又发话了。

柳随风突然反应过来，沉声道："不对！有古怪！"

说着，他突然上前一步，张开嘴，发出一声怒吼。

"轰！"巨大的声浪喷薄而出，一道气浪朝天机子冲了过去。

天机子脸色一变，凌空一个后空翻，踉跄着倒退几步，身影一阵摇晃，等稳定下来时，样貌已经变成了太岁的模样。

"哇！你这家伙好大的嗓门！"太岁震惊地看着柳随风。

"太岁！"瑶光惊喜不已，看着眼前朝思暮想的人，双眼突然湿润起来。

其他人看到太岁的模样也是一怔，神色复杂起来。

但太岁没注意到他们的神色，只当自己恶作剧露馅，朝他们扮个鬼脸道："不跟你们玩了。"

一句话说完，他掉头就跑。

众人见他要跑，虽然不清楚原因，可马上反应过来，迈步追赶。

"太岁！你别跑！太岁！"瑶光抹了抹眼睛，一边追一边大喊。心里既委屈，又疑惑。

委屈的是，日夜思念的人就在眼前，可为何对自己理也不理？

疑惑的是，看太岁的反应，分明没认出自己。

莫非，自己认错了人？这人只是长得像太岁？

不对，不对！他就是太岁！他的声音，他的模样，他的幻术手段，无论哪一样，都说明了他就是太岁，那个已经死了，现在又复生了的太岁。

太岁在前面跑，众人在后面追。

"咻！"追了几步，吕若虚心里一急，施展出轻功，如飞花踏叶似的凌空而起，一个跃身到了太岁身后，抬起一脚踢在太岁屁股上。趁太岁摔倒，匍匐在地时，吕若虚上前一把提起他，作势要打。

"好大胆子，竟敢冒充天机子前辈！"吕若虚满脸怒色。

就在这时，瑶光也追了上来，上前一把抱住太岁，热泪盈眶。

"太岁，你活着，你真的还活着！"

吕若虚举着拳头愣住了。

此时，众人皆已赶到，既惊讶又欢喜。

太岁努力挣扎开瑶光的怀抱，有些害怕地看着他们道："你……你们要干什么，我就是跟你们开个玩笑，可不许打人。"

包拯一愣道："太岁，你怎么了？"

柳随风焦急道："太岁，是我！是我，我是大柳啊！你不认得了？"

太岁撇嘴道："知道名字了不起啊？我根本不认识你们！"

众人愣住，惊讶地看着太岁。

"你说什么？你不认识我们？太岁，你怎么能这么说？"瑶光脸色一变，怔怔地看着他，本来就已经湿润的双眼突然涌下两行热泪，心里难受得直想大声哭出来。

或许是旁观者清，包拯很快便冷静下来，注意到太岁的神情，沉声道："瑶光姑娘，太岁有点不对劲，他好像……真的不认识我们了。"

瑶光一听，忙抹了把眼泪，望着太岁，愣愣地道："怎么会？太……太岁……不认得我们了？"

这时，一个人影从山上赶来，如同幻影般闪现，落在太岁身前。

"太岁！"他先是关心地看了眼太岁，见他无事，这才转向众人，沉着脸道："你们是什么人！放开我的徒儿！"

太岁扭头看见玄玄子，眼中一喜，趁众人愕然之际，奋力挣开众人，奔向玄玄子："师父救我！"

玄玄子一把护住太岁，严厉地看向众人。

吕若虚认出玄玄子，惊喜拜见。"玄玄子道兄，可还认得小弟？"

玄玄子定睛一瞧，有些惊讶道："若虚？"

吕若虚欢喜地说道："是我！"

玄玄子看了眼柳随风等人，转向吕若虚，疑惑道："若虚，你怎么上山来了？还带了这么多人？"

吕若虚露出为难的表情，柳随风上前向玄玄子解说来意。

柳随风拱手道："前辈见谅。我等乃官府中人，因空桑观发生两起人命案子，而死者之一临死前捏出了这个手诀……"

柳随风捏出手诀，展示给玄玄子，随后继续道："我等向吕大侠询问，才知道这是碧游宫独有心法所使用的一个手诀，不得已才来打扰清修，还请碧游宫协助查办此案。"

"竟有此事？"玄玄子脸色凝重起来，略一沉吟，说道："那么……你们随我上山吧。"

这时，瑶光踏前一步，盯着太岁，眼中露出哀伤之色。"太岁，你真不认识我了吗？"

太岁趁展昭不注意，从他手中抢过一个野果，白了瑶光一眼。"你是谁呀，我才不认识你呢！"

玄玄子一见，神色有些忧虑，忙吩咐："太岁，你先回去，随师祖好好练功！"

"哦！"要说这世上太岁最听谁的话，毫无疑问就是玄玄子了。当下也不多说，点了点头就施展轻功，朝山上飞跃而去，根本不理瑶光。

瑶光大急，抬腿就要追去，却被早有准备的玄玄子一把拦住。

"姑娘且慢！"玄玄子神色凝重。

但此时瑶光眼里除了太岁根本没有别人，当下就想绕过他去追太岁，柳随风见状连忙拉住她，低声道："瑶光，别着急，这其中必有隐情。既然太岁还活着，也不急这一时。"

玄玄子看了柳随风一眼，点头道："这里不是说话的地方，随我来吧。"

看着太岁的身影飞快地消失在云雾中，瑶光才怅然若失地收回目光，看向玄玄子，点了点头道："好，希望前辈如实告知，太岁他，到底是怎么回事。"

"嗯。"玄玄子深深地看了瑶光一眼，点了点头，转身带路，朝一侧走去。

他带着众人走了一段路，出现在一个地势开阔的平地前，便停住脚步转过身。

见他止步，瑶光忙上前几步问道："玄玄子前辈，现在你可以说了吧？"

玄玄子看了他们一眼，点点头道："我……认识你们！"

众人面面相觑，都有些惊讶，一时没人说话。

玄玄子道："太岁加入北斗司后，我曾暗中去看过他，自然知道，你们都是他的知交好友。"

包拯盯着玄玄子道："这么说，前辈并不是在去年皇陵大战后才找到了他，而是一直就在暗中照看他？"

玄玄子沉默片刻，轻轻点了点头道："不错！"

柳随风皱了皱眉，不解道："既然前辈就是太岁的师父，为何一直不肯与他公开相见？我听太岁说过，他幼年时，他的师父也就是前辈您，被人加害了。"

玄玄子苦笑道："太岁说的没错，不过，我并没有死，只是趁那个机会，假死离开了太岁。"

瑶光登时激动起来，愤然道："为什么？你知不知道，太岁不只把你看作师父，甚至把你当成父亲，他还那么小，你就丢下他，你……"

玄玄子也激动了，目中有泪光闪动。"我当然知道！就是因为知道……所以，我才离开他。"

众人不解，吕若虚上前一步道："各位，我看玄玄子道兄似有隐情，你们不要急，且听玄玄子前辈慢慢说。"

玄玄子看了他们一眼，突然指了指柳随风、瑶光道："其他人请回避一下，接下来的话，我只能说给他们两个人听。"

展昭不服，想上前质问，被吕若虚制止。

"道兄有苦衷，我们回避便是。"

吕若虚向包拯和展昭示意，三人走开。

等三人离开后，玄玄子看向柳随风和瑶光，眼中露出惆怅之色。"太岁这孩子，我一直在暗中看护他，也知道，你们两人是他的挚交好友，而且……你们早已经知道他能重伤不死的秘密。"

柳随风和瑶光互相看看，一起点头。

"所以，这件事说与你们知道，却也无妨。"

听到这里，柳随风心里已经有所猜测，但还是拱手道："前辈请讲。"

玄玄子道："我当年之所以诈死离开太岁，是因为我师门中人找到了我。我担心他们发现太岁的这个秘密，所以只好趁机离开，免得他们知道我还收了个如此古怪的徒弟。"

瑶光一脸疑惑道："这却奇怪了，前辈为何不想让同门知道太岁的事情？"

这时柳随风却已经恍然大悟，对瑶光解释道："这是玄玄子前辈对太岁的关爱呵护。碧游宫避世隐居，求的就是长生。贪念可以使人变得邪恶，再如何正直的人也可能因为贪欲而堕落。"

瑶光也明白过来："原来如此！前辈担心同门中人一旦知道太岁的秘密，也会起了贪念。"

玄玄子颔首，轻声道："不错！一旦如此，说不定就会伤及太岁，所以，我只好狠心丢下他，随同门回山。"

"那么，这一次前辈为何又把太岁带回山中了？"柳随风想了想，又问道。

玄玄子摇摇头，长长一叹道："太岁这一次伤得太重，几乎是粉身碎骨，所以，他历时一年方才痊愈。可他身体虽已复原，头脑的损伤却还没有恢复，往昔种种，全都忘个精光，现在如同一个孩童，性情智力较之我当年离开他时还要单纯幼稚许多……这种情形下，我又如何放心得下？"

玄玄子看了他们一眼道："所以，我只能把他带在身边照顾。尽管如此，我也不想让他上山。我本来想把他寄养在邝林村的，也可就近照顾。谁知这孩子顽皮，竟然偷偷跟我上了山，我现在也只能竭力帮他隐瞒秘密了。"

"原来如此。"柳随风恍然，终于理解了玄玄子的做法，心想换了自己，恐怕也会做出如此选择吧。

长生不死！若能做到不死，那长生还远吗？

可瑶光关注的却与他们不同，听到太岁失忆，马上激动起来。"前辈说什么？往昔种种，太岁都已忘个精光？那我……我们，他也不认得了？"

玄玄子摇头道："太岁的记忆只是损伤，并非丢失，若有机缘，自会痊愈。这也是我不想对你们隐瞒的原因。"

柳随风安慰瑶光："太岁还活着，这就是最大的幸事。耐心些，他会记起你的。"

瑶光眼圈一红，点了点头。

玄玄子看了站在远处的吕若虚等人一眼，低声道："他们几人是否知情，我不清楚。真相已说与你二人知道，是否对他们讲，你们把握吧。"

"前辈放心，晚辈自会谨慎。"柳随风神色一肃，"此事事关太岁安危，太岁是我兄弟，我绝不会陷他于险境之中。"

"至于瑶光……"说到这里，柳随风看了瑶光一眼，脸上露出笑容，"前辈既然早就在暗中保护太岁，想必也知道他们的关系。"

玄玄子点头，看了眼瑶光。

瑶光怔了下，小脸蓦地一红，突然想起自己这还是第一次见到太岁长辈，岂不是跟见家长一般？

想到这里，她的心跳不由得有些加速，更是暗暗后悔之前的无礼莽撞。万一太岁的师父不喜欢自己怎么办？万一他嫌自己脾气不好怎么办？

殊不知，玄玄子根本没想那么多，事实上，对瑶光，他甚至比太岁都要了解。

对他来讲，只要是太岁真心喜欢的人，他都会欣然接受。但是为了太岁的安全，对方的家庭、为人，他还是要彻底了解过才能放心。

"那就继续上山吧！让太岁一个人在上面，我也不放心！"见瑶光脸红，玄玄子也不再多说，收回目光，转身登山。

瑶光急忙迈步跟上，柳随风则转身向吕若虚等人打招呼："吕前辈，咱们上山吧。"

很快，众人进入山门。玄玄子往旁边看了一眼，抬手指道："那边石壁下有一处天机洞，家师平日就在洞中修行，太岁此刻应在那里。"

瑶光会意道："我去看看！"

展昭好奇，也想跟去，被玄玄子唤住："大家请这边来！"

说完，玄玄子领着众人向正殿走去。

暂别了柳随风等人，瑶光快步走到天机洞前，抬头看到"天机"二字。

她心里怦怦直跳，有些激动，有些兴奋，除此之外，还有些紧张。

他不认得我了！

他，还会喜欢我吗？

一向性子爽朗的瑶光，眼看着就要见到太岁，突然有些踌躇。

太岁在洞外石壁边的一棵大树上盘膝坐着，揪了一片树叶正想吹哨子，往嘴里一放，又嫌树叶有苦味，嫌弃地丢掉。

二人一个站在地上，一个坐在树上，一时间谁也没发现谁。

瑶光站在原地踌躇了一阵，到底还是思念之心占了上风，鼓起勇气，朝山洞里大声呼唤："太岁！太岁！"

太岁惊讶地一低头，看向瑶光，又看了看襟袍上摆着的那枚野果，赶紧拿起来揣进怀里，屏住呼吸不出声。

瑶光叫了一阵，见没有回应，心里一急，那股子天不怕地不怕的脾气又上来了，一跺脚，迈步就朝山洞里闯了进去。

洞中黑暗，瑶光小心地往里走，边走边呼唤："太岁！我是瑶光啊！你别怕，我就是想跟你说说话。太岁？"

瑶光一边走，一边观察着洞中情形，渐渐走到洞底，看到了石台。

她左看右看，不见太岁，发现石台上摆有东西，忙走过去，原来是几个栩栩如生的草编昆虫，其中就有一个是"比翼蚱蜢"！

瑶光把"比翼蚱蜢"拿起来，仔细地看了看，拿着草蚱蜢快步往外走。

"太岁，你在哪里？"

瑶光拿着草蚱蜢到了洞外，四处查看。洞里那么多编好的昆虫，以瑶光对太岁的了解，他绝不会走远，一定躲在附近。

"太岁？快出来！"

太岁站在树上，想往树叶更茂密处爬，躲开瑶光，忽然发现瑶光手中的草蚱蜢，顿时停住。

这时瑶光叫了几声，见没得到回应，举步想要离开去大殿。只要守住太岁的师父，总能找到他。

太岁一见她要走，有些着急了，从树上一跃而下，气呼呼地一伸手道："还我的'比翼双飞！'"

"太岁！原来你在这里！"瑶光惊喜，就要扑上去，可见太岁伸手，忙看看手中的草蚱蜢，开心地举起来给太岁看。

"太岁，你还认不认得我？"

太岁白了她一眼道："你是谁呀？我凭什么就得认识你？"

瑶光笑了，举起草蚱蜢道："那你怎么知道它叫'比翼双飞？'"

太岁愣了愣，轻轻一拍脑门道："对呀，我怎么知道？"

他歪头想了想，很快放弃。

"不用你管，把它还我。"

瑶光想了想，从怀里摸出个纸包托在手里，笑看太岁。

"我很喜欢这只'比翼双飞'，我用点心和你换，行不行？"

太岁一见那油纸包，登时两眼放光，悄悄咽了口唾沫。

"我……我那蜢蚱只是草编的，你……你真肯换吗？"

"真的！"瑶光一脸认真地点头，感觉自己像是在哄小孩，这么一想，不由得开心起来。

太岁迫不及待地抢过油纸包道："一言为定！谁反悔谁小狗！"

他喜滋滋地捧着油纸包跑到一边坐下，打开纸包吃点心。

瑶光跟过去，开心地看着太岁的样子，眼中泪光渐渐化成两颗泪珠滚落。

太岁正吃着点心，一抬头看见瑶光流泪，不禁慌了。

他迟疑了一下，有些不舍地看看未吃完的点心，站起来要还给她。

"看你小气的，别哭了别哭了，点心我不要了，那只蜢蚱，送给你了。"

瑶光破涕为笑，忙擦眼泪道："谁说我小气了，我……我是不小心迷了眼。"

她伸手把点心推回给太岁，轻声道："你吃吧，慢着点，可别噎着了。"

"真的？那我吃啦？"太岁迟疑地看着瑶光。

"嗯，吃吧！"瑶光温柔地点点头。

不管你记不记得我，你都是太岁！

太岁又欢喜地坐回去吃点心，瑶光走过去，在他旁边坐下，托着蚱蜢，歪着头，温柔地看他，心里暖暖的。

碧游宫大殿内，弟子分列于两旁。

玄玄子正在给柳随风等人介绍："这位是我碧游宫地藏前辈，这位就是家师天机子。"

吕若虚和柳随风四人忙上前见礼道："见过宫主，见过天机子前辈。"

地藏脸上挂着温和的笑容，虚虚一扶道："诸位不必拘礼！老夫听玄玄子说，你们有一桩案子，涉及我碧游宫？"

包拯上前一步道："是否涉及碧游宫，我等不敢妄下结论。只是空桑观冲玄道长临死前结了一个奇怪的手诀，据吕大侠所言，乃出自贵门心法，所以我等上山请教。"

柳随风结出手诀，给地藏看。

天机子惊讶道："这是我的蛰龙心法手诀……方才玄玄子语焉不详，你们说，空桑观发生了什么事？"

"空桑观观主冲玄道人和一位广益道长离奇遇害，冲玄道长临死前，便捏出了这个手诀，所以，在下找上了碧游宫，希望两位前辈能替我们解惑。"柳随风解释道。

天机子震惊道："冲玄去世了？"

地藏面色凝重道："冲玄竟然被人杀害？他临死前捏出这手诀，究系何意？"

天机子眼中闪过怒色，咬牙道："冲玄定是希望我能替他报仇！"

地藏皱眉道："师弟，你先别激动，听听详情再说。"

柳随风看了他们二人一眼，问道："这蛰龙心法，是天机子前辈您的独门心法？"

天机子看了他一眼道："倒不能说是独门心法，只是……"

他犹豫了一下，地藏接口道："蛰龙心法对于先天资质要求太高，不怕你们笑话，本门之中，如今除了天机子，再无一个练得成的。所以，若说它是独门心法，也不为过。"

包拯有些疑惑地看了他们一眼道："敢问空桑观与碧游宫，是什么关系？"

"我碧游宫避世潜修，在山外友好往来中，就只有空桑观了。可如今……"地藏慨然一叹。

包拯疑惑道："既然如此，冲玄道长欲求援助，应该是向碧游宫求援才是。天机子前辈既非掌门，并不代表碧游宫。冲玄道长何以独独捏出天机子前辈的手诀？"

玄玄子脸上露出不悦之色道："你这是什么话？难不成，你还怀疑我师父不成？"

地藏解释："冲玄本人，与我师弟天机子最是友好，生死关头，求助于老友，亦属寻常。"

包拯急忙拱手道："前辈勿怪，在下只是在想，冲玄道长此举是否另有深意。"

柳随风忽然想到了什么，忙接口道："对了！冲玄道长当时是挣扎着爬到另一位遇害的道长身边，一手按在他的背上，一手藏于腹下，结出了这个手诀。在下百思不得其解，不知两位前辈可知其中喻义？"

地藏和天机子仿佛想到了什么，两人脸色一变，对视了一眼。

"诸位请稍候片刻，老夫与师弟有事商量。"地藏匆匆交代一句，便拉着天机子转身离开。

见他们扔下一句话就突然走了，众人大为诧异，柳随风想了想，凑到包拯身边，低声窃议。

"他们有隐情瞒着咱们。"

包拯点点头，也压低声音："冲玄道长临死前所结手印直指碧游官，果然大有缘由。"

柳随风目光四下轻轻一扫道："你说，凶手会不会就出自碧游官？"

包拯轻轻摇头道："现在线索太少，难以判断！"

柳随风点头道："那咱们……就静观其变！"

地藏拉着天机子到了后殿，关上门后，马上脸色凝重地对着天机子低声说了几句，天机子脸色凝重地听着，一会儿点头，一会儿摇头。

地藏又说了几句什么，天机子负起手，沉思地踱起步来。

天机子站住脚步，看向地藏道："师兄，两者之间有无关联，现在还不清楚。我们得派人下山，先弄清真相，再做定夺。"

地藏犹豫一下，点头同意。"这……好吧！谛灵子的伤势已经好得差不多了，就让他下山去一探究竟吧。"

天机子点头道："也好！"

没多久，地藏和天机子一同从后边走出来。

众人连忙停止窃议，面向二人。

地藏先是歉然地朝柳随风等人点了点头，随后开口道："空桑观与我碧游官一向交好，冲玄道长更是我师弟天机子的挚交好友。他猝生意外，我碧游官是不能坐视的。老夫决定，派我徒儿谛灵子随你们下山，察探究竟。"

一听这话，玄玄子心里一动，心道若还留在山上，师父迟早会发现太岁的秘密，不如趁此机会将他带下山去。

想到这里，玄玄子立即上前一步，抱拳施礼。

"官主，谛灵子师兄伤势尚未大愈，我想随师兄下山，一来协助调查，二来与师兄也好有个照应。"

天机子点点头同意了，扭头看向地藏道："玄玄子说得也有道理，师兄，就让他一起去吧。"

地藏抚须一想，点头认可。

"太岁，你教我编'比翼双飞'好不好？"

瑶光温柔地看着太岁吃完最后一块点心，顺手拔下几根野草。

太岁抹了抹嘴，得意扬扬道："好！这可是我最大的本事，轻易不教给别人的。不过……你和别人不一样，我教你吧！"

太岁接过野草开始编织，瑶光微笑地看他。"太岁，我怎么和别人不一样了？"

太岁愣了下，停下手中的动作，认真地想了想。“我也不知道，反正……就是觉得不一样。”

他少年心性，想不通也不再多想，低头开始编草蚱蜢，一边编一边认真地教瑶光：“你看啊，这里要这么编，这么一拧，这么一折……”

瑶光托着下巴，欢喜地看着他，根本没看如何编蚱蜢，嘴里只是“嗯嗯”地应付着，可太岁却根本没注意到。

这时，玄玄子快步走过来，远远地就叫道：“太岁！”

太岁抬头看见玄玄子，马上扔下草根，欢喜地迎上去。

“师父。”

瑶光也起身，向玄玄子抱了抱拳，玄玄子向她点点头，拉过太岁，小声说道：“太岁，一会儿师父要下山去了，山外有很多好玩的、好吃的，你要不要去？”

太岁大喜，连连点头道：“要去！要去！”

“可是你师祖很喜欢你，想留你在身边教你功夫。”玄玄子脸上露出犹豫。

“我不要学功夫，我要下山去玩。”太岁马上摇头，练功夫多没劲啊，还是下山好玩。

玄玄子微微一笑道：“好！那一会儿你就跟你师祖说，你要跟着师父下山，记住，可千万别说是师父教你的！”

太岁开心地笑起来道：“师父放心，我又不傻！”

听到这里，瑶光欢喜地迎上来，一脸期待。“太岁可以下山了？”

“嗯！”玄玄子点点头，看了看瑶光，又看了看太岁，脸上露出淡笑。

瑶光被他笑得有点脸红，不过到底性子爽朗，马上转头看向太岁，脸上露出欣喜之色。

山下，柳随风等人站在阶上，向地藏和天机道别。

谛灵子和玄玄子与他们站在一起，不过此时谛灵子手中已经换上了长剑，之前一直紧握在手不肯放弃的手杖，此时不知被他放在了何处。

太岁背着个包袱，扯着天机子的衣袖晃来晃去，跟唱经似的：“我要下山！我要下山！我要下山……”

天机子一脸无奈道：“乖徒孙，你师父是去办正事的，你就安心留在师祖身边，继续学习心法。要听师祖的话。”

太岁噘嘴一口拒绝：“不！我要和我师父一起去。师父去哪儿，我就去哪儿！我要下山！让我下山！”

玄玄子见此心里暗笑，脸上却一本正经，上前一步劝道：“师父，太岁年少任性，又爱满山乱跑，一天就要寻他个四五回。若是留他在碧游宫，只怕不但扰了您的清修，还会四处闯祸。不如就让他随我一起去吧。”

天机子有些迟疑。

玄玄子见状，忙又道：“等事情一了，我们就回山了。到时候有弟子看着，也能让他消停点。”

瑶光插口道：“是啊！天机子前辈，就让他跟我们一起去吧，我会帮你看好他的。”

地藏一笑，看向天机道：“师弟，看来你很疼这个徒孙哪！年轻人嘛，心性不稳，让他下山走走又何妨。”

“这……好吧！”看这么多人都在劝，天机子很无奈，看向太岁，嘱咐道：“那你就跟师父一起下山吧，记得勤练功课！”

“好嘞！”太岁大喜，抢先跑下几步台阶，迫不及待地回头催促众人，“快走啊！你们太慢了！”

"这小子!"天机子苦笑地摇摇头,不过旋即想到,或许正是他这种天真纯净的赤子心性,才是在短短时间里将蜇龙心法练到了第二重的原因吧?

山中鸟雀欢鸣,空气中飘浮着浓郁的草木清香。

太岁蹦蹦跳跳地往台阶下跑去,不时追个鸟,摘个果,东张西望着,像一个对世界充满了好奇的顽童。

瑶光一直跟在他身边,眼光随着他转,生怕他突然消失不见了似的,一刻也不敢放松。

远远的,看到路旁一个树杈上露出一颗翠绿的野果,太岁眼睛一亮,欢呼一声跑过去,伸手摘下。

太岁刚收回手臂,他的衣袖就被枝条挂住了。

瑶光赶紧上前,按住他的手臂,急声道:"你别动,小心衣服刚破了。我帮你!"

说着,瑶光小心帮太岁把衣袖从树枝上拿下来,又伸手拂去上面的落叶,那温柔模样,看得走在他俩后面的柳随风直咋舌。

柳随风摇摇头,心里长叹一声,果然是"山头野马性难驯,机陷犹堪制彼身!"

太岁顺利摘到了果子,笑嘻嘻地要去咬。

瑶光忙又拦住:"别这么吃!"

说着,她从太岁手里抢过野果。走到一边溪水旁洗净,嘴里道:"先洗一洗,要不然,吃了肚子疼。"

太岁接过洗得干干净净的果子,"咔嚓"咬了一口,喜滋滋地看着瑶光。

"瑶光姑娘,你真好!既温柔,又善良,是我见过的……最最好的姑娘。"

柳随风走在旁边,一个趔趄,差点摔倒,愣愣地转头看向太岁。

瑶光本来听了太岁的话还甜甜笑着呢,柳随风这边突然闹出这一出,气得她直瞪眼,眼中甚至露出了杀气。"你干吗?"

柳随风马上直起身,一本正经地往下走,像是根本没听到瑶光的话似的。

到了山下,众人小心通过密道,在外面商量起来。

谛灵子朝众人拱拱手道:"诸位,我和玄玄子师弟,想先去空桑观看看。"

柳随风道:"空桑观我们已经勘察过了,没什么其他线索。"

"我们所知者,只有冲玄道长留下的一个手诀。我们也只能从这一点上去寻找。至于官府如何办案,我二人却不甚明了。"谛灵子摇头苦笑。

玄玄子赞同地点了点头道:"是啊!现在我二人也是一头雾水,还是往空桑观走一遭,看看能否了解些什么吧。"

柳随风点头道:"也好!只是我等从碧游宫回来,先得回北斗司一趟,把此间情况说个清楚,免得大人担心。"

包拯建议:"不如这样,我和展昭陪两位前辈去空桑观,你们先回北斗司,如何?"

谛灵子淡淡地拒绝道:"你们有事尽管去办,我二人无须相陪。"

"不妥不妥,两位前辈是为官府奔走,理应有人相陪。一旦有什么事情,也好有人奔走!"包拯却很执着,一脸正色。

"不错!两位前辈不用客套了,我和包大人陪两位前辈去。"一直没说话的展昭听包拯这么说,马上附和道。反正在他心里,只要包拯说的话那就是对的。

倒是吕若虚颔首一笑,朝谛灵子拱拱手道:"我就不去空桑观了,出来时匆忙,家中少人料理,我且回去。两位道兄这里若有什么需要,叫展昭去招呼一声,小弟马上就来!"

谛灵子和玄玄子笑着向他拱手相送。

太岁在一旁听着，心里好奇不已，扯了扯瑶光的衣袖道："空桑观好玩吗？有没有你说的汴梁城好玩？"

"当然没有啦。"瑶光微笑道，心想，就算比汴梁好玩，我也得说不好啊，省得你这家伙又跑没影了。

想到这里，她心里一动，朝玄玄子请求道："玄玄子前辈，让太岁和我一起回城吧，回头我再带他回来。"

说着，瑶光悄悄向玄玄子使了个眼色，玄玄子马上会意，微笑点头道："也好！太岁啊，那你就先随瑶光姑娘去走走，不许惹事！"

太岁一听能出去玩，马上大喜，连连点头道："好！放心吧，师父，我一定听话！"

见大家已经议定，柳随风道："如此甚好！回头我们会赶往空桑观与诸位会合！"

谛灵子点点头道："那咱们就分头行事吧。"

双方拱手道别，分道扬镳。

永平十年，有天竺高僧应邀和东汉使者一道，用白马驮载佛经、佛像同返国都。汉明帝见到佛经、佛像，十分高兴，对二位高僧极为礼重，亲自予以接待，并安排他们在这里暂住，时而入内听经礼佛。

次年，汉明帝敕令在洛阳建立僧院，为纪念白马驮经，遂取名为"白马寺"。

历代以来，白马寺皆受皇帝敕封，民间又有皇寺之称。

"铛……铛……"

与往常一样，晨时，白马寺中再次响起了悠扬的佛钟声，声传十里，住在周围的百姓听闻钟鸣声无不心平气和，远远地朝山上合十一拜。

与此同时，寺内做完了早课的僧人们也一个个四散而去，或是找地方诵读经书，或是下田劳作，再或是去后院武堂习练武艺。

方丈静室内，年迈的洪远正在佛前打坐诵经，他已经闭关三日，正在为不久后的燃灯古佛诞辰日做戒斋。

突然，一个黑衣蒙面人从窗外跃入，二话不说，一掌朝洪远头顶拍去。

洪远此时早已入定，封闭了五识，对外界一切都失去了感知，不等反应过来，那蒙面人手掌就已经落到头顶。

"咦？"蒙面人见他没反应，不由得惊出声来，眼看要落至头顶的手掌马上一变，变掌为爪，扼住了洪远喉咙。

直到这时，洪远才缓缓睁开双眼，看着眼前蒙面人，稍稍惊疑，但很快目光就恢复了古井无波。

"阿弥陀佛，施主此举，意欲何为？"洪远诵了声佛号，脸色平静，既不惊慌，也不呼救。

蒙面人眼中露出玩味之色，低声道："听说方丈手里有一件古物，我想求来把玩把玩。"

"老衲是出家人，四大皆空，哪有什么古物？"洪远轻轻摇头道。

蒙面人嘿嘿一笑道："不要装蒜！那件古物，是巴掌大小的一块铜牌，上边雕刻着奇怪的花纹，还有一些不成句子的篆字，你敢说没有此物？"

洪远微怔，蹙眉想了想，还是摇头道："老衲手中，确无施主所说的东西。"

"你敢不说，是不是不要命了？"蒙面人声音阴狠，威胁道，"你不怕死，难道就不担心那些小和尚？"

"阿弥陀佛！"洪远长诵一声佛号，缓缓闭上双目，竟不理会他的威胁，俨然一副从容就死的态度。

蒙面人眼中厉色一闪而过，还要说话，可随着洪远诵出佛号，窗棂突然"轰"的一声破碎开，几乎是同一时刻，静室木门也"砰"的一声被撞开，一群彪悍的武僧持着齐棍冲了进来。

其中一个高大的武僧刚一入内，看清场中情形，马上大喝道："救方丈！"

蒙面人一惊，可就在这时，洪远突然动了，就见他双眼猛地睁开，右手食指飞快地点在蒙面人扼住自己喉咙的手腕上。

"噗！"一声闷响传来，蒙面人手腕被刺出了一个血淋淋的孔洞。

洪远这一指，竟然比锥子还要锐利。

"啊！"蒙面人痛呼一声，本能地一缩手，趁此机会，众武僧们一扑而上，瞬间就把洪远和蒙面人阻隔开，令洪远脱离了对方的掌握。

洪远神色淡定，不急不缓地抬起头，打量着蒙面人。

但此时蒙面人已经没工夫再看他了，因为就在他缩回手掌的时候，已经有五六条长棍劈头盖脸地朝他砸了下来。

"啊……"蒙面人大叫一声，顾不得受伤的手掌，一个委身朝后退去。

众僧同时失手，但他们并不着急，而是冷笑着再次举起长棍，朝他砸去。

说他们不急，也是有原因的。这里本是方丈静室，方圆不过两丈，蒙面人退去的地方无门无窗，只有一堵墙，这种情况，谁也不担心他能逃出围攻。

可谁承想，蒙面人似乎早有准备似的，背对着墙壁狠狠一撞，竟然"轰"的一声把墙壁撞出一个人形窟窿，随后就地一滚，逃了出去。

"不好，快追！"众僧一怔，急追过去。

等众武僧都冲出去后，最开始冲进静室的那位武僧走到断墙裂口处查看，伸手捏了捏破碎的砖土，眉头一皱，转头朝洪远禀报道："方丈，这墙……好像被水泡过。"

洪远缓缓起身，走过去低下身仔细看了几眼，又捏起一撮土凑到鼻孔前闻了闻，摇摇头，用苍老的声音说道："非是被水泡过，而是被火烤过。"

"火？"高大武僧一怔，忙学着洪远的模样，捡起一撮土凑到鼻孔边闻了闻，果然，一股焦煳味道涌入鼻腔。

他神色瞬间变得凝重起来。"方丈，如此说来，此人应是早就潜入寺内了！再或者，他还有同伙！"

洪远神色淡然地诵了声佛号道："阿弥陀佛！无须多想，把他擒下一问即知。"

"是，谨遵方丈法旨！"高大武僧明白过来，转身快步出去。

洪远原地沉思片刻，不知想到了什么，也起身朝屋外走去。

此时，蒙面人已经被众多武僧包围住了，身前背后已经落了至少三道棍印，显然不敌。

眼前不远处，那个领头的高大武僧也走出来了。蒙面人眼中厉色一闪，突然一挥长袖，"呼"的一声，从其袖中喷出一团火焰，两个武僧不备，当时被火焰喷在身上，惨叫着后退，倒在地上一边脱衣服，一边打滚想要扑灭火焰。

可奇怪的是，这些火焰却不同于凡火，沾在身上如附骨之疽般，无论如何拍打都灭不掉，而且这火像是会传染似的，手一沾上，马上也跟着烧了起来。

"好贼子！"那高大武僧看到这一幕，一时间眦眦欲裂，提棍就冲了上去。

145

可蒙面人似乎早就防备着他，一看到他冲过来，另一只手臂也扬了起来，朝他又喷出了一团火焰。

无奈之下，高大武僧只能退避。

这时方丈已经缓步踱出，手中数着硕大的念珠，见此一幕，不由得脸色一沉。

"普达，先救人！"

"是！"高大武僧一听，马上退后，绕过被围在中间的蒙面人，快步跑到两个被火焰烧伤的僧人身边，开始施救。

而洪远看着场中不时喷火的蒙面人，突然一抖念珠，绳索断开，一颗颗念珠呼啸着，如弹子似的朝他袭去。

"噗！"蒙面人一见他动作，马上闪身躲避，奈何已经被包围，躲闪余地太小，终于在肩头处被一颗念珠打中了。

他闷哼一声，迅速用火焰逼开武僧们，再不敢多待，一跺脚，跳上侧方院墙，飞快地往远处逃去。

武僧们追了一会儿，可眼见着蒙面人身影急闪，如同幻影般，几个闪落就已经消失不见了。

无奈之下，只能回来禀报。

"方丈，弟子无能，追不上他。"一个武僧脸带愧色地垂首说道。

洪远轻轻摇头，望着高墙沉吟不语。

这时，普达处理完伤者伤势，走过来怒声道："方丈，让我下山去追他吧。"

洪远收回目光，淡淡地看了他一眼道："普达，你犯嗔戒了。"

"可……难道就这么算了？弟子不服！"普达深吸口气，强自收敛怒气，但仍有些不服气。

洪远摇摇头，也不多说，沉吟半晌才吩咐道："歹人行凶，速速禀报官府！"

"方丈……"

普达张了张嘴，似乎还要说些什么，可迎上洪远淡然清冷的目光，话到嘴边，心里却不由得一颤，咽了咽喉咙，垂首合十道："是，谨遵方丈法旨。"

洪远淡声说道："色即是空，空即是色！我等出家人四大皆空，既不追求人间荣华富贵，更无须在意所谓面皮。既是凶案，自有官府查处，尔等只需一心向佛，静心修行即可，切不可生出嗔妄之念！"

"是！"普达听了心里一颤，当下不敢再多说。

"嗯，你去吧。"洪远一看他神色，就知他并未听进去，心里暗叹一声，也不再多说，转头朝静室走去。

垂拱殿内，光线柔和而明亮，小皇帝赵祯正端坐于御桌前，皱着眉头批阅奏章，似乎碰上了什么难决之事。

好一阵过去，他把笔往桌上的笔筒里一扔，不悦地嘀咕了几句，隐约能听到什么"佶屈聱牙""晦涩难懂"之类的词。

这时，穿着绿色官服的小林子忽然捧着一份奏章急急走进来，躬身双手呈上。

"官家，洛阳奏报，有歹人意图劫持白马寺方丈。"

赵祯一愣道："此等案件，地方上处理即可，也需呈到朕的面前？"

小林子小声解释道："陛下，白马寺乃太宗皇帝所敕修，地位非同一般。白马寺方丈又是朝廷供养的僧官，所以，洛阳府不敢擅专。"

"原来如此，放下吧！"赵祯恍然点点头，朝桌上一指。

小林子放下奏章，悄然退到一边。

赵祯提笔想继续批奏章，忽然停了一停，歪着头思索了一阵，喃喃自语道："空桑观，白马寺……怎么受朝廷供养的这些僧官道官接连出事？"

他搁下笔，拿过小林子放在御案上的奏章，打开看起来。

过了一阵，他看完奏章，沉吟片刻，拿着奏章站起身，朝小林子吩咐道："走，去见太后。"

"是！"小林子忙答应一声，快步跟上。

到了慈宁宫，赵祯见完礼，把奏章递给刘娥阅览，等她看完，马上开口道："娘，儿子觉得有些奇怪。这些寺观一向太平，为何最近频频发生意外，而且还都是受朝廷供养的寺观。"

"确实事有蹊跷。空桑观出事时，娘就有些不安，如今依这奏章中所言，那歹人向方丈所逼问的东西，更印证了娘心中所疑。"刘娥点点头，眉头蹙了起来。

"娘疑心什么？"赵祯疑惑不解。

"你爹在世时，曾经提到过一桩皇室密信，如今看来，恐怕是有人在打这桩密信的主意。"刘娥看了他一眼，想了想，说道。

赵祯惊讶道："娘，是什么密信？"

刘娥张口欲言，紧接着又摇头，说道："算了，娘所知也不甚详细，便是说与你听，也得再去看看记载。你还是径去典藏馆吧，典藏馆中，唯有天子才有权查阅的密信寥寥无几，一找也就找到了。"

赵祯一听，更是好奇，起身道："好！儿子这就去！"

刘娥温和一笑，见赵祯坐不住了，不由得挥手道："去吧，阅后回来与娘说说。"

出了门，赵祯带着小林子一路赶往皇家典藏馆，经过重重防守，来到一处绿荫环绕的院子前。

远远地见到皇帝过来，一个圆脸的中年典史官赶紧快步出来迎接，见过礼后带着赵祯进入院中。

典史官引着赵祯和小林子往里走，一路上不时出现肃立的禁军，看到皇帝都叩首行礼。

很快，三个人在一幢房子前停下，房门落着一把巨大的磨盘般的铁制圆锁，外面守着四名手持长戟、腰挎长刀的禁军。

"陛下，这间屋子里的藏书典籍，就只有您一个人才能看了。"典史官指着房子恭声道。

"开门！"赵祯点点头，小脸上很严肃，朝身旁的小林子吩咐道："你在外面等朕。"

"是！"小林子垂首应声，侧退两步站定，表示自己不会进去。

见此，典史官摸出钥匙上前，一个禁军侍卫也摸出钥匙，二人同时把钥匙插进大锁，巨锁开启，两人合抱着退到两侧。

"吱呀！"一个禁军上前把房门推开，躬身退下。

"免礼吧！"赵祯挥挥手，迈步走了进去。

里边仿佛一间巨大的书房，简直就是一个小型的宫殿，书架上摆着寥寥无几的书匣。不同的是，这里几乎看不到木材，不但整个屋子都是花岗岩垒砌，就连书架、门窗、梁柱……除了藏书外，其他东西全都是汉白玉雕成。

赵祯好奇地漫步浏览，很快明白过来，这种布置应是为了以防走水，毁掉藏书。

这些藏书也不尽相同，藏在书匣里的应该是纸张或是帛布，有些放在盒子里的是竹简，盒子没有盖上，竹简下边堆着细沙，显然是为了防潮。还有些干脆就是玉石、石碑，这些东西都是古物，上面文字也与今时不同。赵祯随意浏览，甚至看到了几个刻着怪异符号的破旧骨头，也不知道代表什么意思。

赵祯边看边暗暗感叹，这些书，这些典籍，才是真正的珍宝，比什么金银珠宝都要珍贵得多。

走了一阵，他终于在一个立着金色牌子的书匣前停下，仔细看去，牌子下边放着一张帛布，上面写着一行血淋淋的大字——仅天子阅，擅自窥视者，诛族！

赵祯仔细看了看，发现这文字有些眼熟，细细一想，才恍然，这似乎是太祖的笔迹。

他连忙弯腰鞠了一躬，起身后，小心地取下盒子，吹了吹上边的灰，走到正中的书桌前打开。

匣子里面放着几张装订在一起的金色绢布，寥寥三五页，显得很薄。

赵祯摸了摸，这绢布与圣旨所用一模一样。

他心里好奇不已，是什么东西，要用旨绢来记载？

小心地从中取出，快速翻看，赵祯脸上渐渐露出震惊之色。

"这……"

他不敢置信似地睁大了眼睛，又重阅了一遍，终于长出口气。

"竟有这种事？"赵祯沉吟片刻，把绢纸重新放入书匣，摆回原处，快步走出房门。

门外，小林子和典史官见他出来，忙向他弯腰行礼。

赵祯神色冷峻，也不说话，只随意挥了挥手，就快步走出，一旁的小林子连忙跟上。

赵祯急步而行，小林子一溜小跑地跟在后边，走了几步，赵祯猛然停步，沉声吩咐小林子道："朕去见母后，你速去传八皇叔进宫！"

小林子一惊，但也不敢多问，马上躬身道："奴婢遵旨！"

"慢着！"小林子刚要走，赵祯却又唤住他，沉吟片刻嘱咐道："你去过王府后，再去趟北斗司，把防御使一并召进宫来，朕在太后的慈宁宫等他们！"

"奴婢遵旨！"小林子行礼，见赵祯再没别的吩咐，便转身快步离去。

北斗司一如既往地平静。花园里，两个身影正在说着什么。

"太岁，你快看那儿，那个亭子，看见没？"瑶光脸上带着微笑，伸出柔嫩的玉指，指着前方凉亭。

太岁随瑶光所指望去，眼神怔怔。

瑶光介绍道："那是湖心亭，防御使大人最爱在那儿。倘若在北斗司别处找不着他，通常他就是在那儿。"

太岁似懂非懂地点点头，喃喃道："我好像有点印象。"

瑶光等了一会儿，见他再没别的反应，眼中闪过一丝失望，不过紧接着又打起精神，拉着他往里走，很快到了演武场。

到了这里，太岁忽然止步不前，只是蹙眉望着前方，轻轻敲打脑袋。

"你是不是想起什么了？"见他如此，瑶光不由得惊喜地问道。

"我记得这儿……以前我好像经常来这儿……"太岁迟疑着说道。

瑶光惊喜道："对对对！你是常来这儿，快继续想，还想起什么了？"

太岁皱着眉，努力回忆。

"我记得……记得好像常在这里挨揍，有个很凶很凶的女人，老是揍我，好痛啊……"

"呃……"瑶光一脸尴尬。

太岁看向瑶光，纯净的眼中透着好奇与不解。"奇怪！北斗司里谁会揍我？这里除了你还有别的女人吗？"

瑶光眼神一慌。"啊！这个……我……"

这时，开阳快步走过来，脸上露出惊喜之色。"太岁！太岁你真的还活着。我听文曲说起时还不太……"

瑶光一把拉住开阳，对太岁介绍道："就是她！就是她！就是开阳姐姐，经常揍你的。"

"啊？"开阳一下愣住。

瑶光急忙转过身，冲她挤眉弄眼。

开阳虽然不甚明了，但还是赶紧配合，朝太岁扮出凶相，凶巴巴地说道："对！就是我揍你的！你平时啊，也太顽劣了。以后你要是不听话，我还会揍你！"

说着，开阳挥了挥拳头，做出一副要教训太岁的模样。太岁吓了一跳，胆怯地退后一步，扭头看向瑶光道："这个姐姐好凶，我们快走！"

说着，他一把拉起瑶光，转头就跑。

瑶光愣了下，反应过来后，一边跑一边回头胡乱地向开阳打着手势，示意回头再细说。

开阳忍俊不禁地看着他们跑远，摇头失笑。

太岁拉着瑶光跑到曲廊下，回头看看开阳没追来，拍拍胸脯，长吁了一口气，露出一副庆幸的样子，说道："那女人太凶了，幸好没追来。"

瑶光抽了抽嘴角，干笑应和："呃……是啊！"

"咦！我忽然又记起些东西。"太岁突然一捂脑袋说道。

瑶光紧张："你记起什么了？"

太岁迟疑道："我记得……那个凶女人凶我的时候，有一个女孩总是安慰我，照顾我，帮我……"

说到这里，他看向瑶光，兴奋道："那人是不是你？"

瑶光一愣，慢慢挺起了胸膛，严肃地点点头，沉声道："太好了，你终于想起来了。对！那个人就是我！"

太岁惊喜道："果然是你，我就知道！"

瑶光干咳一声，脸上露出一抹红晕，紧接着一本正经地说道："好了，过去的事咱不提了。嗯……我看你也想得累了，走，我带你去街上买好吃的。"

"好啊！好啊！"一听到吃东西，太岁马上大喜，连连点头答应。

瑶光莞尔一笑，伸出玉手牵起太岁，转身朝长廊尽头走去。

"你想吃什么？"

"嗯，什么都想吃。"

"最想吃的呢？总有一样吧？"

"呃，让我想想……对了，我好像记得有一家叫红什么招的，里面的东西好像很好吃。"太岁想了想，突然一拍额头。

"……我明白了，走，我带你去吃烙饼。"

"哦！"太岁茫然地点点头。

瑶光笑了笑，转过头眯了眯眼，眼中透出杀气——柳随风，你等着瞧！

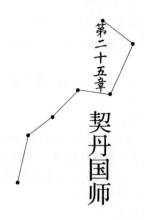

第二十五章 契丹国师

"你们下去吧！"

慈宁宫中，刘娥与小皇帝赵祯高坐上首，淡声吩咐左右。

"是！"几个太监和宫娥垂首行礼，缓缓退下。

下人一退去，此时堂上只剩下赵祯、赵德芳、洞明几人。

刘娥望向赵德芳和洞明，又等了一会儿，才神色凝重地说道："哀家屏退左右，是有一件机密大事，要与你们商议！"

赵德芳和洞明一脸凝重。

"太后请讲！"赵德芳微一屈身，神色沉肃而庄重。

"此事，皇帝更清楚些。"刘娥蛾眉轻蹙，扭头朝赵祯看了一眼，"祯儿，你说吧！"

"是，娘。"赵祯点点头，一脸认真地道，"八叔、洞明先生，朕从典藏室刚刚阅览了一份皇室秘要，朕怀疑，空桑观和白马寺接连出事，恐与这件秘要有关！"

赵德芳眉头一皱道："却不知是什么秘要？"

赵祯一字一顿道："《推背图》！"

赵德芳大吃一惊道："什么？《推背图》？"

洞明也微微露出意外神色，看着皇帝。

这时，刘娥在一旁接口道："唐贞观年间，唐太宗就天下大势垂询于著名方士袁天罡和李淳风，于是这二人合著《推背图》，推演天下大事，据说足足推算出了未来两千年的天下大事。"

赵德芳惊讶道："《推背图》在民间有所流传啊，并非什么绝对秘密，何必如此慎而重之？"

刘娥微微一笑道："老八啊，你是只知其一，不知其二！我来问你，流传于民间的《推背图》，一共有多少卦？"

赵德芳想了想，肯定道："《推背图》一共六十幅图画，第一象乃引言，最后一象乃结言，去掉这两幅，应该是五十八卦。"

赵祯有些激动："八叔，你错了！据秘要记载，真正的推背图，一共三百六十幅图！"

赵德芳大吃一惊道："三百六十幅？"

洞明此时神色却很平静。

赵祯点头道："不错，三百六十幅，对天下大事预言得十分详尽。谁若能掌握全本的《推背图》，便能准确预知未来天下的一举一动，从而掌握先机，立于不败之地。"

刘娥补充了一句："甚而，夺取天下！"

赵德芳再度露出震惊神色，喃喃道："竟然是这样……"

刘娥等了一会儿，见他已经接受了，才又道："袁天罡和李淳风两位高人也知泄露的天机太多，便把其中的三百幅卦象卦辞藏了起来，只把其中六十幅献给了唐太宗，这六十幅图因此得以流传天下。"

赵德芳惊恐道："那另外三百幅卦象呢？如此重要之物，它在哪里？"

说到这里，他突然想起之前赵祯的话，恍然道："莫非，空桑观和白马寺接连出事，就与此有关？"

刘娥缓缓点头，看向洞明道："接下来的事，洞明，你来解释给八王听！"

洞明拱手道："臣遵旨。"

洞明起身，朝赵德芳拱了拱手，说道："这件事，臣是知道的。昔年袁天罡和李淳风不肯让世人见到全本的《推背图》，却又不忍将心血毁去，于是就把它藏了起来。藏宝地点，只有他们的亲传弟子才清楚。

"后来，他们的弟子归隐山林，建了一处潜修之所，名为碧游宫。再后来，碧游宫出了一位高人，就是我朝太祖赐封为睡仙人的陈抟。他也是我北斗司第一代洞明星君。陈抟老祖归隐华山之前，把《推背图》的秘密告诉了太祖。"

赵祯忍不住接口："太祖大为震惊，便想向碧游宫索要《推背图》，却遭碧游宫拒绝。太祖豁达，认为人心向背才是江山牢固之根本，便也没有再强求对方！"

听到这里，赵德芳叹息道："唉，我父亲太大意了！"

赵祯道："其实也怨不得太祖，毕竟陈抟就是碧游宫出身，太祖总要给他几分面子。不过，太祖也没有掉以轻心。他担心此物落在有心人手中，造成生灵涂炭。所以，要求碧游宫将此物一分为四，分别存放，以确保这全本的《推背图》永远不会问世。"

洞明接口道："其中一份，就存放在我北斗司！"

赵祯道："另外三份中的一份，由皇家道观空桑观观主保管。其余两份，由碧游宫中袁天师一脉传人和李天师一脉传人分别保管。"

刘娥神色凝重道："如今，显然已经有人知道了《推背图》的消息，所以四处打探。"

赵德芳点头，可想了想又有些疑惑道："那也不对啊，这里边应该没有白马寺的事才对。"

"幸好没有白马寺的事，这说明，那个知情人实际上了解的也不多，所以，才误找上白马寺。但是，从他询问白马寺方丈的话来看，他想找的，就是藏匿《推背图》的地图！"刘娥神色严肃道。

"原来如此。"赵德芳这才算明白了，看来一切祸根都是这《推背图》了。

赵祯看了看娘亲，又朝八王说道："朕担心，那个有心人如今虽说还不了解全部详情，却难保他今后不会从其他渠道得知详情。尤其是冲玄道人临死前，也不知是否已经泄露了秘密。我们必须得把《推背图》找出来了。"

刘娥颔首说道："不错！《推背图》一旦落入野心家手中，必将掀起大乱，致使生灵涂炭。天下众生刚刚稳定下来，又得陷入水深火热之中。所以，必须改变太祖当年与碧游宫的约定，要么找出《推背图》，藏进大内，以策安全。"

"要么，就把它彻底毁去，一了百了！"赵祯在一旁接口。

刘娥一脸严肃道："事关重大，八王，你和洞明联手主持其事，务必找出《推背图》，以绝后患！"

赵德芳和洞明一起向刘娥长揖道："臣遵旨！"

未时刚过，烈日炎炎。

大街上车水马龙，人来人往，突然，一群彪形大汉拥簇着走过来，人们连忙往两旁让开，不敢挡路。

曹玮与六兄弟都穿着便袍，晃晃悠悠迈着脚步，身上带着淡淡酒意，显然刚用过午餐。

这时，曹玮看到路旁一个年轻妇人抱着娃娃，走过去，脸上忽然露出羡慕之色，唉声叹气道："唉，别人家闺女像瑶光这么大时，大胖小子都抱上了，偏偏我家瑶光还在不务正业，我现在连外孙都没得抱，你说苦不苦！"

曹大伯走在他身边，见曹玮神色抑郁，伸手拍了拍他的肩膀，安慰道："老四，急什么，姑娘一嫁出去，可就是人家的人了。多留在家里几年，就能多孝顺你几年。"

"孝顺？那丫头，一天不气我，就是我烧了高香了。"曹玮苦笑摇头，把目光从那母子身上移开，可他刚转过目光，就看见前方不远处，瑶光领着太岁，一人持一根糖葫芦，有说有笑地迎面走来。

瑶光脸上略显红晕，光洁的额头有淡淡汗渍，显然是走得热了，但看她嘴角眼角的笑意，却能看得出来，她现在很开心。

曹玮惊住，当下停住脚步，指着他们，不敢置信地说道："这……这是怎么回事？"

"怎么了老四？"曹家众兄弟见他停步，也顺着他目光一起看去，见到瑶光时还没什么，可当他们看到太岁，也都目瞪口呆。

而这时瑶光和太岁也看到了他们，瑶光一怔，连忙拉着太岁快步走过来，朝众位长辈见礼。

"大伯、二伯、三伯、阿爹、五叔、六叔、七叔好！"

曹六叔最先回过神，看着太岁惊叹道："瑶光，你这丫头，居然找了个跟那小子一模一样的男人，这……真是用情至深哪！"

瑶光没好气地白了他一眼，把太岁拉到自己身边道："六叔你什么眼神啊！他就是太岁！"

"啊？太岁！他不是已经……"

瑶光不乐意了，抢白道："已经什么啊，他是……他是……他是执行秘密任务，所以，假说死掉了，现在任务完成，又回来了。"

"啊？诈死？那你当初还哭得那么伤心，一把鼻涕一把泪的。"曹二伯半信半疑。

瑶光噎了下，眼珠一转，马上有了说辞："呃，因为……任务太秘密嘛，所以当初我也不知道他没死。"

太岁茫然地看着他们，有一下没一下地舔着糖葫芦，似乎不清楚他们在说什么。

曹五叔一听有秘密任务，马上把目光从太岁身上收回，好奇地凑到瑶光身旁，小声问道："瑶光啊，什么秘密这么神秘？"

"都说了是秘密了，怎么能跟你说？"瑶光白了五叔一眼。

"呃……"曹五叔不甘，要说这些兄弟里，他的好奇心最是旺盛，听说有秘密，马上心里就跟猫挠似的。

"好了，好了，不跟你们说啦，我俩走啦！"瑶光有些待不住了，就她对这些叔伯的了解，若是再待一阵子，保不准他们又要说些什么，当下一拉太岁就要走。

"走，咱们听书去！"

听书？

太岁喜滋滋地点头："好！那咱们快走。"

说着，两个人像孩子似的蹦蹦跳跳走开，留下一群大老爷们儿你看看我，我看看你，一时都没说话。

好一阵子过去，曹七叔才挠挠头，不解地看向曹玮道："四哥，我瞧这小子傻不愣登的，你真要把女儿嫁他呀？"

曹玮长叹口气，一脸无奈道："哎！瑶光喜欢他，我能怎么办？再说，我家姑娘凶名在外，旁人家的公子也没有上我家提亲的，我总不能腆着面皮，托媒人去向男方说亲吧？"

曹三伯听了也叹了口气道："也是！儿孙自有儿孙福，孩子们长大了，咱们就别跟着瞎操心了。"

七兄弟各有感慨，你一言我一语地劝慰了曹玮几句，举步而行。

瑶光拉着太岁走了没一会儿，太岁脸上突然露出沉思之色，脚步放缓下来。

"怎么了？"瑶光歪着脑袋看向他，一双大眼睛轻轻眨动。

太岁一脸沉思，缓声道："我……隐隐约约好像又记起来点东西。"

瑶光惊喜道："啊？你又记起什么来啦？太好啦！"

太岁拍拍脑袋，看她一眼，犹豫着说道："我觉得，刚刚那几个人好像也揍过我。"

"呃……"瑶光一听，马上心虚地躲开他的目光，嘴里干笑道："不会吧？你还想起什么了？"

太岁停住脚步，认真看向瑶光，眼中露出感激之色。"看来看去，只有你对我最好！"

瑶光一听，马上开心起来，扬了扬洁白的下巴，笑道："那是！所以，你也要对我好，知道吗？"

太岁用力点头道："嗯！"

这时，前面大街上突然骚动起来。

"快看，那是契丹人吧？"

"一群辽狗，也敢来我们大宋。"

"嘘！小点声，你没看他们打着仪仗吗？这些人是使节。所谓两国交战，不斩来使嘛！"

太岁和瑶光好奇地挤进人群，踮着脚朝前面看去。

很快，百姓们被赶到路两边，纷纷站在那里观看。人群让出了一条大路，一支几十人组成的队伍缓缓行来。

这些人一看就不是大宋人，光是身高就高上半头不说，而且他们一个个头发卷曲，瞳孔发黄，眉眼凹陷，头上顶着髡发，露出脑门正中的发青头皮，身上穿的也都是些兽皮缝制的衣服，一举一动都显得非常彪悍。

队伍中间是一辆双马大车，两侧小窗开着，从外面可以看到车中坐着一位鹰视狼顾，身高魁梧的大汉。

到底是京师，连路边百姓中也有见多识广的人，一见此人，马上有人惊呼出声："哈梵？"

"哈梵？哈梵是谁？"有人好奇地打听。

"他啊，可不是一般人！"之前说话的一位中年汉子，脸色白皙，身材圆润，看打扮像是一个员外。

听到旁人问起哈梵，他脸上不由得露出得意之色，看了眼渐行渐远的车队，声音稍稍压低些说道："这哈梵可不是一般人，他是契丹国师，据说不但武功高强，还会法术呢。就好像德妙仙师一样……"

"嘘！"他刚说起德妙，身边一个长得跟他有七成相似的汉子马上一把捂住他的嘴巴，左右看了看，见附近没有官兵，这才朝之前打听哈梵的人笑着赔礼："兄弟见谅，我这弟弟脑子不好使，有时候喜欢胡说八道，您就当没听见！"

那个问事的人一听，先是怔了下，随即恍然，脸上露出理解的笑意，小声道："知道，知道，咱们什么都没听着。"

中年汉子松了口气，脸上露出感激之色，拱了拱手，拉着胖员外朝远处走去，边走边低声训斥胖员外："老三，我说你多少次了，你那嘴能不能有点把门的？"

"那德妙……"说到这里，中年汉子左右看看，见无人关注自己，这才放低声音说道："那德妙妖人害死了先帝，你还说什么德妙仙师？别说仙师，这个名字你就不应该提。"

胖员外这时也反应过来自己口没遮拦差点惹祸，讪笑着点了点头，没敢反驳。

几人这番话声音都不大，可架不住瑶光本就站得离他们不远，而且习武之人又耳聪目明，更是听得真真的，当下扭头偷看太岁神色，发现他果然如自己所想，听到德妙名字后就开始皱眉，眼中时而露出淡淡地厌烦怨恨之色，时而又变得疑惑不解。

瑶光张了张嘴，又止住，心想这事还是别提了吧，反正德妙都死了，而且他师父还活着，算了，过去就过去吧。

想到这里，她抬起头看向契丹车队，见他们越走越远，人群也散去，而太岁神色却有些难看，当下忙道："行了，咱们别看了，去听书吧。"

太岁一听，马上转移了注意力，抬起头脸上露出喜色，点点头道："对，走听书去。"

说着，二人朝前方茶馆走去。

契丹车队中，哈梵坐在车上正用阴冷的目光扫视着车外的情形，等人群散去后，他才抬起手将窗帘拉下，露出手腕上一个圆孔形的疤痕。

伴着马车的摇晃，哈梵似想到了什么，低头看了眼腕上的疤痕，本就阴冷的双眼中透出狠厉之色，缩了缩手，用袖子掩住，这才缓缓闭上双目，半眯着眼修养精神。

"太岁真的回来了？"北斗司大堂里，洞明一脸惊喜地看着开阳。

开阳微笑点头："真的！只是我还没来得及和他多说几句，就被瑶光把他拉走了。"

"回来就好！回来就好！"洞明欣慰地点头，随后又摇头叹道："听文曲说起时，老夫几乎还不敢相信呢，想不到，真是想不到……回来就好啊！"

"洞明前辈！"这时，外面传来瑶光的声音，开阳和洞明刚转头看去，就见她已经拉着太岁走进来了。

洞明一喜，起身迎上去，欢喜地看太岁。"哈哈，太岁，你终于回来啦！"

太岁眨了眨眼，赶紧靠到瑶光身边，低声问："这老头儿是谁？"

洞明一呆，目光转向瑶光。

瑶光赶紧解释道："前辈，太岁这里……"说着，她指了指脑袋道："还没有完全恢复，往昔种种，有些记起来了，有些还全然没印象。所以……"

洞明恍然道："哦！无妨！这些事，我听文曲说过了。慢慢来，不急。"

说着，他又欣慰地看了太岁一眼，微笑抚须道："明日进宫见驾时，你跟我去，陛下常常念起你呢！"

瑶光脸色微变，犹豫着说道："可是前辈，太岁的秘密……"

洞明微微一笑，好笑地瞪了她一眼道："老夫还不知道分寸吗？到时自然会有一番说辞，你呀，真是关心则乱。"

瑶光小脸发红，羞涩地低下头。

洞明摇摇头，也不再说她，目光转向太岁，朝他笑着招手道："明日我带你去个有趣的地方，到时候不要乱讲话，知道吗？如果我说起你什么，你只管点头承认。"

太岁愣愣地看他一眼，拉了拉瑶光，眼中露出询问之色。

瑶光回过神，忙给他介绍："这位是洞明前辈，是北斗司防御使，以前你也认得的。"

"哦！"太岁点点头，仔细看了看洞明，脸上露出一丝笑容："好，那明天我跟你去。"

"嗯，你先回去休息吧，要是不累，就让瑶光带你出去转转，我和开阳还有事商量。"洞明点点头，开始送客了。

瑶光和太岁应了一声，告辞出去。

过了一会儿，瑶光转过头好奇地看向太岁。

"怎么了？"太岁不解，抬手摸了摸自己的脸庞，以为脸上沾了东西。

瑶光摇摇头道："我是好奇你怎么答应得这么痛快。"

"啊！"太岁想了想，认真说道，"我虽然想不起他是谁了，不过他应该是没揍过我，应该是好人！"

"啊！"瑶光张了张嘴，干笑一声转移话题，"走吧，我带你去以前你住的屋子，看你能想起什么。"

"好啊！那走吧。"太岁一笑，脚步加快，显然心里十分好奇。

第二天一早。

垂拱殿中，炉香袅袅，一身龙袍的赵祯正坐在案后批阅奏章，小脸上神色严肃，非常认真。

这时，小林子从门外进来，放低了脚步走到他身边，低声禀报："官家，洞明先生求见。"

"快请！"赵祯脸上一喜，马上放下笔吩咐道。

"是！"小林子转身走出去，没过多久，洞明独自上殿。

"见过陛下。"洞明躬身行礼。

赵祯欣然起身，走出书案，神色略显激动道："洞明先生，太岁呢？你不是说他还活着吗？"

洞明一侧身，让开视线，就见小林子正引着太岁上殿。

"恩公，这边请！"小林子脸上似乎也有些激动，不过即使如此，他仍守着本分，只看了太岁一眼，就低下头引路。

不过此时的太岁却好像不认识他一样，边走边仰着头东张西望，嘴里更是不停地赞叹："哇！这房子好大！真漂亮！"

"太岁！"见他进来，赵祯马上朝前走了几步，脸上露出激动之色。

太岁低头一看，还没等看清赵祯身形，赵祯已经冲过来，忘形地拥抱了他，开心地大叫道："你没死，太好啦。"

太岁赶紧推开赵祯，扭头问洞明："这家伙是谁？"

洞明吓了一跳，赶紧斥道："别胡说！这是皇帝！还不快给皇帝行礼！"

赵祯哈哈大笑，上下打量着太岁。"我喜欢这家伙！这家伙救过朕的性命呢，不用行礼，不用行礼，今后只要你进宫，在朕面前，都可以兄弟相称，执兄弟之礼。"

洞明神色微显不安。"陛下，这恐怕不妥吧。"

赵祯摆摆手，不以为然道："这有什么不妥？朕的性命，难道还不值一声兄弟的称呼？"

说着，他亲热地执起太岁的手道："太岁！当初知道你不测，朕真是好伤心。你怎么又无恙了呢？听洞明先生说，你是关键时刻从断龙石下滚开，只是受了重伤，靠着墓中祭品充饥才活下来？"

太岁一听，马上看向洞明，见洞明轻轻点头，太岁忙道："是啊！就是这样！"

怕他说错话，洞明赶紧上前补充道："后来，太岁好不容易出来，只是身体虚弱至极，所以，将养了好多时日。而且迄今……"

洞明点了点太阳穴道："他的神志尚未完全清醒，所以，若有失礼之处，陛下千万不要责怪。"

赵祯笑吟吟道："不怪，不怪，这是朕的救命恩人，朕怎么会怪他。"

这时一个太监上殿，施礼禀报："陛下，契丹国师已经到京了，现由八王陪同进宫。"

"哦？这么快就到了？"赵祯想了想，吩咐道，"把他们带到这儿来吧，朕在这里见他们。"

说完，赵祯目光转向太岁和洞明，洞明忙说："陛下有外使要见，臣等告退。"

赵祯犹豫着看了太岁一眼，点头道："也好！那么，太岁先回北斗司好生歇养，改日再进宫来陪朕说说话。"

太岁有些失望，低声嘀咕："这里一点也不好玩。"

赵祯认同地点点头，小声凑过去道："我也觉得这里不好玩，有机会我去找你玩啊！"

"嗯……"太岁犹豫了一下，看了眼赵祯，见他一脸期冀的神情，慨然一点头，"好吧，到时候我和瑶光带你去听书。"

"好，那就这么说定了。"赵祯大喜，抬起手掌，做出击掌的姿势。

太岁愣了下，有些不明所以，扭头看了眼洞明。

洞明正要说话，赵祯已经拉起太岁一只手，抬起来相互一击，朝他眨眼笑笑道："咱们已经击过掌了，你可不能反悔啊！"

太岁看了看自己的手，明白过来，恍然地点了点头。

送走了太岁和洞明，赵祯坐回案后，没一会儿工夫，八王赵德芳就带着哈梵求见。

宣见后，小林子引着八王和哈梵，以及托着礼盘的哈梵副使上殿。

"陛下，这位是契丹国国师哈梵。"赵德芳见礼后介绍道。

赵祯看向哈梵，见对方眼神阴鸷，面色狠厉，心里就有些不喜，不过毕竟是契丹来使，再者也不好以貌取人，当下客气地点了点头。

哈梵上前，抚胸行礼道："外臣哈梵，见过宋国皇帝陛下！"

"嗯！"赵祯颔首，抬手虚扶，朗声道，"国师一路劳惫，辛苦了！"

八王又向赵祯引见副使道："陛下，这位是契丹国副使乙辛。"

乙辛托着礼盘上前欠身施礼道："外臣乙辛，见过宋国皇帝陛下！"

"免礼吧！"赵祯客气地说道，目光转向哈梵。

哈梵指着托盘说道："这是我朝皇帝陛下敬赠宋国皇帝陛下的礼物，美玉三方，明珠九颗，另有骏马十八匹。"

赵祯微笑道："贵国皇帝有心了！"

他抬抬手，一旁小林子上前接过礼盘。

"赐座！"等小林子退到一旁，赵祯又道。

哈梵和乙辛一起拱手道："谢陛下！"

几个太监迈着碎步入内，给几人摆坐，契丹正副使分别落座，八王也在一旁坐下。

等他们入座后，赵祯才道："贵使远来辛苦，且先歇息两日，两日后，朕设宴为两位贵使接风洗尘。"

哈梵欠身道："多谢陛下。"

说实话，赵祯有点不爱理他们，可毕竟是一国使臣，无论如何也得客套几句，尽管他年纪还小，可这一年来也有不少经验，当下问道："贵使初来乍到，馆驿可还住得惯吗？"

八王插话："臣正要说起此事，契丹国使觉得城中馆驿未免局促，想在城外择地而居。"

赵祯一怔，看向哈梵。

哈梵欠身道："陛下，城中馆驿虽然精致，但外臣习惯了草原大漠，空旷之所，住在城内不免觉得憋闷。所以，想在外自行择一住处，还望陛下恩准。"

赵祯恍然道："原来如此！贵使是客人，怎么能让你自寻住所呢。既然馆驿住不惯……"

他转向八王，微笑道："有劳八叔，且把契丹国使一行人安排在古吹台吧。"

说完，赵祯看向哈梵，微笑道："古吹台那里风光优美，住处也宽敞，当能令贵使满意。"

哈梵起身向赵祯致谢："陛下有心了。"

几人又客气了一阵，也没说什么正事，但对大宋方面来讲，算是尽到了礼数，而对契丹来说，入城第一天就能受到皇帝接见，也说明了大宋对契丹的重视，不管私下里如何想的，但至少面子是给了。

送走了哈梵和八王，赵祯终于松了口气，兴冲冲地走进慈宁宫。

慈宁宫里太后刘娥正坐在椅上喝茶，桌上摆着一盘干果和几沓书册，倒也算悠闲。

赵祯一进来就在椅上坐下，高兴道："娘！今儿有两件大喜事！"

刘娥挑挑眉毛，笑问道："什么喜事，看把你高兴的！"

赵祯嘿嘿一笑，不答反问："第一件，娘还记得一年前德妙作乱，曾舍身替孩儿抵挡毒针的太岁吗？"

刘娥颔首道："记得，怎么？"

赵祯眉飞色舞："他没死！原来他当时只是受了重伤，结果硬是靠着墓中祭祀的食物撑了下来，找到出路，跑出来了，哈哈！"

刘娥讶然道："哦？竟有此事！"

赵祯连连点头，开心道："没错！他近日才恢复健康，只是头脑还不是特别清醒，儿子今天已经见过他了。"

这时一旁宫娥上茶，赵祯顿了下，端起杯茶抿了一口，又兴致勃勃地说道："这第二件喜事，娘你猜是什么？"

刘娥失笑地摇头，嗔怪道："你这孩子，前朝的事，娘怎么会知道？"

赵祯笑嘻嘻地拈起一颗干果丢进嘴里。"娘，契丹国派国师出使我国了，还带来了美玉、明珠和宝马作为礼物。两国友好，息戈止战，难道还不是一桩大喜事吗？"

刘娥皱了皱眉，缓缓点头道："话是这么说，不过……北人一向觊觎我中原乐土，儿啊，你是一国之主，防人之心不可无啊！"

见她神色凝重，赵祯笑容微敛，若有所悟地轻轻点头道："嗯！娘说的是，人心难测！儿子明白了！"

见他这么快就有所明悟，刘娥欣慰地点了点头，话题转开，不再谈论政事。

另一头，洞明回到北斗司后马上叫来了隐光和柳随风。

"陛下降下密旨，叫我们着人留意契丹国师动静，但是契丹人若无恶意之举，切切不可冒犯，以免伤害两国关系。隐光，此事你来负责吧。"

"好！"隐光点点头，笑道，"放心吧，这种事最拿手。"

洞明点点头，又看向柳随风道："依我方才交代给你的，空桑观一案，应该是关系到那桩大秘密。你和瑶光去空桑观，且看谛灵子和玄玄子是否查出了什么。朝廷的意思，也不妨说与他们知道。"

柳随风点头道："好！我马上就出发。"

"嗯，去吧，注意安全。"洞明嘱咐道。

空桑观。

广修道长陪着谛灵子和玄玄子走在道观里，一边走，一边指点着房舍，说着当日发生的事。

远处庭院中一座小亭，包拯和展昭站在小亭中远远看着他们。

"他们究竟在找什么呢？"包拯自言自语道。

"我也不晓得，不过……他们一定是在找一件很重要的东西。他们这两天已经把冲玄道长平素打坐的静室、睡觉的卧房都翻遍了。"展昭小心地说道。

这时展昭听到脚步声，扭头一看，欣然叫道："他们来了。"

包拯回头看去，就见柳随风、瑶光和太岁走过来。

二人连忙迎上去，拱了拱手说道："你们终于来了。"

柳随风拱手回礼："怎么样，你们在这边有什么发现？"

"师父呢？我去找师父。"太岁根本不关心案情，一进来就东张西望，远远地看到玄玄子，脸上一喜，快步跑去。

瑶光一见他跑了，马上就想追去，柳随风却出言阻拦："由他去吧，在这观里，还怕他跑丢了么。"

瑶光犹豫了一下，停住了脚步，只是目光却一直追着太岁。

柳随风摇摇头，转头看向包拯。

包拯声音压得很低："没查到什么，不过，我们之前的猜想是对的，碧游官一定知道些什么，谛灵子和玄玄子两人的举动很不对劲。"

柳随风微微一笑道："他们的秘密，我已经知道了。来，咱们坐下说。"

他左右看了看，见不远处有个小亭，拉着包拯走过去坐下，瑶光和展昭跟了过去。

四人窃窃私语。

空桑观大殿中供奉着三清坐像，香炉中轻烟缭绕，仿佛与山中雾气融为了一体，显得既神秘又空灵，令人一走进来就心情放松。

"两位道兄，贫道还有点事，失陪一会儿。"广修领着玄玄子和谛灵子走进来后，告罪一声，转身出去。

等他走了，谛灵子叹了口气，看着玄玄子低声道："我们能找的地方都找遍了，那件东西全无线索，也不知是冲玄道长藏得隐秘，还是被杀害他的人取走了。"

玄玄子也叹气道："不管怎么说，这件事总要查个清楚明白才好。可是我们现在一筹莫展，想查也查不下去了呀！"

"是呀！"谛灵子点点头，苦恼地在大殿上踱起了步子。

玄玄子也捻着胡须沉思起来。

灵宝天尊坐像后面，太岁鬼鬼祟祟地探出头来，向他们看了一眼，伸手想去抓水果。玄玄子正好捻着胡须转身，面朝坐像，太岁一见，吓得赶紧缩回手。

玄玄子思索着，迈步向谛灵子走去，似乎想说些什么。

见他走了，太岁又探出手来，但是距离太远，他的手够不到。不过见师父正背向自己，他眼珠轻转，大着胆子探身出去，右手抓住灵宝天尊怀里的如意，左手去抓盘子里的水果。

不料，太岁这一抓如意，如意上发出"吱呀"一声轻响，竟然被他扳动了。

太岁"吱呀"一声，一下子扑在供桌上，把一盘子水果撞到地上。

他吓得趴在了桌上，谛灵子和玄玄子闻声回头，看清是他，都非常惊讶。

"太岁，你回来了！"玄玄子惊喜道，刚要迈步上前，大殿正中的地砖忽然"轰隆"一声闪开，露出一个大洞，从洞中缓缓升起一个半人高的石台。

谛灵子和玄玄子大为惊讶，也没工夫去理会太岁了，对视一眼，同时走上前去，只一眼看去，就发现石台中间有一个凹下去的长方形的浅坑，看模样，像是有什么东西被从中取走似的。

谛灵子脸色顿时大变："不好！那件东西已然被盗！"

玄玄子看着石头，疑惑道："这就是冲玄道长藏放那件东西的所在？"

谛灵子指着那个长方形的凹下去的印迹道："你看这里，可不正是放置那件东西的吗？"

"不知前辈所说的那件东西，是什么？"这时，柳随风的声音从外面传来。

谛灵子和玄玄子急忙转身，就见柳随风、瑶光、包拯和展昭一起走进来。

看到石台，展昭惊叹不已道："这里有机关！原来冲玄道长把他的宝贝藏到了人人都可以来的地方！"

包拯也赞叹道："好巧妙的办法！谁能想到，许多人天天走动、跪拜的所在，底下居然藏了一个大秘密！"

太岁见他们都在说话，连忙从供桌上爬下来，拍打拍打身上的尘土，好奇地问道："有什么大秘密？有趣吗？"

柳随风看了谛灵子和玄玄子一眼，微笑道："这就要问两位前辈了。"

谛灵子和玄玄子对视一眼，都有些尴尬。

倒是瑶光爽快，上前大声道："两位前辈，你们也不必隐瞒了。实不相瞒，我们已经知道你们在找什么。"

玄玄子不信，讶然问："你知道？"

瑶光微微一笑道："那件东西，一共四份。一份，在空桑观里，两份，在碧游宫中。还有一份……"

瑶光指了指自己的鼻尖道："在我们北斗司，对不对？"

谛灵子和玄玄子对视一眼，谛灵子沮丧地道："你们果然已经知道了。"

柳随风笑了笑道："两位前辈，其实这件事你们根本没必要隐瞒我们。我们和你们一样，都不想让那件东西出世的。"

谛灵子叹了口气道："我们也知道这件事早晚瞒不过你们，只是……"

包拯神情严肃地看着二人道："两位前辈，你们碧游宫当然希望大事化小，小事化了，可如今这已不是你们碧游宫自己的事了，事关江山社稷与万千黎庶！如果你们为了一己之私，一旦酿成大错，悔之晚矣！"

谛灵子和玄玄子对视一眼，沮丧地低头。

玄玄子叹了口气道："我们原本以为若能找到那件东西，此事尚有挽回余地。如今，该怎么办才好？"

柳随风踏前一步，神色冷峻道："两位前辈和我们一起去趟汴梁城吧，事关重大，眼下咱们都做不了主，需得请天子定夺。"

谛灵子看了玄玄子一眼，用力点了点头道："好！我们跟你去汴梁。"

大家做了决定，马上就启程回京，不过进了城后，却没进宫，而是去了北斗司。

暂时把谛灵子和玄玄子安置在太岁房里，让太岁陪着，柳随风拉着瑶光去找洞明禀报。

"如此说来，空桑观那一块已经丢了？"洞明脸色一下沉了下来，皱眉想了想，起身朝外走，"你们先回去休息，我得先进宫一趟。"

慈宁殿中，刘娥坐在珠帘后面，洞明隔着珠帘禀报。

"不出太后所料，冲玄道长之死，确与《推背图》有关。现如今，由冲玄道长保管的那块绘有部分地图的铜牌已不翼而飞。"

"这么说，若那人再得到碧游宫的两块铜牌，四得其三，难保不会推敲出藏宝之地！届时必天下大乱！"刘娥凝重而严肃的声音从帘后传来。

不等洞明答话，就听"啪"的一声，刘娥一拍椅子，振眉而起。

"让碧游宫交出铜牌！"

"是！"

八王与哈梵各带随从，并肩游览古吹台风景，二人一路闲游，谈笑风生，若是不知情者，非得以为这二人是一对知心好友。

古吹台，又名禹王台，民间称之为梁园。

"梁园虽好，非久恋之乡。"说的就是此处。

从外看，这里不过一处绿荫遍地的园林，可内里却遍布着楼台亭宇，里面种的花花草草，无一不是名贵的奇珍草木，其优美雅致之处，偌大的天下，也仅有皇家园林可堪一比。

而一直以来，能住进这里的，要么就是名臣大才，要么就是外国使臣，普通人虽知其好，可无论心中如何仰慕，都不得其门而入。

可以说，这是一种身份地位的象征，一种低调的奢华。

从这个角度来说，哈梵能被安置在禹王台中，就算明面上朝廷一句话都不说，也已经隐晦地表明了大宋对契丹的态度——重视！

八王和哈梵一路游逛，谈古说今，倒也甚是契合。

不远处，一棵高大的榕树下，西夏使者野利达带着几名随从，也在林中漫步，远远地看到来人，双方都止住脚步。

特别是野利达和哈梵，这两位都不是中原宋人装束，彼此一见，都好奇地打量对方。

哈梵朝八王问道："此人是……"

八王看了野利达一眼道："哦，此人叫野利达，是夏州李明德派来朝贡的。"

哈梵目光一闪道："西夏李明德对大宋居然如此恭顺？"

八王瞟了他一眼，不动声色道："我大宋今年改元，陛下加封西夏李明德为西平王，李明德自然要遣使谢恩。"

哈梵微微一笑，举步向野利达走去，拱手道："我是契丹国师哈梵，不知足下是？"

野利达拱手道："在下野利达，西平王麾下一名巫师。"

"久仰久仰。"

"彼此彼此。"

八王站在不远处，看着二人寒暄，淡淡一笑。

"太后已然震怒！四张铜牌，关系到《推背图》的下落，如此国之重器，既已有人觊觎，绝不能再由碧游宫保管。太后懿旨，碧游宫必须交出铜牌！"

北斗司厅堂中，洞明神色冷峻。

谛灵子和玄玄子互相看了一眼，沉默不语。

见此情形，洞明语气平淡，声音却沉了下来："两位，这不是请求，而是朝廷的决定！"

谛灵子抿了抿嘴唇道："此事，我二人做不了主。铜牌，也不在我二人手中。我们需得禀明家师才成！"

洞明面无表情地点点头，沉声道："理应如此！此次本官和你们一起去，当面向你们的师尊晓以利害！"

谛灵子和玄玄子对视一眼，眼中都露出焦虑之色。

他们都不傻，虽然洞明态度冷峻，可他们都听出来了，洞明已经在话里留了余地，给了面子。

什么叫朝廷的决定？

简单来说，就是两个字——圣旨！

碧游宫再如何隐居避世，能违抗圣旨吗？敢违抗圣旨吗？

邙山，路上。

谛灵子、玄玄子与北斗司众人一前一后朝上走去。

"当年太祖曾经向碧游宫索要过有关《推背图》的四副铜牌，但碧游宫拒绝交出，我们此番上山，恐怕他们也不会轻易答应，到时候，见机行事。"

洞明故意拉下几步，拉着柳随风小声吩咐道。

柳随风点点头，但紧接着又疑惑地问道："卑职不解，碧游宫又不想利用《推背图》做什么，他们执意留那铜牌何用？"

洞明淡淡一笑道："如果你家有一份祖上传下来的家书。它也没有什么用处，可别人若想索要，甚至以重金求购，你肯卖吗？"

柳随风恍然道："卑职懂了。"

洞明叹了口气道："如果《推背图》仅仅是一件纪念物，那也罢了。偏偏它有祸乱天下的本事，朝廷却是不能放任它遗留在外了。"

前边，太岁蹦蹦跳跳地跑了几步，倒退着走，向后边三人笑着打招呼。

"走快些啊，你们太慢啦！"

这时，路旁草丛中突然有只兔子忽然一闪，太岁看见了惊咦一声，停住了脚步。

太岁扭头看了一眼，见谛灵子和玄玄子正一边走一边低声交谈，没注意到自己，他脸上一喜，趁机一猫腰就钻进了草丛，追着兔子跑开。

洞明和柳随风、瑶光走过来，瑶光向草丛中喊："太岁，你去哪里？"

太岁猫在灌木草丛中寻找着兔子，听到询问，顺口回答："哦！我……我方便一下。"

瑶光啐了一声，不过想了想，还是对洞明和柳随风说道："你们先走，我等他一下。"

洞明和柳随风点头，继续朝上走去，留下瑶光等在路边。

灌木草丛中，太岁看到了兔子的身影，露出欢喜神色，追了上去。

太岁追着兔子越跑越远。

瑶光站在路上等了一阵，有些心急了，扬声喊道："太岁，你好了没有啊？"

等了一阵，没听到太岁的回答，瑶光不由得皱眉，边喊着太岁名字，边走进草丛，探头望去，忽然发现远处的半山腰上，太岁正弯着腰，好像追着什么东西似的离去。

瑶光大惊，高喊："太岁，你去哪儿？太岁！"

她声音虽然已经放高，可距离太远，太岁根本没听到。

瑶光跺了跺脚，转头朝山上看去，发现柳随风和洞明也走远了，瑶光大喊："洞明前辈，太岁跑掉了，我去找他！"

说着，她也不等回话，就纵身向太岁追去。

洞明和柳随风听到瑶光的声音，诧异地回身，已经不见了瑶光身影。

兔子在山间蹦来蹦去，很快不见了踪影。

太岁东张西望，喃喃道："奇怪，小兔兔跑到哪儿去了？"

他四处寻摸，转过前方一块大石头，突然发现了一个荒芜的山谷。

这山谷非常奇怪，周围绿荫遍布，可从半山腰处就突然变得寸草不生了，似乎被什么力量给隔断成了两个不同的世界。

太岁奇怪地看了几眼，手指朝向点了点，嘿嘿地笑道："小兔兔一定就藏在这里边！你逃不出我的手掌心！"

说完，他平端双臂保持平衡，灵巧地朝山谷下走去。

后方瑶光施展轻功，一路追来，正看到太岁进了山谷，她不由得大声呼喊："太岁！"

瑶光纵身一跃，落在山谷边。

"轰！"

就在太岁走进山谷时，半空中一道雷光飞快降下，太岁大惊，浑身寒毛都竖起来了，脑子里还没明白发生什么事呢，但他身体已经做出了反应，猛地向旁边一扑，惊雷炸在他原本立足处的岩石上。

"太岁！"瑶光惊呆了，尖叫一声。

她飞快地打量了一下山谷，失声惊呼："这是地狱谷？"

这时，第二道闪电又劈落，太岁如有神助般躲开，口中却大声惊呼道："救命啊！"

这时他正好听到瑶光的尖叫声，起身就往瑶光这边跑。

瑶光大惊，连忙高呼道："别跑，趴下！快趴下！"

"轰……"

可太岁这时候已经快被吓傻了，根本不敢停下来，就见一道道闪电落下，追着太岁的脚步。

瑶光大急，顾不得自己安全，就想要跳进山谷救人，可她身形刚一动，肩头突然被人摁住。

瑶光扭头一看，原来不知什么时候，洞明和柳随风已经追到了身边，按住她肩膀的是柳随风。

柳随风脸色凝重看着山谷里上蹿下跳的太岁，急声道："我来！"

说着，他松开瑶光，一跃身跳了出去。

他人在半空，似乎跃过了某条界限，天上一道闪电立即迎面劈来。

柳随风大喝一声，凌空一个后空翻，险之又险地躲过闪电，落回原处，踉跄地退了两步。

"这……"洞明眉头紧蹙，刚要说话，就听天空一道轰鸣，又是一道惊雷落下，忙转头朝下方看去，就听太岁发出了一声惨叫。

"轰！"

已经躲过几次雷霆的太岁，此时好运终于到了头，被一道惊雷劈中头顶。

他头发冒烟炸起，脸色灰黑，眼神呆直地看了瑶光一眼，仰面倒下。

"太岁！"瑶光尖叫一声，一把挣脱洞明，冲进了山谷。

她一边跑着，一边将一枚枚飞镖甩到空中。

"轰！"一道闪电落下，正劈在暗器上，眨眼间将飞镖劈碎，不过趁此机会，她已经奔出几步，第二道暗器再次出手，再度被闪电劈碎。

就这样，一连几次，瑶光一边施展轻功奔驰，一边甩出各种暗器吸引雷电，只几息间就已经扑到太岁身边，把他迅速往自己身上一甩，继续向空中发射暗器引开雷电，同时朝着来路返回。

雷霆轰隆，电光四射！

谁也没想到，瑶光的灵机一动，竟然险之又险地把太岁救了出来。

到了山谷外，她脱力似的倒地，柳随风和洞明连忙伸手扶住他们，接过太岁，把他缓缓放倒在地上。

三人都围过去，瑶光焦急地呼喊："太岁！太岁，你怎么样。"

好在太岁身体还能动弹，就见他嘴巴微张，突然喷出一股烟气。

"太岁，太岁你别吓我啊……"瑶光眼圈飞快红了，不停地摇晃太岁。

一旁柳随风见状连忙制止，低喝道："瑶光，你别慌，别忘了太岁的体质！别说他现在还没死，就算是死了，也不一定就活不过来。"

瑶光愣了愣，想到太岁的不死之能，长松了口气，用力抹了把眼泪，身体一歪，坐倒在地上。

以她非人的体力，按说之前那几步路根本累不着她，但身体虽然不累，可精神却一直高度集中，此时放松下来，一股前所未有的疲惫马上涌上来，一时间连站立的力气都没有了，只能坐倒地，重重喘着粗气。

"不要紧，应该是晕过去了。"这时洞明仔细探了探太岁脉搏，又翻开他眼皮看了几眼，松了口气后，转头朝瑶光安慰道。

"嗯！"瑶光无力地点了点头，看着被雷劈得灰头土脸的太岁，虽然知道他不会死，但还是忍不住担心。

而此时，太岁的意识却已经陷入光怪陆离的混乱当中，他重生之前的种种经历走马灯般在脑海中回闪。与瑶光相识，与德妙斗法，与雷允恭斗嘴，加入北斗司，断龙石落下的一刻，玄玄子带他去邙林村，与瑶光再度相识……

这一幕一幕记忆片段，飞快地在他脑中闪现。

足足半个时辰过去，太岁慢慢张开眼睛，眼前洞明、柳随风和瑶光三人的形象渐渐变得清晰起来。

瑶光看着太岁醒来，马上焦急地扑过来道："太岁！你别吓我！你一定要好好的！太岁……"

太岁脑海中再度闪过几个画面，多数是他以前被瑶光暴打、欺负的场景，少数是重生后重逢，瑶光对他的温柔体贴。

他眨了眨眼睛，眼神变得清明起来，咳了两声。

瑶光大喜过望道："你醒了？"

此时，太岁已经回忆起了过往的一切，看着眼圈发红的瑶光，刚要说话。可突然想到了什么，心里一动，依旧装作记忆没有恢复的模样，缓缓坐起来，天真地道："我……我追小兔子。"

瑶光不等他说完，一把抱住他，激动得浑身轻颤。"太岁，你吓死我了，你真吓死我了。"

太岁趴在瑶光肩头，头微低，先是一怔，然后眼珠一转，狡黠地一笑，继而仍旧扮出一副天真模样道："我……我没事，可是小兔子不见了……"

这时两道衣袂飘风声响起，谛灵子和玄玄子同时跃到他们身边，一看众人模样就明白过来，不过眼见太岁无恙，玄玄子松了口气，瞪着太岁责怪道："你这浑小子，进了地狱谷，还能活着出来，简直是天大的运气。"

太岁看向玄玄子，微微有些激动，但强抑着没有表露。

师父！您还活着，真是太好了！

众人又说了会儿话，继续上山。

不过这一次，瑶光却紧紧陪在太岁身边，不离半步，而且十分体贴关切，不时取出手帕帮他擦脸。

太岁也装作懵懂模样，任由她施为，只是趁着瑶光和其他人没有注意的时候，他突然狡黠一笑。

没多久，一行人到了碧游宫，通报过后，大袖翩翩的地藏从后面静室中走出，与众人见过礼，相互认识后，当即说起了正题。

一听朝廷要碧游宫交出铜牌，地藏脸色马上变得难看起来，盯着洞明质问道："我碧游宫与你大宋太祖皇帝曾订下君子之约，朝廷不逼我碧游宫交出《推背图》，我碧游宫为确保《推背图》永不出现，由我大师兄陈抟将藏宝地图一分为四，铸成四面铜牌，分由四方掌管！而今，你们要食言吗？"

洞明拱拱手，神色淡然，丝毫不在意地藏的脸色。"今时不比往日，由空桑观保管的那块铜牌已经落入歹人手中。"

天机子眉梢轻扬，不以为然道："四面铜牌，只得其一，又有什么用？"

洞明看向天机子："前辈，如我所料不错的话，那人下个目标，应该就是你碧游宫。"

地藏傲然冷笑道："我碧游宫是那么好欺负的吗？"

一旁柳随风沉声道："明枪易躲，暗箭难防。"

太岁看着双方辩论，眼神灵动，已经不是之前的蠢萌。

天机子有些不悦道："就算如你等所言，我和师兄保不住所藏铜牌，被那歹人得手，这地图也依旧不全，有何用处？难不成你们北斗司对自己也不放心，担心由你北斗司保存的那块铜牌也出问题？"

洞明摇头道："人外有人，天外有天。洞明从不敢小觑了天下英雄，岂敢自夸就一定保得住铜牌万无一失？再者，就算我北斗司保得住最后一面铜牌，歹人已得四分之三，又安知他不能推算出残缺部分的内容？"

他深吸一口气，望向地藏和天机子，语气诚恳地说道："还望两位前辈以天下苍生为重，交出铜牌，由皇家保管。"

地藏犹豫了一下，看向天机子道："师弟，这两块铜牌，与你我而言，只是负担，不如……"

天机子却淡淡一笑道："如今那四面铜牌，你北斗司握有一块，歹人握有一块，我和师兄各自握有一块，要凑齐了并不容易。如果我师兄弟二人把它交给你，歹人只要从你北斗司得了手，就等于凑齐了四面铜牌，哪个更危险？"

"这……"洞明一怔，对方说得倒也有些道理。

天机子见他神色，又轻笑道："说到底，是你们的皇帝信不过我们这些江湖人。可惜，我这个江湖人，同样信不过你们朝廷保全它的实力。"

说罢，他一拂袖子，向大殿外走去，竟然转身就走。

地藏忙起身唤他："师弟？"

天机子停住，但并不转身，只是高声道："祖师手迹能交与外人吗？师兄，你是碧游宫主，莫让碧游宫人失望！"

天机子飘然离去，太岁眼珠微微一转，悄悄退后一步，从大殿边上向外面追去，瑶光和玄玄子注意到了他的举动，但都没有在意。

天机子走进天机洞，停住身形，叹了口气，挨着石台沿坐下。

他刚一坐下，就听身后不远处传来一阵脚步声，天机子微微抬眼，看到是太岁，脸上露出欣慰的笑容，拍了拍身旁的石台，示意他过来。

太岁走过去坐下，扭头看着天机子。

"你想说什么？"天机子看了他一眼，笑问道。

太岁挠挠头道："师父的师父啊，那个《推背图》，你也不想它问世的吧？"

"是啊！"

"再过一千年，一万年，也不想它问世的吧？"

天机子笑了："有些东西，还是不要问世的好。一旦拿出来，许多人、许多事就不好了。"

太岁不解，问道："那么，一千年、一万年之后，就算它保存得再好，也都腐烂了吧？"

天机子点头感叹："是啊！这世上，没有什么是永远不变的东西。"

太岁眨眨眼："既然是这样，那你何必非要自己来保管它呢，交给朝廷，岂不省心？"

天机悠然一笑，慈祥地摸了摸太岁的头发道："你还小，很多事你还不明白。好好修炼老夫教你的蛰龙心法，等你活到老夫这么大岁数时，你就会明白的。"

这时，地藏走进山洞，在不远处咳嗽一声。

天机子抬头看了一眼，对太岁说道："太岁啊，你出去玩吧！"

"哦！"太岁乖巧地点点头，起身从石台上下来往外走，从肃立的地藏身旁绕过，当他与地藏错身而过时，眼神一闪，露出一丝精明的味道。

地藏缓步上前，在天机子身旁并肩坐下。

两个人都没说话，只是双手撑着石台，出神地望着前方。

过了许久，地藏缓缓开口："师弟，还记得你我初相识时的情景吗？"

天机子思索了一下，微微一笑道："怎么不记得？我本蜀人，孟知祥在成都称帝，占据两川后，我随爹娘为避战乱离开家乡，一路辗转，在洛阳遇到了你，幸亏你家接济，我才吃饱肚子。"

地藏也微笑起来道："那时候，我是大家少爷，你是个小乞丐，旁人都说，咱们俩能一见如故，一定是前世结下的缘分。"

天机子点头，似乎想到了当初情景，眼神有些恍惚，轻叹道："可惜，好景不长。石敬塘向契丹人割让幽云十六州，借了契丹兵杀进洛阳，我的爹娘死于战乱中，你的家也被乱兵劫掠一空，只剩下咱们两个，四处流浪。"

地藏叹了口气，道："是啊，幸亏恩师带大师兄游历江湖，遇到你我，从此你我就成了碧游宫的人。"

说到这里，他扭头看向天机子，感慨道："从你我相识那一天到现在，我们在一起的时间有多长了？"

天机子手指算，轻轻地道："八十八年！"

地藏默默地看着前方道："八十八年……八十八年啊……"

他看向天机子，眼神中透着复杂。"朝廷想找出《推背图》，或加以利用或付之一炬，自有朝廷的道理。咱们想让它静静地躺在祖师存放它的地方，直到地老天荒，那是咱们碧游宫人一代代的坚持。师兄身为一宫之主，之前未免顾虑太多，无论如何，不要伤了咱们师兄弟间的情谊。"

天机子有些动情道："师兄，方才是我脾气不好……"

地藏打断了他的话："唉！八十多年的老兄弟，还用说这样的话？你安心修行，朝廷这边，我来应对！"

说完，他举步往外走，身形似乎有些憔悴。

天机子看着他苍老的模样，突然有些不安，起身叫道："师兄……"

地藏脚步不停，挥了挥手道："不必多虑！此事我自己有打算。"

看着他渐行渐远，天机子呆怔半晌，终于长叹一声，沉默下来。

碧游宫大殿。

柳随风和瑶光、洞明三人站在一起，正在低声商议。

地藏举步走进大殿，在中间昂然站定，眼神扫过众人，沉声道："诸位，老夫方才与师弟已经仔细议过了。《推背图》乃我祖师遗宝，祖师将它藏起，就是既不想它面世，又不想它毁去。我等后辈岂可悖逆祖师遗愿？故而，由我和天机子师弟所持的铜牌，我们是不会交出去的。"

洞明神色冷峻道："前辈……"

地藏衣袖一拂道："我可以向诸位承诺，但凡还有一口气在，就绝不会让歹人得逞，从我手中夺去铜牌，朝廷尽管放心。如果朝廷仍旧有所疑虑，执意撕毁我大师兄陈抟与你朝太祖皇帝的君子协定，地藏也无话说，碧游宫就在这里，你们只管派兵来吧！"

洞明怔住，一时不知该如何劝说。

见此情形，瑶光不由得焦急，低声询问道："大人，怎么办？"

洞明定了定神，微微拱手，神情苦涩。"前辈执意如此，晚辈甚是遗憾。碧游宫与我大宋皇室渊源甚深，与我北斗司也是大有关系，晚辈岂会向前辈动手。"

他叹了口气道："既如此，晚辈只有如实禀报天子了，告辞！"

地藏目光一闪，沉声道："且慢！"

洞明止步回身，看着他，眼中露出惊讶道："前辈还有什么吩咐？"

地藏放缓了语气道："虽然，老夫不能交出铜牌。不过，空桑观与我碧游宫一向交好，冲玄道长临死又向我碧游宫求援，他的事，我碧游宫不能置身事外。谛灵子、玄玄子！"

谛灵子和玄玄子同时上前一步，抱拳听命。

"你二人依旧随洞明先生下山，协助擒拿杀害冲玄道长的凶手。"

"弟子遵命。"

洞明眼波一闪，叹了口气，朝柳随风、瑶光摆了摆手道："走吧！"

众人下山后，一路来到古吹台，通过层层守卫盘查后，大家来到一幢院子前。

"我北斗司内不能留客，诸位先住在这古吹台吧，待我回禀了天子，再来与诸位相见。"

谛灵子额首道："有劳洞明先生。"

太岁看了瑶光一眼，脱口唤道："瑶光……姑娘！"

瑶光听他只唤自己瑶光，双眼不由得一亮，待听完全句，神色微微一黯。强打笑容对他说道："太岁，你先和你师父住在这儿，不要淘气，待我办完公事，就来找你。"

　　太岁点点头道："哦。"

　　众人又客套几句后，北斗司众人离开。

　　太岁站在那儿默默地看着他们的背影，眼中似有不舍，瑶光走了一阵，突然回头看去，正好看见太岁还在凝视着她，心里微微一颤，脸上露出笑容。

　　众人分别后，三人走进房间，谛灵子四处察看。

　　"玄玄师弟，你和太岁就住在楼下吧，我喜静，住楼上。"

　　"好！"

　　谛灵子向楼上走去。

　　玄玄子带着太岁从大厅拐到一侧一间房，玄玄子打量着房中环境，随口说道："太岁啊，你就住这间吧！方才洞明先生说了，这古吹台住过外使，你可千万不能淘气了，要不然，会被官府捉去打屁股的。"

　　太岁定定地看着玄玄子，目中有泪光，闪闪发亮。

　　玄玄子没有听到太岁回答，急忙回头，看见他还在，又松了口气。

　　"你这小子，师父还以为你又溜出去了呢！"

　　太岁凝视着玄玄子，目光莹然。"师父，为何你不叫我'不死儿'了呢？"

　　玄玄子吃了一惊，赶紧向外边看看，急忙把太岁拉到身边，小声斥责："你这孩子，师父再三叮嘱，千万不许提起'不死儿'这三个字，要不然人家问起，你如何解释，你这孩子再不听话，师父可要拧你耳朵了。"

　　玄玄子说着作势要拧太岁的耳朵。

　　太岁一动不动，凝视着玄玄子。"小时候，师父一直叫我'不死儿'的。"

　　玄玄子的动作忽然停止，惊讶地看着太岁，慢慢张大了嘴巴颤声道："你……你方才说什么？"

　　"徒儿说，从小，师父您就叫我不死儿的。直到有一天，元元子师叔带了他的徒弟德妙找到师父。"

　　太岁说着，泪水流了下来。"徒儿醒来后，没找到师父的尸首，所以，一直告诉自己说，师父你还活着。可徒儿心里知道，这太不可能。从那以后，徒儿就成了孤家寡人，再也没人叫我'不死儿'……"

　　玄玄子激动地道："太……太岁，你都记起来了？"

　　太岁慢慢点头道："徒儿误入地狱谷，遭了雷击。再醒时，往昔一切，就全都记起来了。师父……"

　　说到这里，太岁慢慢跪下，玄玄子泪流满面，激动地一把抱住了太岁，老泪纵横。

　　"不死儿！我的不死儿啊，你终于记起来了，终于记起来了……"

　　玄玄子走到一处僻静处，四下观望。

　　太岁跟过来，有些疑惑道："师父，我们到这儿干什么？"

　　玄玄子回身，看着太岁叹了口气。

　　"我知道你有很多话想问我，这里四下无人，安全一些。"

　　"咱们的住处只有谛灵子师伯，难道师父还信不过他？"太岁皱眉。

　　"你的不死之秘，如果可能，我不希望任何人知道。"玄玄子苦笑，"或许你不以为然，以为没什么大不了的，但是你也长大了，应该听说过，这种能力有多么吸引人吧？"

"嗯！"想到已经死去的先帝，太岁点了点头，又道，"师父，我想知道……"

"你想知道，为师当年为何未死，又为何离你而去，是吗？"玄玄子打断了他的话。

太岁沉默地点头，看着玄玄子。

"师父，也是不得已呀！"玄玄子微微仰起头，有些唏嘘。

随着玄玄子讲述，太岁慢慢明白了当年的事情真相。

"你师祖当年收有两个徒弟，就是我和你师叔元元子。你师祖最高明的武功是蛰龙心法，这心法对悟性和资质要求极高，我和元元子都练不成。但你师叔元元子却以为是你师祖对他有所保留，而把真正的蛰龙心法只传给了我，因而心生嫉恨。于是，他设计陷害我，让你师祖把我逐出了师门。我流浪江湖，捡到了你，从此相依为命，直到有一天他带着弟子找上门……"

太岁轻轻点头，当年他虽然年幼，可对这件事实在印象太深了。

玄玄子道："我被逐出师门后，你师叔元元子依旧没有学到与以前有所不同的功夫，他认为是你师祖对他有所保留，可又不敢对你师祖发作，于是就找到我，想从我口中问出真正的蛰龙心法……"

"师父就是偏心你，明明都是他的弟子，为何只传你蛰龙心法？"

玄玄子长叹，语重心长地劝师弟："师弟，并非师父藏私，蛰龙心法明明就刻在天机洞石台上，你也是看过的，只是这部功法太过难学，对个人资质的要求太高，你无法入门也很正常。其实师兄我也一样没有练成。"

元元子看着玄玄子，突然大笑道："哈哈哈……"

他长笑了好一会儿，才看着师兄摇头道："师兄啊师兄，你就别装了，那老糊涂将你逐出师门已经多少年了，我就不信你不恨他？何必在我面前摆出一副假惺惺的孝顺模样，给谁看啊？"

玄玄子大怒，抬手指着元元子脸怒喝道："住口，师父待你恩重如山，你竟敢辱骂恩师？"

元元子仰头大笑，脸色狰狞。

"怎么，我说他是个老糊涂你还不爱听？哼，想当年我和德妙只是略施小计，本来只是想离间你们之间的感情，让他对你失望，从而将蛰龙心法传给我。但结果呢？连我都没想到，这个老家伙竟然问都不问，直接把你赶出了碧游宫，可怜师兄你连解释一句的机会都没有。就这样一个是非不分，识人不明的老家伙，还算不上糊涂？还值得你为他说话？"

玄玄子深吸口气，摇头叹息。"唉，看来师弟你已经入魔了。在你眼里，区区一部功法就真的那么重要吗？比多年的师徒情义都重要？比几十年的养育之恩都重要？"

元元子怒极而笑。

"区区一部功法？你说的倒是轻巧。那老家伙都比我老了几十岁，可一张脸比少年人还要年轻，这是什么？这是长生啊！我自幼修行，整天不是打坐就是闭关，为了什么？啊？不就是为了长生吗？可长生大道明近在眼前，他却偏偏不教我，甚至把你赶走以后，只剩下我一个弟子，他仍然不愿意把蛰龙心法传给我。这就是你说的师徒情义？这就是你说的养育之恩？我骂他几句怎么了，若非不是他对手，我甚至都想杀了他！"

玄玄子惊愕地看着元元子，抬手指着对方，声音颤抖："忘恩负义，大逆不道！你这个畜生，竟敢生出弑师的心思，就不怕遭天谴吗？"

元元子冷笑，突然转头看向远处躲在门后偷看的太岁，抬手指了指太岁。

"假如有一天，当你这个小弟子长大了，得知你有证道长生之法，却偏偏不肯教他，你说，他会不会恨你？"

玄玄子愣了一下，转身看向太岁。

就在这时，元元子脸上诡异一笑，突然出掌。

元元子突然出手击向玄玄子，玄玄子伸掌抵挡，这时身后的小德妙突然拔剑刺向玄玄子后腰。

小太岁惊呼，冲出门去。

玄玄子痛呼闪避，一掌拍向德妙，德妙伸剑，被玄玄子一指弹飞。

玄玄子一掌拍到德妙面门，瞧她年纪幼小，心生不忍，忽然收掌，只在她心口点了一指。

"小小年纪，如此狠毒，念你年幼，只废武功！你好自为之！"

小德妙痛苦地捂胸倒下，元元子扑来，从空中接住德妙的剑，一剑刺穿玄玄子的胸口，玄玄子大瞪双目，呆滞地看向奔跑哭叫冲来的太岁。

小太岁扑到师父面前，抱着他放声大哭："师父！师父啊……"

而另一边，少女德妙艰难地爬起，摸了摸自己身上，惊恐地尖叫："我的武功！我的武功！"

她叫了两声，突然抬起头，怨毒地看向正抚尸痛哭的小太岁，用尽力气爬起身，咬牙切齿地从师父手中夺过血淋淋的长剑，冲上去狠狠一剑，刺穿了小太岁的身体。

小太岁口吐鲜血趴在玄玄子身上，正好与玄玄子对视。

"师父……"小太岁叫了一声，断气倒毙。

玄玄子两眼通红，浑身颤抖，这时元元子上前，一脚踢开小太岁的尸体，手指连点玄玄子身上穴道，帮其止血后，元元子低头，朝着师兄狰狞一笑。

"师兄，你也别怪我，谁让那老家伙多事，明明已经过去这么多年了，他还念念不忘，竟然真把当年之事给查出来了。现在师弟我也被他逐出门墙啦，没办法，师弟只能来找你，毕竟除了他之外，整个天下就只有你才知道真正的蛰龙心法。"

玄玄子吐了口血，气若游丝，说起话来断断续续。

"蛰龙……心法……就刻在……天机洞的……石台上……师父……从来就……没……没瞒过你……"

元元子冷笑，抓着师兄领口把他拎起来。"我要的是真正的蛰龙心法，不是他用来蒙人的假货。"

玄玄子有气无力地摇头，慢慢闭眼，已经说不出话了。

"不说？哼，没关系，师弟我有的是手段让你说话。"

元元子冷笑一声，看了德妙一眼，发现她因为失去武功而伤心落泪，安慰道："德妙，莫担心，蛰龙心法神妙莫测，等师父得到真正的功法，到时未必不能帮你恢复武功。"

德妙眼睛一亮，连连点头。

说到这里，玄玄子叹了口气道："当时，你师叔帮我止了血，想带我离开，继续逼问所谓的真正的蛰龙心法口诀，可他带着我刚出大门，就遇到了你师祖。"

太岁惊讶道："我师祖？天机子？"

玄玄子面色沉重地点头道："那时候，你师祖已经发现上了你师叔的当，下山来寻我，正好寻到那地方，眼见你师叔重伤了我，你师祖勃然大怒，当即便清理门户，一掌毙了你师叔！"

太岁吃惊道："啊！"

玄玄子道："当时德妙害怕极了，连忙向你师祖跪地求饶，你师祖念她年纪尚小，又已被我废了武功，一时心软，就放她离开了。而你师祖并不知道我下山后收了个小徒弟，便只带我回山了。"

太岁不解地看着玄玄子。"师祖不知道，师父可以告诉他呀，为何……丢下了我？"

玄玄子望着太岁，神色复杂道："若当时告诉你师祖，院子里还有我的一个小徒弟，你师祖看到你被一剑穿心，一定认为你死定了，若是未过多久你又活蹦乱跳地活过来，你的不死之秘也就难以保住。"

太岁一脸惊讶道："师父连师祖都信不过吗？"

玄玄子深情地看着太岁道："徒儿啊，你可知道，发现你能不死后，为师也曾打过你的主意。可你是师父从小养大的，已经把你当成了自己的骨肉，所以，才宁可放弃这不死之秘，也不想对你有丝毫伤害。但别人……"

玄玄子摇摇头，默默转身，望向远处，眼神中透着伤感。

"你师叔元元子为了一部蛰龙心法就能泯灭人性，那其他人呢？是否会因为你的异能，给你带来危险？师父实在不确定。所以，只好瞒下你的事，随你师祖回山，不过，却也常常暗中去探望你的。"

太岁点头，但还是不解。"那……为何这次师父又把我带回山了呢？"

玄玄子转身看向太岁，没好气地道："师父何曾带你回山？师父明明是让你住在邱林村，是你这臭小子不听话，偷偷跟上了山！"

"呃……"太岁尴尬地挠了挠头。

玄玄子道："当年你虽年纪幼小，却也机警伶俐，虽然武功刚刚入门，但凭着所学的一手幻术，不致饿死了自己，所以，师父才放心离开。但你从皇陵中复苏后，神智尚未复原，自保能力较之当初还要差了许多，师父怎么放心得下？只好冒一把险了。"

太岁挠头笑了笑，又有疑惑。"那师父怎么不把我交给北斗司呢？大柳、瑶光他们待我如同亲人，一定会照顾我的。"

听他说起这个，玄玄子面露羞愧，但还是实话实说道："唉，这就怪为师的一点私心了。当时你已失去记忆，若我就这么把你交给别人，师父担心……担心等你重新成长后，记忆里就再也没有了师父，师父……受不了……"

太岁感动了，上前用力抱紧了玄玄子，眼中含泪道："师父，我从小被您养大，在我眼中，您是师父，也是父亲，不死儿永远也不会忘了您。"

玄玄子感动地抱住太岁，抚他的头发哽咽道："好孩子！好孩子……"

垂拱殿中，太后刘娥和皇帝赵祯并排坐于上首，八王坐在侧位。

"陛下，情况就是这样了。碧游宫的人，太过固执……"洞明拱手禀报。

"这些江湖人……"刘娥大怒，可刚说了一句，突然想到自己的出身也是江湖人，当下怒气一敛，有些无奈地叹道："唉！身在江湖，从不把朝廷放在眼里。"

八王看向刘娥和皇帝，问道："碧游宫不肯交出藏着《推背图》之秘的铜牌，我们该怎么办？"

洞明也看向皇帝。

却不想赵祯只是微微一笑，说道："那就由他们去吧。"

刘娥和八王有些吃惊。

赵祯站了起来，看着众人朗声道："朕治天下，靠的是一颗仁君之心，不是一本所谓的天书。古往今来，多少雄君霸主，都不曾有过《推背图》为他指点迷津，还不是成就了皇皇伟业？不得人心的话，纵然能预知未来，也难保住自己的江山。"

刘娥皱眉反对道："可是，现今流传于世的《推背图》，已屡屡证明它的灵验。让它留传于外，终究是个祸端。"

赵祯笑道："娘！儿自然明白这个道理！若有野心家得到它，难免会蛊惑人心，造成动荡，让黎庶平白牺牲。不过，北斗司不是还保有一块铜牌么，既然是陈抟真人铸造的铜牌，四缺其一，谅也无人能够破解。"

刘娥还是有些不情愿，赵祯见此也不着急，而是走到她身边拉着她的手安慰道："娘啊，你看古往今来，可曾听说哪个皇帝是靠预知未来治理天下的？说到底，所谓国泰民安，就是要人心安定，百姓富足。而这需要皇帝勤政爱民，而不是靠一本'天书'去装神弄鬼。咱们堂堂皇家，难不成还要为了人家祖师所著的一本书，派兵登门去抢？太祖有帝王心胸，儿欲效仿太祖。"

听他已经说到这种程度了，刘娥也是无奈，当下叹了口气，嗔怪道："你这张嘴啊，就会哄娘开心。"

赵祯笑了笑，这时八王也赞叹地点头。"陛下能存此心，必成一代贤明之君！"

"八叔，咱们自家人，就不要夸来夸去的啦！"赵祯笑着说了一句，又转向洞明，"洞明先生，此事就不必再难为碧游宫了。但那觊觎《推背图》的人，还是要把他找出来的！朕欲修菩萨心，却不是用在这些魑魅魍魉身上！"

洞明欠身道："臣遵旨！"

得了天子旨意，洞明不敢耽搁，出了宫后，叫过瑶光就朝古吹台赶去。

等赶到地头，天色已晚，顺便叫了桌酒菜，众人在屋子里边吃边聊。

谛灵子感激地向洞明拱手道："陛下贤明，谛灵子深感惭愧啊！只是家师与师叔两位老人家太过固执，做晚辈的也不好说什么，实在是……"

洞明打断了他的话："唉！这件事就不要再提起了。只是那突袭白马寺，杀死空桑观两位道长的歹人，我们还是要把他找出来的。"

谛灵子重重点头道："一定！一定。"

另一面，太岁坐在玄玄子和瑶光中间。

瑶光正小声地跟太岁说道："北斗司事务繁忙，大柳一时走不开，叫我替他跟你说一声呢。"

太岁"哦"了一声，眼睛却看着离他较远处的一盘菜，手指伸到唇边，有点馋的样子。

瑶光一看，连忙起身帮他去拿。"你喜欢吃这个菜吗？来，我帮你挪过来。"

瑶光直接把两盘菜换了位置，又帮太岁夹菜。

太岁一边吃着，一边偷笑，玄玄子见状瞪了他一眼。

趁瑶光不备，玄玄子低声问太岁："你还要装傻，打算瞒她多久？"

太岁悄声回答："师父，你是不知道她平时有多凶，难得现在这么乖，你就让我……"

这时瑶光夹菜过来，太岁连忙住口，凑上去吃了一口。

瑶光笑眯眯地问："在和师父说什么悄悄话？"

太岁乖巧回答："我跟师父说，瑶光姑娘是天底下最好最温柔的女孩子。"

瑶光一喜，摸摸他的头道："太岁乖！你住在这里，要听师父的话，不要惹事。明天忙完公事，姐姐还会来陪你玩的。"

"哦！"

玄玄子见徒弟装模作样，无奈地扭过头去。

"哈哈，来得巧不如来得早啊！"这时，外面传来一个声音。

众人闻声望去，就见吕若虚和展昭、包拯一起走进门，众人忙喜悦起身相迎。

吕若虚向谛灵子和玄玄子拱手，笑言："小弟回家简单安排了一下，就来拜会两位道兄了，想不到，正逢这一席好酒啊，哈哈……"

洞明连忙让座道："吕大侠，来来来，快请坐。"

包拯一拉展昭，两人走到太岁和瑶光身边，相互寒暄说话。

此时，契丹国师哈梵和西夏巫师野利达在一名宋国文官的陪同下正从外面漫步路过，从窗口看到里边众人寒暄说笑的场面，三人站住。

哈梵往窗内看了看，询问宋国文官："这是哪一国的使节？"

宋国文官看了一眼道："哦，他们并非外国使节。"

哈梵挑了挑眉道："哦？那却不知他们是何等样人，竟有资格住在古吹台？"

宋国文官也不隐瞒，直言道："他们是碧游宫的人。"

哈梵目光一闪道："碧游宫？那是什么所在？"

宋国文官笑道："碧游宫来头可不小。我大宋有位睡仙人陈抟，国师想必是听说过的，那就是碧游宫的大师兄。当年……"

几人边走边说，野利达往窗内已经就座饮酒攀谈的众人处望了一眼，又深深地看了哈梵的背影一眼，举步跟上。

夜色深沉，明月高挂，虫鸣唧唧。

一道人影忽然从楼外一跃而起，悄然落在楼上。

卧室里，谛灵子正在沉睡，忽然有所醒觉，猛然睁眼。

可就在这时，一根手指突兀地点在他的穴位上，谛灵子刚要仰身起来，又软在床上。

"你是什么人？"谛灵子虽然被制住，却并不慌张，当下冷肃地询问。

"不必问我来路，我只想问你一件事！答对了，留你活命，答错了的话……"

一个黑衣蒙面的人影走到他身前，看着谛灵子冷笑一声，伸手点了谛灵子的穴道，又向他晃了晃刀子。

楼外过道上，吕若虚摇摇晃晃还有些醉意地经过，正摸着腰间，看来是刚起夜方便回来，经过谛灵子门口，隐约听到谈话声，吕若虚微微一怔，停住了脚步，侧耳倾听。

"你大师伯就是睡仙人陈抟？嘿嘿！这真是得来全不费功夫！我听说你大师伯铸造过四面铜牌，内藏一个天大的秘密？"

"我只少年时见过大师伯，之后就再未见过他老人家了。对此一无所知。"

"你是碧游宫代理掌门，有什么事是你不知道的？想活命，就说实话！"

听到这里，吕若虚大吃一惊，当下也不及多想，猛然抬掌拍向房门，房门轰然炸开。

蒙面人惊讶地扭头，瞪大眼睛，见一扇门板飞来，立即一掌迎去，可怜的房门马上变得四分五裂。

吕若虚趁机攻击，一面出掌与其交手，一面大喝："快来人，有歹人入侵！"

蒙面人恨得直咬牙，眼中闪过厉色。

而听到吕若虚的呼喊，太岁、玄玄子和包拯、展昭纷纷醒来，迅速起身赶来。

展昭与吕若虚住在二楼，距离最近，第一个冲进房来。

"师父！"展昭大叫一声，扑上前去。

蒙面人见对方来了帮手，猛然出掌击退吕若虚，后退一步，一把抓起谛灵子，倒跃出窗。

展昭想也不想就扑上前去。

"哪里走！"吕若虚也大喝一声，随即跃出，追了上去。

蒙面人带着谛灵子飞纵于空中，眼看身后吕若虚如猛虎出笼般直扑而来，蒙面人眼中露出狞笑，猛然向回振臂一扬。

"轰！"一道火龙迎面喷出，瞬间将吕若虚整个人笼罩其中。

距离太近，吕若虚又人在半空，根本来不及躲避，当下被火焰迎面喷中，惨叫落地。

"师父！"展昭悲呼，顾不得再追，当下扑向地面，就要帮忙救火。

蒙面人冷笑一声，趁机带着谛灵子逃去。

地上，吕若虚已经变成火人，惨叫不已，展昭悲呼抢救，可根本无法靠近。

这时，玄玄子与太岁双双冲跑过来，玄玄子上前帮忙救人，太岁看了眼远处的黑影，奋力追去。

包拯衣衫不整地跑来，一见如此情形，赶紧脱了外袍，想裹住吕若虚，同时朝正在赶来的官兵们大叫："快去取水。"

见有玄玄子和包拯抢救，展昭咬牙向远处看了一眼，大叫："我要你的命！"

说着，展昭红着眼睛，疯狂地追去。

蒙面人在前面飞蹿，后面太岁紧追不舍，很快来到了一处宅院中，前方人影一闪，消失不见。

太岁追至，猛然站住，就见前方串灯高挂，有宋兵和契丹兵巡逻，马上明白过来这里是供使节住的驿馆，一时间有些犹豫。

这时展昭也追至，红着眼睛愤然四顾，朝太岁问道："人呢？"

太岁向前一指道："逃向那里了！"

展昭立即冲上前去，却被宋兵和契丹兵拦住。

"站住！此为契丹使节驻地，谁敢乱闯？"几个持械宋兵上前阻拦。

太岁跟着跑了过来，指着前方大喝："方才有歹人从这边逃过去了。"

几名宋兵讶然相视，其中一人脸沉下来，喝道："胡说八道什么，我们怎么没看见？"

太岁急了。"是真的，我亲眼看见的！"

说完，他突地恍然大悟，解释道："你们刚才向那边巡戈，对面又有一排契丹兵，你们当然看不见！"

之前说话的宋兵有些疑惑道："你说有人逃进契丹使节驻地了？是什么人？"

展昭咬牙切齿道："是害我师父的凶手！他还抓走了碧游宫的谛灵子！"

"什么？"几名宋兵脸色一变，几个对视一眼，凑到一起交头接耳，一时拿不定主意。

而另外一边契丹兵却摆开架势，朝太岁大喝："满口胡言！此乃我契丹国师驻地，任何人等不得入内！"

"由不得你！"展昭两眼发红，见太岁干涉无果，当下也不再多想，一跃身就冲了上去。

契丹兵哪能让他闯入，马上出手阻拦，眨眼间双方已经大打出手。

太岁心里犹豫，不知该不该出手相助，而之前交头接耳的几名宋兵这时似乎也拿定了主意，上前拦住了他。

太岁不悦地说道："你们干什么？不帮着抓歹人，还要拦我？"

领头的宋兵摇摇头道："我不管你们是要抓谁，是怎么回事，总之我们得到的军令就是守着这里，不让人擅闯。"

"你……"太岁恨恨地瞪向他，有些无奈。

虽然不甘，但太岁心里也清楚对方说得没错，毕竟他们的责任就是守卫，若是出事，他们就要负责。就算抓住了歹人，对他们来讲也没好处。

可眼看着展昭正在与人交战，太岁也待不住了，当下想到，管那么多干吗，先帮忙再说吧。

"什么人，在本国师驻地撒野？"可就在太岁刚要动手之时，从驿馆里传出一个威严的声音，紧接着，哈梵带着副使乙辛以及几名侍卫从中走出。

这时，展昭已经打飞了几名契丹士兵，正好冲到哈梵面前。

"交出凶手！"展昭此时已经双目充血，看着哈梵大喝道。

"这里是契丹驿馆，由不得你撒野！"哈梵眼神阴鸷，冷冷道。

"不交？那我就自己找！"展昭大喝一声，不由得分说，上前与哈梵交手。

本以为这位契丹国师就算会两下子也没什么了不起，可才一交上手，展昭就大吃一惊，对方武功远比自己想象中要高明得多。

哈梵的武功看起来很简单，但一招一式都狠辣异常，全都是要命的招数，根本不像中原武功那种处处留有三分余地的打法。

刚交手几招，展昭就明白过来了，这应该是一种杀人术，出手就是要命的杀招。他曾听师父提起过，练这类功夫的人，手底下若没有百十条人命，根本练不到这种程度。

展昭虽然武功也不错，可一来年纪太小，再者厮杀经验也欠缺，更重要的是，哈梵一出手，就透着漫天杀气，好似面对生死大仇般，有些时候甚至不惜以命换命。

这种对手，展昭哪曾遇到过？

交手没一会儿，他就渐落下风，一个不防，被哈梵一掌在胸口。

"噗"展昭仰天喷出一口鲜血，脸色一白，跟跄得连连退了五六步才重新站稳。

可他刚一站稳，马上大吼一声，不顾满脸血迹，瞪着血红的双眼，如疯虎般还往前冲去。

太岁见状，忙一把推开宋兵，冲上前帮忙。

哈梵冷笑一声，看着两个小家伙朝自己扑来，眼中露出狠色，就准备下狠手。

就在这时，突然飞来一道人影，与展昭"啪啪啪"交手数合，一把擒住他手腕，猛地向外一甩。

太岁见状急忙接住凌空飞来的展昭，跟跄退了几步站稳。

黑影稳稳站定，正是西夏巫师野利达。

哈梵有些意外地看了他一眼，含笑点头道："有劳野利达大师！"

野利达客气地向哈梵点点头，又睨了太岁和展昭一眼，冷笑道："宋人就是这么对待贵客的吗？"

展昭从太岁怀里挣扎出来，怒指哈梵："害我师父的，一定是你的人，把他交出来！"

哈梵冷笑道："莫名其妙！本国师与你素不相识，伤你师父做什么？"

展昭神色一窒。

这时包拯匆匆赶来。

"展昭。"包拯焦急地打量他，见他无事，才松了口气。

展昭回头，急问道："包大人，我师父怎么样了？"

包拯脸色沉重道："你快回去，令师只怕……"

展昭大吃一惊，回头冷视一眼哈梵，飞奔离去。

太岁也很吃惊，忙也跟着回去。

"哈梵国师，这是怎么回事？"等众人都走了，野利达才疑惑地看向哈梵。

"一场误会！"哈梵冷笑一声，转头往回走，"不过宋人这样无礼，我会向大宋朝廷讨个说法的。"

野利达深深地望了他一眼，沉默不语。

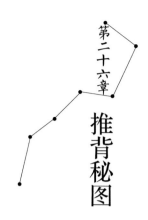

第
二
十
六
章

推背秘图

佛曰：人有八苦——生、老、病、死、怨憎会、求不得、爱别离、五阴炽盛。

吕若虚的尸体被平放在床上，上面蒙了一匹白布。展昭腰系白巾，跪在榻前，面容悲苦，红肿的眼睛茫然失神。

自从吕若虚死后，展昭就一直是这副模样，整个人好像变成了一具没有灵魂的躯壳。

太岁在一旁陪着，看着他的模样不由得暗暗叹气，想到了当初的自己，眼中露出怜悯之色。

"太岁！"这时，门外传来瑶光惶急的声音。

太岁吃了一惊，赶紧快步走出去，就见瑶光正满脸紧张地疾走过来。

"嘘，小声些。"太岁竖指于唇，轻轻地关上房门。

瑶光紧张地抓着太岁上下打量。"你没事吧？"

"我没事。只是吕大侠他……"太岁摇摇头，叹了口气，脸色有些难看。

"我去看看他。"瑶光也叹了口气，就要推门进入。

太岁忙拉住，摇头道："你别看了。吕大侠……烧得很惨，样子太吓人。"

瑶光沉默片刻，低声问："包黑子呢？"

"包拯帮吕大侠置办灵椁去了。"太岁叹气道，"本来应该是展昭去的，不过他现在……唉！"

瑶光也叹道："洞明前辈和八贤王都到了，在客厅呢，你要不要去见见？"

太岁回头看了眼房门，点了点头道："好吧，咱们别打扰展昭。"

客厅里，八贤王一脸威严地坐在上首，正与玄玄子、洞明在说话。

瑶光拉着太岁走进来，见众人神色严肃，忙向太岁示意不要乱说话。两人走过去，在洞明和玄玄子之下的左右位置上分别坐下。

八贤王的脸色有些冷峻，看了太岁和瑶光一眼，微微点头，接着转向洞明，冷笑道："孤去见哈梵，可契丹人竟推说哈梵昨日与展昭交手受了伤，不能见客，还让咱们大宋给他们一个交代，哼！"

"事情经过，本王已经清楚了。洞明先生，你认为契丹人与谛灵子被掳一事有关吗？"

洞明点头道："王爷，依微臣看来，这位契丹国师非常可疑。臣觉得，一直藏在暗处觊觎《推背图》的那个人，应该已经浮出水面了。"

"哦？说说看。"

洞明说道："王爷，《推背图》记载未来天下事，虽堪称秘宝，但对寻常百姓来讲，实则并无大用。可对契丹来讲就不同了，若被他们得到《推背图》，必然会抢占先机，引领天下大势。"

八贤王微微颔首，眉头微皱道："有道理！契丹人……"

说到这里，他突然陷入了沉思，眼神不停地变换着。

见众人都不说话，瑶光愤愤然开口道："既然契丹人可疑，就把他们抓起来，搜查他们的驻地，到时候人赃并获，看他们还有何话说！"

八贤王回过神来，看了瑶光一眼，摇头道："哈梵是契丹国师，又是使团正使，身份敏感，除非能保证在契丹人的驿馆里搜出谛灵子，否则以哈梵的身份，一个不慎，就会引起两国纠纷，不可轻举妄动。"

太岁不忿道："那就这么看着他逍遥法外不成？这还是不是咱们大宋的天下了？"

玄玄子瞪了太岁一眼道："你懂什么？闭嘴！"

太岁不敢顶嘴，气鼓鼓地闭上嘴巴。

这时洞明说道："你们不必急躁，既然契丹人大有可疑，就不怕他们的狐狸尾巴不露出来！这里，毕竟是咱们大宋的天下！"

八贤王缓缓地点头，不再言语。

次日一早，展昭换了一身孝服站在马车前。马车上停放着一口棺木，包拯陪在展昭的身边。除此之外，周围还有几名宋军。

展昭神色哀恸地向众人拱手，声音嘶哑道："在下为师父扶灵回家了。"

包拯也随之拱手道："我陪展昭去。"

八贤王和众人都默然拱手，气氛非常沉闷。

展昭回身，长吸一口气，走到车旁，扶棺而行。

包拯朝众人点点头，陪他同行而去。

众人望着他们渐渐远去，玄玄子抬头望向天空，见一排大雁飞过，突然轻轻叹息道："世事无常啊……"

八贤王带着一队禁军大步走向契丹驿馆，两个契丹卫兵远远看到，神色警惕，武器外指，挡在门前。

八贤王在大队禁军的拥簇下停在门前，朝前扬了扬下巴，身边一个禁军会意上前，冷视卫兵。

"去，通报一声，大宋八王爷登门求见贵国哈梵国师。"

两个契丹卫兵对视一眼，一人冷喝道："等着。"

说完，他朝身边的伙伴使了个眼色，另一个卫兵点点头，侧身挪步，站在大门正中间，说话之人这才退入门内。

八贤王见此情形，脸色马上沉了下来，但也只是冷哼了一声，没有说话。

很快，契丹副使乙辛带人从里面走出来，契丹兵站在门前，挡住大门。副使乙辛从人群中走出，看了看大队禁军，又看向八贤王，脸色淡然地走近拱手。

"见过王爷。"

八贤王轻哼一声道："哈梵国师可在？"

乙辛淡声道："国师身体不适，昨天受了伤，正在闭门疗养。国师说了，伤没好前不见客，王爷请回吧。"

八贤王皱眉道："不见客？本王也不见吗？"说完他朝前走去，身后禁军立即跟上。

契丹卫兵们仍挡在门前，但禁军人多势众，他们只能步步后退。

乙辛冷笑，远远地朝一个契丹卫兵使了个眼色，契丹卫兵点点头退回门里。再出来时，手里举着一杆大旗，猛地插在门前，大吼一声："都站住！此乃契丹驿馆，代表着我大契丹国的荣耀，若有人敢强闯驿馆，就是挑衅我大契丹国的威严，引起的一切后果，由宋国负责。"

听到他的话，所有契丹卫兵都"唰"的一下拔刀，脸色狰狞，挡住禁军。

八贤王转头看向乙辛。"贵使，此为何意？"

乙辛冷笑道："驿馆所在代表着国土尊严，若王爷强闯驿馆，就是践踏我大契丹的尊严，就代表宋国要与我大契丹开战。不知，贵国可下定了决心？"

八贤王直直冷视乙辛，乙辛并不胆怯，与八贤王四目对视。

二人僵持了一会儿，八贤王突然一笑，说道："既然国师身体不适，那本王也不强求，以后有机会再见吧。"

不等乙辛回话，八贤王一甩衣袖道："走。"

"是！"众多禁军听令，转身跟在后面。

乙辛看着八贤王远去的身影，脸上露出冷笑，朝两侧卫兵低声道："干得好，下次他再来，你们还这么做。"

"是！"

回到厅堂里后，八贤王坐在椅子上沉默了一阵，才叫人唤来了洞明等人。

没一会儿工夫，洞明、玄玄子、瑶光、太岁都过来了。此时他们已经得知了之前发生的事情，洞明一进来，不等落座就抱拳说道："王爷，契丹人拒绝你探望，看来这驿馆内，果然有'鬼'了！"

一旁的玄玄子有些无奈道："奈何他们不许我们进去，明知其中有'鬼'，又如何捉'鬼'呢？"

瑶光恨恨道："明的不行，咱们就来暗的！"

"如何来暗的？契丹人戒备森严，想要潜入，并不容易。"玄玄子道。

"那倒未必，我北斗司有位隐光前辈，易容术用得出神入化。若让隐光前辈前往契丹人处探查，必然神不知鬼不觉。"瑶光想了想，目光看向洞明。

洞明一听，却马上摇头道："隐光另有要事在身，不在北斗司。他一向神出鬼没，此时也不知身在何处，他若不主动联系我，便连我也找不到他。"

"这……"瑶光一听，也没了主意。

倒是太岁在一旁皱眉想了想，眼睛一亮，有了点子。

"我可以啊！我会幻术，应该与易容术有异曲同工之妙吧？"

瑶光看了太岁一眼，上前摸摸太岁的脑袋，轻揉了两下笑道："你呀，就好好地在这儿待着吧，这种事不用你去掺和。"

太岁板着脸，推开瑶光的手道："你能不能别总拿我当小孩子？"

瑶光失笑道："我倒是盼着你快长大，可是你……"

玄玄子在一旁看着，不由得苦笑道："太岁，这种时候就不要顽皮了。"

说罢，玄玄子转向瑶光，温声道："瑶光姑娘，这臭小子上次误入地狱谷，遭雷击时，就已恢复记忆了！"

众人先是一惊，继而全部看向太岁，渐显惊喜。

瑶光震惊地站在太岁面前问："真的？"

太岁摸摸鼻子，向众人不好意思地一笑，慢慢站起。

"呃……实在不好意思！"

"太岁，你真的恢复了？"洞明惊讶地站起。

太岁点了点头。

瑶光一脸惊喜地看着太岁，眼中泪花闪烁。

太岁向她顽皮地一笑道："开心吗？"

"好！很好！好得很！非常好啊……"瑶光吸了吸鼻子，脸上露出冷笑，紧接着意味深长地拍了拍太岁的肩膀。太岁看着她的脸色，突然打了个哆嗦。

众人又商议了一会儿，最终还是不同意让太岁去尝试，毕竟当日哈梵出手时的场面大家都看到了。哈梵那种狠辣的战斗方式，以太岁的武功，万万不是他的对手。

太岁有些沮丧，但既然大家都这么说了，他也只好点头答应不贸然行动。

等众人散去后，瑶光被洞明叫走，交代了几句，重点就是叮嘱她千万不要冲动，以免影响两国邦交。

在瑶光三番两次的保证下，终于被洞明放走了。

走在走廊上，瑶光马上想起了太岁借着失忆戏弄自己的事，轻轻活动着手腕，自言自语道："第一次泰安相遇，你就幻化成我爹骗我！给郑御使做头七法事时，你又幻化成我未来夫君骗我！德妙用机关对付你，你诈死，骗去我好多眼泪！进了北斗司，时不时就装死骗我！这一回，我绝不饶你了！"

她一路嘀咕着太岁的可恶之处，很快走到太岁的住所门前，用力一推，沉声大喝："太岁！"

可紧接着她就怔住了，房间里竟空无一人。

"这家伙，又跑哪去了？"瑶光皱着眉嘟囔两句，关上门走了出去。

太岁去哪儿了？

没错，此时他已经悄悄潜进了契丹人驻地，正在附近窥视呢。

之前看到展昭伤心欲绝的样子，不由得让他想到了当初的自己。

同情？或许吧。

但更多的，却是物伤其类的伤感。

他很喜欢展昭，两人年纪只相差两三岁，对方既不像柳随风那么风流，又不像包拯那样一本正经，倒是很能聊得来。展昭于他而言，是一个很不错的朋友。

朋友遇到麻烦，在自己有能力帮助的情况下，又怎能只顾着明哲保身？

说不上是义气，只是一心想要帮助朋友罢了。

这念头非常强烈，强烈到他明知危险，也要去做；强烈到顾不上洞明和师父的警告，也非要尝试一下不可。

只不过，当太岁窥视一阵后，马上发现这里守卫非常森严，整个驿馆几乎没有死角，到处都有契丹兵在巡弋。

太岁眉头一皱，想了想，悄然离开了。

碧游宫。

与往常一样，在没什么事的时候，这里非常安静，方士们要么在闭关修炼，要么在闭门炼丹，不理外物。

忽然，山门处出现了两道人影。其中一人神志恍惚，正是谛灵子；而另一人则黑衣蒙面，正是当夜把谛灵子挟走之人。

蒙面人用阴鸷的眼神扫视四周，轻哼一声道："倒是一处洞天福地，偏由一群潜修的方士给占了，真是暴殄天物！"

他扭头看了眼神志恍惚的谛灵子，露出冷笑，随即大喝一声："碧游宫里，还有能喘气的没有？给老子出来！"

说罢，他挟着谛灵子，大踏步地走了山门。

"铛……铛……铛……"

碧游宫中的警钟连响三声，片刻后，大群弟子提剑现身，在太极广场中将二人包围在中间。

蒙面人的眼中精光四射，但立在场中，任由对方布置，傲然不惧。

这时，一个碧游宫弟子认出了谛灵子，当下大吃一惊。

"恶贼，竟敢挟持谛灵子师叔，师弟们，结剑阵。"

众弟子齐声大喝，拔剑指向中间的蒙面人，同时以顺时针方向围着蒙面人游走。远远看去，周围剑阵如齿轮一样，似乎下一瞬间就能将蒙面人绞杀。

蒙面人夷然自若，毫无惧色，反而冷笑不已。

"剑阵？哼，可笑！"

话音一落，蒙面人飞起一脚，"砰"的一下踢在谛灵子的后背上。谛灵子此时神志恍惚，根本没有反应，只顺着力道朝外飞出。

弟子们连忙撤剑，同时有人大叫道："小心！别伤到谛灵子师叔！"

他们常年隐居深山，虽然习得一身武功，但争斗经验实在太差，一时间剑阵大乱。蒙面人趁此机会一迈步，又朝着谛灵子冲去，借着谛灵子冲破剑阵之时大打出手，一时间竟无人可敌，一拳一脚打出，有弟子吐血而飞，倒地不起。

他一边大打出手，一边狂笑道："一群跳梁小丑，都去死吧！"

这时，地藏和天机子冲了出来，看到弟子的惨状，不由得大怒。地藏沉声大喝："什么人，竟敢到我碧游宫撒野？"

天机子长袖飘飘，常年挂在脸上的笑意已然不见，一声不吭就冲了上去。

蒙面人见引出了正主，也不再跟弟子们纠缠，大袖一拂，一道火龙席卷，当下不知多少人被火焰烧伤，一个个惨叫倒地，痛苦得满地打滚，想要扑灭身上的火焰。

这时，天机子扑至，对着蒙面人抬手就是一掌。

这一掌没带起一丝掌风，就好像老朋友相见，要击掌打招呼似的。

可见到他这一掌，蒙面人的眼中却露出了前所未有的凝重之色，当下吐气开声，大喝一声，举掌相迎。

太岁虽然暂时退去，但摸清了契丹人的一些布置，有了主意。回去准备一番后，再次回到之前窥视的地方，远远观察，等待机会。

这一等，就是一个时辰。

突然，他眼睛一亮，终于等到一个契丹人出门离开，等他离开守卫视线后，太岁马上起身，悄悄地跟了过去。

过了一会儿，太岁从那契丹人离去的方向悠然走回，大摇大摆地朝驿馆里走去。

门口两个持械守卫仔细打量了太岁几眼，连忙侧身让步，微微垂首以示敬意。在他们的眼中，太岁已经是刚刚离开的那个契丹人的模样。

太岁点了点头，鼻孔轻"嗯"一声，也不说话，甚至看都不看他们，只摆出一副严肃的模样，昂首往里走去。

契丹驿馆内部是一个大宅子，曲径通幽，房屋林立，不时有契丹卫兵四处巡逻。

太岁不认识路，但他胆子很大，混进来后先是怔了下，紧接着便开始漫无目的地溜达，没多久就碰上了一队巡逻卫兵。

卫兵头领看到太岁，马上停下行礼。

"左林牙！"

"嗯。"太岁愣了下，朝他一点头，摆摆手朝远处走去。

"左林牙？这是什么官？契丹人的官名可真怪。"他边走边在心里嘀咕，没多久，竟然又碰到了之前的那队巡逻卫兵。

卫兵头领看到太岁，脸色奇怪地行礼道："左林牙，您这是？"

太岁有点心虚，轻咳两声，眼睛一转，摆出一副大大咧咧的模样。

"这宋人的地方就是奇怪，在自己院子里还修这么多路，哪像咱们那儿，直来直去的。"

卫兵头领一听，马上释然，但并没有怀疑，反而哈哈一笑。

"哈哈，左林牙说得对，宋人弯弯绕绕太多，哪像咱们契丹人直爽。"

太岁笑着点头，朝四周看了看。"对了，国师住哪间房来着？"

卫兵头领指了一个方向道："前面左拐那间房就是了。"

太岁露出一副恍然的模样，一拍额头："哎呀，你看看，昨天还去过，今天就忘了。行了，你们去忙吧。"

卫兵头领行过礼，带队离开了。

为了防止他们怀疑，太岁强按住性子，溜溜达达地往国师住处走去。

碧游宫中，蒙面人已经与天机子交手几十招，一时间竟不分上下。

若仅论武功，无论功力还是招数，天机子都要高明一些，可他的交手经验太少了。

他闭关一次就十几年过去了，平日里根本没什么机会出山，就算偶尔外出碰到些敌人，以他的功力，往往是一个巴掌就能搞定，这种情况下，他对敌的经验又能高到哪儿去？

再者，天机子虽然看起来像一个少年似的，但实际年龄已经近百岁了。蛰龙心法再怎么玄妙莫测，说到底也只是一门武功心法，不是什么仙术。

天机子的身体从外表看年轻，但内里器官不同，虽然比同龄人要强得多，但比起真正的年轻或壮年，绝对要差上一个档次。

可那蒙面人就不同了，此人不但出手狠辣刁钻，更重要的是，他不时还会抬起手臂，从袖子中喷出一道道火焰，仅是这一招，就牵扯了天机子五成以上的精力。而且他正值壮年，体力比天机子充沛得多。

就在二人交手五十多个回合之后，天机子有些跟不上对方的节奏了。

蒙面人越战越勇，突然一掌拍中了天机子的胸口。天机子凌空倒飞，落地时被地藏扶住。

天机子看向自己的胸口，见被拍中的衣服破损，胸口处露出一个发黑的掌印。

地藏吃惊地看了天机子一眼，转向蒙面人，怒不可遏道："何方宵小，藏头露尾，是不敢见人吗？"

蒙面人上下打量地藏，冷哼道："哼，终于出来个像点样子的，多说无用，咱们手底下见真章吧。"

地藏大怒，转头对天机子吩咐道："师弟，我对付他，你先救人。"

天机子点头道："此人武功极高，师兄小心。"

说完，天机子冷冷看了蒙面人一眼，赶到一旁救助弟子。受伤的弟子们多数都在惨叫哀号，没受伤的弟子正在救人。

地藏转头冷视蒙面人，快步而上，猛然跃进，一掌凌空拍下，如神灵降世般，气势迫人。

蒙面人却只是冷冷一笑，丝毫不在意，不退反进，抬手就是一掌。

二人拳掌相交，只听"轰"的一声闷响，整个大殿都微微一震，二人打得不相上下。

天机子一边救治受伤的弟子，一边关心地看向二人较量的场面，见此情形，不由得大惊。

难道之前此人与自己交手时还留了力？

不可否认，这蒙面人武功极高，但是比起地藏来说，也相差不少。之所以能出现这种好像整个大殿都震荡的情况，主要是因为地藏的衣袖太过宽大。他跃到半空，凌空朝下攻击，衣袖里一下灌满了空气，再被蒙面人毫不相让地一击，瞬间产生的气流把灌满了空气的衣袖一下子涨爆，这才产生如此惊人的声响。

当然，还有一个原因就是此时大殿的大门紧闭，如此空旷的地方，自然会出现回声。

两者相合，才会给人一种周围空间都在震动的假象。

地藏被击退，脸色不由得一变，他也跟天机子都出在同一个问题上，还是交手经验太少。

因此，地藏虽然功力比之天机子略高一些，可真打起来，反而只坚持了三十多招就落入下风，很快被蒙面人抓住机会，一掌将他逼退。

地藏跟跄着退了几步，蒙面人也不急着追击，反而站在原地，双臂上弯，紧紧握拳，拳头骨节发出咔咔的声音，眼中露出狰狞的冷笑。

"你等世外之人，一心追求什么仙道长生，虽然内力雄厚，却全然不擅武技啊，既不专于搏击，又怎能是老夫的对手？"

这时，天机子见情况不妙，一纵身跃到地藏的身旁。

"师兄，贼人猖狂，咱们一起上吧。"

地藏点头，神色冷峻，也顾不得所谓的江湖规矩了，二人一左一右配合着攻向蒙面人。

以二敌一，蒙面人马上落入下风。

可此人却丝毫不惧，反而不停狂笑，一旦落了下风，就抬起袖子，喷射出红色火焰。

火焰一出，天机子二人就只能闪避。

就这样，双方一时僵持住了。

蒙面人心性狠毒，喷射出的火焰虽有九成都对着二人，但不时还会朝一旁的小辈弟子攻去。

为了救助弟子，天机子和地藏不得不再次分出心力，如此一来，蒙面人很快又占了上风。

时间一点点地过去，场上的形势对碧游宫越发不妙。

国师的住处是一个古香古色的房子，从外表上看去，除了稍大一些外，并不显得多么华丽，但令太岁奇怪的是，这种地方竟无人守卫。

太岁远远走来，迎面又碰上一队巡逻卫兵，他大大咧咧地点点头，等卫兵走远后才朝四周看了看，见周围无人，他马上加快脚步，鬼鬼祟祟地进了门。

进了屋后，他先是侧耳听了听，没听到声音，马上开始四处查找。

他见门即入，找过客房，又窜入后堂、厨房……最后来到卧室。

可令他失望的是，找了一大圈后，既不见谛灵子，也不见国师哈梵，无奈之下，他皱眉站在原地思索。

"怎么会没人？"太岁左顾右看，突然眼珠子一转，心道，"是了，这里一定有暗门密道。"

想到这里，他开始四处敲打，翻箱倒柜，想要找到密道。

就在这时，屋外突然传来脚步声，几个契丹人从外面走进来，一边走一边用契丹语交谈。

太岁心里大惊，连忙找地方躲避，但此时已经来不及了。

"嘎吱"一声，门被推开，进入国师房中的几个契丹人看见一人正掀开床榻翻找着什么，都大吃一惊，齐齐拔刀。

其中一人用汉语大声喝问道："你是什么人？"

太岁无奈之下，脑中念头急转，深吸口气缓缓站起身，但并不回头，而是伸手朝身前轻轻弹出一道轻烟，衣袖一挥，把轻烟卷向身后几人。

与此同时，他又以口技模仿哈梵的声音轻喝道："乱叫什么，是我！"

之前说话的契丹人一惊，半信半疑道："国师？"

太岁松了口气，转身面向众人，脸色沉下来。"怎么？连本国师都认不出了？"

太岁目光下垂，看着契丹人手里的刀，脸上露出微怒之色。

"啊！"契丹人轻叫一声，一个个连忙收起刀子，躬身下拜，齐声道，"国师恕罪！"

太岁沉着脸等了一会儿，才轻哼一声，沉声道："嗯，起来吧。"

几个契丹人都长松了口气，一个个缓缓起身，都不敢抬头，似乎对哈梵非常惧怕。

怎么办？快点说话啊！见他们不说话，太岁反而急了。

幻术并非无敌，也是有很多限制的。

若是对付老弱病残这一类人，以太岁的手段，完全可以将对方迷惑一整天。

但若对付心智坚定之人，比如当初的柳随风，那就只能维持短短几息时间。时间一久，被人发现幻境中的破绽，目标很容易就会反应过来。到时破除幻境，轻则只是目标挣脱，重则甚至会反噬施术者，就好像当初在泰安太岁与德妙斗法一样，幻境一破，就是重伤之时。

除此之外，施展幻境囊括目标的数量也有很大的限制。

打个比方，若只对付一人施展幻术可以维持一刻钟的话，同样的手段，同样的药物，若对多人施术，就只能维持较短的时间。

这样一来，施术者面临的压力更大，一旦被破除幻境，反噬也更严重，一不小心，甚至能威胁到自家性命。

正是因为这些有形无形的限制，所以江湖上虽然有许多人都会施展幻术，可真正敢对他人用的，却少之又少。

现在太岁就面临这种尴尬，若是撤去幻术，自然不用担心反噬。不过那时就要面对一群疯狂追杀自己的契丹人了。

可若不撤去幻术，他心里暗暗估计，最多能坚持一炷香的时间，到时候恐怕会有所反噬不说，同样要面对一群疯狂追杀自己的契丹人。

进退两难。

就在太岁心里不停嘀咕，准备先想个办法把他们支走时，领头的契丹人终于说话了。

此人长着一张典型的契丹人脸，颧骨凸起，瞳色棕黄。他抬起头看了眼太岁，谦卑中透着疑惑道："国师，您什么时候回来的？"

太岁的眼睛一眯，点头敷衍道："哦，回来找点东西。怎么，你们见我出去过？"

契丹人有些疑惑，相互对视一眼。

太岁一看，马上明白自己一定是问了傻话，连忙干笑两声借以掩饰。

"哈哈，本来还以为本座的行动已经足够隐秘了，没想到还是被你们发现了。不错，不错！毕竟是在宋国的土地上，要时刻保持警惕才对。"

众人连忙躬身道："国师教诲得是！"

这时，外面有卫兵通报道："大人，西夏野利达求见咱们国师。"

领头的契丹人忙看向太岁："国师，这个西夏人来了好几回了。您既然回来了，是不是见见他？"

太岁心里微慌，赶紧深吸口气保持镇定，想要推脱，不过见众人眼神都盯着自己，马上又改口道："啊？哦……好！那……见见就见见。"

领头的契丹人听了，马上回身向外喊道："请野利达至正厅小坐，国师大人马上就去！"

说罢，他转向太岁欠身施礼道："国师，请！"

太岁硬着头皮强作镇定，在几个契丹人的陪同下向外走去。

碧游宫。

地藏和天机子合力围攻蒙面人，二人原本空着的手里已经握上了两把青锋长剑，左右配合攻击，渐渐地挽回了局势。

蒙面人连番作战，又是空手对敌，渐渐变得左支右绌起来。

碧游宫的那些后辈弟子发现自己连累到了两位师祖，虽然不能退出大殿，但也个个退到了两位师祖身后的角落里，借着梁柱和三清像躲避火焰。

蒙面人见情势不妙，连退几步，猛然一扬袖子，袖中喷出一道白色火焰。

天机子一惊道："小心！"

二人同时后退躲避，可就算如此，白色火焰过后，二人衣袖登时化为灰烬。

地藏闪避不及，双掌都被灼伤。

蒙面人冷笑道："红色火焰，只是凡火。这白色火焰，乃老夫精心提炼，便连精铁也能融化。却不知两位世外高人，是否已经练成金刚不坏之躯？"

说罢，他狂笑着扑上去，袖中一道道白色火焰吞吐闪烁，一时间地藏和天机子险象环生。

师兄弟二人连连后退躲避，天机子的心渐渐沉了下去，仅是红色火焰都不好对付，现在换了更加凶狠的白色火焰……

他匆匆看了一眼周围众弟子，大喝道："所有弟子，全部离开这里！"

随着大殿里火焰不断喷射，气温节节升高，众弟子本就已经待不住了，此时得令，当下都松了口气，没受伤的人马上换扶起受伤的同伴朝后殿退去。

蒙面人哈哈大笑，也不理会这些小辈弟子，只玩弄火焰追击天机子和地藏，犹如火神降临人间，威风凛凛，不可一世！

契丹驿馆，众契丹人陪着太岁来到客厅，一路上太岁心事重重，渐渐有了主意。

不管怎样，首先得摆脱这些契丹人才是。

到了正厅门口，门口几个守卫马上躬身行礼。太岁念头一转，心想，大人物要是想谈什么事，身边应该不会有太多人吧？

他马上在门口站定，朝身边人吩咐道："行了，你们都退下吧。"

"是！"

陪同他前来的众契丹人不敢多说，连忙行礼退下。

太岁松了口气，转身看着正厅，犹豫了一下，还是迈步走了进去。

当然，在进入门厅之前，他已经不动声色地朝里面弹出了一缕药气，这才放心进入。

太岁刚一踏入厅中，一身西夏人打扮的野利达马上迎面走来，大笑着跟太岁拥抱，以示亲切。

太岁先是一僵，便强笑着与对方拥抱。

"国师，你们这一手干得真是漂亮！"野利达松开手后，大笑道。

"哈哈，来，坐着说。"太岁哪知道他在说什么啊，只能随口应付。

野利达点点头，二人分主次坐下。

太岁挤出一丝微笑问道："那个，野利达，你找我是有事吧？"

野利达摇头道："也没什么大事，就是上次跟国师谈的事，不知国师可考虑好了？"

"啊？上次的事呀，哈哈，这个，嗯……我还得再好好想想。"太岁干笑，心道小爷哪知道你说了什么事，你没事赶紧走吧。

野利达愣了下，也笑了。"哦？哈哈，也是，毕竟事关重大，国师三思而行，正是老成谋国之举。"

太岁干笑道："哈哈！"

二人一时都不说话了，气氛很是尴尬。

太岁是不知道说啥好，而野利达的神色好像也有点不自在。

过了一阵，还是野利达先打破沉默道："对了，国师，昨日之事，我看宋人不会善罢甘休的。国师万万不可大意，提防他们派人潜入！"

太岁一惊，心虚地干笑一声，心里却暗想，老家伙你可真不是东西啊，到了大宋咱们好吃好喝地招待你，你可倒好，张嘴闭嘴就算计咱们，真是个老浑蛋。

就见太岁脸上露出略显惊讶的神色，说道："不会吧，驿馆里三步一岗，五步一哨，谁有那么大本事能混进来？"

野利达摇摇头，一脸认真地说道："大宋奇人异士数不胜数，国师还是小心为上。"

太岁点头道："嗯，嗯，多谢！"

野利达笑笑，又沉默了下来。

事实上他也在奇怪，以往每次来都与哈梵国师谈笑风生，可这次怎么总感觉有点别扭呢？

这时太岁实在受不了了，再磨蹭下去，药效就要过了。当日他也曾见识过这老家伙的功夫，三两招间就能打败小展昭，太岁知道以自己这点功夫，绝对不是他的对手。

太岁抬头看了看外面的天色，眼睛一亮，站起身道："眼看午时了，你先坐会儿，我去安排一下，咱们中午一起喝几杯。"

说完，他就要往外走，野利达连忙站起身拉住太岁道："这点小事还用国师亲自安排？随便唤人安排一下就行了。"

太岁脸皮一抽，只好干笑着点头道："说的也是，呵呵。"

他只好又回到主位坐下，举起茶杯掩饰，只是脸色有些发愁。

怎么办？再拖下去早晚要露馅啊！

碧游宫中，蒙面人如火神再世，周围遍布火焰，以天机子和地藏的武功，竟然无法近身，只能不停躲避，以手中长剑牵制，拖延时间令众弟子退走。

突然，天机子一个闪避不及，眼看一道白色火焰向他席卷过来，他大惊失色，欲退后躲避，可刚一动身才发现，自己不知何时已经被逼到了墙角，退无可退！

他的眼中露出绝望之色，就待闭目等死。就在这时，地藏大吼一声扑了过来，挡在天机子的前方，后背被白色火焰喷中。

"师兄！"天机子大惊。

"快走！"地藏神色痛苦地说完，拉起天机子的手臂朝外一扔，把他整个人凌空抛出数丈远。

不等天机子从半空中落下，地藏已经一脸狰狞地回身扑向蒙面人，不理身上的灼灼火焰，有攻无守，显然是做着同归于尽的打算。

蒙面人的眼中露出惊色，一时不防，被拼命的地藏冲过火焰击中两掌，吐血飞退，"叮"的一声，从他身上掉下一块铜牌。

地藏现在浑身上下都在冒火，但他根本不予理会，只拼命朝蒙面人扑过去。

蒙面人自然知道对方的打算，哪肯与他换命？当下只恨恨地看了眼地藏，又吐了口血，转身就逃。

"师兄！"天机子急忙从地上爬起，顾不得追赶敌人，连忙上前帮地藏脱下衣物，又脱下自己的衣袍拍打火焰。

好一会儿过去，地藏身上的火焰终于熄灭，充满了焦煳味的黑烟升起，伤痕累累的地藏已经奄奄一息。

天机子大急，欲扶起地藏，以蛰龙心法为他疗伤。

可刚一尝试，地藏就闷哼一声，一口鲜血喷出。

"师兄！"天机子大惊，连忙收功，因为收功太快，真气一时逆反，他的脸色一白，也喷出了一口鲜血。

地藏艰难地转过半个脑袋，虚弱地说道："师弟，那白色火焰太厉害，师兄的伤势太重，你的蛰龙心法，也救不了我啦！"

一句话说完，地藏仰头就倒下了。

"师兄！"天机子大惊，眼中含泪，搀扶着地藏。

地藏虚弱地向旁边看去，看到蒙面人掉落的铜牌，无力地伸手指了指。

天机子忙伸手一招，铜牌飞到他手上，转手递给地藏。

地藏看着铜牌，呼吸急促起来，他抚摸着铜牌上的花纹，看着上边错乱的字迹喃喃自语："果然……是冲玄道长保管的那面铜牌。"

天机子双目充血，咬牙切齿道："此人杀了冲玄道友，又伤了师兄你，我天机子与他势不两立！"

地藏叹息一声，探手从怀里颤巍巍地摸出一面铜牌，与冲玄道长的铜牌并在一起。

"师弟，此人……明显……是冲着《推背图》而来。他有驭火神功，你我二人联手都不是他的对手，今后只余你一人，如何对付他？"

天机子大惊。"师兄，你……"

地藏的眼神变得黯淡，惨然一笑道："师兄大限已到……"

天机子怔住，怔怔地说不出话来。

"师弟，不要……再固执下去了。你……你我无力保全这《推背图》的密钥，莫不如……莫如交给朝廷。否则……一旦天下大乱，你我……就是千古罪人啊……"

天机子含泪点头，心中的悔恨和歉疚纷拥而至，早知如此，真应该听师兄的话，把那祸根交与朝廷。

见天机子应允，地藏欣然一笑，将两面铜牌递给天机子，虚弱地说道："若……你……不想违背先人之意，那也简单。你……收齐四面……铜牌，找到……找到《推背图》，毁掉它吧。它……是……不祥之物啊……"

说着，地藏的手臂慢慢垂落，两面铜牌掉在地上。

"师兄！"天机子大叫一声，摇晃着地藏的尸体，泪如雨下。

天机子哽咽道："师兄，是我错了，是我错了啊！若非我固执己见，你又怎会为救我而死……"

他抬头看去，远近躺着不少尸体，整个碧游宫已经陷入熊熊大火之中。

天机子沉痛地说道："若不是因为我，又怎会死伤这许多弟子？碧游宫又怎会付之一炬？是我不好，我对不起碧游宫，对不起师兄你呀……"

"啊……"天机子泪水纵横，仰天长啸。

蒙面人往外逃了一阵，突然转身看向灵秀缥缈的碧游宫，身形一顿。

"你们都去死吧！"

他眼中厉色一闪，狂笑一声，手中长袖扬起，开始四处放火。

很快，整个碧游宫陷入火海，惨叫声络绎不绝。

契丹驿馆客厅里，太岁坐立不安，强笑陪着野利达说话。

野利达说了一会儿，突然话题一转道："对了，听说今天早上八王爷也来了？"

太岁神思不属，随口敷衍道："啊，是啊，他过来了，不过我没见他。"

野利达竖起大拇指，一脸赞叹，不过又皱眉道："国师威武！不过，得罪了他，不会惹出什么麻烦吧？"

太岁哈哈干笑道："麻烦，不会有什么麻烦。"

这时野利达看向太岁的眼神突然露出疑惑。"国师是有什么事吗？"

太岁一惊道："呃……为何这么说？"

难道被识破了？他不由得暗惊，准备一个不好马上就呼唤人来，就算这野利达能识破自己，那些侍卫应该不会也看破自己的幻术吧？到时候是趁机逃跑，还是干脆就干掉这家伙呢？

就在太岁胡思乱想的时候，就听野利达说道："我看国师谈吐之间，似乎有些心神不属……"

太岁眯了眯眼睛，随便扯了个谎，干笑道："啊！哪有什么心神不属，实不相瞒，本国师……咳！本国师吃坏了东西，肚子不太舒服……"

说着，他捂着肚子站起来往外走。

野利达一愣，也站起身道："国师……"

"既已说出，本国师也不怕丢丑了。野利达先生且先坐坐，我去方便一下，很快就回来，你先坐，哈哈，先坐。"太岁说完，快步出门离去。

野利达只好坐下，举起茶杯想了想，摇头失笑，算了，等就等吧。

两个时辰之后，野利达看着外面的天色，皱眉不解，起身在厅里来回踱步几次，见哈梵国师还不回来，无奈之下，只好摇头出了厅堂，跟守卫说了声，告辞离去。

此时的碧游宫已经变成一片冒烟的废墟。

蒙面人早已经离去，一群衣袍凌乱、脸上挂着黑灰的碧游宫弟子凄凄惶惶地走到天机子的身边，而天机子却仍然抱着地藏的遗体发呆。

两个碧游宫弟子抬着半醒不醒的谛灵子过来，朝天机子呼唤道："师叔祖，师叔祖。"

天机子失神地抬头看了他们一眼，怔怔地不说话。

两个弟子对视一眼，其中一人神色难看地上前低声道："师叔祖，谛灵子师叔被奇门手法点了穴道，昏迷不醒，弟子解不开，只好先把他抬到外面暂时安置了。"

天机子慢慢回过神来，点了点头，深吸口气，小心地将地藏的遗体交给弟子，哑声道："你们……将死去的同门尽数掩埋了，然后就下山去吧。"

众弟子惊讶地看向天机子。

天机子惨笑一声："那人偷鸡不成，反遗落了重要物事，一定会去而复返，你等可先各自下山暂避风头。"

"那师叔祖你呢？"

天机子的脸色坚毅起来，眼中露出恨色道："我带谛灵子去汴梁，彻底毁掉那个祸根！"

古吹台。

厅堂中，八贤王高坐上首，神色平静，正在低头饮茶。

洞明和玄玄子坐在下首，瑶光站在他们前面，一脸焦急地说道："太岁肯定是一个人溜去契丹那边了，你们也不着急。"

洞明看她一眼，板着面孔道："少安毋躁。"

一旁的玄玄子笑眯眯地看着瑶光，说道："这孩子从小就淘气，老夫早就习惯了！你这丫头，若是喜欢他，就得喜欢他的淘气，以后啊，有你替他操心的时候。"

瑶光脸蛋一红，有些害羞，语气变得结结巴巴："谁……谁喜欢他了……"

玄玄子笑着摇头道："老夫两眼不花，有些事啊，一看就明白啦。"

瑶光越发羞窘，不好意思再说什么。

倒是八贤王放下茶杯后，略显担忧地看看玄玄子道："太岁……不会有事吧？"

玄玄子一脸自信道："有老夫的幻术傍身，太岁一定有惊无险的。"

说到这里，玄玄子又叹了口气道："希望他此去，能找到谛灵子师兄的下落。"

"师父，没找到谛灵子师伯啊！"玄玄子的话音刚落，太岁就从外面走了进来。

"你回来了？"一见太岁回来，瑶光的脸上马上露出喜色，上前拉住太岁的手臂，似乎怕他再跑掉似的。

"放心吧，我没事。"太岁朝她点头笑笑，任由她拉着，但紧接着又转身看向八贤王等人，神色严肃起来。

"我没找到谛灵子师伯，而且，就连哈梵也不在驿馆内，好像很早就离开了。"

八贤王和洞明互相看看，洞明站了起来。"很早就离开了？"

"不错！"太岁用力点头，肯定地说道。

洞明眯起了眼睛，手指在桌上轻轻敲动，沉吟片刻才喃喃道："哈梵不在驿馆，难不成……是他把谛灵子给转移出去了？"

这时瑶光上前一步，脸上露出气愤之色道："那怎么办？硬闯的话，拿不到证据，咱们大宋就陷入了被动，可如今看来，那掳走谛灵子的人分明就是他，就这么放任他胡作非为吗？"

"朝廷不方便出面，我方便！"这时，门外一个声音传来。

众人向门口看去，就见展昭一身孝服，手中提着长剑，大步走了进来。

太岁惊喜道："展昭，你这么快就回来了？"

展昭向太岁一点头，脸上冷峻异常，似乎一夜之间就成熟起来了。

他持剑向八贤王抱拳行礼道："草民之前虽跟在包大人身边做事，却并非朝廷中人。草民出面，不会令朝廷为难！"

八贤王摇摇头，起身叹道："你单枪匹马，何济于事，还是从长计议吧。"

展昭一字一顿，神色肃然道："八王爷，恕草民无礼，你等得了，家师的在天之灵，等不了！"

说罢，展昭转身就走。

洞明急声追问："展昭，你去哪里？"

展昭并不回答，众人的脸色都有些难看，猜到他必然是要去闯驿馆。太岁心里一急，赶紧追了出去。

瑶光和玄玄子互相看看，忙也追了出去。

"唉，这小家伙！"八贤王摇头轻叹，倒也不去阻止。

"王爷，若任由这小家伙乱闯……"洞明有些担忧地说道，"到时候，恐怕契丹人会趁机闹事啊！"

八贤王冷笑一声，摆摆手道："先生不必多虑，既然咱们都没办法，不如就让他去闹一闹，没准就能闹出点线索来。再者说……这里毕竟是咱们大宋的地盘，惹出再大的乱子，本王也无惧！"

契丹驿馆门外站着两个守卫，还有一队巡逻卫兵刚巧走过，就在这时，远处一个人影慢慢走近。守卫和巡逻卫兵都朝他看去，就见展昭一脸杀气，手提长剑，迈着沉稳的步伐走近。

"什么人？站住！"巡逻的卫兵马上挡住展昭，其中领头的上前一步，大喝道。

奈何展昭根本不理会他，只一脸杀气地朝前走去。

卫兵头领脸色一变，抬手喝道："戒备。"

"唰！"巡逻卫兵齐齐拔刀，指向展昭。

展昭在前方几米处停下，冷视着契丹人，手中长剑轻颤。

卫兵头领冷冷地看了他一眼，不屑道："这里是我契丹驻地，不管你是什么人，速速退后，否则引起一切纠纷由你负责。"

展昭冷笑道："纠纷？我和死人，能有什么纠纷？"

他话音一落，突然腾身跃进，手中的长剑"嚓"的一下出鞘，一剑斜斜劈下，就见鲜血横飞，一名挡在最前方的契丹兵来不及反应，已经身首异处。展昭不躲不避，刹那间浑身浴血。

卫兵头领大怒，大喝道："杀！"

"杀！"契丹人们见同伴身死，怒火横生，齐声大喝，举起武器冲上来。

展昭满头满脸都是鲜血，他咧了咧嘴，露出白亮的牙齿，狞笑一声，如同一只嗜血的猛兽，脚一蹬地，狠狠地冲入人群。

就见他长剑不停挥舞，每一剑挥出都带起一片鲜血，如同一个刚从地狱来的魔鬼般，冷酷而狠辣。

不一会儿工夫，驿馆门口就横尸遍地，血流成河，再没一个能站起来的人了。

展昭站在尸体中间，抬头看了眼前方契丹驿馆，狞笑地舔了舔嘴唇，一甩手中的长剑，挥落其中的血滴，大步杀了进去。

他刚一进门，太岁已经赶到，看着尸横遍野的场面，他不由得惊骇止步。这时，契丹驿馆里面也传来了惨叫声，太岁一惊，马上起身朝里面冲去。

驿馆内，展昭正与契丹副使乙辛交手。乙辛使用的是一根半人高的狼牙棒，黑黝黝的狼牙棒上布满了尖刺，挥舞间带着呼啸而尖锐的风声，气势惊人。

虽然展昭的武功占了上风，但乙辛兵刃沉重，力敌不退，一时间二人僵持在了一起。

这时，哈梵带领几名契丹兵赶了过来。

看到国师驾到，乙辛的脸上不由得一喜，可就他分神的一瞬间，肩头突然一痛，被刺了一剑。

他闷哼一声，猛地一撩兵器，磕中展昭长剑，就听"当啷"一声，展昭的长剑急颤，一股大力涌来，展昭不由得被逼退几步。

展昭虽退，手中的长剑却趁机上撩，又在乙辛的肩头划出一道伤口。

本来欲趁机上前的乙辛吓了一跳，连忙朝后一跃，落在哈梵的身前。

展昭手中的长剑不停地颤抖着，连带着手臂也跟着颤抖。他心里一惊，手掌连忙用力。可他毕竟已经厮杀了一阵，真气体力都消耗了许多，身形不由得一晃，当下单膝跪地，一手撑着剑，急促地喘息起来。

正在这时，太岁赶到，见此番情形也来不及多想，一个闪身，急忙拦在展昭的前面。

哈梵阴骘的双眼扫视二人，负着双手缓缓上前，走到乙辛的旁边顿了顿，又看向太岁和展昭，阴着脸道："宋国意欲何为？"

展昭抬起头，舔了舔嘴角，冷声道："展某是江湖人，与朝廷无关！"

"是吗？"哈梵先是一怔，紧接着狂笑出声，"好！那么……我要杀你，也与大宋朝廷无关了！"

说着，哈梵一抬手臂，四周的契丹兵涌出，人人手持弓箭，指着太岁和展昭。

展昭奋力站起，推开太岁道："你走开，这是我自己的事！"

这时，瑶光和玄玄子也已赶到。

"徒儿！"

"太岁！"

二人齐声惊呼，同时跃到太岁的前面。不知何时，瑶光的手中已经多了把降魔杵，站在太岁身前，威风凛凛，如同一个英武的将军。

瑶光看向对面，喝道："我看谁敢放箭！本姑娘这把大铁杵可不饶他！"

此时已经有人上前帮乙辛包扎伤口，他听了瑶光的话后，脸上露出冷笑，指着众人下令道："敢闯我使节驿馆，死了也白死！射死他们！统统射死！"

但契丹兵没马上射箭，而是看向了国师哈梵。哈梵冷冷地瞟了眼乙辛，乙辛先是一怔，紧接着额头的冷汗直冒，连忙躬身赔罪道："国师，是属下僭越了！"

"哼！"哈梵轻哼一声，转过头看着瑶光等人，缓缓举起手臂。

"吱……"众箭手都拉开了长弓，等着他挥手下令。

太岁等人一下紧张起来，浑身肌肉绷紧，而瑶光的眼中已经渐渐充血。

"哈梵国师，且慢动手！"就在这时，洞明急促的声音传来。

哈梵头一歪，朝门外望去，就见八贤王、洞明带着一队宋军走了过来。

哈梵的眼睛一眯，朝后轻轻挥了挥手，示意属下暂时不要轻举妄动。随后他冷笑着看向八贤王，阴沉着脸说道："八王爷，作为贵国的客人，我想请问，眼下这一幕，您做何解释？"

八贤王大步走进来，在不远处站定，皱眉看了眼现场，没急着说话。

这时乙辛指着展昭对哈梵愤然告状道："国师，他杀了我们不少人。"

哈梵的脸色一沉，看向展昭道："闯我驿馆，杀我士卒，给我杀了他！"

他命令一下，众弓箭手再度举箭瞄准展昭，太岁和瑶光忙护在前。

"哼！"八贤王轻哼一声，坦然上前，面对众弓箭手沉声道，"我倒要看看，谁敢动手？"

哈梵上前一步，神色转为冷厉。"我们契丹人可以死，但要死得明白，死得有尊严！每一个勇士死去，都要用敌人的鲜血来浇灌墓碑，都要用敌人的尸骨来打造棺木。王爷若想祖护凶手，就算你身份再尊贵，就算在你们大宋的土地上，我们大契丹的男儿也绝不答应！"

哈梵身后的契丹人一个个听得热血沸腾，群情激奋，都高举手中的武器大吼着：

"不答应！不答应！不答应！"

八贤王等人齐齐变色，禁军警惕戒备，持盾举刀面向契丹人。

双方对峙，场面一时安静下来。

洞明等人都皱着眉，不知如何收场，都看向八贤王。

八贤王脸上阴沉，深深地看了眼哈梵，突然一笑道："谁说本王要祖护凶手了？你们契丹人有契丹人的尊严，我们宋人亦有宋人的尊严！在我大宋国土之上，岂容你契丹人滥用私刑？"

说罢，他扭头看向展昭，喝道："来人，将凶手拿下，依国法处治。"

"遵命！"

两名禁军上前抓住展昭，展昭这时虽然已经能站起身，可经过之前的厮杀，已经浑身无力，当下被带走，出了驿馆。

太岁急了，走到八贤王的面前急声道："八王爷……"

八贤王瞪他一眼打断他，压低声音道："你回头把人提出来就是，切记别叫契丹人再看见他，免得又生是非。"

太岁又惊又喜道："啊？好！"

不过，八贤王的手段能轻易瞒过太岁，却骗不了哈梵。哈梵看在眼里，虽然没有阻止，心里却马上明白过来，当下眯起眼睛看向八贤王，阴阳怪气地说道："八王爷，你不会明抓实保，枉纵凶手吧？"

八贤王冷冷地看向哈梵。"国师这是信不过本王了？"

一旁的乙辛听了哈梵的话，也反应过来了，马上怒气冲冲地就想上前理论，可见哈梵一抬手，他连忙止步。

哈梵的眼珠转了转，换上了一脸笑意。"八贤王贤名满天下，本国师自然是信得过的！"

八贤王一听，马上皱眉，哈梵怎会就如此罢手？

他心里念头转了转，一时想不明白，不过既然哈梵不提，他就更不着急了。当下转移话题道："这两日发生了许多事，国师对本王却一直避而不见。听贵国副使说，国师是受了伤，如今可好些了？"

"八贤王造访的事，本国师已经知晓。只是先前伤势严重，不便见客。现在已经好多了。"哈梵微微一笑，如同之前的事没发生过似的，侧了侧身，延手相请，"八王爷，请！"

八贤王眯了眯眼，淡然一笑，坦然上前。

一旁的洞明随侍于侧，跟着上前，他把手背在背后，路过太岁等人时朝他们摆了摆手。

太岁见状，马上了然，向瑶光和师父递了个眼色，几人徐徐后退，隐入了禁军之中。

"行了，你们退下吧。"八贤王走到厅堂门口，转身看了看，见大群禁军仍守在门口，而太岁等人也都退到了禁军身后，这才开口下令。

"是！"

禁军得令，缓缓退走，除了一队侍卫留下，其他人都出了驿馆。

太岁和瑶光陪在玄玄子的身边往回走。

太岁沉吟片刻，疑惑地看向瑶光。"奇怪！我探查契丹人的驿馆时，他们的国师明明不在，现在怎么又回来了？"

瑶光轻哼一声道："这还用问吗？那个老狐狸自然是已经把掳走的人运了出去，这才赶回来装模作样。"

玄玄子瞪了太岁一眼道："就是！你呀，也动动脑子。不要一有事情，就只会打打杀杀。"

这时，包拯从外面急匆匆赶来。"玄玄子前辈、太岁、瑶光，你们都在啊！"

包拯走到近前，举袖拭了一把额头的汗，左右看看，焦急地问道："展昭呢？你们有没有看到展昭？"

瑶光乐了："包黑子，你怎么才来？"

包拯顿足道："唉！我陪展昭送他师父的灵柩回去，结果这小子在他师父的灵柩前磕了三个头，就跑了。我紧赶慢赶，这才追回来。他人呢？"

太岁摊了摊手："他闯进了契丹人的驿馆，杀伤十几个人，被八王爷的人抓起来了。"

包拯大惊道："啊？"

瑶光瞪了太岁一眼，转向包拯说道："你别听他的。八贤王是为了保下展昭，要不然契丹人哪肯罢休。八王爷说了，回头就把他放出来，不过，千万别让他再被契丹人看到了，不然契丹人又得生事。"

包拯松了口气道："那是自然！那是自然！"

半个时辰后，哈梵和乙辛站在客厅门口，向告辞的八贤王和洞明拱手。

哈梵道："八王爷，不远送了。"

八贤王和洞明拱手还礼道："告辞！"

等八贤王带着洞明离去，乙辛松了口气，凑到哈梵的面前说道："幸亏大人您回来得早。要不然门前出了这么大的乱子，大人您还不出来，宋人一定起疑了。"

哈梵冷哼一声，转身往厅中走，乙辛跟着走在后面。

乙辛忽又想起什么似的，疑惑地看向哈梵道："对了，国师刚刚回来后又去了哪里？野利达等了国师很久，离开的时候很不高兴。"

哈梵站住，奇怪地看向乙辛。"你说什么？什么刚才去哪里了？我是刚刚回来！何曾见过野利达？"

乙辛茫然地看着哈梵道："什么？不对啊！国师您不是回来有一阵子了吗？还在这厅中会见了野利达？后来您说肚子不舒服，就不知去向了。野利达等了很久还不见您回来，告辞的时候很不高兴。"

哈梵惊讶地看着乙辛道："你说我回来过了？还会见了野利达？这什么时候的事？你亲眼所见？"

乙辛惊奇地看着哈梵道："卑职不曾亲眼所见，不过咱们的随员中许多人都见过您了啊！"

说着，怕哈梵不信，乙辛又朝门口的两名侍卫招手道："你们过来！"

两个侍卫走进来，一脸疑惑地叫道："副使大人？"

乙辛道："不久前，国师可是在这厅中会见了野利达？"

两个侍卫点头道："是啊！"

乙辛看向哈梵道："看吧，我没说谎吧？"

哈梵皱眉，脸上露出警觉之色，声音变得严肃起来："究竟情形如何，你们详细说与本国师听！"

两个侍卫莫名其妙地互相看看，一人上前，开始叙述起来。

夜里，一盏弯月高挂天边，附近山林中飘起淡淡的迷雾，朦胧如幻，不时有虫鸣唧唧声传来，令人心神安宁。

太岁和瑶光趴在窗口上，一起望着窗外的明月，不时议论着什么。

瑶光托着下巴，看着天空，明亮的眼睛一闪一闪。"八王爷还真是说话算话呢，回头就把展昭给放了。"

太岁轻叹一声道："包黑子把展昭给带走了吧？他要是再回来闹事，八贤王那里就不好办了。"

瑶光嗯了一声道："那是自然。展昭也不是不明白其中的道理，所以跟着包拯离开了。"

"嗯！展昭暂时离开也好，反正这边的事，我们还会查下去的。"太岁说完，扭头看向瑶光，"防御使大人已经回城了？"

瑶光点点头道："嗯！洞明前辈护送八贤王回城了。"

太岁疑惑道："呃？那你今晚怎么会留下？"

瑶光乜了他一眼，娇嗔道："干吗？想赶我走啊？"

太岁连忙摇头道："不不不，我是奇怪……"

"这里发生了那么多事，洞明前辈怎么放心得下，所以我就留下了呗。"瑶光的眼睛眨了眨，脸色有些发红。

太岁挺起胸膛道："有什么不放心的，这不是有我在吗？"

瑶光不屑地撇嘴道："你？你就会装傻充愣……"

说到这里，瑶光突然想起太岁之前装傻对她的欺骗，马上直起腰来，挽起袖子，瞪着太岁哼声道："你不提我还忘了，因为你的事，害我伤心多久啊！你恢复了记忆却还装模作样，你说，该当何罪？"

太岁赶紧摆手后退，干笑道："别别别，你又要做什么呀？我……怕我一恢复，你又故态复萌，所以……所以才继续装傻的。"

瑶光凶巴巴地瞪他道："我以前很凶吗？"

太岁缩了缩脖子，低着头，小声地说："也不是很凶啦，只是偶尔凶一小下。"

两个人头偎着头并肩坐在窗前，仰望夜空，心里都感觉到前所未有的安宁。

清晨，古吹台。

晨雾尚未散尽，天机子和谛灵子出现在古吹台前，二人衣衫狼狈，脸上都带着哀恸之色。

天机子站住脚步，望向古吹台，怔怔无语。

谛灵子在一旁等了一会儿，见师叔不说话，只好上前一步低声道："师叔，这里就是古吹台了。"

天机子脸色沉重地点点头，轻叹一声，举步朝前走去。

谛灵子看了眼他的背影，摇摇头没说话，快步跟上。

太岁刚刚醒来，这时，外面传来玄玄子的声音："师父、师兄，太岁，快起来！"

太岁一惊，忙趿上鞋子，系上衣袍腰带急急跑出来。

等他跑进客厅，就见天机子和玄玄子、谛灵子三人正在说话。

看到天机子，太岁大吃一惊，忙走过去行礼道："师祖，谛灵子师伯也来了。"

太岁的脸上露出欢喜之色，可紧接着，就发现三人神情悲伤，天机子和谛灵子身上的衣衫有些狼狈。太岁不禁迟疑地问道："发生什么事了？"

玄玄子转过身，悲伤地看着太岁。"你太师伯……被人杀了！碧游宫，也都毁了。"

"怎么会这样？"太岁大吃一惊，不敢置信地看向天机子和谛灵子。

二人一脸沉痛，长叹一声，谛灵子开口述说起来。

瑶光刚刚醒来，正坐在梳妆台前，打扮着自己。

瑶光刚想拿起粉团想抹去脸上的胭脂，这时门被砰砰地拍响了。

"谁呀？"瑶光不满地问道。

"瑶光，醒了没有，快出来！"太岁的声音传来。

瑶光一听马上慌了，赶紧手忙脚乱地整理脸上妆容，嘴上说道："快啦快啦，你再等我一下。"

好一会儿过去，瑶光才打开房门。

太岁一把拉起她的手臂就往外跑。

太岁拉着瑶光一边跑一边说道："我师祖和我师伯来了，快带他们去见带洞明前辈！"

垂拱殿外，洞明、天机子、谛灵子、玄玄子、太岁、瑶光候在那里，等待传唤。

没多久，小林子走出宫门高声道："宣洞明一干人等上殿！"

洞明看向天机子道："前辈，请！"

天机子点点头，举步上前，谛灵子紧随其后，只有玄玄子没有动。

太岁本来已经迈步，见师父没动，疑惑地停步问道："师父，你不上殿吗？"

玄玄子摇摇头道："碧游宫后来发生的事，我并不知情，就不上殿了，一切由师尊决定就好。"

太岁一听，马上点头道："那我陪师父。"

瑶光也停下脚步道："我陪着你们。"

洞明看了看几人，点点头道："好！你们切记不要四处乱走。"

"我们明白，放心吧，前辈。"太岁点头，他也知道这宫里规矩多。

"嗯！"洞明见他神色认真，当下便放心地与天机子、谛灵子三人随小林子走进宫中。

垂拱殿内，小皇帝赵祯和太后刘娥高坐上首，八贤王坐在下侧，看着几人入了大殿，脸上都透着好奇。

"方外人天机子，见过陛下、太后、八王爷。"天机子进来后，在中间站定，朝上方稽首一礼。

谛灵子跟着行礼道："方外人谛灵子，见过陛下、太后、八王爷。"

"两位免礼，赐座！"赵祯朗声说了一句，好奇地看向天机子。

天机子摇摇头拒绝道："不必了，谢陛下！草民还有话要说。"

皇帝有些意外地看他一眼道："仙长请讲。"

天机子神色平静地说道："陛下，《推背图》真迹乃我碧游宫世代相传之宝物。如今因为这《推背图》，碧游宫不复存在了，我师兄也因此丧命。贫道自知无力保全此物，所以，愿意把它交出来。"

皇帝、太后和八贤王都露出高兴的表情。

赵祯道："天机子仙长深明大义，朕很是高兴。朕……"

天机子打断了他的话，语气沉重地说道："陛下！贫道愿意交出藏有《推背图》之秘的三块铜牌，但是与北斗司所藏第四块铜牌合并，寻出《推背图》后，贫道希望能将《推背图》真迹付之一炬，不可使之流传世间。"

赵祯一怔，转头看向太后。

就见刘娥皱了皱眉道："天机子道长，你既然同意交出《推背图》，何妨把它交给朝廷，造福苍生？执意把它毁掉，却是为何？"

天机子轻叹一声，目光中透出沧桑之色。"太后，若这《推背图》真能造福世人，相信袁天罡、李淳风两位祖师就不会把它藏匿起来了。两位祖师学究天人，定是料到一旦让它问世，必会引出无穷祸患，这才忍痛放弃。作为后辈弟子，不愿也不敢违背祖师之意。"

八贤王见刘娥的脸上露出不悦之色，不由得解劝道："道长，朝廷若预知天下事……"

天机子苦笑一声打断八贤王道："预知天下事，听来美妙，实则未必真是幸事。唐太宗前车之鉴，陛下当引以为戒。"

"这……"八贤王一噎，扭头看向上首。

这时，赵祯缓缓站起身，神情肃然地看向天机子，朗声道："仙长所言有理，朕答应你了！"

八贤王吃惊地看向皇帝。"陛下……"

刘娥也疑惑地看向儿子，但她并没说话，以她对儿子的了解，想必他定有话要说。

果然，赵祯不等八贤王说完，就截断了八贤王的话。看着天机子认真说道："君无戏言，朕年纪虽小，既然答应你了，也必然做到。"

刘娥听了，皱了皱眉忍不住说道："儿啊，你这么做，会不会太草率了？"

赵祯转向太后，微微一笑道："娘，依儿子看来，若是找到《推背图》后立即销毁，自然就断了野心家以此蛊惑世人的念想。否则，就算把《推背图》藏进大内，也难保不会有人穷尽心思打它的主意，从此大内也难保安宁了。"

刘娥的脸色一变，想到了当初雷允恭之事，不由得犹豫起来。

这时洞明插话道："陛下所言甚是，若留着它，难免成为祸害。现在，契丹遣使前来，很显然就是为了它。如果留着它，契丹等国必然心怀忌惮和贪婪，忌惮的是我大宋利用预知未来对他们下手；贪婪就不用说了，此等秘宝，谁不想攥在手中？到那时，恐怕他们会迅速联手对付我大宋，那就因福得祸了！"

八贤王的脸色变了变，刘娥的脸色也沉了下来。虽说洞明之言有危言耸听之嫌，但细想起来，这种可能性非常大。

只有小皇帝赵祯听了，反而哈哈一笑道："正是这个道理！与其将来惹出更大的麻烦，不如一了百了！"

天机子欣慰地点头，看向上首的皇帝，心中暗叹，果然是天子，虽然年纪尚轻，但心胸之宽广豁达，已非他人可比。

太后刘娥迟疑地看向八贤王道："那……就这么办？"

八贤王想了想，重重地点头道："既然官家做了决定，那就这么办吧。"

垂拱殿外。

玄玄子和太岁、瑶光正候在殿外，低声说着话。

太岁好奇地看着师父，问道："师父，见到皇帝的机会可不多，你怎么不上殿？"

玄玄子笑笑："我一介山野村夫，不懂规矩，上殿干吗？万一君前失礼，反而不好。"

太岁不以为然道："那有什么，咱们的皇帝宽厚得很，才不在乎这些小节。"

玄玄子还是摇头道："为师自在惯了，若是见了皇帝，总是拘禁一些，何必找不自在？"

这时，柳随风陪着包拯从远处走来，太岁和瑶光远远看到，都是一喜，快步迎了上去。

"包大人，展昭怎么样了？"到了近前，太岁急声问道。

对于展昭，太岁的心里很是同情，甚至是佩服。当初自己为了报仇，虽然也跟踪了德妙十年之久，却没有展昭这种魄力，直接杀上门去。虽说二人在武功上有不少差距，但想到展昭的刚烈，太岁的心里仍有些惭愧，更是自叹弗如。

听太岁问起展昭，包拯点点头，沉声道："展昭现在在吕家为师父守灵，你放心吧，他懂事得很，不会再为朝廷添乱了。"

太岁听了，放心不少。

这时瑶光看向柳随风，好奇地问道："你怎么也来啦？"

柳随风微微一笑道："听说碧游宫肯交出《推背图》了，此等稀罕的宝物，我也想先睹为快啊！"

垂拱殿内，皇室已经做出了决定，众人都看向天机子。

见此情形，天机子也不耽搁，缓缓地从怀里摸出三面铜牌，神色肃然道："这三面铜牌，素来由我保管，一面由我师兄保管。另外一面，原本属于冲玄道长……"

天机子看向洞明，洞明了然，先是向皇帝欠身施礼，才恭声说道："由北斗司保管的最后一面铜牌，臣业已取来。"

说罢，洞明慎而重之地从怀里取出一面铜牌。

"来人，摆上一张桌子。"八贤王朝一旁吩咐道。

很快，大殿中间摆上了一张圆桌，众人走到近前，围站观看，一个个神色都有些紧张。

天机子把铜牌分给赵祯和八贤王各一块，随后，四只手推着四面铜牌，缓缓在中间合并在一起，彼此之间凸凹的咬环，"咔"的一声扣紧，形成一张完整的写着一个个古篆体字的神秘地图。

看着上面的地图，众人的心情都激荡起来。

几百年过去，《推背图》的秘密终于要揭开了吗？

第二十七章 地狱决战

　　大殿里，天机子将铜牌合成的地图摆在一张桌子上，众人围着地图察看，可看了一会儿，大家纷纷摇头，所有人都认不出地图画的是哪里。

　　只有天机子换了个角度看了一会儿后，突然皱眉，嘴中发出惊叫声。

　　"咦？"

　　大家一起抬头看向他。

　　"道长……"八贤王开口欲问。

　　天机子摆手，示意八贤王先别说话，上前伸手把地图调转角度，又用手指在地图上摸索比画了两下，指着地图的一角，手指轻点几下，语气有些犹豫。

　　"这里，好像是……碧游宫。"

　　洞明靠前，低头认真观看，接着缓缓地点头道："没错，从地形上看，很像碧游宫。"

　　谛灵子大吃一惊道："竟然就藏在咱们碧游宫？"

　　天机子点头，手指在地图上移动，移动到地图中间时停住。"那么，这里应该就是地狱谷了。"

　　洞明皱眉，又认真看了几眼地图，点头认可。"如果是地狱谷的话，就有些难办了。"

　　他抬起头，发现皇帝、太后和八贤王都感到不解，于是解释道："地狱谷是通往碧游宫的必经之路，那里地形怪异，常年雷电不停，生灵很难入内。如果《推背图》真藏在那儿，就有些难办了。"

　　太后疑惑地看着天机子道："连道长也不知出入之法吗？"

　　天机子摇头，脸上露出无奈之色。

　　这时小皇帝赵祯突然一脸天真地说道："那里连天机子道长都进不去，想来别人也进不去吧？既然《推背图》藏在那里很安全，干脆就别管它啦。"

　　"陛下，不可。"八贤王脸色严肃。

　　赵祯不解道："八皇叔，朕知道《推背图》神异，但对朕来说，只要它不被人得到，用来祸乱天下，那它就是可有可无之物。既然已经有雷电守护，不如就干脆让它一直待在那里，想来这也是当初袁、李二位道长的本意。"

　　八贤王听后，叹了口气，摇头道："官家，今时不比往日，以前世间虽然传说《推背图》神异，但没人知道下落，也没人认真寻找，它放在那里自然安全。可如今不同，无论是契丹、西夏，还是我大宋之内，都有人在寻找此物，难说会被有心人查到下落。"

说到这里，八贤王的语气一顿，语气感慨："雷电虽强，但挡不住人心的贪婪啊！"

刘娥点头赞同，对赵祯说道："儿啊，你八皇叔说得有道理，既然我们能查到《推背图》的下落，别人未必就不能。世间奇人异士数不胜数，万一真有人能不惧雷电，到时把《推背图》取走，岂不要天下大乱？再说，《推背图》放在那里，我们总要时时惦记着，这跟千日防贼有什么区别？"

洞明这时也劝道："陛下，虽然此时地狱谷中雷电不停，但世事无绝对，万一哪天雷电停息了呢？"

赵祯认真地想了想，无奈之下，点头说道："既然大家都这么说，那就想办法把它取出来吧。洞明先生，这件事就交由你北斗司来办吧，所需一应人等，你可自主调配。"

"臣遵旨！"

垂拱殿外，太岁、瑶光和玄玄子正在等消息。天机子和洞明快步而出，几人马上围了上来。

天机子扫了一眼众人，轻轻点头道："东西在地狱谷。"

玄玄子大吃一惊道："地狱谷？碧游宫前地狱谷？"

洞明神色严肃，急声打断："几位，事不迟疑，迟恐生变，陛下已特许我等皇城驰马，由宫中提供快马，有什么话，我们路上说吧。"

众人点头，快步往外走去。

出了皇宫，众人一路骑马疾行，终于在下午赶到了地狱谷前。

地狱谷中电闪雷鸣，上方时刻都飘浮着一片乌云，不等到近前，众人身下的马匹就惊慌地停下，不肯上前。

见此情形，众人也不再勉强催动，纷纷下马安慰坐骑。

太岁一边安慰马匹，一边摇头嘀咕道："嘿，转了一大圈，原来东西就藏在家门口。"

谛灵子看了他一眼没说话，一边轻轻安抚马匹，一边转头看向地狱谷。

等众人安抚好坐骑后，商量了一下，将马匹停放在路边。众人往前走了一阵，到了近前，仔细察看着地狱谷中的情形。

柳随风观望一阵，又往前走了两步。

"轰！"天空中一道雷电劈落，柳随风的脸色猛然一变，连忙一个后空翻退回。再看去，之前站的地方被雷击得冒起了青烟。

众人都吓了一跳，不由得又退后几步。

只有太岁不信邪，试着往前走了两步，但紧接着就哇哇怪叫地打着滚往回跑，身后雷电连闪，击在他身后的地面上，像是在追赶他的脚步。

这时洞明也上前尝试，刚往前迈了一步，前方雷电就变得猛烈，他只好退回。

包拯皱眉想了想，从怀中取出一枚铜钱掷去，没等铜钱落地，几道雷电就猛击过去，铜钱落地后，更是不停地吸引雷电。

其他人见此不再尝试，纷纷皱眉思索。

过了一阵，洞明看向天机子，询问道："道长……你看这？"

天机子认真打量着地狱谷中的雷电，摇头不语。

洞明皱眉，看着地狱谷思索，突然有了主意，朝太岁和瑶光招手。太岁、瑶光对视一眼，朝洞明走过来。

洞明说道："太岁、瑶光，你们回一趟北斗司，把这里的情况跟开阳详细说一下，看她有没有办法。"

瑶光恍然一拍额头，叫道："对呀，开阳姐姐可以使唤傀儡，到时候就不用我们进去啦。"

太岁点了点头，转身跟着瑶光往回走，一边走一边叹气。"唉，我怎么就没想到？"

瑶光嬉笑道："你笨呗。"

太岁斜睨了她一眼，撇了撇嘴道："哼，你聪明？那你想到了吗？"

"又皮痒了是吧？"瑶光掰手指，斜眼看着太岁冷笑。

二人上马，渐渐走远，远处又传来瑶光的大叫声：

"太岁，是男人你就别跑。"

"是女人你就别追。"

二人打打闹闹地走远了。

洞明面无表情地看着柳随风，柳随风讪笑道："放心吧前辈，他俩闹归闹，不会耽误正事。"

这时谛灵子突然上前朝天机子跪下行礼，语气悲痛道："师叔，弟子不孝，连累家师受此劫难，弟子……罪该万死。"

谛灵子磕头，伏地不起。

天机子看着远处的碧游宫，触景生情，叹息一声，上前扶起谛灵子，双目含泪说道："起来吧，师侄，你没有错，更没有罪，有罪的是那个凶手。"

谛灵子站起身，天机子拍了拍他肩膀，叹道："唉，也怪我们一心只顾着隐世修行，小看了人心险恶，更忘了怀璧其罪的道理。师侄你不必自责，保重好身体，将来还要靠你为师兄报仇雪恨。"

谛灵子两眼通红，流着泪，咬牙切齿道："师叔放心，此仇此恨不共戴天，只要弟子还有一口气在，一定会杀了凶手，让师父在九泉之下得以瞑目。"

天机子默然点头。

过了一会儿，谛灵子慢慢止住眼泪，用袖口擦拭下眼角的泪痕，深吸口气，抬头看向天机子："师叔，眼下师父尸骨未寒，弟子想去村里采办些香烛上山祭奠师父，求师叔恩准。"

天机子点头，拍了拍谛灵子肩膀，叹气道："这是应该的，你去吧。"

谛灵子躬身行礼，告辞离去。

瑶光和太岁骑着快马很快回到了京城。

进了北斗司后，瑶光笑容满面地大步走在前面，太岁鼻青脸肿、有气无力地跟在后面，不时唉声叹气。

走了一会儿，瑶光嫌太岁走得慢，回头看了他一眼。"走快点，磨磨蹭蹭的像个女人。"

太岁有气无力地抬起头，张口欲言，可看到瑶光在瞪眼，他马上又闭上了嘴巴，强挤出一副谄媚的笑脸，点头哈腰加快脚步。

房间里，双眼湿润的开阳坐在桌前，低着头看着桌上凌乱的图稿，不时轻轻摩挲。

这张图稿是当初她和孟冬一起研究绘制的那份手稿，看到它，开阳似乎看到了一张正朝着自己微笑的脸。

"孟冬……"

开阳喃喃自语，泪水自眼角缓缓滑落。

"开阳姐姐，开阳姐姐。"这时，外面传来了瑶光欢快的声音。开阳连忙吸了口气，慌忙地取出手帕擦拭眼泪，又小心地把手中的稿纸卷起，这才抬起头来朝外看去。

"嘎吱！"瑶光推开门，蹦跳着跑过来，脸上带着开心的笑容。

"是瑶光啊！"开阳微笑着起身，紧接着，就见瑶光身后的太岁垂头丧气地走了进来。

"开阳姐姐……"看到开阳，太岁精神一振，昂首挺胸大步走来，就要说话。

可瑶光不等太岁说完，就开口打断道："开阳姐姐，洞明前辈让我来找你，让你帮忙想办法进地狱谷。"

开阳一怔，疑惑道："地狱谷？"

"就是碧游宫前面的那个不停打雷的山谷，听洞明前辈说，要找的东西就藏在那里。"瑶光解释道。

开阳还是一脸疑惑道："不停打雷？"

太岁抢上前，说道："开阳姐姐，是这样。那地狱谷十分奇特，每日里雷电不断。一旦有生物进入，更是电击不止，所以我们都进不去。洞明前辈是想，或许能利用你的机关术……"

听到这里，开阳恍然地点了点头道："原来是这样，好，咱们先去仓库。"

说着，她起身向外面走去，身后的太岁和瑶光连忙跟上。

没多久，太岁提着一个半人多高的大铁箱子，气喘吁吁地走出来，开阳和瑶光却是手挽手，有说有笑走在前面。

一个时辰后，三人已经赶到地狱谷不远处的山坳处。太岁和瑶光都骑着马，而开阳却驾驶着一个巨大的蜘蛛傀儡，整个人只在背部露出一个脑袋。

"前面就是地狱谷了。"三人停下稍歇，瑶光道，"马上不去，剩下一段路咱们得自己走了。"

太岁一脸委屈地看着开阳道："原来这蜘蛛能驾驭、能载人，那方才在城里为啥让我提着箱子？"

开阳莞尔一笑道："问瑶光喽！"

太岁一听，马上明白过来，自己又被耍了，不由得瞪向瑶光，气道："又是你！"

瑶光向他扮鬼脸，嘻嘻一笑道："答对了！"

一旁的开阳看着二人斗嘴，不由得掩口娇笑。

等太岁和瑶光安置好马匹，三人也不耽搁，很快到了地狱谷。

开阳的蜘蛛傀儡刚一停下，马上就被众人围住，一个个啧啧称奇。

天机子好奇地上下打量傀儡，又伸手摸了摸，点头赞叹道："奇思妙想，大开眼界。"

碧游宫传承古老，无论是武功、幻术，还是雌黄之术都很精通，对于傀儡机关之道却是地地道道的外行。眼下第一次看到可以载人的傀儡，一个个不由得惊叹出声。

一旁已经祭奠过师父返回的谛灵子，看到开阳的傀儡同样惊讶不已，上下打量一阵，开口叹道："相传古时有墨子、公输般巧夺天工，贫道初时还不相信，可眼下看来，却是贫道坐井观天了！"

玄玄子也是一脸赞叹地说道："师兄所言正是，依师弟看来，此物之机巧，比之当年诸葛丞相所铸的木牛流马亦不相上下了！"

几人又拉着开阳问了几句，才各自散开。

直到这时，洞明才开口问道："开阳，地狱谷里面雷电不停，你这傀儡没问题吧？"

"放心吧前辈，我听瑶光说了这里的情况，特意挑的这具傀儡。"开阳敲打一下傀儡，发出咚咚的木头撞击的声音。

"它全身上下所有零件都是木制的，不怕雷电。"

洞明满意地点头，朝后退了两步。众人见此，马上明白他的意思，当下都朝一旁散开，给傀儡腾出行动空间。

开阳也不磨蹭，朝洞明等人点了点头，伸手按下几个开关，然后退后一步，驱使着傀儡往地狱谷中走去。

但这一次，她并不像之前赶路那样亲自驾驶，而是站在原地遥控着傀儡前行。

众目睽睽之下，蜘蛛傀儡一步步朝前行去，很快进入了之前众人探出的界线。令人惊喜的是，雷电果然如之前所想，并没有落下攻击傀儡。

傀儡蜘蛛在山谷里走了一圈，又安全退出。

瑶光雀跃，拉着开阳的手臂大叫道："开阳姐姐好棒！"

等傀儡到了近前，洞明上前询问道："这蜘蛛都能做些什么？"

开阳笑道："经我不断改善，它现在可以行走、攀爬、攻击、挖掘、载运……"

一旁的包拯突然出声道："这机关术制造的蜘蛛固然奇妙，可毕竟是个死物，不懂得像我们人类一样辨识、分析。我们只知《推背图》藏在这谷中，可这谷也不小，却不知究竟在哪里，难不成要把这谷挖个遍，把挖出来的东西都运出来逐一检查？"

开阳一怔，摇了摇头道："现在这只蜘蛛虽经我不断完善，可也只能自主行走，要让它攀爬、攻击、挖掘、载人，还是要有人去操纵的。"

天机子拍了拍蜘蛛的腿，询问道："人若坐在这蜘蛛里面，能防雷电吗？"

"这个……我却不曾试过。"开阳犹豫一下，摇摇头。

太岁一听，马上跃跃欲试，自告奋勇道："那我来试试。"

开阳马上阻止道："不行！这蜘蛛，一时半会只怕你操纵不来。再说，它行动终究不如机甲灵便，如果不能防雷，你要逃出来也难。"

太岁想了想，又道："那，我穿机甲试试？"

众人都摇头，觉得不妥，只有柳随风看了看太岁，微微一笑，朝洞明说道："前辈，咱们之中，也就太岁最合适了。"

洞明一听，马上明白过来他在暗示太岁有不死之能，想了想后，朝太岁微微点头说道："好，你来试试！"

一旁的瑶光听了，不由得看向太岁，虽然心里担心不已，嘴上却没好话："喂，你可不要再被雷劈傻了。"

"乌鸦嘴！"太岁气得白了她一眼，看向开阳，问道，"开阳姐姐，机甲呢？"

见大家已经做出了决定，再加上她也知道太岁体质奇异，开阳也没再拒绝。她走到蜘蛛傀儡的身后，拍下一个开关，就听"吱呀"一声，蜘蛛傀儡后身弹开一个盖子，露出一个半米宽的储物凹洞，一伸手，开阳从里面提出一个箱子。

"来，我先教教你怎么用。"

开阳打开箱子，从里面取出一套分散开的木制机甲，一边帮太岁穿上，一边指点他如何操作。

机甲操纵很简单，就像在身体外面多了一层盔甲一样，只要把握好重心和适应一下关节等要害处的操纵外，就再没什么难度。

没多久，太岁就已经学会了。

机甲外涂了一层黑墨，太岁穿在身上，显得非常威风，身形也显得高大了不少。

"行了！"太岁又适应了一阵，满意地点点头。

众人都看向洞明。

洞明又让太岁活动了几下，问了几句，这才点点头道："好了，小心点。"

说罢，他一挥手，众人朝后退开。

太岁朝众人点点头，朝前走了几步，然后摆了一个起跑的姿势，神色严肃下来。

"呼……"众人都紧张地看着他，特别是瑶光，呼吸都急促起来了。

突然，太岁脚下用力，猛地一蹬地，整个人像炮弹一样蹿了出去，眨眼工夫就冲到了山谷中。

可下一秒，几声轰隆巨响传来，太岁打着滚被雷劈了回来。

太岁直挺挺地躺在地上，包裹着机甲的双臂仿佛抽筋一样不停抽搐，身上电流乱窜。

众人急忙上前，开阳一按太岁面前的一个开关，裹在脸上和头上的机甲褪下，只见太岁的头发根根直立，脸上全是黑灰，头发上直冒烟，身体上有电光流动，太岁在机甲里依然抽筋似的一颤一颤。

瑶光扑上去惊呼："太岁，你没事吧？"

太岁张了张嘴，想要说话，可一开口却吐出一道黑烟。

柳随风上前，上下打量太岁，转头对吃惊的众人摇头，神色淡然。"没事，还有气。"

众人或坐或站在谷前，一时陷入沉闷，都没了主意。

过了一会儿，见众人都沉默不语，谛灵子左右看了看，走到天机子的身前行礼说道："师叔，弟子倒是有个主意。"

咦？

所有人都惊讶地看向谛灵子。

天机子更是诧异，疑惑地问道："哦？说说看。"

谛灵子肃然道："所谓一人计短，二人计长，既然我们都没办法进去，耗在这里也不是办法，不如先回去，各自寻访可用的办法。"

这叫什么主意？

瑶光不屑地撇撇嘴，但顾忌到对方是太岁的师伯，她到嘴的讥讽咽了下去。

洞明听到谛灵子要找人帮忙，马上摇头道："万万不可！事关重大，岂能泄露机密？若被有心人得到《推背图》，必然会引出天大的乱子。"

谛灵子反驳道："此处无人能进，就算泄露出去也无妨吧？若不然，留几个人在此看守？"

"不可，不可！"洞明仍然摇头，在他看来，就算大家都进不去，也总比秘密传出去要好得多。

这时太岁一拍大腿，站了起来，脸上露出激动之色。

众人都被他惊动，转头看向他。

"你有办法？"瑶光惊喜地问道。

"聪明法子没有，笨办法倒有一个。"太岁的眼睛发亮，看向众人。

柳随风一听，马上来了兴趣，鼓励地看着太岁。"有时候，笨法子比聪明法子更管用呢，你说来听听。"

太岁把手一挥，慷慨陈词道。"咱们去请旨，派军队来！"

"啊？"众人都愣住。

太岁大声道："叫军队从地底下挖条地道，咱们钻进去！"

瑶光眨眨眼睛道："然后呢，你要不要上去啊？"

太岁一怔道："啊……啊……"

是啊，就算有了地道，自己还是要冒头上去啊，这么说来，自己的主意根本没用啊。

他有些沮丧，有气无力地坐在地下，不再说话。

这时，似乎被太岁的主意引发了灵感，开阳突然喜上眉梢。

"对啊！这法子不错！"

太岁不悦道："开阳姐姐，你也来取笑我？"

开阳眉开眼笑，摆手道："我没有取笑你，听你一说，我忽然想到避开雷电的办法了。"

一刻钟后，开阳、瑶光、太岁、柳随风四人进了邙林村，机械蜘蛛驮着那口大箱子跟在后面，几人边走边聊。

瑶光好奇地看着开阳："开阳姐姐，这法子真的管用吗？"

开阳点点头，笑道："我在一本唐书中读到过一个故事，说是汉朝时，有一天，皇宫的柏梁殿遭到雷击，引起火灾。就有一个方士想出了一个避雷之法，他做了一块鱼尾形状的铜瓦放在层顶上，再连上铜线引入地下埋好，果然从那以后再有天雷落下，雷电就被引入地下，不会再击毁宫殿引起火灾了。"

瑶光恍然，惊喜道："对啊！铜铁比人更易吸引雷电，一开始包黑子就拿铜钱试过，丢了一枚铜钱，就被雷劈了个粉碎呢。"

开阳笑道："如果这个记载属实的话，咱们就有办法了。我们钻到地下去当然没用，但是如果我们把雷引下去呢？"

柳随风和太岁相互看看，都恍然大悟。

几人进了村子，因为身上都穿着官服，后面还跟着一只巨型的古怪木头蜘蛛，村民都站在远处指指点点，很快惊动了村正。

没多久，村正小跑着过来，惊讶地看了眼那只大蜘蛛，上前朝柳随风拱手道："柳大人，你们这是……"

说到这里，村正看向太岁，惊讶地眨了眨眼。

太岁恢复记忆后，自然也想起了当初自己在这里生活的经历，但他当时除了对牛伯有些印象外，更多的时候，还是跟村里的孩子们在一起玩。因此尽管认出了村正，也没上前搭话。

之前查天雷案时几人来过，柳随风、瑶光都认识村正，当下也不客套，直接要求道："我们到此办理一桩公案，现在需要你们村子的人帮我们点小忙。"

村正一听，马上把目光从太岁的身上移开，点头哈腰道："是是是，大人尽管吩咐。"

"这样，你先给我准备一间院子，然后再叫几人过来帮忙。"柳随风朝四周看了看，吩咐道。

"好好，那就去我家吧。"村正一听这点小事，马上答应下来，领着几人往自己家走去，一边走，一边朝周围的村民们招手，叫了几个汉子跟上。

到了村正家里，柳随风、瑶光和太岁都看向开阳。

开阳也不磨蹭，直接吩咐，先是取出图纸，让村中木匠去刨木头，很快做出了一个初具雏形的车子。随后，又指挥太岁把机甲和蜘蛛傀儡拆得七零八落。再然后，又叫来村里的铁匠过来打造零件……

等开阳把活儿都分下去后，柳随风把她拉到墙角，神情严肃，低声说了几句。

开阳听了，先是露出惊讶之色，随后若有所思地点了点头。

瑶光提水到院子里来，看见太岁正在拆卸零件，忙得汗流浃背，不由得有些心疼，舀了瓢水，快步走了过去。

此时太岁正低头忙活着，突然，一只水瓢递到嘴边。

太岁抬头看去，就见瑶光正微笑着弯腰递水给自己，一缕阳光照在她光洁的额头上，几丝碎发随风轻动，宛如画中走出的仙女般，令人心神悸动。

太岁一下子怔住了，整个世界在他眼中就只剩下眼前这张脸。

瑶光被太岁怔怔的眼神看得心跳加速，脸上蓦地升起一丝红晕，但紧接着她就反应过来，似乎觉得有些丢脸，瞪大了眼睛看着太岁，低声嗔道："看什么看，不喝我拿走喽。"

太岁恍然回过神来，笑了笑，张嘴就着瑶光的手喝水。

这时，开阳和柳随风刚说完话，头走过来正好看到瑶光喂太岁喝水的温馨情景，她不由得恍惚了一下，似乎看到了当初孟冬陪着自己品茶聊天的情形。

同样的温馨和煦，同样的令人心里温暖、安宁。

一旁的柳随风发现开阳走了两步停住脚步，站在原地发愣，不由得顺着她的目光看去，看到太岁和瑶光的模样，再看看开阳，柳随风马上恍然，眼中露出一丝怜悯之色，摇头轻叹一声，并不打扰。

众人合力，没多久就造成了一辆避雷车，车子很大，顶是伞状，伞极大，底下在车周围可以容纳七八个人环绕站立。伞顶由铁皮制成，上边立着一个极高的铁尖。伞柱由手指粗细的黄铜铸成，足有三米多高。顺着伞柱，一条铜钱连在放置在车上的一个轱辘上，轱辘上同样缠着一捆铜线，结头处扎在一起。

整个车子模样很怪，上面顶着铁伞，下面却没有车板，而且只有四面的车辕扶板是木头制的，靠近前方的扶板上还有一排扶手，显然是为了让人推动方便而设计的。

如果想推动车子，不是从后面推，而是要站在车子里面的地面上推动。

车子铸成后，开阳仔细检查了好一阵，又指出几处不妥之处，马上有人上前修改，一个时辰后，她才满意地点了点头。

避雷车制成，几人马上出发，请村民帮忙推到了山口。

远远地看到地狱谷中的电闪雷鸣后，村民们突然停住，凑在一起窃窃私语，不敢上前。

柳随风等四人走在前面，发现后面的人停下来了，不由得诧异。

太岁和柳随风对视一眼，转身走过来问道："怎么停下了？车出问题了？"

听到柳随风发问，村正上前一步，拉住他的胳膊，一手指着地狱谷，急声问道："大人，你们是要去那儿？"

柳随风点头，一旁的太岁凑过来，表情疑惑道："是啊，有什么问题吗？"

村正看看太岁，又看看柳随风，跺脚焦急道："大人啊，那里不能去啊！"

后面有村民也高声说道："那是雷神住的地方，不能去啊！"

"冒犯神灵，会遭天谴啊！"

这时开阳和瑶光正好走过来，听到村民们的议论，瑶光马上瞪眼看向他们道："什么雷神，不就是打雷嘛，有什么可怕的？"

"小姑娘，你是不知道啊，那里是禁地，有去无回啊！"一个年轻人皱着眉头劝道，"那里真不能去啊，前些年我家四叔也不信，非要进去看看，结果再没回来。"

瑶光撇嘴道："什么禁地，我才不信呢！我看你们是怕打雷吧？真是胆小鬼。"

听瑶光讽刺自己胆小，说话的年轻人脸一红，刚想开口反驳，可马上又闭上了嘴巴，怒哼一声，转头不说话了。

年轻人心里暗恨，转身就走，同时背对着瑶光说道："胆小鬼也比做鬼强，反正我是不去，我才不要死在这里呢！"

其他村民听了也跟着起哄，都说不去，一个个转身要走。

村正满脸无奈地看着柳随风，低声赔笑道："大人啊，您也别怪他们，这十里八乡的，谁不知道那是禁地。前些年还有胆大的敢往里冲，可结果呢，没一个能回来的。"

开阳和柳随风对视一眼，转头看了眼地狱谷，点了点头，对村正说道："那就算了，反正距离不远，我们自己来运吧。"

说着，开阳朝柳随风使了个眼色，柳随风笑了笑，从怀里取出几块碎银递给村正，说道："这点银钱你拿去请大家喝茶，不能让大家白帮忙。"

村正连忙推拒道："哎呀，这怎么使得！不用，真的不用！"

"拿着！"柳随风脸一沉，拉起村正的手，把银钱拍在他的手上，"就当是我们雇工了。"

见他的脸沉了下来，村正吓了一跳，也不敢再拒绝，只能唯唯诺诺地接过银子不停道谢。

柳随风有些不耐烦，挥了挥手道："行了，你们回去吧。记着啊，这件事不能外传，回去跟他们说说，不要私下讨论。"

"是是是！"村正连连点头，见柳随风等人神色不耐，当下也不敢再纠缠，捧着银子，转头朝村民们走去。

等村民们走掉，太岁四人开始推着避雷车赶路，没多久就到了地狱谷口。天机子、包拯、谛灵子、洞明都围了上来，上下打量避雷车。

开阳将车轴辘上缠绕的铜线拉出来，线头上缠着一大块铁，说了下用途，众人的眼睛都是一亮。

柳随风和太岁上前，从车上拿出镐锹，开始在地上挖坑，把铁块埋了进去，再掩上土，土上面只露出连在车轴辘上的铜钱。

开阳指着避雷车顶的大伞对众人说道："大家一会儿注意，进入山谷后别离开这个伞棚，上面的伞尖连着铜线。不出意外的话，雷电会被它吸引，然后顺着铜线被引入地底，我们在伞下面就安全，但是出了伞的话，就不好说了。"

天机子听了不停点头，脸上露出赞叹之色。

洞明一脸谨慎，想了想说道："还是先试一下吧。"

大家一起看向太岁，太岁一乐，指了指自己："还是我呗？"

众人一起点头，都露出非你莫属的表情。

太岁也不知道是高兴好还是难过好，虽然不怕死掉，但被雷击的话，很疼啊！

他的脸抽搐了一下，左右看了看，最终发现，这任务还真得自己来干。于是挽起袖子，独自推着避雷车走进山谷。

这一次果然不同了，就见天雷轰隆而下，但都被伞上的铜尖吸引，顺着铜线入地。太岁站在伞下非常安全，不由得转身朝外面挥了挥手。

众人站在远处，见太岁安全，个个都脸露喜色。

很快，太岁试了一阵，又推着避雷车回来，这时众人已经再无异议，都站到伞下，一起搭手推着车子向山谷中走去。

避雷车进入后很安全，天雷不再频发，偶尔落雷也都被铜伞吸收，众人一开始还有些紧张，但很快就都放松下来。

又往前走了一段路，谷中的场景渐渐有了变化。

若说之前谷口处就是荒凉的戈壁，但到了里面，却变得阴森恐怖，时不时就能从地面上见到或人或兽的骸骨。

半空中乌云盖顶，雷声轰隆，视线很快暗了下来。

随着避雷车轱辘滚动，时而碾压在骸骨上，发出咔咔的碎骨声，众人都不禁变色，抬脚落步都变得越发小心。

突然，瑶光似乎踩到了什么，身体一滑，险些摔倒，好在身旁的太岁眼疾手快地一把拉住，这才没让她摔倒。但瑶光还没站稳，就突然尖叫一声，原来就在她即将倒地的位置上，一块破碎的头骨正半掩地立在地面上，一双黑黑的眼洞距离她不到半掌距离。

"怎么了？"太岁一急，连忙把她拉起来。

瑶光的脸色苍白，紧紧握住太岁的手臂不敢松开，只不停摇头，不说话。

太岁奇怪地看了她一眼，又低头看了看脚下，也是吓了一跳。

众人继续前行，天机子手持铜牌，一边走，一边指路。

没多久，众人来到了一块巨石面前。

天机子手一抬，示意停车。

开阳马上打出手势，令避雷车停下，与此同时众人也从扶手上收回手，不再推动，都抬头看向前方的高大巨石。

这巨石足有五六人高，一人多宽，整体看来呈一个长方体形的柱子，但边角处并非棱角，而是如同被打磨过一样，显得很光滑。

巨石黑漆漆的，从外表上根本看不出来是什么材质，但从形状上看，或多或少都有些人工留下的痕迹。

不过也正因如此，众人反而有了些信心。

天机子四处打量，不停比照手中的铜版地图，脸上渐渐露出兴奋的神色。

"没错了，就是这里！"

洞明也略显激动，朝天机子急问道："道长，能确定吗？"

天机子肯定地点了点头，把铜版地图展示给洞明看，同时伸出手指，在地图上指指点点。

"你看，这里，这里……"

天机子时而比画地图，时而指着山谷的环境印证。洞明顺着他的指点看，不停点头，很快确认铜牌上所画的地图正是这里。

众人看着他们，最终，目光都聚集在巨石上。巨石造型奇特，一柱擎天，确实透着怪异。

谛灵子仰望巨石，喃喃自语道："莫非，《推背图》的下落就着落在这块巨石上？"

众人一听，都反应过来，这里没有别的东西，若说藏有什么秘密，左右也离不开这块巨石了吧。

想到这里，所有人再次把目光聚焦在巨石上，想从中发现些什么。

就在这时，天机子和洞明同时脸色一变，异口同声地大喝道："小心！"

随着二人警示出声，一股火焰从后面席卷过来，逼得众人只能从伞下逃开。

众人中只有包拯不会武功，一时措手不及，眼看就要被火焰扑在身上，好在太岁眼疾手快，又站得近，当下一把拉住他的手臂往后一带，自己护在他身前，向外纵跃。

"呼……"灼热的火焰紧紧追着太岁的后背，被他险之又险地躲过去了。

众人都站稳后，惊讶地看向车子的位置。

火焰消失了，一个蒙面人出现在伞下，仰天狂笑："真是踏破铁鞋无觅处，得来全不费功夫。哈哈哈！"

谛灵子看到对方，马上认出此人就是火烧碧游宫的凶手，当下激动地大叫道："恶贼，受死吧！"

说着，谛灵子"噌"地拔出长剑，朝对方冲去。

其余人等除了不会武功的包拯和开阳外，也都向蒙面人扑了过去。

面对众人的围攻，蒙面人却丝毫无惧，就见他大袖一卷，两道火焰从袖中席卷而出，众人迫不得已，只能再度跃回躲避。

蒙面人得意地哈哈大笑道："哈哈，多亏了你们，想出了这样的好办法！如果不是你们造出这避雷车引走了雷电，老夫还真不敢进来。"

"你到底是谁？"洞明冷声质问。

趁洞明说话之际，柳随风一闪身到了蒙面人后背不远处，准备出手偷袭。

对北斗司的人来说，所谓的江湖规矩根本没有丝毫的约束力，他们非常明白自己的身份，更清楚自己的职责，只要能顺利办案，在不牵连无辜、不违背律法的情况下，就可以不择手段。

众人中只有玄玄子和谛灵子似乎有点无法接受柳随风的行为，但眼下大家毕竟是一伙的，也不好出声揭穿。

至于天机子，以他的年纪和经历，这些事情早就看破了，什么规矩、江湖道义，对他来说都没有用。在他的眼中，只要能达成目的，就是好手段。

但是令人意外的是，蒙面人非常警惕，尽管柳随风靠近时无声无息，可他却好似早有准备一样，转身就是一道火龙喷出，吓得柳随风根本来不及多想，一个后跃蹿出了数丈远，站定后更是满头冷汗，心有余悸地看向蒙面人，眼中透出惊骇之色。

对像柳随风这种常年经手诡奇案件的北斗司星君来讲，多数时候都会与拥有诡异手段的人交手。但一般来说，这类人的武功都不会很高明，就比如当初的太岁，他的幻术虽然玄奇，可一旦被破解掉，本身的武功根本上不得台面。

再比如说德妙，她当初的武功被废，以幻术手段大肆敛财，本人根本没有武力防身，不得已之下，才找了些身手高明的同伴保护自己。

而眼下这位蒙面人却不同，他不但手段诡异，有驱火之能，而且从刚才的短暂交手能看得出来，此人的武功还非常高明。

这种人，说是难对付，不如说是可怕。

逼退柳随风后，蒙面人扫视众人，冷笑道："想拖延时间？哼！"

众人都沉默不语，而蒙面人也好像不着急似的，好整以暇地站在原地，不慌不忙地扫视周围，任何地方稍有些异动，他的眼神马上就看过去。

柳随风试了几次都被他看破了，终于不再妄动。

众人无声地交换眼色，但多数人都是头一次配合，少了许多默契，一时间有些拿他无可奈何。

虽然两方人马缺乏默契，可北斗司内部和碧游宫内部却都有自己的一套手段。

天机子与玄玄子、谛灵子不停地使着眼色，很快有了定计。

首先是谛灵子出手，他学着柳随风的模样，施展轻功绕到蒙面人的身后，也不主动攻击，只是牵扯对方的精力。

趁着蒙面人转身的一刹那，另一侧的玄玄子突然抬腿踢出一块石子，与此同时，站在蒙面人左后侧的天机子猛然冲出。

三位方士联合出动，瞬间打破了平静，其他人都是一振，浑身肌肉绷紧，做好了出手的准备。

可蒙面人却非常冷静，或者说是狡诈。

就在天机子出手的一瞬间，他猛地转身回头。

转身，看似平常的一个动作，就躲过了玄玄子踢出的石子。

在回头的一瞬间，更是清晰地看到了天机子的动作，从而准确而及时地应对，抬手喷出一道火焰。

这种应对大家早有猜测，可就算知道了也没办法，只能后退躲避。

众人一阵失望，都以为这又是一次失败的试探，可没想到，那蒙面人一道火焰喷出后，自己也紧随其后追击过去，看那样子，似乎是要在最短的时间里先将天机子击杀。

这是为何？

众人的心里都涌出疑惑。

莫非，他与天机子道长有仇？

还是说，他清楚这些人中，天机子的武功最高，所以要来个擒贼先擒王？

再或者……

众人心里的念头在一瞬间里不知闪过多少次，但不等他们想清楚，就发现那蒙面人已经离开了避雷车伞下。

天机子根本不抵抗，直接一个后翻退远，吸引蒙面人的追击。

他跟这个蒙面人已经不是第一次交手了，尽管对方的武功高强，可再怎么强，就算加上驱火之能，天机子也有信心，至少在几十招内自己不会落败。

交手几十招要多长时间？

而夺回避雷车又需要多长时间？

天机子根本没多想，几乎是瞬间就做出了决定——以己为饵，引对方远离避雷车，再集众人之力将其击杀。

甚至于，天机子有心将其引得更远，最好是再吸引来雷霆将其灭杀。

来吧，来吧，还差一点！

眼看着自己就要远离避雷车，进入雷霆范围，天机子已经报了必死之心。可就在这时，那蒙面人突然"嘿"的一声冷笑，猛然转身，腾跃而起，落在了车顶铁伞上。

不等众人惊诧，就见他一挥手，直接把伞尖折断，紧接着双臂抬起，朝四周喷出一圈火焰。

等他将众人逼退后，又一个转身跳下了铁伞，再次回到了车内躲避。

不等众人多想，就见折断的伞尖轰然落在地上。

"轰！"

"大家小心！"柳随风大叫一声，朝一旁躲避。

伞尖一折断，吸引天雷的能力似乎一下子消失不见了，半空中雷霆又开始变得猛烈起来，朝着众人击来。

无奈之下，大家只能不停躲避，一时间个个都身形狼狈。

蒙面人站在伞下看着这一切，不由得哈哈狂笑，但他非常警惕或者说是谨慎，但凡见到有人朝自己靠近，就马上发出一股火焰将其逼退，根本不想给众人留下活路。

众人一时间被天雷追着劈，只能不停地东躲西藏。会武功的还好一些，虽说动作比不得雷电落下时的速度，但是武功修炼到一定程度后，本能的灵觉会大增，每每天雷落下之前就能感觉到危险，从而提前躲避。

但不会武功的就危险了，瑶光第一时间护着开阳躲到了山脚的一个凹陷的地洞里。这是一个长年被雨水侵蚀出的低洼地，上方被山石遮挡着，若只待在里面不动，不用担心雷电会劈到。

太岁扯着包拯东奔西走，雷电追在他们的后面，二人狼狈不堪。

"快躲到低洼处，躲到山脚低洼处！"开阳躲好后，马上大声提醒众人。

太岁顺着声音看去，眼睛一亮，飞快地朝四周扫视一眼，很快发现不远处就有一个与开阳、瑶光所在处相似的一个半人高的地洞，太岁大喜，立即拉着包拯向前一纵。

"轰！"

一道闪电劈在二人刚刚的立足处，二人根本来不及庆幸，手脚并用不停地往前跑，眨眼间就进了地洞，太岁马上拉着包拯趴下。

"呼……"二人长长地出了口气，但紧接着又朝外看去，发现众人都寻到了躲避的地方，太岁和包拯这才放松下来，苦笑地相视一眼。

等众人都安全了，大家朝外看去，怒视着站在车下的蒙面人。

双方对峙，蒙面人不能出来，众人出去又太危险，一时僵持住了。

"你一直跟着我们？"突然，洞明出声问道。

蒙面人大笑道："当然，要不是你们弄出这车子引走雷电，我还进不来呢。"

他突然一卷袖子，露出绑在两臂上的火器，这是一对泛着金属颜色的管筒，仅看模样非常简陋，但众人都清楚，这只是露在外面的一部分，更多的细节仍然隐藏在蒙面人的衣服里，没有外露。

"袁天罡和李淳风合著《推背图》，号称算尽未来天下事，却不知他们算到了今天没有，哈哈……"蒙面人狂笑不已。

此时众人却没空与他斗嘴，一个个心思急转，想着如何反败为胜。

这些人里天机子和洞明无论武功，还是身份、地位都最高，也不好让晚辈们冒险，于是首先出手的就是他们二人。

就见他们时不时突然跃起，向蒙面人发起一次攻击，随后一沾即走，返回藏身处躲避雷电。攻击一下不成功马上退回，常常他们刚刚跃回低洼处，刚刚的立身处就亮起一道闪电。

而蒙面人或以火焰暗器逼退他们，或以拳脚武功对抗，总之是不肯让他们落到伞下。

有了天机子和洞明做示范，其他人也一个个开始出手。趁着出手的机会，众人也开始了交流沟通。

没多久，柳随风与太岁靠近，二人相视一眼，柳随风飞快地打了几个手势，太岁认真地点了点头，表示明白。

天机子的功力最高，躲避雷电时也最轻松，但同时他也最恨蒙面人，于是猛烈攻击对方，虽然每次都被蒙面人用火器逼退，却牵扯了他很多注意力。

当他再一次靠近被火器逼退时，柳随风突然从左侧发动咆哮神功，就听"吼"的一声巨响，如猛虎咆哮山林，又好像山口处狂风席卷天地，强烈的声波气浪涌出。蒙面人的身体一震，整个身子朝后飞去。一时须发飞扬，更巧的是，脸上的蒙面巾也被震得从脸上飘落，露出了真容。

"哈梵，是你？"洞明大叫一声。

原本此人不是别人，竟然是契丹国师哈梵。

哈梵人在半空中，却不甘退避，抬手射出一道火焰，阻止了柳随风紧随着的逼近。趁此机会，太岁已经从另一个方向一跃而起，一掌拍向哈梵的后背心。

"砰！"

一声闷响，哈梵中掌，吐血向前栽倒。

不过他的武功的确惊人，在这种情况下仍然惊而不乱，借着太岁的掌力，凌空一个前空翻，与此同时，右腿往身后凌厉地一摆。

"砰"的一声，太岁根本来不及躲避，也吐血栽出。

对哈梵来讲，太岁的武功实在太差，虽然借着偷袭的机会打中自己，但一口血喷出后，已经把灌入体内的真气排出，虽然有点小伤，但问题并不大，稍稍打坐一阵就能恢复。

而对太岁那神异的体质来讲，别说仅仅吐一口鲜血，就算把五脏六腑都吐出来了，又算得了什么。

不过，也算是太岁运气不好，他被一脚踢飞，人还在半空中时，空中就接连几道雷电落下，直直地劈在他的身上。

"噗！"太岁又是一口鲜血喷出，紧接着无力倒地，一时生死不知。

"太岁！"瑶光和包拯大叫，焦急地向他靠近。

这时，众人看到了哈梵的真面目，先是震惊不已，紧接着又都皱眉。

果然是契丹人吗？

是他们在背后捣鬼，觊觎《推背图》？

无论如何，不能让他得手。

柳随风和洞明对视一眼，都明白对方眼神中的意思。

"果然是你，契丹国师。"这时，谛灵子愤怒地大叫道。

哈梵摸了一下脸，发现蒙面巾不见了，也不慌张，反而狰狞冷笑。

"哼，就算让你们知道是我又怎么样，反正今天你们都得死！"

这时包拯和瑶光已经赶到太岁身边，眼见太岁面色焦黑，昏迷不醒，身上还冒着淡淡的烟雾。瑶光一下子怒了，只觉身体里一股怒火飞快涌上，眨眼间她就已经双目充血，眼神失去焦距。

而另一边，天机子和洞明、柳随风、谛灵子轮番向哈梵发起了进攻，你攻一招，我马上从另一个方向再攻一招。

众人都是一击即退，一者怕被哈梵的火焰喷中，再一个也是为了躲避雷电，攻出一招后，马上退回低洼处躲避一阵才再次现身。

只是哈梵有火焰和雷电相助，再加上自身武功高强，站在金属伞下或用火焰或用武功，即使众人展开车轮大战也对他无可奈何。

就在这时，远处的瑶光已经霍然转身，愤怒地瞪向哈梵，一股如荒古猛兽般的凶戾之气冲天而起。

瑶光此时已经彻底狂化，心里再无理智，只有一股本能的杀戮驱使着她大步走向哈梵。

"不好，瑶光狂化了！"柳随风和洞明都是一惊，可眼下却无力阻止。

但包拯不明所以，根本不知道发生了什么事，见瑶光起身朝哈梵走去，他先是不解，但紧接着就以为瑶光是要为太岁报仇，于是在后边抱着太岁大叫道："瑶光，你小心啊！瑶光……"

另一个方向，躲在低洼处的开阳听到包拯的呼喊，望了过来，一脸吃惊道："瑶光狂化了！"

随着瑶光的前行，闪电狰狞如蛇，不停地劈落在她的身上，但此时的瑶光好似刀枪不入、雷火不侵一般，被无数雷电劈中，也只是身子顿了一顿，就继续向前走去。

一股无形的气劲鼓荡着瑶光的身子，衣服仿佛都膨胀起来。

肌肉、骨骼、血液……此时的瑶光好像整个人都在沸腾、在燃烧，如同从地狱中走出的恶魔般，无形的杀气、戾气萦绕在她身周，令人望之生畏。

天机子等碧游宫之人也发现了瑶光的异状，纷纷露出震惊之色，不知道她为何出现这种变化。

只有天机子活得够久，熟知各种古老典故，隐约中觉得瑶光此时的情况与古老相传的巫族有些相似。

所谓巫族，即九黎族前身，相传是最早期的天地主宰，比之人族诞生要早亿万年。后来与妖族大战，同归于尽。从那以后，天地间巫、妖二族隐没，人族持天。

当然了，这些只是神话传说，今人谁也不知真假。

不过看瑶光不惧雷火，杀戾盈天的模样，倒是与神话故事中的巫族有些相似。

天机子心神大跳，莫非，那些神话故事是真的？或者说，有一部分为真？

就在他胡思乱想之时，瑶光已经顶着雷电的攻击，向哈梵发起了进攻。

瑶光的攻击很直接，很粗暴。简单来讲，就是冲上来一记猛拳。

"轰！"

她一拳击出，也不知是否巧合，天上正好落下一道雷霆击在她的拳头上，看起来，就好像瑶光一拳打出，天雷相随一样，威风凛凛，不可一世。

哈梵震惊地看着瑶光，一下子呆住了。直到瑶光的拳头近身他才清醒过来，错过了用火焰的机会，只好以拳脚交手。

但狂化后的瑶光力大无穷，防御力也大增，再加上拳上雷电相随，哈梵根本不敢与她硬碰硬，只能以小巧功夫战斗。

不得不说，哈梵的武功非常高明，可他的功夫，多是战场厮杀所用，要么大开大合，要么凶狠毒辣，可若论起小巧功夫，他就差得远了。

再加上之前被瑶光的气势所摄，几乎在交手的一瞬间，哈梵就落下了下风，不得不边打边退，虽然不离避雷伞左右，但是再也没了之前的优势。

洞明见机不可失，连忙招呼大家："大家一起上！"

众人一听，都反应过来，纷纷跃起向哈梵发起攻击。

哈梵恨得咬牙，想要发出火焰，但被瑶光缠住，根本抽不出手来。瑶光此时的气势太过骇人，哈梵根本不敢被她击中，生怕一拳就把自己打散了。无奈之下，他心中退意已生，暗暗决定，如果再没有转机，自己就只能先行退走了。

可就在这时，半空中突然传来"轰"的一声巨响，一道童臂粗的闪电突然从空中劈下，正好落在瑶光的天灵盖上。

瑶光的身子定了一定，眼中的红色渐渐褪去，开始变得有些清醒。

哈梵心里一喜，一边躲避他人的围攻，一边趁机出手，一拳打在瑶光的胸口上，将瑶光打退几步。

随后他狂笑一声，双手一展，如陀螺般原地旋转起来。随着他的旋转，一道白色火焰横扫而出，像个火环似的把周围人都逼退了。

"叫你们尝尝比红色火焰威力强大十倍的白色火焰，哈哈哈……"哈梵狂笑不止。

"快退，这火接不得！"天机子大叫一声，提醒众人。

众人纷纷疾退，但天机子依然想强攻，与他有相同想法的还有洞明。

而其他人，一个个都狼狈退散。柳随风的衣袖着了火，急忙一把扯下袖子。

哈梵狂笑着，如同魔头一般，不停朝四周喷射白色火焰，不知不觉间，一道火光落在了巨大的石柱上。

这白色火焰非常诡异，如附骨之疽般，即使在石柱上也仍能熊熊燃烧，根本没有熄灭的迹象。

很快，白色火焰蔓延开去，石柱被包裹起来了，如同一个正在熊熊燃烧的巨大火把。

这时，瑶光已经彻底清醒过来，但她一时间还没明白过来发生了什么事。突然，天上又一道闪电落下，开阳猛地跃起，抱住瑶光，二人在地上滚了几圈，避到了一边。

白色的火焰裹着石柱熊熊燃烧，显得十分诡异。

哈梵站在伞下，威风八面地狂笑道："我有烈焰与闪电为助，纵然你们都是一面之雄，谁能奈我何！哈哈哈……"

他仰天狂笑，众人虽然愤恨不已，但形势如此，也只能纷纷躲在低洼处，束手无策。

很快，因为白色火焰的焚烧，巨大的石柱突然传出被烧裂的咔嚓声响，紧接着，一块块石头剥落，露出的部分金光闪闪，照亮了众人的眼眸。

众人都被这石柱的变化惊呆了，哈梵也惊诧地住了口，转身看向石柱。

在众人的视线下，石柱上的石块随着火焰的蔓延，剥落得越来越多，最终露出一块巨大的铜碑。

铜碑的高度虽然远比不上原来的巨石，但比起已经被折断的伞尖还要高上许多，当它一露出，马上就吸引了空中雷电。眨眼间，整个铜碑笼罩在白色火焰和紫红色的闪电当中，其景其色如幻如梦，令人目眩神迷。

谛灵子吃惊地大叫道："《推背图》出世了！"

天机子怔怔地望着铜碑，喃喃自语："原来《推背图》藏在这里！"

哈梵惊喜若狂，他站在铜碑的正面，能看到铜碑上出现一个个古拙的大字："影差一寸，谬之千里。北极所在，高低不同……"

洞明焦急地大喝起来："铜碑吸引了雷电，快夺《推背图》！"

众人醒悟，马上如虎豹般纷纷跃起，扑向哈梵。

哈梵没有了闪电的帮助，只能靠武力和火器独自对战从四面八方攻来的众人，顿时手忙脚乱。

而且他主要的精力都在铜碑上的文字，一时间只有五分精力对敌，眼看就要落下下风。

这时，一道闪电突然劈来，正向哈梵发起猛烈攻击的洞明被闪电劈中，从空中倒栽下去。柳随风大惊，顾不得趁机攻击哈梵，当下一个横掠，抱着洞明逃开。

众人都惊愕住手，左顾右盼。

天机子一脸惊讶地看天道："雷电还可伤人？"

"哈哈哈哈……"

天机子的话音刚落，一个神秘诡异的笑声在山谷中回荡起来。

"什么人？"

众人大惊，都摆出戒备姿态，一个个警惕地望向四周，再顾不上攻击哈梵。

而哈梵却趁机转身，飞快地浏览铜碑上的文字，想要记在心头。

诡异的笑声在山谷中回荡，很快，一个脸上戴着神秘面具，手持一根奇特拐杖的人凌空飞来，落在伞下。

此人一身劲衣，脸上戴着面具。手中拐杖的杖身似木似铁，黑黝黝的看不出材质，而杖顶上镶嵌着一颗拳头大小、棱角分明的宝石，宝石上闪烁着迷离神秘的光彩，时而粉红，时而蓝紫，其间光彩宛若活物，又似流水，在一刻不停地变幻着。

看到来人，哈梵又惊又喜道："你终于来了！"

"《推背图》出世，我岂能不到？"神秘人淡淡回道，站定后扫视众人，眼中透着冷漠。

洞明被柳随风扶着，缓缓站定，四下扫了一眼，发现他们依旧站着，但并没有雷电劈在他们身上，不时落下的雷电，依旧落在铜碑上，顿时安定下来。

"你是什么人？"洞明沉声喝问道。

神秘人不答，只是仰头看着铜碑上的文字。

铜碑上火舌缭绕，有些文字看不全，神秘人一挥袖，将火焰拂开。

这时洞明咬牙大喝："一起出手，拿下他们！"

神秘人冷笑一声，把右手一抬，手中的杖顶宝石突然射出一道闪电，蛇一般射向洞明。

洞明大骇，往旁边一闪，闪电击在地上。

"你竟能发射闪电？"天机子大惊。

神秘人这时扭头看了天机子一眼，眼神闪动一下，恢复淡漠，转头又看向铜碑。

包拯还蹲在太岁的旁边，见此情景，吃惊地站了起来，指着神秘人。

"是你！你有闪电之力！杀死桑观冲玄道长的人，就是你！"

神秘人缓缓转过身，看向包拯，平静地点头道："不错！杀死冲玄的，就是我！呵呵，或者说，是我的这根雷神杖！"

他缓缓举起右手中的杖，漠声道："我有此杖在手，就是雷电之神！你们，奈何不了我的，散去吧！"

说罢，他又转身去看铜碑。

火焰翻卷，不时还有闪电紫绕，古拙的文字不时闪现出来。

神秘人突然瞪大了眼睛，握着雷神杖的手掌上青筋直跳，一直冷漠的声音变得愤怒起来："这不是《推背图》！"

众人都一愣，正戒备众人进攻的哈梵也连忙转身望去。

神秘人愤怒地望着铜碑大叫："这不是《推背图》！这是藏匿《推背图》所在的一副偈语！袁天罡、李淳风这两个老东西，总是喜欢故弄玄虚！我费尽心机，他们居然又送我一副偈语！"

众人都愣住了，一时间都面面相觑，不知道说什么好。

就在众人发怔时，低洼处的太岁缓缓醒了过来。

他晃晃悠悠地翻身坐起，脸上还是一副迷茫的模样。

正关切地看着他的瑶光第一个发现，惊喜不已。"你醒了？真是吓死我了……"

瑶光拍着胸口，一副后怕的表情，忽然想到了什么似的，又嗔怒地弹了太岁的脑袋一下。

"你一天不吓我就难受，是不是。"

太岁看向瑶光，眼神还有点迷茫。

一旁的开阳也惊喜地看向太岁，瑶光看着太岁，见他这副模样，突然心提了起来。

她伸出手指在太岁的面前晃了晃，问道："喂，你不是又傻掉了吧？"

太岁眨了眨眼，终于清醒过来，抬手打落瑶光的手指，白了她一眼道："你就喜欢我变傻子，是不是。"

说着，他转头看向场中，见众人都围着伞车，伞车前除了哈梵，又多了一个蒙面人。

"咦？又来了一个？"

开阳也扭头看了一眼，缓缓站起，脸上带着神秘的笑容。

"不错！幕后指使者，终于出现了！"

另一边，柳随风也向前走了一步，盯着神秘人道："我们终于等到你了！"

神秘人转头看向柳随风，眼神中露出疑惑。其他人也看向柳随风，有些不解。

包拯忽然微微一笑，看向神秘人说道："你以为已胜券在握，却没想到，我们早就在张网，等你前来吧。"

"你说什么？"神秘人疑惑不解。

太岁站了起来，晃了晃脑袋，疑惑地问一旁的瑶光："这是怎么回事？"

瑶光也是一脸的莫名其妙，白了他一眼嗔道："我怎么知道？"

两人都不明白是怎么回事，于是望向场中，就听柳随风说道："我入职北斗司以来，虽然经历过许多奇人奇事，但我从不相信鬼神杀人之类的事情。"

包拯接口道："冲玄道长是被雷电杀死的！洛阳白马寺方丈所遇的歹人却擅长用火！"

开阳也从后面走出来，看着神秘人沉声道："在古吹台掳人的那个神秘人，还有杀死地藏前辈的那个人，用的也是火焰！"

柳随风道："所以，承蒙包评事提醒，我们判断幕后元凶应该有两个，一个擅长用火，一个擅长用雷电！"

包拯道："用雷电的那个人如神龙一现，自空桑观杀人之后，就再也没有出现了，频频出现的人，是用火的那个人。"

开阳道："所以，我们怀疑用火的那个人，就是契丹国师哈梵，那么，用电的那个人是谁呢？"

柳随风微微一笑，一副成竹在胸的模样。"不管他是谁，在用火之人背后，一定还有一个人，这个人，是用雷电的，这一点毋庸置疑。"

"所以，我们做了点小小的准备。"开阳说罢，看向柳随风，喝道，"动手！"

"咻！"

柳随风屈指一弹，一枚小石子击中避雷车的车轴中心小圆点，就见避雷车突然分解，发出咔咔的声响，迅速分裂成四个部分。四个独轮分别载着各自的部分冲向谷的四周，滚动到高处，下边突然有钻头探出，钻地固定，顶上一节节伸出很长的金属天线，变成了四个避雷针。

这时雷电从天而落，被周围的四个避雷针引走，众人转头看向四周的避雷针。

洞明见状大喜道："哈哈，你们居然还有如此手段！"

说罢，他突然又瞪了柳随风一眼道："却把我也蒙在鼓里。"

柳随风向洞明揖礼赔笑道："大人恕罪，我们也是在谷外想到造避雷车之后，包评事才与我说起这个猜疑。我们临时想到这个后手，来不及禀报大人。"

瑶光和太岁瞪起眼睛看向柳随风，异口同声道："我就跟你在一起啊，为什么我也不知道？"

柳随风看了看他们，摸了摸鼻子说道："你们两个肚子里藏不住事的大嘴巴，还是不知道的好！"

天机子激动地大喝："把他们两个抓起来，我要为我师兄报仇！"

众人气势汹汹地围上前，神秘人手中的雷神杖一举，"轰"的一声，一道闪电射向天机子。

天机子大惊，连忙朝一旁闪开。

神秘人得意扬扬地高举雷神杖道："哈哈哈，你们就算藏了后手，也不过是能防天雷，能防得了我这雷电之杖吗？"

神秘人傲然四顾，看向他们道："十年前，我无意中得到一块天外陨石，没想到这块陨石竟然有蓄藏雷电之力。"

天空中的雷电不停落下，随后被周围的避雷针吸引走，显出一副奇异而惊人的景观。

神秘人看着手杖，一边轻轻摩挲，一边自言自语："我花了很多年的时间研究它、琢磨它，终于弄明白如何蓄电、如何控制。"

他高高举起雷神杖，仰天狂笑道："哈哈哈哈……这可是雷电之力啊，是传说中天界雷神的力量，在这力量面前，凭尔等区区凡人之身，又岂能是我的对手？有此杖在手，我，就是神！"

神秘人朝天高举雷神杖，顶端的水晶发出刺眼的白光，"轰"的一声，朝天空中发出一道巨大的雷电，天空中乌云旋转，雷电酝酿，又反哺给他的雷神杖，蓄积更多的电力。

神秘人发出狂笑声，衣袍随风舞动，如魔神在世，令人压抑难以呼吸。

众人吃惊不已，但开阳、柳随风和包拯很淡定。

开阳微微一笑，看向神秘人道："我的手段，却也不仅于此！"

说着，她扭头看向柳随风道："文曲！"

"好！"柳随风微微一笑，摊开右手，手中还有四枚小石子。他左手屈指，连连弹出，飞快地把四枚小石子激射向扎根在山谷四角高处的独轮车。

"咔咔咔咔！"四声轻响先后传来，独轮车被启动机关，车上发出一道道铁丝线，彼此对向射出、缠绕，飞快地在空中交织成了一道铁网。

神秘人吃了一惊，试探地向开阳射出一道闪电，闪电刚一出现，竟然在空中绕了个弯冲向上方，被头顶的铁网吸走了。

太岁兴奋地摩拳擦掌，大步上前说道："诸位，还等什么，痛打落水狗！"

众人一听，马上哄然而上！

眼前众人，除了开阳和包拯外，都各有手段，一番交手后，神秘人和哈梵不敌，很快落了下风。

只是大家第一次配合，还是少了默契，而且惊人的是，仅从武功来看，那神秘人似乎比天机子的武功还要高明一些，一个不防，瑶光被他一掌拍中，呕血后退。

太岁一见大惊，顾不得自身安危，合身扑了上去。

神秘人冷笑，毫不留情，一掌拍去，快如闪电，太岁根本来不及躲避，当下被击得吐血受伤。

但不得不说，太岁好像天生就有股子不畏死的劲头，虽然吐血不止，却死也不肯退后，拼命地扑上去，紧紧抱住了神秘人。

神秘人气极，一边躲避其他人的攻击，一边施展轻功，带着太岁在场中不停飞窜，同时不断抬掌击向太岁的后背。

"哇！"太岁吐血不止，眼神黯淡下来，却死抱着他不撒手。

柳随风和瑶光一见，就要赶上前去救助。

神秘人顾此失彼，向哈梵大叫道："毁去铜碑，快！"

哈梵一听，马上摆脱天机子和洞明的攻击，狂笑着向铜碑扬手，射出一道诡异的黑色火焰。

"看我无物不焚的灭世黑火！"哈梵狂笑着。

这黑色火焰比之前的白色火焰更加惊人，就见其刚附着在铜碑上，铜碑便开始融化。

洞明大惊，但此时没有办法，只能和天机子加强了攻势。

这时，神秘人被柳随风和瑶光纠缠得不得脱身，心头大恨，扬起手杖把雷电宝石直接戳在太岁的身上。

"轰！"

太岁身上电光涌动，整个人都抽搐起来，须发、衣服上开始冒起浓浓黑烟，紧接着，一股焦煳味弥漫而出。

但那神秘人似乎忘了一点——人体是导电的。

也就是说，在他电击太岁的同时，自己也受到了电击。

一时间，二人身上电流不停窜动。

若换在别的地方，或许只这一下，二人就同归于尽了，这里却不同，至少此时此刻大不相同。

因为他忘了，就在头顶处，有一道吸引雷电的铁网。

不得不说，正因为这道铁网，神秘人才逃过一命。

几乎是眨眼间，二人身上的雷电突然跃起，直直地冲上天空，融入铁网中。

神秘人来不及懊悔，趁着太岁抽搐松开双臂时的机会，当下抬起一脚把太岁踢飞。

"咻！"

这一脚势大力沉，足足把太岁踢飞了几丈远。

"太岁！"

瑶光大叫一声，见太岁重重地摔在地上，伤势严重，她顿时双目充血，再度进入了狂化状态。

柳随风一见，连忙躲得远远的，不敢靠近。

不过有了狂化后的瑶光参与，神秘人和哈梵顿时落了下风。

一番激战后，哈梵和神秘人左支右绌，渐渐不支。

此时谛灵子大吼一声扑了上去。"还我师父命来！"

他抬手攻向哈梵，正好挡在了瑶光的前面。

狂化后的瑶光神志不清，不辨敌我，一拳打向谛灵子。

正要攻向神秘人的天机子见状大惊，大叫一声："师侄小心！"

说着，他扑上前去，推开瑶光。

而瑶光不辨敌我，见有人阻拦自己，当下与天机子打了起来。

天机子不能伤了瑶光，狂化后的瑶光武功又太厉害，不但如此，她的身体也大幅强化。天机子本想制住她的穴道经脉，可试了几次，不但没制住瑶光，反而被她打中一掌，当下吐血倒地。

洞明见状，赶紧凌空跃起，手指点穴，重重地点在瑶光的头顶百会穴上。

百会，百，多也；会，交汇之处。

这是人身上的重要穴位，集三阳五会之气交汇于此，一般人被点中此穴，轻则昏迷倒地，重则甚至会神志丧失，变成痴傻之人。

但瑶光狂化后防御大增，就算被点中百会穴也没受到任何伤害，虽然没受伤，却令她呆了一呆，脑中血气猛然退去，竟渐渐变得清醒。

说起来，这也是洞明和隐光研究许久才想出的手段，目的自不必多说，就是为了防止有朝一日瑶光不受控制地狂化。

这边瑶光渐渐清醒过来，另一边神秘人和哈梵趁天机子和洞明两大高手被瑶光纠缠之际，一把擒住谛灵子，狠狠一掌拍向柳随风。

无奈之下，柳随风只能被迫收手，接住吐血受伤的谛灵子，借力飞退。

而神秘人和哈梵眼见不妙，再看那铜碑已经被烧掉了大半，当下对视一眼，趁机跃起，飞快地朝外逃去。

二人这一逃走，众人都松了口气。

天机子和谛灵盘膝坐在地上开始调息疗伤，而瑶光和包拯、开阳守在太岁的身边，看着铜碑的方向。

洞明和柳随风上前几步，站在铜碑面前，看着铜碑被诡异的黑色火焰焚烧着，已经像蜡烛似的焚毁了大半，铜液正向地上流淌。

黑色的火焰遮蔽了还没有被焚烧的部分，已经看不清上边的文字。

柳随风看着渐渐焚光的铜碑，皱眉道："这下糟了，石碑上写了什么，只有他们才知道！"

洞明脸色一变，叫道："他们还没逃远，快追！"

说罢，他抢先跃出，朝外追去。

柳随风来不及多想，也跟着随后跃出。

瑶光咬咬唇，看向二人离开的方向，想追去，又担心太岁，一时犹豫不决。

开阳见此，伸手按过瑶光的肩膀。

"开阳姐姐。"瑶光回过头来，声音有些干涩。

开阳微笑道："你去吧，太岁交给我和包评事了。"

瑶光犹豫一下，开阳无奈，上前一步凑到她的耳旁轻声道："你还怕他死掉吗？别忘了，他可是太岁啊！"

"啊！"瑶光这才反应过来，想到太岁的不死异能，当下眼睛一亮，重重一点头道，"好，我去了。"

说完，也不等开阳再说，她一个纵身，朝着几人离开的方向追去。

这时天机子突然睁开眼睛，朝正准备也追出去的玄玄子发话道："玄玄，你别去了，交给北斗司吧。"

玄玄子犹豫了一下，止步站住，走到天机子的身旁帮忙护法。

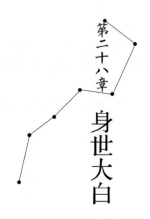

第二十八章

身世大白

地狱谷上空雷电不停落下，被铜网吸引，引入地下，紫蓝色雷电交织，十分壮观。

众人相继离开，只剩下打坐疗伤的天机子和谛灵子，以及正在照顾太岁的包拯和开阳。

没多久，昏迷的太岁缓缓睁开眼睛。

"太岁，你怎么样？"包拯惊喜地问道。

太岁恍惚了一下，回过神来笑道："没事，再有片刻工夫，我就能完全痊愈。"

说罢，他转头看向四周，疑惑道："人呢？"

包拯简单地把他昏迷后发生的事情说了说，太岁恍然点头，就要起身。

可一抬头，就见开阳正向自己不停地使眼色，又向不远处盘膝打坐疗伤的天机子和谛灵子努了努嘴。

太岁反应过来，刚刚挺直的腰杆马上又弯下来，装作虚弱的样子。

这时天机子和谛灵子先后收功，睁开双眼。

太岁担心地问道："师祖，您不要紧吧？"

天机子摆摆手苦笑道："小姑娘下手还挺重！"

太岁先是尴尬地笑，然后连忙帮瑶光解释。

"师祖您别怪瑶光，她发起狂来就会变得神志不清。别说是您一个大活人了，就算是面对一面镜子，她看到镜子里的自己也会扑上去。"

听太岁说得有趣，众人都不由得莞尔。

这时天机子想起身，但身形跟跄了一下。玄玄子眼疾手快，连忙上前搀扶。

天机子抬头看了眼头顶的雷网："此地不宜久留，我们先回碧游宫再做计较。"

此时的碧游宫已经成了一片废墟，不远处还不时冒起黑烟，显然还有山火未灭，但好在这里绿树成荫，倒是不用担心火势扩大。

没多久，众人到了山前，看着废墟遍地的碧游宫，都唏嘘不已。天机子本打算直接回天机洞疗伤，但走了几步，突然停下，看向废墟遍地的碧游宫，表情哀痛，伤感地叹息道："怀璧其罪啊！不知当年祖师可曾算到了此劫……"

众人都沉默不语，不敢多说。

"唉，算了，大家先疗伤吧，其他事情晚点再说。"

天机子感慨一阵，摆摆手，朝天机洞走去。

天机洞内，石制高台上，天机子闭目侧卧，静止不动，随着他的吐纳，体表真气升腾，慢慢地，真气汇合成一条张牙舞爪的神龙虚影，在天机子的上空飞腾两圈，慢慢盘成一团，往下落入天机子的身体内。

龙归元海，阳潜于阴。人曰蛰龙，我却蛰心。默藏其用，息之深深。白云高卧，世无知音……

天机子心中默念口诀，渐渐陷入无为定中。

很快，他身上的衣袍无风自动，等风止后，天机子猛地睁开双眼，眼中有龙形虚影一闪而逝，两道神光飞射而出，宛如神人。

洞外，玄玄子和谛灵子盘坐于地疗伤，二人的头顶也是真气升腾，但比起天机子自然是小巫见大巫了。

开阳、包拯、太岁站在远处，正在小声交谈。

太岁的脸上露出遗憾的神色，低声道："唉，真是可惜，没想到这样都让他们跑了。"

开阳微笑着安慰道："放心吧，洞明前辈他们已经去追击了，那两个家伙也受伤了，跑不远。"

包拯在一旁点头道："没错！而且契丹国师已经暴露身份，跑得了和尚跑不了庙，早晚能抓住他。"

这时天机子从天机洞中走出，见玄玄子和谛灵子正在疗伤，于是转头看向太岁，朝太岁招手，让他过来。

太岁马上小跑过来，开心道："师祖，您伤好啦？"

天机子点头微笑道："已经不碍事了，来，你坐下，师祖助你疗伤。"

太岁的神色有些紧张，连忙摇头，打了个哈哈掩饰道："哈哈，不用了师祖，这点小伤早就好啦。"

说完他朝一旁空气打了几拳，虎虎生风。

天机子仔细打量了太岁几眼，有些惊讶，但很快又微笑点头。

"到底是年轻啊，身子骨就是结实。"

太岁挠挠后脑勺，嘿嘿一笑，偷偷看天机子的表情，见天机子已经转头看向玄玄子，他这才松了口气。

玄玄子和谛灵子先后收功起身，见天机子站在不远处正看着自己，二人连忙上前。

"师父，您伤好啦？"玄玄子脸上露出喜色。

"暂时压制住了，但想彻底痊愈还需服用一些丹药。"天机子转头看向碧游宫的废墟，重重一叹道，"唉，看样子药房也毁了。"

玄玄子本来高兴的脸色也沉了下来，看着远处的废墟，心里暗恨不已。

好一会儿，天机子才转头看向谛灵子："师侄，我看你的伤势已经痊愈，又熟悉药性，我这还缺少一味元阳草入药，劳你进山跑一趟吧。"

谛灵子垂首行礼道："是，师叔。"

说完，谛灵子转身离去。

这时，太岁见玄玄子收功了，马上凑过来，关心地看着玄玄子。"师父，您伤好了？"

玄玄子见太岁活蹦乱跳地跑过来，不由得皱眉，先是偷看了天机子一眼，又对太岁偷偷使了个眼色。

一旁的天机子看着太岁微笑。

"太岁，我跟你师父有要事相商，你且在外守候。"

"好的，师祖！"太岁连忙点头答道。

天机子转身进了天机洞，玄玄子瞪了太岁一眼，才跟在天机子的身后进了天机洞。

太岁愣了一下，反应过来懊恼地给了自己一个嘴巴，自言自语："糟了，我给忘了。"

天机洞内，天机子负手站在石台前，低头看着上面的蛰龙心法，玄玄子在他身后站着，表情严肃。

好一会儿天机子才头也不抬地问道："徒儿，蛰龙心法你修炼到第几重了？"

玄玄子的嘴角抽了抽，表情尴尬道："弟子无能，只能勉强入门。"

天机子转身看着他，面露微笑道："这么说，你只修炼了一重？"

玄玄子尴尬地点头，脸色微红。

"这门功法的确难学，资质稍差一点连门都入不了，反倒是太岁那样随随便便就能修炼到第二重，才真正令人惊讶。"天机子摇头笑了笑，说道。

玄玄子勉强挤出笑脸，附和地赞叹道："太岁天赋惊人，弟子远远不及。"

"嗯！"天机子点点头，深深地看了他一眼，又道，"之前在地狱谷发生的事情，谛灵子已经同你讲过了吧？"

见玄玄子点头，天机子道："太岁曾被契丹国师重击的事，他也说了吧？"

玄玄子又点头，神色有些紧张。

天机子沉默一阵，脸上露出感慨之色，轻叹道："虽然所处立场不同，但为师对那哈梵的武功还是佩服的，换作我连续受了他几招重手，恐怕也是有死无生。但太岁呢，你看他活蹦乱跳的，哪像是快死了的模样？"

玄玄子的脸色一变，张嘴欲言，却被天机子摆手打断。

"你别跟我说这是蛰龙心法玄妙之类的话，蛰龙心法有什么功效全天下没人能比我更了解，虽说有疗伤之能，但绝对没有如此神奇。说吧，到底是怎么回事？你……是否有事一直瞒着为师？"

玄玄子无言以对，脸色不停变化，终于缓缓跪地伏首，一言不发。

天机子皱眉看着他，突然间，脸上露出震惊之色，上前一步猛地拉起玄玄子，直视玄玄子的双眼，声音轻颤。

"莫非……莫非你竟另行参悟出了长生之法？"

玄玄子抬起头，与天机子对视了一眼，终于叹了口气。

"事到如今，弟子不敢再隐瞒师父……那天晚上，元元子师弟突然来找弟子，说有朋友送了他几坛好酒，让我品鉴，弟子不防，于是与师弟对饮以至醉倒，次日醒来后……"

随着玄玄子的讲述，仿佛一幅幅场景在天机子的眼前呈现出来……

时间回到二十年前！

碧游宫的一间闺房中，尚还年轻的玄玄子身穿内衣坐在床上，脸上神色迷茫。

少女德妙衣冠不整地坐在床角里嘤嘤哭泣。

就在这时，天机子突然踢开门走了进来，脸色阴沉，身后跟着面带诡笑的元元子，不过他一进屋，马上又换上了一副强忍愤怒的表情。

"师父……"看到二人，德妙马上哭喊一声，朝元元子扑去，失声痛哭。

元元子一手搂着德妙，另一手指着玄玄子，眦眦欲裂道："师兄，你……你怎么能干出这种事来？"

玄玄子神色迷茫，一言不发地看着元元子发怔。

元元子痛心疾首道："再怎么说，德妙也是你师侄啊？就算你不把她当成师侄，可她……可她毕竟还是个孩子啊！"

说罢，元元子仰头深吸口气，一副强忍落泪的模样，身体微微颤抖。

而此时的玄玄子却神情茫然，似乎没弄清发生了何事，看了看元元子和德妙，又看天机子，嘴角嚅动一下，开口涩声道："师父，我……"

不等他把话说完，天机子已经上前一步，啪的一记耳光狠狠打在他的脸上，接着一脸怒容地指着他大骂道："孽畜，丧心病狂！你给我滚，现在就滚，从此以后，你我恩断义绝！"

天机子说完话，根本不理弟子的反应，似乎连看都不想再多看他一眼，猛地一甩袖子，转身大步离开。

玄玄子张口结舌，茫然地抬起头，看了眼元元子和德妙。德妙眨了下眼，又转身扑在元元子的怀里，一边嘤嘤哭泣，一边偷瞄玄玄子，见玄玄子望过来，马上转头把脸藏住，一副受到惊吓的模样。

"师弟……"玄玄子张了张嘴，看着元元子想要说些什么，但元元子根本不给他开口的机会，不停地摇头，跺脚长叹道："唉，师兄你……你好自为之吧！"

说罢，他一挥长袖，抱着德妙大步离开。

转眼半年过去，汴梁城外，衣衫褴褛的玄玄子半倚在一个向阳的山坡上，手中拿着一个脏兮兮的酒葫芦，不时往嘴里灌一口酒，眼神中透着生无可恋的迷茫和失神。

烈日高悬，天边几朵白云正在缓缓飘荡。

眼看着玄玄子又像往日一样，即将入睡，可就在这时，山坡下面突然传来一阵急促的马蹄声。

玄玄子眯着眼睛看去，就见一群骑兵从远处疾驰而来，到了前方丛林前突然放缓了脚步，一个个左顾右看，似乎正在搜寻着什么。

"咦？"玄玄子惊叫出声，以他的位置，正好看到骑兵前方不远处的草丛里，一个孕妇正在捂着嘴巴躲藏着。

眼看着骑兵就要找到孕妇，孕妇惊惧得浑身颤抖，本来作壁上观的玄玄子突然心中不忍，轻叹一声，施展轻功出现在孕妇的身边。

孕妇吓得浑身一颤，转过头发现来人是一个道士打扮，这才放松下来。

玄玄子与孕妇对视一眼，做出一个嘘声的手势，见孕妇捂嘴急点头，他才小心地往骑兵的方向走去。

借着草丛遮挡，玄玄子慢慢靠近了骑兵。

一共六个骑兵，打扮相同，个个都身着轻甲，背弓挎刀，身下的马匹高大神骏，六个骑兵的眼神冷漠而锐利，正在小心地四处察看。

玄玄子皱了皱眉，这些人虽然没穿军服，可无论是打扮动作，还是气质，都能看出，这六人分明就是训练有素的骑兵。

不知道这妇人又是什么身份，竟然惊动了这些军人来抓她？

玄玄子心里好奇，就想转头仔细打量下那孕妇。

可就在这时，他身边草丛中突然扑棱棱地飞起一只野鸡，一个骑兵被惊动，就见他飞快转身，同时弯弓搭箭，"咻"的一声，竟眨眼将其射落。

听到声音，其他人也都看过来，当发现被射落的只是一只野鸡后，他们并没有嘲笑，只是冷漠地看了一眼，就转开头继续搜索。

玄玄子心头一震，额头流下冷汗。

本来他是打算以武功制服几人的，可看到这些人的手段，心里马上冷了一半。

须知江湖中人，最怕的不是比自己武功更高明的对手，而是这种训练有素的军人。一般来讲，军人的武功都不算太高，若只是单对单，根本不是江湖人的对手。可国以军立，军队自然有自己的一套手段，简单来说，就是三个字。

阵，弓，网。

但凡大宋军人，入营后必习军阵之术，这种军阵说来也简单，就是配合罢了。可就是这种配合，这种相互信任，反而最能发挥出超越其本身的实力。

弓就不必多说了，大宋律法，民间私藏弓弩者斩立决，窝藏者株连。

世人皆知，自古以来，大宋的律法可谓是历朝历代最为宽松的了，杀头大罪少之又少，仅从这一点来看，就知朝廷对弓箭的重视了。

江湖中虽然有暗器高手，可对付起军中特制的弓弩，根本就不是对手。

而所谓网，一是捕网，再者就是信息网，这个军中用得少些，反倒是刑部捕快们更加重视。

看着这六个骑兵拉网式地盘查，玄玄子不由得皱眉，心里有些犹豫，心道，无论这些骑兵从属何处，都能看得出来他们是军中精锐，显然他们身后之人一定非常不好惹。

可就在玄玄子心生退意的时候，身后不远处，那名孕妇突然捂嘴发出痛苦的痛哼声。玄玄子转头一看，就见她身下草地已经被血水浸湿，他微微一愣，马上明白过来，对方即将分娩。

听到痛哼声，六个骑兵迅速掉转马头，朝这个方向看过来。

玄玄子心里一叹，知道自己已经没了退路，若是看着即将分娩的孕妇死在眼前，恐怕他一生都难以安心。

再者，就算这时候想走，恐怕也走不了了。

无论是被形势所迫，还是以免日后良心遭到谴责，到了这种时候，玄玄子心里也有了决定，当下不再犹豫，猛然挥手洒出一把药粉，用手指掐法诀，使出了幻术手段。

中了幻术的骑兵们眼神都是一阵恍惚，紧接着又朝玄玄子所在的方向看了几眼，也不知道他们在幻术中看到了什么，总之是几息后，他们马头一转，朝另一个方向搜索离开。

而就在骑兵们刚刚离开没多久，玄玄子身后不远处就传出婴儿的啼哭声。他不由得惊讶地转身看去，就见那孕妇坐在地上，怀里的褓褓中传出婴儿的啼哭声。她看到有人出现，很紧张地往后退了一些，把怀里的孩子紧紧抱住，见是玄玄子，这才松了口气，紧接着挣扎跪倒，抱着孩子鞠躬。

"多谢道长救我母子性命，妾身永世难忘，只愿来世结草衔环，以报道长大恩。"

玄玄子连忙上前一步，虚扶对方，叹道："唉，小娘子不必多礼，快快起身，你刚刚生产，身子虚弱，还要好生调养。"

就在这时，远处突然传来轰隆隆的巨响，玄玄子一惊，起身看去，就见远处铺天盖地的骑兵正在飞快接近。

玄玄子大惊，回头问向妇人："这都是来抓你的？"

妇人黯然点头，低头看着怀中的孩子，突然泪流满面，抬头看着玄玄子道："道长，还请看在孩子的面上，救我一救。"

玄玄子皱眉，摇头叹息道："唉，贫道虽会些江湖把戏，但在大军铁骑面前也是不堪一击！就算拼上性命，也无济于事啊！"

这时马蹄声越来越近，妇人面色惊慌，连连摇头，语速飞快，语无伦次地说道："不，不，不用救我，救孩子，救孩子！"

说罢，她挣扎着站起身，把孩子往玄玄子的怀里送。"救孩子，救孩子走，道长，求求你，求求你，救救他吧！"

她泪流满面，看着玄玄子的眼中全是哀求。

"这……"玄玄子犹豫了一下，心中不忍，终于伸手接过了孩子。

见他接过孩子，妇人连忙退后一步，跪倒叩谢。

这时马蹄声更近了，她慌忙起身催促："道长，你快走，快走。"

"那你呢？"玄玄子犹豫道。

妇人摇了摇头，笑中带泪，并不回答。

"唉！"玄玄子长叹一声，也不再多说，脚下一动，施展轻功离开。

"放心吧，贫道会好好照顾他的。"他的声音从远处飘来。

妇人捂嘴痛哭，泪流不止。

深山老林中，木屋里，一个粉雕玉琢的婴儿躺在摇篮中，旁边床上的玄玄子正侧卧着修炼蛰龙心法。

此时的婴儿看模样已经有几个月大了，正瞪着一双漂亮的眼睛看着玄玄子修炼，突然露出开心可爱的笑容，嘴角流下口水，正在牙牙学语。

很快，玄玄子收功醒来，坐在床上叹息一声，自言自语道："唉，还是不成。莫非这蛰龙心法真与贫道无缘？"

他站起身，来到摇篮前伸出一根手指逗弄婴儿，低声说道："小家伙，你想不想长生啊？"

婴儿突然嘻嘻一笑，玄玄子也乐了，点头夸奖。

"好小子，有出息，才这么大点就想着长生了。行，老道帮你想想办法。"

说着，他起身出去，很快端着一只木碗回来，用勺子淘起碗中淡金色的汤水，小心吹了吹，喂给婴儿。

婴儿喝掉汤水后，玄玄子用手帕帮他擦干净嘴角，又笑着用手指按了按他的小脸。

"小家伙，你可真是有福啦。你这喝的可是用千年太岁熬的汤啊，连皇帝都不一定喝过呢。"

婴儿看着玄玄子，挥舞着小胳膊，呀呀地叫着。

玄玄子笑着把他抱起，放在不远处一个升腾着雾气的水盆里，盆中水色金黄。

他一边往婴儿身上小心泼水，一边低声说道："这可是老道采集天材地宝、精心熬炼的药汤，再加上我碧游宫独门心法帮你疏通经脉，嘿嘿，你这小家伙，这小日子可是过得比神仙还舒坦呢！"

婴儿在水盆里高兴地玩水，水溅到玄玄子的脸上，玄玄子佯怒道："怎么，这还不满意？要不等百草丹出炉，也分你两粒？"

婴儿咯咯笑，玄玄子也乐了。"好，成交啦。"

就这样，转眼三年过去。

已经三岁大的小太岁学会了走路，正在木屋外的院子里玩耍。

玄玄子背着药篓从外面回来，太岁看到玄玄子，高兴地朝他跑过来，嫩声叫道："师父，师父。"

太岁刚学会走路没多久，跑起来一个不稳，摔倒在地，膝盖流出鲜血，他马上哇哇大哭起来。

玄玄子一惊，马上放下药篓，心疼地扶起小太岁，正要安慰，可当他察看小太岁的伤口时，却发现本来流血的伤口正在飞快愈合。玄玄子先是大吃一惊，紧接着激动得浑身颤抖。

伤口可以飞快愈合？那么，他能不能死而复生呢？

玄玄子心里突然冒出了一个惊人的想法，当下也不犹豫，抱起小太岁朝外走去，很快来到一个悬崖边，玄玄子双手抱着小太岁的腋下，将他高高地举起。

顺着他的目光看去，悬崖并不高，只有几十米，可下面怪石嶙峋，人若掉下去，绝对十死无生。

小太岁被举在高空，咯咯笑着，非常高兴，嘴里不停叫着师父。

"师父，师父，再高点，再高点。"

玄玄子的脸上露出挣扎，终于还是把太岁高举了一些，陪他玩了一会儿，然后转身往回走。

他修炼一生，一直追求的就是长生之术，可看到小太岁那纯净的笑容后，他竟宁愿放弃长生，也不愿冒着伤害他的风险去检验自己是否真的成功了。

再一转眼，又是三年过去了……

木屋外的院子里，六岁的小太岁发现一棵大树上有鸟窝，还有鸟雀的叫声，他好奇地抬起头，在树下看了一会，然后转身四处打量，发现木屋边摆着一把凳子，于是回身把凳子搬到树下，飞快地爬了上去。

只是，他毕竟年幼，思虑不周，没发现凳子下压的一块石头已经活动了。等他上去后，凳子突然一个不稳，"砰"的一声，太岁跌倒在地。巧合的是，他的脖子正好摔在凳子边缘，传出咔嚓一声脆响，竟然就此摔断了脖子。

结果不用说，太岁的身体只抖了几下，就变得声息全无。

过了一阵，玄玄子从外面回来，他一手拄着木杖，一手托着一个鸭梨，身后背着药篓，刚到院门口就高叫道："徒儿，快出来，看师父给你带什么回来啦。"

玄玄子一边高叫，一边往院里走，突然看到一旁树下太岁倒在地上，他愣了下，连忙把手中的拐杖和鸭梨全扔掉，冲了过去。

"徒儿，徒儿……"

夜里，玄玄子坐在床前，小太岁的身上盖着白布，只露出一张惨白的脸。

玄玄子神情悲痛，双眼红肿，显然曾经哭过。

他痴痴地望了太岁一阵，最终还是强忍着悲痛把白布盖到他脸上。

可就在这时，玄玄子突然一愣，手掌处传来一股温热。

他大吃一惊，不敢置信地朝小太岁看过去，就见太岁的鼻翅突然动了一下。他连忙上前把手指放在太岁的鼻下试探呼吸，又抓起他的手号脉，脸上的神色越来越震惊。

紧接着，更令他震惊的是，小太岁竟然慢慢睁开了眼睛，脸色也飞快地恢复红润。

他竟然活过来了。

"小太岁死而复生了，那时，弟子才察觉到，我已经成功地走出了自己的一条路，但是回过头来想想，究竟是哪一步走对了，连弟子也说不清。

"那几年，弟子试过的方式太多了，光是药材，如紫乌藤、人参、白果、玉桂、红花……就不计其数，实在无法弄清楚，究竟是哪一步走对了，造就了他这样一个怪胎。

"从那时起，弟子就叫他不死儿，可弟子虽这么叫他，却一再叮嘱他，万万不可以让任何人知道这个秘密，人心险恶，别人……是不会像我一样，把他看成亲生儿子的……"

听到这里，天机子的神色变了变，心里惊叹不已。

过了一阵，他才瞪了玄玄子一眼，问道："这么说，当日我赶到，救你回山门的时候，太岁就在院中？"

玄玄子点头，脸上带着苦笑之色。

"哼！"天机子重重一哼道，"也就是说，你宁可让他流落江湖，也不愿意让为师知道他的存在，你担心为师知道了他的秘密后，为了研究长生之术会对他不利？"

玄玄子的表情尴尬，低头不语，算是默认了。

天机子没好气地指了指他，气道："你呀，真是气死我了！"

"师父息怒，实在是这孩子太过特殊，弟子不敢冒险。"玄玄子尴尬不已，连忙解释道。

天机子叹息一声："唉，你是为师自幼养大的。你视太岁如亲子，我视你何尝不是如此，我又怎会忍心加害我的孙儿？"

"师父……"玄玄子既感动，又惭愧不已，不觉间双眼已经发红。

天机子摆了摆手打断他说道："不过你谨慎些也有道理，太岁的情况的确不宜被太多人知道，否则传出去还真可能惹出麻烦。"

"是！"玄玄子抬手抹了抹眼睛，沉吟一下说道，"不过，他现在也长大懂事了，自己应该会注意，仅有的几个知情人也都是北斗司的人。那几人您也见过，都是纯良之辈，应该不会害他。"

天机子先是点头，想了想，又摇头。

"不！太岁现在经常会外出办案，自然少不了争斗，争斗在一起，受伤就在所难免。我担心时间久了，还会有其他人发现他的特异之处。"

玄玄子点头赞同，但也无可奈何。

"太岁天赋异禀，早晚要继承碧游宫的衣钵，干脆就把他留在山上闭关修炼。"天机子皱眉想了想，突然提议道。

不过玄玄子听了却苦笑叹气道："师父，您应该能看出来，依那小子的性子，是绝不会答应的，就算我们强留，恐怕他也会找机会偷偷溜走。"

"唉！"想到太岁的德行，天机子也头大，来回踱了几步，抬头看向外面叹道，"算了，咱们在这怎么想都没用，先问问他吧，看他怎么说。"

天机子和玄玄子走出天机洞，看到太岁正和开阳、包拯站在远处小声聊天。

"太岁，你过来一下。"玄玄子高呼道。

太岁一听，连忙跑过来，先是朝天机子行礼，才看向玄玄子。

"师父，什么事？"

天机子上下打量太岁，发现他的伤势确实早已痊愈，与玄玄子对视一眼，点了点头。

"太岁，我问你，蛰龙心法你炼到第几重了？"

太岁挠头，有点不好意思地说道："还是第二重，这段时间事情比较多，没有时间修炼。"

天机子点点头道："既然这样，不如你就留在山上随我修炼吧。以你的天赋，用不了多久就能超过我，将来碧游宫也要靠你继承衣钵，你现在的功力，实在是差得太多了。"

"不行不行，师祖您忘啦，我在北斗司当差呢，整天都有案子要办，哪有时间待在山上修炼啊？"太岁连忙说道

天机子眉头一皱道："是办案重要，还是修炼重要？"

太岁愣了下，低头想想，认真地看着天机子道："师祖，我说了您别生气啊！"

天机子一听，心里就有数了，但他还是叹了口气，说道："你说吧，我不生气。"

太岁偷偷观察他的脸色，试探地问道："那我真说了啊？"

"让你说你就说，哪来那么多废话。"一旁的玄玄子瞪眼呵斥道。

太岁挠头，尴尬一笑，不过很快收敛了笑意，表情变得认真起来。

"办案重要。"

玄玄子作势要打，太岁连忙退后躲避，高叫道："师父，是你让我说的啊！"

"算了！"天机子摆摆手阻止玄玄子，朝太岁招了招手，让他近前。

太岁看了眼师父的脸色，才讪笑着走过来。

"太岁，你跟我说说，为什么你认为办案要比修炼重要？"

太岁想了想，一脸认真地回答道："办案，能救好人，惩罚恶人。但是修炼，除了让自己功力高点，别的什么用都没有。至于长生，反正我是不信的，从古至今，我是没听说过谁能修炼到长生不死的。而且……而且实在是太闷了，整天把自己关小屋里打坐，跟坐牢有什么区别？这样就算长生了又有什么意思，反正我是待不住。"

听了他的话，天机子和玄玄子相视苦笑，天机子摇头叹息道："唉，算了，既然如此，徒儿你就跟太岁一起下山吧。他是碧游宫未来的希望，你要保护好他。虽然他现在无心修行，但早晚会理解我们的。"

玄玄子犹豫了一下，担心地看着天机子道："师父，若弟子下山，您身边岂不是没人照顾？万一有人找麻烦……"

天机子摆摆手，微微一笑道："为师身无长物，碧游宫又已经这样了，何人还要寻我麻烦？倒是你，下山后要多帮帮太岁他们。《推背图》终究是出自祖师之手，那哈梵身为异国国师，万一让他借此为恶，害得天下动荡，我们也要承担因果。"

"是，师父放心，弟子一定追回《推背图》。"

天机子点头叹气，眼神中透出淡淡的疲惫。"本来这件事应该由我亲自去办的，但为师的确是年纪大了，这阵子总感觉力不从心。不服老不行啊！"

"师父，您要保重身体啊，咱们碧游宫上上下下都指望您呢！"玄玄子担心地看向师父，心中有些犹豫，或者，自己应该留下来陪师父？

似乎是看出玄玄子的想法，天机子摆摆手道："放心吧，为师虽然老了，但一时半会儿还死不了。"

这时太岁插口道："不会啊，师祖您年轻英俊，风度翩翩，和我师父站在一块儿，不知道的还以为您是他孙子呢，怎么会老？"

"闭嘴！"听太岁把师父比成自己的孙子，玄玄子当下怒喝道。

天机子却被逗笑了，朝玄玄子摆了摆手，笑着看向太岁道："你这小子，顽皮！师祖驻颜有术，却不代表着寿元也和外表一样年轻。"

"好了，不多说了，你们这就下山吧。"

说到这里，天机子有些疲惫了。

见此，玄玄子也不再多说，只是缓缓跪倒，恭敬地行礼。

太岁一看，连忙也跟着跪下。

"师父，弟子走了。"

"师祖，太岁也走啦，等这个案子办完，我就和师父回来看您。"

天机子点头微笑，伸手虚扶二人。"行了，起来吧。"

太岁师徒恭敬地磕了几个头，这才起身，与包拯、开阳打了个招呼，与天机子告辞，下山离去。

看着几人离去的背影，天机子长叹一声，转头看向碧游宫的废墟，脸上露出悲痛之色。

又过了一阵，谛灵子背着药篓回来，左右看看，发现玄玄子他们已经走了，脸上露出沉思之色。这时天机子听到声音转过头来，谛灵子连忙回过神来，上前行礼。

"师叔，药采到了。"

天机子点头道："药先放这儿吧，谛灵子师侄，你玄玄子师兄和太岁他们下山去了。我碧游宫焚毁后，有些弟子散乱在外，你去收容一下，我们暂且结庐修行。碧游宫，总有重建一日！"

谛灵子神色激动，突然跪倒，大声说道："师叔，弟子也想下山。"

玄玄子一怔。

谛灵子神情激动："师父待弟子恩重如山，师父的大仇不报，弟子寝食难安，实在无心在山上潜修。请师叔恩准弟子下山！"

天机子沉默片刻，轻轻叹息一声，上前扶起谛灵子。

"唉，也罢，你去吧。只记得不要因仇恨而迷失了自己，更不可因此伤及无辜。"

谛灵子磕了三个响头，站起身，一脸严肃地说道："师叔放心，谛灵子此去只为杀哈梵一人。"

荒野里，低矮的草丛中沙沙作响，一只野兔正在其中觅食，它双耳竖立，不时谨慎地抬头四顾。

突然，一前一后两道人影出现，朝远处疾驰而去。

野兔惊逃，远方鸟群也被惊动，扑棱棱地飞起。

后方，洞明、柳随风、瑶光三人前后出现，紧追不舍。

"师弟，等我一等。"太岁等人下山不久，身后突然传来了谛灵子的声音。

四人转身看去，就见谛灵子的身影如箭矢般飞快掠来。

"谛灵子师兄，你怎么也下山了？"玄玄子惊讶地看着他问道。

其他人也上前见礼。

谛灵子先是朝其他人拱了拱手，才看着玄玄子说道："师弟，你知我与那契丹国师有杀师之仇，若不能手刃仇人，师兄我实在寝食难安。再者《推背图》事关重大，谛灵也想出一份力。"

玄玄子很高兴，其他人也一脸喜色。

"谛灵子师兄你武功高强，有你同行，我们把握更大了几分。"

几人说笑着朝山下走去，很快到了官路上。

临到了前方一个岔路口时，见前方旌旗招展，停聚着大队人马，众人相视一眼，都远远停下脚步。

开阳以手遮阳，朝前看了一阵，发现这些人衣甲鲜明，有大队骑兵两侧护卫，队伍中间，有黄罗伞盖高高竖起，周围遍布着军士。

"这是皇家仪仗，怎么会出现在这里？"开阳疑惑地说道。

包拯左右看了下方向。"看方向，好像是从皇家猎场那边回来。正好，我们可以把《推背图》的下落禀报给皇上和太后。"

仪仗下，太后和小皇帝坐在銮驾上，八贤王和曹大将军骑马护在左右。

仪仗停下，一个禁军甲士跑到黄罗伞盖前高唱。

"启禀陛下，前方有人拦驾求见，自称北斗司开阳、太岁，大理寺评事包拯，还有两位碧游宫道士。"

"哦？让他们过来吧。"小皇帝一听太岁也在，马上高兴起来，吩咐道。

"遵旨。"

禁军领命退走。

很快，一行人被带到皇帝面前。

几个人行礼作揖，同时高唱："臣等拜见陛下、太后。"

"众卿免礼。"赵祯朗声道，说完，他左右看了看，发现一共四人，不由得疑惑地问道，"刚才不是说两位道长吗？怎么少了一个？"

太岁转头看去，这才发现自己的师父不见了，不由得奇怪地看向谛灵子。

谛灵子表情尴尬，低声说道："你师父忽然说闹肚子……"

太岁的嘴角抽了抽，无奈转身，跟小皇帝禀报："陛下，家师闲云野鹤，不识皇家规矩……"

他想了想，实在编不出什么合适理由，只好叹口气，实话实说："那个……家师内急，如厕去了。"

太后捂嘴掩笑，小皇帝赵祯更是"扑哧"一声笑出声来了。

"无妨。"赵祯笑了两声，觉得有些失礼，忙强忍着笑意问道，"你们此来何事？"

几人朝包拯看去，示意他上前回话。

包拯点了点头，上前一步禀报："陛下，是这样……"

太岁几人在面圣，另一边，玄玄子却躲在树林里，遥望仪仗，神色震惊。

他远远地看着身着官服的太后，眼中时而透出惊喜，时而透出焦虑之色。

原来她还活着，原来她是当今太后。

那太岁……岂不是皇家血脉？

若让太岁认了亲，他就是王爷了！

玄玄子心中犹豫不定，耳边回响起师父的话。

"太岁天赋异禀，早晚要继承碧游宫衣钵……"

玄玄子沉默地看着不远处的仪仗，耳畔又响起很久以前与太岁的一番对话。

"师父，我从小被您养大，在我眼中，您是师父，也是父亲，等徒弟将来娶妻生子，我的孩子要叫您爷爷的，到时候我们住在一起。孩子要是懂事，您就教他两手，他要不懂事，您就使劲揍他，反正您就把他当亲孙子看。"

玄玄子听得高兴，哈哈大笑。

"那要是生的女儿呢？"

"女儿也一样啊，都是您的孩子。"

好一阵过去，玄玄子从往事中回过神来，看着远处的皇家仪仗，终于轻叹一声，低声自语道："太岁，别怪师父……皇家不缺一个王爷。师父，却只有你一个太岁啊。一入侯门深似海，一入宫门呢？"

"什么？此事竟然有契丹国师参与其中？"太后听完几人的禀报，脸色大变，唰地站起身。

"并非参与，哈梵就是主谋。"包拯沉声说道。

太后大惊，立即下令："来人，速命禁军前往缉拿……"

她话没说完，八贤王上前一步，阻止道："太后不可。"

太后疑惑地看着八贤王。

八贤王一脸沉重地说道："太后，那哈梵先是契丹国师，再者他是以使节身份出使大宋，若是直接抓捕必会引起两国大战。而陛下寻找《推背图》本就是为了避免无谓的战争，让百姓有太平日子过，如果为此开战，未免得不偿失，本末倒置了啊！"

"可是，万一《推背图》被契丹拿到……"太后一脸担忧。

这时，小皇帝赵祯站起身，将太后搀扶坐下，微笑道："娘莫急。"

太后疑惑地看向他，但并没有反抗，坐下后等着他说话。

赵祯先是朝她安慰地一笑，才转身看向众人，朗声说道："正所谓得之我幸，失之我命。一个王朝存续的根本，是天下民心。大宋国祚如何，要看每一代皇帝如何施政，要看文武百官如何治理天下，要看百姓们生活得如何，绝非取决于一幅《推背图》。"

说到这里，赵祯朝远处望去，昂首挺胸，意气风发。"朕以为，若做皇帝的能够施政得当，当官的能一心为民，自然万众归心。彼时，就算有人拿出《推背图》兴风作浪也没有用处。反之，用不着《推背图》，老百姓的日子过不下去，一样会推翻你。"

众人都是一脸震惊，相继下拜，高声道："陛下圣明。"

太后也是一脸欣慰地看着小皇帝，轻轻点头，脸上露出开心的笑容。

赵祯说到这里，看向太岁等人朗声道："太岁、开阳，你们回去告诉洞明先生，这件事北斗司只要尽力了就好，不必勉强。就算最终找不回《推背图》，朕也不会怪罪你们。"

太岁、开阳同声拜道："谢陛下。"

八贤王从一旁走出，补充道："陛下英明！不过，契丹使节咱们虽然不能抓，却也不能任由他们在咱大宋胡作非为！不如让曹大将军带兵去，以保护的名义先把契丹软禁起来，隔绝内外，防止他们沟通消息。如此一来，也能给北斗司争取时间，以便查出《推背图》的下落。"

赵祯听了不停点头道："八皇叔所言甚是！曹将军，你带一队人马前往古吹台，按皇叔所言行事吧。"

"臣遵旨。"

曹玮领命退下。

很快，仪仗队兵分两路，小皇帝和太后、八贤王继续往皇宫方向行进，而曹大将军和太岁等人则带着一部分禁军肃立在路旁，等皇帝銮驾先行。

仪仗走后，玄玄子突然出现在太岁的身边。

太岁惊讶地看着师父道："师父，好端端的你闹什么肚子啊。可惜了，皇帝已经走了，你没福气见到。"

玄玄子揉着肚子干笑道："人有三急，没有办法呀。"

曹大将军不满地看了太岁一眼，大喝一声："上马。"

周围禁军本来沉默无声，此时一接到命令，马上"唰"的一声，齐齐上马。

太岁摸了摸鼻子，尴尬一笑，知道这个未来老丈人看自己不顺眼，当下也不作声，只跟着队伍行进。

古吹台契丹驿馆，中门大开，两个门卫一左一右守在门前，警惕地望着四周。

突然，一个蒙面人从天而降，一个闪身就冲了进去。

他动作太快，门卫刚反应过来就不见了人影，不由得大惊，刚要转身回报，就见远处一群大宋禁军骑马赶来，二话不说，飞快将驿馆包围。

两个守卫连忙持武器退后，一人关门，一人飞快入内禀报。

可不等他们把门关上，几个士兵已经冲了过来，一把推开门，顺带着把守卫也推到一边。

"哗！"领兵的禁军翻身下马，不是别人，正是曹玮曹大将军。

此时的曹大将军一身亮银甲，腰上跨着长剑，面色沉肃威严，大步走来，气势迫人。

他根本不理倒地的守卫，在两队亲兵的陪同下，大步而入。

这时，契丹副使乙辛带着几个人从里面大步而出，没等靠近曹玮，就被几个禁军手持武器拦住，于是只能在远处高声抗议。

"你们是什么人！驿馆代表着我国尊严，你们擅自闯入，是想与我大辽开战吗？"

曹大将军根本不理他，转头四顾几眼，抬起右臂，朝前一摆手，沉喝道："搜！"

他话音一落，大群禁军蜂拥着朝里冲去。

乙辛大叫："我要向你们皇帝抗议……"

可无论他如何咋呼，曹玮和禁军们都像看不到他这个人似的，根本不予理睬。

没多久，有禁军回来，走到曹大将军身前轻轻摇头。

曹大将军皱了皱眉，转头看向乙辛，招了招手道："让他过来。"

禁军得令，放乙辛通行，但紧接着又拦住后面的契丹人。

乙辛快步走过来，先扫视禁军一眼，才看向曹大将军，愤怒地说道："这位将军，你们不顾两国礼仪，擅自闯入我国驿馆，此事我必然禀报我大辽皇帝！"

曹玮淡声道："你自去禀报，我等追捕刺客而来，为的就是贵国使者的安全，若有得罪之处也是在所难免。"

"刺客？"乙辛一愣。

这时大门守卫被禁军推过来，先是气愤地看了一眼周围禁军，然后才朝乙辛禀报。

"你亲眼看到有刺客闯进来了？"乙辛皱眉。

"是，一个蒙面人刚刚闯进来。"守卫实话实说。

乙辛想了想，冷笑着挥手，示意守卫退下，然后转头看向曹玮。

"大白天有刺客蒙面闯入，然后将军马上就带人追进来，会有这么巧的事？"

曹玮看着使者，一本正经地点头说道："是啊，我也觉得很巧。"

"你……"乙辛一气，好容易忍住怒火，他深吸了口气，问道，"那不知，将军可搜到了刺客？"

曹玮摇头，假模假样地叹气道："唉，刺客狡猾，或许逃了，或许还藏在驿馆里。"

乙辛气极道："你……"

曹玮不等他说话，就打断他，好奇似的问道："对了，你们国师呢？"

乙辛一听，马上恍然大悟，冷笑道："我国国师自去游山玩水了，国师不是囚犯，将军凭什么过问？"

"哈哈。"曹玮打了个哈哈，"随便问问嘛，何必这么紧张。"

"哼！"乙辛轻哼一声，说道，"既然没搜到刺客，不知将军可否离去？"

曹玮连忙摇头，一本正经地说道："这可不行，这个刺客非常危险，我们得守着，不能让他跑了。"

见乙辛的脸色难看，曹玮又安慰似的说道："你放心吧，我们会好好看着这里的，不会让他伤了你们。"

乙辛深吸口气，重重点了点头，一句话也不说，转头往回走。

荒野里，一处悬崖旁。

"呜……"

一阵狂风吹过，天上大群的飞鸟掠过长空，两道人影飞跃落地。

二人刚一落地，马上回身戒备，警惕地看向四周。

好一会儿，他们才松了口气。

哈梵抬袖擦了擦额头的汗水，嘴里低声嘀咕道："总算甩掉他们了。"

见暂时甩开了追兵，神秘人迫不及待地向哈梵追问道："我看那铜碑时火舌缭绕，有四五个字不曾看到，那副偈语的全文你快说一遍！"

哈梵点了点头，也不推搪，低声道："哦，我正要说出来与你参详。那副偈语是'影差一寸，谬之千里。北极所在，高低不同……'"

此处风声呼啸，再者毕竟是秘密之事，因此哈梵有意压低了声音，神秘人也没多想，不由得朝他凑近了几步。

可就在这时，哈梵猛然暴起，双掌狠狠拍向神秘人。

神秘人与哈梵站得极近，正在专心听他说偈语，一边听着一边在心里暗记，等反应过来时，已经被哈梵双掌拍中了胸口。

"啊！"

神秘人大叫一声，不等运功抵抗，整个人已经被击飞到空中，胡乱摇摆了两下手臂，就朝悬崖下落去。

哈梵上前几步，望着崖下冷笑道："《推背图》就一份，怎么够两个人分呢？"

说完，他仰天大笑几声，身形一动，飞掠离开。

一个时辰后，哈梵回到了古吹台，可远远地看到驿馆的情形，他马上止步，躲到一旁的角落里。

此时契丹人的驿馆外重兵云集，无数军士林立，有骑兵，有弓手，把整个驿馆包围得里三层外三层，看那样子，连一只蚊子恐怕都飞不进去。

哈梵站在角落里探头看去，不禁皱眉。

但很快他脸上就露出冷笑，悄悄地转身离开。

想抓我？哪那么容易！

从驿馆离开后，哈梵并没往人多的地方去，而是朝郊外走去，没多久就进了山。

他走了一阵，见周围古树林立，方圆几十里内已经渺无人烟，这才停下盘膝坐在一株古树下，双眉紧锁开始思索刚刚得手的《推背图》偈语。

"影差一寸，谬之千里。北极所在，高低不同……哎，这到底是个什么玩意儿？早知如此，不该那么早就打死他的，有他在，一定能参详明白。"

哈梵站起来，一脸苦恼，在林中来回踱步。

忽然，他若有所悟，停下脚步，自语道："这汴梁城博学之人甚多，我去翰林院里抓个学士来，就不信他也看不明白！"

说罢，哈梵狞笑一声，向林外大步走去。

哈梵穿行于林中，忽然若有所觉地停下脚步，警觉地朝四下扫视，沉声道："不知是哪一路的英雄好汉，跟了我一路，也该现身了。"

"啪啪……国师好功夫，这都被你发现了。"随着哈梵的声音落下，一人鼓着掌走了出来，脸上带着佩服的笑容。

"是你？野利达？"

哈梵一惊，皱着眉上下打量着对方，然后又朝他身后望去，发现对方没带其他人来，这才松了口气。

"野利达，你跟了我一路，有何企图？"

"企图说不上，只是听说国师好像惹了大麻烦，你我两国休戚与共，如果需要帮忙，国师尽管开口。"野利达淡淡一笑。

哈梵晒笑着摆了摆手道："一点小麻烦，就不劳足下费心了。"

野利达听了，面带微笑地说道："哈梵国师不必对在下心存戒备，因为你们大辽的存在，宋国不想两面开战，疲于应付，这才对我西夏施行绥靖之策，封我主为西平王，容我主于西北边陲自立门户。我们西夏和你大契丹休戚于共，是一家人哪！"

"嗯？"哈梵一听，觉得对方说得倒是有些道理，当下脸色好看了些，点头道，"足下倒是个明白人！既然如此，本国师的事，你就不要过问了！"

说罢，哈梵举步要走，野利达并不阻止，只是淡定地看着他，微笑道："国师的人都被宋人软禁了，如今只凭国师一人，做事只怕有心无力！何况宋人正在到处找你，国师更是举步维艰。那件东西，国师何不拿出来与我分享呢，野利达愿助国师一臂之力！"

哈梵一惊止步，看向野利达道："你……居然知道我来大宋的目的？"

野利达笑而不语。

哈梵迟疑起来，脸色时而凶狠，时而沉思，心里杀人灭口和与人分享秘密的两个念头在挣扎着。

野利达见状只微微一笑，继续开口劝道："我主一直想要立国，而要做成这件大事，离不了大辽的帮助。所以，国师根本不必担心我会背叛，那件宝物，你我两家分享，来日互为奥援，一起征服宋室天下，有何不好？"

哈梵盯了野利达片刻，终于下定了决心。

"好！你以西夏人所信奉的神明立下毒誓，共享《推背图》，绝不背叛。"

野利达爽快地点头，竖三指向天，口中念念有词地嘀咕一阵。

哈梵松了口气，放松了戒备。"实不相瞒，那件东西，我还没有得到。"

"我已立下重誓，国师还不肯信我？"野利达不由得皱眉。

"我不瞒你，那件宝物，我确实还未得到。只弄到一副偈语，是揭示那件宝物所在的，可我一时还参详不透！"

哈梵说着拿起一根树枝，在地上写了些字，头也不抬地看着字，对野利达说道："你来瞧瞧，可能猜得透其中的含义吗？"

野利达慢悠悠地靠近："我瞧瞧！"

他走到哈梵的身边，弯腰去看地上的字，但下一刻，就见他出手如电，一下子点中了哈梵肩颈处的穴道。

哈梵只觉浑身一麻，身上一阵软弱无力，一时间连动下手指都做不到。

他心中大骇，只能保持弯腰半蹲的姿势定在原地，怒不可遏地说道："你出尔反尔，不怕发下的毒誓吗？"

野利达笑吟吟地看着他道："当然不怕，我又不是西夏人。"

"你是谁？"哈梵一愣，紧接着大怒。

"我嘛……"野利达说着，伸手在脸上一抹，变成了另一副模样，两鬓斑白，温文儒雅中又透着几分沧桑，仿若一个学富五车却久不得志的书生。

他一脸微笑看着哈梵，彬彬有礼地拱了拱手。

"我是隐光，北斗司的隐光！"

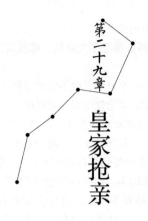

第二十九章 皇家抢亲

　　刑部大牢一共分为两层，地面上一层俗称天牢，天牢里面关押的都是些朝廷重犯。

　　虽然是关押朝廷重犯的地方，条件却非常好，不但干净整洁，而且阳光充沛，伙食也比一般人家差不到哪儿去。有这种待遇，只因为关在这里的人，几乎九成九都是皇亲国戚，再或者就是官员大臣。

　　而与天牢相反，自然就是地牢了。

　　顾名思义，地牢，指的是建在地面以下的牢房。

　　地牢中不但阴森潮湿，常年不见阳光，而且时时刻刻都有一种古怪的味道飘浮在空气中，既有腐臭味，又有血腥味，有时会传出烤肉的味道，有时还会飘出淡淡的酒香味……

　　这种味道非常复杂，也非常独特，久闻的话，甚至会从中嗅出一种类似于麝香的香味。

　　有些常年关在地牢的犯人，甚至会对这种味道上瘾，若是侥幸出了狱，还会有很长一段时间不适应，甚至会想方设法回来住上几天。

　　这一天，地牢中迎来了一位新客人，此人面色粗犷，眼神阴骘，身材高大魁梧，只是秃顶，脑袋两侧耳朵前方有两缕鬓发垂下，显得有些滑稽。

　　此人不是别人，正是刚刚被擒住的契丹国师哈梵。

　　"哐啷！"

　　牢房前，哈梵身戴枷锁铁链，被两个狱卒用力推了进去。

　　哈梵踉跄跌到，费力地爬起身，怒视两个狱卒道："本人乃堂堂大契丹国师，你们竟然如此无礼？"

　　两个狱卒在外将牢房锁住，脸上露出嗤笑。

　　一个细眼消瘦的狱卒戏谑道："哟嗬，还不服气哪？大辽国师，好大的官啊？不过，辽国的官再大好像也管不到咱们大宋吧？"

　　另一个狱卒也冷笑地看着哈梵道："我管你是国师还是王爷，就算你们辽国皇帝到了这儿，也得守这儿的规矩，敢不老实，爷爷自有手段制伏你……哼！"

　　阎王好见，小鬼难缠。

　　以哈梵的阅历自然明白这个道理，为了不再多受折辱，他深吸口气转过头去，忍怒不语。

　　两个狱卒见他一下子变成这副模样，都不屑地挑了挑嘴角，瞟了他一眼后，转身摇晃着离开。

等二人离开后，哈梵才长叹了口气，走到角落里，神色沮丧地靠着墙缓缓滑落，最终坐在地上，双目失神地看着棚顶，愣愣地发呆。

没过多久，外面突然传来一阵脚步声和对话声。

哈梵马上回过神来，侧耳倾听。

"王爷您小心脚下，里边暗，您别磕着了。"哈梵眯了眯眼，他能听出，这个谄媚声音的主人就是刚才讥讽自己的狱卒之一。

"呃，王爷见谅，这里的味道有些不好。"

"无妨，领路吧。"

王爷？

是八贤王赵德芳吗？

听着略有些熟悉的声音，哈梵心里有了猜测。

果然不出所料，随着脚步声越来越近，一个狱卒引着洞明和八贤王出现在牢门前。

站在牢前，八贤王沉默不语，透过牢房栅栏打量哈梵，而一旁的洞明则朝牢门微扬了扬下巴，狱卒连忙上前开锁，推开牢门。

等八贤王和洞明迈步进了牢房，披枷戴锁地靠坐在墙角的哈梵才抬起头，看着二人，脸上露出不屑的冷笑。

洞明抬手，手指轻轻后摆，狱卒马上点头哈腰地离开。

八贤王负手上下打量哈梵，又看了眼牢房里的环境，微微一笑道："招待不周，让国师见笑了。"

哈梵冷哼一声，眼神桀骜，并不说话。

"国师是明白人，知道王爷此来是想问什么吧？"一旁的洞明淡声问道。

哈梵冷笑一声道："都说宋国乃礼仪之邦，如今看来实在言过其实。本国师持节而来，乃我大契丹国皇帝使者，代表着我国尊严，我主的脸面。你等竟然私自囚禁，就不怕消息传出去，引起两国兵戎相见？"

八贤王摇摇头，微笑道："国师此言差矣，你明明是出外游山玩水去了，怎会被囚禁呢？"

哈梵一愣，紧接着摇头冷笑道："真是荒谬，以为捏造出如此简单的借口就能瞒得住天下人？"

八贤王摊手，一脸无辜地说道："是你驿馆的手下亲口说的，我们可没捏造。当然了，国师出行并未经过我们的同意，出了什么事，我们自然也不会负责。"

哈梵愣了一下，马上明白过来，定是宋人找上门去，副使为搪塞对方所捏造的谎言。

哈梵只能怒哼一声闭上双眼，不再多说。

见他如此态度，洞明也不再绕弯子，直言道："国师何必如此，你是聪明人，事到如今，还不低头吗？"

哈梵闭目冷笑道："不必多费唇舌，有什么酷刑，尽管使来，且看你们能否让本国师皱一下眉头。"

八贤王和洞明对视一眼，都微微摇头，知道对方既然如此态度，恐怕不会轻易妥协了。

"也罢，既然国师不想说，本王也不勉强，先告辞了。国师什么时候想明白了，也可以随时叫人告诉本王。"八贤王脸上的笑容收敛起来，淡淡地扔了一句，转身出了牢房。

而这时，一直板着脸的洞明却突然笑了笑道："这里景致不错，国师既然喜欢，就留在这里好好欣赏吧。"

说罢，二人转身离开，朝远处招了招手，一个狱卒小跑过来把门锁上。

二人一走，哈梵马上睁开眼，看着他们远去的背影冷笑不语。

刑部大牢外，两个狱卒守卫在门口两侧，太岁站在路上等待，见八贤王和洞明从里面出来，连忙上前拱手见礼。

"王爷、洞明前辈。"

二人微微点头。

太岁急问："怎么样，他招了吗？"

洞明摇头道："看他那副模样，是打定主意不会说了。"

八贤王想了想，朝洞明问道："他之前在隐光面前所写的偈语，真的会做了手脚吗？"

洞明神色凝重道："这个倒不敢肯定。只是王爷也看到了，此人明明已经身陷绝境，却仍然如此强硬，恐怕真的是有所依仗，之前在隐光面前所写，恐怕是有所保留的。哪怕他只改了一个字……"

八贤王缓缓点头。

洞明看了眼太岁，突然问了句："太岁，你可有办法？"

太岁一怔，随之恍然，眨眼想了想，缓缓点头。

"如果是我，只能用惑心术，但我之前在地狱谷与他交手时，已经尝试过，此人意志坚定，很难撼动。不过他现在武功被封，又被囚禁，若再用些手段，或可打开他的心防。"

八贤王看着太岁，疑惑不解："什么手段？给他断水断粮？"

太岁神秘地一笑："不必，只要让他身处一个绝对安静的地方，是绝对的安静，没有任何人跟他说话，没有任何声音让他听见，如此关个三两天。"

"然后呢？"

"然后，就该我出马了！"

哈梵靠坐在墙角，目光闪动，显然正在想着什么，脸上时而露出冷笑，时而露出愤恨怨毒。

这时，外面传来一阵脚步声。哈梵抬头看去，见一群狱卒在走道里来回走动呼喝，接着就看到一群狱卒把周围的牢房门全部打开，然后把里面的囚犯都押了出来，往外带走。

"走快点，别磨蹭！"

"都老实点啊，谁敢闹事别怪老子不讲情面！"

"冤枉啊，我不想死！"有囚犯腿都软了。

"啪！"一声鞭响，狱卒怒声道，"死什么死，哪有这么多人一起砍头的。赶紧走，再磨蹭信不信大爷多赏你几鞭子？"

哈梵疑惑地听着外面闹哄哄的场景，站起身走到牢门口朝外看去。

明明近在眼前，可狱卒们却像没看到一样，根本没人理会他。

没多久，外面传来哐啷一声，大门被紧紧关上。

整个地牢变得空荡荡的，安静得没有一丝声音。过道两侧的火把也全部被熄灭，哈梵把头挤在牢门栅栏的缝隙上左看右看，入眼都是一片黑暗。

哈梵先是愣了会儿神，过了一阵，他终于慌了，扒在牢门朝外喊道："喂，有人吗？来人啊！牢头，牢头……"

空荡荡的房间里，哈梵的脸上渐渐露出惶急的神色，叫了几声没人回话后，他慢慢退到墙角，蜷着身体坐下，眼神警惕而凶狠地朝四周看去。

房间里，玄玄子负手站在窗前，双眼失神，似在回忆什么。

太岁推门进来，手里托着一个托盘，上面摆着几个小菜和一壶酒。

他把托盘小心地放在桌上道："师父，吃饭啦。"

玄玄子回过神来，笑着走到桌前坐下，拿起筷子夹了口菜尝了尝，满意地点点头，脸上露出微笑。

"不错，手艺不错。"

太岁眉开眼笑，从一旁的柜子里取出酒盅给师父倒上酒，得意地显摆道："师父，您尝尝这酒，这可是当初宫里赏赐给北斗司的贡酒，我分到了两坛，一直没舍得喝，都给您留着呢。"

玄玄子怔了下，看了眼太岁，点点头拿起酒盅，仰头一饮而尽，闭着眼品味。

太岁耸动鼻子，闻着酒香急切地问道："怎么样，贡酒好喝吗？"

玄玄子闭着眼又品味了一会儿，轻轻点头，脸上露出赞叹之色。

"香醇浓郁，如丝如绸，入腹如火偏又无丝毫辛辣，不愧是皇家珍酿，好酒！"

太岁一听，不但眼睛亮了，嘴角也亮了，赶紧给师父再次倒满。

不过这回玄玄子却只轻轻抿了一口就放下，指了指另一个酒盅露出微笑道："太岁，你坐下，陪师父一起喝点。"

"好嘞！"太岁马上坐下，抹了抹嘴角的口水，急忙给自己倒上一盅，仰头喝下，满脸陶醉地品味了一番。

"怎么样？"玄玄子抚须而笑。

太岁不停点头，脸上露出夸张的赞叹："好酒，真是好酒！"

"哪儿好？"

太岁想了想，不好意思地放下酒盅，抬手挠后脑勺道："反正就是好喝，好在哪儿……弟子说不上来。"

玄玄子摇头失笑，举起酒盅又抿了一口，放下酒盅后，他脸上的笑容已经收敛。"太岁，这么多年，你有没有想过寻找自己的亲人？"

太岁怔了下，给自己倒了一杯，仰头饮尽，放下酒盅后突然变得沉默，看着桌上的酒菜，眼神迷茫。

玄玄子也不催促，只是静静地看着他，眼神中透着怜悯和心痛。

太岁沉默了一会儿，才抬起头看着师父，声音低沉地说道："师父您还记着吗？小时候您教我读书认字时，我就问过您，父母是什么？"

玄玄子缓缓点头。

太岁道："当时您说，等我长大就知道了。"

玄玄子轻轻点头，轻轻抿了口酒，眼神变得迷茫。

往事一幕幕在眼前浮现，他心里暗暗感叹，时间真是不等人啊，当年那个唇红齿白的小娃子如今已经长大了啊！

太岁却不知师父心里所想，又说道："后来您诈死离开，弟子流落江湖，见到其他孩子都有父母，那时候我才明白，当初师父您的话是什么意思。"

玄玄子看着太岁，神色露出一丝内疚。

"当时，我心里就想啊，如果我也像其他孩子那样，有父母就好了，也不会一个人流落江湖，吃那么多的苦！"太岁的表情迷茫，陷入回忆中。

"有时我就想，我娘应该长得很好看，笑起来很温柔，做的菜也很好吃。我爹呢，应该是一个很强壮很厉害的人，能保护我……"

玄玄子的眼睛一红。

太岁仍然在回忆着，喃喃道："当时我真的很想，可是久了这念头也就淡了，再看到别的孩子和父母在一起，我也不羡慕了。他们虽然有父母，但是，我也有师父啊！"

玄玄子的手一颤。

这时，太岁回过神来，举起酒壶给师傅添酒，声音变得淡然，嘴角勾起一丝自嘲的讥笑。"再后来，我就更不想了。长大了，也就明白了许多事。他们既然能狠心把我抛弃，就说明他们根本不想要我，既如此，又算什么亲人？生恩，怎及养恩？"

玄玄子脸上内疚的神情无法掩藏，急忙低头，颤抖着举起酒盅，一饮而尽。

北斗司大厅里，洞明和隐光高坐上首，柳随风、开阳、瑶光三人在大厅中不停踱步，皱着眉头苦苦思索。

"影差千里，谬之一寸。南极所在，高低不同……什么影？哪里的影？"柳随风嘴里轻声嘀咕着。

过了一阵，瑶光终于失去了耐心，抱头大叫一声："啊，我快要疯啦……"

开阳苦笑地和洞明对视一眼，摇头不语。

忽然，瑶光猛地直起身，眼神有些发直，众人一看，都吓了一跳，以为她要狂化，洞明连忙大喝："瑶光，冷静！"

瑶光摇头，往外走去，一边走一边大叫："不管啦，我饿了去吃东西，这个破偈语你们自己去想吧，我只适合动手，不适合动脑。"

众人都愣住，紧接着松了口气，对视一眼，摇头苦笑。

开阳哭笑不得，笑骂道："这丫头，吓我一跳。"

就这样，转眼三天过去了。

天牢外面已经被众多禁军保护得密不透风，小皇帝赵祯和八贤王坐在椅子上，洞明陪在一侧，周围早被清场，到处都是禁军和内卫巡视的身影，气氛有些紧张。

虽然人很多，但大家都很安静，没人说话。

赵祯的脸上透着好奇，四处张望，看到什么都觉得很有趣似的，而八贤王和洞明则紧张期待地看着天牢。

天牢内昏暗且安静，不知过了多久，哈梵牢房上方的棚板被掀开一个两尺见方的口子，从上面吊下一根绳索，悬空地把一个装着食盒的竹篮慢慢放了下来。

哈梵蜷缩在墙角，神情憔悴，眼神恍惚，忽然看见吊篮，立即冲过去，仰着头冲上面大吼："喂！你们出来！你们说话啊！喂！"

悬放吊篮的人很小心，连绳子都不靠着棚板边缘，以免发出摩擦声，更不回答他，轻轻把吊篮放下后，带着小钩的细绳索又被慢慢提了上去。

"你们说话，你们都哑巴了吗？"哈梵怒吼，两眼通红，似乎失去了理智一样。

绳索收走了，上边打开的棚板也被轻轻地盖上，再没有传出任何声音，隐约中有轻微的脚步声，送饭人已经离开了。

"啊……"哈梵长吼一声，终于沮丧地坐在地上，眼中透出死灰，根本不去动饭菜。

过了一阵，安静的牢房里突然出现了水滴落地的声音。哈梵的眼睛一亮，赶紧屏住呼吸侧耳倾听。

水滴落地的声音一开始很微弱，距离他也很远，但随着时间过去，渐渐地变得清晰起来。

哈梵惊喜不已，却不敢大声说话，只在心里大喊道："有声音了！哈哈，终于有声音了！老子都快要憋疯了！"

他侧耳倾听带有节奏的叮咚水声，似乎几天来的郁闷压抑都消失了，脸上露出了开心的笑容，但另一方面，在他毫无察觉之下，他的眼神却渐渐恍惚了起来。

这时，太岁从黑暗的过道中无声无息地走出来，透过牢门认真打量哈梵的表情，发现他的神色僵硬，双目无神，这才放心地松了口气。

安静的牢房里滴答声不停，又过了一阵，太岁轻声开口。

"你是谁？"

"我是哈梵。"

"你是什么人？"

"我是大契丹国师。"

太岁满意地露出笑脸，又问道："你来宋国有什么目的？"

"皇帝陛下命我寻找《推背图》。"

"你找到了吗？"

"没有，我只找到了一副偈语。"

"偈语是什么内容？"

哈梵的神色稍有些挣扎，但很快就放弃了，喃喃道："影差一寸，谬之千里。北极所在，高低不同……"

太岁认真地听着，仔细记忆着，生怕漏过一个字。

好一阵，哈梵才把偈语说完，太岁闭眼回想了一下，发现自己完全记住了，脸上才露出微笑。他本来想转身离开，可突然想起之前洞明的要求，又问道："这个偈语都有谁知道？"

"北斗司隐光知道一部分，不过他知道的是我篡改后的。"

"在地狱谷里出现过的面具人是什么人？"

"我不知道。"

太岁皱眉想了想，又问："他知道偈语吗？"

"他知道的不全，也只有一部分。"

"他现在在哪？"

"他被我打死了。"

死了？

太岁吃了一惊。

"你既然不知他的身份，为何会相信他，为何会与他合作？又为何把他打死？"

哈梵的脸上再次露出挣扎之色，太岁一惊，知道这是对方快要摆脱幻境的征兆，好在此时的哈梵已经心神疲惫，只是稍稍挣扎了一下，很快又变得面无表情。

"那人是皇帝陛下引荐给我的，那时他就戴着面具，也许只有陛下才知道他的真正身份！我只是奉陛下之命与他合作，但陛下说过，如果有机会独占《推背图》，便不必与人分享，所以我得手后才会把他除掉。"

太岁满意地笑了笑，不再多问，身体渐渐朝后退去，无声无息地离开。

随着他的离开，地牢里的滴答声一点点消失。哈梵猛地清醒过来，眼神惊惧地望向四周。

太岁从天牢里走出，脸上带着得意的笑容。

一见他出来，小皇帝赵祯连忙站起来，兴奋地上前问道："怎么样，怎么样，他说了吗？"

太岁拱手行礼道："幸不辱命，陛下，我已套出偈文。"

小皇帝欣喜不已，上前扶起太岁的双手，兴奋地问道："你怎么办到的？"

太岁微微一笑，小有得意道："一点江湖术法，惑心术加上幻术，趁他焦躁不安时趁虚而入，他就乖乖招供了。"

小皇帝好奇地打量太岁，兴致勃勃地说道："世间竟有如此神奇的本领，难不难学？你教教朕吧！"

太岁一笑，就想答应，可这时八贤王却脸色猛变，上前一步沉声呵斥道："陛下，莫非你忘了先帝的教训？"

小皇帝吓了一跳，转身看八贤王，小声叫道："八皇叔……"

八贤王的神色严厉，直视着他的双眼，沉声道："先帝一生贤明，唯有崇信鬼神长生之术才留下污点，甚至因此丧命，这是活生生的教训，陛下岂能重蹈覆辙？"

小皇帝愧疚地点头道歉道："八皇叔，我错了。"

八贤王认真地看着他的神色，发现他是真心悔过，这才点点头，声音柔和地劝慰道："陛下身为人君，一言一行都影响着天下万民，甚至一个念头都影响着国运民生，切不可莽撞。"

小皇帝的脸上露出迷茫，八贤王见状轻叹一声，解释道："君崇文，民间自然读书风盛；君尚武，孩童也会舞枪弄棒，可若陛下崇信鬼神之术，那天下很快就会变得群魔乱舞，到处都是神仙鬼怪了。"

是这样吗？小皇帝若有所思，想明白后才长揖道："谢八皇叔教诲，侄儿险些铸成大错。"

听着二人的对话，太岁也是若有所思，暗暗抹汗，原来一国之君的责任如此重大，规矩也忒多了，好在刚才自己没答应教他幻术，否则定然也跟着挨顿骂不可。

八贤王见小皇帝已经明悟，当下缓缓点头，神色大慰。

他教训完小皇帝，才看向太岁，问道："怎么样？他招了？"

太岁点头，欲言又止，看了看周围。

洞明了然，上前低声道："此处人多耳杂，陛下、王爷，咱们进去说吧。"

八贤王醒悟，连忙点头看向小皇帝，赵祯也不笨，见状马上挥手朝禁军侍卫们下令："你们在外面守着，任何人不得擅闯。"

"遵旨！"

禁军们领命，分散巡视，又留下两队人马守在门口，以防有人乱闯。

几人进了大堂，小皇帝在首位上坐下，八贤王在他身侧下方坐下，看向太岁。

等太岁禀报完后，八贤王的脸上露出喜色。

"如此说来，除了哈梵外，没有人知道完整的偈语了？"

太岁点头道："按哈梵所说，应是如此。"

八贤王松了口气，站起身踱了几步，又看着洞明和太岁，叮嘱道："你们好生研究研究那铜碑偈语，本王与陛下先回宫向太后复命。"

说完，他转身看向小皇帝。

小皇帝也站起身，可当他走到八贤王身边时却停下了脚步，犹豫了一下，抬头弱弱地看着八贤王，哀求道："八皇叔，难得出宫一次，侄儿想在宫外再游玩一阵。"

八贤王一听，本想拒绝，可低头见赵祯满脸哀求的模样，犹豫了一下，还是点头同意了。

"那……好吧，不过一定不得声张，免得传扬出去，八皇叔不管你，也自有御史言官弹劾你。"

一听他答应了，小皇帝马上兴奋点头，连连道："放心吧八皇叔，侄儿一定低调再低调！"

"嗯。"八贤王点点头，伸手在赵祯的肩膀上轻轻拍了拍，这才举步离开。

"送八王爷！"洞明和太岁连忙施礼相送。

等八贤王离开后，小皇帝一下子雀跃起来，两眼冒着亮光看向太岁，兴奋地说道："太岁，你陪朕到处走走。"

"是！"太岁拱手应下，不过想了想，提议道，"不如我把瑶光也叫上？"

"好啊！走，咱们一起去北斗司找她。说起来，朕还一次都没去过北斗司呢，正好见识一下。"

"臣遵旨！"洞明连忙恭声行礼。

很快，小皇帝驾临北斗司，说是巡察，实际上他只是随便乱逛了一会儿就拉着太岁和瑶光换上便装，一起出了门。

三人走在闹市中，身后不远处，几个便装侍卫警惕地跟随着，不远处，更有大队禁军严阵以待，以防万一。

街上人声鼎沸，往来商贾、百姓川流不息，街道两旁，无数商家小贩都在卖力地吆喝着，空气中夹杂着无数种小吃的香气。

小皇帝好奇地左看右看，看到什么都感觉有趣，不时兴奋地大呼小叫。

太岁和瑶光陪在他左右，不时对视一眼，都觉得自己好像真的长大了。

三人走着走着，发现前方路边有一个卖糖葫芦的小摊被几个小孩包围着，小皇帝好奇地停下脚步。

"那是干什么的？"

太岁伸长脖子看了一眼，一脸的不以为然。"没什么，卖糖葫芦的。"

"什么是糖葫芦？是吃的吗？"小皇帝的脸上露出疑惑。

瑶光、太岁对视一眼，先是觉得好笑，然后又觉得小皇帝有些可怜。

"等我一下，我去买一串。"太岁扔下一句话，快步朝小摊走去。

"买三串！"赵祯连忙叫道。

太岁转头笑笑，点头走过去排队。

很快太岁回来了，手里攥着三串糖葫芦，朝小皇帝递过去。

赵祯挑了一串，朝两人笑笑道："你俩也吃啊。"

太岁、瑶光相视一笑，一人拿起一串。

赵祯吃了一口，眯着眼睛享受一会儿，嘴角沾糖，笑得很开心。

"真好吃！比宫里的东西好吃多了！"

赵祯一边吃着，一边问太岁："太岁，除了糖葫芦，这里还有什么好吃的吗？"

"陛下……"

赵祯赶紧竖指于唇道："嘘，在外面可别这么叫，叫人听见就麻烦了。你比我大些，我叫你大哥，你叫我二弟，咱们兄弟相称。"

太岁爽快地点头："成，那我就叫你二弟了。若说起好吃的，咱们汴梁城里的花样可多了，就算连吃几天几夜也吃不完啊。"

"啊，这么多啊？"赵祯一脸兴奋地追问道，"那你快跟我说说，都有什么？"

太岁想了想，扳着手指数道："有兰州的酿皮、活糖油糕、糖锅盔，有秦岭的羊肉泡馍、肉夹馍、葫芦头，还有晋地的搓鱼钱，太原的拉面和面茶，河北的猫耳朵、驴肉火烧、煎饼合子、牛肉罩饼……"

三人边说边走，太岁说着说着，自己的口水先流下来了。

"不行不行，今天咱们非得吃个够不可！"赵祯更是直咽口水，拉着太岁、瑶光，看到什么小吃都要买点尝尝，没多久，就撑着了。

"唉，吃饱了。"赵祯拍了拍自己的肚子，苦恼道，"我肚子真小，才吃了这么点！"

太岁一笑，眼珠一转，有了主意。

"吃饱了没关系啊，咱们玩别的，走，我带你去勾栏听书去！"

"好啊好啊！"赵祯两眼放光，长这么大，他还从没听过说书呢。

瑶光也很高兴，说起来，她的兴趣不多，除了练武办案外，最喜欢的就是听书了。

三人拿定主意，高高兴兴往前走去。

垂拱殿中，香炉中檀香缭绕，太后高坐殿上，身后的宫女打着扇，两侧的太监侍候着。

八贤王侧坐下方，正在说话，脸上神色轻松。

"事情就是这样了。"

太后松了口气，连连点头道："如此甚好！这样一来，《推背图》的下落就掌握在朝廷手里了。唉，《推背图》真是个祸害啊！等找到了，还是毁去吧。"

"太后所言极是。"

"对了，祯儿呢？怎么没一起回来？"

八贤王如实禀报："陛下说要在宫外游玩一番，稍后即回。太后放心，有北斗司和禁军保护，不会出什么问题。"

太后一听，却大皱眉头道："这怎么行，我儿万金之躯，万一出了问题，岂不天下大乱？"

见太后的脸色不悦，八贤王连忙劝慰："太后，陛下毕竟还是个孩子，从小就生活在宫里，一直没机会出去，也的确是闷坏了。让他出去见识一下民间疾苦也好，省得闹出'何不食肉糜'那种事来，惹得天下人笑话。"

太后想了想，缓缓点头道："嗯，王叔所言也有道理。"

二人又说了几句，八贤王告退。

回到后宫，刘娥马上招来一个小太监问道："小林子过来没有？"

小太监低声禀报："娘娘，林公公已经回来一阵了，正在外头候着。"

"嗯。"太后在案前坐下，一边翻看奏章，一边头也不抬地吩咐道，"让他进来吧。"

"是。"

小太监领命下去，很快小林子快步进来，跪拜行礼道："奴婢见过太后娘娘。"

太后抬起头看了他一眼，点头淡声道："起来吧。"

"谢太后。"

"小林子，有件事要你去办。"

小林子连忙低声答应："请娘娘吩咐。"

太后放下奏章，看着小林子，神色淡漠。

"我儿今日外出游玩，身旁有禁军和北斗司保护，安全方面倒不用担心。但他毕竟是天子，是一国之君，一旦误入歧途后果不堪设想，须得着人跟随，以防他误交朋友，染上恶习。小林子，我看你平日办事机灵，我儿对你也信任，这件事就交给你了。"

小林子连忙点头道："太后放心，小林子一定跟在陛下身边，保证不让不三不四的人接近陛下。"

"嗯，你下去吧。"

"是！"

古吹台。

院子里玄玄子正在缓缓打拳，外面传来了太岁的叫声。

"师父，师父，你猜我带谁来啦？"

玄玄子缓缓收功，转头看去，就见太岁和瑶光带着小皇帝赵祯走进了院子。

玄玄子先是朝太岁和瑶光点了点头，这才看向小皇帝，眼中露出复杂之色。

太岁并没发现师父奇怪的眼神，笑呵呵地指着小皇帝介绍道："师父，这是当今皇帝陛下。二弟，这是我的师父。"

玄玄子之前已经远远见过赵祯，自然知道他的身份，不过他还是佯装不知，脸上露出惊色，朝赵祯揖手为礼道："贫道玄玄子，见过皇帝陛下。"

赵祯摆摆手笑道："快快免礼，道长，私下里我跟太岁以兄弟相称，您不用这么客气。"

玄玄子惊讶地看了眼太岁，又认真打量小皇帝，缓缓点头。

赵祯被他看得有些不自在，低头打量了一下自己，抬头看向玄玄子。

"道长？"

玄玄子回过神来，看了眼太岁，又看向小皇帝，缓缓道："刚才贫道听陛下说，私下里与太岁以兄弟相称？"

赵祯点头，笑吟吟地说道："是啊，我跟太岁大哥很投缘，之前他还救过我的命呢！"

玄玄子神色复杂道："这……合适吗？若被太后知晓，恐怕会怪罪太岁吧？"

"不会不会，母亲也很喜欢太岁大哥，就算知道了也不会生气。"赵祯摆手，不以为然地笑了笑。

玄玄子挑挑眉毛，瞳孔微缩，不知为何，心里突然一空，有些不是滋味。

嫉妒？我嫉妒了吗？

一时间，玄玄子有些失神。

好在别人并没有发现他心神不属。赵祯揽着太岁的肩膀，笑嘻嘻地说道："我没有兄弟手足，很羡慕那些兄弟众多的人家。如今我与太岁大哥一见如故，可是如亲兄弟一般呢！"

玄玄子回过神来，看着二人，突然微笑道："陛下没有兄弟，才想兄弟！如果陛下真有兄弟，恐怕并不愉快吧。"

"为何这么说？"赵祯不解地问了一句，但他马上反应过来，笑了笑道，"我明白了，道长是说我屁股底下那张皇帝宝座吗？"

玄玄子笑而不语。

赵祯也不生气，只是神情渐渐认真起来。"我知道，道长的意思是想说为了天子宝座可以不顾一切。但是，我却不以为然！在我的心中，骨肉亲情，永远大于权柄富贵的诱惑。"

玄玄子心里一震，脸上的笑容不由得敛起，深深地看了眼一脸诚恳的赵祯，点了点头，缓声道："但愿陛下能记住今日所言，初心不改！"

另一边，太岁和瑶光面面相觑，都不知道这二人为何说起这个话题，而太岁看向神色严肃的师父，心里感到有些莫名其妙。

赵祯在北斗司玩了一阵，见天色渐晚，终于还是不舍地回宫了。

回到宫里，洗漱沐浴过后，他并没有马上休息，而是来到了垂拱殿中翻看奏折。

赵祯年纪虽小，但十分勤奋。虽然此时有许多大事他都不能做主，还需要由太后和八贤王最终决定，可尽管如此，他处理政事仍然非常认真，每天递上来的奏章他都要认真看过一遍，在旁边批上自己的处理意见后，才能安心休息。

他的这种态度，这种举动，无论是太后、八贤王，还是满朝文武都非常满意。

一个皇帝，只要能做到勤政爱民，在他们看来，就已经是一个合格的皇帝了。

至于其他方面，比如能力、才华、经验等，都是可以慢慢培养的。

若是皇帝惰政，那就是国家的灾难了。

赵祯翻看奏章没多久，一个太监小跑进来禀报："陛下，辽国副使乙辛求见。"

"乙辛？"赵祯放下奏折，抬起头想了想，点头道，"宣。"

"是。"

太监退走，来到门口高唱："宣，辽国副使乙辛觐见。"

很快，辽国副使乙辛快步走入，朝小皇帝行礼拜见道："辽国耶律乙辛，见过宋国皇帝陛下。"

赵祯好奇地打量他一眼，见此人仪表堂堂，风度翩翩，虽然身材高大，但身着宋国士子长袍，看起来反倒像一个儒雅的文人。若说他身上有什么瑕疵，就只能说他的那双眼睛了，乙辛的眼睛很大，而且很明亮，虽然稍有些棕褐色，但仍然很漂亮。只不过就是这么一双漂亮的眼睛，却有些太过灵动了，总让人感觉他好像时刻都在心里打着什么鬼主意似的。

赵祯的年纪不大，对识人方面更没什么经验，不过看到乙辛的眼睛，他本能地就有些不喜欢。

有了这种先入为主的想法，他也不愿客套，当下直接问道："平身吧，耶律副使，你因何事入宫见朕？"

乙辛的眼珠一转，本来恭敬的神色变得气愤起来。"皇帝陛下，我等奉命出使宋国，是带着诚意而来的，但是现在我国国师已经失踪五日，外臣怀疑是被宋国扣押，请皇帝陛下下令将国师释放，以免引起更大的误会。"

哈梵？

赵祯心里冷笑，脸上却装作一副天真的模样，一脸疑惑地看着乙辛问："听说贵国国师独自外出游玩，莫非至今未归吗？"

"这……"乙辛一愣，有些无言以对。

见他无话可说，赵祯脸色一变，肃声道："你说怀疑被我国扣押，可有证据，可有证人？"

"呃……"乙辛的脑门开始冒汗。

赵祯冷哼一声道："无凭无证，就敢来找朕要人，是看朕年幼可欺吗？"

乙辛吓了一跳，连连摆手道："外臣不敢。"

"不敢？"赵祯冷哼一声，训斥道，"朕问你，你国国师外出前，是否按规矩先通知了驿馆官员？是否得到了许可？"

"这个……没有。"

"哼，既没有提前通知，又没得到许可，就擅自离开驿馆，现在人丢了，你竟敢来质问朕？好大的胆子！"

赵祯"啪"的一声拍案而起，怒视乙辛。

听到里面的声音，门口的两个禁军守卫迅速赶来，挡在赵祯的身前，用武器指着乙辛，脸上都透出杀气。

乙辛满脸惶恐焦急，见状连忙跪下求饶："陛下息怒，是外臣情急之下失言了，并无他意，并无他意啊！"

"哼！"赵祯挥了挥手，示意禁军退下，禁军收了武器退到一旁。

他看着跪在地上吓得满头大汗的乙辛，差点没笑出声来，强忍着笑意咳嗽了一声，这才摆出一副严肃的模样说道："行了，这事朕知道了，会派人帮忙寻找的，你回去等消息吧。"

"谢陛下，谢陛下。"

乙辛万万没想到，一直以来被他和所有契丹权贵都没放在眼里的宋国小皇帝，竟然会如此强硬。

他快步走出宫门，一边擦拭额头的汗渍，一边在心里暗想，不行，这个消息一定要尽快通知陛下，宋国这个小皇帝比他那位死去的老爹还要难对付。

赵祯并不知道乙辛的心里怎么想的，不过看他狼狈离开的样子，不由得高兴地眉开眼笑。

他自个儿笑了一会儿，感觉少了什么似的，想了想，突然一拍脑门，自言自语道："不行，这事这么好玩，独乐乐不如众乐乐，我得去告诉太岁大哥！"

"影差一寸……北极所在……唉，到底指的是哪儿呢？"

北斗司大厅内，洞明坐在椅子上冥思苦想。隐光皱着眉，在大厅里来回踱步。

洞明也摇头长叹："我试过了，用八卦或六十四卦排列，同样解不开，这些字句支离破碎，毫无规律可言。"

"唉！"隐光想不出来，也放弃了，端起桌上的茶杯抿了一口，说道，"好在哈梵被关在天牢，除他之外再无人知道这副偈语，倒是不急于一时。"

"只能慢慢来了。"洞明长叹口气，也端起了茶杯。

郊外，风和日丽。

有了上次出来游玩的经历，小皇帝赵祯已经在宫里待不住了，一有点空，就呼朋唤友出来玩。

这一天，他叫上太岁、瑶光，又叫上包拯和展昭，一起外出踏青，几人商量过后，最终决定到开封铁塔放纸鸢。

众人里属包拯的年纪最大，已经二十有一，其他人都十七八岁。相比起只有十三岁的赵祯来说，众人对纸鸢都没太大兴趣。

看着赵祯在不远处玩得开心，瑶光和太岁的眼中都露出怜惜之色。

"唉，没想到当皇帝这么可怜，连纸鸢都没玩过。"瑶光摇头叹道。

太岁点了点头道："是啊，小时候，我还以为皇帝是天下最幸福的人呢！"

这时包拯从一旁走来，淡声道："皇帝一生肩负万民福祉，虽受天下供奉，但也要为天下百姓负责。如果每天只知玩乐，他自己倒是快活了，可百姓们怎么办？"

瑶光撇嘴，白了包拯一眼，哼道："黑炭头，你能不能别这么扫兴？一开口就百姓百姓的，听你的意思玩个纸鸢就成昏君啦？至于吗？"

"不至于吗？"包拯脸色一正，沉声说道，"今天陛下玩纸鸢没什么，那明天陛下想玩蹴鞠了呢？后天想玩马球了呢？大后天想看相扑了呢？上行下效，官员们知道皇上喜欢玩乐，为了升官发财，自然会投其所好，进贡各种玩物。长此以往，就算是明君也变成昏君了。"

瑶光愣了愣，撇了撇嘴道："好吧，算你说得有理。"

太岁见瑶光吃瘪，在一旁偷笑。

瑶光朝太岁翻了个白眼。

这时赵祯突然大叫："不好，纸鸢挂住啦！"

太岁等人连忙转头看去，就见赵祯放的那个蝴蝶纸鸢挂在了铁塔一角。

赵祯走过来，满脸沮丧地看着太岁、瑶光道："怎么办啊？"

太岁抬头看着风筝，也很无奈。"这么高，我可爬不上去，咱们再做一个喽！"

这时展昭往前一步，纵身一跃，整个人如轻盈的山猫一般，腾空而起，落在塔楼一角。就见他如履平地般地在高塔上飞檐走壁，不时凌空翻跃，只几息工夫，就取下了风筝，翩然落下。

小皇帝张大嘴巴地看着展昭，接过风筝，一时说不出话来。

好一会儿他才回过神来，不敢置信地惊叹道："你……你可真厉害啊！"

自从吕若虚逝世后，展昭很少露出笑脸，就算是现在面对皇帝的夸奖，他也只是一抱拳道："陛下过奖了。"

"朕可没有过奖，你那动作矫健灵活，就像……"赵祯歪着脑袋想了想，一拍手掌高兴大叫道，"就像朕的御猫一样。"

他好奇地看着展昭，突然又笑了起来。"对了，听说你们练武的都有绰号，朕就赐你一个绰号，叫御猫，如何？"

众人都愣了一下，展昭听了也怔住了，紧接着单膝跪地抱拳。

"多谢陛下赐名。"

御猫！

太岁等人倒是没多想，可不远处保护皇帝的侍卫和禁军们听了，却一个个羡慕不已。

这可是皇帝赐名啊！传出去，是多大的名声！

谁也不会想到，赵祯只是随意的一句玩笑话，御猫之名很快就传了出去，几天工夫就已经闻名天下，甚至在几年之后，还因为这两个字，把京城闹得天翻地覆。

就在太岁等人陪着小皇帝游玩时，另一边，洞明刚刚出了北斗司，就被谛灵子和玄玄子拦住了。

洞明惊讶地挑了挑眉毛，上前拱手见礼道："两位道长，可是在等太岁？"

谛灵子和玄玄子以道揖回礼，谛灵子摇头道："贫道等的是洞明先生。"

等我？洞明露出疑惑之色。

"不知道长找我有什么事？"

谛灵子神色肃然，垂首道："贫道想打听一下，不知北斗司可查明了《推背图》的下落？"

洞明一听"推背图"三个字，马上变得警惕起来，朝四处看了看，发现周围没人，但还是伸手朝一旁的角落里示意。

"两位道长请这边说话。"

两个道士也不多说，当下跟随洞明朝一旁走去。到了角落里，洞明又四处看了看，这才低声道："实不相瞒，两位道长，那副偈语虽然已经得手，但《推背图》还未找到。"

"那哈梵和另一个戴着面具的神秘人呢？"谛灵子的眼睛缩了缩，紧接着又问道。

洞明微微一笑道："哈梵已经被我们擒获，现在囚禁在天牢，只是那能驱使雷电的神秘人，则被哈梵杀掉了。"

"死了？"谛灵子神色不变，沉吟片刻后说道，"家师地藏丧命于哈梵之手，贫道此番入世，只为报师门大仇。希望先生能把哈梵交给贫道，让贫道手刃仇人。"

洞明一听，马上摇头，神色严肃。

"此事万万不可，那哈梵虽然可恶可恨，可他毕竟是辽国国师，杀了他固然痛快，但后果太严重了，甚至会就此引发两国大战。到时天下大乱，百姓流离失所，道长又岂能心安？"

说到这里，洞明摊了摊手，露出苦笑。"更何况，就算我答应把他交给道长，朝廷也不会答应，陛下和太后也不会答应啊！"

谛灵子一脸失望，还要说话，这时一旁的玄玄子出声打断。

"师兄，既然哈梵已经被擒，那神秘人也生死不知，两个罪魁祸首都已经遭了报应，以后的事，不如就交给官府去办吧。你我到底是世外之人，又何必太过执着？听师弟一句劝，咱们还是回山吧！"

谛灵子摇头，神色悲痛又透着倔强。"师弟不必劝我，大仇一日未报，我岂能静下心来修行？就算回到山中，也不过是煎熬度日罢了。再者，当初师叔和朝廷曾有约定，找到《推背图》后要将其毁去，此事至今没有结果。若现在就回山，师叔问起，你我如何交代？"

玄玄子摇头叹息，不再规劝。

洞明在一旁听着也跟着感慨叹息："唉……道长，你的心情我能理解，可那哈梵身份敏感，不能妄动。至于《推背图》，你倒尽可放心，只要一寻到，我们马上就会将其毁去。"

谛灵子一听，马上疑惑地看向洞明道："那副偈语真的那么难？这么长时间还没破译出来？"

洞明摇头苦笑，叹息一声道："道长有所不知，那副偈语字句并不多，分开看每个字的意思都能看懂，但是连在一起就让人看不明白了，可以说毫无规律可言，我们试了很多办法都解不开，只能慢慢来了。"

谛灵子缓缓点头，沉默下来。

可没多久，他似乎想到了什么，眼睛猛然一亮。"洞明先生应该知道，《推背图》本就出自我道家两位祖师之手，偈语里很可能也会掺杂些道家术语，若真是如此，你们当然是看不明白的，何不让我们看看呢，或者会有所发现！"

"咦？这倒是个办法！"

洞明露出欣喜之色，但紧接着，他又犹豫起来，脸上露出些许尴尬之色。"这个……事关重大，本官不敢做主，容我进宫请示陛下与太后再说吧。"

谛灵子和玄玄子都理解地点了点头。

夜色如绸，乌云遮天，天地间漆黑一片，伸手不见五指。

房间内点着烛火，乙辛的脸上透着焦急和惶然之色，正在屋子里不停踱步。

"国师已经失踪六天了，这么长时间过去，生不见人，死不见尸！当初出使大宋时就跟陛下约定好，每十天传一次消息，可眼看着再过三天就到了约定之期，若国师再没消息……这可如何是好啊？"

乙辛素有大志，此次出使宋国，为的就是立功升官，对于哈梵，他心里其实是鄙视的。在他眼中，哈梵就是一个武夫，一把被人驱使的刀子。顶多就是这把刀足够锋利，可以用来杀人罢了。

不过，虽然他心里对哈梵很不屑，可架不住皇帝陛下看得起他啊。

此次出使，哈梵为正，自己为副，从这点上就能看得出来二人在皇帝心里的分量和地位了。

若是哈梵真的出了事，自己又岂能得了好？

"唉！"乙辛长叹一声，停下脚步，心里暗恨不已。

你说你一个堂堂国师，身份地位何等尊贵，一些事情，就非得亲自出马吗？现在好了，闹得生死不知，你死就死了，可别连累我啊！

就在乙辛心里骂娘的时候，传来了敲门声。

"大人，该吃晚饭了。"丫鬟在外面叫道。

"滚。"乙辛怒喝一声，心里暗骂：吃，吃个屁！最多三天，如果再没哈梵的消息，所有人都别想吃饭了！

门外的丫鬟不敢多言，脚步快速地远去。

"唉！"乙辛继续长吁短叹，过了一阵，门外再次传来了敲门声。

乙辛大怒，快步往门口走去，拉开门的同时大骂："让你滚没听……"

可不等他说完，眼前突然出现一根手指，直直地点在他的胸口上。

"呃！"乙辛闷哼一声，只觉身体一软，整个人就朝后倒去。

不等他倒下，一个全身黑衣、脸戴面具的神秘人快步走进来，一闪身来到乙辛身后，小心地扶住他，把他放在椅子上。紧接着他回到门口，警惕地朝外望了望，见没惊动什么人，这才轻轻关上了房门。

乙辛惊恐万分，可此时被点住了穴道，既不能动，也不能说话，只能任由那面具人摆布。

面具人走到他面前，认真地看了乙辛好一会儿，才哑着嗓子，低声说道："我问，你答。听话，我就不会伤害你。明白了眨眨眼。"

乙辛连忙眨眼。

面具人点头道："很好。"

他走到一旁，坐在乙辛的对面问道："你知道我？"

乙辛眨眼。

面具人点点头道："那就好办了。"

说完，面具人手指在乙辛的身上连点了几下，解开了他的穴道。

解开穴道后，乙辛长呼口气，想站起身，但被面具人一抬手按住了。

"时间不多，我长话短说。我知道他被囚禁在哪里，今晚我先去查探一番，明日就去救他出来。你把国师打造的火器交给我，我需要些利器开道！"

乙辛惊喜，刚要开口询问就被面具人低声打断了："我说了，时间不多，有什么话等救他出来你自己问，现在把火器交给我。"

乙辛连连点头道："好！"

后宫，太后刘娥一身锦袍，肩头披着一层薄薄的羊绒毯子，柔美的脸上洁白如光，正斜倚在榻上翻看奏折。

榻下不远处，站着一个清秀俊逸的小太监，正在垂首等候。

过了一会儿，刘娥放下奏折，揉了揉稍显干涩的双眼，随后伸手接过宫女端来的热茶，轻轻抿了一口放下，这才看向小林子。

"小林子，我儿最近出宫，都与什么人接触？"

小林子神色从容地躬身行礼,柔声道："回娘娘,陛下每次出宫,都是去找北斗司太岁星君。"

此时的小林子已经身居高位，任内务府总管一职。

所谓养移气居移体，一年过去，他已经不再是当日那个唯唯诺诺的小太监了，说起话来，也是圆润柔和，虽然似男似女，但带着一股独特的韵味，令人听了心里舒坦。

对宦官们来讲，巴结主子自然是必修课程，除此之外，无论是说话、走路、行礼、表情神态、待人接物……其实都有专门的学问。

可以看得出来，小林子很聪明，至少在仪态方面学得很到位。

刘娥听着他的声音，满意地点了点头，闭上双眼靠在榻上，沉吟道："太岁嘛……我倒认识，你说说看，此人如何？"

小林子想了想，才慎重答道："依奴婢观察，太岁此人虽然出身市井，但性格开朗，人品正直，对陛下也很关心爱护，算得上一位益友。"

太后脸色淡漠，朝旁边一伸手，很快有宫娥知趣地递上茶杯，刘娥接过，闭着眼睛抿了一口，放下茶杯后，才不紧不慢地问道："说说看，他们在一起都做些什么。"

小林子仔细想了想，柔声答道："回娘娘的话，前几日太岁带陛下去了郊外放纸鸢，陛下玩得很开心。昨天在京里逛街，太岁带陛下尝了些淮南小吃，然后去仙踪楼喝茶，听了一段折子戏……"

"啪！"

刘娥一伸手把茶杯摔在榻下，脸色阴沉下来。

小林子吓得跪倒，赶紧闭上嘴巴。一旁伺候的宫娥们也一个个跪倒在地，大气都不敢出一口。

"也就是说，他们整天都在吃喝玩乐？"刘娥的神色阴沉，声音中透着刺骨的寒气。

小林子的身体一颤，知道太后是真的动了怒，换了旁人如此惹怒太后，他一定不会多说，但是太岁不同，不说当初的救命之恩，就算是后来的交往中，二人也早成了朋友。

小林子身为阉宦之人，心思最是敏感，他能感觉到太岁对自己的真诚，而且不像其他刻意结交自己的大臣似的，要么就带着某种不可告人的目的，要么就是明面上阿谀奉承，背地里鄙视嘲讽自己的身份。

似乎在太岁的眼里，自己就是一个普通的、能谈得来的朋友。

这种平等交往的朋友，小林子以前根本没有遇见过，因此非常珍惜。

也正因为有这份对朋友的珍惜，所以见太后发怒，他心里只是犹豫了一下，马上替太岁开口解释道："倒也并非如此……"

他说到这里，偷偷抬头看了眼太后的脸色，发现太后正怒视着自己，吓得连忙低下头。

刘娥的脸色阴沉，眼神冰冷。"说，说清楚！"

小林子的声音颤抖："回娘娘的话，为了不让皇上发现，奴婢不敢靠得太近，只在远处偷听他们交谈，发现太岁每每给陛下介绍东西，都会告诉陛下此物来历……"

"说重点！"刘娥轻喝。

小林子一颤，马上加快语速："是！比如说，太岁昨天带陛下去尝淮南小吃，就介绍那些小吃的来历、价格、材料产地，以及类似的小吃在京里有多少家，养活了多少人，这些百姓靠经营这些东西有多少收入……"

刘娥听到这里，脸色稍稍好看了些，不过还是冷哼一声，挥了挥手："行了，你下去吧。"

"是。"

小林子跪行退后几步，这才悄悄起身，退了出去。

一出门，他就身子一凉，发现不知何时，自己的里衣已经被冷汗沁透，他抬起袖子抹了抹额头的冷汗，心中苦笑不已。

太岁啊，兄弟我可就只能帮你这么多了，你可千万别惹出什么麻烦来，否则谁都救不了你啦！

次日一早，下了朝后，赵祯几乎是小跑着回到寝宫里换上一身便装，正兴冲冲地准备出门，突然门外传来太监唱名。

"太后娘娘驾到！"

赵祯稍有些吃惊，娘亲怎么这么早就过来了？尽管心里疑惑，他仍是快步出门迎接，可他刚走到门口，太后刘娥就已经进来了。

几个太监、宫女连忙垂首跪下，刘娥面无表情，朝外摆了摆手。太监、宫女一个个连忙起身出去，不敢说话。

这时屋里只剩下他们这对母子。

"孩儿见过母亲。"赵祯忙行礼拜见。

往日里，刘娥在宫中一向穿着便服，可今天却少见地穿上了一身庄重的凤冠礼服，站在小皇帝的面前，威风凛凛，气势迫人。

赵祯有些透不过气来，一时不敢说话。

刘娥身形笔直，看着赵祯的一身便服打扮，本来就阴沉的脸色更难看了。

"我儿这副打扮，准备去哪儿啊？"

赵祯见娘亲的脸色不好，犹豫了一下，仍然实话实说："儿子正准备出宫。"

"又是去找太岁？"刘娥声音冰冷，眼中透着寒光。

"是。"赵祯的嘴角嚅动一下，点了点头。

刘娥深吸口气，强忍着怒火，缓缓踱步，走到一旁的桌前坐下，淡声问道："今天，又准备去哪儿玩啊？"

见她如此态度，赵祯有些不高兴了，眉毛微微皱起反驳道："怎么是玩呢？儿子出宫是办正事。"

刘娥冷笑，斜睨儿子一眼，表情不屑道："正事？那你说说看，是什么正事？"

赵祯此时的年纪本就处于青春期，可以说是人生中最叛逆的阶段，最烦的就是被人问来问去、管这管那的。

这一点是人的共性，无论是何种身份地位的人，就算贵为天子，也与一般人无二。

当下赵祯的心里就有火气上涌，理直气壮地看向刘娥，硬声道："川蜀大旱，有流民进京，听太岁说，最近一段时间，城南那边每天有富户在施粥，儿子就想去看看到底是怎么回事。这有错吗？"

太后冷哼道："就这事？"

小皇帝看母后的态度，终于忍不住生气，声音大了起来。

"这事还小吗？流民一路从川蜀走路进京，要花多长时间？这么远的路，有多少人半路饿死？沿路的官员们都是怎么做的，有没有赈济灾民？正所谓眼见为实，耳听为虚，儿子不亲自去看看，又如何知道到底有多少流民，如何知道官府是如何安置他们的？"

太后的脸色也越来越难看，猛地站起身，抬手指着小皇帝，恨铁不成钢地训斥道："你还记得自己什么身份吗？你是天子，你是皇帝啊！有流民进京，你可下旨命户部赈济钱粮，也可以下旨命工部择地修建棚屋安置流民，这些事情只要你坐镇宫中一句话就能解决，有必要亲自出宫吗？哼，我看又是那个太岁出的主意吧！"

赵祯不服气地看着刘娥，气道："娘，我看您是对太岁有成见！没错，这是太岁出的主意，但朕也觉得没错。每次上朝，百官们都说国泰民安，老百姓安居乐业，可事实呢？若非听太岁提起，儿子至今都不知道川蜀之地已经几个月没下雨了，这就叫国泰民安？这就叫……"

"住口！"太后不等他话说完，就怒声打断，喝道，"我不管你什么原因，总之今天你就是不能出宫！"

赵祯气得浑身发抖道："母后，您……您怎么不讲道理啊？"

"我不讲道理？"刘娥气得站起来，脸上露出一丝不健康的红晕，显然气得不轻，她手指轻抬，指着赵祯大声呵斥道，"我最大的道理就是保护好你。所谓千金之子坐不垂堂，你身为天子，一身肩负天下，万一外出时碰到意外，后果如何你想过吗？"

赵祯不服气地反驳道："哪来的那么多意外，我只是去看看给流民施粥，又不是上战场。"

"你……"刘娥深吸口气，平复了一下心情，好一会儿才压下心里的火气，沉声道，"你也知道是给流民施粥啊。你知不知道，流民有多少？他们都是什么人？万一有歹人混在其中对你行刺，你怎么办？"

"我有禁军高手和太岁他们保护，就算有歹人刺杀也不怕！"赵祯撇了撇嘴，一脸的不服气，显然这个理由根本说服不了他。

刘娥气急，起身恨恨地朝外走去，头也不回地说道："哼，你还没长大，翅膀就硬了？给我留在宫里好好反省！"

她走到门外，大喝道："来人，给我把门关好，不许皇帝出寝宫一步，若他溜走，哀家唯你等是问！"

"母后，您不讲道理！"赵祯一听，马上大惊，起身朝外冲去，可是这时已经有两个太监过来飞快地把大门关上，把他关在了房间里。

"放我出去，放我出去……"

刘娥快步回到后宫，脸色难看至极，恨恨地坐下后，朝外挥了挥手。

太监宫娥们见状，一个个都吓得噤若寒蝉，快步退了出去。

"浑蛋，浑蛋……"刘娥越想越气，随手拿起一盏白瓷茶杯，"啪"的一声摔在地上。

门外守门的两个小太监都吓得浑身一颤，对视一眼，都看出对方眼里的惊骇。

这位太后平时虽然看起来很温和，脾气很好，很少拿下人出气，就算犯了些小错，一般也是一笑而过。但宫里下人们没一个敢在太后面前放肆，能活到现在的人哪个不清楚当初的血案。

小皇帝刚刚继位时，宫里太监、宫娥、禁军、侍卫一共死了多少人？就算已经过去了一年，他们还时常在梦中听到那几乎无处不在的惨号悲鸣。

"来人，宣曹玮觐见！"

就在两个小太监战战兢兢的时候，刘娥冷厉的声音从屋里传出来。二人不敢犹豫，当下大声应是，对视一眼，其中一人快步跑出宫去宣旨。

等曹玮进宫时，已经过去了半个时辰。

刘娥此时已经恢复了平静，脸上带着和煦的微笑，对曹玮很客气，先是赐座，随后又让人上茶，她这才柔和地笑道："这是大理国王前不久上贡的新茶，好像叫云叶茶，除了味道甘甜，据说还有养生暖胃之效，大将军不妨品鉴一二。"

曹玮连连摆手，尴尬道："不怕太后见笑，臣一介武夫，若论喝酒或许还有两下子，但对茶道的确是一窍不通，这么好的茶给臣喝，实在是糟蹋了。"

刘娥轻笑一声，温声道："大将军不必客气，茶嘛，本就是给人喝的，快趁热尝尝吧。"

曹玮见无法拒绝，只好点头，硬着头皮举起茶杯抿了一口，闭目点头。

"好茶！真是好茶！虽然说不出来哪儿好，但绝对比臣家里的好多了！"

刘娥的脸上露出笑容，朝身旁一个小太监吩咐道："去包一斤云叶，给大将军送到府上。"

小太监连忙应是，小步退后离开。

曹玮连忙放下茶盏起身，慌乱摆手道："不用，不用，臣不是这个意思，太后……"

刘娥抬手打断他的话头，后掌下压，示意对方坐下，笑着道："大将军不必客气，且不说曹氏几代忠君爱国之心，就连瑶光当初都救过哀家的命呢！区区一点茶叶，大将军何必推辞？"

"那……臣谢太后恩典。"曹玮无奈，只好谢恩坐下，只是心里有些忐忑不安，不知道太后如此厚待自己，是何用意？

不等他再多想，就见刘娥突然一笑，似乎随意地问道："说起瑶光，好像她还未曾婚配吧？"

曹玮一听，马上明白过来，这才是今天的正事啊！

曹玮的心里虽然有了些猜测，但面上不显，只是苦笑着点头道："唉！这丫头整天舞枪弄棒的，臣都担心她以后嫁不出去了。"

刘娥摇头一笑："怎么会呢？瑶光聪明可爱，人也漂亮，哀家就很喜欢，每次一想起她啊，哀家就羡慕大将军有这么个好女儿。"

曹玮摇头苦笑，低头饮茶，心里隐隐有了些猜测，不过这事却不好自己主动开口。

刘娥看了他一眼，见曹玮神色不定，也知对方差不多猜出了自己的打算，当下脸上笑容稍敛，正色说道："我儿登基也有一段时间了，眼看朝政渐渐稳固，也到了该立后的时候了。哀家这段时间一直操心的就是这事，可等我把朝中上下文臣武将的女儿都了解一圈，最后发现，还是瑶光最合哀家的心意。"

曹玮怔了下，抬头看着刘娥，一时无语，心里却念头急转，莫非，是小皇帝喜欢上了瑶光，所以央求太后求亲？

嗯，还真有这个可能。

不过，这事合适吗？

想到瑶光和太岁之间的感情，曹玮心里有些拿不定主意。

刘娥看了看曹玮的神色，见他虽然面色犹豫，但没有表示出明确的拒绝之意，心里不由得大定，当下开口直言道："今天找大将军来呢，就是想跟你谈谈这事，看咱们两家能不能结个亲家？"

"这个……"曹玮神情犹豫。

太后顿了一下，直接掀开底牌，笑道："瑶光出身高贵，不但是开国功臣的孙女，她二伯还是兴平郡主的郡马，嫁过来以后更是亲上加亲，也只有皇后这个身份配得上她。"

曹玮一听，不由得暗暗心动。

皇后啊，那可是女人一生能达到的最高顶点了，从制度上来讲，与皇帝是相敬的身份，也就是说，二者的身份是对等的。

这比起什么一人之下，还要高贵啊！

而且，从另一方面来讲，若赵、曹两家结成了亲家，以后曹氏一族的地位，必然会再次高涨几分，成了皇亲国戚后，那才是真正的与国同休啊！若是将来瑶光能生下一儿半女，没准就是未来之君，若真如此，至少在三代以内，只要曹氏一族不自己找死，就断不会有衰落之忧患……

曹玮念头急动，种种结亲后带来的好处一个个从脑中闪现而出，不由得大为心动。

只是他虽然心动，但还是有所顾虑，沉吟片刻后，抬头看向刘娥："可是，瑶光毕竟比陛下大了几岁，这恐怕……"

刘娥挥了挥手，不以为然地一笑："嘿！我当是什么呢！这是好事啊，女人年长些才稳重，我儿本就年幼，到时候正好有瑶光帮忙管教呢。"

曹玮听到这里，也明白过来了。他很清楚，自己现在已经别无选择了，若是答应了那当然你好我好大家好，可若是反对的话，就算对方一时不发作，恐怕也会在心里给曹氏一族记上一笔吧！

说实话，对小皇帝赵祯，曹玮并不太惧怕，可对这位杀伐果决的皇后，不说他曹玮，就算是满朝文武，又有哪个人心中没有三五分忌惮的？

好在曹氏一族本就没有二心，结成亲家倒也不错。

曹玮当下欣然点头，拱手道："既然如此，臣当然求之不得！"

"好，那就这么说定了？"刘娥脸上一喜。

"定了！"曹玮重重一点头，脸上也露出喜色。

从宫里出来，曹玮满脸喜色，上了马就往府里赶去。

等他兴冲冲地回到府前，刚下马，就见到管家迎了出来。

"瑶光今天出去了吗？"曹玮随后把马鞭扔给一旁的亲兵。

"回老爷，小姐上午出去了一趟，回来有一阵子了，如今正在校场练功。"

曹玮一听，马上眉开眼笑地朝校场赶去。

校场中间，瑶光正在练功，一根黑黝黝的铁棒槌被她舞得虎虎生风，那几十斤的分量在她的手中跟一根筷子没什么两样。

曹玮快步走过来，远远地看见娇小女儿舞动这么大的兵器，不时劈砸在沙袋上，传出砰砰的声响，脸上的笑容顿时消失，长叹口气，习惯性地嘀咕道："唉，这可怎么嫁得出去啊？"

"咦？"他一拍脑门，反应过来，"不对啊！这不马上就要嫁出去了吗，还是当朝皇后呢，哈哈……"

他大笑两声，兴冲冲地走上前去。

瑶光看到父亲走过来，手中轻轻一甩，铁棒槌飞到校场边的兵器架上落稳。一小丫鬟见状，赶紧端着毛巾和水走过来。瑶光接过毛巾随便在脸上抹了抹后随手扔回去，又接过水杯，仰头咕嘟咕嘟把水喝光。

见她的嘴角有水渍流下，丫鬟赶紧又递上毛巾，可瑶光根本不在意，一把将丫鬟推开，抬起袖子一抹嘴角，朝曹玮迎了上去。

"爹，你找我有事？"

"有事，而且是大喜事！"曹玮一脸喜色。

喜事？瑶光一听，马上变得警惕起来，皱着眉上下打量父亲，眼露鄙视："喜事？什么喜事？你升官了还是又纳妾了？"

曹玮大眼一瞪，就想发火，不过看到瑶光鄙视的眼神，又无奈忍住了。

虽然被噎了一下，但他还是挤出笑容，上前搭住瑶光的肩膀，一边朝外走，一边温声说道："闺女啊，你也老大不小了吧？别家姑娘在你这岁数都当娘了吧？"

瑶光一听，马上停下脚步，推开父亲的手，瞪起眼睛，娇嗔道："爹，你又给我相亲啦？"

曹玮一听，大为尴尬，觉得很没面子，左右看了看，才心虚地呵斥道："怎么跟爹说话的？大吼大叫的，像什么样子？"

瑶光愤怒地看着他，怒道："爹，你又不是不知道我和太岁……"

"别跟我提那小子，他根本配不上你。"曹玮不等她说完，马上开口打断。

"配不配得上我说了才算……"瑶光眼圈发红，一甩胳膊，转过头去。

曹玮怒吼："你闭嘴！"

瑶光两眼含泪，委屈而愤怒地看着父亲。

看着女儿委屈的神情，曹玮的心里不由得一软，声音放低，开始语重心长地劝慰。

"闺女啊，你听我说，太岁那小子虽然不错，可跟咱们家比，身份差太多了啊！"

瑶光又要开口反驳，曹玮连忙举起手投降道："好好，不说身份的事。"

瑶光深吸口气，强忍着怒火瞪着父亲，心里暗暗做了决定，等他话一说完，自己就走，搬到北斗司去住，想嫁人就让他自己嫁去。

曹玮看她神色，也猜出了几分，不由得大感头疼，想了想又劝道："听你的，咱不提身份，可是，你以后总要过日子吧？假设，我是说假设啊！假设你俩在一起了，闺女你想过没有，以后的日子怎么过？吃喝住用行，哪一样不用钱？就凭他那点俸禄够干什么？说句难听的，他恐怕连匹马都养不起吧？"

瑶光抹了把眼角，冷笑着看着老爹，一句话都不说。

曹玮却以为女儿听进劝了，嘴角的笑容一闪而逝，仍然语重心长地劝道："闺女啊，爹是真心为你着想啊，要说太岁吧，人真是不错，但如果要一起过日子，他就有点不合适了……"

瑶光竖掌打断父亲，冷哼一声："行了，你不用婆婆妈妈了，直接告诉我，想让我嫁给谁？"

曹玮被噎了一下，但脸上还是露出笑容道："今天爹刚进宫，你猜怎么着？是太后看上你啦！"

说到这里，曹玮乐得合不拢嘴。

瑶光愣住，紧接着不敢置信地大声问道："你说谁？太后？"

"对啊，太后想让官家娶你当皇后，看看吧，我闺女居然是皇后命，哈哈哈……"

瑶光大叫道："什么，你想让我嫁给赵祯那小屁孩？"

曹玮瞬间变脸，左右看看，发现附近没人，这才松了口气，低声呵斥道："乱叫什么！那是当今皇上，你怎么能直呼其名？"

"我不直呼其名，他也是个小屁孩，我才不要去哄孩子玩！你愿意嫁你自己嫁去，反正我不嫁！"瑶光恨恨地说完，转身跑了。

曹玮一见，马上急急追赶，嘴里喊道："哎！闺女！瑶光！臭丫头……"

后宫，太后正在翻看奏折，这时，外面突然传来小皇帝呵斥太监的声音。

"给我让开。"

"陛下，陛下，您等奴婢禀报一声……"

太后似乎对皇帝的闯入并不意外，放下奏折，闭上双眼，身体后仰依靠在椅子上，抬起手掐揉双眼间的鼻梁，神色有些疲惫。

这时小皇帝气冲冲地闯进来，冲到太后面前，身后跟着一个愁眉苦脸的太监。刘娥没睁开眼，只随意地挥了挥手，那太监就如释重负地退走了。

"娘，您跟曹大将军提亲了？"赵祯一脸气愤地质问道。

"是啊，怎么了？"刘娥闭着双眼，轻嗯了一声。

赵祯急着说话，但似乎想起了什么，朝伺候的太监宫女下令道："你们先出去！"

太监、宫女们并没有马上走，而是先看看太后，见太后轻轻挥手，这才朝赵祯一行礼，无声无息地退走。

对于他们的作态，赵祯根本没在意，见没外人了，他马上上前一步，语气急切地说道："娘，您若让我娶别的女子，儿子不敢违背。可是瑶光，她跟太岁感情深厚，经历生死才走到一起。我跟太岁情如兄弟，怎么能抢兄弟的女人？"

刘娥轻哼一声，终于睁开双眼，直视小皇帝，语气冰冷："住口！"

赵祯一滞，闭上嘴巴，但仍不服气地直视母亲。

"什么兄弟，你是皇帝，跟一个臣子称兄道弟，成何体统？"刘娥冷声训斥道。

赵祯气鼓鼓地站在地上，抿着嘴角不说话，显然很不服气。

见他这副模样，刘娥心里一叹，深吸口气后，才语重心长地说道："儿啊，你现在还小，有些事情你还看不清……"

她叹了口气，起身缓缓踱了几步，似乎在整理语言。过了一阵，她才转过头，神色严肃地看着赵祯，沉声说道："曹家是开国元勋，如今一门七虎将，手中掌握千军万马，说是国之柱石也不为过。我儿虽然已经登基，但毕竟年幼，主少国疑在所难免。可如果你娶了瑶光就不同了，有了曹家的支持，至少军队方面就不用担心，有了武力做保证，你的江山自然稳固。"

赵祯不为所动，看着母亲的眼神里透着失望。"娘，难道这就是外面人说的天家无情？难道为了利益，什么都能牺牲？"

见他听不进去，刘娥的脸色沉了下来，怒道："牺牲什么了？瑶光这孩子，娘也是真心喜欢，让她做皇后母仪天下，有什么不好？你若感觉对太岁有愧，那就赏赐他一些美人，或者给他封个大官做。"

赵祯气急，转身就走："娘，你太让我失望了！不管你怎么说，反正我是绝对不会娶瑶光的！"

北斗司的大厅里，曹玮高坐主位上，手里正"铛铛"地把玩着两颗锃亮的铁球。

这时，开阳带着太岁从外面走进来。

"曹大将军，我把太岁给你带来了。"

太岁看着曹玮，神色疑惑，但还是客气见礼道："不知大将军找在下有何事？"

曹玮上下打量太岁，面无表情地说道："太岁，今天我来呢，是想跟你说说瑶光的事。"

太岁一挑眉头。

曹玮道："瑶光的年纪已经不小，我准备让她嫁人了。"

太岁一脸惊讶，脸色微红，有些羞涩，说话也结巴起来："什么，嫁人？我……还没想过现在就成家立业啊，这个……"

"谁说是嫁给你了？"曹玮狠狠地瞪了他一眼。

"啊？"太岁一愣。

曹玮站起来，背着手走近，一脸骄傲道："除了当今天子，谁能配得上我的女儿？"

太岁惊愕，反应过来后连连摇头。"不可能！瑶光不会答应，皇帝也不会答应！"

"父母之命，媒妁之言，他们答应与否，很重要吗？只要太后和我答应就行了。"曹玮冷笑。

太岁一听，马上明白过来了，不由得怒视曹玮，拳头握得嘎吱直响，似乎想冲上去将对方狠揍一顿。

但曹玮只是看着他冷笑，哼声道："事情就是这样，我希望你能放手，以后不要再去见她，以免影响她的清誉。"

"这不可能！"太岁果断摇头。

"不答应？"曹玮睨着他冷笑道，"由得了你吗？我告诉你，再纠缠我家瑶光，你会比上回还惨！"

几句话说完，曹玮举步往外走，就像刚刚打发了一只苍蝇似的。

可这时太岁却怒了，追了一步，大吼道："我不答应！瑶光也不会答应！你的女儿什么脾气，大将军应该比我清楚！你确信，你能阻止我们吗？"

"呃？"曹玮本已经走到门口，可听到太岁的话忽然又站住，慢慢转过身来，一步步逼向太岁，眼中透着寒光。

太岁夷然自若，一步不退地看着对方步步逼近，嘴角不由得浮现一丝冷笑。

曹玮走到近前，俯视太岁，见太岁一脸坦然的模样，心里也有些小小佩服，也看出来这小子的脾气倔强，来硬的恐怕不行。

不过为了女儿的幸福，为了曹氏家族的未来，他脑子一转，有了主意，冷声讥讽道："我女儿可是要做皇后的人，不是什么阿猫阿狗都能惦记的。别说我不给你机会，你要娶她也行，但怎么也得有个差不多的身份吧，如果你能穿紫袍，配金鱼袋，老夫就把女儿嫁你，如何？"

太岁一听，马上毫不犹豫地点头，嗤笑一声："这有何难？"

"这有何难？好！有骨气！有胆色！有气魄！老夫佩服！"曹玮瞪起眼睛，不敢相信地看着他。

嗯？太岁察觉到有些不对，扭头看向开阳，就见开阳神色古怪，脸色通红，似乎在忍着什么。

"开阳姐姐！"不知为何，太岁的心里有些发虚，求助似的叫了一声。

"扑哧！"开阳终于忍不住，笑出声来："太岁啊，紫袍金鱼袋，只有三品以上的官员才能穿呢。"

三品？太岁先是一怔，紧接着大怒，回头瞪视曹玮道："好啊，曹大将军，你这是挖坑让我跳啊！"

曹玮挠挠耳朵，得意地一笑道："有吗，你想娶我家瑶光，我给你机会了啊，只不过提出一点小小的要求，很合理嘛，而且你也答应了。"

太岁一脸怒气。"我根本不知道什么人才能穿紫袍，我……"

"大丈夫一言既出，驷马难追，你答应了！"曹玮得意扬扬地看着他，"难道你想反悔？"

"我那是因为……"太岁反驳道。

"你答应了！"曹玮油盐不进。

"可是……"

"你答应了！"

"你……"

"你答应了！"

太岁气极，跳起脚来道："好！我答应了！不就是三品官吗，我一定会穿上紫袍的！"

曹玮冷笑道："是啊，不过你现在只是御带吧？连个军巡判官都还没有混上，想穿紫袍？就算你官运亨通，也得熬三十年。"

太岁也回以冷笑道："所以啊，我的老丈人，你可千万长寿一些，要不你都见不到我娶你女儿的那一天。"

曹玮哼了一声道："你放心，本大将军一定会长命百岁，在一百岁那年过着大寿嫁女儿。"

二人你一言，我一语，互不相让。

到了最后，二人都无话可说了，对视一眼，视线交集处，似乎冒出了火花闪电，同时冷哼一声，各自拂袖，反向走开。

太岁气冲冲地走出了大厅，耳畔传来曹大将军的呼喊。

"老夫都被你气糊涂了！老夫可不等你一百年！半年，半年之内你穿不上紫袍，你就给我乖乖地离开瑶光！"

"啊？"

半年升三品？太岁一个趔趄，傻眼了。

皇宫，后花园。

今天刘娥的心情非常不错，虽说儿子有点不懂事，但小孩子嘛，谁能没有脾气，过几天就好了。

她一边伺候着花草，一边在心里想着儿子的婚事，之前找人问过，最近的吉日就在一个月后，再晚可能就要等上半年了。

一个月就办婚事，是不是有些仓促了？

可是半年又太久，有些等不及了啊！

就在刘娥开心地展望未来时，外面突然传来一阵喧闹声。

刘娥的脸色一沉，站起身朝身边的宫女扬了扬下巴道："去看看怎么回事。"

"是。"

宫女领命，转头朝外走。

可还不等她出去，外面已经传来了太岁的声音。

"让开，我要见太后。"

刘娥眉头一皱，脸色更加阴沉。

不等宫女回报太后，太岁已经甩脱了太监闯了进来，可刚到刘娥面前，就被赶来的一群禁军制伏在地。

"太后，求太后开恩，不要拆散我和瑶光。"可就算这样，太岁仍大喊着。

刘娥大怒，狠狠地盯着太岁，眼中冒出寒光，冷声问道："你可知闯宫惊驾该当何罪？"

太岁趴伏在地，努力抬头，大声哀求："太后，求您放过瑶光吧，她不想当皇后啊！"

刘娥见他不答话，心里更怒，眯着眼睛看了他几眼，转过身挥了挥手，淡声吩咐道："来人，把他拖出宫外。"

"是！"

一群禁军应了一声，拉起太岁就往外走。

太岁不忿，挣扎大叫道："太后，你不讲道理！似你这般，就不怕把天子教成一个暴厉之君吗……"

刘娥大怒转身，用手向外一指，狠狠地命令道："你闯宫惊驾，还敢辱骂哀家！真是岂有此理！把他给我拖下去，杖责六十！"

很快，禁军拉着太岁到了宫门砖道。

两根朱漆大杖，从太岁的腋下穿过去，架起了他的上身。又有两根朱漆大杖，分别朝太岁的两个膝窝敲去，太岁先是跪了下去，随着前两根架着他的大杖往后一抽，他整个身子趴在了地砖上。

四名禁军分别踩在太岁的手背和脚踝上，他便呈大字形被牢牢地踩住了。

"呼……啪……"廷杖高高抢起，随着风声落下，打在太岁的臀上，皮肉相交发出响亮的声音。

只一杖下来，太岁就觉屁股被烙铁烧了一下，登时瞪圆了眼，牙齿咬得咔嚓直响，可他也忒是硬气，竟然不发一声，只强自忍耐。

"啪……啪……"

随着廷杖一次次地落下，太岁的呼吸越来越粗重，脸涨得通红，牙齿早已经咬碎，嘴角淌出鲜血，因剧痛而扭曲的面庞上，豆大的汗水不停地滴落下来。

可他仍然一声不吭，不肯求饶。

垂拱殿中，小皇帝赵祯正愁眉苦脸地坐在龙椅上翻看奏折。这时，一脸惶急的小林子快步走进来，到了近前低声禀报。

"什么？"赵祯大惊，"你说的是真的？"

小林子用力点头，焦急道："是真的，陛下，再晚些，太岁恐怕就要被打死了！"

赵祯的脸色大变，把奏折一扔，快步向外跑去，小林子赶紧跟上。

官门外，太岁的屁股已经被打得皮开肉绽，鲜血染红了衣襟。

赵祯气喘吁吁地跑过来，远远地就大叫道："住手！都给朕住手。"

行刑禁军顿了一下，退向两旁。

赵祯到了近前，急急抱住太岁，看着他凄惨的模样，眼中含泪，哽咽道："太岁大哥……"

只说了一句，赵祯就说不下去了，倒是太岁，虽然已经虚弱无比，可就算是在这种时候，他仍然能笑得出来。

"放心吧，我没事！"太岁的眼中露出欣慰，不过紧接着又轻叹一声。

"快宣御医！快宣御医……"赵祯大叫着，眼泪不断滴下。

小林子刚刚赶到，一听吩咐，转身又往回跑。

这么一会儿过去，太岁惊人的恢复力发挥了作用，虽然仍然虚弱不堪，但至少身体已经能够小范围地动弹了。

他拉了拉赵祯的衣袖，轻声道："陛下，我真没事！送……送我回北斗司吧，洞明前辈的医术高明，陛下不用担心！"

赵祯点点头，抬起袖子抹了把眼泪，扭头又吩咐道："来人！抬朕的御辇来，送太岁大哥回北斗司！"

"是！"

有禁军领命而去，很快，皇帝的御辇由四人抬来，赵祯安排人把太岁抬上去，侧躺在上边，又朝赶来的小林子吩咐几句。

小林子连连点头，急急跟在御辇旁边出了官。

赵祯追送了几步，站住脚步，眼中透出坚决的神色，转身大步往回走。

后官里，刘娥正在慢悠悠地喝茶，外面突然传来急促的脚步，眨眼工夫，就见赵祯风风火火地闯进来了。

他满脸怒气地看着刘娥，怒声道："娘，你怎么能这么对太岁？"

刘娥的神情淡漠，放下茶杯淡淡地瞥了儿子一眼，漠然道："怎么？他擅闯禁宫，辱骂太后，娘不能罚他？"

"太岁有功于社稷，些许小错，就予以惩罚，臣子们看了岂不寒心？"赵祯脸色铁青，看着刘娥的眼神像是在看一个陌生人。

"有功则赏，有过则罚！赏罚分明，才是道理！"刘娥冷然道。

"娘，你这是强词夺理。您别忘了，他可是救过儿子的命。这样的功臣忠臣，娘就不怕人家说咱们是狡兔死、走狗烹吗？"

赵祯气急，说完后，走到一旁的椅子上"砰"地坐下，朝一旁伺候的小太监发泄似的骂道："去，滚出去给朕端杯茶，没点眼力见儿！"

这个小太监与小林子岁数相仿，只是他不像小林子那样眉清目秀，相反，他长得圆滚滚的，十足一个胖墩。

听到赵祯的命令，小胖墩吓得一颤，一时间有些反应迟钝，习惯性地转头看向太后。

赵祯心里的怒火腾地涌上来，脸一下涨得通红，上前一脚踹去，口中大骂道："你个狗奴才，朕让你去端茶，你没听见？你没听见……"

他踹了几脚，还不解气，又扑上去用拳头狠狠打了几拳。

可怜这小胖太监别说躲避了，连叫都不敢叫一声，只能抱头蹲在地上，任由赵祯拳打脚踢。

好在赵祯的年纪还小，力气有限，而且他本性善良，就算此时怒极，打起人来也本能地往对方身上肉多的地方招呼。而碰巧这个小太监比较胖，所以虽然有些疼，但一时半会儿还不至于受伤。

看着儿子发泄似的殴打太监，刘娥的眼睛突然红了，也不相劝，只等赵祯发泄够了，这才挥手让小太监出去。

赵祯气喘吁吁地坐下，随着呼吸渐渐平稳也冷静了下来，坐在椅子上静静发呆，也不知道在想些什么。

见他这副模样，刘娥的心里一疼，抽出手帕抹了抹眼角，哽咽道："儿啊，你都懂的道理，娘亲又何尝不知？"

见母亲落泪，赵祯也有点慌了，连忙站起来，手足无措地看着母亲。

"娘……娘你别哭啊！"

他不说还好，他这一说，刘娥的眼泪唰地流了出来。

"儿啊，其实娘也不想惩戒太岁。可是你如今尚年少，如此宠信一个年龄相当的近臣，很容易出事啊！尤其是太岁与瑶光相爱，而瑶光的父亲是权柄最重的大将军，曹家几兄弟又都是军中高官。两人若一旦结合，太岁又能影响到你，难保将来不是又一出'陈桥兵变'，前车之鉴，不能不防啊！"

赵祯摇头道："太岁不是那样的人！"

刘娥看他这副模样，不由得长叹一声："这里没有外人，就咱娘儿俩，不怕说句现家丑的话，当年周世宗柴荣，也是拿伯祖父当亲兄弟看了，授予重兵，委以重任，后来你伯祖父还不是……"

"娘，你想得太多了。"

赵祯虽然年纪小，可毕竟自小就受皇家教育，对大宋开国建制的历史非常熟悉。在他看来，当年太祖皇帝能建立大宋，固然有不光彩之处，但主要还是因为那个时代本就处于乱世。

乱世之中，人心动荡，无论是百姓还是军人都不踏实，今天你称王，明天我称帝的，这种情况下，谁能对掌权人忠心？

也正因此，在当时那种情况下，百姓们对周氏王朝都没什么归属感。

可现在大宋的情况却不同，虽然还说不上太平盛世，但至少民间还算得上安居乐业。在这种情势下，就算有人想要起兵造反，军队会跟随吗？百姓们会支持吗？

心里有这种想法，赵祯自然不相信太岁会有造反之心，甚至就算有，也不可能成功。

但刘娥也有自己的理由："没错，娘想的是多，但娘这不也是防患于未然吗？"

赵祯摇头道："如果我娶了瑶光，就会永远失去太岁这个兄弟！"

"兄弟？"刘娥怒其不争地瞪了他一眼，训斥道，"我儿，你别忘了，你可是一朝天子啊，身为天子，又岂能感情用事？为了江山社稷，有时候你必须得做一些违心的事，这是做皇帝必须要付出的代价。"

赵祯仍然摇头，认真地看着刘娥，掷地有声地说道："如果这样做才是一个好皇帝，那么，儿不配做皇帝！儿也宁愿不做这个皇帝！"

说罢，他拂袖离去。

看着他倔强的背影，刘娥的脸上露出哀色，长叹一声，沉默下来。

·:·

"瑶光，你……要去哪里？"

看着背着包袱从房间里走出的瑶光，曹玮一脸惊讶。

瑶光冷冷地看了曹玮一眼，一言不发，只迈步向外走去。

"你又要离家出走？"见她这副神色，曹玮大为恼怒，一把拉住瑶光。

被父亲拉住，瑶光也不挣扎，只是静静地凝视着他，沉声问道："爹，女儿想问你，我们曹家是遇到什么天大的麻烦，非要抱皇家的大腿才能解救吗？"

曹玮一愣道："这是什么话？"

瑶光又道："那么，是咱们曹家已经败落，需要与皇家结亲来提高身份吗？"

曹玮愣愣地看着女儿，说不出话来。

瑶光神色淡然，一身淡白罗衫，静静地站在那里，像是一株出水芙蓉，出淤泥而不染。

见曹玮说不出话来，瑶光神色冷漠，淡声道："如果需要，曹家生我养我，为了整个家族，女儿愿意牺牲自己。如果不是，请您不要用您想当然的幸福强加于我，女儿不喜欢，真的不喜欢！"

曹大将军怔住，一时竟无言以对。

看着父亲的脸，瑶光神色平静，眼中没有半分感情，见他不答，也不逼迫，只慢慢从他旁边走过去，像一朵即将飘走的云彩。

曹玮怔了片刻，急急转身道："女儿，你去哪里？"

"我回北斗司住几天，我想他了！"瑶光头也不回地大步离开。

一阵轻风吹过，瑶光长发飘起，曹玮怔怔地站在原地，看着瑶光远去，脸上神色不停变化。

天色渐晚，慈宁宫中烛光明亮。

刘娥双眼发肿，显然刚刚哭过，此时正斜靠在榻上，两眼发直地看着屋顶，正在想着心事。

珠帘外，左右两侧各站着两个宫女，正在悄悄私语。

"官家每天一早来向太后请安，风雨无阻。今天都这时辰了，怎么还没到？"

"唉，官家和太后这别扭闹的，害得咱们这些做下人的也跟着提心吊胆。"

"唉！谁说不是呢。"

这时一个中年太监从外面走进来，看着正在窃窃私语的两个宫女，眼神不由得一冷。

两个宫女被他清冷的眼神一罩，当下打了个寒战，都垂下头来，不敢再出声议论。

中年太监冷哼一声，移开目光，上前几步，隔着珠帘轻声禀报："娘娘，曹大将军求见。"

"嗯！"刘娥坐起了身子，想了想一扬手，"宣！"

"是！"中年太监快步退下。

他一走，刘娥便慢慢站起，宫娥忙撩开珠帘，搀着刘娥缓步走出。

很快，曹玮入内，施礼道："微臣曹玮，见过太后。"

"免礼吧，大将军怎么这个时辰来了？"

曹玮犹豫了一下，垂首抱拳道："臣此来，是想求太后恩典，允许臣辞去军中一切职务！"

太后蓦然睁大了双眼，看向曹玮。

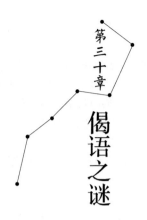

第三十章

偈语之谜

辞去军职!

曹玮此言一出,刘娥的目光就是一冷,旁边伺候的太监、宫娥们也都愣住了。

准确地说,他们都吓傻了。

曹玮是什么人?

以公论,他是大将军。

以私言,他可以代表曹氏全族。

曹氏一门七将,同气连枝,掌握了天下大半兵马,这是何等的影响力?若他无缘无故地辞去军职,曹家兄弟们会怎么想?

军队会怎么想?

文武百官们会怎么想?

天下百姓们会怎么想?

契丹、西夏又会怎么想?

若是换在以往,什么曹氏,什么大将军,什么波涛暗涌,这些太监宫娥根本不会在意,因为不管外面闹出多大的风波,都与他们无关。

可如今却不同,他们还清楚地记得,一年前宫中的那场血腥的屠戮,不就是因为牵扯朝政吗?

所谓一朝被蛇咬,十年怕井绳。

前车之鉴尚未远去,他们又岂能不怕?

太监、宫娥们一个个吓得要死,可反观正主,刘娥的脸上却非常平静。

刘娥凝视着曹玮,目光虽然冷冽,但并没有想象中的勃然大怒,只是沉默不语。

曹玮垂首等了一会儿,才又抱拳道:"请太后恩准!"

"哼!"刘娥轻哼一声,冷笑着开口,"哀家有几句话想问问大将军。"

"太后垂询,微臣不敢相瞒。"

"好,哀家想问问你,大将军辞去军职,你六个军中任职的兄弟也都要一起辞去军职吗?"

"这……"曹玮被问得一怔。

"曹家的人辞去军职,你曹家兄弟多年来带出来的那些将领,是否也要解甲归田?"不等曹玮答话，刘娥继续追问。

"这……"曹玮脸色一变，头垂得更低了。

"哼！"见他不说话，刘娥脸如寒冬，咄咄逼人地追问道，"吾儿登基不久，国朝尚未安定，西夏和契丹虎视眈眈，随时可能趁虚而入。若是曹家归隐田园，彼时兵锋一起，乾坤震荡，谁来担此重责？"

曹玮冷汗涔涔，腰都塌了。

"就算西夏和契丹不动手，可吾儿刚刚登基，你们曹家就要退隐……莫非，是我们赵家容不下你们？还是说，你们对新皇不满？"

听到这里，曹玮终于跪下了。"臣……所虑不周，太后恕罪！"

刘娥深吸口气，神色稍缓，看着跪倒在地的曹玮，好一阵后，她才语重心长地感慨道："唉……可怜天下父母心哪！曹爱卿，哀家理解你对女儿的一片呵护之意，但是，也请大将军理解一下哀家的难处。大将军以为……"

说到这里，刘娥的眼中含泪，取出手帕轻拭眼角，哽咽道："大将军以为，哀家就愿意做这个恶人？哀家并不是猜忌太岁，但环境会变，感情会变，人心也会变。为了吾儿的江山稳固，就算哀家再不愿意，也只能站出来做这个恶人！"

曹玮心神震动，激动地抬起头道："太后……"

次日一早，寝宫内，满脸气愤的赵祯换上了一身青白长衫，快步朝外走去，可当他刚到门口时，就被两个神色慌张的宫娥拦住了脚步。

"官家，太后吩咐……"其中一个年轻些的宫娥战战兢兢地垂首道。

赵祯脸一沉，喝道："怎么？你们敢阻朕？"

两个宫娥吓得俯首跪倒，弱弱地说道："奴婢不敢！"

赵祯冷哼一声，大步走出。

可他刚走了没几步，又有两个小太监从前面迎上来，也不拦着赵祯，只是一转头又跟在他身后，像是两条小尾巴一样，不停地开口唠叨："官家！官家不能走啊，太后吩咐过……"

"朕非囚徒！凭什么不能出宫？"

赵祯根本不听二人的唠叨，只大步朝外走去。

他现在也明白过来了，虽然这些人得了太后的命令不让自己出宫，可自己毕竟是皇帝，再给他们几个胆子，也不敢对自己动手。而不动手，肯定就拦不住自己，那又何必理会他们说什么。

赵祯这一走，其他人却都吓坏了。

赵祯是皇帝，就算再如何任性，顶多被太后骂几句罢了。可是他们如果没完成太后交代的任务，后果会如何？

赵祯走了没多远，身后就已经跟了十几个人，有太监、宫女，还有两个大内侍卫。

"快！快去禀报太后！"

见拦不住皇帝，有机灵的宫女转身往后宫跑去。

此时慈宁宫内，太后刘娥的两眼红肿，正在以帕拭泪，对面的曹玮拱手而立，神色激动中带着些许尴尬。

"太后一番苦心，臣实在是……"

就在这时，两个宫女慌慌张张赶进来跪倒。

"太后，官家又出宫去了！"

"奴婢实在阻拦不得，请太后降罪！"

"什么？"刘娥一听大怒，拍案而起。

古吹台，太岁的房间里。

太岁趴在榻上，玄玄子仔细地检查了一遍他的伤势，帮他把衣襟放下。

太岁马上爬下床站在地上，原地蹦跳了几下，脸上露出满不在乎的微笑道："都说了这点皮外伤不算什么，现在师父总算放心了吧？"

玄玄子摇头苦笑道："徒儿啊，人不能与天斗，放手吧！"

太岁愣了一下，抬头看着师父，见玄玄子一脸担忧地看着自己，太岁一下子安静下来，缓缓摇头，脸上露出淡然的微笑。

"师父，我知道您是为我好，但是这件事……"

他的脸上露出缅怀的神色，甜蜜地微笑起来。"师父，一个人一生中可能会遇到很多美好的人和东西，有些人可能会很贪心，想把所有美好的事物都揽在怀里，但徒儿只想好好把握住其中一样。除非瑶光变心，否则……徒儿决不退缩！"

玄玄子深深地看了他一眼，摇头长叹："唉，痴儿！"

"砰！"这时，门突然被人从外面用力推开，太岁连忙转身看去，发现瑶光正红着眼睛站在门外。

"瑶光，你怎么……"太岁一惊，可他话没说完，瑶光就冲过来，用力扑在太岁的怀里，颤声道，"我也一样，只要你不退缩，天崩地裂，也分不开你我！"

太岁僵了一下，才落下手臂，轻轻拥抱着瑶光，脸上露出舒心的微笑。"你放心，谁也抢不走你。"

看着这对痴情的小儿女，玄玄子摇头轻叹，站起身来走出房间，又轻轻帮他们关上房门。

外面天气晴朗，天边白云飘荡。

玄玄子缓缓走到院中，抬头远眺，脸上慢慢露出挣扎自责的神色。

"如果，太岁能母子相认，应该就不会有这样的困局了吧？玄玄子啊，你视他如子，想把他永远留在自己身边，可若因此害得他不快活，你想要的幸福又从何而来呢？你太自私了！"

古吹台外，几个身形彪悍腰挎长刀的骑兵，骑坐在高头大马上，前后护卫着一辆大气却古朴低调的马车停在门前。

一名骑兵翻身下马，上前拉开车门，其他人则警惕地巡视四周，身上的肌肉紧绷。每个人都一手执辔，另一手紧紧握着腰刀，似乎一旦发现有不轨之人靠近，马上就会拔刀砍杀。

车门打开，一个身着青白长衫的少年跳下来，急匆匆地往里闯。

此人不是别人，正是当朝皇帝赵祯。

对于太后强行撮合他和瑶光的做法，赵祯心里是非常反感的，另一方面，他也很不理解。

明明大家相处得很和睦，无论是太岁、瑶光，还是曹氏一族，都恪尽职守，忠君爱国，为什么要对他们如此防备？就不怕寒了他们的心吗？

是因为曹家的权力太大，因此担心他们行大不逆之事？

他们若真有此心，又何必等到现在？远的不说，就说年前之事，就是大好机会，换成别人，谁敢保证不会趁机将皇室诛灭后栽赃给雷允恭，再重立新朝？

联姻、联姻！可笑的联姻。

赵祯心里愤然，难道不与曹氏联姻，他们就要反吗？

若对方真想造反，区区一个联姻就能阻止吗？

他不信！

至少现在看来，曹家从没显露过这种野心，一直以来对皇室、对朝廷，都是忠心耿耿，从没有半分逾越之处。

做臣子的做到这种程度，还想他们如何？还要苛求什么？

没错，曹家是有些权势过重了，无论是谁做皇帝，都会想着对他们进行一些制衡分权，一边打压，一边拉拢，也是正确之策。

可是，就算是要拉拢，也没必要非得联姻吧？

就算是联姻，但曹家又不是只有瑶光一个女儿，为什么非要拆散瑶光和太岁呢？

赵祯心里真是难以理解，不由得暗叹：母亲啊，你就没想过，如果非要拆散太岁和瑶光，万一他们一个想不开，殉情了或是私奔了，到那时，不说儿子心中愧疚，往远了说，曹家会不会因此恨上皇室？本来没有反心，也被您逼反了呢？

本来他想强忍着，以不合作的姿态反对这桩联姻，可不成想，太岁那么冲动，竟然直闯后宫，而母亲也那么冷酷无情，差点下令把太岁打死。

赵祯刚下马车，正准备去探望太岁时，身后突然传来太监的高唱声。

"太后驾到！"

赵祯犹豫了一下，还是停住脚步，转身等候。

很快，太后的仪仗出现，马车一侧的曹大将军身着官服骑马跟随。

马车缓缓停下，一个中年太监快步上前拉开车门，一只修长的素手从车中伸出，搭在太监的胳膊上，很快，一身凤袍的刘娥缓步从车中走下来。

赵祯脸色难看，不情愿地躬了躬身，朝刘娥行礼道："孩儿见过娘亲。"

刘娥满脸寒霜，下车站定，怒冲冲地看向儿子，骂道："你还知道我是你的娘亲？身为皇帝，不重威仪，竟又擅自出宫，你的心越来越野了，如此下去怎么得了？马上跟娘回宫！"

赵祯一听，马上抬起头来，不服气地看着刘娥道："孩儿与太岁情如兄弟，他受了伤，我来看看他，难道不合情理吗？"

"你……"刘娥的脸色发白，气得浑身发抖，伸出手指颤巍巍地指着赵祯，一时间竟说不出话来。

赵祯见状，有些心虚地低下了头。

这时，曹玮下马走近，见太后气得脸色发白，气氛尴尬，连忙低声劝道："陛下，您是君，太岁是臣……"

不知为何，一听到曹玮说话，赵祯就气不打一处来，当下不屑地瞟了他一眼，打断了他，说道："朕不想跟卖女求荣的人说话。"

"呃……"曹玮一下被噎住，尴尬得脸色通红。

刘娥大怒："放肆！亚圣有云：君之视臣如手足，则臣视君如腹心；君之视臣如犬马，则臣视君如国人；君之视臣如土芥，则臣视君如寇仇。曹大将军劳苦功高，忠心耿耿，你却如此无礼，岂是人君之道？"

这时候知道曹家忠心了？赵祯就想开口驳斥，可话到嘴边又止住，大庭广众之下，这种话真不宜出口。

但他心里非常不甘，更为太岁叫委屈，当下直起身，直视刘娥，愤愤地反驳道："娘亲这番话，若把曹将军三字换作太岁，娘亲以为如何？"

"你……"刘娥一噎，无言以对。

见母亲被问住，赵祯朝曹玮瞪了一眼，拂袖走进古吹台。

院子里，玄玄子正仰望着天空怅然出神，突然听到有脚步声传来，他马上回过神看去，就见赵祯正铁青着脸，快步走来。

"陛下！"玄玄子忙稽首行礼。

赵祯上前，急切地询问道："前辈，太岁怎么样了？"

玄玄子犹豫一下，指向房门道："呃……他在房中……"

赵祯一听，当下抛下玄玄子，急忙冲向房门。

玄玄子一急，马上大声提醒："太岁，皇上看你来了！"

说罢，他快步上前，拦住赵祯，急声道："皇上稍等，太岁刚刚上过药，还没穿衣服！"

"这有什么，他又不是姑娘。"赵祯焦急地说了一句，急步走向房门。

屋里，太岁和瑶光正在低声说着什么，二人的脸上都带着甜蜜的笑容，甜蜜且温馨。

这时外面突然传来了玄玄子的声音，太岁一惊道："糟糕！不能让皇上知道我这么快就好了。"

说罢他猛地起身，一跃上榻，拉起被子盖在身上，脸上的神色骤变，扮出一副有气无力的模样。

瑶光"扑哧"一笑，赶紧坐在榻边，也挤出悲伤的表情。

二人对视一眼，都有些忍不住想笑，当下各自转开目光，脸上憋得通红。

这时，外面的赵祯已经绕过玄玄子，急步走向房门。

玄玄子站在后面，欲阻又止，神色焦虑。

这时，身后又传来了一阵脚步声，玄玄子转头看去，就见刘娥怒气冲冲地带着曹玮走来，身后的宫娥太监们却知趣地守在门口，没跟着进来。

"逆子，你给我站住！"刘娥的脸色难看，恨不得上前给赵祯两巴掌。

赵祯回头看了一眼，小脸紧绷，脚下不停，仍往里冲去。

"曹将军！"刘娥大怒，朝身边的曹玮喝了一声。

曹玮马上飞身上前，一展双臂，拦住赵祯，苦着脸道："陛下，臣冒犯了。"

眼看被拦住去路，赵祯怒气冲冲地转过头看向太后道："娘，孩儿只想探看一番太岁的伤势。"

玄玄子看见太后，吃了一惊，马上转身，就要悄悄退走。

刘娥沉着脸看着儿子，喝道："你是皇帝，不要任性！你……"

说到这里，她突然看到玄玄子，顿时一怔。

她仔细打量玄玄子，脸色大变，震惊地指着玄玄子，颤声询问："是你？真的是你？"

玄玄子先是慌乱，又迅速镇定下来，扮出一副惊奇的模样道："咦，是你？"

曹玮和赵祯讶然地看着他们，赵祯先是看了看玄玄子，又转向刘娥，惊讶道："娘，你认识玄玄子道长？"

此时刘娥哪有心情理会他，当下抢步上前，忘形地抓住玄玄子的手臂，颤声道："果然是你！果然是你！我的儿子呢？他在哪里？"

"呃，你……我……"玄玄子一时无措，结结巴巴地说不出话来。

一旁的赵祯听了，则大吃一惊，看着玄玄子两眼瞪大道："原来玄玄子道长就是当年救下我娘的那位奇人？那我哥哥呢？"

玄玄子惊讶地看了他一眼，惊疑道："太后……把你有位兄长的事告诉陛下了？"

赵祯一怔，不解地看着玄玄子道："如此大事，为何不能告诉朕？"

说罢，他的脸上露出恍然，向玄玄子一笑道："我知道，我不是我娘的亲生儿子。我也知道，我还有个流落民间的兄长……"

说到这里，他转头，深情地看向太后道："娘亲并没有瞒过我。"

玄玄子有些意外地看向刘娥。

而此时的刘娥一颗心早就关注不到别的了，只激动地不停询问道："道长，我的亲生儿子呢？他究竟在哪里，他……"

说到这里，她突然想到了什么似的，神色一变，紧紧地盯着玄玄子，试探地问："难道，太岁……他……他就是……"

刘娥此话一出口，曹玮和赵祯都反应过来了。

赵祯又惊又喜道："娘，你是说，太岁就是我大哥？"

玄玄子看看太后，又看看皇帝，苦笑一声没有回答。

他虽然没有回答，可他的态度却无异于默认了。刘娥的眼睛一亮，马上松开他的手臂，猛地朝房门冲去。

赵祯一见，急步追到门口，可眼看着刘娥冲进门，他忽又停下。想了想，伸手把门关上，慢慢转过身来站定，脸上露出开心的微笑。

外面一番折腾，虽说只几句话的工夫，但屋里的太岁和瑶光已经变了一番模样。

太岁趴在床上装成重伤，一脸苍白，眼神黯淡；而瑶光则在一旁端着药碗，脸上露出淡淡的哀伤。

只不过，两人的眼睛却不时瞟向外面，像是一对戏子正在等待观众入场。

"砰！"门突然被撞开，刘娥快步闯进来，第一眼看到太岁，她就激动地要冲过来，可刚一迈步，她忽又停住，目不转睛地看着太岁。

瑶光见进来的是太后，当下一惊，忙放下药碗，起身向太后施礼。

"见过太后。"

但此时刘娥的眼中只有太岁一人，根本没理瑶光，定定地看了会太岁后，她一步步走近，见他一副重伤的模样，突然间泪如雨下。

太岁尚不知情，趴在床上假装想要站起，吃力地动了动，又停下。

"臣有伤在身，不能见礼，还请太后恕罪。"

刘娥摇头，一边流泪，一边颤抖地伸出手，轻轻地抚摸着太岁的脸庞。

太岁不知所措，瞪大眼睛，一脸疑惑地看向瑶光，发现瑶光也张着嘴发呆。

刘娥一边摩挲太岁的脸庞，一边看着太岁的眼睛低声哭泣："儿啊，我的儿啊！是娘对不起你，是娘对不起你啊！"

"太……太后，您没事吧？"太岁有点搞不懂了，见刘娥泪如雨下的模样，一时尴尬得要死。

刘娥哭着哭着，突然上前抱住太岁，大哭道："娘没事，娘对不住你，对不起你啊！我的儿啊……"

一旁的瑶光早吓呆了，太岁也傻住了，都不知道太后这是发什么疯，再或者，这位太后是假的？

就在太岁、瑶光陷入凌乱之中时，门外的赵祯正站在门前，不时看着曹玮和玄玄子，笑容满面，之前的郁闷和烦躁早不见了踪影。

曹玮和玄玄子二人却都沉默不语，各自想着心事。

玄玄子想的是里面母子相认，太岁会不会恨自己这个师父。

而曹玮却在心里暗骂自己瞎了眼，万万没想到自己看不上眼的家伙，竟然是一位皇子！与此同时，他又暗暗叫苦，谁能想到太后还有一个儿子呢？

院中三人都沉默不语，气氛渐渐古怪起来。

这时，谛灵子从外边回来，看到院中的情形，不由得讶异地止住脚步，悄悄走到玄玄子的身旁，低声问道："师弟，这是怎么了？怎么……堂堂天子，守在门前？"

玄玄子苦涩一笑，摇头叹道："唉！一言难尽哪！回头……我再说与师兄听吧。"

见他如此态度，谛灵子更加疑惑，想了想，站在一旁不说话了。

过了一阵，曹玮犹豫着缓步走近赵祯，低声问道："陛下，这……是怎么回事？"

赵祯看了他一眼，脸上的笑容收敛，神色平静道："先皇对外宣布，朕是太后亲生，但民间对此多有非议，是吧？"

曹玮一脸尴尬道："这个……呃……"

赵祯轻轻一笑道："世上果然没有不透风的墙，不错，朕确实不是太后亲生，朕的生母是李才人。"

"这……"曹玮一脸惊讶。

"朕的母亲本是太后身边的侍女，受父皇临幸，便有了朕。父皇甚爱母后，奈何母后一直没有身孕，所以便对外声称我是母后所生，为的是把当时只是修仪的母后晋升为皇后。这件事的来龙去脉，在德妙行刺父皇之后，母后便都对朕说过了。"

说到这里，赵祯轻轻叹了口气，感慨道："母后其实有过一个孩子的，只是当初被我皇祖父赶出汴梁时流落到了民间。而母后也是因为在那期间颠沛流离，所以此后再未生育。"

曹玮低下头，拱拱手低声道："陛下对臣如此信任，臣感激不尽。这个秘密，出得陛下之口，入得臣下之耳，绝不会再说与第三人知道，还请陛下宽心。"

赵祯神色平静，转头看了眼房门，笑道："便说出去，也没什么！朕的皇兄既然回来了，那是一定要认祖归宗的！"

说到这里，他抬起头眺望天空，眼神突然一定，似乎做出了某种决定，一转身，推开门走了进去。

曹玮抬头，讶然地看向皇帝的背影，犹豫了一下，伸手把门关上，守在外面没跟进去。

这时，屋里的刘娥已经把当年被赶出汴梁，后来又遭遇追杀，再后来于绝境中碰到玄玄子，最终将孩子托付给对方的一幕幕都说了一遍。

"造化弄人啊！"刘娥抹了抹眼泪叹道，"当时，那些骑兵其实是你父皇派来接我的，若当时，我没把你托付给道长，现在你恐怕……"

说到这里，刘娥的话头一顿，似想到了什么，脸上神色一变，飞快地转移话题。

"娘自回到宫廷，暗里也不知找过你多少回，可惜全无消息。娘本以为，你我母子这辈子再也无缘一见，说不定，你都已经……"

刘娥哽咽着，低头拭泪道："想不到苍天垂怜，竟让娘找到了你。"

太岁早就呆住了，直到这时，才愣愣地看向瑶光，脸色似哭似笑。

而此时的瑶光也傻眼了，同样愣愣地看向太岁，一时间连话都说不出来了。

这时，赵祯推开门，一脸微笑着走进来，在榻前站定，看着太岁开心道："大哥！想不到你真的成了我的大哥！"

太岁看看刘娥，又看看赵祯，脸上的肌肉僵硬地抽搐一下，也不知是开心还是难过，就听他喃喃自语道："我……忽然就有了娘了，还是皇帝的哥哥？"

赵祯莞尔，张开双臂，大步上前，用力地抱住了太岁，重重叫道："大哥！"

这时刘娥已经从缅怀往事中回过神来，看了看太岁，又看了看赵祯，先是欣慰一笑，紧接着眼波一闪，突然露出不安之色。

过了一阵，众人的情绪平复一些，赵祯提议大家去客厅说话。

此时此刻，太岁早忘了装伤之事，当下毫不犹豫地点头答应，翻身下榻，与几人一道去了客厅。

"恭喜太后、皇上，得以亲人团聚！"到了客厅里，刘娥简单把事情说了说，谛灵子当先微笑拱手道贺。

刘娥微笑点头，看向玄玄子道："还要多谢道长，养育我儿这么多年。"

玄玄子一听，马上轻咳一声，尴尬地拱手道："太后太客气了。老朽对太岁……"

说到这里，他顿了顿，看向太岁道："实也未尽到多少养育之责。"

"师父！"太岁责怪地看了他一眼。

玄玄子一笑住口。

这时太岁转向刘娥说道："娘！现在你是我娘了，瑶光就是你的儿媳妇，是皇帝的大嫂，你还要逼她嫁给我兄弟吗？"

太后尴尬地侧了侧头，举起茶杯挡在脸前。

太岁一乐，扭头看了眼瑶光。就见瑶光害羞得满脸通红，扭了扭身子，娇嗔道："我还没答应嫁你呢！"

"早晚的事！"太岁嘿嘿一笑，又看向太后。

"这……这……"

刘娥一脸为难，在外人看来，这就是她一句话的事，可实际上却大大不然，这里面牵扯的东西实在太多了。

她无论如何也没想到太岁会是自己的儿子，所以之前她在决定与曹氏联姻，又得了曹玮的同意后，马上就把皇帝要成亲的事情通知了礼部和宗室，又让钦天监算了黄道吉日……

此事虽然没有大肆宣扬，但也算不得秘密了。不说那些消息灵通的官员，就是城里百姓们，也十有八九都知道皇帝要大婚的消息。

在这种情况下，突然又宣布皇帝不结婚了？

所谓君无戏言，刘娥虽不是天子，但她贵为太后，而且还掌握大权，有垂帘听政之权，以她如今的身份，是断断不能食言的，否则传出去，她岂不成了反复无常、言而无信之人？

到那时，丢脸事小，可若是被有心人安上一顶乱政的帽子，再以此为由质疑她的权威，让她撤帘避政……

刘娥其实并不擅权，以她的性子，恨不得皇帝能快点长大好接过担子。但另一方面，她又不得不为自己的儿子担心，若是自己突然没了权柄，只凭八贤王那种与人为善、心慈手软的性子，恐怕很难控制得了朝局。

再一个不好明说的是，八贤王的身份也的确有些敏感，无论是为避嫌，还是为了不让皇帝生疑，恐怕等刘娥撤帘之时，也就是他退隐之日了。

皇帝年幼，本就主少国疑，若再没有宗室撑腰，就算不搞得天下大乱，恐怕也要出个王莽、曹操一类的权臣了！

若真出现这种结果，她刘娥岂不成了赵氏的罪人？

这一连串的念头只眨眼间在刘娥的脑中飞快闪过，也不怪她一时间有些犹豫不决了。

看到她神色犹豫，太岁的脸色马上一变，蓦地站起身，想要说话。

就在这时，曹玮突然上前一步，抢先拱手道："太后，微臣七弟曹玘之女，年岁与陛下相当，姿容婉媚，贤良淑德，不如太后……"

"咦？"刘娥一听，心里马上一松，这个台阶砌得实在太好了啊！

仅凭这紧要关头的一句话，刘娥心里已经给曹玮记下了一笔功劳，当下连连点头道："好好好，如此甚好！不过天子立后干系重大，哀家会让大宗正司考察一番后再做决定。"

曹玮脸上一喜，连忙拱手鞠躬道："谢太后恩典！"

刘娥摆摆手，微笑道："大将军不必多礼。"

"呼！"听到这个消息，太岁不由得松了口气，又重新坐下，看向瑶光。

而小皇帝赵祯更是欢喜不已，叫道："哈哈！我终于不必左右为难了！"

刘娥一听，不由得尴尬地咳嗽了一声，恨不得一把捂住他的嘴巴，当下隐晦地瞪了赵祯一眼。

赵祯此时高兴得都快手舞足蹈了，根本没注意到母亲的脸色，又眉开眼笑地朝太岁说道："大哥，你与娘亲既已相认，咱们就一起回宫吧，兄弟以后也有个说话的人了。"

太岁一听，马上连连摇头道："不去不去，宫里头规矩太多了，我还是喜欢在外面，逍遥自在。"

赵祯微微失望，不过紧接着又点点头，小脸上满是感慨，深表赞同地叹道："大哥说的没错，宫中规矩森严，哪有外面有趣。"

听这两人越说越不像话，刘娥在一旁又轻咳一声，说道："好了，今日天色已晚，皇帝不能久离宫中。太岁啊，你真不跟为娘回宫吗？"

太岁起身，走到刘娥身边看着她的双眼，诚恳道："娘，儿子野惯了，不喜欢在宫里住着。等白天，儿再进宫给娘亲问安。"

"这样啊！"刘娥略一沉吟，点头同意道，"也好！那，明日娘再和你弟弟来看你，把你八皇叔也请来，一家人都见见。"

"好！"太岁一听不用进宫，马上欢喜地答应下来。

一旁赵祯喜滋滋地说道："大哥你好好养伤，明天我再来时给你带好吃的！"

太岁一乐道："好啊，记得再带些好酒。"

"没问题！唉，可惜我还小，娘亲不让我喝酒。"赵祯偷偷朝太后看了一眼，发现太后正笑眯眯地看着自己，马上收回目光，一本正经地正襟危坐，装作一副好孩子的模样。

见二人聊得开心，刘娥虽然脸上陪着笑，但眉梢眼角渐渐露出些许隐忧。

众人闲聊了几句，赵祯起身笑道："好啦，那我们走啦。"

刘娥看着太岁，起身上前伸手摩挲太岁的脸庞，又帮他整理了一下衣襟，低声嘱咐道："我儿好好养伤，娘会常来看你的。"

"娘你放心吧，我身体好着呢。"太岁微笑，心里犹豫了一下，还是没说出自己的隐秘。

毕竟不死异能实在是太过玄奇了，若被人知道，惹来的麻烦实在太大了。大到就算是自己的亲娘，也不一定能抵抗这种不死的诱惑，特别是在座的还不止她一人。

刘娥又看了眼太岁，这才依依不舍地转身离去。

她要走，太岁自然起身相送，跟着众人朝外走去。

送走了太后等人后，谛灵子、玄玄子和太岁再次回到客厅。

谛灵子见二人各怀心事的样子，不由得微微一笑道："你们师徒，一定有许多话说，我上楼歇息去了，你们谈吧！"

说罢，也不等他们回应，谛灵子便转身向楼上走去。

玄玄子连忙起身相送，目送谛灵走开后，这才转身，一脸惭愧地看向徒弟。

"太岁，有件事，师父得告诉你，要不然……心里不安……"

太岁讶然地看着玄玄子道："嗯？师父想说什么？"

玄玄子看了他一眼，挪开目光，吞吞吐吐地说道："其实……上次咱们从碧游宫出来，路遇天子狩猎队伍的时候，师父……已经见到了你娘，也认出了她。"

太岁惊奇道："那师父怎么没有告诉我……"

玄玄子道："师父……师父怕失去你。"

"失去我？"太岁不解。

"唉！"玄玄子轻叹一声，苦涩地说道，"师父修行了一辈子，蛰龙心法没练成，一颗道心也没练成，真是一事无成啊！师父唯一拥有的，就只有你了，师父不只把你当成唯一的徒弟，也把你当成了自己的亲生儿子，师父……师父……"

听到这里，太岁已经明白过来，不等玄玄子说完，便走上去，轻轻地抱住了他，感动地说道："师父，别说了！不管什么时候，不管徒儿有了什么身份，您永远都是我的师父，也永远是我心中的父亲！"

玄玄子长出口气，欣慰地拍了拍太岁的后背，眼中泪光闪闪。

一个时辰后，刘娥和赵祯回到慈宁宫。

先帝驾崩后，受本命蛊连累，刘娥的身体每况愈下，虽说比起一般人还要强上不少，可对一个常年习武之人来讲，她这种情况就代表着本源折损，就算是长期静养，时常服用珍贵药材，也只能勉强维持身体健康，再想回到当初那种修为实力，已经不可能了。

这一次去古吹台，经历了大惊大喜，刘娥已经疲惫不堪，强打着精神回到宫里，很快就虚弱地斜倚着罗汉榻坐下，浑身虚汗直冒，脸色变得苍白。

只是赵祯的年纪太小，根本没注意到母亲身体的不适，一进屋就兴奋地走来走去，眉开眼笑道："娘，儿明天就让翰林院起草诏书诏告天下，敕封我大哥为亲王，到明日，整个天下就都知道我有个哥哥啦！"

刘娥看了他一眼，取出手帕擦了擦额头上的虚汗，笑意有些勉强。

这时，有机灵的宫娥见太后的脸色苍白，悄声退下，很快端来一杯药茶。

闻到淡淡的药香味，刘娥赞赏地看了那宫娥一眼，抬手接过，抿了一口，看着不停在屋子里走来走去的赵祯，眼中透出一丝担忧。

赵祯根本没注意到母亲的神色，一直兴奋地说着："我说头一回看见太岁时就觉得特别投缘呢，原来我俩是兄弟！哈哈……"

刘娥放下茶杯，强笑着点了点头道："可惜娘没那个眼力，不如吾儿你呀！"

"嘿嘿！"赵祯挠头一笑，兴冲冲地在太后身边坐下，眼中闪过得意之色，"娘，这回你不反对我和太岁亲近了吧？"

刘娥微微一笑道："你们是兄弟，正该多亲近、多来往。"

"娘亲最好啦！"赵祯高兴地摇着刘娥的袖子撒娇，可紧接着，他想起什么似的一下子跳起来，"啊！明天还要和娘一起去看大哥，我先去把奏章批阅了！"

说罢，他兴冲冲地往外走。

看着他飞快地离开，刘娥脸上的笑容一敛，若有所思地沉默了一会儿，沉声吩咐道："来人！"

"娘娘！"一个小太监快步上前。

"你现在就出宫，宣八贤王速速来见！"

"遵旨。"

半个时辰后，慈宁官中已经掌灯，神色略显疲惫的刘娥坐在椅上，看着坐在下首的八贤王，眼神中透着淡淡的焦虑。

八贤王惊讶地看着她，语气有些古怪："竟有此事？太岁……是嫂嫂的亲生骨肉？"

"不错！这事的前后因果，我方才已说与你听了。"刘娥揉了揉太阳穴，叹道，"当年的事情，老八你也知道，那时候我也是万不得已，本以为这一生再无相见之日……"

八贤王想了想，犹豫道："可……可孩子已经这么大了，嫂嫂，你真能确认吗？"

有一句话八贤王没说，虽说冒充宗室是杀头大罪，一般情况下没人敢做，但人性难测，保不准就有那胆大包天的人，想拿命来搏富贵呢？

此事若是真的还好，万一是假的，日后被拆穿的话，那人可就丢大了。

对于八贤王的顾虑，刘娥心里也清楚，倒也不以为怪，当下感伤地叹了口气说道："不会错的，我有秘法，可以确认。"

一听刘娥说有秘法，八贤王心里马上一定。他可是知道自己这位嫂嫂的厉害，当下松了口气，再不怀疑，起身拱手微笑道："既如此，那真要恭喜嫂嫂了！"

"唉！"刘娥勉强笑了笑，伸手示意八贤王坐下说话，"老八啊，本来我也是高兴的，可是一想到……祯儿，我又有些担心。"

八贤王挑了挑眉，疑惑不解道："嫂嫂担心什么？"

刘娥眼角微垂，叹了口气道："皇位！"

"皇位？"八贤王的脸色一变。

刘娥看了他一眼，愁眉不展地说道："太岁虽然从小流落在外，却是先帝和我的亲骨肉，而且他又年长于祯儿……"

听到这里，八贤王已经明白了，垂目思索片刻，抬起头试探地问了一句："嫂嫂是担心……"

刘娥看了他一眼，轻叹点头道："老八啊，咱们是自家人，嫂嫂我就直说了，我是担心啊……无论是从长幼还是从嫡庶上，太岁都比祯儿更有资格继承皇位……"

八贤王恍然，笑道："道理自然是这个道理，不过祯儿已经继承了皇位，难道还有逊位的道理？"

刘娥摇摇头道："国家大事，岂能如此儿戏？我只怕，只怕祯儿猜忌太岁，来日骨肉相残。我也怕，会有丁谓那般的奸佞，为了一己私欲，从中作祟。"

八贤王的脸色一凝，想到那种后果，不由得打了个寒战，急问道："怎么，难道祯儿对太岁……有所猜疑？"

"那倒没有。祯儿几个兄弟，全都早夭了。如今突然有了个兄长，他高兴得很……可是，他现在还小，如今不生猜忌，将来却是未必……"似乎想到了未来的惨状，刘娥的眼圈突然一红。

八贤王听了，却摇摇头劝道："嫂嫂，你多虑了。祯儿是你从小看着长大的，他的为人如何，你最清楚。他一向仁厚，怎会生出这种想法？至于说外臣作祟，只要咱们赵家人相亲相爱，太岁和祯儿兄友弟恭，小人挑唆又有何用？"

"但愿如此吧！"刘娥患得患失地点点头，长叹一声。

"呼……呼……"

经历了七八天的牢狱生活后，原来雄壮魁梧的哈梵已经瘦了一圈，此时已经没了刚入狱时的狂傲之气。他身上披着沉重的枷锁，整个人披头散发，垂首蜷缩在墙角，不时发出浓重的喘息。

就像一头被囚困了无尽岁月的凶兽。

若非他心里还抱着被营救的希望，早就忍不住自尽了。

不过说起来，哈梵变成这副模样，绝对是他自找的。从他入狱以来，身体上从没受到虐待不说，而且每天三顿，吃食不禁，顿顿都有菜有肉，还非常干净。

无论牢头还是狱卒，从来不对他打骂用刑，甚至每天还要帮他换一次马桶。

在地牢中能享受这种待遇的，几十年来，他是头一号。就算是皇亲国戚进来了，也绝对没他这种福气。

当然了，这毕竟是地牢，不是客栈，也不是什么青楼楚馆，自然不会面面俱到了。

若说有什么事能令哈梵不满意的，可能就有一样，那就是太闷了。

也不知是谁给出的主意，总之从哈梵所在的牢房数起，对面五间，左右各三间都是空房。

如此一来，他连个说话的人都找不到。

至于狱卒牢头就更没人理他了，就算每天送饭来也没人跟他说一句话。

安静，非常安静！

这一晚，像往常一样，每半个时辰一次的巡视时间又到了，两个狱卒在过道里巡视一圈后，一边打着哈欠往回走，一边商量着等换班后要不要去消遣一下。

突然，过道上方的棚顶传来"砰"的一声闷响，紧接着，碎石四溅，一个人影挟着碎裂的砖瓦木块从天而降。

"什么人？"两个狱卒大惊，困意瞬间消失，"噌"的一下拔出腰刀。

"快来人哪！有人劫狱！"其中一个机灵的狱卒一边朝后退，一边高声求援。

尘土飞扬中，露出一张冰冷的面具，面具上刻画着乌云闪电，组合起来却好像一张正在哭泣的人脸。

"呼！"面具人衣袖一展，一阵狂风出现，把漫天灰尘吹到一旁。他冷冷地站在两名狱卒对面，双手一扬，袖下喷出烈焰，两个狱卒惊恐地尖叫，但叫声未了，就被烈焰席卷，如同两个火炬，熊熊燃烧。

面具人稳稳地从两个挣扎哪喊的火人中间走过去，来到了哈梵的牢房前站定。

哈梵听到声音，已经扑到栅栏边，瞪大眼睛看着外边道："你……是你？你怎么？我……"

面具人冷哼一声，看着牢门上的锁，竖掌一劈，锁链应声而落。

他大步走进牢房，上下打量哈梵两眼，飞快出手握住他身上的锁镣，就见本来坚不可摧的锁镣在他的手中迅速变形，像是面条般被他一扯而断。

"走！"面具人冷冷地吐出一个字，转头朝外走去。

哈梵一脸苦涩道："我被灌了泄气散，周身无力！"

面具人冷哼一声，又转过身单手架住他往外走去。

"大胆贼人，竟敢劫狱……"

"擅闯大牢，杀……"

这时，外面传来喧哗声，一群狱卒持着刀枪呐喊着冲进来。

面具人架着哈梵站在过道中，轻哼一声，一扬手，一条火龙席卷过去。狱卒们慌忙推挤着朝后闪避，一时间只顾跳脚喝骂，却不敢上前。

可不管狱卒们骂得多难听，面具人都好像没听到似的，只架着哈梵纵身一跃，从之前落下的那个破洞跳了上去。

"天干物燥，小心火烛！"大街上传来二更的更声。

八贤王府中，戒备森严。

八贤王正在睡觉，突然，一个中年太监推开门，急急地走到八贤王的榻前，向帷帐内小声呼唤："王爷，王爷。"

"何事？"八贤王迷迷糊糊地翻了个身，不耐烦地问道。

太监道："王爷，皇城司刚刚急报，契丹国师被人劫狱救走了！"

"什么？"八贤王一惊坐起，猛地拉开帷帐，急声问道，"什么时候的事？"

"回王爷，不到半个时辰。"

八贤王的脸色一变，略一沉吟，冷峻地下令道："去，拿着孤王的令牌给禁军看，让他们封锁全城，严禁人犯外逃！告诉曹玮，速速带兵包围契丹人的驿馆，以防哈梵和他们取得联系！"

"是！"

太监得令，转头急走。

八贤王下榻，朝外喊道："来人，更衣！"

随着八贤王的一声令下，整个京城都像是活了过来。不知多少禁军四处奔走，转眼间城门就被封锁，大队大队的禁军快速集中而来。

除了城门这里，还有无数骑兵分成小队，在城中四处巡逻搜索，一遇到可疑之人，马上呼喝着上前查问。

一时间全城风声鹤唳，临街的百姓们都被惊醒了，骂骂咧咧地起身看去。可当他们透过门窗缝隙看到外面的架势时，一个个都吓得紧闭房门，大气都不敢出一口，生怕惹来祸事！

曹玮急急地披挂走进校场，一队官兵举着火把在等待着，中间站着数千禁军。

"上马！"来不及点查人数，曹玮大喝一声翻身上马，率领军队快速朝城中赶去。

另一边，契丹驿馆中，副使乙辛坐在桌前，脸庞在烛火中若隐若现。

没多久，门外传来轻轻的敲门声。

乙辛神色一振，挺身沉声道："进来。"

"大人！"一个契丹人快步走进来，在乙辛的耳边窃窃私语几句。

乙辛听着，不时轻轻点头。

等传话的人说完，乙辛马上挥挥手，示意对方出去。

契丹人一抱拳，转身快步离开。

乙辛沉默一阵，阴沉的脸上突然露出冷笑。

驿馆门外，屋檐上的灯笼散发出惨白的光，随着夜风轻轻摇晃，照得整个契丹驿馆阴森可怖，远远看去，如同一座鬼宅。

忽然，远方传来轰隆声，大队禁军赶来，迅速将驿馆包围得密不透风。

八贤王和曹大将军骑马赶到，二人在大门外下马，随手把缰绳朝身边一扔。八贤王大步上前，直接闯门而入，曹大将军面容冷肃，眼中透着淡淡的杀意，按刀相随。

　　八贤王上前推了把门，没推动，他侧身一步让开位置，一挥手，淡声下令道："撞开！"

　　"是！"

　　禁军们齐喝一声，持着长枪猛冲过去，"轰"的一声，撞开大门。

　　此时里面被惊动的契丹士兵们也冲了出来，见状大怒，忙上前阻拦，可毕竟人太少，眨眼间就被禁军的如林长枪逼得退开。

　　"哗！"大群禁军手持火把，身上的盔甲哗哗作响，如虎入山林般，快步从两侧冲入院中，把院子里照得灯火通明。

　　这时，契丹副使乙辛衣衫不整地带着几个人迎过来，一边走一边系着衣衫。

　　看到八贤王和曹大将军，乙辛先是一顿步，眼中露出惧色，可紧接着就见他一咬牙，怒气冲冲地上前说道："八王爷、曹大将军，你们宋国三番两次闯我驿馆，究竟意欲何为？"

　　自他出来，八贤王就一直盯着他看，见他先惧后怒，不由得一皱眉，把手一挥。

　　曹大将军沉声下令："搜！"

　　禁军得令，马上分成一个个小队，挥持着火把四下冲去。

　　"你……你们这是干什么？"

　　八贤王微微一笑，上前两步道："本王得到密报，有歹人闯入贵使驻地。为了贵使之安全，得罪了。"

　　"你……你……"乙辛先是一怒，紧接着似乎想到了什么，马上张皇四顾，就见大群的宋军已经开始四处翻找起来。

　　一旁的曹玮看乙辛这副模样，突然觉得哪儿不对劲。他眯着眼想了想，上前一步，凑到八贤王的耳旁低声道："王爷，这么找不行，就算哈梵逃回来了，恐怕也早有退路。"

　　"哦？那依你看呢？"八贤王一听，马上低声问道。

　　"依臣看，哈梵若是逃回这儿了，应该不会以真面目示人，很可能会扮成他人模样蒙混过关……"曹玮脸色微冷，"王爷，反正咱们跟契丹人早就貌合神离，这种时候，也顾不得面子了，干脆把这里所有人全叫出来，挨个查清楚。"

　　"这……"八贤王一惊，看向曹玮，心道若这么一搞，几乎与撕破脸没什么区别了啊！

　　见八贤王犹豫，曹玮摇摇头劝道："到了这种时候，王爷又何必顾忌？依臣看，那哈梵来寻《推背图》，必然是受了他们主子的旨意，否则不会没进京就已经对空桑观出手了。既然他们能做初一，我们为何不能做十五？若是一味退让，恐怕他们下次会变本加厉。不如干脆趁这个机会敲打敲打他们。"

　　"可是……"八贤王听着不停点头，但站在他的角度，却不得不多想，万一对方真的恼羞成怒，借机开战，自己岂不成了大宋的罪人？

　　曹玮一看他露出这副神色，就明白了，不由得一叹，只能把话说开："王爷，您性子仁厚，万事用忍，只想着大家和和睦睦地过日子。可是，那些契丹蛮子能一样吗？这帮人可是狼子野心啊！您想想，以他们的性子，若是想要开战，需要找理由吗？同样的道理，他们若是不想打，也绝不会因为折了这么点面子就跟咱们撕破脸。这……其实也是试探他们态度的一个机会啊！"

　　八贤王思索片刻，重重一点头："就这么办，你看着安排吧，出了事孤王担着。"

　　曹玮一喜，马上一抱拳，转头看了看，招来一个亲兵，附耳私语。

一刻钟后，院子里已经站满了人。

一个宋兵小校手拿毛笔和名册，站在八贤王和曹玮的不远处，不时有士兵上前报告几句，他就在名册上标注一下。

又一名士兵禀报后离开，小校合拢名册，走到八贤王的身边，低声禀报。

"王爷，人数与名册相符，一个不多，一个不少。"

"全都查过了。"八贤王眉头一皱。

"都查过了，正主没在。"

难道哈梵没回来？

可他还能逃去哪儿呢？

八贤王沉思片刻，咳嗽一声，看向仍旧一脸怒气的乙辛，微笑道："乙辛副使，歹人狡猾，不知藏匿于何处，贵使还当注意安全，本王缉拿凶手事急，告辞！"

他一句话说完，不等回答，转身就走。

乙辛指着他的背影，张了张嘴巴，没说出话来。

曹玮跟着八贤王往外走，二人低头说了几句，等走出驿馆大门，就听曹玮高声吩咐士兵："歹人尚未捕获，给我守住了驿馆，以防歹人袭扰外使！"

"是！"

众宋军高声答应，随即分散成几队，将驿馆围得水泄不通。

乙辛站在院内，看到外面的情形，一脸的愤怒，但除了重重怒哼一声外，却再没别的举动。

听到乙辛的怒哼声，曹玮扶刀转身，望向驿馆内，嘿嘿一笑："来人啊！就在附近，搭起帅帐！本将军要亲自保护契丹来使！"

众军士齐声应道："遵命！"

另一边，太岁和玄玄子、谛灵子站在院子门口，眺望着远处辽人驿馆的点点火把。

谛灵子忽然有所察觉，身形一晃，闪前一步，伸手护在太岁和玄玄子的前面。

"什么人？"谛灵沉声喝道。

衣袂飘风，一个人影从天而降，稳稳地落在他们旁边，竟是多时不见的柳随风。

谛灵子讶然收手道："是你。"

太岁更是惊喜道："柳狐狸？你怎么来了？"

向来笑容满面的柳随风此时却一脸冷峻，看着太岁沉声道："有人把哈梵救走了，八王爷和曹大将军在契丹人的驿馆里搜查了一番，但没找到哈梵。"

"哈梵被人救走了？"太岁惊讶不已。

柳随风点点头道："我过来就是告诉你一声，你们自己小心，我得先回北斗司。"

太岁皱眉点了点头。

柳随风说完，又朝两位道长拱了拱手，一转身飘入夜色中消失不见。

郊外荒野，夜风呼啸，乌云盖顶。

"咻！"两道身影从远处蹿来。

面具人警惕地朝四处望了望，松开哈梵的手臂。

身着囚衣的哈梵跟跄了一下站住，缓了缓气，他讥诮地看向面具人道："我该多谢足下的救命之恩吗？"

面具人负着双手，冷哼一声。

哈梵笑笑道："你救我，应该是为了得到那铜碑上的偈文吧？这个世上，只有我才知道那偈文的内容。"

面具人眼神带着杀气道："你为何要对我下手？"

"为何？因为你太出色！我大契丹皇帝对你甚为器重，如此下去，我这国师之位，只怕也保不住了！"

"哼！"面具人冷笑一声，低头看向哈梵，眼神中透着浓浓的不屑和鄙夷："区区一个国师之位，对老夫来说，与草芥无异。不想在你眼中竟视如瑰宝，实在可笑！吾之志，乃千秋霸业，万里江山！"

哈梵一怔，盯着面具人道："你之所言，是真的？"

"当然是真的！"

哈梵眯眼想了想，神色柔和下来，缓缓说道："若是如此，倒是我以小人之心度君子之腹了！既然你对我的国师之位并无觊觎之意，你我倒是还可以联手合作。"

面具人看了看哈梵，突然出手，在哈梵的身上连点数指。

哈梵大惊道："你这是做什么？"

面具人收手站定，淡声道："没什么，一点小禁制罢了。"

哈梵急忙检查自己。"什么小禁制？"

面具人冷声道："你的话，我信不过！说出偈语，你我共同参详。待我取得《推背图》，就解开你的禁制。当然，若你心怀叵测……老夫这禁制，也足以让你生不如死。"

哈梵又惊又怒道："我又如何知道你不会食言？"

面具人淡淡道："这个你无须忧虑，我就算得到《推背图》，也需要你契丹的支持才能夺取天下，自然不会害你。"

哈梵咬牙切齿，眼中似能喷出怒火，但势不如人，也只能无奈地低头。

"好！但愿你言而有信！"

"好！"面具人上前一步，"现在，说出偈文！"

午夜，北斗司大厅里灯火通明。

一群人都神色凝重地坐在椅子上，气氛有些压抑。

"不管是谁救走了哈梵，恐怕偈语的秘密是保不住了。"洞明沉着脸朝上首的八贤王说道。

众人都脸色难看，一时无言。

见他们一个个都沉着脸，瑶光却满不在乎地哼声道："我们参详了那么久，都没想明白，他们拿到偈语，又有什么用？"

柳随风一听，惊讶地抬起头看向瑶光道："咦？你居然想过？失敬，失敬。"

瑶光瞪起眼睛道："大柳！"

"好啦！王爷面前，收敛些！"一旁的隐光苦笑。

瑶光哼了一声，扭过去头，柳随风也正经了些。

其实二人在这种时候还能开玩笑，也是为了让大家放轻松一些。

不过他们这番努力却是白费了，八贤王的神色仍然阴沉得快要滴下水来。"不怕一万，就怕万一。万一契丹人中有高人，真的悟出了偈语的奥秘，找到《推背图》，那就大势去矣！"

众人轻轻点头。

开阳想了想，突然开口道："我有一个不成熟的想法，不知该不该讲。"

洞明看了她一眼道："你说。"

开阳微微一笑道："大人，这铜碑偈语我们一直参详不透，为什么不让碧游宫的人帮着参详呢？他们是袁天罡和李淳风两位前辈的直系传人，而这铜碑偈语就是袁、李两位前辈所留，说不定咱们解不开，他们却能解开。"

"不妥！"洞明马上摇头。

众人疑惑地看向他，洞明沉声解释道："之前玄玄子道长和谛灵子道长也因为此事找过我，当时我就进宫问过太后，但太后不同意！"

众人都有些失望，再次沉默下来。

八贤王思索一阵，缓缓点了点头："开阳所言甚有道理。此一时彼一时，现在这种情况，若是再顾忌这顾忌那的，反而耽误事。太后那边，等天亮了我去说。洞明，明日你就带人去古吹台，请谛灵子和玄玄子帮助参详偈语。务必得抢在哈梵前面找出《推背图》！"

"遵命！"众人同时起身应命。

清晨，太岁正在院子里打拳，玄玄子和谛灵子在一旁抚须看着，不时出声指点。

"两膀轻松头顶悬，腰轴转动运丹田；气通两胁肝脾健，力发章门似涌泉。太岁，你出这招的时候，要使腰力，而不是臂力……"

这时，一群禁军拥着一位身材消瘦、容貌俊雅的翰林学士走了进来，身后跟着两个小太监，手里捧着官袍和金鱼袋等物。

"圣旨到，赵太岁接旨！"

太岁愣了下，反应过来是叫自己，停下动作，转头看向翰林学士。

"赵太岁接旨！"翰林学士又唱了一句。

太岁撇了撇嘴，也不说话，长揖接旨。

翰林学士挑了挑眉毛，欲言又止，想了想还是没有多事，当下一脸正色地展开圣旨开始宣读。

"门下，古者立王国所以卫京师，封诸子所以尊宗庙。朕仰膺眷佑，驯致治平。受真检于大霄，启仙源于邃古。盛仪交举，鸿瑞洽臻；方徇群心，以建藩室……"

太岁动了动脖子，一脸的不耐烦。

翰林学士接着念道："皇兄太岁，遗于民间，今既寻回，朕不胜之喜。特进检校太尉，兼侍中、忠正军节度，进封贤王，加食邑千户、食实封四百户。有司择日备礼册命。"

太岁敷衍地拱手道："吾皇万岁万万岁。"

说罢，他起身上前接过圣旨，两个小太监垂首恭敬地把托盘也递上前，太岁忙手忙脚地全接在一起，一时拿不住，只能抱在怀里。

翰林学士办完了差事，脸上正色飞快消失，微笑着拱手道："恭喜贤王爷认祖归宗，还请王爷随下官进宫觐见皇上、太后谢恩。"

太岁撇撇嘴，摆手道："算啦，都是自家兄弟，就不要那么多繁文缛节了吧。你回去跟我皇帝兄弟说一声，就说有个贼人跑啦，我急着抓贼，忙得很，改天再去看他。"

翰林学士愣了愣，啼笑皆非地拱手道："这个……好个……咳，那下官就告辞了。"

太岁随口敷衍道："走吧走吧，有空我去找你喝酒。"

翰林学士的嘴角抽了抽，又拱拱手，转身走了。

契丹驿馆院门外，周围一群禁军把守着。院门正前方摆着一张躺椅、一张桌子，曹玮双脚高抬地放在桌上，正在打呼噜睡觉。

太岁穿着紫袍和金鱼袋晃晃悠悠地走过来，路上的禁军看到他连忙施礼，太岁根本不理会。

等他走到曹玮的身前，脸上却露出狡黠的笑意，绕着曹玮来回走了两圈，停下脚步侧耳倾听，寻找曹大将军打呼噜的节奏。

一般来讲，人在打呼噜时都有固定的节奏，曹玮也不例外，他的呼噜声很稳定，吸气后要很长时间才吐气，显然肺活量很足。

太岁听了一阵，很快抓住了其特点，眼珠一转，把手高高举起，等曹玮长长吸了口气，即将吐气的时候，太岁手掌猛地一落，"砰"的一声拍在桌子上。

"啊！"曹玮吓了一跳，一下子惊醒过来，眼看着头发都竖起来了。

"谁……"曹玮大怒，刚要发火，可一抬眼，忽然看到太岁。

他怔了怔，马上住口，惊奇地看向太岁。

太岁得意扬扬、挺胸收腹地在曹玮的面前走来走去，故意目不斜视，他就是没长根尾巴，否则这时候一定翘得高高的。

曹玮看着太岁，脸上的神色不停变化，愣愣的说不出话来。

太岁显摆了一阵停下，笑嘻嘻地看着曹玮，伸手比画着自己身上穿的紫色王袍，又拨了拨腰间挂的金鱼袋，拎起它来回摇晃，仰头自言自语道："哎呀，不知道当初是谁说过，想穿上紫袍得熬上三十年。可谁能想到啊，连三天都没到，我就混上紫袍穿了！哈哈哈哈！"

听着太岁大笑，曹玮差点没气得吐血，当下用力一扭头，把脸转向一边不去看他。

太岁笑了一阵，见无人应和，便昂着头，看向曹玮，见曹玮的脸黑得跟包拯似的，不由得乐不可支，眼睛一转，脚下挪步，又晃悠到曹大将军的眼前。

"哎呀，要说太早穿上这紫袍啊，也有一点不好，某人竟然能够活着看到他女儿出嫁了，你说可不可惜？"

曹玮把牙齿咬得嘎嘣嘎嘣响，狠狠地瞪向太岁。

太岁马上反瞪回去，一抖紫袍。"咦，好大的胆子啊，你还敢跟本王爷瞪眼？"

曹玮大怒，举手欲打，太岁乐了，挺起胸脯道："你敢？"

"你……"曹玮恨恨地收手，脱下一只官靴，握着靴腰，以鞋底打去。

太岁吓了一跳，抱头鼠窜，一边跳一边喊："哎哎哎，你怎么不按套路来啊！连王爷也敢打！"

曹玮举着靴子，跳着一只脚追打太岁，嘴里高喝道："废话！就算你是王爷，那也是本将军的姑爷！岳丈揍姑爷，天经地义！"

太岁一边跑一边喊："那你也得先让你们家姑娘过门啊！要不我这揍挨得多冤哪！"

二人追打着远去，不过到底姜是老的辣，很快就传来太岁惨叫告饶的声音。

"岳父、亲爹，你别打了，我服还不行吗……"

二人一追一逃，很快跑到了太岁的院子里。曹玮的武功虽然高出太岁许多，可若说起灵活，那就差得远了。太岁随便绕了绕圈子，就把他给绕迷糊了，根本就追不上。

更气人的是，太岁一边跑，一边还惨叫求饶，似乎再有一下就能被打中，可偏偏从头到尾他都没挨上一下，气得曹玮都快吐血了，却又不舍得放弃，心想，今天无论如何，我怎么着也得揍他一下不可！

看着二人打闹，谛灵子和玄玄子啼笑皆非地站在门边摇头微笑。

这时，洞明和柳随风、瑶光走进门来，一看到院中的情形，瑶光先是一怔，紧接着马上冲上去，出手如电，一把揪住太岁的耳朵。

"好啊你，竟敢欺负我爹！"

太岁一边躲避父女俩的夹攻，一边喊冤："讲不讲道理啊，是你爹欺负我好不好？"

曹玮气喘吁吁地停下，朝瑶光喊道："好女儿，摁住他！我……我今天不抽他几鞋底子，我不姓曹！"

太岁一听，马上一歪脑袋，把耳朵从瑶光的魔掌中解救出来，边躲边冲洞明叫道："救命啊！洞明先生，本王要挨揍啦，你食朝廷俸禄，可不能不管哪！"

洞明咳嗽一声，一本正经地说道："曹将军、贤王爷，你们不要打闹了，洞明奉圣谕而来，有要事要谈！"

曹玮一听，马上停止追赶太岁，看向洞明道："嗯？是什么要紧事，比教训混账女婿还重要啊？"

洞明的脸皮抽了抽，没说话。

眼看有正事要办，太岁也不闹了，整了整衣服，引着众人进了客厅。

众人围着桌子，洞明取出一张白纸放在桌上。"两位道长，这就是那副偈语。"

玄玄子和谛灵子相视一眼，并肩上前，站在偈语正前方看去。

洞明淡声道："这副偈语，就是那铜碑上所撰文字，我等已参详许久，始终不解其意。如今，只好向两位讨教了。你们是碧游宫的人，或许会明白袁天罡和李淳风两位大师留下的这个谜。"

玄玄子伸手拿起纸张，仔细看了一会，把纸张交给谛灵子，捻须思索。

谛灵子接过后看完纸张，皱眉摇头道："这'影差一寸，谬之千里。北极所在，高低不同。'应该指的是一种定位方法。但后边那些混乱不堪，根本不成句子的字，却实在令人难解其意了。"

玄玄子捻须沉思半晌，眼睛突然一亮道："师兄，我再看看！"

"嗯！"谛灵子把纸张递过去，玄玄子接过后摊在桌上，用手指凌空比画了一阵，紧接着他的眼睛一亮，手指按下，一个字一个字按下去，神色越来越兴奋。

其他人看到他这副模样，明白他一定是发现了些什么，当下都站起来凑上前去。

"你们看，这么念，是不是就成句子了？"玄玄子手指一停，大声叫道。

谛灵子和洞明看着他的手指，异口同声道："这形状……是河图？"

"不错！我按河图排列了一下，恰可以得这么一句话。你们看……"玄玄子用手指比画着那行字。

柳随风疑惑地问道："那么，其他的字有何用处呢？难道只是为了掩人耳目？"

洞明一脸激动："不！那是有用的！扣掉'河图'形状的字，可不恰是'洛书'形状？"

众人震惊，一起俯身看去。

看了半晌，太岁扭头问瞪大眼睛的瑶光："你看明白了吗？"

瑶光摇摇头，又转头看向曹大将军。

曹大将军瞪着眼睛，也摇了摇头。

这时，谛灵子喜形于色地看着纸张，一边比画一边说道："不错！按'洛书'来排，其他这些字也顺了。"

玄玄子接口道："从这字谜来看，'河图'排出的是方位，'洛书'排出的是时间。"

太岁疑惑道："时间？时间是干什么用的？难不成要找这《推背图》，还得选个黄道吉日？"

玄玄子瞪他一眼道："不学无术！"

谛灵子抚须解释道："时间、方位，是古人用以确定地点的一种方式。要知道，沧海桑田啊，世间万物都是会改变的，但日升日落，每日的时间却是不变的，因此用方位和时间，才好确定地点，让几百几千年后的人，也能准确地找到它。"

瑶光恍然点头道："原来如此！"

曹玮则喜形于色道："这么说，东西可以找到了？"

他这一问，把本来兴高采烈的几人都问哑了。

怎么回事？

曹玮不解地看看这个，看看那个。

太岁嘿嘿一笑，摇头道："要说两位祖师也真有意思，先是铜牌，再是铜碑，再然后是偈语，再再然后又是河图、洛书，再再再然后……没准又是一个谜！要我看啊，这就是两位祖师逗咱们玩呢，没准这谜根本就解不开，再不就是找到最后，找出一块石板来，上面写着仨字……"

说到这里，太岁突然闭嘴不说了，气得一旁的瑶光上去就掐了他一把，嗔道："别说半截话。"

"哎呀！"太岁假装叫疼，紧接着嘿嘿一笑，"那仨字啊，叫'逗你玩'！"

瑶光一愣，紧接着也"扑哧"一声笑了出来。

"别胡说八道！"玄玄子听太岁越说越没谱了，不由得瞪了他一眼，低下头用手指继续在纸上比画。

好一会儿过去，他喃喃自语道："不对啊！还缺了最重要的一点。"

太岁眨眨眼道："缺了什么？"

玄玄子道："基点！没有基点，如何知道它是哪里的时间？从哪里开始的方位？'影差一寸，谬之千里。北极所在，高低不同。'找不到基点，全都是空谈！"

瑶光一屁股坐在凳上，一脸苦恼道："搞了半天，真像太岁说的一样，这个谜还要继续猜下去啊。"

洞明思索了一下，负起手在厅中走动起来，脸上若有所思。

众人一见，马上朝他看去。

洞明走了一阵忽然停住，霍然扭头看向众人，目光炯炯道："我想，我知道基点在哪里了。"

众人异口同声地问道："在哪里？"

"洛阳！"柳随风接口道。

众人向柳随风看去，柳随风看着洞明，见洞明点头，柳随风微微一笑，解释道："河出图，洛出书，圣人则之。河图和洛书，都出自洛阳！这个谜既然以河图、洛书来藏匿谜底，基点一定在洛阳！"

洞明微笑颔首道："不错！唐朝时，洛阳是大唐的东都。太宗、高宗和武后都曾长期住在洛阳。这《推背图》很可能就藏在那里。"

众人一听，都觉得有道理，人人的脸上都露出喜色。

谛灵子急道："我们马上去洛阳！"

太岁也兴奋起来道："好，我去准备车马！"

一听太岁要去，洞明马上开口阻止道："太岁，你现在的身份不同，要想出京，得让陛下和太后同意才行。"

太岁脸色一垮，很是不甘道："这么麻烦啊，早知道我就不当这个王爷了。"

"啪！"太岁的话一出口，脑袋上就挨了一下。一抬头，就见玄玄子正愠怒地瞪着自己，当下他一缩脑袋，干笑两声不说话了。

"洛阳之行，大哥就不必去了吧？"慈宁宫中，赵祯一脸不乐意地看着太岁，不愿让他远行。

太岁一脸正色。"这怎么行？我是北斗司的一员，如此大事，岂能置身事外？"

刘娥微笑地看着他说道："太岁，你现在是王爷了，北斗司的差使，我看你可以交卸了。"

太岁的眉头一皱道："娘！我宁愿交卸了王爷这个身份，也不想离开北斗司。"

"你说的那叫什么话？"刘娥的脸色一沉，"北斗司有什么好？你喜欢瑶光，那就让瑶光也留下陪你好了。"

太岁摇头道："娘，你不懂！我喜欢现在的生活，喜欢做现在正在做的事，喜欢北斗司里的每一个人，甚至那里的一草一木。"

太岁说着，走到太后的面前蹲下，握住她的手，认真地看着她："娘，王爷不王爷的，我不在乎。我不愿意被束缚在深宫大院里头，那样的我，不是我！"

看着他这副模样，刘娥心里不由得气急。"你这孩子，你是皇族宗室，可不就该过这样的日子。"

"娘，这样儿子不快活！"太岁仍然摇头。

一旁的赵祯听了，若有所思地喃喃道："不快活……不快活……"

他嘀咕了两句，突然抬起头，面向刘娥，神色毅然道："母亲，我觉得大哥说得对！还是让他按照自己的意愿生活吧。我觉得……"

赵祯转向太岁，微笑道："我觉得大哥更喜欢做一个逍遥王！"

"逍遥王？"太岁的眼睛一亮，笑道："这名字好，逍遥自在，对！就是这个意思。"

一旁的刘娥看看皇帝，又看看太岁，不由得叹气道："儿大不由娘啊，既然你这么说……无论如何，你要注意自己的安全。"

"娘，你放心，儿子啊，最不用担心的，就是自己的安全。"太岁笑起来。

赵祯也笑了。"对啊！你可是王爷，洞明先生会照顾你的安全的。"

我用得着别人照顾？太岁心里暗乐，不过还是忍着没把自己不死异能的事说出来。

一旁的刘娥看着他们，眉宇间有些忧色，心中复杂难明。

祯儿，你是真心为了兄长好，还是想让太岁去冒险呢？

可当她抬起头，看到赵祯异常真诚的笑脸，又不由得暗自惭愧，一定是自己想多了，祯儿是自己从小看着长大的，怎么会是那种人？

次日清晨，古吹台外。

"隐光，此去洛阳，以你为首，须得照顾好大家。"洞明看着身前几人，特别朝太岁多看了一眼。

隐光会意，笑道："你放心，这几个小家伙，都已成器，不用太过操心的。"

既然已经弄清楚了偈语，北斗司众人自然要出发寻找。大家商量了一下，最终留下了不擅长战斗的开阳留守，还有洞明，他身为防御使，自然不会轻易出京。除了这二人外，太岁、柳随风、瑶光、隐光都一起去洛阳。

除了北斗司众人，同行的还有碧游宫两位师兄弟。

知道有机会出去玩，太岁一整天都眉开眼笑的，这时扫视众人一眼，朝对面送行的亲人拱手笑道："娘、八皇叔、皇弟，我们走啦！"

"注意安全！"刘娥叫了一声。

"放心吧！"终于能出去啦！太岁的心里雀跃不已，朝众人打了眼色，翻身上马。

开阳笑着挥了挥手道："一路小心！"

曹玮也嘱咐女儿："闺女，出门在外，做事不要鲁莽啊！"

"知道啦！"瑶光嬉笑地挥挥手。

"走啦！"这时太岁已经等不及了，一挥马鞭，当先疾驰而去。

隐光、瑶光、柳随风朝众人拱手后，策马离去。

望着他们远去的身影，赵祯上前一步，叹息道："真羡慕大哥……"

刘娥收回远眺的目光，深深地望了赵祯一眼。

八贤王走到刘娥的身边，微笑着低声道："嫂嫂，我说是你多虑了吧。"

刘娥欣慰地一笑，抬起手揉了揉太阳穴，眼神略显黯淡，叹道："唉，经历了太多的尔虞我诈，如今是远不及这两个孩子，仍保有一颗赤子之心了。"

这时，赵祯返身走回，八贤王和太后忙停止低语。

"娘，儿自登基以来，还不曾出过汴梁，咱们找机会去洛阳一趟如何？"

太后一愣道："去洛阳？"

"是啊！"赵祯满是期待地看着母亲，恳求道，"洛阳是咱大宋的西京，儿去洛阳巡狩，合情合理。娘与大哥刚刚重逢，到了洛阳，也可多些时日相处。"

"这……"刘娥犹豫一下，看向八贤王。

八贤王微笑颔首道："读万卷书不如行万里路，出去见识一下也好。"

刘娥还是不放心道："天子刚刚继位，不应该离开京师才是。"

赵祯的眼珠一转，装作神色沮丧的样子，低声道："娘！我不放心大哥！我才刚有了大哥……"

刘娥一怔，深深地看了赵祯一眼，目光渐转柔和。"好孩子！"

"既然如此……"刘娥看向八贤王，"等京里安顿好了，我就与祯儿去西京走走，届时汴梁这边就有劳你了。"

"嫂嫂尽管放心。"八贤王拱手一笑，点头答应下来。

洛阳，文峰塔顶。

面具人和哈梵傲立其上，狂风吹来，二人衣袖飞舞。

从文峰塔俯瞰全城，只觉人如蝼蚁，天地广大，令人心胸豁然开朗。

但此时站在这里的两个人却没有这种心情去欣赏品味。

"你确定是这里吗？"哈梵看了一阵，疑惑地问道。

面具人点头，看着远处，语气淡漠道："我说是这里，就是这里。"

你说是这里，就是这里？

这是什么理由？

哈梵眼中的怒意一闪而逝，想到自己身上的"小禁制"，他咬了咬牙，忍下了这口气。

面具人一句话说完，便不再理会哈梵，转身朝四面八方张望，时不时地抬头看看太阳，双手比画着确认方位，嘴里低声喃喃自语，也不知道在嘀咕些什么。

哈梵站在他侧面，目光紧紧地盯着他的一举一动，似乎想要把他的每一个动作都记在脑海里。

好一阵子过去，面具人终于停下来，摇摇头，转身看向哈梵。

"可有收获？"哈梵连忙问道。

"唐初至今又是几百年过去了，洛阳又是中原重心，每逢战乱都是兵家必争之地，如今的洛阳城已经不知重建了几次。更何况，就算没有战乱，又能有多少建筑可以百年不倒？说是沧海桑田也不为过。"

哈梵皱了皱眉道："那就是没有结果了。"

面具人淡声道："也不尽然，袁李两位高人既然能推算未来，又岂会想不到洛阳数百年间的变化？其中关键，我只是一时悟不到罢了。"

哈梵点头，但又露出无奈神色道："那，现在怎么办？"

"现在吗……"面具人沉吟一下，转身朝台阶走去，淡声道，"唯今之计，只能先四处探访古迹，看能不能找到些新线索了。"

洛阳，又称神都、京洛、洛城……

自夏周一千五百年以来，先后有十三个正统王朝建都于此，素有古都之称。

虽然大宋并未在洛阳建都，但毕竟是底蕴深厚的古城，依旧比其他地方繁华得多。

东城门熙熙攘攘，摩肩接踵。忽然，人群散开，让出中间的大路，一队行人随着人流缓缓往城里走来。

这一行人有男有女，有老有少，打扮也不同，有身着长衫的书生，有着道袍的方士，有平民打扮的少年，还有身着罗衫的少女。

但相同的是，这一行人的手里都牵着高头大马，身上风尘仆仆，显然赶了很长一段时间的路。

路人纷纷侧目，但都是看了几眼就移开目光，忙着自己的事。

洛阳的繁华堪比京城，这里的人们都见多识广，别说这些人都是宋人模样，就算是契丹人、胡人、再或者是色目人，在这儿也不少见。正所谓物以稀为贵，见得多了，也就不稀奇了。

城门口很热闹，到处都有商家小贩在卖力地吆喝着，这些商家卖的东西多种多样，有当地有名的特产小吃，有女人用的胭脂水粉，有孩童们玩的玩具，也有丝绸茶叶……

太岁和瑶光两个年轻人是第一次来洛阳，一边随着人流往里走，一边好奇地朝四处张望，看到什么都感觉新鲜，不时指指点点，嬉笑打闹。

玄玄子和谛灵子师兄弟倒是很淡定，只是随着人群往里走，偶尔见到一两个道士，也只是微笑着略一稽首就擦肩而过。

倒是一旁的隐光和柳随风二人，自进城以后就凑在一起低声嘀咕，也不知在商量着什么。

等众人走到了一处路口时，隐光和柳随风二人好像也商量好了，隐光牵着马停下脚步，转身对谛灵子和玄玄子抱拳告别。

"二位道长，在下要先行一步打探消息，不能奉陪了。住处会由文曲安置，咱们晚些时候再见面。"

玄玄子和谛灵子都客气地回礼。

玄玄子道："隐光先生尽管前去。"

隐光点点头，看了眼太岁，又朝柳随风使了个眼色。

柳随风上前一步，接过隐光手里的马缰绳，微笑着点头道："前辈放心吧！"

"嗯，那我走了！"说罢，隐光转身混入人群，很快消失不见。

太岁正和瑶光一边走一边说话，看到隐光走了，太岁牵马上前，来到柳随风的身边，疑惑地问道："柳狐狸，隐光前辈去哪儿？"

柳随风牵着马，脚下不停，漫不经心地摇头道："隐光前辈一向神出鬼没，不必理会。"

"哼！"太岁撇撇嘴，白了他一眼，知道他不想说，当下也不再多问。

几人牵马在路上漫步前行，太岁和瑶光左顾右看满脸好奇。

走了一阵，瑶光停在路边一个首饰头面摊前，随手拿起一件蝴蝶形状的发卡来回翻看。

不一会儿，太岁托着一个油纸包，眉开眼笑地走过来。

"这柿饼很甜的，你尝尝。"

瑶光看了眼柿饼，摇摇头说："不要啦，沾一手粉。"

"就我的手呗！"说着，太岁双手托着纸包，把其中一个柿饼隔着油纸捏住，递到瑶光的嘴边。

瑶光犹豫了一下，放下手里的发卡，低头咬了一口柿饼。

等她抬起头时，嘴角已经沾上了柿饼粉，映着她粉红的嘴唇，显得可爱极了。

太岁心里一跳，一时间眼睛有点发直，不过他很快回过神来，笑着指了指瑶光的嘴角。

"怎么了？"瑶光疑惑地问道。

太岁眨了眨眼，一只手托着纸包，另一只手腾出来，亲昵地帮她擦了擦嘴角。

瑶光先是一愣，紧接着开心地笑起来，两眼眯起，像一只可爱的小猫。

不远处，柳随风正看到这一幕，眼中透出羡慕之色，似乎想到了什么，一时间眼神竟有些呆滞。

这时，玄玄子牵着马走到柳随风的身边，看了眼太岁和瑶光，朝柳随风笑道："那浑小子都有了心上人，柳大人风流倜傥，一表人才，想必红颜知己更多吧。"

柳随风回过神来，叹气道："唉！红颜易得，知己难寻哪！"

见他神色间隐隐缅怀伤情之色，玄玄子上下打量了他几眼，心中略有恍然，微微一笑道："贫道少时曾听过香山居士的诗，其中有一句倒是与柳大人相符。"

"哦？什么诗？"柳随风好奇地问道。

"事隔多年，那首诗叫什么贫道已经记不清了，只隐隐记得一句，叫作'乱花渐欲迷人眼，浅草才能没马蹄'。想来柳大人是得了太多红颜，所以才难觅知己吧！"玄玄子捋须而笑。

"乱花渐欲迷人眼，浅草才能没马蹄……"

柳随风一怔，喃喃地读了两遍，突然惊醒，哂然一笑，朝玄玄子点头道谢："道长真是一语点醒梦中人啊！不过，晚辈这性子恐怕是改不了啦！"

"哈哈！"玄玄子摇头失笑，牵马朝前走，口中说道，"江山易改，本性难移！既然如此，柳大人又何必伤情，且随缘罢。"

"哈哈！"柳随风也笑了，点头道，"没错，道长说得对，正该随缘！"

就在太岁几人说说笑笑之时，另一边路口，哈梵和头戴斗笠、面垂黑纱的神秘人刚刚从一个胡同中走出，远远地看到太岁、柳随风等人，二人都很惊讶，当即往旁边一挪步，躲在墙后隐藏身形。

"真是阴魂不散！他们居然追到这儿来了。"哈梵又气又怒，牙齿咬得吱嘎直响，他现在最恨的就是北斗司这帮家伙了，若非身负重责，脱不开身，他真想抛开一切，只一门心思对付他们，以报之前的牢狱之灾。

特别是那个冒充野利达、叫隐光的家伙，若是有机会，非要让他尝尝那种绝望痛苦的滋味。

头戴斗笠的神秘人看了几眼，扭头转身说道："我们走！"

哈梵哼哼地看了太岁等人一眼，转身跟上道："要不要干掉他们，省得坏了我们的大事。"

"不急，他们既然能找到这儿来，应该也解开了偈语。我们现在没有眉目，倒不妨让他们试试，毕竟他们是朝廷的人，能够调动的力量不可小觑。"神秘人摇头道。

"可是，若被他们得手……"哈梵有些不甘心。

神秘人瞥了他一眼，淡声道："螳螂捕蝉，黄雀在后。"

哈梵恍然，转头看着太岁等人冷冷一笑，不再多说。

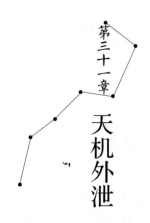

第
三
十
一
章

天机外泄

洛阳街头，人来人往。

路旁，太岁手托柿饼，和瑶光站在摊位前，陪着瑶光挑选首饰。

"我说两位，到底要不要买首饰啊，如果不买，请不要挡着我做生意！"见二人挑来挑去，半天工夫也不买，摊主终于有些忍不住了。

太岁一听，有些不好意思，扭头去看柳随风和玄玄子、谛灵子。

"急什么？我这不没选好嘛！"瑶光低头拿起一个梨木钗子凑到眼前仔细端详，嘴里不急不忙地应付着。

"姑娘，我这小摊一共就这些东西，你这都看两遍了，不想买的话就赶紧让开，别挡着我做生意！"

摊主是一位中年妇女，看起来四十来岁，长得干干瘦瘦的，两片薄薄的嘴唇涂了层猩红的胭脂，听瑶光一说，当下有些不乐意了，挽起袖子就要撵人。

这时，柳随风和玄玄子、谛灵子不知说了什么，三人牵着马正慢慢向远处走去。

太岁一见，急忙牵起瑶光的手道："走啦走啦！"

瑶光依依不舍地放下木钗，朝摊主白了一眼，哼道："催催催！本姑娘还不买了呢！"

说着，她把手中的木钗扔下，反握住太岁的手，转身大步离开。

太岁哭笑不得，扭头朝摊主抱歉地笑了笑，跟着瑶光快步朝师父走去。

"哼……"摊主想说几句狠话，可是看着他们手里牵着高头大马，赶紧把嘴巴闭上了。

她常年在城门口摆摊，自然也练出几分眼力，光看体形就知道那些马不是常见的驽马，很可能是军马。能骑着军马的人物，再如何也不是她这种小人物能惹得起的。

太岁和瑶光追上了玄玄子等人。

"柳大哥，咱们这是要去哪儿？"太岁见柳随风一路左拐右拐的，不由得问道。

"啊，忘了跟你说了。"柳随风一拍额头，笑道，"咱们北斗司在很多城市都有隐秘的落脚点，像洛阳这种地方自然也有，等会儿到了你就知道了，就在前面不远。"

"哦！"太岁恍然地点点头，不再多问。

很快，几人被柳随风领到了一幢宅子前，远远地就看见宅前正有一群百姓拥挤在那儿，冲着大门指指点点。

奇怪的是，这些人下至十三四岁，上至十八九岁，几乎九成九都是少女。

"御猫啊！好想看，怎么还不出来？"太岁等人刚一进近，就听到人群里有少女花痴似的嘀咕。

"御猫！御猫！"

"御猫！御猫！"

其他人更是不时呼喊着，一个个脸上都带着兴奋和激动。

太岁和瑶光走在前面，很快挤进人群。

瑶光左右看了看，拉住身边一个圆脸少女，纳罕地问道："你们在干什么啊？"

圆脸少女扭头看了她一眼，脸色通红，激动地说道："看御猫啊！好可爱的！"

太岁茫然："玉猫？那是什么品种，白色的猫吗？"

圆脸少女不屑地瞪他一眼道："什么啊！我们说的是御猫展昭！"

太岁和瑶光惊讶地对视了一眼，都看出对方眼里的疑惑，展昭也来了？

二人走到门前，抓起门环扣门，这时柳随风、玄玄子和谛灵子也赶了过来。

"谁？"听到敲门声，里面很快传出一个警惕的声音。

"我！"太岁应了一声，突然觉得对方的声音耳熟，不由得问道，"你是谁？"

"太岁？"门被打开了一条缝，一个黑炭似的脑袋小心翼翼地探出头来，先往四下看看，再看太岁和瑶光，脸上露出惊喜，"啊，你们果然到了，快进来！"

"包拯？"太岁恍然，心说原来是你啊，我说怎么声音这么熟。不过想想也对，这家伙跟展昭形影不离，既然展昭在这儿，哪能少得了他。

见包拯打开大门，周围少女们一下子骚动起来道："我们要看御猫，快让御猫出来！黑炭头不许挡门！"

一群少女边喊边向前拥挤，看她们的架势，似乎想冲进来。

包拯一看，马上紧张起来，朝太岁、瑶光等人连连催促道："快进来！快进来！"

太岁等人赶紧加快脚步，牵马进院。

落在最后的柳随风刚刚把马牵进来，包拯就飞快地把门关上，又上了门闩，险些没把马尾巴给夹在门缝里。

太岁等人把马拴到院中的树下，向包拯走过来，瑶光问道："包黑子，你怎么在这儿？"

不等包拯答话，柳随风就微笑解释道："包大人机敏聪慧，是洞明大人特意向大理寺请调过来帮忙的。"

太岁恍然道："原来如此！哈哈，太好了，你我又能并肩作战了。"

包拯拱了拱手，也笑了。"诸位，里边请。"

说罢，包拯在前面引路，带众人往里走。

一边走，瑶光一边好奇地问道："包黑子，门前那些人是怎么回事，他们为什么要见展昭啊？"

一听瑶光问起这个，包拯马上哭笑不得地抱怨起来："嘿！还不是因为陛下御口亲封，赐了展昭一个绰号，引起了百姓的好奇。我俩昨日到的，不慎泄露了身份，就有好事者赶来围观，又见展昭长得俊俏，结果就引来了更多的人，而且……"

"而且还全是少女？"柳随风一脸古怪地笑了起来，"哈哈，没想到小展昭这么受欢迎啊！"

包拯苦笑摇头，也不知说什么好，于是闭上嘴巴引着众人往前走。

瑶光和太岁互相看看，放慢了脚步。

"一个绰号就这么厉害？"瑶光非常不解。

太岁倒是理解地点了点头，笑道："你不是吃江湖饭的，可是不知道，江湖中人，大多都有绰号。不过一般人的绰号要么是自己起的，要么是别人瞎叫的，全天下只有展昭一个人的绰号是天子亲封的，御猫之名自然天下皆知。"

瑶光恍然大悟，重重点头道："回头让你弟弟给我也封个绰号。"

"小事一桩，"太岁点头，不过紧接着又好奇地问道，"你想要什么绰号？"

瑶光想了想，认真地说道："叫温柔女侠怎么样？"

太岁猛地呛咳了几声，瑶光瞪起眼睛道："怎么？"

"没什么，没什么。"太岁连连摆手，"只不过吧，我觉得，叫温柔仙子更好听。"

瑶光很认真地想了想，一本正经地点头。"嗯，这名字也不错，我再好好想想。"

说着，她蹙眉沉思着往前走，太岁低头憋笑跟在后面。

温柔女侠！

太岁心里暗乐，心道这名字也不错，缺啥补啥嘛！

很快，包拯领着众人来到大厅里，相互让了让，最后还是按照年纪长幼，分别落座。

谛灵子看看包拯，微笑道："这位包大人是进士出身，饱读诗书，学识渊博，想必对于破解偈语，寻找基点定然有所心得了。"

包拯欠身微笑道："不敢！前辈过奖了。晚辈与文曲、太岁王爷还有瑶光姑娘颇为熟稔，此来洛阳，或可帮上些小忙。如何破解偈语，还要倚仗两位前辈。"

谛灵子微微一笑，矜持地抚了抚胡须。

这时，展昭在门口出现，探头往里边看了看，松了口气，拍着胸口走了进来。

"吓死我了，我还以为有人闯进来了呢。"他一屁股在末位上坐下，长出了口气。

瑶光笑嘻嘻地看着他说："展昭，外面好多姑娘等着看你呢，看不出来，你在洛阳有这么大的名头呢！"

展昭翻了个白眼道："什么名头，害得我现在出门都只能跳墙了。"

柳随风大笑道："哈哈，汴梁城嘛，天子脚下，百姓们什么达官贵人都见过了，如果住得离皇宫近一点，站在楼上，连皇帝也能天天见。可洛阳不成啊，如今来了只御猫，百姓们还不好奇心起。"

展昭苦恼地摆了摆手道："唉，总之是被她们缠得头疼。好在你们到了，咱们快点找到东西，尽快回汴梁。"

说起正事，大家都严肃不少，玄玄子正色道："只怕事情并不能那么快办好。一路上我与师兄研究过了，那副偈语中并没有基点的提示。我想，祖师一定是认为，这个基点不需要做特别的提示，然而我等愚钝，如今确未想到何处应该是基点。少不得要在洛阳多走动走动，或可有所启发。"

柳随风点头赞同道："嗯，大家先安顿下来吧，明日我就带两位前辈四处走走。"

"如此甚好。"一旁的谛灵子提示道，"可多往唐初以前遗留下的名胜古迹处走走，或可有所启发。"

"正是！"众人听了都点头。

大家又聊了几句后，各自散去。

柳随风带着太岁和瑶光从廊子走过来，在一间房门口停下。

"王爷，这间房，你……"

太岁一抬手，不乐意地说道："打住！咱们兄弟，还什么王爷不王爷的，就叫太岁，要不我别扭。"

柳随风微微一笑道："好！太岁，这间房，你住。"

"我呢？"瑶光左右看看。

柳随风往前一指道："隔壁房间，就是你的住处。"

"啊！跟太岁挨着啊！"瑶光似乎不乐意，眼中的笑意却是毫无掩饰。

"是啊！"柳随风神秘地一笑，朝她挤了挤眼。

瑶光的脸有些红，瞪了他一眼，娇嗔道："你干吗笑得这么坏的样子？"

柳随风摊了摊手，眨眼道："我只是笑一笑，你就看出坏了吗？还没做王妃，就这么难侍候了呀。"

瑶光顿足道："你……我不理你了！"

说罢，她气鼓鼓地往前走去，柳随风一乐，向太岁笑道："行了，你们先休息吧，明日咱们再去寻访基点。"

太岁点点头，目送柳随风离开后，他走到门前，手按在门上刚要推门进去，突然若有所觉，扭头看向瑶光的住处。

而巧的是，这时瑶光也站在了自己房门前，手推着门，也转头向他这边看来。

两人对视一眼，瑶光的脸色微红，皱了皱鼻子，推门走了进去。

太岁微微一笑，在原地站了一会儿后，才推开门走进去。

夜色静寂，明月当空。

展昭抓着剑放在膝上，坐在一座房脊上。

太岁揉着肚子从长廊下走过，打着饱嗝，脸上带着满意的笑容，显然刚刚吃饱而且吃得不错。

走到一半，太岁突然感觉似乎有视线落在自己身上，他左右看看，猛地一抬头，正好看到远处的房脊上，展昭正朝自己点头微笑。

太岁有些惊讶，不知他坐在房脊上干吗。

这时包拯从对面走过来，太岁连忙打了声招呼："包黑子！"

两人走到近前，太岁扭头向对面房顶上努了努嘴道："展昭不睡觉，跑房顶上看什么风景？"

包拯向对面房顶上的展昭看了一眼，叹了口气道："吕大侠过世后，他经常这样，登高望远，舒畅胸怀，能够排遣排遣忧思，随他去吧。"

原来如此，太岁默默点头，同情地看了眼展昭，跟包拯打了个招呼，朝前走去。

一个时辰后，瑶光已经换上了睡袍，正走到桌前，准备吹熄烛台，忽然听到窗户传来声响。

"谁？"瑶光身体一绷，警惕地扭头望去，摆出戒备的姿态。

"嘘……是我！"太岁从窗户爬进来半个身子，向她竖指于唇。

瑶光吃了一惊，放松下来，快步走过去，低声道："你疯啦，半夜三更的，跟做贼似的做什么？"

太岁半趴在窗口，笑嘻嘻地看她道："当然是要送你一件你喜欢的好东西。"

见他笑嘻嘻的模样，瑶光突然心跳加速，脸色发红地退了一步，有些胆怯道："胡说什么呀，你快回去，不然……不然我可揍你了。"

太岁从怀里摸出一个钗子，得意地冲瑶光摇晃。"喏，你看！"

"咦？"瑶光一看，惊喜地上前问道，"这支钗子，你怎么有？"

太岁眯眼笑道："白天在街上，就见你很喜欢的样子，你当我没看出来？后来我又特意跑了一趟，买来送你，喜不喜欢？"

瑶光欢喜地接过钗子，又敛了笑容，装作不在意的模样，淡声道："嗯，还行吧。"

太岁一笑道："哈哈，我就喜欢你这种口是心非的模样。"

瑶光想了想，说道："那……我也送你一件礼物吧，你喜欢什么？"

太岁兴奋地说道："我喜欢吃！"

"吃什么？"

太岁想了想道："嗯……吃鱼！"

瑶光重重点头道："好！本姑娘回头去给你买条洛河大鲤鱼回来。"

太岁缩回身子，笑嘻嘻道："一言为定！那我回去啦，你早点休息。"

"嗯！"

太岁退下窗台，又伸手朝里面挥了挥，缓缓地把窗子掩上。

听着他离开的脚步声，瑶光拿着钗子看了几眼，甜蜜地笑了起来。

次日一早，众人吃过早饭后出了门，第一站先是去了文峰塔，与哈梵和神秘人的心思一样，众人选择先来这里，也是因为这是洛阳城内最高的位置，站在这上面，可以俯瞰全城。

众人朝下方望了一阵，都没什么头绪，就听谛灵子说道："袁、李两位祖师留下《推背图》时是唐朝初年。两位祖师既然能推算出未来的天下大事，想必也会推算出《推背图》短时间内不会问世。"

包拯和柳随风微微点头。

玄玄子接口道："因此，两位祖师所选的基点，也应该是那种几百上千年过去，也不会轻易变动的地方。"

柳随风点头赞同道："不错！比如山川河流，还有名声甚大、轻易不致损坏的古迹，比如我们脚下的这座宝塔。"

包拯想了想，微笑道："如此说来，我们需要确定的点其实也不是很多，毕竟唐初以前的名胜古迹遗存下来的不多，至于山川河流，也就那么几条。我们一处处找下去，一处处比对偈语中的定位，总能找到它的所在。"

众人都点头赞同。

有了定议，大家当下也不磨蹭，开始一路寻访。

几天过去，众人聚集在厅堂中，一个个都是神情沮丧，不时唉声叹气，显然这几天都没什么收获。

"唉，咱们这几天几乎走遍了洛阳城，什么白马寺、灵山寺、白云山、关林、龙潭谷……"

瑶光愁眉苦脸，掰着指头数，数到后来，她自己也放弃了，恨恨地说道："这洛阳怎么这么多名胜古迹啊，真是累死人了。"

众人都是苦笑，沉默一阵，玄玄子一脸惭愧地开口道："我等碧游宫弟子，一味只修长生，许多师门绝学都荒废了，比如占卜，以至带领大家搜寻多日，全无线索。我想，家师或者会明白这副偈语的真意。"

柳随风想了想，缓缓点头道："嗯！既然如此，那就请两位前辈修书一封，我派人进山，邀请天机子前辈出山。"

玄玄子和谛灵子低声商量几句，谛灵子抬头朝柳随风说道：“由我师弟回山一趟吧，有些事情，书信怕说不清楚。”

对他们谁回去找人，柳随风倒是无所谓，当下点点头，看向玄玄子道：“那么，就有劳玄玄子前辈了。”

“不必客气，今天有些晚了，明天一早我就出发。”玄玄子摆摆手。

谛灵子看向太岁道：“这些时日，大家东奔西走，也是乏了，正好歇息两日，等我师叔前来！”

众人颔首道：“好！”

夜里。

瑶光背着双手，蹦蹦跳跳地走到太岁的门前。

太岁在房内听到敲门声，开门一看，瑶光向他启齿一笑。

“难得清闲两天，走啦，我们去逛逛夜市。”

“好！”太岁一听，马上高兴地答应下来，也不换衣服，直接关上门就跟她并肩朝外走去。

洛阳繁华，到了夜里另有一番景致。

灯火如昼、行人如织的夜市中，太岁和瑶光手挽着手走着，脸上都带着甜蜜的笑容。

走了一阵，太岁东张西望，扭头问瑶光：“你想看什么？”

瑶光含情脉脉地看着他道：“看什么不重要，只要牵着你的手就好。”

太岁一听，心里一热，大为感动，握着瑶光的手不由得紧了紧，似乎一刻也不想跟她分开。

这时，不远处有叫骂声传来，太岁和瑶光同时叹了口气，相视一笑，扭头望去。

就见前方不远处，路边一个卖蜜沙冰的小车，车后站着一个系着围裙的俏丽少女，正遭到两个泼皮的调戏。

这两个泼皮其中一个大腹便便，上身衣襟敞开，袒胸露腹，露出一身油腻的肥肉和胸前脏兮兮的护心毛，看着就令人恶心。

而他的同伴却截然不同，干干瘦瘦不说，个子也比一般人矮上半个头，尖耳猴腮的颌下还留着一缕短须，活像只穿着衣服的猕猴，既难看又滑稽。

此时胖泼皮正抱胸站在原地，嬉笑地看着瘦猴调戏姑娘，不时朝周围人群摆出一副凶相，阻止他们近前。

就见瘦猴伸手去勾姑娘的下巴，色眯眯地说道：“你这蜜沙冰，冰得爷们儿牙疼。来，替爷暖暖舌头，爷就饶了你，不然……嘿嘿嘿……”

见他淫笑着凑上嘴巴，姑娘吓得朝后退，却被瘦猴一把抓住胳膊，姑娘只得闭眼尖叫：“非……非礼啦……”

“嘿嘿，你叫吧，看谁敢坏大爷的好事！”瘦猴得意一笑，噘着嘴，闭眼就要亲过去。

“嗯啊……”瘦猴的嘴落下，感觉亲到了东西，心里就是一喜，可马上他又有些奇怪，怎么感觉不对，这么硬呢？

他一愣，睁眼看去，就见眼前哪是什么姑娘啊，这分明是一只拳头。

还不等他反应过来，那只拳头猛地一振，朝他脸上撞来。

泼皮不及躲闪，感觉像是被锤子砸中了一样，当下脑仁一晃，哎哟一声，痛得急退两步坐在地上，一捂嘴巴，满手鲜血不说，手里还多了半块碎牙。

他当下就是一怒，爬起身就要招呼同伴帮忙，可一转眼，就发现同伴不知什么时候已经被一个陌生少年一手制住，正被反拧手臂半跪在地上，疼得哭爹喊娘。

瘦猴大怒道：“好你小子，竟敢招惹咱们爷们儿！”

说着，他合身扑上，可他脚下刚一动，嘴上就又是一疼，不知哪来的一只脚，狠狠地踢在他的嘴上。

"啊！"瘦猴惨叫着倒飞出去，重重摔在地上，围观百姓"轰"的一声散开，四处闪避。

瘦猴摇晃着脑袋，驱散眼前的金星，挣扎着爬起身，捂着满是鲜血的嘴巴看去，就见瑶光双手叉腰，威风凛凛地站在他身前。

"嗯，你个小娘皮，你……你知道我是谁吗？"瘦猴眼冒凶光，可是看到瑶光清丽娇俏的模样，眼光一闪，又露出贪婪之色。

"知道！欠揍的泼皮嘛！"瑶光厌恶地看了他一眼，冷笑着朝他勾起小指，"来，有本事冲我来！"

"你找死！"瘦猴泼皮大叫一声，合身扑上去。

瘦猴也看出来对方是有功夫的，估计自己不但打不过，恐怕想跑也不太容易。

打不过又跑不掉，这种情况下，就只剩下两个选择了，一是服软求饶，再一个就是拼命。

让他对一个女人求饶，瘦猴是拉不下这个面子的，就算他不在乎什么面子尊严，可在街面上混的，如果没了面子，就代表着混到头了，这碗饭端不起来了。

那就只剩下拼命了。

其实也不算拼命，瘦猴心里也有谱，再怎么说这大庭广众之下，对方顶多就揍自己一顿，不可能把自己杀了。

况且瑶光长得实在太好看了。若是拼着挨顿揍，就能抱一下这种美人，在他看来也算是值了。

别的不说，至少以后跟兄弟们吹牛时也能显摆显摆，别看咱哥们儿挨揍了，但咱也占了便宜啊。

见瑶光端出一脚后双眼放光，太岁心里不由得一乐，知道她这是打得过瘾了，当下就微微一笑，抬起一脚踢在胖泼皮的屁股上，当成玩具一样送向瑶光。

果然，瑶光马上开心不已，朝太岁羞涩地一笑，紧接着大展神威，把两个泼皮当成了人肉沙包，开始拳打脚踢。

瑶光那是什么武功啊，虽仅论身手来讲，在江湖上她只能算是二流高手，可对付两个泼皮，会有机会让人近身，扑到身上来？

她的武功虽然不算顶尖，那一身怪力却着实是天赋异禀，尽管已经留了九成力，可几拳下去仍然把两个泼皮打得哭爹喊娘，连站都站不起来了，只能抱头蹲防。

那个胖泼皮还好些，毕竟身肥肉厚，虽然被打得疼了点，但几乎全是皮肉伤。相比起来，瘦猴就惨得多了。瑶光虽然不知道他想拼命占便宜的心思，但一来之前对那摆摊少女动手动脚的就是他，再一个，瑶光本能地就讨厌他的眼神，因此虽然对他出手时也留了力，但关照的地方多是些关节处，只几下，就让瘦猴开始吐血了。

这边瑶光正打沙包打得起劲呢，另一边太岁已经转向卖蜜沙冰的姑娘。

这位姑娘年纪不大，看样子有十五六岁，个头虽然不高，但也只比瑶光矮上半寸左右。与瑶光的英姿飒爽不同，此女一看就是典型的南方女子，气质柔弱而娇美，身形匀称而窈窕。或许是因为之前受了惊吓，此时她两眼泛红，手足无措地站在那里，见太岁望过来，马上楚楚可怜地垂下双眼，啪嗒啪嗒地落泪，那梨花带雨的模样，让人看了恨不得想抱在怀里好好疼爱安慰一番。

太岁微怔了下，马上回过神来，一脸和气地微笑道："姑娘，你不要怕，有瑶光出手，他们以后会见了女人就害怕的。"

卖蜜沙冰的姑娘弱弱地点了点头，不敢答话，只抬起头偷偷地朝瑶光看去。这一眼看去，正好看到瑶光抬脚连续两下把两个泼皮挑飞到半空，然后像是蹴鞠一样，先是一脚把胖泼皮踢飞，又凌空一个转身，接着一个漂亮的回旋踢，把两个泼皮踢得倒飞而去，摔在地上。

"好厉害！"卖蜜沙冰的姑娘轻赞了一句。

这时，两个泼皮已经挣扎着爬起身，吐了口血，转过头一声不敢吭，连滚带爬地往远处逃去。

好在瑶光也有分寸，知道再打下去没准就出人命了，当下也不去追赶，拍了拍手掌，舒服地伸个懒腰。

"好，打得好！"

"姑娘好样的，好身手！这种人就应该狠狠教训！"

"哇，这位姑娘太厉害了！"

见瑶光教训了两个泼皮，围观人群哄然议论起来，一边议论一边鼓掌。

瑶光心里美得很，也不怯场，像是刚刚卖完艺收工一样，转头朝周围抱了一圈拳，笑眯眯地朝太岁走来。

可她刚走到近前，就听到太岁安慰卖蜜沙冰的姑娘："那丫头很厉害的，疯起来连她爹都打！"

瑶光大怒，手如疾风，势如闪电，一把扭住太岁的耳朵，气哼哼地瞪眼道："以后啊，我只揍你！"

"哎哎，别拽，别拽……"太岁大声呼痛，脸都扭曲了，不停求饶。

可瑶光根本不理，朝那姑娘点了点头，就拎着太岁往远处走去。

"呃……"卖蜜沙冰的姑娘张了张嘴，想要道谢，可转眼间二人已经走远，混入了人群中。她有些失落地放下手臂，羡慕地望着这对情侣远去。

第二天一早，太岁等人送玄玄子出了门。

玄玄子朝众人稽首道："诸位不必相送了，贫道此行应该很快就能回来。"

众人都抱拳回礼。

太岁有些担心地看了看师父，上前一步说道："师父，您路上小心！"

"放心吧。"玄玄子微笑着点了点头，伸手拍了拍太岁的肩膀，翻身上马，疾驰而去。

众人看着玄玄子离开，转身进院。

"一大早的，怎么都到门口了？"这时，门外传来一道熟悉的声音。

众人回身看去，就见一个样貌普通、身着朴素长衫的中年人走过来，看打扮，像是一位账房先生。

这人实在陌生，不过太岁等人只是愣了一下就反应过来，知道这是隐光再次易容了。

几人刚要上前见礼，就见隐光身后，一个读书人打扮的白须老者慢慢走了过来。

柳随风一笑，忙上前拱手道："隐光前辈，您回来了。这位是……"

隐光侧身介绍道："来，给大家介绍一下，这位是萧问萧老先生。萧老对河洛之学造诣颇深。我特意请萧老来，或者可以帮助我们参详明白。"

众人一听，都是脸露喜色，上前行礼道："见过萧老。"

只有谛灵子傲立，眼神透着淡淡不喜。

"嗯！"萧问微笑着朝众人点了点头，目光看向傲立的谛灵子。

谛灵子淡淡一笑，直视萧问的双眼，淡淡道："河洛之学，博大精深，希望这位大儒，真能参详个明白。"

萧问一蹙眉，似乎感觉到谛灵子的不屑和敌意，当即凝眸望去。

二人目光相对，半空中似乎有电石火花闪动。

众人都面面相觑，一时惊愕。

特别是太岁，他从没想到，自己这个一向慈眉善目的师伯会有这样锐利的一面，一时间目瞪口呆。

远处房顶上，展昭坐在屋脊上，手里把玩着一个野果，他目光一直看着这个方向，看到这一幕后，微一眯眼，随手把野果向上一抛，又接住，狠狠咬了一口。

"哈哈，大家别站在这里啊，走，里面说话，里面说话！"

还是隐光最为老到，见场面有些尴尬，马上出声打起了圆场，搀着萧问朝里面走去，路过柳随风时，隐晦地给他使了个眼色。

柳随风马上会意，一边转身跟众人往里走，一边凑到谛灵子身旁低声说道："道长多包涵，并非晚辈等信不过道长，实在是此事重大，而且拖延下去对大家都没好处，而萧老先生又是本地人，应该会对咱们有所帮助。"

谛灵子听了微微一笑，轻轻点了点头，也不说话。

柳随风也不好说什么，只能无奈叹了口气。

事实上他心里也清楚，隐光前辈没提前告诉谛灵子就请了外人过来，不管怎么说都有些失礼。而且《推背图》还是人家师门的宝物，能凑齐偈语也是人家贡献出来的三块铜牌……

换了自己，恐怕也要生气。

柳随风朝太岁看了一眼，本想让他去劝劝，但转念一想，还是没开口，心道算了，何必让太岁也跟着为难，夹在两方之间难受呢？

众人就这么沉默着走进了客厅里，以年纪为序，请萧问坐在上首处。

等下人给上了茶，大家马上开始说起正事。其实所谓说正事，主要还是大家请教，萧问回答。一部分是为了解惑，另一些也算是一种考校了。

当然，大家都没有提到《推背图》之事，只是问了些当地的人文历史。

萧问自然也明白众人的想法，只稳稳地坐在椅子上，时而抿口茶，笑眯眯地回答众人的疑问。

他非常和蔼，面对大家的疑问，既不推搪，也不隐瞒，大家问什么，他就答什么，言语虽然不多，但一言一字都非常精辟，直指根源。

过了一阵，包拯渐入正题，请教道："萧老是说，八卦、周易、六甲、九星、风水这些东西都出自河洛？"

萧问点了点头，放下茶杯，神色认真地说道："不仅如此，就连五行阴阳之说，甚至文字起源，也是从河洛而出。"

"真是了不起！"包拯轻哼一声，赞叹不已。

这时，见大家都认可了萧问，隐光才说道："《推背图》一事，事关重大。所以我已向萧老说明，在揭开偈语之谜以前，萧老只能住在这里，不得离开。为了我大宋江山社稷，萧老一口答应下来。"

萧问呵呵一笑，爽快地一挥手道："如今国泰民安，海晏河清，岂容宵小得到这《推背图》，趁机兴风作浪？为朝廷效力，老夫义不容辞。"

隐光拱手道："萧老深明大义，我替朝廷，替天下百姓多谢萧老了！"

"当不得，当不得。"萧问摆摆手笑道。

这时，谛灵子突然淡淡一笑道："好！那么老夫就与萧老先生一起，参详这偈语奥秘，试看能否参详得透其中的玄机。"

包拯也笑了笑道："晚辈对河洛之术甚是好奇，若前辈不嫌弃，晚辈愿给前辈打个下手，也好得前辈指点一二。"

萧问笑眯眯地点头，答应下来。

洛水河边，水波粼粼，几条渔船停靠在岸边，有渔家正在吆喝叫卖。

自古以来，这条大河不知养育了多少人，无论是天下太平，还是乾坤震荡、战火纷飞，洛水永远都是洛水，淡定而优雅，就像是一位神女在俯瞰人间，静观人间生死起伏；又好像一位不求回报的母亲，默默地养育着周围的生灵。

中午，一身青白罗衫的瑶光袅袅走来，不停打量渔家卖的河鲜。

当她走到一位老汉的渔船前时，忽然停下脚步，看向鱼篓里不时翻出浪花的活鱼。

"老人家，你这鱼怎么卖？"

老汉笑呵呵地回答道："十文钱一尾，都是刚打上来的活鱼，小娘子可要买一尾？"

瑶光咬着嘴唇看着鱼篓，里面一共六七条活鱼，每一条看起来都不错，她犹豫了一下，伸手指着其中最大的一条活鱼："就要这条肥的吧。"

"好嘞。"老汉顺着瑶光手指的看了一眼，点点头，利索地把鱼捞出来，从一旁取了一段草绳，往鱼鳃穿过，然后又在鱼身上包了一层荷叶，用草绳捆好，这才递给瑶光。

"承惠，十文。"

瑶光取出荷包数了数，把铜钱递给老汉，接过草绳。

老汉接过铜钱，随手扔到一旁空着的鱼篓里，看着瑶光拎着草绳生疏的模样，不由得笑问道："这是做给自家男人吃的？"

瑶光的脸蓦地一红，轻轻嗯了一声。

老汉摇头笑了笑，一伸手，把瑶光手里的草绳拨得远了一些："一看小娘子就是刚嫁人吧？你拎鱼的时候啊，别靠得太近，这鱼你别看它像死了似的，其实活泛着哪！你要是住得近，等到家了把它往水里一扔，没准还能活过来。你拎得太近，半路上它再一跳，弄你一身水，弄脏了衣服多可惜。"

"谢谢！"瑶光的脸更红了，轻声道了声谢，起身快步离开。

真丢脸啊！

走在路上，瑶光心里暗暗下定决心，以后一定要多学一些常识，省得再惹出这种笑话。

书房里，萧问和谛灵子正围着桌子皱眉，桌子上摆着两张纸，一张纸是偈语，另一张纸是偈语解开后的谜底。

萧问和谛灵子二人看着纸张，一边指指点点，一边低声细语。

这时，包拯提着茶壶走了进来，一边为二人斟茶，一边看着二人的神情，心里有了数。于是他走到一旁，从书架上取出一本《水经注》，想从中找些灵感。

过了一会，隐光从外面进来，萧问和谛灵子忙停止讨论，起身相迎。

包拯也放下书迎了上去。

隐光关上房门，谨慎地从怀里摸出四块铜牌，托在手上道："当初能找到偈语，全靠陈抟先生所铸的这四块铜牌，或许其中还另有奥秘，所以，我向朝廷请示，将这四块铜牌送来，希望能对两位参详偈语有所帮助。"

萧问大喜，如获至宝地接过四块铜牌，两眼发亮，仔细观摩了一阵，连连点头："这是希夷先生所铸？那老夫真要好生研究研究了。"

萧问将四块铜牌放在桌上拼在一起，皱眉抚须思索。过了一会儿，萧问又把四块铜牌分开打乱，然后将它们翻过来，显示出红青白黑四种颜色。

"四种颜色……"萧问若有所思，手指在一旁桌上轻轻点着。

谛灵子见他这副神色，心里一动，开口问道："这颜色，难道还有什么寓意？"

萧问点了点头，看着四块铜牌，口中喃喃道："若是五色，可能是在暗示五行，或者是五帝，也可能是五德、五谷。但是四色……"

他摇了摇头："四色，老夫实在想不出有什么隐喻，但既然铸成四色，必有其深意。"

谛灵子也若有所思，喃喃自语："四色……"

书房外不远处的廊下，太岁坐在长栏上呆呆地望着天边的云彩，似乎在想着什么心事。

不远处，柳随风眯眼躺在长栏的另一头，手里摇着朵牡丹，嘴里哼着小曲，非常惬意。

过了一阵，太岁突然说道："师父回山那么久还没回来，也不知是不是师祖不肯出山。"

柳随风闭着眼睛接口道："你那师祖，修道有成，看着比我还年轻些！"

太岁扭头看向柳随风道："羡慕吗？"

柳随风嘿嘿一笑道："那倒没有。他空有一副好躯壳，却长住深山，不问世事。大千世界，红尘万里，何等繁华热闹，若是这些都得抛弃，才能练成他那身本领神通，纵然活个一千岁、一万岁，与草木何异？没意思！"

太岁若有所思地点头。

瑶光买完鱼回来，避过旁人，悄悄地走进了厨房。

厨房里，一个胖厨子正在摘菜。

"何师傅，鱼买回来了。"

何师傅转头看了眼，放下菜，随手拎起围裙擦了擦手，走过来打量瑶光手里的鱼，笑着点头道："哟嗬，鱼不小啊。"

瑶光把鱼放在案上，鱼蹦跳了两下，竟然还活着。她突然想到之前买鱼时那老汉的话，脸色微微一红，心道还好自己小心注意了，否则这一身衣服还真得弄脏了。

何师傅走到近前，伸手在案上的一个刀架里挑了挑，拎出一把宽背菜刀，先是割断草绳，抽出来扔到垃圾桶里，然后用刀背利落地一敲鱼头，"砰"的一声，鱼不动了。

他又把鱼放平，菜刀也放平，在鱼身上轻轻拍打几下，然后在鱼鳃后半寸处割了一个小口，伸手摸了摸，很快拽出一根带血的白线。

瑶光一看，马上好奇地问道："何师傅，这是什么啊？"

"这个啊。"何师傅本来要随手扔在垃圾桶里，见瑶光问起，手一顿，举到瑶光眼前，让她看仔细了，这才扔掉，笑道，"这个叫鱼线，也叫腥线，这东西腥味大得很，要是不抽出来的话，一炖汤就会弄得满锅都是腥味，当然了，如果是做红烧鱼那不抽出来也行，我这是习惯了。"

"哦，这样啊！"瑶光虚心地点了点头，认真看了几眼抽腥线的位置，在心里暗暗记牢。

抽完了腥线，何师傅才开始真正动手，就见他手中菜刀如绣花似的上下翻飞，不一会儿工夫，就把鱼剖腹、除鳃、去鳞，然后比画比画，教导瑶光做鱼。

瑶光在一旁听得很用心，时而点头，时而比画提问。

这时，何师傅突然抬头看了看天色，对瑶光说了几句什么，推开门走了出去。

他这一走，瑶光马上如临大敌地提起鱼尾巴，看看那鱼，又看看锅，犹豫了一下，终于一咬牙，把鱼扔进了锅里。

院子里，太岁和柳随风正在廊下闲聊着。

太岁突然抬头看向远处，发现展昭正坐在一处屋脊上东张西望。

太岁叹了口气道："展昭还在屋顶上蹲着呢，这小子，看来他师父的死，对他打击很大呀！"

柳随风闭着眼，懒洋洋地说道："何以解忧，唯有杜康！可惜他还太小，要不然，我就带他去烟花柳巷转一圈，美人相伴，再灌上二两黄汤，什么愁也都解了。"

说到这，柳随风突然兴致勃勃地坐起来，两眼放光地看着太岁。

"你知道洛阳最有名的是什么吗？"

太岁不解地看着柳随风，想了想，犹豫地答道："最有名的？应该是牡丹吧？"

"非也，非也。"柳随风摇头，脸上笑容古怪。

"不是吗？"太岁沉吟片刻，恍然大悟道，"古迹，洛阳是千年古都，最多的就是名胜古迹。"

柳随风哈哈大笑道："又错了，要我说啊，洛阳最有名的，就是美人。"

"美人？"太岁不解。

柳随风哈哈一笑，闭起眼睛，摇头晃脑地吟道："古人有言，斯水之神，名曰宓妃。三国大才子曹植为洛神作了一赋，名曰《洛神赋》，可谓名留千古。洛神住哪里，就在洛河中啊！还有貂蝉，她也是出生于洛阳……"

说到这里，柳随风突然停下，耸了耸鼻子，东张西望。

太岁先是不解，但很快也闻到了什么，也嗅了嗅鼻子，嘀咕道："哪来的煳味？"

柳随风豁地起身，站在栏上四处张望，紧张道："好像走水了！"

一听走水，太岁马上一惊，也起身站在栏上，朝远处看去。

柳随风伸手感受了一下风向，朝一个方向一指道："走，在那边。"

说着，他一跃身冲了出去，太岁连忙跟上。

展昭坐在屋顶上，向二人离去的方向看了一眼，一撇嘴，又看向别处。

厨房中，浓烟滚滚，火星缭绕。

柳随风和太岁冲到厨房前，刚要往里闯去，突然见一个身影从里面出来，二人一看，马上惊呆了，本能地止住脚步。

"瑶光？"柳随风犹豫地问道。

并非他眼神不行，认不出人，实在是此时的瑶光，脸上黑一道白一道的，头发也凌乱得很，刚从厨房里冲出来，就跑到一旁，扶墙咳嗽。

太岁看着她，一脸惊骇道："你……你又用霹雳弹生火了？"

"咳咳咳……"瑶光用力地咳嗽了一阵，这才懊恼地起身，瞪了太岁一眼，"才没有！"

柳随风和太岁对视一眼，都不相信，二人非常默契，一句话不说，谨慎地朝后退了几步。

看着二人这副模样，瑶光气得直咬牙，往前走了几步，转头看向厨房，不说话。

过了一会儿，见里面没炸，柳随风这才问道："你在干吗？"

瑶光不好意思地回头看了他一眼，又看了眼太岁，干咳了一声道："我……我想烹条鱼。"

柳随风惊骇地看着厨房，结结巴巴地说道："所以……跟虾兵蟹将先干了一仗？"

"喂！你有没有句好话啊？"瑶光怒了。

一旁的太岁听了，却微微一怔，看着瑶光的神色，恍然道："烹鱼？啊！你……是为我做的鱼？"

瑶光忸怩地踢了踢石子，有些沮丧。"我真认真学过了的，可……就是不会。"

太岁心里一暖，大为感动，走到瑶光身边，帮她捋了捋头发，轻声道："唉，我以为你是要去买条鱼，本就没想过要你做。"

太岁转头看向厨房，想了想，挥动手臂驱散烟雾，朝里面走去，很快端出一盘黑漆漆的鱼，手里还拿着一双筷子。

他看了看盘子，又看了眼瑶光，惊讶道："哇！看样子居然真的做熟了。"

瑶光气鼓鼓地瞪了他一眼："你也气我是不是？我……我怎么也不至于都做不熟啊。"

他一手托着盘子，一手拿筷子夹了一口，小心翼翼地放进嘴里。

瑶光紧张地问道："好不好吃？"

太岁看了她一眼道："要听真话还是假话？"

"假……真……"瑶光迟疑一下，泄气道，"真话吧！"

太岁一笑道："真话就是，不管鱼好不好吃，我的瑶光，都是最好的姑娘！"

瑶光一听，心里马上一暖，之前的失落和沮丧全都不翼而飞，轻轻握住太岁的手，深情地看着他："你……真好！"

不远处，柳随风看着二人模样，听着他们的对话，先是打了个冷战，然后摸摸鼻子，咳嗽一声："咳！我是不是有点多余？"

瑶光和太岁没有看他，依旧对视着，异口同声道："是！"

"噢，那我走啦！"柳随风无趣地哼了一句。

瑶光和太岁仍然没有看他，依旧在深情对视着，再次异口同声道："走好！"

清晨，一群鸟雀在院子里的树上叽叽喳喳地叫着。

谛灵子正在院中打着一套拳法，动作很慢，显然只是活动活动身体。

这时，包拯走进院子，看着谛灵子笑道："谛灵子前辈早，萧老呢？"

听到声音，谛灵子缓缓停住手脚，转身看去，微笑道："应该宿在书房了吧，老夫昨晚离开时，他还在研究那副偈语。"

房间里，萧问坐在桌前，桌子中间立着一盏烛台，烛台上袅袅青烟升起，显然刚刚熄灭不久，证明了他一夜没睡的事实。

桌上摆着偈语和偈语谜底的纸片，还有几本古书叠在一起，萧问正拿着一本书翻看，时不时地与偈语进行对比。

他的头发有些凌乱，脸上的疲惫之色无法掩饰，一股古怪的味道从他的身上传出。

这是老人味，也可以称之为龄臭。不同的老人，身上会传出不同的老人味，但总体来讲，多数都是臭味。平时还好，可一旦身体疲惫，比如说熬夜或是久病，这种味道都会加大、加重，这也是一种年老的无奈。

这时，谛灵子和包拯走进房间，一入内，二人马上掩鼻退后，震惊地对视一眼，又看向萧问，恍然地一点头，把房门大开，等味道淡些，二人才快步走进去。

"萧老？萧老？"包拯走近，叫了两声。

但此时萧问正聚精会神地看书，根本没有听到有人在叫自己，再者，他年逾古稀，耳朵也的确有些背了。

包拯和谛灵子对视一眼，都有些吃惊，急忙上前两步，到了萧问的对面。

"老先生，您这是……一宿没睡？"包拯看了眼一旁燃尽的烛台，上面还有丝丝缕缕的青烟仍在飘起，不由得担忧。

萧问没抬头，只用鼻腔嗯了一声，脸上露出一丝不耐烦，似乎很讨厌有人打扰自己。

包拯一皱眉，真急了。"哎呀，您老这样可不行啊！就算事情再急，也得注意身体啊！"

萧问并不抬头，眼神盯着手中的古籍，不停地跟偈语对比，听到包拯的话只摇了摇头。

"你不懂，做学问就得这样，没有一颗疯魔的心，做不成事的。"

包拯赔笑道："老先生说的在理，可就算再研究学问，也得注意身体啊，细水才能长流。"

萧问依然没抬头，不耐烦地朝包拯挥了挥手。

一旁的谛灵子摇摇头，对包拯道："读书人的毛病，我们治不了。算了，不要管他了，赶紧去帮他弄点早餐，等一会儿倦了，他自会去睡了。"

包拯点头，快步离开。

谛灵子看看萧问，见他仍沉浸在书本里，似乎根本没注意到自己说的话。谛灵子欲言又止，但想了想，还是叹了口气摇头离开。

花厅里，太岁、瑶光、隐光、谛灵子、柳随风围在一张圆桌前，一边说话，一边吃着早餐。

包拯快步从外面走进来，隐光马上放下筷子，抬头问道："萧老可已用餐？"

"经学生再三劝解，萧老总算是肯放下书了。一会儿吃罢早餐，他会休息一会儿。"包拯叹了口气，走到桌子一角坐下。

隐光点了点头，松了口气。

柳随风端起碗，把最后一点米粥喝完，放下筷子后想了想，看向隐光道："前辈，萧老在苦思偈语谜底，我们也不能一味等在这里，把所有希望都寄托在萧老身上。昨日我打听到，孟津有一座龙马负图寺，始建于晋代，是为感念'人文之祖'伏羲的功绩而建，据说建寺地点就是当初河图出现的地方，我们还没去过那里。"

"那我们今天就去那里瞧瞧。"隐光点头赞成，转头看向包拯和谛灵子，"你们两位，留下与萧老一同参详，如何？"

谛灵子想了想，摇头道："对那副偈语，老夫已经想不出什么了，不如与你们同去，或可有所发现。"

包拯笑道："我留下就好。"

"也好。"隐光缓缓点头。

这时太岁和瑶光也吃完了，见众人都在等自己，二人不好意思地对视一眼，站起身来。

"好了，宜早不宜迟，出发吧。"隐光说着，起身朝屋外走去，众人都跟上。

包拯起身相送到厅外，转过头看了眼远处屋脊上的展昭，眼神闪动，若有所思。

太岁等人出了门，没多久便来到龙马负图寺山门前。

此寺香火旺盛，人来人往。

几人站在寺门口，朝里打望。

"咱们分头看看吧。"太岁提议道。

"好！我和谛灵子先生结伴而行。"隐光点头。

瑶光看了看左右，大方地拉住太岁的手道："那我和太岁一起！"

"好！"隐光和谛灵子往左面走去，太岁和瑶光向右面走去。

柳随风站在原地，看看分别走向左右的他们，无奈地摇摇头，打开折扇，潇洒地扇着，嘴里轻哼着小调，独自向前溜达。

就在众人探访龙马负图寺的时候，萧问已经吃过饭，正一手握着铜牌，另一只手翻阅古籍，皱眉不语，似乎遇到了什么难题，正在冥思苦想。

包拯拎着茶壶从外边走进来，看了他一眼，轻叹一声，悄悄给他添上热茶。

似乎被茶香味吸引，萧问回过神来，抬头看了包拯一眼，奇怪地问道："包评事，其他人呢，怎么一直没见？"

包拯答道："他们去孟津的龙马负图寺了，想看看那里有没有线索。"

萧问嗯了一声，继续低头翻书，神色平静。

一个时辰后，太岁等人出了龙马负图寺，脸上都挂着失望之色。

在街上走了一会儿，隐光突然想起什么，回头看了眼走在后面的柳随风道："我和谛灵子先生先回去了，你们再打听打听，要是没线索也早点回去。"

说完，隐光隐晦地看了太岁一眼。

柳随风微笑着点头，举起扇子向他摇了摇，示意明白。

"放心吧前辈，我们逛一阵就回去。"瑶光悄声说道。

"嗯！那我们走了。"隐光朝谛灵子点点头，朝前走了几步，在前面拐向右侧马路。

两位前辈一走，柳随风一下子又恢复了风流模样，摇着扇子，左顾右盼，忽然看见一座青楼的幡子在风中招展，隐约中好像有几个衣着艳丽的姑娘正在二楼笑闹。

柳随风的眼睛一亮，立刻停住脚步，转身看向太岁和瑶光，轻咳一声："咳！白跑了一趟，一无所获，这一乏了，酒虫也就犯了，我要去喝两杯，你们要不要一起啊？"

瑶光瞟了一眼青楼，冷哼一声，脸上满是鄙视："酒虫犯了？我看是色虫犯了吧。"

柳随风干笑一声，面不改色地看向太岁。

"你去你的，别带坏我家太岁！"瑶光一看，顾不得再鄙视他，拉起太岁就走。

太岁被拉走，也不反抗，反而一脸诚挚地看向瑶光。"放心吧，我不会学坏的。"

"哼，男人学坏可快得很，反正我是不会给你机会的。"瑶光边走边说。

见二人走远，柳随风的脸上露出得计的笑容，抬头看了下天色，赶紧向青楼的方向兴冲冲地走去。

太岁和瑶光在人群中走着，一边闲逛，一边说着话，不时发现街道两旁的新鲜东西又凑过去看。

就这样，边走边玩，边玩边聊，二人都很开心。

可没多久，天上忽然下起了雨，行人纷纷加快步伐去避雨，有的人带了伞，有的人举着衣服挡雨。

太岁二人没有准备，瞬间被雨水打湿了半身，好在前方不远处就是一座长桥。太岁忙拉着瑶光二人奔到桥边躲雨，看到水边有荷花，太岁灵机一动，对瑶光扔下一句："你等等我！"

说着，他跑向河边，瑶光不明所以，用手遮着头，朝太岁喊道："太岁，你干什么去？"

"等等我，我马上回来。"太岁朝后面挥了挥手，加快脚步跑到河边，蹲下身，伸手去折荷叶。

很快，太岁举着一只比雨伞稍小一些的荷叶跑回来，一脸得意地看着瑶光。

瑶光不解道："为什么不多折一枝？"

太岁一滞，干笑道："呃……这一枝荷叶足够了嘛。"

说完，他脸色一正道："佛祖曰，一草一木都是生命，我们要爱护，取用可以，不能浪费。"

说着，他一伸手揽住瑶光，举着一枝荷叶向桥上走去。

"佛祖说过这话吗？"瑶光怔了下，等太岁揽上来，她突然反应过来，似笑非笑地抬头睨了他一眼，抿抿嘴唇没有说话，脸上露出娇羞的微笑。

这场雨来得很急，也很大。

豆大的雨点打在屋顶，传出滴滴答答的脆响声，宛如天地同心，正在弹奏一首活泼生动的曲子。

房间里，萧问仍坐在桌前研究偈语，包拯坐在一边，也在翻阅古籍。

忽然一阵风吹来，雨丝顺着窗口飘入，打在包拯的身上。

包拯身子一抖，忙起身把窗子关上。

随着外面雨水渐大，屋里的光线渐渐暗了下来。萧问仍在认真看书，很快发现书本上的字有些模糊，他不由得皱眉，头也不抬地吩咐道："太暗了，掌灯。"

包拯看着他，担忧地劝道："萧老，您还是休息一下吧，也不急在这一时。"

萧问苦恼地摇头道："老夫竭尽所思，可是对于这基点，偈语中全无暗示，不应该没有暗示的啊？不行，老夫一定得研究出来。"

"唉！"包拯叹气，上前搀起萧问，强行把他拉起来，口中劝道，"萧老，欲速则不达啊，先歇息一下，心思也能更加灵活些。"

"你……唉！"萧问瞪眼看向包拯，似要发怒。

包拯马上赔笑，但手上力道不减，搀着他往榻边走，口中说道："等隐光大人他们从龙马负图寺回来，说不定会有所发现，对萧老有所启发，那时再继续研究不迟。"

萧问无奈，只能摇头苦笑道："唉，老了，真是老了，脑筋不灵活啊……"

包拯赔着笑，搀着萧问在榻边坐下，这才拱手离开。

雨水渐大，打得荷叶弯腰，再加上不时有风扫来，瑶光和太岁的衣服都有些湿了，二人忙加快了些脚步。

等他们托着荷叶走在柳堤岸边时，就见烟雨缥缈，街上一个行人都没有了，只有水上还有一两艘画舫停在中间，岸边泊着几条乌篷船。

太岁看到小船，突然拉着瑶光停下脚步，指了指乌篷船，急声道："雨太急了，咱们先过去躲躲。"

瑶光一听，马上点头。二人手拉着手走过去，上了一艘小船。

在洛水河边，像这种小船都是可以出租的，晴天里自然有人看管，可下雨时船家自然不会在外面淋雨。这种时候，若是有人租船泛舟，就可以先取用，等走时在底板上留下些船资即可。

二人上了船，瑶光用荷叶为他挡雨，太岁摇起了橹，小船渐渐荡向洛水深处。

"你进去吧，别淋湿了。"太岁摇了一会儿，转头看瑶光，发现她半面身上已经淋湿了，心里一暖，马上催促她进篷子里躲一躲。

"不用，这样挺好，我从小到大还从来没在雨天里泛过舟呢。"瑶光摇头微笑，似乎很开心。

太岁心疼地看了她一眼，有些怜惜，有些疼爱，想了想，又用力地摇了几下船橹，放下橹，转身抢过荷叶，一把揽过瑶光，侧身挡在风吹过来的方向。

小船独自飘在洛水上，渐渐靠近了不远处的一艘画舫。

这画舫长有十丈，上下两层，上面窗开着，能看到一些游客正在船舱中举杯笑饮。

游客桌前的空旷处，一名歌姬正随着乐曲声轻歌漫吟。

"绿酒一杯歌一遍。彼日有三愿，一愿郎君千岁，二愿妾身长健，三愿如同梁上燕，岁岁长相见……"

曲调幽幽，似喜还愁，太岁和瑶光并肩坐在乌篷下，听着歌声，一时间有些痴了。

等歌姬唱完，太岁赞叹出声："真好听！瑶光，你也唱来听听。"

瑶光忸怩地摇着脑袋道："我才不要，要唱你唱。"

"我唱就我唱！咳！咳！"太岁倒是落落大方，清了清嗓子，学着女声清唱，"绿酒一杯歌一遍。彼日有三愿，一愿郎君千岁，二愿妾身长健……"

不得不说，太岁的嗓子倒是很不错，虽然比起真正的女声不同，但这种中性的声音反而有种独特的魅力。

歌声在雨中飘荡，天地间一片空灵。

瑶光贴着太岁暖和的胸膛，微微抬起头来，含情脉脉地看着太岁，耳畔传来太岁有力的心跳，等他唱了几句后，瑶光突然接口开腔，与太岁一起合唱。

而船上的乐家倒也是雅人，听到二人的歌声，也配合地奏起了琴瑟。

"三愿如同梁上燕，岁岁常相见……"

歌声反复唱起，水上雨丝渺渺，大船小船都在迷离的雨雾中自由自在地荡漾着……

萧问躺在床上，头枕着手臂，两眼失神地望着帐底，翻来覆去折腾了好一阵，还是难以入睡。

房外忽然传来包拯和谛灵子的声音。

"谛灵子前辈，你们回来了啊！"

"回来啦！"

"龙马负图寺一行，可有所获？"

谛灵子叹了口气："一无所获，对了！萧先生这边怎么样？"

"也没什么进展。您刚回来，不妨先休息一下。"

"好！"

外面没了声音，正在倾听的萧问收回目光，轻轻叹息一声闭上眼睛。

忽然，萧问猛地睁开眼睛，"呼"的一下坐了起来。

"龙马负图寺，我怎么没想到！龙马负图寺……"萧问喃喃了几句，兴奋地起身下床，赤脚走到桌前，推开铜牌、纸张、古籍，扯过一摞纸，拿起炭笔，涂涂抹抹地推演起来。

屋外，展昭一手提剑，挺拔地站在亭子里，风吹得他衣袂轻轻飘动，他却一动不动，犹如雨中耸立的望夫石一样，任由风吹雨打。

太岁和瑶光从厅外远处的道路上有说有笑地走过，头顶举着的荷叶已经有些软了。

展昭目光一动，看到他们的身影，微微一笑收回目光，又转首看向别处。

突然有了灵感的萧问正在桌前紧张地推演着，一阵风吹来，后窗被风吹开，但萧问根本不予理会，只顾埋头研究。

好一阵过去，他兴奋地一拍桌子站了起来。"原来如此，果然说得通！"

他拿起炭笔，在画满了图形的纸上指指点点，喃喃自语道："袁、李两位高人将藏宝地点的指示打乱，以'河图'和'洛书'为形，方可重新组合，而这定位的基点，其实也就在谜面上！"

萧问握着炭笔低头指点着："基点不是一个，而是两个，一个是'河图'出世之地，也就是龙马负图寺；一个是'洛书'出世之地，也就是……"

萧问面带微笑，一脸自信，手指在纸上徐徐滑动，刚要停下，背后突然伸出一根手指，重重地点在他的后脑玉枕穴上。

"呃……"萧问发出半声轻哼,蓦地瞪大眼睛,眼神直勾勾地看着前方,手里依旧握着炭笔,缓缓向后软倒。

不等他倒下去,一只手伸出,轻轻地接住他,将他缓缓放在地面上,又一伸手,取走了那张纸。

大雨滂沱,一道闪电接天连地,转瞬隐没不见,紧接着远处天边突然响起一声惊雷,"轰"的一声,响彻天地。

"打雷了?"太岁和瑶光在长廊下停住脚步,仰头朝天边望去,隐约看到一丝亮光,那是闪电过后留下的残影。

瑶光看看太岁,伸手拍了拍他的衣领,低声娇嗔道:"看你,衣服都湿了,快回去换身干爽的衣服,免得着了风寒。"

"你也是,一会儿见。"太岁语气轻柔地看着瑶光,微笑地说道。

就在这时,忽然听到包拯一声惊呼:"萧老!"

二人一惊,瑶光停下脚步,与太岁对视一眼,一起朝萧问的房间跑去。

当太岁和瑶光飞奔到萧问的房门口时,正好隐光也从对面赶了过来,双方同时抵达,不约而同地停下脚下,转向门内看去。

就见屋里萧问倒在地上,包拯和谛灵子正蹲在他身边,谛灵子在伸手探察萧问的鼻息。

太岁、瑶光和隐光一起快步走了进来。

"萧老怎么了?"隐光急问道。

谛灵子慢慢收回手指,向众人摇摇头,脸色凝重道:"萧先生,过世了。"

这时,柳随风打着伞走进门,将伞合拢,一看室中的情形,急忙把伞扔在门边,快步走过来急问道:"萧老怎么了?"

"死了!"太岁看了他一眼,神色沉重。

"什么?怎么会?"柳随风大惊。

谛灵子摇摇头,托起萧问的右手,露出他手中还握着的炭笔。

"看样子,萧先生是年纪大了,再加上熬夜操劳,脑力耗损过度而猝死。"谛灵子猜测道。

"猝死?"隐光一皱眉,"萧老年岁虽高,身体却还硬朗,怎么会……"

说到这里,隐光脸色一变道:"谁先发现萧老过世的?"

包拯缓缓站起道:"是我和谛灵子前辈。"

见众人疑惑地看向自己,包拯轻叹一声,向众人解释道:"谛灵子前辈找到我,向我问起一些龙马负图寺的事情,晚辈也不知其详,遂一起来向萧问请教……等我和谛灵子前辈一起过来,敲门不应。我试了下,发现门没锁,于是我们就推开门进来了,结果……"

包拯低头看了眼萧问的尸体,神色哀恸。这几日来,只有他与萧问接触最多,在他眼中,这是一位真正的读书人,对知识学问有种发自灵魂的热爱,无论是那种疯魔般的求知欲,还是其渊博的学问见识,都令包拯敬佩不已。甚至他曾隐隐想过,等《推背图》一事了结,能有机会跟着萧先生求学一段时间。却不想,天意无常,明明两个时辰前还相谈甚欢的人,一转眼就已经天人两隔,实在是令人唏嘘。

听包拯说完,众人站在萧问的尸体旁都沉默下来。

瑶光沮丧地叹气道:"唉!《推背图》没找到,却活活累死了萧老先生,这可如何是好?"

包拯看看萧问,又看看床,走到桌前低头认真看了看,扭过头来,脸色凝重地摇了摇头道:"萧老,未必是猝死!"

太岁和瑶光惊讶地瞪大眼睛看着他，脸色都是一变。

"你是说？"太岁有些不敢置信。

隐光和柳随风、谛灵子也震惊地看着包拯。

包拯点点头，先是指了指萧问穿着袜子的脚，又指指床前的鞋，分析道："你们看，萧老连鞋子都没穿，他不是一直在桌前参详，而是躺下休息后，忽然想起了什么，然后急急爬起来进行推演。"

太岁看了看鞋子，又看看萧问的脚，疑惑道："这并不能证明什么呀。人在大喜大悲的时候，尤其容易激动，也许萧老就是想到了什么，所以狂喜之下才突然猝死。"

"不然！"包拯摇头，伸手指向桌上，桌上有一摞宣纸。

"问题就在这儿，你看，这摞纸张是空白的，但上边隐隐有一些痕迹……"

包拯拿起那摞纸，倾斜着对准光线，隐隐可见上边有些炭笔印下的痕迹。

"萧老临死手里还握着笔，这纸张上隐有痕迹，可见上边还有写过字、画过图的纸。但是，如今那些纸张呢？"

隐光眯起了眼睛，沉吟片刻，点了点头道："不错！萧老确实发现了什么秘密，所以，才会为人所杀！"

谛灵子眉头一皱道："老夫已经仔细检验过了，萧先生周身无伤。"

隐光摇摇头，沉声道："杀人的手段有很多，有些伤，纵然是最精明的仵作，也未必能看得出来，何况谛灵子道长你久不问世，有些手段……"

说到这里，隐光停下话头，蹲下身重新检查萧问的尸体。

柳随风看着隐光的动作，也动了起来，在屋里来回走动，四处观察，忽然，他停住脚步，沉声道："包拯说得没错，萧老的死，有蹊跷，你们看地上的水迹！"

众人顺着他手指的方向看去，马上看到了萧问尸体旁的水渍。

瑶光一看，马上解释道："我和太岁都淋了雨，或许是我们刚才溅下的水滴。"

"你衣服的水滴，会一直滴到窗口？"柳随风指着地面，手指缓缓抬起，最终落在打开的那扇窗棂上。

众人的目光从萧问尸体旁的水渍望过去，点点水滴一直延伸到窗口。

这时，隐光已经重新检查过萧问的尸体，站起身后沉声道："萧老尸体未僵，体温犹存，死去没有多久。"

包拯说道："也就是说，凶手是冒雨从窗口潜入，杀害了萧老，夺走了草稿，然后离开。"

太岁一脸吃惊道："难道你们忘了越狱而逃的哈梵？会不会哈梵阴魂不散，又追了过来？"

"有这个可能！"包拯非常沉稳，又说道，"但是，一切都有可能，找到证据之前，一切都只是假设！或许是哈梵，或许是另有其人，我们现在还不能确认，那么……"

"那么，就顺着线索查下去，查他个水落石出。"隐光的声音前所未见的阴沉，眼中的厉色一闪而过，与众人一起望向窗口。

也不怪他发火，萧问可是他亲自上门请来的，这才几天工夫，就死了。

若他的家人问起来，自己该怎么交代？

就算没人怪自己，可自己心里的愧疚如何能平？

众人顺着水渍查起，很快到了屋后。

这会儿雨水已经小了些，雨丝缠绵，落在地面的碎石小路上，发出滴滴答答的轻响。

众人站在雨中，观察着蜿蜒的小路。

好一会儿后，柳随风失望地摇头道："石子路上，很难留下痕迹。再被雨水一浇，更加无法辨别。"

瑶光愤怒地一跺脚，溅起大片水渍。"那岂不是说，凶手要逍遥法外了？"

谛灵子看着远处，一脸忧色。"更要紧的是，《推背图》的机密，究竟泄露了没有……"

众人一听，脸色都是一变，对视之下，发现所有人都神色凝重，显然想到了那后果。

"走吧，先回去再说。"隐光转身往回走，没多久，众人再次回到了萧问的房间。

隐光、谛灵子默默地在室内不甘心地察看着线索，柳随风最后走进来，朝二人说道："太岁和瑶光去为萧老购买棺木了。"

隐光点点头道："萧老的后事，一定要操办好，尽快通知他的家人。朝廷那边，我会为萧老上书，请求褒奖的。"

"嗯，放心吧，前辈。"柳随风点头应下来，目光一转，正好看到谛灵子拿起那摞纸，迎着光反复地看着。

就见谛灵子皱眉思索半晌，忽然坐下，拿起炭笔，横向涂抹。

柳随风和隐光见状忙走过去。

"谛灵子道长可有发现？"隐光急问道。

谛灵子不答，而是迅速涂抹纸张，很快，被炭笔压出痕迹的地方露出了端倪，纸的四周没什么变化，中间部分却相对白一些，慢慢地映出了一幅模糊的图形，图案由线条和一些粗浅模糊的地形构成。

隐光和柳随风惊喜地对视了一眼。

谛灵子停下笔，端详了一下那幅图，递给隐光。"笔端力道稍浅的地方，只怕是画不出来了，老夫实在认不出这个地方。"

隐光接过来认真看了一阵，皱眉递给柳随风。

柳随风接过后，颠倒着图案，从不同角度去看，看了一阵，忽然激动地喊了出来。

"老君山！这是老君山！"

隐光接过纸张，认真地看了看道："你确定？"

柳随风用力点头，肯定地说道："我去过老君山！这地形，就是那里！"

"好！那我们尽快去老君山看看。你吩咐下去，从现在起，全部人员都要谨慎起来，不可随意出入。"

隐光望向外面的水帘，语气凝重："我怀疑，哈梵已经盯上了我们！必须小心行事！"

柳随风认真地答道："是！"

屋外细雨连绵，展昭仍提剑站在小亭中，宛如雕像。

忽然，包拯撑伞走过来。

"大人。"展昭转身见是包拯，马上迎了上去。

包拯没有收伞进亭，而是站在亭边脸色凝重地对他说道："萧问萧老先生死了！"

"什么？"展昭大吃一惊。

包拯缓缓转身，目光望向亭外，扫视着庭院，沉默不语。

"可恶！我在房顶，本可纵览全宅的，要不是今天下雨……"展昭握紧了剑柄，脸上露出痛恨之色。

包拯看了他一眼道："你不必自责。只要有心，歹人总有空子可钻。只是，萧老先生临终前应该是有所发现，而这发现如今已经落在歹人手中。"

展昭一听，马上紧张起来道："那怎么办？"

一个《推背图》已经害死了多少人？若这样都被人夺去，那些人不但白死了，而且若《推背图》真如传说中那么灵验，能预知未来，那歹人岂不有如神助，就算最后露出了真面目，恐怕也难以对付了。

展昭心里最担心的是，若真如自己所想，那师父的仇，还有机会报吗？

包拯用深沉的目光望着烟雨中的宅子，缓缓说道："知道基点所在并不意味着《推背图》到手，我们……还有机会！"

还有机会！

听到这四个字，展昭马上又充满了希望，他信任包拯，比信任自己更加信任。

过了一阵，隐光召集所有人齐聚花厅。

他站在最上首，面向众人，神色沉重。

"幸亏谛灵子道长，我们如今已经可以确定，萧老先生临终前的发现，就是老君山！老君山距此二百多里，我们现在就得出发。只是，天子和太后要巡狩西京，就快到了，得有人留下迎驾，也好向天子、太后说明我们这边的情况。"

众人都看向太岁，太岁一愣，紧接着恍然，连忙摆手。

"别别别，大家别看我啊，反正我是一定要去老君山的，折腾了这么久，终于要见亮了，我可不想错过找到《推背图》的机会。"

隐光劝道："天子和太后西狩，分明是不放心你……"

"我又不是小孩子，反正我不留下。"不等他说完，太岁马上开口反驳，紧接着看了看众人，目光停在包拯的身上。

"要我看，包拯留下吧。"

"我？"包拯一愣。

太岁笑了笑道："对，你留下最合适。咱们去老君山要骑马赶路，弄不好还要跟人打一架，你不会武功，跟去难免麻烦。"

众人一听，倒也有些道理，都点头认可。

见众人认可自己的点子，太岁有些得意，又说道："再一个嘛，咱们这些人里，就你是正经当官的，我们才是负责拿贼的，你不迎驾谁迎驾？"

包拯苦笑着点了点头道："好吧，那我留下。"

见他们有了决定，隐光一伸手，指向展昭道："那么，展昭也留下，陪你留守大宅，文曲、太岁和瑶光，还有谛灵子道长，我们一起去老君山！"

说完，隐光一挥手："出发！"

出了大厅，五人也不磨蹭，不顾外面还下着雨，快马加鞭，朝城外疾驰而去。

二百里路程，还是雨路，众人本以为会赶得很辛苦。但好在天公作美，出了洛阳城没多久，雨就停了下来，露出了久违的阳光。

众人一路疾驰，半路上在路旁林中休息了一宿，第二天才重新启程，又花了三个时辰才赶到老君山。

等到了老君山，已经是午时。

"吁！"隐光勒马站定，一手高举遮挡阳光，抬头朝山上望去。

老君山虽然高不过千丈，但云雾缭绕，从山下看去，朦朦胧胧，看不真切。

随着隐光勒马停下，其他人也跟着停下，太岁一转头，正好看到瑶光用手帕抹汗，忙摘下自己的水袋递过去。

一旁的柳随风则与隐光一样，都在仰头望山，口中赞叹道："传闻道祖老子曾经在此山修炼，故名老君山。唐太宗李世民还曾命令大将军尉迟敬德在山上监修了一座老君庙，铁椽铁瓦，以'铁顶'著称，故而老君山又称铁顶老君庙。前些日子我倒是来过一次，不过当时没心情看风景，等今日事情了结，说什么也要好好游览一番！"

几人看向柳随风，都有些惊讶，没想到他竟然如此博学，竟对老君山的典故这么了解。

柳随风收回目光，看见几人的神色，不由得懊恼道："怎么？以为我整天穿着书生衫是假的吗？"

"嘿嘿，你别说，我一直以为你是假书生呢，穿那身衣服是为了逛青楼用的。"太岁嘿嘿一笑。

瑶光也乐了，但她只是摇摇头，没讽刺柳随风，毕竟她加入北斗司比较早，对柳随风也算是知根知底，自然不会有太岁的那种想法。

几人正在开玩笑，隐光却是若有所思地喃喃道："唐初时候……唐太宗命大将军尉迟敬德在此修庙……嗯，有点意思。"

太岁兴奋地看着隐光道："如此说来，《推背图》就藏在这里了？"

一旁的谛灵子勒马上前，也仰头看了眼老君山，微微颔首道："我虽未来过老君山，却也听过它的名头。南有武当金顶，北有老君铁顶，都是道家祖地，想来自有奥妙。"

瑶光喝了口水，抹抹嘴巴道："袁天罡、李淳风这两位高人正是唐太宗最器重的方士，当初修建老君庙的时候，这两位高人就算没有亲身参与，恐怕也会有所指点，由此想来，《推背图》若在老君山，倒也不算意外。"

大家听了都点头赞同，对能找到《推背图》更多了一份信心。

"我们把马匹安顿好，就上山！"隐光吩咐了一句，翻身下马。

众人纷纷效仿，牵着马走到山脚下的几棵树下拴好，马上动身朝山上走去。

一路风景瑰奇。

很快大家到了龙吟听泉，它坐落在老龙窝栈道之上，位置独特，溪流从珍珠滩留下，到了龙吟阁下，被山岩拘成湍流快速流入深潭。经过一系列的缓急冲撞之后，留下了大小十几个瀑布，不同的瀑布声在涧谷中的回音壁间回荡，如同一曲亘古以来就一直不间断奏响的宏伟乐章，令人心折。

大家被美景所惑，一时都有些失神，回过神后，纷纷赞叹不已。

"飞布流泉，世外仙境。老君山，不负其名。"尽管隐光心里惦记着事，可到了这里，却仍免不了为其瑰丽玄奇之景色而震撼。

大家都点头赞同，听着耳畔传来的落水轰鸣声，众人心里反而非常祥和。

可就在这时，一阵嚣张的大笑声突然从众人的头顶传来，将众人惊醒。

众人大惊，抬头看去，就见两个人影从天而降。

众人马上认出其中一人正是哈梵，而另一人竟然是那个手持雷神杖、能够驱使雷电的面具人。

"哈梵？"瑶光惊讶。

太岁指着面具人道："你没死？"

面具人看向太岁，冷笑一声道："死？等你死了我也不会死。"

太岁不屑地撇嘴道："比别的我可能不如你，比谁命硬，嘿嘿，你还真不行。"

瑶光"扑哧"一声笑了出来，看了太岁一眼。

面具人不解其意，仰天狂笑道："哈哈哈，黄口小儿，伶牙俐齿，就怕你的骨头没那么硬！"

说着，面具人举起手中的雷神杖，众人的脸色都是一变，瞬间摆出戒备的姿态。

"此处山清水秀，风水甚佳，就送给你们做埋骨之地吧！"面具人狂笑，就要出手。

一旁的哈梵突然冷冷地说道："你的废话还是那么多！赶紧杀光他们！"

面具人并不生气，猛地一振雷神手杖，"轰"的一声，一道狰狞的闪电向太岁等人当头劈下。

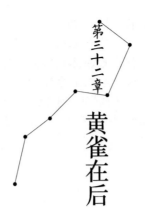

第三十二章 黄雀在后

闪电如紫蛇般腾空，却没有劈向太岁等人，而是穿向天空，消失了。

面具人愕然抬头，就见半空中不知何时已经布下一张细铁丝网，紫色闪电击在铁网上，爆出一阵耀眼的火花，随即消失。

面具人和哈梵大惊，看向太岁等人。

"你们……"

面具人话音未落，一群手持劲弩的大内御带从四面八方出现，将劲弩对准了哈梵和面具人。

洞明、开阳、天机子、玄玄子还有展昭越众而出，站到前面。

哈梵的神色大变，不由得退了一步，神色慌乱地左顾右看，似乎在寻找退路，又好像在察看对方是否还有其他援兵。

"这是你们的陷阱！"面具人盯着太岁等人，声音阴沉，隐隐有咬牙的声音传出，显然恨极。

在他看来，这就是羞辱，而且是一边羞辱他，一边狂扇他的耳光，好像在告诉他，你非但不聪明，反而蠢得透顶。

洞明微笑地看着他道："这本来是你的陷阱，不是吗？"

面具人咬牙不语，只是眼神越发阴鸷狠毒。

隐光上前一步，看着面具人冷笑道："两位很意外吧？"

面具人和哈梵都不说话，退后一步，身形戒备。

看着他们的动作，隐光不以为意，只冷笑道："你们以为我一到洛阳就不知所踪，究竟做什么去了？我是去与洞明沟通消息了。"

洞明接口道："我们虽然没想到你还活着，但哈梵在逃，以他的狼子野心，绝不会就此罢手，我们又岂能没有防备？"

隐光又道："所以，洞明和开阳假意留在汴梁，实则化明为暗，悄悄潜来洛阳。"

面具人不说话，抬头看着铁丝网，似乎在想着突破之法。

"我猜，你是在想，对付哈梵为什么还要防备雷电吧？"隐光突然一笑。

面具人霍然看向隐光，目光锐利如剑。

隐光不以为意，轻笑道："你别忘了，哈梵可是见识过你手中武器威力的。当日他出手偷袭，将你击落悬崖，若非身后追兵将至，不得已只能先逃命，否则以他贪婪的性子，又岂会放过这等神兵利器？"

面具人看了眼哈梵，哈梵脸色铁青，怒视隐光道："闭嘴！区区离间之计也妄想得逞吗？"

面具人眼神一动，又转头看向隐光。

隐光不以为意地一笑，不理会哈梵，仍然看着面具人道："哈梵的武功虽然不错，但数次交手，看得出来，他很依赖外物。当他从大牢逃走时，我们就有过推测，恐怕他第一时间就要去寻找你的雷神杖。为此我们甚至在你坠崖之地派出了重兵把守，只等他一现身就将他擒获。只是可惜，一直以来，他都没有再出现。本来我们还在想，是否推测出了疏漏，他早已经得到了雷神杖，因此才没现身？但现在看来，是你把他从天牢救出的吧？他既然知道你没死，自然不会去自投罗网啦。"

隐光抬头，看了看天上的铁网，又看向面具人道："在此之前，我们虽然并不知道你未死，但为了防备哈梵，自然也会有这方面的准备。"

洞明似乎一点都不着急，等隐光说完话，上前一步，继续用语言刺激面具人："我们隐在暗处，本想以隐光他们为饵，钓出哈梵，却没想到，居然等到了你这条已经'死去'的大鱼！"

这时，天机子缓步走出，看着哈梵，眼神锐利，充满杀气。

"哈梵，你杀我好友冲玄，杀我师兄地藏，这血海深仇，今日就做个了断吧！"

众人对峙，一触即发，可就这时，明明陷入绝境的面具人却突然仰头嚣张地狂笑起来，身上的衣袍被风吹得猎猎舞动，如同魔神现世，疯狂而诡异。

"哈哈哈……"

众人面面相觑，都紧张起来。

面具人狂笑过后，突然举起手中的雷神杖，朝着天空发出一道更加粗大的雷电。

众人都惊愕地看着，就见雷电被天上的铁网吸去，爆发出一片刺眼的白色火花。

白色火花亮得惊人，所有人都眯起眼，不敢直视，就在这时，传来面具人的一声冷喝。

"动手！"

随着他的声音落下，太岁这边人群中一道人影左右飞蹿，就听几声闷哼痛呼声传出。柳随风、展昭、太岁、瑶光四人已经吐血倒地，而动手的竟是谛灵子。

四人吐血受伤，倒在地上，没等众人反应过来，谛灵子身形又是连动，抬脚挑起四人，把四人踢向天上的铁网。

转眼间，铁网被四人撞坏，身形飞快地坠落。

直到这时，众人才反应过来，纷纷跃起接人。

太岁正好下落在隐光头顶，隐光跃起接过太岁。谛灵子的眼神中闪过一丝阴狠，趁机出手，一掌打在隐光的后心。

"哇！"隐光吐血倒飞，太岁摔在地上，也吐出一口鲜血。

太岁指着谛灵子，脸上露出不敢置信的神色。

另一边，天机子跃起接住了瑶光，玄玄子接住了展昭，洞明接住了柳随风。

几人刚刚落地，没等出手拦截谛灵子，谛灵子便身形急闪，如幻影般几个起落，已经飞掠到了面具人的身旁，转头看向众人，面无表情。

众人惊怒地看着谛灵子，天机子不敢置信地伸手指着他，颤声问道："谛灵子！你……你为何要听他号令？"

谛灵子站在面具人身侧稍后，双目微垂，嘴角带着淡然的微笑，对天机子的质问不加理会。

隐光按着胸口艰难地从地上站起，抬袖擦了擦嘴角的血迹，冷视面具人道："天机子道长，事到如今你还不明白吗？"

天机子扭头看向隐光，疑惑不解。

隐光看着面具人冷笑道："他，就是地藏！人人都以为已经死去了的地藏。"

"什么？"天机子大惊，转头看向面具人，"地藏？你是地藏师兄？这怎么可能？"

天机子神色愕然，不敢置信。

"一切都有可能！"隐光神色郑重，"其实我早就怀疑他的身份了，道长可还记得，冲玄道长临终时留下的线索吗？"

"是那个手诀？"天机子若有所思。

"没错，就是那个手诀！"隐光点点头，看着面具人沉声道，"从那时候起，我就感觉不对，明明地藏才是掌门，就算冲玄与你交好，可你是碧游宫的人，他既然向碧游宫的人求援，没道理越过掌门，求助于一向不理俗事的长老。"

天机子若有所思，看向面具人，面具人沉默不语。

"再者……"隐光继续说道，"《推背图》之秘保守了这么多年，从无外人知道，甚至就连皇上都要在查了皇室的机密资料才知晓。现在却有人突然打起了它的主意，四处抢夺，而原本的知情人又从没泄露过这个秘密，实在不合情理。"

面具人冷哼不语。

隐光看着面具人，嘴角露出冷笑道："还有，《推背图》之秘何等重大？可是哈梵四处抢夺，却一开口就道明来意，生怕人家不知道自己要找的就是《推背图》。在白马寺，他泄露机密后，方丈未死，他也不管不顾，扬长而去，好像根本不在乎这件事被别人知道似的。这又是一个不合情理之处。"

天机子静静听着，脸上的神色非常复杂，众人看到都很理解，甚至是同情，知道他一时间无法接受这个事实。

"正所谓事出反常必有妖。"

隐光吐了口气，看着眼前仍然冷静，甚至有些冷漠的面具人，继续说道："若只有一点点不合情理，还能用巧合或者对方行事疏漏来解释，可一连几个不合情理放在一起，就不得不让人深思，其中是不是有什么缘故了。于是，我有了一个大胆的假设……"

隐光缓口气，扭头看向神色复杂的天机子，清朗的声音远远传出。

"假设，有一个知道《推背图》之秘的人刻意制造事端，他从冲玄手中夺取了一块铜牌，再刻意安排哈梵跑到与此事完全无关的白马寺虚张声势一番，接着又让哈梵杀上碧游宫，一来故意暴露身份，再者，找机会留下那块从冲玄手中夺来的铜牌。如此一来，朝廷很快就知道了契丹对《推背图》垂涎三尺，为阻止契丹的阴谋，不管朝廷是否愿意，都必然会参与进来。而留下的那块铜牌，又给了朝廷补全四块铜牌的机会。"

面具人沉默不语，而哈梵则是眼神不停闪动。

隐光继续道："如此一来，朝廷怎么做已经可以想象得出了！不得不说，你的谋划很完美，我们每个人，包括朝廷都被你牵着鼻子走。果然，朝廷下了决心要找到《推背图》。直到这时，你才真正有机会从中谋划抢夺。"

说到这里，隐光的眼光扫向众人。"大家还记得吗？咱们刚从地狱谷找到铜碑偈语，他们马上就现身抢夺。这会是巧合吗？不，这不是巧合。也正是因为这一点，才足以说明，之前的一切种种，都只是此人的打草惊蛇之计。但这人是谁，我当时依旧猜想不到。"

面具人沉默不语，负手看着隐光，面具后眼神闪动。

谛灵子依然微垂双目，好像没听到隐光在说话似的。

哈梵在一旁看着隐光，眼神闪动，冷笑不语。

隐光把目光转向谛灵子："地藏假死后，谛灵子随天机子道长到了古吹台，当他说起师父身死时，虽然一副拭泪悲痛的模样，但我仔细看他的表情，却发现他神情做作，虽然落泪，但他的眼睛里并无悲痛之色，这时，我已经开始怀疑谛灵子了。"

面具人扭头看了谛灵子一眼，谛灵子抬头看向隐光，眼中透出惊讶疑惑之色。

隐光冷笑，又看向哈梵。

"还有，当日我们去地狱谷时，哈梵的突然出现也很奇怪。那时北斗司已经开始戒备他了，不但早早就加强了防范，而且无论是天机子道长进宫凑齐了藏宝图，还是出发赶往地狱谷，这些都是机密，而且时间很紧，就算有人知道了，也来不及去通知他，可他偏能准确地找来，岂不稀奇？"

隐光看向天机子道："道长可还记得，当时我们赶到地狱谷，发现雷电阻路，曾让太岁和瑶光回城找开阳帮忙吗？"

天机子点头，太岁和瑶光也点头。

隐光又问道："那么，除了太岁和瑶光，当时还有谁曾离开过呢？"

天机子一惊，看向谛灵子道："谛灵子？"

"不错！只有他，曾以祭拜先师为借口离开过，也只有他，才有机会送出消息！"隐光指着谛灵子。

面具人冷哼一声，同样沉默。

隐光又道："既然我已经开始怀疑谛灵子，自然就开始关注他。我发现，当他面对哈梵这个'杀师仇人'时，竟然毫不踊跃，甚至可以说是在敷衍。那时我开始认为，谛灵子就是哈梵背后的那个人！也许他从他的师父地藏口中知道了《推背图》的秘密，生出野心，所以与哈梵勾结，害死师父，想谋取富贵。但是，我错了！"

隐光叹了口气，上前一步，看着蒙面的地藏。

"眼看哈梵受众人围攻即将落败时，地藏按捺不住出手了。而在太岁受伤、瑶光狂化的时候，谛灵子却突然情绪激动地想要为师父报仇了，结果反而替蒙了面的地藏解了围。"

众人听到这里，纷纷回想当日的情形，不由得恍然。

隐光笑道："这一切看起来像是巧合，以谛灵子的身份，急着为师父报仇，忙中出错，倒也合情合理。只不过，谛灵子的表演实在太拙劣了，若不注意还好，可偏偏之前我就已经对他有所怀疑，所以看在眼里自然处处都是破绽。

"当时我就知道，我之前的想法错了，凭谛灵子表现出的能力，就算能与契丹达成合作，也绝对不会起主导作用，更无法驱使哈梵做事。那么，不是谛灵子，又能是谁呢？"

隐光看向面具人，面露讥讽道："我左思右想，突然发现自己漏过了一个重要人物，这个人不但有能力，也有机会去做这些事。只不过，这个人却偏偏有一个固执的师弟，死活不肯交出由他保管的那块铜牌。"

"这个人不得已之下，只好上演了一出为师弟而死的苦肉戏，可就算这样，他仍然不放心，生怕师弟太过固执，于是在'临终'时还反复叮嘱师弟要顺从朝廷，帮助朝廷找到《推背图》，千万不要成为千古罪人。以此，达成他不可告人的目的！"

天机子神色恍惚地看着面具人，嘴角蠕动了两下，没说话。

听到这里，面具人终于有了动作，就见他轻轻鼓掌，赞叹道："高明！实在是高明！"

说完，面具人的目光扫过众人，突然抬起手，缓缓摘下了面罩，露出一张慈眉善目、须发皆白的面孔。

　　果然是地藏！

　　"隐光，你作为一个后辈，能干掉你的前辈第一代隐光星君，确实不简单哪，单是这种抽丝剥茧的能力就令人佩服，老夫如此缜密的安排，都被你猜透了。可是……"

　　地藏缓缓举起雷神杖道："就算被你猜到了我的身份又如何？现在用以汲取雷电的天网已破，老夫的雷神杖无人能敌，你们一个个又受了重伤，能动手的寥寥无几，就凭这些大内御带，能奈我何？"

　　说着，地藏手中的雷神杖上紫色电光闪烁，他仰天狂笑起来，眼看着就要发动攻击。

　　可就在这千钧一发之际，一直守在地藏身旁、一言不发的谛灵子却突然闪电般出手，一把夺下了地藏手中的雷神杖，紧接着身形一闪再闪，像一道虚幻的影子般，转眼间就回到了隐光和洞明身边。

　　地藏惊愕，哈梵怔住，天机子和玄玄子也怔住，所有人的目光都落在谛灵子身上。

　　第一次，地藏的脸上露出了惊怒之色，他不敢置信地看着谛灵子，大喝道："徒儿，你做什么？"

　　不等谛灵子回答，受伤倒地的太岁、展昭、柳随风、瑶光等人纷纷跃起，对地藏和哈梵形成了包围。

　　地藏和哈梵震惊地看着受伤的四人，发现四人面带冷笑，太岁更是从嘴里吐出一个小小的血袋，嘲笑地藏："没想到这么点小把戏就瞒住了你，师叔祖，看来你真是老了，眼神都不行啦。"

　　"这……这难道……"地藏震惊得说不出话来。

　　太岁向他扮个鬼脸，得意地说道："圈套着圈，计套着计，师叔祖，你不只眼神不好，脑筋也不够灵活啦。"

　　这时隐光突然又说道："地藏，我方才所说的一切，你忽略了一点！"

　　"老夫忽略了什么？"地藏把目光从太岁的身上转开，不解地看向隐光。

　　事情发展到现在，地藏也有些蒙了，不管之后如何，至少现在非得把事情弄清楚不可，否则恐怕他死都不会瞑目。

　　这就是聪明人的另一个缺点了，万事非得寻一个答案不可。当然了，这种好奇心也不能说不好，但是也得分场合和时候。到了此时此刻，他不寻思如何脱身，或是反败为胜，反而在追究已经发生了，并且无法弥补的错误的答案……

　　所谓聪明反被聪明误，这就是典型的例子。

　　其实这时候如果隐光足够阴险，足够恶毒，只要一句话就能气得他吐血，并且就算能活下来，也会郁闷一生。

　　这句话很简单，只有五个字，那就是——我不告诉你！

　　没错，对付地藏这种聪明人，只要捂住答案，死也不告诉他，没准就能把他活活憋死。

　　但令人既失望又可惜的是，隐光却不是这种人，就听他呵呵一笑，说道："你忽略了我啊！还记得吗？我，当时不在现场啊！"

　　"呃！"地藏一怔，回想一下，突然反应过来，是啊，这些事发生时你没在现场啊！可是，你说了那么多，特别是一些细节，若你没在现场又是如何看到的呢？

　　隐光一笑："我猜，你现在心里在想，这些事，我没在现场又是怎么看到的呢？"

地藏又是一愣，紧接着心里突然生出一丝惊惧，此人……竟然多智至此？

不但地藏在发愣，哈梵也呆了，刚才自己心里也是这么想的，这人竟然……竟然如此狡猾？

地藏和哈梵对视一眼，转而瞪大眼睛看向隐光。

到了这时，隐光反而不急着说话了。

地藏和哈梵都是一急，目光中透着愤怒。

可以想象，如果今天他们得不到答案……

不过这种事是不可能发生的，因为有一个叫作瑶光的大嘴巴已经笑嘻嘻地揭开了谜底："隐光前辈不在现场，可包黑子在场啊！"

隐光轻笑一声，抬起手，缓缓地按在脸上，在众人目光中，轻轻地揭下了一张人皮面具，露出一张漆黑如炭的脸。

不用问，脸能黑成这样的，自然不会是别人了。

"是你？"地藏看着包拯一怔。

事实上包拯在地藏一系列的谋划中，是一个可有可无的小人物，若非他那张黑脸，地藏没准还真记不住他。

包拯看着地藏，面带微笑，轻轻抱拳行礼。"大理寺评事包拯，见过地藏先生。"

地藏大惊道："你不是隐光？你……那他……"

他突然反应过来，目光一转，看向手持雷神杖的谛灵子。

果然，谛灵子伸手在脸上一抹，已经换了一副容貌，这是一张面容清癯、儒雅温和的脸，正是隐光常用的一副容貌。至于他的真容，在场诸位，恐怕就只有洞明见过了，甚至，很可能连洞明都没见过。

隐光微微一笑。"地藏，你的徒弟谛灵子不是个好戏子，而我，却是天下最好的戏子。"

地藏震惊道："我那徒儿谛灵呢？"

"他嘛……"

这时一直没说话的洞明终于开口了，他一如既往地板着脸，看着地藏的表情跟看着太岁几乎没什么两样。"在我们前来老君山时，就已经把他拿下了！"

地藏终于忍不住了，怒吼一声："你们统统去死！"

说着，他高高跃起，朝隐光疯狂扑去，显然是想要抢回雷神杖。

只可惜，他的武功虽高，但最多也只能算是顶尖高手，远达不到视千军万马如无物的那种超凡境界。

而他的对手，除了天机子师徒算是江湖人外，其他人都是不讲究江湖规矩的所谓"朝廷人"，几乎在他刚刚跃起时，柳随风、太岁、瑶光、展昭四人就已经从四面向他发起了攻击。

一时间，刀光剑影扑面而来，最可怕的是，还有一根虎虎生风的黑黝黝的大棒槌朝着他迎面砸来。

刀剑且不去说，但若是被这根大棒槌砸在身上，就算是地藏的武功再高，恐怕也会被砸成肉糜。

地藏心中震怖，来不及多想，翻身便退，退得那叫一个利索，没有丝毫拖泥带水，就好像之前的高高跃起本就是为了让这个后空翻更加流畅，姿势动作更加标准而做的准备一样。

而太岁等四人一招将他逼退，却并不靠近，只是不远不近地包围着地藏和哈梵。

看着这四个一直没被他放在眼里的年轻人，地藏倒吸一口凉气，少见地在心底生出一种长江后浪推前浪的感觉。就刚才那一招，可以说是地藏有生以来，面对的最危险的一次，若非反应快、当机立断地退避，没有硬扛，否则现在什么情况还真不好说。

　　他震惊地看着四个年轻人，心说怎么现在的年轻人这么厉害了？他年过百岁，自然见多识广，以他的经验来看，同样是年轻人，可混江湖的要比混公门的强上不少，原因也很简单，混江湖，那是拿命来拼的。而公门中人，多数都是在熬资历，就算偶尔历练，交手的机会也远远比不上那些在江湖里拿脑袋打滚的同龄人。

　　可这几个年轻人，却好像打破了这种规律似的，单个拿出来也能算是江湖二流好手了，而集合在一起同时出手时，竟然险些把自己这个顶尖高手一招斩杀……

　　真是可怖，可畏！

　　地藏的眼中精光四射，这一刻，他第一次正视这些年轻人，同时也在心里暗暗下了决心，若有机会，一定要把他们彻底毁去，否则的话，就算今天能逃过此劫，恐怕日后他们成长起来，也会成为自己的大敌。

　　地藏在这边念头翻涌，而另一边，哈梵更不用说了。事实上，以他狡诈的心性，早在雷神杖被夺走后就有了退意，此时一见地藏被几个年轻人轻易逼退不说，还差点把命都丢了，更是目光闪动，时刻准备找机会脱身。

　　不过他毕竟也是一位顶尖高手，知道现在时机不到，若自己抢先突围必然会成会众人集中攻击的目标，当下眯了眯眼，像是受到惊吓似的猛地抬起双臂，举起火器对着四人，身体更绷得像是即将断掉的弓弦，仿佛任何风吹草动都能把这根弓弦给弄断。

　　这一番半真半假的表演是否有作用，哈梵自己也不知道，但好在太岁等人并不马上攻击，只是不远不近地围着他们二人，注意力更是有七成以上都集中在地藏身上。

　　这时，天机子神色哀恸地上前一步，声音发颤地说道："师兄，他们说的是真的吗？真的是你杀了冲玄？"

　　地藏现在神色焦躁，听到天机子的问话，心里的一股火烧得更大了，不由得怒喝："你闭嘴！你以为我想这样，还不都是你们逼的？"

　　天机子愕然地看着地藏，不明白地说的是什么意思。

　　"我们逼的？我们怎么逼你了？"

　　地藏咬牙切齿，两眼冒火道："当年五代乱世，江山无主，正是我辈搅动风云、谋取天下的良机。若是你们能与我同心同德，取出《推背图》，预知天下事，如今的天下岂会由赵氏小儿做主？"

　　他上前一步，愤怒地握着拳头，恶狠狠地说道："可恨大师兄不但不支持我，竟然还很欣赏赵匡胤，跑去扶持他。还有你，整日里闭关潜修天道，一心追求长生，像个活死人一样把自己关在山洞里！我空有雄心壮志，又能奈何？"

　　天机子神色哀恸，沉默地看着地藏发狂，心彻底凉了。

　　地藏怒发须张，怒指天机子，如同欲择人而噬的野兽般怒号："天纵良机啊，天纵良机啊！就这么让你们给错过了！当年赵匡胤陈桥兵变，黄袍加身，无非是欺负周氏孤儿寡母无依无靠，这才得了天下，开创赵宋江山。这样一个卑鄙小人都能被大师兄欣赏辅佐，可他为什么偏偏就不肯帮我？为什么？为什么？"

　　天机子听到这里，悲愤不已，仰天长叹，热泪盈眶。

　　"唉，我早知师兄当年有野心，之前不肯交出《推背图》的秘密就是怕师兄你行差踏错，直到师兄为救我而死，师弟我才愧疚自责，以为错怪了师兄，后来又一心一意想要为师兄报仇。可是，万万没想到，这一切竟然都是师兄的阴谋！"

"阴谋？"地藏不屑地冷笑道，"可笑！究竟是阴谋还是智慧，无非以成败而论罢了！你活了这么多年，竟然还如此幼稚！"

天机子神色哀恸道："师兄，如今天下太平，早已不复当年乱世……"

地藏狂笑，打断天机子。

"哈哈哈哈……"

他笑了一会儿，才冷冷地看着天机子，脸上已经扭曲，狰狞如疯魔。"你说得不错，欲谋天下，须得乱世。如今虽非乱世，可是只要我得到《推背图》，得到契丹、西夏的帮助，天下还怕不乱吗？如今大宋朝中做主的同样是一对孤儿寡母，这难道不是谋夺天下的大好时机吗？"

天机子愣愣地看着地藏狰笑，神色一时恍惚。"师兄，你已百岁高龄，来日无多，何必仍醉心于功业，就算真让你得了天下，去日无多，又无子嗣，那又有什么意义？"

"哈哈哈……"地藏仰天狂笑道，"你多年来不理世事，一心闭关修炼，难道我就会闲坐等死？哼！蛰龙心法固然晦涩难明，但你真的以为，全天下只有你一个人能学会？其实早在十年前，我就已经开悟，练成了蛰龙心法，因此寿元大增，人也渐转年轻，返老还童。多了不敢说，再活个一两百岁，想必是没有问题的。"

说到这里，地藏一把扯去自己的胡须和假发套，又扯下脸上一张薄如蝉翼的薄膜，就见他脸上的皱纹飞快平复，俨然是壮年男子的模样。

天机子惊愕地看着地藏，太岁也瞪大眼睛看着地藏，喃喃自语："哇！蛰龙心法，竟然……竟然这么厉害？可以返老还童？"

瑶光两眼放光，突然凑近太岁，伸出两根手指扯着他的衣袖，娇滴滴地央求道："太岁，我要学……"

瑶光到底还是女人，这世上哪有女人不在意自己的青春和容貌的？

太岁一听，马上乐了，得意扬扬地仰起头道："求我啊！"

太岁和瑶光这一对活宝，竟然在这种时候还能找机会打情骂俏。

天机子看到地藏的模样，已经彻底惊呆了。他突然发觉，自己好像第一次认识自己的师兄。

蛰龙心法，这么多年，除了太岁这个妖孽外，竟然还有第三人习成了？

看着瞠目结舌的天机子，地藏冷笑道："若没有练成蛰龙心法，或许我真像你说的那样，早已心灰意冷，再没有争夺天下的野心。可既然我已经修成心法，寿元大增，又岂能甘心在山中枯坐等死？"

天机子深吸口气，怒视着地藏道："你别忘了，还有大师兄能克制你。"

"哈哈，你是说陈抟吗？"地藏大笑道，"没错，我们碧游宫一脉属他天赋最高，但是他自归隐华山便没了下落，没准早已坐化。就算仍然活着，以他的年纪也必然老迈不堪了，你莫非以为天下间真有长生不死之人？傻师弟，益寿延年倒是可能，长生不老？你醒醒吧！"

天机子咬牙切齿，张口欲言，一时竟无言以对。

他大怒，怒不可遏，怒发冲冠！

地藏此言若听在别人耳里，倒没什么特殊意义，顶多就是几句嘲讽，戏弄罢了。

可对天机子来讲，却大不相同。

天机子一生修行，追求的就是长生不老，地藏言语中彻底否定了长生不老的存在，相当于否定了天机子的人生，若是心志不坚的人，仅这一次对话，就会被打击得心神沮丧，再无修行之心。

没有证据反驳，就算心性再如何坚定，也难免在心底留下一丝阴影。这对修行人来讲，就是在心田中种下了一缕心魔。

地藏嘿嘿冷笑，看着天机子气得渐渐扭曲的模样，心情前所未有的舒爽。

多少年啦？多少年啦？

这么多年来，一直就看这家伙不顺眼，今天终于能出口气了。

真是大快人心啊！

地藏哈哈大笑，畅快得无以言表。

等他发泄够了，这才再次看着天机子，冷哼道："对《推背图》我策划良久，志在必得。几年前我就命谛灵子暗中帮苗训推八贤王上位，报酬就是藏在北斗司的那块铜牌。只可惜苗训那个蠢货实在令人失望，大好局面竟然把握不住。"

天机子惊愕地看着地藏。

太岁也瞪大了眼睛，惊呼道："哇！你这老狐狸藏得够深，雷允恭那死太监原来也是受你指使！"

地藏冷笑道："可惜他失败了！我只好亲自出马，去了一趟契丹。果然，契丹国主欣然同意，派出哈梵国师与我配合，至于事后如何瓜分大宋国土……那就要看各自手段了。"

众人怒视哈梵，哈梵眯了眯眼，沉默不语。

"卖国贼！"瑶光听到这里，心中大怒，怒视地藏骂了一句。

地藏斜睨瑶光一眼，并不理会她，而是转向天机子冷笑道："可惜冲玄的死，依旧不能让我师弟回心转意，我只好施展苦肉计了！"

一旁的玄玄子此时也忍不住了，愤怒地上前一步，怒问道："师伯，你为达一己私欲，不惜勾结契丹人，就不怕生灵涂炭吗？"

"生灵涂炭？"地藏哈哈大笑道，"愚蠢！若不生灵涂炭，老夫如何登上九五至尊的宝座？那些庸庸碌碌之辈，在老夫眼中不过一群蝼蚁罢了，死则死矣，又何必在意他们？"

"执迷不悟！"

柳随风实在听不下去了，当下一挥手，冷喝道："杀了他！"

到这时候该说的、能说的都说透了，再说已经没什么意义了，当下众人一起出手，围攻地藏和哈梵。

开阳退后几步，从大内御带的手里接过一个大半人高的箱子，从里面取出机甲开始往身上穿戴。

要说众人最恨哈梵和地藏的，除了天机子外，恐怕就要属展昭了。

几乎在柳随风刚刚冷喝出声的同时，展昭就第一个出剑，朝哈梵刺去。

"嗡！"展昭手中的长剑轻颤，如龙泉铮吟，剑芒如光，锋利的剑刃刺破空气，发出如撕裂帛布的声音。

这一剑快如电光，锐利至极，刹那间就到了哈梵的眼前，一股锋芒杀意隔着皮肤浸入哈梵的脑海，他浑身的寒毛都竖起来了。

哈梵的瞳孔猛缩，当下来不及多想，本能地抬起手臂朝身前一抡，就听"铛"的一声脆响，长剑被哈梵袖中的火器震开，金鸣之声随之响起，就见一块破布飘落，露出了哈梵能够驱火的凭恃。

原来在哈梵的两个袖口里，都各藏着一个黑黝黝的似金似铁的童臂粗细的管子，在贴近手臂的一侧，除了有巴掌宽的皮带固定手腕外，还隐约能看到一些精致的机关。

展昭只看了一眼，心里就有了数。

他虽然不通机关之道，可自幼由大侠吕若虚教导，自然对江湖上常见的暗器有所了解。

这火器虽然更加精致微妙，但从整体上来看，与江湖人所用的袖箭至少有七成相似。显然，制造这火器之人，定是参考了袖箭的设计，只不过是把箭换成了火罢了。

领悟到这一点，展昭心里对火器的隐约怯意马上不翼而飞。既然知道了其中根底，只要自己多加防范，自然不会轻易中招。

展昭眼神一冷，被震开的长剑在半空中一画，凌空画了一个半圆，变刺为斩，再次朝哈梵的头颈飞快落下。

与此同时，太岁和柳随风也扑了上来，同时朝哈梵出手。

只不过与展昭凌厉的剑法不同，太岁不但武功要差得多，而且对兵器一门很生疏，唯一会使的匕首也上不得台面，早在当初加入北斗司时，就已经弃之不用了。

好在他之前曾学了两重的蛰龙心法，虽然在招式方面仍然差很多，可真元内力却早已经不同往日，再加上他体质特异，想死都死不掉，所以慢慢养成了一种他人无法模仿的战斗方式，简单来说，就是两个字——拼命！

他的一招一式，几乎都是同归于尽的打法，非常无赖。

当然了，这种打法若是面对同等对手自然大占优势，可若是面对更强的对手，单打独斗的话，其实也没太大优势。

试想，若对方武功太高，三两下就把他放倒了，就算一时杀不死他，也能把他打残制伏。

如此一来，就算太岁有不死之能，也顶多是命硬些罢了，无法克敌制胜。

可话说回来，以太岁这种无赖打法，若是有其他人配合，以多胜少的话，那威力可就太大了。

眼下情形就是如此，太岁出手比展昭稍慢了一些，再加上武功修为也差了一个档次，所以等他扑到哈梵近前时，展昭的第二式斩剑也已经被哈梵挡住了。

太岁见此，也不意外，毕竟哈梵的武功他早有领教。当下便不管不顾，合身朝哈梵扑了过去，看那样子，是想要把他抱住，好给展昭等人争取机会。

对这个家伙，哈梵也很有顾忌，当初在地狱谷时，若非被太岁牵制，他和地藏一火一雷，又岂会那么轻易地落败而逃？

虽然哈梵不清楚太岁的不死之能，但对于他的扛揍能力，还是有几分了解的，一见他扑过来，马上想也不想，抬手就喷出一道火焰。

太岁一见，心里不由得无奈，当下只能翻身而退。

太岁虽不在乎刀剑加身，可对于火，他却没办法了。谁知道自己被烤熟了以后，能不能再活过来？

哈梵一道火焰喷出，不但逼退了太岁，连展昭也只能无奈退避。不过退后两步的展昭，眼中却闪出了更加浓郁的杀意。

就是此人，用火烧死了师父。

展昭一边游走寻找机会，一边不时朝哈梵的手臂刺出一剑，欲伺机将其火器打坏。

一时间，哈梵、展昭、太岁三人僵持在一起，谁都拿谁没办法。

而另一边，柳随风和瑶光却攻向了地藏。

柳随风一向很少用剑，一来是他对剑术不太精通。再者，他时常以儒生打扮示人，身上总挂着把剑，他也不太习惯。

好在他虽然剑术不精，手中的折扇功夫却非常高明。

江湖上使扇的高手非常少见，扇子算是一种奇门兵器，从路数上说，是脱胎于点穴截脉一路的功夫。不过与判官笔一类的专司点穴截脉兵器不同，扇子要更加灵活多变些，不但能点能砸，能挡能挑，而且展开扇面后，还能用来防守。

不但如此，不同的扇子，使出的功夫也不相同。

仅从材质上讲，就有骨扇、铁扇、竹扇、纸扇等分类。若再从形态上分还更多，比如羽扇、柄扇、团扇、折扇……

而柳随风手里拿的就是一种铁铸的折扇，当然了，说是铁扇，其实并非全是由铁铸成，只是扇骨是由铁铸，而扇面却是很常见的丝绸。

就见柳随风一个腾纵，跃到了地藏的头顶上空，手中的折扇往下狠狠地一砸。

地藏冷笑，不慌不忙地一抬手，拍出一掌。

可就在这时，柳随风手中的折扇却猛地展开，如孔雀开屏般，扇面丝绸划落，"刺"的一声，划破了空气，朝地藏的手掌狠狠削来。

地藏不以为意，抬起手掌一引一扭，掌心微曲，并指如鹤喙，往上轻轻一啄，就听"铛"的一声，手指点在扇骨上，传出一声金铁交鸣之声。

别看只是这轻轻一啄，可在柳随风的感觉中，自己的扇子好像被一柄又重又沉的大铁锤迎面砸中了一般，震得他手腕一阵发麻，连腾空的身形都往上抬了几寸。

柳随风心中惊骇，没想到地藏的武功会高到这种程度，指力竟然能强到如此程度。

好在他争斗的经验非常丰富，反应也足够敏锐，不及多想，借着这股力量猛一提气，身形又往上飘起了两尺，正好躲过了地藏紧随而来的另一只手掌。

他眼神一冷，人在半空，突然一扭，变得头朝下脚朝上，手中本就展开的折扇"啪"地一合，一道隐晦的灰色光芒从扇骨中飞射而出，直直射向地藏的头顶。

这是一根透骨针，针上虽然没有抹毒，却涂了一层软筋散，一旦被射中见血，不出一时三刻就会变得浑身无力，筋骨酸麻。

可以说，这是一种略显歹毒的暗器，虽不致命，但也为江湖中人所不齿。

不过柳随风本就不算是江湖中人，自然不在意这些所谓的江湖规矩。而且从另一个角度上来讲，他这种手段也算是很仁慈了。毕竟他面对的敌人本就不是什么好人，不抹毒就已经不错了，用上麻药也只是为了能生擒对方而已。

"哼！"柳随风自己不以为意，可一见他射出透骨针，地藏却不由得怒哼一声，大袖一卷，就将透骨针卷到一旁，另一手并指如剑，"嗡"的一声，朝从空而降的柳随风的面门刺了过去。

光是从声音就能听出，地藏这一指，比起寻常的兵器都要厉害，要是被他刺中，恐怕比被剑刺中的结果也好不到哪儿去。

但奇怪的是，面对地藏这招要命的剑指，柳随风却面色不动，手中折扇一抖，扇尖划了半个弧，直直地朝地藏头顶的百会大穴点去。

看那模样，好似要与地藏拼个同归于尽一样。

地藏的瞳孔一缩，心里大为不解，怎么才一交上手就要换命？有那么大仇吗？

不过，武功一道，差之毫厘，谬之千里，不是说你想换命就能换的。

地藏心里冷笑一声，手中剑指不变，朝柳随风狠狠刺去，身形却是突兀地一矮，就听"啪"的一声，他个头一下矮了三寸，而手臂却反而变得更长了一些。

他竟然在这电光火石之间使出了缩骨功。

柳随风的脸色终于变了，再次提了口真气，另一手猛地朝下一拍，就听"轰"的一声，空气被拍开，而柳随风却借着这股反震之力，凌空一滞，飞落的身形不由得一缓。

地藏心里冷笑，就算让你缓一下又能如何？

可他刚冒出这个想法，心里却传来一股强烈的不好的预感，身上的毛发都竖起来了，不及多想就双脚一错，"噌"的一下，朝身侧蹿出两步。

"呼！"

就在他刚刚退开时，之前所站的位置上，一个手臂粗细的大棒槌夹杂着狂风抢了下来，带起漫天尘土。

一看到那大棒槌，他就知道是怎么回事了。转眼看去，果然就见瑶光正一脸意外地看向他，显然没想到他能在这种情况下躲开偷袭。

地藏额头的冷汗都流下来了，心里更是暗暗庆幸，还好躲得快，否则这一棒槌砸下来，就算不被砸成肉糜，也非得骨断筋折不可。

这时，柳随风也从空中落了下来，只不过他之前两次凌空强提真气，显然负担不小，一落地就跟跄了一下，脸色苍白，面无血色。

他隐隐感到气血浮动，流畅不顺，胸中一口气息纠结，体内真气更是躁动不已，竟有种无法驾驭之感。

一层细细的冷汗从他的额头浮现，他的眼中露出后怕之色。

"没事吧？"瑶光见他跟跄一下才站稳，不由得转头看了他一眼，脸上露出担心之色。

"没事！"柳随风长呼口气，平缓一下体内躁动的真气，这才缓缓摇头，苦笑一声，脸色凝重地看向地藏，"这家伙厉害，你小心点。"

"嗯！"瑶光见他脸上渐渐恢复血色，放下心来，点了点头再次看向地藏。

从柳随风冷喝出声到四人齐齐出手，实则一共也不到两息时间。

但就在这两息时间里，几人已经交手了五六招，柳随风更是三番两次遇险，若非和瑶光长期合作，默契十足，否则他就算不死也必得受到重创不可。

柳随风在心里后怕，其实地藏也不好受，他之前已经非常重视这些年轻人了，可就算如此，他也只以为当时这四人主要是占了偷袭的优势，若是硬拼的话，还远不能威胁到自己。

可眼下一交手，他的想法马上就变了。

瑶光自不必说了，从她的兵器就能看得出来，这是一个天生神力的怪胎。

最让地藏感到惊讶的是柳随风，这个后辈看起来没什么突出的地方，武功也顶多算是二流水准，但不得不说，他的应变能力实在太惊人了。

面对自己，他还能做到凌空三次变招，两次强提真气，那透骨针也给自己带来了很大威胁。若非功力远逊自己，自己还真有可能栽在他手上。

想到这里，地藏眯了眯眼，侧头朝哈梵望去，就见哈梵虽然将展昭和太岁逼退了，可一时间也只能喷出火焰自保，无力克敌。

不行，不能再磨蹭了！

地藏心里一冷，知道若没有雷神杖傍身，自己今天恐怕无法幸免了。

一抬头，就见对面的隐光和洞明也扑过来了，地藏的脸色一沉，身形急动，飞快地朝柳随风和瑶光扑去，两掌如飞花蝶舞般连连挥动，凭借着远超二人的深厚功力将其逼退，紧接着他一个纵身，朝隐光扑去，试图抢回雷神杖。

隐光瞬间就看出了他的目的，当下有了主意，往原来准备攻击哈梵的洞明身边一蹿，朝洞明飞快地使了个眼色。

到底是老搭档，二人的默契自然不用多说，只一个眼神，洞明就已经了然，当下与隐光一错身，交换了对手。

地藏气极，紧追不舍，可他的武功虽高，但洞明也不弱，尽管单打独斗可能不是对手，可眼下的情形，他又岂会给地藏单打独斗的机会？

果然，当洞明与地藏刚一交上手，柳随风和瑶光就已经扑过来了。

三打一不说，柳随风还时不时射出一根透骨针。而瑶光本身也是暗器好手，时而抢起棒槌砸两下，时而退到一旁，悄悄地发出一些暗器。

地藏的武功的确高明，与他硬碰硬，毫无例外地都被他击退。

但令他感到无奈的是，对手人多势众，不但不讲江湖规矩，而且还不时用暗器偷袭骚扰，没多久，他就开始被打中，虽然不至于失去战斗力，可连连受伤，很快开始呕血了。

到了这种时候，他只能拼了，宁肯受伤也不肯退后，见隐光正背对自己跟哈梵交手，地藏只能一咬牙，拼着已受了洞明两掌，一纵身朝隐光跃去，想要夺回雷神杖。

隐光正在帮助太岁和展昭对付哈梵，虽然对地藏早有防备，可哈梵毕竟也是高手，真一交上手，他也无力分心，此时遭到地藏的偷袭，马上险象环生。

没了隐光的牵制，哈梵马上察觉到了机会，当下暴起，袖中火器连连喷射而出，换上了黑色的火焰。不但太岁和展昭无法靠近，更是将隐光逼得更加狼狈不堪，一时间就算连连后退，也被地藏趁机打中了一掌，吐血跌倒。

这时，瑶光突然不管不顾地冲了过来，先是朝地藏狠狠地抢了下棒槌，趁地藏退避时，她一伸手，将隐光手中的雷神杖夺去。

隐光此时本就狼狈不堪，对瑶光也没有防备，竟眨眼间被瑶光得了手。

瑶光持杖在手，飞退两步停住。众人都愣住了，一个个停手，惊疑地转头看向她。

"瑶光！"隐光不明所以，惊讶地看着瑶光，目光看向她的脸颊脖颈，想看看她是否是他人易容假扮。

瑶光不说话，只微微一笑，突然手臂高抬，把手中的雷神杖狠狠砸在身旁的一块大石上。

"不好！"地藏惊叫一声，飞身扑上，但他反应过来了，洞明等人自然也明白过来了，当下一群人上前拦住地藏。

这时，瑶光手中的雷神杖已经砸在石上，就听"咔嚓"一声，雷神杖顶端的水晶内部生出无数细纹，紧接着，又传出一连串"咔擦"的轻响，尔后"啪"的一声，原本璀璨美丽的水晶忽然碎裂成了一摊碎屑粉末。

像是时间静止了一样，所有人都停下了手。

地藏见雷神杖被毁，愣了一下，随后两眼飞快充血，神色狰狞，变得疯狂起来。

他衣袍无风而动，身上的戾气冲天而起，整个人如同一只发狂的凶兽般，发出了一声非人般的狂吼。

"啊！我要杀了你！"

他狂吼一声，也不管其他人，猛地朝瑶光扑去。

疯狂起来的地藏仿佛透支了生命般，一时间神力大增，众人纷纷阻拦不敌，一个个被击伤，吐血飞退。

展昭本来在攻击哈梵，看到这一幕，连忙抽身，出剑刺向地藏。

但地藏眼明手快，展昭刚一出剑，他就发现，转身伸手，竟然空手握住了展昭手中的长剑，随后他用力一扭，竟然"咔嚓"一声，生生将长剑扭断。

"砰！"地藏抬手一掌正中展昭的胸口，展昭被击飞，仰头喷出一口鲜血。

这时开阳终于换好了机甲，刚一过来，正好挡在地藏身前。

开阳这次穿的机甲类似于全身铠甲，虽然仍是木质，但足足有成年人的手掌厚，面对地藏疯狂的进攻，她虽然连连后退，但根本没受到什么伤害。

地藏不管不顾地打了几掌，见一时间打不烂机甲，又绕过开阳，转身扑向瑶光，神色狰狞地吼道："我要杀了你，我一定要杀了你！"

可这时，天机子和玄玄子也扑了过来，拦在他面前。

天机子神色哀恸，但出手无情，招招都往地藏的要害处攻来。

玄玄子也差不多，虽然武功比天机子要差了些，但他手中握着长剑，就听"刺"的一声，一剑刺向地藏的心脏。

但不得不说，他们都有些低估地藏了。

此时的地藏，比起狂化后的瑶光有过之而无不及，不但神力惊人，更重要的是，他内力之深厚，就算是天机子也不是他的对手。

就见他神色狰狞，脸上青筋如蚯蚓般扭动，有攻无守，只三两招之间，就把天机子打飞，而玄玄子的长剑更是被他随手握住，轻易就拧成了麻花状，"啪"的一声崩碎。

"砰！"地藏一掌拍出，玄玄子惊骇地抬掌相对，可仍然被击飞，在空中喷出了一口鲜血。

地藏此时已经半疯了，整个人动起来比之前快了近一倍，只一跃身，就到了瑶光的身前，在半空中朝她出掌。

这一掌从天而降，如遮天蔽日般，光是那种凶狂的威势就令人窒息。

瑶光心头大颤，只觉浑身发软，心底生起无法躲避的绝望，脸上更是露出了少见的惶恐之色。

"你去死吧！"地藏双目如血，神色狰狞，眼中充满恨意。

难道，我要死在这里吗？

瑶光彻底绝望了，面对此时无敌的地藏也只能闭目待死。

可就在这时，一个人影突然出现，挡在瑶光身前，面对地藏滔天的气焰毫不畏惧，一抬手，接下了地藏从天而降的手掌。

"噗——"他仰头喷出口鲜血，身形踉跄，手臂传来"咔嚓"的脆响，显然就算骨头没有折断，也必然开裂了。

他挡在瑶光的身前，把她挡得严严实实的，不肯退让半步，更不肯让地藏直面瑶光。

"太岁！"瑶光大叫一声，晶莹的泪珠飞溅而出，就要上前抱住太岁。

太岁一扭肩膀，挣脱瑶光的手掌，头也不回地大吼道："让开！"

说着，他不退反进，反朝地藏扑了过去。

地藏此时宛若疯魔，攻向瑶光的一掌被太岁挡住后，身体从半空落地，但他马上再次出手，飞快地又出一掌，"砰"的一声拍在太岁的胸口上。

太岁本已受伤，身体反应变慢，明明看到地藏的手掌攻来，身体却跟不上，才刚抬手就已经被击中胸口。

"噗——"太岁再次吐血，这时地藏又是一掌攻来，太岁本能就想躲开，可就在这时，他的眼角余光看到了身侧正准备上前拼命的瑶光，心中大骇，知道自己若躲避，瑶光就危险了。

电光火石间，他脑中的念头一闪而过，当下咬紧牙关，神色也变得狰狞起来，不退反进，硬拼着受了这一掌。趁着地藏出掌打中自己时，双手抓住地藏的手腕，然后顺势前扑，一头撞在了地藏的怀里，本已经受创的双臂猛地用力，就听"咔嚓咔嚓"一连串轻响传出，竟然紧紧地缠住地藏的一条胳膊。

地藏愣了下神，而太岁趁他愣神的工夫，双手一松，身体下弯，又抱向了地藏的腰，同时两腿一蹬地，借着双臂拉力一下子钩住了地藏的后腰，整个人如同八爪鱼似的紧紧缠在了地藏的身上。

地藏这时回过神来，脸上露出狞笑，抬起手，狠狠地一掌打在太岁的后背上。

"砰"的一声闷响，太岁再次喷血，身体一阵无力，本能地朝下滑去。

他能听到自己后背"咔嚓咔嚓"的轻响声，太岁心里清楚，一定是骨头碎了。

但太岁拼起命来的确有股狠劲，不理会后背骨头传来的剧痛。他一咬牙，神色变得扭曲，竟顺势下滑跌在地上，双手双脚同时缠住了地藏的双腿。

地藏大怒，又是一掌猛地击中太岁的后背，太岁再次吐血，但神色狰狞，紧抱着地藏的双腿不放。

这时，其他人终于赶到，纷纷朝地藏扑来。

瑶光看到太岁凄惨的模样，心跳瞬间停了一拍，紧接着，就见她双目充血，身上传来一阵噼里啪啦的脆响，似乎就要狂化。

"太岁！"瑶光大叫一声。

太岁一边吐血，一边费力地朝瑶光大叫道："别发呆，快动手！"

他这一叫，瑶光恍惚了一下，眼中血色飞褪，清醒过来，双手在腰间一拍，几把宛如游鱼般的飞刀从腰间弹出，在她的掌中飞快地旋转两圈。

"嗖，嗖……"连续十二把飞刀一把一把地射出，眨眼间，地藏身上十二大穴都被飞刀刺入。

这时柳随风正好冲过来，抬手一掌拍在地藏头顶的百会穴上，其他人也赶了过来，齐齐朝地藏围攻。

地藏被连续击中，一时间身体被打得像不倒翁一样。等众人的拳脚散去，地藏已经神志恍惚，两眼失神地喷出一口鲜血，缓缓地向后仰头倒地。

"砰"的一声，地藏倒在地上，带起一片尘土。

他原本壮年的脸庞迅速变得苍老，光滑的皮肤上飞快爬满了皱纹，一个个黑褐的老人斑在其脸上浮现，连原来健壮的身材也如同被刺破了的气球般，开始飞快缩水。眨眼间，一个威武雄壮的中年人，变成了一个干瘦的皱巴巴的虚弱老人。

天机子上前一步，先是一掌拍在地藏的背后，真气涌入，把地藏身上的十二把飞刀从他身上逼出。然后他又探出手指，在地藏的身上连点了数下，给地藏身上正在喷涌鲜血的伤口止血，最后手指迅速地搭在地藏的脉搏上，过了几息后，天机子起身，神色哀恸。

这时，胸前衣襟染血的玄玄子缓缓走过来，咳了两口血，捂着胸口，看了看地藏，又看向天机子，虚弱地问道："师父，怎么样？"

天机子长叹一声，眼中神色黯淡道："地藏师兄武功已废，已经不足为恶了。"

他们师徒在这边感慨，可洞明等人却还记得哈梵，制伏地藏后马上转移目光看过去。

而此时哈梵看到地藏被抓的一幕，不由得一惊，当下身形暴退，目光朝着周围扫视，准备趁机逃走。

不远处展昭刚刚从地上爬起，擦了擦嘴角的血迹，先是看了看地藏，然后转头冷视哈梵，拎着断剑，朝他一步步走来。

哈梵想也不想就是一道火焰喷出，转身就逃。

这里虽然是一处比较开阔的山路，但山路就是山路，再开阔也不过丈宽。他的身前身后早已经布满了大内御带，一时之间想要突破他们的围堵，就算他手持火器也办不到。

洞明和开阳上前阻拦，哈梵无奈之下，只能一边交手，一边用火器尝试着逼开一条路，不时往外跃起，可每次都被逼退。

渐渐地，大家也都摸清了哈梵火器的攻击范围，一旦他发动火攻，洞明就会退开，而开阳则主动上前，倚仗机甲抵挡火焰。

开阳身上的机甲是特别制造的，虽然用沉重的木材制成，这木甲却并非实心，实则一共分为三层，除却表面的一层木材外，中间还夹杂着一层瓷片用强胶粘着。如此一来，不但防御更佳，而且就算表层木质被烧坏，以瓷片的防火能力，一时间也不会被点燃。

当然了，若是火势太大，或是站着不动被火烧自然也坚持不了多久，可开阳毕竟是一个大活人，而且身旁又有帮手，又岂会傻站着不动任由哈梵来烧？

哈梵尝试了几次，不由得沮丧，拳脚打在开阳的身上，除了发出"砰砰砰"的闷响外根本伤不到开阳，而且火器中发出的红色火焰一时也无法奈何开阳。

另一边，洞明还不时出手，很快哈梵就变得狼狈万分，衣服散碎，披头散发，嘴角隐现血迹。

"哈梵，还不束手就擒？"

洞明心底多少还有些顾忌，再怎么说哈梵也是契丹国师，能生擒的话，还是不杀为好。眼看优势尽在己方，洞明动作慢慢放缓了些，开始劝降。

但没想到的是，洞明刚一劝降，反而激起了哈梵的凶性，他眼神一狞，狂笑道："束手就擒？哈哈哈……废话少说，我大契丹就没有投降的勇士！想要我的命，尽管来拿！"

说着，哈梵举起火器指向洞明，洞明一见，马上退开，而身着机甲的开阳则上前阻挡。

哈梵的脸上露出狞笑，拼着受开阳机甲的一下攻击，袖中的火器突然"咔嚓"一响，机关转动，朝开阳喷出了一道白色火焰。

洞明大惊，连忙朝开阳大呼："快闪开！这白色火焰可以熔炼铜铁！"

当初在地狱谷里，开阳也见识过这白色火焰，不用洞明提醒就已经朝后退去，但她到底不会武功，无论五感还是反应，都跟不上这种高手的节奏，而且机甲沉重，虽然防御出色，可动作却没有那么灵活，等想退时已经晚了。

"呼……"一道白色火焰喷中她的机甲手臂，开始飞快燃烧。

洞明这时顾不上再攻击哈梵，连忙朝开阳扑去，要帮开阳打开机甲。

这时展昭到了，身形一动，就准备去救开阳，可见洞明已经过去了，他马上掉转目标，手中断剑猛地朝哈梵挥来。

哈梵却并不硬接，"哈哈"一声大笑，又朝展昭喷出一道白色火焰，不但正中展昭手中的断剑，而且白色火焰还顺着断剑，朝展昭的手臂蹿了上去。

展昭吓了一跳，马上松开剑柄，与此同时身体也朝后跃去，躲避诡异的白色火焰。

哈梵趁此机会，身体猛地朝后跃起，这是他之前发现的一处包围最薄弱的地方，只有三名御带在此守卫。

见他过来，三名御带齐齐拔刀朝他砍来，哈梵哈哈大笑，连连出掌击退了几名御带，不等大群御带围过来，哈梵就一咬牙，朝着御带们射出一道白色火焰。

御带们之前已经见识过哈梵火器的厉害，当下都是大惊，连忙退后躲避，而哈梵则趁机冲出包围，朝山上逃去。

看到哈梵逃走，洞明来不及去追，因为开阳身上的火焰已经快要遍布全身了。

"开阳，快把机甲脱掉！"洞明急声道。

开阳惊慌的声音传来："脱不掉啊！有些零件已经被烧融化了！"

"什么？"洞明一听大惊，朝左右一看，眼睛一亮，急忙用大袖卷住开阳尚未着火的一条腿，将开阳甩进瀑布。

"啊！"开阳惊叫一声落入水中，洞明刚松了口气，就发现那火在水中仍能燃烧，不由得变色。

这时展昭也过来了，看着水中仍在燃烧的黑火，焦急地回头大喊："大家快过来帮忙！开阳被困在机甲里了！"

危急关头，柳随风扑过来，大吼一声："开阳，上岸！"

听到他的声音，开阳会意，双脚在水底猛地一蹬，就听"轰"的一声，一个熊熊燃烧的火巨人从水中跃起到半空。

"吼……"柳随风舌绽春雷，竭尽全力一声大吼，使出了咆哮神功。

声波如水，震荡着空间，开阳身上的机甲传来一阵噼里啪啦的爆响。不等落地，身上的机甲已经被震碎成了无数碎片。

开阳"哎呀"一声，身体从空中跌落。

这时瑶光正好赶来，见状忙飞快跃起，上前接住开阳。

洞明赶紧走过来，担忧地上下打量开阳，发现她身上没有了火焰，这才松了口气。

开阳摇摇头，好像头晕似的，跟跄了一下才慢慢站定。

而刚刚使出咆哮神功的柳随风已虚脱倒地，看着开阳嘿嘿一笑道："这回多亏了我吧！大恩无以为报，要不要以身相许呢？"

开阳没好气地瞪了柳随风一眼，摇头失笑。

而瑶光则是冲他狠狠地瞪了一眼，骂道："没点正经！"

这时，太岁摇摇晃晃地走过来了，虽然满身是血，但看他的气色，显然身上的伤势已经恢复了很多。他先是看了看开阳，见她无碍，这才转身看向哈梵逃走的背影，一脸遗憾地说道："这哈梵真是蟑螂命啊，居然又被他逃了。"

"他朝山上跑的，跑不远。"展昭咬牙切齿，就要动身去追。

洞明见状赶紧拦住展昭，劝道："不要追了，哈梵一身火器诡异邪门，你有伤在身，就算是追上也留不住他。再说，山中崎岖，万一他藏在暗处以火器暗算，很容易被他得手。"

展昭脸上一阵挣扎，终于恨恨地停下脚步，看着哈梵的身影飞快消失，拳头紧握，低吼一声："哈梵！"

"唉！"太岁走过来，轻轻拍了拍他的肩膀，同情地安慰他道，"别着急，咱们早晚会抓住他！"

展昭轻轻点了点头，脸上的神色渐渐平缓了些，可仍恨恨地看着哈梵逃走的方向，沉默不语。

众人见此，知道他有心结，也不好多劝，于是转过身走回地藏的身旁。

此时的地藏已经惨不忍睹，身上破破烂烂，衣服早已被鲜血染湿。之前他连中瑶光十二把飞刀，又被众人围攻，经此打击，武功已经尽毁，衰老且虚弱，如同一个行将就木的老人。

此时的他愣愣地倒在地上，两眼失神，也不知在想什么。

天机子和玄玄子守在地藏的身边，神色感慨："唉，地藏师兄！"

可地藏像没看到天机子似的，突然转头，看向水晶碎开的粉末，眼神一下子变得疯狂起来，紧接着就见他如同疯了一样，挣扎着扑倒在地，朝粉末爬了过去。

玄玄子见状一迈步，就要阻止，但犹豫了一下，转头看向天机子，见师父没动，他想了想，也止住了脚步。

其他人看到这一幕，都神色冷漠，没有一个人上前，众人眼睁睁地看着地藏爬到水晶粉末前，颤颤巍巍地抓起石粉往嘴里塞去。

就见他喉咙涌动，拼命地往下吞咽，嘴里喃喃自语道："我的神器！我的雷神杖啊！"

吞完了水晶粉末，地藏老泪纵横，又像疯了一样朝天机子狂吼。

"老夫天下无敌！老夫本该天下无敌的！是你，都是你，都是你毁了我无敌的梦！"

天机子和玄玄子对视一眼，默默摇头，神色悲切。

地藏凶狠地扑向天机子，咬牙切齿，似乎想要上去撕咬。

一旁的展昭见状，抬腿就是一脚踢过去，"砰"的一下把地藏踢倒在地。

天机子的脸上一抽，嘴角轻启，似乎想要劝阻，可看着地藏疯狂的模样，还是忍住了没说话。

瑶光看着地藏讥笑道："你忘说了一条，还毁了你的皇帝梦哪！"

地藏神志不清，好像没听到瑶光说话一样，嘴里不停吼叫："我天下无敌，我是天下第一高手……"

他乱吼乱叫了一阵，突然清醒了过来，坐在地上，低头看向自己的双手，喃喃自语："我都干了什么？我都干了什么？为了一副《推背图》，竟然杀了师弟，还害死那么多同门晚辈，我……"

地藏的声音颤抖，突然泪如雨下。"都是《推背图》，是它害了我的一生，是你害了我的一生，是你害我，都是你害我……"

天机子轻轻叹息，脸上神色复杂，眼中时而露出恨色，但又隐隐露出同情。

地藏说着说着，突然号啕大哭："不要紧，害就害吧，反正我是天下无敌，我不怕别人，我也不怕你，我不怕你，我不怕你。"

这时洞明和开阳走过来，看着地藏都摇头道："他已经疯了。"

地藏突然抬头，看向开阳。"是你，是你把《推背图》藏起来了，都是你。"

说着，他扑在地上，就要朝开阳爬过去。

天机子见状，终于长叹口气，上前拦住，把地藏拉起。

开阳摇头叹息，往远处走开。

地藏看向天机子，突然又笑了。"三师弟，你还是这么年轻，我真羡慕你。"

天机子怔了下，没等说话，地藏猛地拉住天机子的衣袖。

"快，快把《推背图》给我看看，快让我看看，要不然我死也不甘心，师弟，我求你了。"

洞明摇头冷笑道："你真以为《推背图》在老君山？你所见的谛灵子是假的，隐光也是假的，《推背图》在老君庙的消息，自然也是假的。"

地藏愣住，看着洞明，呆若木鸡，好一会儿才呆呆地问道："假的？"

洞明神色冷漠道："假的！"

"假的，原来都是假的！"地藏喃喃自语，又哭又笑，"《推背图》是假的，天下无敌是假的，长生不老是假的，哈哈哈哈……我知道了，原来一切都是假的。"

众人看着地藏，都神色复杂，摇头叹息。

但没人知道的是，就在地藏疯疯癫癫又哭又笑时，被他吞进肚子里的水晶粉末正在被胃酸飞快溶解，迅速地渗透进他的身体里，渐渐与他的血肉骨骼融合在一起，散发出淡淡的微光。

"咦？"太岁眨了眨眼，隐约中好像看到地藏的身体在发光，可当他揉了揉眼睛再看过去时，那些许的微光已经消失不见了。

看错了吗？太岁想了想，以为是自己眼花，摇头失笑。

正午，木门紧锁，金黄色的阳光透过门窗缝隙照进来，温暖而明亮。

空气中浮尘轻舞，铺满了干草的地面上，一身囚衣的谛灵子，双目失神地靠坐在墙角草堆上，望着灰尘在光束中浮沉，眼神呆滞，仿佛失去了焦距。

突然，木门"吱呀"一声被打开，阳光照了进来，露出门外模糊的人影。

谛灵子仍在发呆，似乎对外界的一切都没了兴趣。

两个大内御带押着地藏出现在门口，把地藏随手一推，地藏步履蹒跚地走了进去。

"咣当！"门被锁上了。

谛灵子仍在发呆，好一会儿后，他才慢慢转动目光，朝新来的人看去，想看看又是哪个倒霉蛋被抓起来了。

他双眼无神，看了地藏好一会儿，才突然惊醒，猛地挺直身体大叫："师父！你……"

地藏披头散发，衣衫褴褛，嘴角和衣服上都布满了干涸的血迹，此时的他两眼呆滞无神，脸上布满了皱纹和老人斑，苍老且虚弱，身上还散发着一股难闻的怪味。

"师父！"谛灵子连滚带爬地奔过去，跪在地藏的脚下。

地藏缓缓地回过神来，失神地看了谛灵子好一会儿才认出对方，同样感到震惊无比："你……你是谛灵子？"

"是我啊师父！师父您，您怎么变成这样了？"谛灵子两眼泛泪，不敢置信地看着地藏。

在他眼中，地藏有两个。

一个慈眉善目，对自己关爱有加。

另一个却是严厉冷酷，但对自己信任无比。

可眼前这个苍老且虚弱的老人，他却从未见过。

"师父，你怎么变成这样？是谁害的你？"谛灵子抹了把眼泪，神色愤怒。

"徒儿！"地藏虚弱地摇晃了一下。

谛灵子一惊，连忙起身将地藏扶着，让他靠坐在墙边。

地藏看着谛灵子，伸手握住谛灵子的一只手，脸上露出苦笑，轻轻拍了拍谛灵子的手背，叹息一声道："为师中了他们的计呀，真是……可恨！咳咳……"

谛灵子脸色一变道："师父，您，您的武功？"

地藏轻轻摇头，慢慢放松身体。"不说这个了，倒是你，究竟出什么事了？"

谛灵子神色愤恨，也咬牙切齿道："都是那个包拯……"

时间回到两天前。

早上，众人齐聚花厅。

隐光站在上首处，看着众人朗声道："幸亏谛灵子道长，我们如今已经可以确定，萧老先生临终前的发现，就是老君山！老君山距此二百多里，我们现在就得出发。只是，天子和太后要巡狩西京，就快到了，得有人留下迎驾，也好向天子、太后说明我们这边的情况。"

众人都看向太岁，太岁一愣，紧接着恍然，连忙摆手。

"别别别，大家别看我啊，反正我是一定要去老君山的，折腾了这么久，终于要见亮了，我可不想错过找到《推背图》的机会。"

隐光劝道："天子和太后西狩，分明是不放心你……"

"我又不是小孩子，反正我不留下。"不等他说完，太岁马上开口反驳，紧接着看了看众人，目光停在包拯的身上。

"要我看，包拯留下吧。"

"我？"包拯一愣。

太岁笑了笑道："对，你留下最合适。咱们去老君山要骑马赶路，弄不好还要跟人打一架，你不会武功，跟去难免麻烦。"

众人一听，倒也有些道理，都点头认可。

见众人认可自己的点子，太岁有些得意，又说道："再一个嘛，咱们这些人里，就你是正经当官的，我们才是负责拿贼的，你不迎驾谁迎驾？"

包拯苦笑着点了点头道："好吧，那我留下。"

见他们有了决定，隐光一伸手，指向展昭道："那么，展昭也留下，陪你留守大宅，文曲、太岁和瑶光，还有谛灵子道长，我们一起去老君山！"

说完，隐光一挥手："出发！"

众人出了门，一路骑马疾行，在郊外一处河边停下。

"大家停下休息一会儿。"隐光翻身下马。

众人一个个随之停下，把马牵到河边饮水。

一路赶来，一个多时辰过去，人还好说，但马确实是疲了，谛灵子也没多想，与众人一样，牵马到河边饮水。

等马饮过水后，谛灵子牵着马缰绳转身要走，可一转身，他突然呆住了。在他对面竟然出现了另一个谛灵子，两人衣着、相貌都一模一样。

谛灵子指着对方，吃惊地问道："你……你怎么？"

"你……你怎么？"对面的人与他露出同样的表情，同样的动作，甚至连声音都一模一样，就好像在照镜子似的，也是一脸吃惊地伸手指着他。

谛灵子一阵恍惚，这时，太岁和瑶光突然闪到他身后，出手如电，同时点中了他后背的两处穴道，然后一左一右伸手扶住了他。

谛灵子浑身僵硬，口不能言，只能惊骇地看着他们。

忽然，一阵马蹄声从来时的方向传来，很快包拯和展昭骑马赶到，身后还跟着两个劲装骑兵。

二人下马上前，包拯看看被太岁和瑶光制住的谛灵子，走到另一个谛灵子面前拱手行礼，微笑道："隐光前辈！"

谛灵子模样的隐光向他微微一笑："我扮谛灵子，你就要扮我了。"

"有劳前辈！"包拯一笑，从展昭手里接过一个小包袱，上前递给谛灵子模样的隐光。

隐光打开包袱，从中拿出一张人皮面具，打量了一下，贴向包拯的脸。

很快，包拯变成了隐光的模样，有些好奇地接过展昭递来的镜子，冲着镜子轻轻摩挲脸颊。

而另一边，被太岁和瑶光挟着的谛灵子一副见鬼的表情看着他们，心已经沉到了谷底。

瑶光看看被自己挟着的谛灵子，突然笑吟吟地问道："不明白自己的破绽在哪儿吧？"

"其实我们也不太明白！"太岁也看了眼谛灵子，嬉笑道，"不过，有明察秋毫的包黑子在，你就无所遁形了。"

听他们说到自己，已经扮成了隐光模样的包拯看了眼谛灵子，微微一笑道："道长虽然表演得很尽力，但说实话，漏洞太多了。其实早在京城时我就已经怀疑你了，这次我追来洛阳，就是怕你捣鬼。"

谛灵子神色不解，但苦于无法开口相问，只能以眼神示意。

展昭从一旁走到包拯的身边，看着谛灵子冷笑道："道长应该发现了吧？自从到了洛阳，我从来都不出去，每天不是待在房顶上，就是坐在凉亭里，你真以为我是为了排解郁闷？错，我是为了盯着你。"

包拯叹了口气："只可惜千防万防，还是出了纰漏，害得萧老先生枉送性命。"

谛灵子仍然神色疑惑，但无法出声，只能用鼻子发出吭哧吭哧的声音，眼神朝太岁望去，露出哀求之色。

"想说话？"太岁一看就明白过来，不由得一乐，转头看向扮作谛灵子的隐光。

"让他说。"隐光微微点头，眼中露出冷色，"让他死个明白也好。"

对于这个师伯，太岁从见到他起就不喜欢，自然不会有什么不忍的念头，当下一笑，伸手在谛灵子的脖颈处按了两下，解开他的哑穴。

"咳咳……"

一解开穴道，谛灵子马上连连咳嗽了一阵，这才咬牙切齿地看向包拯道："你们……究竟是怎么识破我的？"

包拯淡笑道："内中缘由，一言难尽。"

"你们既然早就识破了我，为什么直到现在才动手？"谛灵子神色愤然。

"因为我们要引蛇出洞，将你们一网打尽！同时，也要找一个绝对安全的地方才好动手，比如这里！以免打草惊蛇！"

隐光摸了摸脸颊，微笑道："现在，我就要作为你，去见你的师父了，你说，他能不能识破？"

谛灵子一脸绝望，听到这里，他已经明白了，自己一直以来的表演早被识破了，当下再无侥幸之心。

太岁从谛灵子的怀中搜了一阵，摸出几张纸来，打开看了眼，马上一脸惊喜地递给隐光道："萧老先生悟出的东西在这里。"

隐光接过后仔细看了一阵，双眼渐渐亮了起来，收入怀中后，朝那两名跟包拯一起赶来的劲装大汉吩咐道："把他押回去！"

…………

说到这里，谛灵子咬牙切齿一阵，脸上露出愧疚之色。"师父，都是弟子的错，若非……"

"不怪你！"地藏无力地摆了摆手，哑着嗓子打断他，恨声道，"如此说来，那么在去老君山的路上我遇到的你，已经是假的了？"

地藏的脸上露出愤恨之色。

"师父您在路上去找过我？"谛灵子更加愧疚了。

"唉！"地藏叹气，缓缓说道，"当天，你们从洛阳出发，为师一路跟随，到了夜里……"

当夜，众人夜宿郊外树林里，中间燃烧着篝火，一群人在篝火四周，斜倚着树干休息。

没多久，戴着面具的地藏出现，远远地打量众人，借着火光找到了谛灵子。

他从身边的树上抠下一块树皮，轻轻弹出，打在假谛灵子倚睡的树干上。

"啪嗒"一声轻响，假谛灵子被惊醒，瞬间睁开双眼，侧耳倾听一阵，很快确定了方向，站起身离开人群，假装解手，迈步走到僻静处。

见他过来，地藏很快出现在谛灵子身旁。

谛灵子警惕地回头看了看，然后凑到地藏的耳旁低声说了一阵。

地藏不停点头，等谛灵子说完了，他也低声吩咐了几句，然后闪进丛林消失不见。

牢房里，听地藏说完，谛灵子叹了口气道："是啊，师父，我当时已经被关进大牢，你见到的我，一定是隐光所扮！"

师徒二人相对黯然，好一会儿后地藏叹了口气。

"千算万算，不曾想咱们最后竟然被别人给算计了。现在为师已经成了废人了，他们……恐怕已经拿到《推背图》了！"

谛灵子沉默不语，好一会儿，才长叹口气，身体无力地松弛下来。

就在师徒二人无语感慨时，另一边花厅中，茶香弥漫，洞明和隐光相对而坐，正在谈论着这一次的收获。

"哈梵虽然在逃，地藏却已被擒。当务之急，是找到《推背图》。关于《推背图》的下落，究竟如何……"虽然知道这里不会有人窥视，但洞明仍然放低了声音。

隐光苦笑，从怀里取出一张图纸放在桌子上，往洞明身前轻轻一推道："喏，这就是我们从谛灵子身上搜出的东西。你自己看吧。"

洞明瞅了他一眼，低头看向图纸，然后伸手从一旁的桌子上取过地图，比对了一阵后，又掐指算了算方位，好一会儿后，他神色一呆，半信半疑地抬起头，看着隐光。"龙门石窟？"

隐光苦笑点头，端起茶杯大口灌进嘴里。

洞明又低头看图纸，眉头紧皱，似乎不解："怎么会在那儿？"

"是啊，谁能想到啊，龙门石窟太大了……"隐光犹豫一下，半开玩笑地说道，"你说，会不会是袁天罡、李淳风两位老前辈早就算到了今天，故意捉弄咱们？"

洞明苦笑摇头道："应该不会，窥测天机不是那么容易的事，他们纵然能推算天下大势，也不可能连这些事情也推算得清楚。恐怕，是他们对《推背图》的出世太过重视吧！"

隐光叹息道："或许是吧，所以……我总有些不安，《推背图》出世，也不知是祸是福，预知未来之事，未必就是一件好事啊。"

大牢里，地藏盘膝闭目，正在打坐试图练功。

一旁的谛灵子满面担忧地看着他，心中非常不是滋味，他自小被地藏收养，并收为弟子，地藏对他视如己出。可在谛灵子的眼中，武功盖世的地藏一直是如同神灵般无所不能，而师父最重视的东西，莫过于天下无敌的功力。可如今，修炼了近百年的武功一朝散尽，不说地藏本人，就是谛灵子也无法接受。

这种打击实在太大了，努力坚持了一辈子的事情，突然一朝之间消散一空，谁能接受？

希望师父能重新修炼吧！

谛灵子心里暗暗祈祷，尽管他也知道，就算师父可以重新修炼武功，但若想再修炼回当初的实力，已经不可能了。不说他如今的身体和百岁的高龄，就算他真能修炼，天机子那帮人能同意吗？会不阻止吗？

可无论谛灵子如何祈祷，现实终究是残酷的。几息过后，地藏的脸上猛地涌起一丝反常的红晕，紧接着就见他仰天喷出一口鲜血，仰头而倒。

"师父！"谛灵子大惊，连忙过去搀扶起他。

"师父，您怎么样？"见地藏缓缓睁开双眼，谛灵子心里微松，连忙问道。

此时的地藏非常虚弱，说是气若游丝也不为过。好一会儿过去，他才缓过口气，轻轻地摆了摆手，一时间却说不出话来。

地藏师徒不知，因为地藏强行运功，体内气血躁动，正常情况下，以他的身体，这么一折腾十有八九会就此殒命。

可幸运的是，偏偏地藏体内的陨石晶体粉末正在与他的血肉骨骼相融合，气血躁动固然对身体不利，不但经脉受损，而且五脏六腑也不同程度地破损受创。但正所谓不破不立，被他这么一折腾，身体里的器官原本一个个都出了问题，但这样一来，却给晶体粉末提供了机会，本能地对他身体进行修补。

所谓修补，简单来说，就是加快了融合速度。

那陨石晶体可以吸引雷电、驱使雷电，其中自然蕴含了巨大的能量，只是往日里地藏对它只是简单地操控，对其真正的作用连万分之一的了解都没有。

说白了，那晶体就是一块结构超级稳定的能量结晶，被地藏吞入后，相当于他把巨大的能量吞入腹中，换在正常情况下，绝对会把他胀爆。

但也是凑巧，之前地藏吞食时，那晶体已经碎成了粉末，大量的无形的能量已经随着晶体碎开时挥发一空，只剩下微不足道的、连亿万分之一都不到的能量残余还保存在粉末中，其中大半被地藏吞食入腹，而一些则被抛在原地，估计用不了多久，也会挥发在天地间。

也正因为如此，地藏才没有什么感觉。

不得不说的是，他很幸运，非常幸运。地藏根本想不到自己当时疯癫之时吃下的东西代表了什么，又会给他带来什么。

"师父！"看着地藏痛苦的模样，谛灵子两眼含泪，想劝，却又无法开口。

地藏满脸哀伤，脸上透着绝望与沮丧，轻声道："功力尽失，经脉尽毁，再无恢复可能！唉……这样活着，比死了还要难过！"

这时，天机子飘然出现在牢房外，透过窗棂缝隙看着他们。

看到地藏那副模样，天机子神色复杂，又是担忧，又是愤恨，更多的却是伤心。

他没有掩饰自己的存在，站的位置正好挡住了阳光，所以刚一出现，地藏和谛灵子就已经发现他了。

地藏的脸色一变，推开谛灵子，自己坐起，冷冷地看着天机子。

谛灵子站起来，犹豫了一下，还是朝天机子行了个礼，然后站在一旁沉默不语。

"怎么，你来看我的笑话？"地藏冷笑道。

天机子眼神哀怆，长叹一声道："师兄，事到如今，你还不悔悟吗？"

"悔悟？"地藏冷笑道，"笑话！我有何悔？又为何要悟？"

天机子道："你利令智昏害得我碧游宫枉死那许多弟子，碧游宫也不复存在，难道就没有一点愧疚？"

"我又没错，为什么要愧疚？要不是你们几个浑蛋一直给我捣乱，我早在几十年前就已君临天下，错的不是我，是你们！"地藏神色愤恨，若非此时武功尽废，他恨不得一巴掌拍死天机子。

天机子叹息一声道："好，就算师兄你恨我，恨师弟，可是碧游宫那么多后辈何其无辜，他们平日里敬你、爱你，你怎忍心让他们葬身火海？"

地藏脸色狰狞，仰头狂笑道："哈哈哈……他们？一群蝼蚁罢了，能为朕的江山大业而死，是他们的荣幸！"

天机子愣住，指着地藏道："你……难道师兄你真的疯了？"

地藏怒骂："你才疯了，朕乃天命之主，必将君临天下，死几个人算什么，一将功成万骨枯，别说只死了百十人，就算死了百万人，为了朕的江山，也是值得的！"

天机子的眼神一变，摇了摇头，像是不认识眼前的人一样看着地藏，又看了眼谛灵子，谛灵子垂目不语。

天机子脸露无奈，终于长叹一声，一甩衣袖，失望地转身离去。

见他走开，地藏不知哪来的力气，猛地从地上站起，扑到栅栏边，斜眼看着他离开的背影，狂笑着喊道："我是天命所归！我不会放弃的！哈哈哈哈，我是不会放弃的……"

就在地藏再次陷入癫狂之时，花厅里，洞明和隐光正在一边研究地图，一边窃窃私语。

"下层靠近河水，若是东西藏在这儿，一涨水就淹了，应该可以排除了。"隐光手指在地图轻点。

洞明想了想，点头道："龙门石窟，最有名的就是大佛……"

隐光皱眉道："可是那么多尊佛像，总不会是要我们一尊一尊地去找吧？以袁、李两位前辈的智慧，不该用这么笨的方法才是。"

"嗯……"洞明沉吟一下，微微点头道，"明日我们便去龙门，亲自看一看！"

这时门外传来敲门声，二人对视一眼，隐光起身过去开门，洞明则谨慎地把图纸收进怀中。

"是道长啊，快请进！"看到门外站着的人，隐光一怔，连忙笑着抱拳行礼，把他让了进来。

发现是天机子来访，洞明也站起来，朝天机子抱拳行礼。

天机子走进来，朝二人微一稽首，脸上神色黯然。

"道长，您快请坐！"隐光微笑着拉开一把椅子，对天机子很是热情。

天机子并没坐下，而是看着二人欲言又止。

隐光、洞明对视一眼，洞明开口询问道："道长，您有事吧？"

"唉！没错，贫道是有事相求，但又不知如何开口。"天机子的脸上露出难言之色。

洞明微笑道："道长德高望重，又是王爷的祖师，一个'求'字我们可万不敢当，但有吩咐，只要我们能做到的，一定竭尽所能。"

天机子点了点头道："那贫道就直说了？"

隐光笑道："道长请坐，有什么事坐下咱们慢慢说。"

天机子点了点头，在一旁的椅子坐下，看着二人，沉吟片刻才涩声开口道："是这样，贫道之前去看过地藏师兄了。"

隐光和洞明对视一眼，又看向天机子。

天机子有些尴尬道："地藏师兄已经年过百岁，如今又武功尽失，已经活不了多久，贫道是想厚颜求个情，看北斗司能不能……能不能放他一马，让贫道带他回山终老？"

"这个……"隐光一皱眉，看向洞明。

洞明也非常犹豫，毕竟地藏的案子实在太大了，甚至还牵扯到雷允恭之事，这么大的事，洞明还真不好轻易决定。

见二人犹豫不决，天机子连忙道："我听说朝廷有刑律，九十岁以上的犯人即便犯了死罪，也可免刑。"

洞明犹豫一下，点头道："前辈说得不错，八十岁以上的老人，即便是犯有十恶重罪，理应处死的，也不处死，仅是将其发配远方。但地藏是谋逆大罪，又牵扯到当年雷允恭一案……而且他勾结哈梵，杀死了冲玄道长，又杀了碧游宫那么多弟子，还在营救哈梵越狱时，又杀死了两名狱卒……这，我等实在做不了主。"

之前还没多想，可此时听到地藏做了这么多恶事，天机子神色不由得一变，沉默下来。

洞明和隐光对视一眼，都没说话。

天机子沉默了一会儿，抬起头，眼中露出恳求之色道："两位，我知道师兄犯了十恶不赦之罪，可……可是他毕竟已经百岁高龄，而且以他现在的情况，恐怕也活不了多久了，就真的不能免刑吗？"

洞明想了想，缓声道："前辈，此案以我等身份，真的无法做主，只能听候天子裁断。不如，前辈找太岁帮忙试试，他身份尊贵，与天子感情又好，有他出面的话……"

天机子摇头道："正因为太岁是王爷，老夫不想把他牵扯其中。"

洞明一愣，随即恍然，缓缓点头道："您说得对，此事涉及谋逆，太岁的身份敏感，的确不宜出面求情。"

想了想，洞明一咬牙道："嗯，这样吧，陛下和太后不日将到洛阳巡视，到时必然会问及此事，皇上一向仁厚，届时我出面求情试试。"

天机子一听，连忙站起身，朝洞明深深一鞠躬道："如此，多谢洞明先生了！"

洞明、隐光都站起，洞明连忙起身闪开，侧身上前搀扶。"使不得，使不得，前辈折煞我了。只是事关重大，晚辈只能尽力而为，至于成与不成，实在不敢作保。"

天机子被搀起，苦笑地摇了摇头道："唉，尽人事，听天命吧。"

夜里，月朗星稀。

山林中传来阵阵低声咆哮，不时有夜鸟升空朝远处飞去。

哈梵倒在地上，痛苦地翻滚挣扎，筋脉偾张，双目通红。

"啊……啊……"

他满头大汗，不停地发出痛苦呻吟声，在地上打了几个滚，靠在一棵树上，一只手抓着树皮，指甲上血流不止，连树皮都被他抓出了几道血痕。

过了一会儿，哈梵只觉得身上越来越疼，好像所有血管都扭曲在了一起，又好像有人拿着刀子在骨头上来回刮动。

他强行提起真气，伸出手指，在自己身上飞快点了几处麻穴，想以此屏蔽无处不在的疼痛。

令他失望的是，就算这样，也仍克制不住这份痛苦。

一时间，他只能咬牙切齿地忍受着。

"地藏！你这浑蛋，在本国师身上下的禁制……"哈梵痛苦地佝偻起来，神色狰狞，一边强忍着剧痛，一边愤声怒骂。

突然，他身体一阵抽搐，口中涌出白沫，整个人像只大虾似的弓了起来。

终于，不知过了多久，哈梵粗重地喘息了一声，身体软了下来。

他气喘吁吁地仰头躺在地上，身上的汗水已经浸透了全身，眼中血丝密布，看着天上的残月，哈梵咬牙切齿地喃喃自语道："要解开……我的禁制，得……去救地藏！"

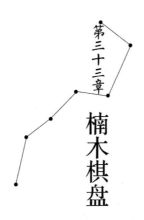

第三十三章

楠木棋盘

　　龙门石窟，距洛阳仅十里之遥，远远看去形似卧佛，其上凿刻有两千余佛龛，大大小小的佛像更是有数万尊之多。

　　太岁一群人一早从洛阳城出发，不到一个时辰就已经站在了佛像前，看着周围无数石窟，一个个都傻眼了，特别是年轻人，都张大了嘴巴。

　　众人沉默了好一会儿，柳随风"唰"的一下把展开的扇子合起，朝大佛合十一拜，这才朝身边的人苦笑道："各位，我觉得吧，咱们当初就不应该试图把《推背图》找出来，安全着呢！"

　　众人依旧仰望着，神色呆滞。

　　柳随风又道："那两位前辈先是设计了重重机关，又把线索分给门人掌管，然后又把偈语藏在地狱谷那种人畜难进的地方，如今这里又有数不清的佛像，我看哪，等我们把龙门石窟翻个遍，那两位老祖指不定又丢给我们一个什么新线索，嘿！穷其一生，找吧！"

　　洞明叹了口气："本官也觉得……只是，如今我们已是如骑虎背，想回头，难了！"

　　玄玄子看着石窟，点头笑道："是啊！越来越接近目标了，岂能此时收手？"

　　"嘿，我只是开个玩笑。"柳随风抬手用扇子敲了敲自己的脑袋，看了众人一眼道，"那……大家就分头找吧！"

　　"找吧！"隐光苦笑一声，朝众人挥了挥手，大家四下散开各自寻找。

　　太岁、瑶光、开阳三人结伴搜向一个方向，边走边聊。

　　开阳今天少见地穿了一身罗衫，与瑶光打扮类似，除了颜色一杏黄、一青蓝外，几乎一模一样。

　　不过这么一打扮，开阳身上的气质不由得有了些变化，少了些端庄沉静，多了一丝俏皮活泼，显然她今天的心情不错。

　　走了一阵，开阳突然扭头看着太岁和瑶光笑道："其实，我觉得文曲说得倒也不错，就算《推背图》真藏在这儿，此处这么多尊佛，也实在不好找。显然是咱们还有没勘透的关键，如此隐秘的藏法，其实根本不必担心被别人找到。"

　　太岁听了，一脸的哭笑不得。"唉，那两位老祖也真是的，既然不想给人看，当年就该把《推背图》毁了，何必这么折腾咱们？"

　　"折腾咱们的，可不是人家，都怪地藏那老家伙，一百岁的人了，还学年轻人打天下，真是的。"瑶光听着二人说话，也跟着笑了起来。

开阳感慨道："是啊！世间最难说清的，就是一个情字。到底是两位老祖的心血，当然不忍毁去，好像你师祖对你师伯祖一样，虽然他坏事做绝，可二人相处百年，兄弟感情羁绊了一辈子，无论如何也不忍他死去啊。"

瑶光见她微露感伤，马上猜出她是想到了孟冬，忍不住握住她的手。

开阳心里一暖，朝瑶光安慰地一笑。

几人走着走着，来到了一尊巨佛下。太岁站住，双手叉腰，仰面看着佛相，惊叹道："喂！我说，这么大的一尊佛，咱们怎么查？"

瑶光顺着他的目光看向大佛的脚板，出了个馊主意："从脚指头开始，一寸寸地往上查吧。"

开阳向大佛合十施礼，太岁和瑶光见状，忙也施礼。

太岁闭着眼睛嘀咕道："小的得罪了，佛爷您大人大量，莫要见怪！"

另一边，柳随风和隐光站在体形最大的卢舍那大佛面前。

隐光看着大佛，不由得感慨道："传说，当初袁天罡曾给幼年的武则天看相，当时武帝穿着男装在家中玩耍，袁天师一见她就大吃一惊，说此子龙睛凤颈，命格极贵。若为女子，当为帝也。后来，武氏果然称帝。"

柳随风点点头，他也听过这段野史，于是附和道："这尊大佛，就是武则天称帝后所建，面貌就是依照武则天本人的相貌而建。而袁天师又曾为幼年的武则天相过面，依我看，如果《推背图》藏在龙门，那么这里就是最可疑的。"

隐光点头道："有道理！好好查一查！"

"前辈稍等，我上去看看。"说罢，柳随风向大佛合十施礼，纵身跃了上去。

洞明和玄玄子一路，在另一处察看。

地面上，玄玄子仰头朝上察看，没多久，洞明从岩壁上的一处洞穴飞跃而下，足尖在岩壁上点了几点，稳稳地落在他面前。

"如何？"玄玄子笑问道。

洞明一脸失望地摇头。

玄玄子一笑，安慰道："没关系，还有这么多的佛像，我们一个个耐心察看下去，总有找到的时候。"

洞明点点头，环顾四方，又看看天色，沉声道："天色不早了，我们先回去。按时间来算，明日天子就该到了，我们迎驾之后再来继续探寻。"

"好！"玄玄子点了点头，想到明日天子驾临，不由得若有所思。

对于天机子的想法，他心里再清楚不过了，知道他是想面见天子，为地藏求情，可是……地藏真值得救吗？

玄玄子有些无奈，却又无法相劝。

乐者，天地之和也；礼者，天地之序也。和，故百物皆化；序，故群物皆别。

皇帝，天之子。俯瞰众生，亦为众生所制。其一言一行，自有其规制。

洛阳城，城门大开，百官出迎！

远远的，天子的仪仗浩浩荡荡而来，轰隆隆的马蹄声中，近千骑兵铺天盖地而来，卷起漫天尘土。

当骑兵队伍在城前驻马停下后，又有十八辆朱红车辇行来，上面站着禁军百名，分别持兵杖、捧乐器，除驾者外，数有九十。

车辇后跟着大队步甲，共四百九十四名，步甲人人手持长纛，威严浩荡。

等仪仗队伍行到城门前停下，皇帝和太后共乘的帝辇终于在近千名禁军的拥簇下缓缓驶来。曹玮曹大将军一身鱼鳞甲，骑着高头大马护卫在天子车驾右侧。这时，两列禁军快步而出，涌到城门两侧持戟而立。

本来略有些喧哗的官员们瞬间静了下来，一个个垂首而立。

一名中年太监出列，用柔和且清朗的声音高唱："天子銮驾巡视西京，洛阳百官，迎拜——"

"吾皇万岁，万岁，万万岁！"百官齐齐跪倒，太岁等人站在百官右侧，随之叩拜。

小皇帝赵祯和太后刘娥坐在帝辇上，看着前方百官叩迎，二人心中都有些许激动。

这就是权势吗？刘娥心里微颤，难怪古往今来，无数英雄豪杰舍生忘死，为的就是至尊之位。

这么多人啊，不知道大哥在哪儿。赵祯一身九龙袍，看着下方的人群，心里却没有刘娥那种感慨，只是眼珠乱转，飞快地在人群中寻找太岁的身影。

"吾儿！"见赵祯呆呆的不说话，一旁的刘娥赶紧轻声提醒了一句。

"哦，哦！"赵祯回过神来，当下神色严肃地朗声道，"众卿平身。"

"皇上有旨，众卿平身！"唱名太监赶紧传唱。

"谢万岁！"官员齐齐拜谢，缓缓起身。

太监上前一步，高唱道："皇上有旨，御临洛阳行宫。"

官员们早已经知道这套流程，当下都规规矩矩朝两侧让开，按官职大小站好，垂首肃立。

"起驾！"

随着太监的声音传出，天子的仪仗缓缓动了起来。

前面禁军当前开路，随后是仪仗车辇，再然后是步甲，左侧是依次高举着的青龙旗、朱雀旗，而在右列则有白虎旗、玄武旗。

随后是一大队的明黄大旗，再然后是打着明黄大伞的皇帝銮驾，銮驾两侧各有一队宫女太监，曹大将军骑马护卫在右侧靠后，守卫銮驾。

太岁等人都是着便装，站在路两侧，天子銮驾路过时，赵祯一眼就看到了太岁，神色大喜，忘形地想要起身招呼。

刘娥见状，忙低声提醒道："吾儿，身为天子，在百姓面前，要注意观瞻！"

赵祯一听，只好失望地坐下，不过与太岁相互眨了眨眼。

这时刘娥也看到了太岁，朝太岁微微一笑，点了点头。

进城后，街道两侧由两排禁军持戟站岗，把周边百姓挡在大街两边，銮驾进城，前面举旗每走一步，两侧百姓就跪倒，远远看去，如同潮水一般。

赵祯看着眼前的一幕，神色间隐隐有些兴奋，放眼朝四处张望一阵，转头朝刘娥感慨道："娘，这洛阳不愧是古都，这城里的气象似乎比之京城也不差了。"

刘娥笑了笑，低声道："当初战乱连年，洛阳城身为古都，自然是众人的目标，几乎人人都想染指，可如此一来，就把好好的一个古城打得残败不堪了。吾儿现在看到的洛阳，虽然几经修补，可依然不复旧观。汴梁却不同，几乎从没被攻打过，保存得几近完好。再者汴梁附近河湖密布，四通八达。建朝之初时，百姓贫苦，衣食住行都很紧缺，军中亦急需粮草军械，这种情况下，自然要选择道路更加顺畅的地方立国建制了。"

"哦——原来如此！"赵祯恍然，连连点头。

很快，銮驾到了行宫。

太后刘娥带着宫娥女眷进了后宫休憩，而赵祯则在太极宫中接受群臣朝拜。

"皇上万岁，万岁，万万岁！"百官虽然在城外见过礼，但那是迎礼，直到此时入殿朝拜，才是正礼。

"免礼平身！"太监高唱。

"谢万岁！"百官起身，分两侧站好。

小皇帝赵祯扫视群臣，一脸严肃道："朕此次与太后巡视西京，查看民情，一切以节俭为要，不得扰民，不得奢靡。"

百官齐声道："臣等遵旨。"

小皇帝目光徐徐扫视，没有见到太岁，不由得一怔，低声问旁边伺候的小林子。

"我大哥呢？"

小林子掩口轻声答道："贤王爷去见太后了。"

后宫中，刘娥站在铜镜前，身边两个宫女正小心帮她取掉凤冠和身后的披风，这时外面一个宫女轻手轻脚地走了进来。

"禀太后，贤王到了。"

刘娥脸上一喜道："快，让他进来！"

"是。"

这时，凤冠被换下，刘娥朝身边帮她整理服装的两个宫女挥了挥手，示意她们退下。

没多久，一身青衫、便装打扮的太岁快步走了进来，一看到刘娥就要跪拜。

刘娥连忙上前拉住他，仔细打量一番。

"我儿瘦了，也黑了，是不是最近累着了？"刘娥一脸的关切。

太岁一笑："娘，我才出来几天啊，再说，这边天儿也不热，前两天还下了场雨呢！"

刘娥拉着太岁到桌前坐下，上下打量着太岁，这时两个宫女过来给二人倒茶。

"这段日子过得怎么样？吃得好吗？住哪儿啊？"刘娥见太岁一切安好，不由得放下心来，当娘的都一样，看不到时想，看到时就唠叨。

好在太岁也懂事，见刘娥这么惦记自己，心下很是感动，忙笑着答道："娘，您就放心吧，我吃得好着呢！嘿，您是不知道啊，这边小吃真不错……"

太岁刚说了两句，赵祯就兴冲冲地跑进来了，一把拉住太岁就朝外跑。

"大哥，跟我走！"

太岁怔了下，也没挣扎，跟着小皇帝往外走。

"啊，你们去哪儿？"刘娥倒是一惊，起身问道。

赵祯头也不回，拉着太岁就往外走，边跑边喊道："娘，我介绍大哥给百官认识一下，等会儿就回来。"

刘娥一听，这才放心下来，不过看着这两兄弟冒冒失失的样子，还是嘱咐道："身为天子，在百官面前，要注意……"

两兄弟的身影已经跑没了，刘娥才缓缓吐出两个字："观瞻！"

刘娥摇头苦笑一下，缓缓坐下。

大殿里，百官正在因为皇帝的突然离去窃窃私语，小林子肃立在御阶上，肃声说道："肃静，肃静！"

但百官并不理会小林子，仍在交头接耳。

小林子有些生气，不过好在他性格和善，又谨守本分，也只是摇摇头，任由他们议论。

这时，赵祯兴冲冲地拉着太岁走出来，百官顿时一静，目光落在太岁身上。

有机灵的一看皇帝的态度，马上就猜到了太岁的身份。毕竟皇室就那么多人，突然多出位王爷，这么大的事，就连百姓们都有所耳闻，这些当官的又岂会得不到消息？

赵祯拉着太岁兴冲冲地走到龙椅前，看着下面的百官，大声道："众卿，都抬头看清楚，记住了，这人，是朕的亲大哥，贤王。"

百官一听，连忙鞠躬拜太岁："臣等见过王爷千岁！"

太岁被赵祯这么一搞，有些手忙脚乱，虽说他胆子很大，可这种场面却从没见过，一时间不由得有些怯场，脸色有些涨红。

他不知所措地看向赵祯，眼中露出疑惑。

赵祯也不解释，只是朝他眨了眨眼，脸上露出狡黠的微笑。

太岁无奈，瞪了赵祯一眼，转过头，见百官还鞠着躬，他连忙虚扶抬手道："啊，起来，都起来吧。"

百官平身，看着上面容貌俊朗、英姿挺拔的太岁，交头接耳之声又响了起来。

"原来这位就是贤王爷！"

"是啊，听说是皇室早年流落于民间的……"

"哎哎，你别说，这位贤王和先帝长得还真像啊！"

"那是，毕竟是先帝的骨肉，能不像吗？"

听着下面的人议论纷纷，赵祯不怒反乐，挥了挥手道："好啦，无事退下吧！"

说着，他又强拉着太岁跑开。

"我说弟弟啊，你这搞的什么花样？"出了大殿，太岁白了赵祯一眼，甩开他的手。

赵祯哈哈一笑道："大哥，你都认祖归宗了，出来露露脸怕什么？"

他看了看太岁还有些发红的脸色，又笑了起来，伸手指着他，笑得前仰后合："哈哈，我知道了，原来大哥是害羞哪！"

"你才害羞呢！"太岁的脸又是一红，加快脚步朝前走去，头也不回地说道，"行啦，别笑啦，先去见母亲，等晚点带你出去玩。"

一听要出去玩，赵祯大喜，马上快步追上太岁。"出去玩？去哪儿？"

太岁睨了他一眼道："还能去哪儿，远的地方你又去不了。去逛夜市吧。"

"逛夜市？"赵祯的眼睛一亮，连连点头道，"好啊好啊，就去逛夜市！"

二人加快脚步，又去见了刘娥，母子三人谈笑一阵，因为这段时间一直赶路，刘娥身体有些乏了，赵祯见状，马上叫用膳，陪着刘娥吃完饭后，太岁才提起要带赵祯出去逛逛。

"这么晚了，出去安全吗？"刘娥一听，马上有些担心。

"娘，您就放心吧！再说了，又不是偷着跑出去，让一些侍卫跟着呗。"太岁失笑，不过也理解母亲的担忧。

刘娥犹豫了一下，可看着两个孩子相谈甚欢的样子，心下一动，暗道这倒是让他们兄弟相处的好机会，也罢，多派些人保护就是。

想到这里，她点了点头，答应下来，不过还是约法三章。

"出去玩也行，不过你得答应娘几个条件。"

一听母亲答应了，赵祯大喜，连连点头道："娘你说吧，别说几个条件，就算是一千个一万个条件儿子也答应。"

刘娥微笑点头，说道："第一，不能出洛阳城。"

"好！"赵祯一听就这个呀，马上点头同意。

"第二嘛，你只能出去两个时辰，酉时前必须回来。"

两个时辰也够了，赵祯想也没想就答应下来。

"第三嘛……"刘娥看了眼太岁，"必须得让人跟着，保护你们。"

"啊？"赵祯一听，有些不乐意了，"娘，要是让人跟着，我还怎么玩啊？"

太岁白了赵祯一眼，哼道："笨蛋，娘说让人跟着，又没说多少人，再说了，让侍卫们换上便服，在暗中跟随就行了呗。"

"啊！"赵祯愣了愣，反应过来，马上连连点头，"行，那就让人跟着吧。"

刘娥看着二人，笑道："那行了，既然你答应了，那就跟太岁去玩吧，记得早点回来。"

"娘你太好啦！"赵祯大喜，直接跳起来，拉着太岁就往外跑。

晚上，洛阳夜市人来人往，喧闹非凡，到处都是商家小贩在吆喝叫卖，空气中香气浓郁，引得人腹中馋虫蠢蠢欲动。

赵祯与太岁肩并肩走在路上，一旁包拯陪行。不远处，展昭和十几个换上了便装的侍卫在暗中保护。

就算在京城时，赵祯也从没在夜里出来玩过，此时有如脱困的小兽一样，满脸兴奋，蹦蹦跳跳，看到什么都要凑过去瞅上两眼，一路上笑个不停，开心得不得了。

没一会儿，他就买了好几种小吃，连太岁手里也是大包小包的捧满了东西。见弟弟高兴，太岁也跟着开心。二人嘴里都不闲着，一路走，一路吃，十足两个吃货。

突然，赵祯看到前面有一家摊位很多人在排队，他好奇地跑过去，站在队伍后面看了两眼，发现是卖肉串的，他连忙转头也拉着太岁和包拯跟着排队。

可紧接着，赵祯又发现不远处的隔壁，还有一家同样是卖烧烤的，人却很少，那卖家正一脸郁闷地看着这边排队的队伍，不停叹气。

"大哥，那家人少，咱们去那吧。"赵祯看看那边，又看看这边，拉着太岁就要过去。

太岁连忙拦住，好笑地看着弟弟："你想吃肉串？"

"是啊，看他们吃着香，我也馋了，反正都是肉串，在哪家吃不一样？"赵祯不以为意地说道。

唉，还是孩子啊！太岁摇头苦笑，附到小皇帝的耳边，压低声音说道："你也说了，都是卖肉串的，但为什么这家人多，那家人少？"

赵祯愣了下，想了想，脸上露出恍然之色道："大哥的意思我明白了，一定是这家手艺更好。"

太岁笑着点头道："正常情况下应该是这样，但也可能有别的原因。"

赵祯不解，眼中露出疑惑。

太岁笑道："手艺只是一方面，还有可能是肉质不同，比如说，这家胡人肉串卖的是羊肉，那家可能是猪肉或是牛肉。也有可能，这家的肉新鲜，那的是隔夜的。再或者是那家卖得贵，或是偷工减料，而这家实斤实秤……总之原因可能有很多，咱们是外地人，不清楚这些，可这些当地人一定都知道哪家东西好，否则距离这么近的两家店，生意怎么会差这么多？"

赵祯若有所思，然后一脸佩服地看着太岁道："大哥，你可真厉害！你说的这些我根本就想不出来。"

太岁摇头道："咱俩不一样，你从小在宫……在家里长大，碰不着这些事。我不同，小时候成天在这种地方转悠，自然知道里面的弯弯绕绕了。"

赵祯想了想，点头道："果然是读万卷书不如行万里路啊！"

太岁看他一副小大人似的叹息模样，不由得好笑地伸手揉了揉他的脑袋。

这时，二人听到前面排队的人的谈话。

"哎，哎，听说了吗？皇上和太后今天来咱们洛阳城了。"

"嘿，什么听说啊，皇上太后进城的时候，我就在场呢，都看见了。"

"你看见了？那你见咱们皇上长什么样了吗？"

"这个，嘿嘿，不怕你笑话，我还真不知道，当时光顾着跪下磕头了，哪有工夫看啊！"

"说的也是，不过就算让你抬头看，估计也看不着，那么多禁军围着呢！"

"那可不一定，就凭我这眼神，只要给我点缝就能看清。"

"不过我听说啊，不但皇上来了，连贤王也……"

听着众人议论纷纷，太岁和赵祯先是愣了愣，紧接着相视一笑。

过了一阵，队伍终于排到了太岁和赵祯，两人闻着烤肉香味，早馋得不行了，飞快地付钱买了大把肉串，每人的手里都抓着一大把，一边走一边吃。

就连包拯手里也拿着肉串，只不过他到底是斯文人，虽然也馋得不轻，可毕竟在意些观瞻。不过当他看着太岁和赵祯吃得满嘴油汪汪的时候，终于还是忍不住咽了咽口水，一抬手，用袖子掩着半张脸，跟着大吃了起来。

等赵祯津津有味地吃完肉串，终于满足了口腹之欲后，才从怀里摸出张手帕随意地抹了抹嘴，打着饱嗝，长出了口气。

几人又走了一阵，看着夜市的繁华热闹，赵祯突然微笑感慨道："唉，还是外面快活啊！不似我宫中冷清，除了娘亲，连个说话的人都没有。"

一旁的包拯听了，马上严肃地说道："正因有官家在宫里独守冷清，方得民间热闹繁华，若是官家夜夜笙歌，恐怕民间就要冷冷落落了。"

赵祯一愣，转头看着一脸认真的包拯，想了想后，认同地点头道："包卿所言有理，是朕错了！"

见他勇于纳谏，包拯脸上的神色温和下来，再次劝道："官家，宗室得天下奉养，固有太祖太宗立国之功，但更多的，还是要历任官家勤政爱民，励精图治，方不负祖宗功业啊！"

赵祯若有所思地点了点头，朝包拯微微一笑道："朕知道了！"

太岁听着二人说话，不由得微笑，这包黑子，还真是见缝插针啊！不过也好，若是朝廷里都是他这种人，弟弟也不会走上歪路。

夜市路口，瑶光一身淡紫罗衫，乌黑的头发被她简单地绾成了一个马尾，正挽着曹玮的胳膊在逛夜市。

曹玮睨了她一眼，打趣她："今晚怎么有空陪伴爹爹啊？"

"女儿难得有机会和爹一起逛夜市，当然要陪陪爹啦！"瑶光调皮地一笑，洁白如玉的脸颊上泛起一对娇俏的酒窝，看起来既可爱又活泼。

"哈哈哈，不是因为太岁吃过晚饭就不见了踪影，才来陪爹的吧？"曹玮哈哈一笑。

"当然不是啦，人家是特意来陪爹爹的嘛！"瑶光负气地甩开父亲的手，"你不相信，就自己逛吧，我走啦！"

说完，瑶光转身要走，曹玮一见她生气了，连忙上前拉住女儿，不停赔笑。

"爹信！爹当然信啦！好，今晚啊，就只咱们爷儿俩，好好地……"

他话没说完，就见前方街口处，太岁、赵祯、包拯三人正指指点点地，说笑着走过。

瑶光眼尖，两眼顿时一亮，踮起脚一边招手，一边大声呼唤："太岁！太岁！"

但此时夜市太热闹了，到处都是熙熙攘攘的人群，太岁和皇帝、包拯都没听到瑶光的声音，仍说笑着往前走去。

"这个臭家伙！"瑶光气哼哼地一顿足，也不管曹玮了，拔足就朝前追去。

夜风萧瑟，曹玮呆立原地，望着女儿小鹿般奔去的身影，心里好像突然被浇上了满满一坛子老醋，眼泪差点掉下来。

次日一早，赵祯正在书房里练字，一个老太监突然进来禀报。

"陛下，贤王和天机子求见。"

赵祯一听，不满意地瞪了老太监一眼道："贤王是朕的兄长，往来宫中无须通报，还不快请！"

"是是是！"老太监吓了一跳，赶紧躬身出去。

虽然此次出京时也带了一些随行太监，但一来人少，再者这洛阳行宫本就有太监留守，像通报守门一类的活儿，自然还是要这些留守太监来做。

他们对太岁不太了解，更不清楚这两兄弟之间的感情，办起事只能按规矩来，免不了有些死板。

赵祯放下毛笔，从书桌后走出来，很快，太岁和天机子在太监的引领下进了书房。

看到太岁，赵祯非常开心，上前狠狠地给了他一个拥抱，笑道："大哥，我都说多少次啦，你来找我直接进来就行了。"

太岁笑了笑，不说话，微一侧身，让出了天机子。

天机子上前稽首道："贫道天机子，见过陛下。"

二人已经不是第一次见面，赵祯自然知道这位天机子看着年轻，实则已经年过百岁，而且又是大哥的祖师，当下也不敢摆谱，连忙伸出双手虚扶，客气道："老人家您太客气了，来来，咱们坐着说话。"

说着，他带着太岁和天机子走到一旁的桌前坐下，又招呼太监上茶。

"来，你们尝尝这个牡丹花茶，这洛阳牡丹花，喝起来蛮甜的。"

太岁摆了摆手，笑道："先不喝茶，今天来找我兄弟你，是有事求你。"

"嘿，咱们都是一家人，还用求。大哥的事就是我的事，我一定办到！"赵祯把胸脯拍得啪啪响。

太岁一笑，刚要说话，就见天机子已经站起了身，朝小皇帝再次稽首道："官家，是贫道这个方外人有事相求。"

赵祯连忙跟着站起身，双手下按。"哎，哎，老前辈您是朕兄长的长辈，就是朕的长辈，有什么事坐下说，能办的朕一定办。"

天机子一听，心里微松了口气，但并没坐下，而是直接说明了来意："贫道是想，给师兄地藏求个情，求陛下放他一条生路。"

一句话说完，天机子马上紧张地看向赵祯，生怕他直接拒绝。

见师祖这副神色，太岁心里不由得一叹，也帮着说话："我师祖本来是拜托了洞明先生的，说让我出面求情不妥当。这有什么不妥当的，我一听说这件事就来了。"

赵祯虽然年纪小，可毕竟自小在宫中长大，又已经当了一年多的皇帝，当初册封太岁时，也听说过朝中有人说三道四，说什么要防着太岁什么的，此时一听太岁的话，他马上就明白过来天机子等人的顾忌，不由得笑道："前辈想得太多了。"

"是啊，我也这么说，整天想来想去的累不累。我说兄弟……"

太岁大大咧咧地一笑，扭了扭屁股，换了个舒服的坐姿，这才跟赵祯商量起来："兄弟啊，我那个师伯祖啊，确实不是个东西……"

"咳咳……"天机子尴尬地咳嗽了两声。

太岁假装没听出来天机子的意思，接着说道："可是呢，他再不是东西，也是一百多岁的人了。如今他武功已废了，做不了恶了，你要不要下一道恩旨，赦免了他的罪行？"

赵祯笑了笑道："年届百岁，就算是十恶不赦，也不可能再处以刑罚了。既然他的武功业已被废……"

他沉吟了一下道："那么，就由前辈把他接回山里照料吧。"

天机子一听，大喜，连忙又站起身稽首道谢："谢陛下隆恩！贫道一定会好好看顾师兄，有生之年绝不让他再下山一步。"

赵祯微笑点头，上前将天机子搀扶起来。

北斗司洛阳驻地。

牢房已被打开，两个狱卒守在门口，玄玄子面无表情地站在门外等候。

很快，洞明和天机子带着神情憔悴的地藏走了出来，两个狱卒朝二人微一行礼，转身锁上牢门。

地藏一身囚衣，披头散发，苍老而狼狈，原来明亮的眼神此时也已经变得黯淡无光，甚至认真看去，能发现他原本黑色的眼睛已经开始隐隐变得昏黄。

出了门口，地藏并没急着说话，而是抬起手挡住头顶的阳光，仰头望了望天上久违的太阳，他缓缓闭上了双眼，似乎在享受阳光照在身上的感觉。

看着地藏这副模样，天机子轻轻一叹。

一旁的洞明见状，以为天机子是在为牢中的谛灵子感慨，不由得解释道："国法非是儿戏，谛灵子不得释放，也是没有办法的事，还请天机子前辈见谅。"

天机子摆摆手，叹道："都是他咎由自取，唉……"

说到这，他转向地藏道："师兄，陛下已开恩特赦了你，我们回碧游宫吧。"

"碧游宫？"地藏斜睨天机子一眼，不屑地冷笑道，"碧游宫已成一片废墟，回去做什么？你看看你，比我小不了几岁，可依旧是一副少年模样，你真就甘心与草木同朽？"

天机子叹气道："师兄，咱们都这么大的年纪了，还有什么看不开的？看开了，也就放下了。师兄啊，你该放下了。"

地藏冷笑不语，仰头享受阳光。

天机子轻叹一声，转头朝玄玄子吩咐道："为师走了以后，你记得要时常过来看顾一下谛灵子，就算他犯了再大的罪，总还是你的师兄。"

玄玄子皱眉道："师父，弟子想回山侍候师父。"

事实上自从得知了真相后，玄玄子对谛灵子的感情很复杂，既有恨意，又有同情，谁让他碰上了这么一位野心勃勃的师父呢！可虽然同情，但若让他照顾谛灵子，玄玄子又非常不愿意。

天机子对自己的弟子非常了解，一看他这神色，就把他的心思猜出了七八分，当下笑了笑道："我看着比你还要年轻呢，需要你照顾吗？留下吧，照顾谛灵子只是一方面，更重要的是做事要善始善终，《推背图》出自我碧游宫祖师之手，只要它存在一天，总会有人惦记着，莫如毁去，免得因它害了更多的人。”

“是！师父……”玄玄子犹豫了一下，还是点头应了下来。

见他应下了，天机子算是了结了一件心事，朝地藏看了一眼，叹道：“师兄，走吧。”

地藏冷哼一声，也不看天机子，迈步朝外走去，天机子跟在身后，玄玄子看着二人的背影，不由得叹气。

看着这对反目为仇的师兄弟，洞明轻轻摇头。

“开阳姐姐，你每天这么研究东西，不烦吗？”

院子里，看着开阳全神贯注地研究木鸢，坐在一旁无所事事的瑶光终于按捺不住，开口问道。

开阳的嘴角微微扬起，头也不抬地说道：“在老君山的时候，我若有木鸢在手，可能哈梵就逃不掉了。这东西大有用处呢！”

“可是，很无聊啊！”瑶光抱着膝盖，目光看向地面上爬来爬去的蚂蚁，打了个哈欠。

“但是我喜欢啊！”开阳研究了一阵，有些疲惫地抬起头，轻轻捏着眉心叹气道，“还是不成，如果他在……就好了。”

想起他，开阳突然有些失神，望着远处院墙，眼神渐渐地失去了焦距。

忽然，一只手臂轻轻搭在了她的肩上。

开阳回过神来，扭头看去，就见瑶光正关心地看着她。

“又想念孟冬大哥啦？”

“算是吧！”开阳大大方方地承认，微笑着站起身，轻轻握住瑶光的手，挽着她的手一起在院中行走。

“缘起缘灭，缘浓缘淡，不是我们能够控制的。我们能做到的，是在因缘际会的时候好好珍惜，姐姐很羡慕你和太岁。”

瑶光嘟起嘴道：“别提那个臭家伙了，昨晚和他弟弟去逛夜市，都不理我。”

开阳莞尔一笑，睨了眼瑶光道：“你呀，太岁对你心意如何，难道你不知道？想想看，当初他为了你，不但敢闯你曹家的军阵，还敢闯皇宫大内，这样的男人，对你还不够好吗？可他是男人，男人啊，除了他的女人，还有一个更大的世界，你难道想把他拴在裤腰带上不成？”

瑶光眨了眨眼，想到太岁为自己做的那些事，心里一软，嘴巴再也硬不起来了，心虚地低下头道：“好啦，我也就是跟你发发牢骚，又不是真的怪他。”

开阳笑了笑，轻轻拍了拍瑶光的肩膀道：“你呀，要懂得珍惜，要学会包容。有时候，爱还没消失，人却消失了，那才是世界上最无奈的事情。”

“消失？”瑶光不服气地噘嘴道，“哼，他才不会呢！那家伙是个怪胎，不会死的。”

开阳“扑哧”一笑道：“说得也是，所以啊，也只有他，才受得了你发狂时的力道。你们俩啊，天生的一对。”

瑶光也笑了，脸颊上露出两个娇俏的梨涡。“嗯，反正，他比大柳那家伙靠得住，倒还算不赖。”

“我怎么就靠不住了？”

说曹操，曹操到，刚一提起柳随风，他就来了。

开阳和瑶光止步回头，就见柳随风正站在二人身后。

柳随风一脸悲伤道："瑶光啊，看人不能只看外表，要看心灵的啊！我这人情比金坚，最可靠不过了，你怎么能说我靠不住呢？"

"你？情比金坚？"瑶光差点笑出声来，转头和开阳对视一眼，都失笑地摇头。

"好啦，不说笑啦。洞明大人招呼咱们去龙门呢，赶紧走吧！"柳随风贫了几句，自己也笑了。

龙门石窟，艳阳高照，巨大威严的壁雕佛像矗立在整面山壁上，放眼看去，周围无数小号佛像林立，密密麻麻，数之不尽。

瑶光和开阳、太岁和柳随风、洞明和玄玄子分作三队，各自分头探索。

一个时辰过去了，众人再次聚集到卢舍那佛像下，一个个唉声叹气，显然没有收获。

"唉！我向山上的僧人打听过了，龙门石窟啊，有一千三四百个，佛像超过十万尊，最大的高达数丈，最小的不及一根大拇指！这根本没法找啊！"柳随风坐在石阶上，有气无力地捶着腿。

太岁的手里拿着根狗尾巴草，正要撩拨瑶光的后颈，听到这句话不由得一呆，脸色垮了下来。

"啊？这么多？那得找到什么时候？得了，咱们干脆在这儿盖房子住下吧，反正得查一辈子！"

柳随风笑吟吟地看着他，取笑道："一辈子也未必查得完哪！依我看，你和瑶光干脆就在这儿拜堂成亲吧！然后努力多生儿子，儿子又生孙子，孙子又生儿子，儿子又有儿子，子子孙孙无穷尽也……"

开阳"扑哧"一笑，掩口回首，看了柳随风一眼："这是要愚公移山吗？"

瑶光羞窘地跳起来，瞪着柳随风道："你又胡说八道！"

柳随风嘿嘿一笑道："这怎么叫胡说八道呢？你多生些儿子帮我们数嘛，愚公数佛像，总有一天会数清楚的。"

太岁咧开嘴看着瑶光嘿嘿地笑，瑶光转头瞪了他一眼道："傻笑什么，大柳欺负我，你也不帮忙。"

"咳咳！这个……你是让我帮柳狐狸啊，还是帮你啊？"太岁装傻充愣。

"你……"瑶光娇嗔，气得伸手狠狠地拧了他一把，听到太岁假模假样的惨叫求饶，这才得意地一笑，放过他。

这时开阳叹了口气，拉瑶光坐下道："省省力气吧，一会儿还要继续查呢。"

开阳说道："说起来，袁、李两位老前辈确实也太捉弄人了，他们是道家高人，偏偏把他们奉若至宝的东西藏在佛像里边，实在叫人难以理解。"

柳随风也笑了。"那有什么难理解的，这样才出人意料啊，谁会想到他能把东西藏在这儿呀？要是藏在道观里，怕不早被地藏和哈梵找出来了？"

不远处，洞明坐在石阶高处微笑地听着他们说话，听到这里突然愣住，脸上露出一副若有所思的神情。

玄玄子看到洞明的神情，不禁有些疑惑，试探地询问道："洞明先生，你怎么了？"

听到玄玄子的话，太岁、瑶光、柳随风和开阳都扭转身来，好奇地看着发呆的洞明。

洞明的神情一阵变化，既紧张又兴奋，好一会儿，他慢慢站了起来，喃喃自语道："对啊！我就说，袁、李两位高人，不该用这么笨的法子藏东西！原来关键在这里！"

"大人，你想到了什么？"一听这话，柳随风马上惊喜地跳起来。

众人也都反应过来，猜到他是想到了什么，一个个都急切地看着洞明。

洞明强抑兴奋地看着众人，一字一顿地说道："谁说龙门石窟只有佛像？"

众人面面相觑，太岁迟疑地询问道："难道……这里还有道家雕像？"

玄玄子突然一拍大腿道："对啊！你这一说，我也想起来了，这里确实有道家神像！"

"真的有？"众人都十分惊讶。

"真的有！不过，我只听说过此事，至于这道家神像立于何处……"洞明接口道，说到这里，他看向玄玄子。

"我也只是听说过此事，却不知它的所在。不过……"玄玄子摇头，突然又是一笑，"不过我们虽然不知道，但是可以问啊！"

众人恍然大悟，一个个兴奋地起身。

山道石径，幽深肃静。

太岁等人沿石径往上走，太岁和瑶光走在前面，一边低声谈笑，不时地指着周围的景色啧啧称奇。

突然，前边道路一拐，太岁的脸上露出喜色，伸手一指："那里有家寺庙！"

"真的！"瑶光顺着他手指的方向看去，也高兴地叫了出来，朝后面挥了挥手，拉着太岁快步向前跑去。

这是一间古庙，屋檐墙角处都爬满了爬山虎，隐约能看到杏黄色的院墙，正门上原本朱红的油漆已经开裂褪色，两棵参天大树一左一右，如同护法金刚般树立在大门两旁。

瑶光和太岁上前叩响山门，不等有人应声，身后的柳随风和开阳等人已经赶到。

很快，山门从里面开了半扇，一位头顶上点着六个戒疤的干瘦老僧站在门后，看了太岁和瑶光一眼，双手合十，淡声道："阿弥陀佛，鄙寺不接纳香客。各位施主若是想烧香礼佛，请另寻他处吧。"

太岁抱拳道："大师傅，我们不是来烧香礼佛的，我们是想问问，这龙门石窟，有没有道家神像？"

老僧眼露疑惑，似乎是耳朵有些背。"道家神像？"

瑶光赶紧解释："我们没别的意思，就是想去拜拜！"

老僧："……"

看着老僧一脸怪异的表情，太岁和瑶光也发现向一个僧人询问道家神像，而且还要去拜拜，有点打脸了，但事涉《推背图》，无法开口解释。

这时玄玄子和洞明已经走到近前，正好听到三人之前的对话，洞明无奈地摇头，吩咐开阳："开阳，你去问问大师。"

开阳点了点头，微笑上前。

太岁和瑶光有些不好意思，二人对视一眼，退到一旁，任由开阳去交涉。

这时开阳已经上前，礼貌地向僧人施礼道："大师，我们是官府中人。"

说着，她亮出腰牌，微笑地说道："有歹人窃取了一件东西，藏于龙门石窟。据我们所知，这件东西，藏在了一处道家神像之下，奈何龙门石窟雕像十万余尊，实在无从找起，大师隐修于山上，或者对此有所了解，还望见告。"

"原来如此！"老僧恍然，但神色依旧平淡，似乎并不在意。

"还请大师帮忙。"开阳恳求道。

老僧沉默片刻，点头答应下来："出家人与人方便，自己方便。些许小事，自无不可。"

说着，老僧迈步出了寺门，一身枯黄色的僧袍随风飘动，虽然容貌苍老，可他就那么简简单单地站在那里，竟透着一丝出尘之意，仿若一尊独立于天地之外俯瞰众生的佛陀，令人无由地从心底生出种崇敬之心。

太岁和瑶光、开阳几人还好，只是愣了愣就回过神来，心里虽然惊讶但没有多想。可是洞明、玄玄子、柳随风三人却是大惊，相互对视一眼，都是暗自警惕。

这老僧看似普普通通，但举手投足间仿佛透着一股能影响人心的力量，若非佛法精湛，就定是一位前所未有的武学大宗师。

这种地方，竟然会有这种人物隐居？

武学大宗师！传说中，武功达到了大宗师境界后，不但后天返先天，延年益寿，最重要的是，有了自己的道。

武术，武功，武道。

三重境界，看似简单，实则如隔天堑。

术，是一种技艺、方法，简单来说，就是招式身法一类的东西，只要是身体健全之人，又不太笨，经过学习和长期的练习就都可以掌握。可以说，武术，是习武者的初级阶段。

功，就是一种本领和能耐了，说白了，就是常年习武后，对身体的一些本质改变和提升。

就拿地藏来讲，别看他现在失了内力，又经脉受损，但他常年习武，无论是身体的强壮程度还是五感的灵敏，都远不是普通人比得了的。试想，换作一个普通的百岁老人，中了瑶光十二柄飞刀，又被其他人围攻，有可能活到现在吗？

这就是"功"的作用，提升本质，达到了一定程度后，就算没有内力，也远不是普通人可比的。那种什么内力一废，就比普通人都不如的说法，若非杜撰，或是谎言，唯一说得通的，就是这人的身体本源受到过无法弥补的重创。

可以说，如今江湖上所谓的高手，几乎十成十都是在修"功"。

至于武道宗师，那就完全是传说了。他们具体有什么能力没人知道，只是一直以来就有江湖传言，说修为至道者可称非人。不但能延寿百载，而且死而不腐，更有种种奇异能力，宛若陆地神仙。

这种夸张的说法，一般人不会轻易相信，可洞明、玄玄子、柳随风三人却是深信不疑。一者三人出身不俗，碧游宫传承古老，自有种种记载。而洞明和柳随风二人背靠朝廷，身在中枢，又专司天下诡奇之事，自然能接触到此类信息。

除此之外，能让他们如此肯定的原因还有一点，就是实例在前。

远的不去说，就说近的，如天机子和地藏。

天机子一生专修蛰龙心法，蛰龙心法一共九重，如今他只练到第七重，就已经能做到不老了。虽然长生与否不得而知，但仅是青春长驻，就已经足够惊人了。可就算这样，他也只是武功高手，远达不到武道境界。

那么，创下并传下蛰龙心法的睡仙人陈抟呢？达到了什么境界？

而地藏也是一般，修炼了蛰龙心法后，不但返老还童，更重要的是，能以一块陨石之晶为媒介操控雷电，虽然其中更多的是那块晶石的功劳，可谁能肯定，人就做不到那种程度？

除此两者外，还有当初的雷允恭，或者说是苗训，他的武功柳随风是亲眼见识过的，真的是高明到了诡异的程度，一套太祖长拳在他手中，如开天辟地的神灵般，根本无人可挡。

雷允恭一个后学者都能如此，可想而知，当年打遍天下无敌手的开国太祖会是如何惊人！

其实，无论是碧游宫的传承，还是北斗司的记载，都对武道宗师的能力有所描述。简单来讲，就是武功修炼到了极处，迈过那道门槛后，会生出各种奇异的能力。就如同太岁的不死异能，瑶光的狂化异能一样。

当然，与太岁是服食药物后巧合所至，和瑶光由血脉天赋产生的能力有所不同，真正凭本事修炼到武道宗师境界的高人，其能力更加稳定可控，断不会如瑶光似的，一旦狂化就会失去理智，也不会如太岁一样不知其所以然。

像这类人物，几乎都是达到或是摸到了武道门槛的高人。任一人将其修行之法传下，都能支撑起一个强大的势力，只要随便露一手，就能闻名江湖，甚至名垂千古。

可是，眼前这位老僧，不但没人见过，甚至以北斗司的情报能力都没听说过，这岂能不令洞明等人大为震惊？

"大师，可否告知法号？"洞明和玄玄子对视一眼，上前一步，合十问道。

"贫僧宗如，见过各位施主。"老僧微微合十，垂首见礼，态度谦和，并未如想象中的高人般故弄玄虚。

众人赶紧回礼，相互介绍。

宗如？洞明和柳随风相视一眼，都皱眉摇头，这个名字根本没听说过。

洞明朝柳随风使个眼色，柳随风马上了然，微微点头，决定找机会查一下。

并非是二人好奇心过盛，实在是这种人物太强大了，强大到危险的程度。

当初雷允恭若非心有执念，在陵寝中与北斗司众人交手，断不会与太岁同归于尽。以他的实力，若在外面，就算以寡敌众，敌不过朝廷大军，可若是想走，也没人能留得下他。

这种人物，可以算是真正的万人敌。

好在眼前这位高人是一位僧侣，而且从他的年纪、身份以及默默无闻的情况来推测，他很可能是一位潜心修佛的虔诚佛子。以洞明的经验来看，这类人多数都有一个共同特点，就是你不招惹他，他就懒得理你。

所谓大路朝天，各走一边，谁都别干涉谁，你好我好大家好。

这种脾气，这种特点，倒是让洞明放心不少，至少短期内不用担心又蹦出来一个雷允恭，甚至是比雷允恭更麻烦的家伙。

老僧虽然客气，行事却很干脆，相互见过礼后也不磨蹭，直接引着众人朝一侧走去。

众人跟着他走在山道上，宗如一边走一边给洞明等人解说："这山上确有一些道家的造像。不过，非常稀少，贫僧所知的只有三处，除了方才所看的那一处，还有两处。一处位于双窑南洞外侧洞壁的下部，还有一处在奉先寺……"

很快，众人被老僧引到一处双窑南洞，顺着他的手指，大家很快发现就在峭壁侧部下方贴地处，立着一尊道家的天尊造像，石像不高，仅半米左右，多年无人打扫，已经被灌木藤蔓掩盖，石像上布满了青苔。

宗如微笑道："你们看，就在这里。呵呵，若非贫僧自幼出家，少年时顽皮，喜欢在山上乱走，也未必能发现它，实也太过隐蔽了。"

太岁和柳随风两个人对视一眼，开始上前清理灌木和藤蔓，在洞明的要求下，又将那石像周围的地面也都清理了出来。

等他们整理完，洞明和玄玄子这才上前。

"看这年头，应该是件古物。"玄玄子仔细打量几眼，抚须说道。

"嗯！"

洞明上前，仔细察看石像，又绕到石像后面，屈指弹了弹，微微蹙眉："是实心的。"

他这话没头没尾，可众人一听就明白了。

实心的，就说明腹中无法藏物，而唐时佛教兴盛，无论是和尚还是信徒，都有佛腹藏宝的习惯，眼下看来，道家的规矩确实不同。

"不在这儿？"柳随风失望地问道。

洞明摇头道："现在还不好说，大家四处找找，看有没有什么可疑的地方。"

众人分开寻找，很快就听开阳叫道："大家快过来看！"

"开阳姐姐，你发现什么了吗？"

瑶光离开阳最近，当先跑过来，就见开阳指着石像前方的地面，地面上铺着粗糙的灰色石板，石板上虽然长满了青苔，可是隐约间能看出一个正方形的凹处。

开阳没回答瑶光，而是上前几步，蹲下来，伸手比画了一下，眼中露出喜色。

柳随风这时也过来了，学着开阳的模样，蹲下用手比画了一下。

"这儿的石板凿出了一个凹处，难道是原本摆放香烛的地方吗？"

太岁和瑶光看了看，瑶光突然失声叫出来："哎！你看这凹处的大小，是不是恰能放下那四块铜牌？"

玄玄子皱了皱眉："据说，那四块铜牌，是我大师伯陈抟所铸。而藏宝之地，乃是袁、李两位老祖所设计，两者差了许多年呢。"

太岁笑道："师父，你也说只是据说，那么焉知这铜牌不是本来就是四块，只是大师伯祖他老人家为了掩盖真相随口一说呢？"

瑶光得到太岁的支持，很高兴，得意扬扬地反驳道："是啊！又或者，陈抟老祖知道真正的开启之法，所铸四块铜牌就暗藏了开启之法呢？"

听着众人争论，洞明脸色凝重地打断道："此事不必争论，试一试就知道了。"

说着，他从怀中取出一个小包裹，取出包裹里的四块铜牌。

四块铜牌被洞明、柳随风各拿两块合并在一起，其中的卡簧"咔嚓"一响，将它们锁得紧紧的。

随后，洞明拿着合并在一起的铜牌蹲下身，将它放进凹洞，用手按实。

众人瞪大眼睛盯着石像，可石像却全无反应。

"看来，只是巧合而已。"开阳轻轻摇头，非常失望。

可她话音刚落，地面忽然发出轻微的震动，众人一惊，赶紧后退。

就见石像前方的地面簌簌震动，一些土坷垃因为震动而滚动开来。

四块铜牌合并放入的凹洞突然下陷，随后底下升起一块石板，与原本的地面严丝合缝地吻合。

地面泥土翻动，在莫名的力量下，周围所有石板都开始缓缓旋转。

而通过石板的颜色，隐隐可以看出是两色的阴阳鱼图案。

很快，这个石铸的阴阳鱼缓缓旋转着上升，渐渐与天尊石像的头顶平齐。突然，"咔嚓"一声轻响传来，旋转的阴阳鱼停了下来。

紧接着，阴阳鱼最中间的部位再次分裂，一个正方形的石匣缓缓上升，而在石匣上，正镶嵌着他们刚才按下去的四块铜牌。

众人啧啧称奇，惊喜地看着这一切在眼前发生，开阳更是惊呼："好奇妙的机关！"

不远处，宗如看着这一切，脸上也露出些许惊讶，合十吟念："阿弥陀佛！"

洞明目不转睛地盯着石匣，缓缓伸出手去，双手微颤地将石匣捧了下来。

随着他取下石匣，石台再次动了起来，不过这一次却是逆行着旋转，缓缓回归地面，一切复原。

众人都把目光放在了洞明的身上。

洞明捧着石匣，神情激动道："是它，一定是它！"

"快打开看看！"玄玄子同样激动不已。

洞明也不耽搁，把石匣放到地上，单膝跪下，众人也纷纷蹲身观看。

随着洞明缓缓打开石匣，他充满期待的目光突然怔住了。

其他人也是一样，看着匣中，也都纷纷愣住。

只见石匣内根本没有书本、图纸一类的东西，而是放着一副楠木棋盘。

洞明不敢置信地看着，伸手将棋盘取出，往石匣中看了看，已经空无一物。

"这……开什么玩笑？"洞明翻来覆去又看了看棋盘，神色愕然。

太岁和柳随风互相看看，都是哭笑不得。

闹了半天，原来真是一个玩笑！

太岁突然想到，若是被哈梵和地藏找到这里，发现谋划了良久的《推背图》竟然只是一个玩笑，不知他们是什么表情！

柳随风摸了摸鼻子，喃喃自语道："袁天罡和李淳风这两位老先生，真是下得一手好棋啊……"

书房中，赵祯一脸好奇地拿着棋盘翻看，想了想，突然屈指在棋盘上敲了敲。

"楠木的，难怪还未腐烂。"

看着他满脸不在乎的表情，太岁哭笑不得。

赵祯放下棋盘，看向太岁笑道："大哥，就发现这么件东西？"

太岁点了点头，叹气道："唉，我们都让袁天罡和李淳风两个老滑头给耍了。"

玄玄子咳嗽一声道："咳！不可对本门祖师无礼。"

太岁吐了吐舌头，不敢说话了。

一旁的洞明拱拱手道："陛下，臣等仔细勘验过了，的确只有这么一副棋盘，而且内中并无秘密夹层。"

赵祯一笑，似乎松了口气道："解开了这个大秘密，朕也就放心了。《推背图》既然是子虚乌有之事，那是最好！"

说着，他拿起棋盘，看了看众人，把棋盘往前一推道："再怎么说这也是前贤遗物，玄玄子道长是碧游宫一脉传人，这副棋盘，就送给道长吧！"

玄玄子一喜，连忙起身致谢道："贫道谢陛下！"

就像赵祯说的一样，这棋盘虽然没什么价值，可毕竟是师门之物，若是能归还师门，就算是留个念想也好啊！

想到这里，他突然急不可待地想要回碧游宫，把棋盘交给师父。

而且，碧游宫经此一次大劫后，还要重建山门，收拢门徒弟子。师父毕竟年纪大了，光凭他老人家自己一个人忙碌，作为弟子，又岂能心安？

至于谛灵子……

玄玄子扭头看了眼太岁，所谓师父有事，弟子服其劳。我师父使唤我，我怎么也得使唤你啊！

被玄玄子古怪的眼神看着，太岁身上突然一冷，疑惑地问道："师父，你怎么了？"

玄玄子微笑不语。

太岁挠了挠头，有些莫名其妙。

碧游宫，天机洞。

石台上，天机子闭目侧卧，随着他的呼吸吐纳，鼻孔中两道白气宛如灵蛇，不时在空中环绕游动。

此时的碧游宫早成了废墟，当初逃难下山的弟子，仅回来了不到十人，甚至其他人是失散了，还是死了，再或者不想回来了……没人知道。

山门里到处是残垣断壁，人手不够，又没什么钱财雇人，因此一直放在那儿，没人收拾。回来的几个弟子在山门下的广场上，搭起了几间草庐，一边修行，一边等待天机子出关。

洛阳一行，天机子倒没受什么伤，但他毕竟年纪大了，以前跟哈梵打斗时受的些轻伤，一直没彻底痊愈，现在回到山里，自然要先抓紧时间疗好身上的伤势再说其他。

夜深人静，月朗星稀。

一个十来岁年纪的小道童从一间草庐中提着灯出来，打了个哈欠，缓缓走远。

草庐内，地藏盘膝打坐，试图运功，但努力尝试良久，体内气息不但全无感应，而且不时传来剧痛。

"啊！"地藏低吼一声，一拳打向地面，神色愤怒，但很快变成了绝望。

忽然，他眼前出现了一双靴子，地藏微惊，缓缓抬起头，就见哈梵正冷冷地瞪着自己。

"是你？"地藏淡淡地看着哈梵，神色平静。

哈梵冷笑道："龙困浅滩，虎落平阳的滋味如何？"

"你来干什么，是想看老夫的笑话？"地藏的神色淡然，颇有一种天塌不惊的淡定。

看着他的表情，哈梵一皱眉，心里猛然生出种不爽。他突然一俯身，揪着地藏的衣领把他整个人扯了起来。

哈梵咬牙切齿道："我才懒得看你的笑话！快说，如何打开你在我身上设下的禁制！"

地藏一怔，呵呵地笑了起来。"原来如此，原来如此！"

哈梵低声怒道："解开我的禁制，否则，我也让你尝尝筋骨扭曲的滋味。"

地藏无所谓地一笑，摇了摇头道："老夫已生不如死，你威胁不了我！"

哈梵大怒道："你……你想拖上本国师与你同归于尽吗？"

"放开！"地藏突然轻喝一声，混浊的眼神一下子变得威严。

迎着地藏威严的目光，哈梵怔了怔，不由得松开了手。

地藏轻轻整理了一下衣袍，看着哈梵，淡淡开口道："逆行真气，走十二正经，转曲池，真气化阳，上冲百会，如此循环三个周天，禁制就解了。"

哈梵怔了怔，有些犹疑道："你不提任何要求，就肯解了我的禁制？"

地藏自嘲地一笑，黯然摇头道："老夫如今除了满腔恨意，还有何求？解了你的禁制，你才会去找他们的麻烦……"

说着，他一直淡然的神色渐渐变得狰狞起来。"抢走《推背图》，掀起连天战火，我在九泉之下，也会开心的！"

哈梵怔怔地看了地藏片刻，狠狠地啐了一口道："你简直就是个疯子！"

说罢，哈梵转身扬长而去，向后挥了挥手道："你机关算尽，却全为他人做了嫁衣，无能至此，可以去死了！"

望着哈梵消失的方向，地藏的脸上露出似笑非笑的表情。

"去死？好吧，死就死吧！"

他很清楚，哈梵此来是想杀自己的。

可是为什么又不杀了？

很简单，他已经不屑杀自己了！

地藏心中升起悲凉，曾几何时，自己武功盖世，雷神杖在手，天下无敌，可如今，就连被人杀死的资格都没有了。

这么活着，还有什么意思？

是啊，无能至此，可以死了！

地藏赤着双脚，慢慢走出草庐，仰头看了看天上的繁星，失魂落魄地向林中走去。

次日清晨，小道童懒洋洋地走向草庐，手里端着一盘饭菜。

"大师祖，用早餐了。大师祖……"

小道童端着托盘走到草庐门口，看着房内，见房内空空荡荡的，地上摆着一双鞋子，小道童不由得一愣。

退后两步，他又朝四下看了看，没找到地藏的身影，他脸色一变，马上扬声大喊起来："大师祖！大师祖……"

此时天机子正在洞中侧卧，练功疗伤。小道童急急忙忙地跑进天机洞，到了石台前，顾不得打扰，急声朝沉睡的天机子大喊道："师祖，不好啦！师祖，大师祖他……他不见啦！"

侧卧的天机子霍然睁开了眼睛，眼中两道寒芒透体而出，吓得小道童一个踉跄，险些跌倒。

地藏出了茅屋后，一路赤脚走在山路上，早已经狼狈不堪。

直到天色大亮，他才走到地狱谷旁，疲惫不堪地坐下。

地狱谷中亦如往日，轰鸣声不绝于耳，时不时就有一道闪电从空中落下，谷中寸草不生，骸骨遍地，宛如一座雷霆地狱。

地藏坐在地上重重喘息，双目无神地望着地狱谷，忽然间他张开双臂，解脱般地仰头狂笑起来。

"死吧，死吧，生不如死，不如去死啊，哈哈哈哈……"

狂笑着起身，不管不顾地走进了山谷。

山间草木郁郁，生机勃勃，空气中飘荡着泥土的芬芳。

天机子足踏草尖而行，大袖飘飘，犹如御风而行，飘逸若仙。

他一边疾驰，一边纵声大叫："师兄！你在哪里，师兄……"

远处突然一声惊雷响起，天机子陡然在一棵大树的细长枝条上站住，扭头望了一眼，神色大变，身形一闪，朝雷声响起之处纵身而去。

地藏大步走进地狱谷，高举双手，向天狂笑，如癫如狂！

"来吧，劈死我吧！老夫一生图谋，一事无成，已经活够啦！"

"轰！"

天空中一道粗大的雷电猛然炸响，向下劈去，眨眼间便将地藏披头散发的佝偻身影淹没。

紧接着一道又一道雷电朝地藏落下，一时间地狱谷雷海翻腾，流光刺目。

"哈哈哈，劈死我吧！劈死我吧……"

天上雷电不断劈击，但诡异的是，地藏却好似没有受伤般，仍在不停狂笑。

连他自己都没发现，随着一道道雷电落在身上，他整个人反而变得越来越年轻，雷电在他的身体上萦绕，渐渐都被他的身体吸收。本来就已经加速与他血肉骨骼融合的陨石晶粉一下子被巨大的能量冲击，原本就已经快了许多的融合速度更是瞬间加快了百倍不止，开始飞快地与地藏体内的细胞融合。

随着外界无穷无尽的雷电能量补充进来，地藏全身上下所有细胞几乎同一时刻开始变异，一个个如同雷电模样的符文隐约在地藏的额头浮现。

他的白发渐渐变黑，脸上的皱纹飞快消失，转眼间一个行将就木的老人就变成了一个二十多岁的青年模样。虽然不如天机子那么年轻，但也算是返老还童了。

随着无尽的雷电之力飞快融入他的细胞中，地藏的肌肉也变得越来越强壮，而且渐渐与雷电同化，整个人都在闪闪发光，宛若一尊雷神。

没多久，雷电降下的速度开始变慢，原本沸腾的雷海以肉眼可见的速度平息下来，只剩下不时三三两两落下的闪电，虽然仍然惊人，可相比之前，就好像大海和水滴一样。

地藏惊奇地发现了自己身体的变化，不禁睁开眼睛，看向自己的双手。

这时，天机子赶到地狱谷外，看到谷中的情形，惊奇地站住。

地藏背对着天机子，身上雷电萦绕，像是一尊雷神。

"师兄？"天机子骇然出声，目光落在地藏的脑后，注意到他的头发都变黑了，又是一惊。

地藏回过神来，仰天狂笑道："哈哈哈，真是天不亡我，天不亡我啊！我本欲追求人间帝王之尊，想不到，现在却更进一步，成了神！"

他双臂一振，两道闪电从他的掌心涌出，"轰"的一声，两道紫电朝上方飞去，与半空中的雷云轰隆隆地相呼应，发出可怖的气势。

天机子惊呆了，不敢置信地看着地藏，脑海里一片空白。

地藏慢慢转身，露出一张年轻的脸，硬朗的脸上露出笑容，得意地看着天机，哈哈大笑。

"哈哈哈！师弟，你看到了吗？我已成神！我，已经成了神灵！"

天机子震惊地喃喃自语道："怎么会这样？"

地藏张开双臂，脚下雷电萦绕，竟然平地飞了起来，徐徐地飞着，缓缓飘向天机子的头顶。

他须发飞扬，身上雷电萦绕，不时发出刺啦刺啦的声音，硬朗的脸上威严万分，看着天机子的双眼中闪烁着紫色电芒。

"怎么会这样？哈哈哈，很简单！因为，我是天命所归！哈哈哈，师弟，我已成神，你一个凡夫俗子，见了本神，还不下跪？"

天机子醒过神来，看着张狂得不可一世的地藏，惊诧地摇头道："师兄，你疯了！"

地藏大怒，抬起手掌朝天机子拍了下来，口中喝道："不敬神灵，当诛！"

天机子见状连忙伸手相拦，可不想二人手掌一对上，天机子就全身一麻，不等反应过来，整个人就已经被击飞，而且身上电丝环绕，令他僵直抽搐，全身毛发都卷曲起来，散发着焦煳味。

天机子闷哼一声，单膝跪地，吐了口血。

地藏哈哈大笑，看着自己的手掌，手掌上雷电闪烁："这才是神，我就是神！"

他笑了一会儿，瞟了天机子一眼，冷笑道："念你与本神有同门之谊，饶你不死！"

说罢，地藏纵身飞掠，如同神灵般在空中飘浮了一段距离，这才落在地上，施展轻功向远处飞掠而去。

"师兄！"天机子神色痛苦，挣扎着想要起身追赶，可刚一动弹又喷出一口鲜血来，软瘫在地。

洛阳街头，太岁、开阳、瑶光三人正在逛街。

开阳和瑶光二人轻松地走在前面，太岁托着二女买的一堆东西跟在后面，双手托着大包小包的东西，摞得都快遮住眼睛了。

路旁有少女在卖艺，跳着胡旋舞，她双臂高举，翠袖滑落，露出半截皓腕，身体呈现出柔美的曲线，伴随着悦耳的羯鼓声跳起热烈奔放的胡旋舞，疾风回雪一般优美。

听到鼓点声，太岁忍不住转头看去，瞬间被舞蹈吸引住了，下巴压住摞在怀里的东西上看去，眼中露出赞叹。

前面的开阳和瑶光没注意到他，正在边走边聊。

开阳笑道："不要买那么多东西啦，太岁都要拿不下了。"

瑶光噘了噘嘴道："《推背图》已经有了结果，皇帝不日就要返京，下次来洛阳还指不定啥时候呢！"

"那也不用买这么多东西呀！"

瑶光叹了口气，掰着手指头给她算："我也不想啊，可是我家亲戚多呀！你看啊，我爹和六个叔叔伯伯、我娘和六个婶娘大娘，姨娘们且不去管啦，我还有十几个堂兄堂弟，还有好多嫂子……"

她说着说着，忽然发现身后的脚步声不见了，不由得回头看去，正好看见太岁站在路上，两眼发直地望着跳舞的女孩，不时眉飞色舞，啧啧感叹。

太岁正看得起劲，瑶光已经出现在他旁边，脸上带着甜美的笑。

"好不好看啊？"瑶光的声音非常柔和。

太岁目不转睛地点头道："好看。"

"是人好看还是舞好看啊？"

太岁傻笑道："都好看！"

瑶光一笑，美目盼兮。"人家也会跳呢，要不……我也过去跳支舞给你看，好不好呀大爷？"

太岁打了个激灵，回过神来，看了瑶光一眼，赶紧点头哈腰地赔笑道："不看了，不看了，咱们买东西去。"

说着，太岁加快脚步就要逃。

瑶光俏脸一板，哼了一声，一把拉住太岁，朝旁边忍俊不禁的开阳说道："他呀，一点不累，精神着呢。走！咱们继续买礼物去！"

开阳掩嘴，看了眼垂头丧气的太岁，摇头失笑。

古吹台，契丹驿馆。

契丹副使乙辛正在桌前写着什么，多日不见的哈梵突然出现。

乙辛一抬头，看到哈梵，先是一怔，紧接着大喜过望，连忙站起身道："国师，您终于回来啦。您没出事吧？"

哈梵冷哼一声，面色阴沉，往前走了几步在椅子上坐下，不答反问道："我不在的时候，你们这边状况如何？"

见他神色难看，乙辛心里一惊，恭敬地答道："因宋人不见了国师，所以这段时间对我们看得甚严，总有宋军在外面守着，所有契丹人出入都要盘问。"

哈梵一听，马上冷笑道："他们喜欢当看门狗，且不去理会。"

"是！"乙辛点了点头，好奇地问道，"国师，您出去这么久，可有收获？"

所谓收获，自然是指《推背图》。此来宋国，出使是假，寻找《推背图》是真，虽然主要是哈梵来执行这个任务，但乙辛也是知道的。

"嗯！"哈梵点了点头，沉声道，"虽然没有得手，但已经查到了《推背图》的大概下落。"

乙辛刚要发问，就见哈梵起身踱了几步，沉吟着站住。

乙辛一看，忙闭上嘴巴，凑到他面前等候吩咐。

哈梵想了想，吩咐道："大宋皇帝不是去了洛阳吗？这样，你一会儿就去见摄政的八贤王，以向大宋皇帝辞行为由赶往洛阳，到时候我在暗处，你们在明处，相机行事。"

"是！"

洛阳。

阳光明媚，轻风柔和，难得的一个好天气。

《推背图》之事一了结，大家都闲了下来，若非皇帝的銮驾正在洛阳停驻，北斗司早已经返回京城了。

这一天，洞明与玄玄子坐在树下下棋，扮成了中年书生模样的隐光在一旁旁观。

"再有两日，陛下就要回汴梁了，我们也要伴驾同去，道长有何打算？"洞明下了一子，从旁边的小几上拿起茶杯，抿了一口。

玄玄子捻着一枚棋子，目光落在棋盘上，沉吟道："我要先回山，去探望师父。"

洞明放下茶杯，点了点头道："也好！道长可以经常出山，反正碧游宫距汴梁也不远，不然太岁一定会想念你的。"

玄玄子含笑点头，布下一子，眼露笑意道："我也放不下他呀。况且，难得遇到你这样的好对手，咱们这棋呀，还得下下去！"

洞明拈起一枚棋子，看着棋盘想了想，轻轻落下，微笑道："好啊，来日咱们揣摩一局玲珑棋，留传后世，未尝不是一段佳话……"

似乎对洞明下这一步棋早有准备，玄玄子一笑，拈起一颗棋子就要落子，可听到洞明的话，他突然怔住。

一旁的隐光以为玄玄子举棋不定，在旁笑了笑，指道："洞明这一子下得虽然巧妙，却也不是必死之局啊，这条大龙也快……"

一边说着，隐光伸手指着棋盘一处位置。

可不等隐光说完话，玄玄子突然站起来，看着棋盘，神色变得异常激动。

洞明和隐光愣了一下，对视一眼，都跟着站起来。

"道长，你这是……"

玄玄子摆摆手，示意洞明先别说话。他仔细打量棋盘，好一会儿才抬头看洞明。

"这张棋盘……也许不是祖师爷和我们开的一个玩笑，我以前一直想，两位祖师虽然洒脱，却也不是玩世不恭的人，怎么会和后辈弟子开这种玩笑。"

洞明和隐光对视一眼，又疑惑地看向玄玄子道："道长，您这是什么意思？莫非这棋盘里另有乾坤？"

玄玄子摇头，激动道："不是棋盘，而是棋局。"

"棋局？"二人不解，满脸疑惑。

"你们看，"玄玄子说着，伸出手指指向之前洞明下的那一子，"这一步，和袁、李两位祖师曾经下过的一场棋非常相似，而我们碧游宫中人学棋时，都曾照棋谱重演过祖师那盘棋，所以贫道记得很清楚。"

　　见洞明和隐光还是一脸茫然，玄玄子不由得激动起来。"这棋盘，这盘棋，你们想想，洛阳城像什么？"

　　洞明、隐光愣住，看着棋盘若有所思，很快，二人似有所悟，抬头对视一眼，异口同声道："一张棋盘！"

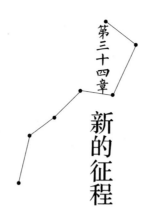

第
三
十
四
章

新的征程

文峰塔，众人再次齐聚塔顶。

玄玄子盘坐在地，身前摆着之前得自龙门石窟的那张棋盘，正在摆弄棋子复盘，太岁等人围绕在周围静静等待。

玄玄子一边低头复盘，一边说道："相传，围棋是河图的产物。《推背图》也与河图、洛书有关，我想，寻找它的奥秘，就在这条线上。"

这个时代的大家闺秀讲究多才多艺，琴棋书画四艺自然包含其中，瑶光出身大家，虽然不喜下棋，可小时候也专门学过，说不上精通，但也不陌生。

她看着棋盘，忽然有所发现似的惊叹了一声："前辈，这棋盘，和我平时见过的棋盘似乎有所不同啊！"

玄玄子一边布棋子，一边笑道："是啊！你看过的棋盘，应该是由横纵十九条线构成的吧？"

瑶光有些迟疑："这我倒没数过，不过现在想来，确实比这棋盘的线更密一些。"

玄玄子点了点头，解释道："现在的棋盘，多为横纵十九条线，但最初的棋盘却是纵横各十三道，这是参照了河图，从'地'到'天'与'天'到'天元'的距离绘制而成。"

洞明听了霍然扭头向塔外看去，举手指点道："洛阳横有十一巷，如果把洛河两岸也算作两条线，那么就正好是十三条线！"

隐光也走过去，指点计算了一阵，疑惑道："可是竖呢，满打满算，也只有十二条线啊，如果把外沿的两条线算在内的话，却又多了一条线。"

洞明微笑摇头道："不然，不然！你忘了，道德坊其实是两个坊，一个是道术坊，一个是惠训坊，只是因为这两个坊比较小，所以被合称为道德坊，这两个坊中间的那条道路如果也算进去，不正好是十三条线吗？"

听他们说得热闹，太岁慢慢走过去，看着洛阳全景，迷惑不解："就算洛阳地形恰好吻合了这副棋盘，又如何证明这是祖师爷的一种暗示呢？"

此时玄玄子已经基本复盘完毕，抬起头，微笑抚须，看向太岁的眼神微有愧色。"太岁你入门虽早，但回到山门的时候却太晚了，有些东西师父没教过你。"

说着，玄玄子轻叹口气，不过他很快平复了心情，指着棋盘笑道："这盘棋之所以能留传下来，是因为这是两位祖师生前对弈的最后一盘棋，下完后还是两位祖师亲手把它录入了棋谱。因为是祖师爷手抄，所以被后人奉若珍宝，每一代好棋的弟子都会复盘学习，我想这不是没有原因的！"

柳随风摸了摸鼻子，疑惑道："可是，这满盘棋子，又该如何寻找？"

"这个嘛……"玄玄子伸手慢慢拿起一枚棋子，神情变得严肃起来，"如果，我的这个猜测属实的话，那么，袁师胜李师的最后一子落于何处，那处地方就该是藏匿《推背图》的真正地点了！"

太岁眨了眨眼，还想说什么，玄玄子已经将棋子"啪"的一下落在棋盘左上角横竖都是第四条线处。

众人一惊，连忙凑过去，看向他的落子之处。

玄玄子双手扶住棋盘，脸色郑重道："如果把洛阳看成一副棋盘，洛阳的坊市等建筑都看成棋盘上的一枚棋子，那么，这枚棋子，相当于哪里？"

洞明俯身细看，先是皱眉，紧接着眼睛一亮，和隐光对视一眼，转身走到高塔上向远处望去。

很快，二人异口同声地说道："灵台（明堂）！"

洞明和隐光对视了一眼，洞明说道："路西是灵台，路东是明堂。"

隐光摇头道："明堂因天堂大火，武则天时就已焚毁，所以……"

两人一起望向洛阳皇宫方向，再次异口同声道："是灵台！"

洛阳行宫。

御道左右，两排禁军手持长戟肃立，阳光照在他们朱红的盔甲上，散发着淡淡的血色，冷肃杀伐之气油然而生，令人望之生畏。

洞明、隐光和太岁三人快步从远处走来，每个人的脸上都带着振奋之色。

三人脚步轻快，洞明一身官服，大袖翩翩，一边走着，一边跟隐光低声说道："就算是绝顶聪明之人，一步步破解了袁、李两位老祖设下的这一个个谜，最终得到棋盘，也只能认为是先人开了个玩笑。除非他是碧游宫的传人，熟知这盘棋谱，否则就算认为这棋盘另有奥妙，也永远别想找出《推背图》！"

隐光今天也少见地换上了官服，虽然仍是之前书生的脸庞，看起来却少了几分儒雅，多了一丝威严，听了洞明的话，他不由得点头赞叹道："由此可见，这两位老祖没准还真想过，他们的后世传人里会有人雄心勃勃地想要夺取天下，所以有意助其一臂之力？"

洞明淡淡一笑道："那又如何？地藏强求天命，心术不正，若这种人真要得了天下，绝非天下之福。"

"不错！"隐光点头赞同，但紧接着又是一笑，"你说，这两位老祖会不会已经算到了今天？"

"这个？"洞明微怔，随后缓缓点头，"这个还真有可能，他们当初既然藏着《推背图》秘而不宣，想必也会推算出将来它出世时的情况，否则他们又何必传下那盘棋局？"

"唉！智至如此，真是神鬼莫测啊！"隐光赞叹不已。

太岁在一旁听着，不由得一笑道："其实啊，要我说咱们都是多此一举，根本不用操心《推背图》。"

"哦？"洞明和隐光都看向太岁。

太岁一笑，眼中闪过得意之色。"依我看啊，以两位老祖的手段，若是不想让《推背图》出世，恐怕咱们再怎么折腾也没用。既然他们留下了线索，必然也会推算出，将来就算《推背图》

出世了，也不会因此而造孽。"

"呃？"洞明和隐光对视一眼，都是一滞。

想了想，二人又不由得失笑，太岁说的倒也不错，两位高人当初不放出《推背图》自然有其考虑，而后来又留下种种线索，就像太岁说的那样，恐怕也会进行一番推算，至少不会因为它的出世而造孽。

可转头一想，就算明知如此，但在得知了契丹人正在找《推背图》，也不能置之不理啊！

二人相视一眼，都是无奈苦笑。真不知道这两位祖师是怎么想的，这不是要人玩吗！

这时三人已经走到书房前，一名带刀侍卫连忙迎上前躬身行礼。

"去通禀吧。"三人停住脚步，太岁吩咐道。

"王爷，官家有命，您过来了直接入内即可，不必通禀。"

"哦！"太岁也不客气，朝洞明和隐光点点头，"那咱们就进去吧。"

说着，太岁大步朝里走去。

书房内，檀香萦绕，阳光透过半开的轩窗照进来，书房里一片明亮。

天气炎热，赵祯穿着一身明黄短衫正在书桌后翻阅奏折。书案一侧隔间里，一个原本摆着盆栽的立架上，已经换上了瓷盆，瓷盆里面盛满了冰块。这里的位置很独特，设计也非常巧妙，整个隔间只有半米见方，像是一条小小的甬道，后面就是个一尺见方的小窗。此时正值夏季，小窗的位置正对着南方风口，只要有风起，就会有南风从这小窗吹进屋里，带起冰块的冷气，非常凉快。

"见过王爷！"这时，门外传来太监柔和的声音。

赵祯一喜，抬头看去，就见太岁和洞明、隐光正大步走进来。

赵祯连忙放下奏折从书桌后面走出来，开心地说道："大哥，你来啦！"

说着，他上前抱了太岁一把。

等二人分开后，太岁马上笑道："老弟，哥有急事找你！"

"什么急事？"赵祯一怔，目光看向洞明和隐光。

洞明和隐光上前一步，行礼道："见过陛下！"

"免礼！"赵祯摆了摆手，扭头看着太岁，"大哥，你找我什么事？"

"陛下，是《推背图》的事。"洞明插话道。

"《推背图》？"赵祯不解地转过目光看向洞明，"不是已经证实那是子虚乌有的事了吗？"

此时师父不在，太岁的语气也没那么客气了，当下叹了口气道："袁天罡和李淳风这俩老头儿埋的坑太深，我们……都被坑了！"

赵祯一听，脸色严肃起来，看看洞明和隐光，又看看太岁，满脸的问号。"究竟是怎么回事？"

洞明一如既往的严肃，沉声道："陛下，此事说来话长，总之臣等认为，《推背图》是存在的，而且，就藏在唐代皇宫旧址的灵台！"

赵祯皱了皱眉道："能确定吗？"

隐光拱手道："陛下，这是玄玄子道长从棋局里悟出的线索，若指明的方位是在一个寻常百姓人家，那便不可信了，可线索偏偏指向灵台，这就不容大意了。"

见赵祯露出疑惑之色，洞明点头解释道："这洛阳灵台始建于汉建武元年，是观云物、察福瑞、候灾变、窥天机的所在，以袁、李两位大师的身份，若是想藏《推背图》，此处实是不二之选。"

"这样啊！"赵祯缓缓点头，若有所思地沉吟片刻，然后赞赏地看着二人，夸奖道，"幸亏北斗司忠于国事，一次次力挽狂澜，遏制奸人野心，维护天下安定，朕心甚慰！"

"陛下过奖！"洞明和隐光一听，连忙施礼。

赵祯笑了笑，兴奋地快走两步，大声说道："如今既然查到《推背图》的下落，那就不容再有闪失，朕决定，要亲自率领禁军前往护法，取出《推背图》！"

洞明、隐光对视一眼，齐齐行礼道："谨遵圣旨！"

赵祯说完，就下令准备銮驾，可紧接着，就看到太岁正似笑非笑地看着自己，不由得好奇地问道："大哥，你笑什么？"

"笑什么？"太岁仰头打了个哈哈，乐不可支地说道，"我是笑啊，兄弟你威风是威风了，可是这事，勉强也算是御驾亲征了吧？这么大的事，你跟娘说了吗？"

"啊？"赵祯一怔，脸色马上一苦，一把拉住太岁的胳膊，恳求道，"大哥，你帮帮忙，帮我说两句好话吧！"

太岁扬着下巴，斜睨了他一眼，本来还想逗逗他，可眼角看到洞明和隐光，马上收敛笑意，打消了念头，再怎么说也是自家兄弟嘛，而且还是皇帝，不能让他没了面子嘛。

"行啦，咱俩现在就去后宫找娘禀报一声吧。放心，这是正事，我估计娘会答应的。"

太岁拍了拍赵祯的肩膀，冲洞明和隐光点了点头道："两位前辈，稍等片刻，我们去请示一下娘亲。"

"应该的。"洞明点点头。

随后太岁拉着赵祯去了后宫，一听说要去给《推背图》护法，刘娥考虑了一下，不但没有反对，反而决定自己也过去看看，这倒是让太岁省了一番口舌。

禁军出行，威武浩荡。

随着赵祯的一声令下，数千身披甲胄、全副武装的禁军，在曹玮曹大将军的带领下，骑着高头大马从行宫里蜂拥而出。一时间洛阳城马蹄阵阵，肃杀之气四处弥漫，道路两侧的百姓都惊讶不已，远远地避让开来，不时指指点点。

曹玮一身亮银甲，腰挎长刀，骑着高头大马走在銮驾最前面，一双铜铃大眼中冷光四射，不时朝着周围人群扫视过去，警惕有宵小之辈趁机生事。

曹玮的身后，是一队身着黑甲的百人骑兵，一个个面无表情，身上透着淡淡的血腥味。有眼力的一看就知，这些骑兵都是军中精锐，是真正上过战场杀过人的好手。

再后面，是刘娥和赵祯的銮驾，銮驾两侧，除了三五名太监宫娥外，还有几十名身着轻甲的带刀护卫。而太岁此时也换上了一身北斗司制服，骑着马走在皇帝銮驾旁边，不时与赵祯、刘娥低声说上两句。

而洞明和隐光等人，都骑马随在銮驾侧后，不言不语，眼神却警惕地望着四周，显然与曹玮一样，都担心有刺客趁机作乱。

或许是换了身打扮让太岁的身形变得更加挺拔，也可能是因为他所处的位置过于微妙，路旁的百姓先是被军容震慑了一下后，反应过来，都冲着太岁指指点点。

"看到了吧，那个就是贤王爷，皇上的亲哥哥。"

"就是流落民间多年的那位皇子啊！"

"是啊！要是找回来得早些，当今圣上就该是他了。"

当今大宋天下，从太祖起官家对百姓都很和气，人们也不害怕，在底下哄哄闹闹地议论着。

听到这些议论，太岁和赵祯倒是不以为意，顶多就是哂然一笑罢了。可刘娥却不时蹙眉，脸上微微露出不悦之色。

不过长久以来皇室对百姓的态度就是如此，就算是如今的刘娥也不敢打破这种传统，很快收敛了脸上的神色，变得面无表情起来。

人群中，一个平民打扮的人影隐藏在百姓中间，盯着銮驾从身前走过，一双褐色的眼睛微微眯了起来，阴鸷而怨毒。

这边行宫前热闹非凡，另一边洛阳城门处也是行人不绝。忽然，远处一骑快马赶来，远远地看到洛阳城门，马上的骑兵才轻轻勒马，放慢了速度。

马上的骑兵不是别人，正是从碧游宫一路赶来的天机子。

此时的天机子身上狼狈不堪，原本风度翩翩、潇洒如仙的方士长袍此时虽然没到破烂的程度，但风尘仆仆，胸口衣襟上染满了暗紫色的血迹。

马刚一慢下来，天机子的嘴角就沁出一缕鲜血，他抬起手臂，随意地用宽大的袖袍掩在嘴上，喘息着抬头，看着城门上"洛阳"两个大字，长长地吐了口气。他又在马上匍匐了好一会儿才缓过神来，缓缓地翻身下马。

就是这样，他的身形也是摇晃了一下才站稳，在原地深吸口气，牵着马缰绳缓缓走向城门。

城门前拥堵喧哗，一队契丹人的使团正在进城。副使乙辛站在最前面，高扬着下巴俯视着守门士兵，神情倨傲地说道："我们是来向宋国皇帝辞行的！"

城卫认真看了看对方递过的文书，又抬起头仔细打量对面的契丹使团，眼睛眯了眯，终于一挥手，让开了路。

"放行！"

"哼！"乙辛用鼻腔轻哼一声，抬起头看了眼城门上"洛阳"二字，朝身后一挥手，冷喝道，"进城！"

一声令下，契丹使团齐声应和，朝城中走去。

两侧路过的百姓看着大队契丹人进城，都是神色复杂，有鄙视，有愤怒，还有些人看着契丹人雄壮彪悍的模样，透出淡淡的惧色。一时间大家议论纷纷，窃窃私语。

远远地看到这一幕，天机子的眼中露出急色，强打起精神加快脚步，与契丹人前后脚地进了城。

洛阳城内，天津桥。

桥上人来人往，摆摊的，叫卖的，走过路过的行人一个个都神色悠然，有说有笑，还有些人正在眉飞色舞地议论刚刚出行的皇帝銮驾，好奇銮驾的去向。

这时，桥下洛水上，一个船夫撑着小船缓缓驶来，船头负手站着一位身着灰色长衫、头角峥嵘的年轻人，若是天机子在此，必然一眼认出，此人正是地藏。

此时的地藏神采奕奕，生龙活虎，哪还有当初老人的模样？他身形笔直，负手立在船头，望着天津桥上喧闹的景象，双眼中闪过两道紫色的电光，嘴角挑起一丝狂傲的笑意，不屑地喃喃道："一群蝼蚁！"

没多久，船慢慢地靠近岸边，码头处早停满了花船绣舫，只有一些缝隙处还能撑船进去，好在船夫的手艺不错，三拐两拐挤了进去。

"客官，到了！"船夫停下船，朝地藏点头哈腰地凑了过来，满是褶皱的脸上布满了笑容。

"嗯！"地藏轻哼一声，随手扔出一锭银子，也不等船夫答话就从容地迈步上岸，施施然离去。

洛阳灵台，建在原唐代皇宫中，方圆十丈，高六丈，分上下两层，下层平台为环筑回廊式建筑，上层平台为观测天象的场所，北面正中有坡道直通二层平台。二层平台四角各有一幢石头房子，西面的房子白色，南面红色，东面青色，北面黑色，意喻四灵——东青龙、西白虎、南朱雀、北玄武。

二层平台中央放置着观测天象的浑天仪、地动仪等观天之器，经历了几百年的风吹雨淋，虽然没有腐朽糜烂，但也不复旧观，一个个灰蒙蒙的，显得十分破旧。

皇帝的銮驾在大队禁军的簇拥之下赶到灵台，銮驾刚一停下，禁军马上分出一队队人马将灵台四面围住，随后齐齐转向外面，持械守卫。

风声呼啸，三千禁军却静谧无声，威严的军气在空中盘旋。附近的百姓、游人纷纷变色，不用驱赶就远远避开，不敢靠近。

小皇帝赵祯跳下銮驾，兴致勃勃地仰头看着灵台，一双清澈的大眼睛里满是好奇和期待。太后刘娥伸出一只戴着金丝手套的手掌，马上有太监快步上前，垂首伸出胳膊。刘娥把手掌轻轻按在太监的胳膊上，缓缓地从銮驾中探出凤冠，珠帘后，一双凤目举目四望，仪态雍容，漫步而下。

周围的近卫纷纷垂首不敢直视，等刘娥下了銮驾后，更是直接摆开队形，朝四周戒备。

禁军在外围层层保护，内层有柳随风、展昭等人保护，洞明和隐光相视一眼，这才松了口气，稍稍放心。

"昼参日影，夜观极星，正朝夕，观云物……不愧灵台其名！"刘娥仰头观望，好一会儿才赞叹着颔首道。

赵祯眼珠直转，左右看看，朝母亲哀求道："娘，我想上去看看！"

刘娥凤目一瞪，想也不想就开口拒绝："不行！"

"唉！"似乎知道母亲不会答应，赵祯撇了撇嘴，轻叹一声，满脸失望。

皇帝者，固然掌握无边的权力，可有得必有失，无论是为了自身安全，还是为了身上的重担，既然坐上了那个位置，就再不可能随心所欲了。

对这一点，刘娥知道，赵祯自己也清楚。

一旁的太岁见赵祯满脸沮丧的神色，心里不由得一软，想帮着求情，可一看母亲的脸色，马上又闭上了嘴。

他想了想，只能说道："老弟，你不方便，我替你去看看，等回头《推背图》的事了了，我再陪你过来玩一次！"

赵祯无奈地点了点头，看着太岁的眼神满是羡慕。

这时，洞明和隐光从一侧走出，躬身行礼道："陛下，臣等请旨，登灵台，取宝图。"

玄玄子也走出来，稽首道："贫道欲同行，请陛下恩准。"

赵祯看了眼刘娥，见刘娥微微点头，他这才正了正神色，朗声道："准！贤王，你替朕去吧。"

太岁向他安慰地一笑，又朝母亲点了点头，这才和洞明、隐光、玄玄子三人一起转过身，朝灵台上一步步走去。

灵台并不算高，只有六丈，很快四人就已经登顶。站在灵台上，太岁四人朝四周看了看，见四周一共有四所青砖碧瓦的小屋，以四灵之色划分，中间处摆着一些大型观天之器，地面上分为黑白二色，形似太极。

看着四周小屋，洞明忽然有所触动，失声道："这房子颜色……"

隐光的眼睛也亮了，不等洞明说完就接口道："和那四块铜牌正好吻合！"

洞明马上从怀中取出四块铜牌,在手中翻看,就见铜牌背面的颜色分别是红黑白青四色,与小屋的颜色完全一致。

"我们每人取一块铜牌,到对应颜色的房子前,看看有没有什么机关。"洞明想了想,把牌子递给另外三人。

众人纷纷点头,接过铜牌,转身朝对应颜色的房子走去。

四间房子分别是红黑白青,太岁手里拿着是白色花纹的铜牌,于是朝白色房子走去。

当他走到屋前停住,很快发现屋前有一块大石,石块上正好有一个可以插入铜牌的缝隙。

太岁拿铜牌比画了一下,脸上露出喜色,回头喊道:"我发现一道缝隙,正好可以插进铜牌。"

玄玄子站在一幢房前回答道:"为师这里也是!"

隐光也应和了一声:"我这里也是!"

洞明高声道:"大家一起把铜牌插入看看。"

"好!"四人默契地一点头,同时插入铜牌。

"咔嚓!"几乎在铜牌刚刚插入缝隙后,四声不分先后的机关扳动声同时响起。与此同时,灵台中间的地面上的石砖缓缓地动了起来,如同之前找到棋盘的那里一样。灵台的地面上,石砖组成的太极图缓缓旋转起来,像是两条活过来的阴阳鱼一样,随着旋转开始层层上升,直到升起与人齐高,才"咔嚓"一声停了下来。

众人的脸上都露出喜色,刚要上前,就见阴阳鱼最中间的部位再次分裂,一个圆柱从中升起,最上方拱着一盏半尺见方的石匣。

四人见状,连忙围了过去,洞明激动地伸出手,把石匣取下。

但他并不急着打开,而是转头交给太岁。

太岁愣了下,伸手接过,迟疑地看了看三人说道:"这里边,不会又变出两罐棋子吧?"

玄玄子哭笑不得,伸手在太岁的脑袋上拍了一巴掌,嘴里骂道:"臭小子,你打开看看不就知道了。"

"啊!"太岁愣愣地点了点头,深吸了口气,缓缓打开石匣。

石匣一开,金光灿烂,冲天而起,仿佛装着一盏小太阳似的,光芒刺得四人都本能地闭上了双眼。

宝光冲天,下方无论是皇帝、太后,还是普通禁军,都一个个张大了嘴巴看着这一幕,瞠目结舌。

足足半炷香时间,石匣中的宝光才渐渐收敛起来,太岁等四个连忙睁开眼朝里看去。就见石匣里面装着薄薄的一本书册,看书册的材质,完全是以金箔为纸制成,最上边一页面上,刻着古朴的花纹,中间竖着三个篆体大字——推背图!

"是真的!"太岁惊喜道。

赵祯等人都在正台下仰望着,就见太岁捧着石匣,缓缓出现在灵台边缘,将石匣高高举起。

"我找到了!"

听到太岁的高喊声,下面的瑶光、柳随风等人都很激动,赵祯和刘娥也松了口气,微笑起来。

这个《推背图》可把大家折腾个够呛,无论是皇帝、太后,还是北斗司众人,这些日子里几乎满脑子都是它,现在有了着落,大家终于能松口气了。

听到东西找到了,这时所有禁军都齐齐单膝下跪,齐声高呼:"恭喜吾皇,万岁,万岁,万岁!"

"哈哈哈哈……《推背图》终于出世啦!天命所归的人,是我!"这时,空中突然传来一阵狂笑的声音。

"不好，是地藏师伯！"玄玄子第一个反应过来，神色大变，身形一动，就把太岁拉到身侧。

洞明和隐光见状，也反应过来，都迅速站到太岁的身边，把他围在中间。

台上台下众人齐齐扭头向发声处望去，就见一个电光缭绕的身影伫立在半空中，如神如魔。

展昭惊呼道："那是什么鬼东西？"

台上的玄玄子高叫道："此人……是我师伯地藏，大家小心！"

地藏哈哈大笑一阵，身形一闪，如同一道雷霆，猛地扑向高台。

太岁的脸色一变，急忙把石匣搂在怀里，身形朝后一退，而隐光等三人马上上前挡住，不让地藏通过。

可地藏从天而降，根本不理会洞明等三人，直接朝太岁扑过去，抬手一掌，就朝太岁的天灵盖拍去。

见他如雷神般威风不可一世，太岁大为惊骇，当下不及多想，一抬手，接住了地藏的手掌。

"轰！"一声炸响传出。

二人瞬间交手一招，可就这一招，太岁被电得头发竖起，浑身乱颤，踉跄着后退，石匣脱手而出，被地藏随手一招，像是被绳子套中了似的，直接被他拽到手中。

洞明、隐光和玄玄子都神色大变，朝他猛扑过去。

可地藏只是微微冷笑，瞬间拍出三掌，朝三人急攻而去。

太岁大恨，一恨地藏抢夺，二恨自己平时练功不勤，以至于根本没有反抗之力。他把牙齿咬得吱嘎直响，体内的真气飞快运转，一把将外袍脱下，双手一扯，将衣袍撕成两半，缠在两只手上，再次朝地藏冲了上去。

果然，再次交手，虽然仍被电得浑身发麻，但不像之前那样毫无还手余地了。太岁一边和地藏交手，一边大叫道："用衣服裹住手，就不怕他的雷电了！"

他话音刚落，地藏就冷笑着挥手射出一道闪电，正中太岁的头顶。

"轰！"太岁被炸了个满脸漆黑，浑身青烟直冒，他吓了一跳，急忙倒退。

地藏一边和四人交手，一边狂笑道："哈哈哈，《推背图》终于出世了！我等了一辈子的东西终于出世啦！哈哈哈……"

说着，他大发神威，手如闪电般，掌印如蝴蝶般朝四面八方飞出。

"快躲！"洞明大叫一声，朝后退去。

其他人也纷纷闪避，根本不敢硬扛。

"冲上去！"这时，下面传来曹玮的怒吼声。

随着他的命令，大批禁军披盔挂甲，前边密密匝匝数排持盾握刀的禁军，后边几排持长矛的禁军，再后面是几排持弩的士兵，在曹玮的率领下，如同潮水般向灵台上涌去。

地藏击退了太岁等四人，神色狰狞，竟然不马上逃走，反而一手托着石匣，浑身电光缭绕地从上边漫步走下来。

曹玮一见，立即停住身形，挥手大喝："杀！死活不论！"

最前排刀盾手听令冲上，可地藏只不屑地看了他们一眼，眼神轻蔑，如同在看着一群蝼蚁。他随手将石匣朝空中一抛，双手一合一分，一股强烈的电流从他的双掌涌出，紧接着就见他双臂展开，朝外猛地一推。

"轰！"一道如浪潮般的闪电涟漪朝前射去，眼前所有刀盾手，只要身上穿有金属盔甲，或是手持兵器者，全部被击中，惨叫着倒在地上，不停抽搐。

见状，曹玮睚眦欲裂，怒吼道："投枪！"

"杀！"后排持枪矛的士兵齐声大吼，纷纷凌厉地投射标枪。

"咻咻……"数百投枪投向空中，朝地藏飞射而去。

地藏却毫无惧色，看着黑压压的一片投枪，他冷喝一声，身上电流"轰"的一声冲天而起，眨眼间，所有长矛都被电击落。

"放箭！"曹玮再次怒吼下令。

随着他的一声令下，前排刀盾手、长枪手全部卧倒，后排近千名弓弩手同时上前一步，就听"腾腾"的弓弩发射声不绝于耳，密密麻麻的箭矢朝地藏射了过去。

可面对着铺天盖地的箭矢，地藏却哈哈狂笑，应对起来反而更加轻松，就见他随手一招，将空中刚刚落下来的石匣接住，一步步向前走去，身上的电流嗞嗞直响，无数电蛇涌出，似乎在身前立起了一道电网，所有箭矢一靠近就都被击落，对他根本毫无威胁。

眼见再次攻击无果，曹玮神色狰狞起来，一咬牙，"噌"的一声拔出腰刀，朝地藏冲了上去。

此时此刻，上有太岁，下有皇帝、太后，曹玮身为禁军主将，退无可退，就算明知不敌，也只有拼死一搏了。

"爹！"下面的瑶光大叫一声，朝台阶上冲去。

"轰！"地藏一记电掌击出，曹玮飞身而退，整个人被打在了空中，身上电蛇萦绕，不停地抽搐着。

好在太岁身体超凡，此时已经恢复了七八分，一见曹玮被击飞，当下一急，顾不得攻击地藏，直接一个纵跃，从地藏头顶上空飞过，一把将曹玮接住。

而这时，洞明和隐光、玄玄子三人也顾不得身上伤势，纷纷跟着从灵台上飞跃而下，拼命拦阻地藏，保护曹玮和太岁。

双方再度交手。

但此时的地藏真的如同神魔一般所向披靡，一举一动不但雷电相随，而且出手速度更是快如闪电，根本无人能挡。

洞明等三人根本不是他的对手，甫一交手就纷纷受创，只能一边纠缠一边拼命想办法。

地藏却一边冷笑，一边像是打发苍蝇似的随手挥掌，同时脚步不停，转眼间走到了台下。

"护驾！"远远地看见地藏走下了台阶，小林子马上尖叫一声，挡在了赵祯身前。

旁边，包拯的脸色阴沉，也张开双臂护在太后前面。

刘娥的眼中冒出冷芒，手指微动，一只米粒大小的青色小虫在她指间轻轻蠕动，她犹豫了一下，看着身上雷电环绕的地藏，刘娥深吸口气，伸手拉住赵祯缓缓朝后退去。

开阳神色严肃，抬脚往身前的大黑箱上重重一踏，就听"咔嚓"声不停响起。眨眼间，一套青中带黄的机甲已经包裹全身，整个人都高大了两圈，如同一个身高近丈的高大战神。

太岁、瑶光、柳随风、洞明、隐光、玄玄子、展昭等人走马灯般与地藏交手。

曹玮趁机退到一旁，集结禁军形成包围，一边跟着地藏移动，一边挡在銮驾前面护驾。

地藏虽然强得不可思议，但朝廷一方人实在太多了，不但有高手纠缠，而且外围禁军不时以弓弩、投枪骚扰，没多久，他就中了几记拳脚，虽然这点伤害对他来说可以忽略不提，手中的石匣却被击飞到了空中。

"你们找死！"地藏怒吼一声，高高跃起。

可就在他刚要接住石匣时，柳随风已经提前跃起，手中折扇"啪"的一下，抢先一步点在石匣上。

石匣在空中一转向，猛地飞向洞明，洞明刚要接过，却被地藏拦下，面对地藏电光四射的雷霆之掌，饶是洞明也不敢硬接，无奈之下，只能凌空一个侧身，扭腰抬腿，"啪"的一个鞭腿，将石匣击向隐光。

隐光似乎早有准备，不等石匣到来就已经提前高高跃起，此时趁着地藏攻击洞明时一伸手，就把匣子接过，转身就要跑。

可现在地藏的武功之高、手段之神奇已经到了不可思议的地步，严格说起来，已经步入了武道宗师的境界。尽管他对这种借助外力获得的实力一时间还无法完美操控，但就算如此，面对洞明的纠缠，仍然有余力对付其他人。这时远远看到隐光抢过石匣转身就跑，他身形不动，只随手遥击一掌，"轰"的一道雷光便从他的手心飞出，把隐光打得一阵麻痹，身体抽搐。

隐光手中的石匣脱手而飞，不远处的瑶光看到，伸手就要接过，可一转眼就见地藏已经摆脱了洞明赶到。她吓了一跳，手中改接为拍，一掌拍中石匣，石匣又飞向了展昭。

众人不断交手，不断抛扔石匣，地藏的武功虽高，却疲于奔命。而石匣虽重，在这些人手中却轻如无物，如同皮球般被踢来踢去。

这时，禁军后面突然有一道人影飞跃而出，趁着众人纠缠在一起之时，一把抢过石匣，贴地一滚，跳起来就朝远处逃去。

众人俱是一怔，一起望向那人，惊讶不已。

"哈梵！"地藏大怒，狂吼一声，顾不得其他人，直接掠起身形，朝哈梵飞快追去。

"追哈梵！"太岁大叫一声，也跟着追了过去。

其他人顾不得多想，也向哈梵追去。

大街上人来人往，往来商旅络绎不绝，但闲来无事正在闲聊的人也很多，这时话题已经从銮驾出行转移到了贤王的身份上了。

忽然，一个人影从街角冲出，正是抱着石匣狂奔纵跃的哈梵。在他身后，地藏追赶不停，不时发出一道道掌心雷，吓得百姓尖叫乱窜。

"哈梵，交出《推背图》！"

地藏大吼，怒不可遏。万万没想到，关键时刻功亏一篑，而最后渔翁得利的人竟然是哈梵。早知如此，当初就不应该告诉他如何解除禁制，平白为自己找麻烦。

在地藏身后，开阳和洞明、隐光等人也紧跟着追了过来，一时间大街上处处狼藉，路旁小摊的货物洒得到处都是，空气中涌现着阵阵古怪的味道。

很快，哈梵逃到了天津桥。

这时，地藏突然凌空一个急跃，身上电光火花一阵暴闪，眨眼间越过了哈梵，落到了桥上，正好挡住哈梵的去路。

哈梵身形一顿，急忙止步，抱着石匣警惕地退了两步，一双褐色的眼睛紧紧盯着地藏，目光闪烁，不知在想些什么诡计。

地藏根本不在乎他做何打算，站在桥上负手而立，看着哈梵不停冷笑。

"交出《推背图》，本神饶你不死。"地藏的眼中有银色闪电浮现，朝哈梵伸出一只手，居高临下，如同神灵俯视凡间。

这时后面的开阳和太岁等人也已经追到，看到桥顶两侧的二人，在桥边站住。

哈梵惊讶地看着地藏，紧了紧怀里的石匣，突然间笑了起来。"恭喜地藏先生恢复武功，神功大进！"

"少说废话，交出《推背图》！"地藏不耐烦地勾了勾手，完全没把哈梵放在眼里。

哈梵狡猾一笑，掂了掂手里的石匣。"地藏先生，别忘了你和我大契丹国主的约定。你谋求《推背图》，无非是想夺得大宋江山，可就算你武功再强，但手里无兵无粮，又岂能如愿？不如大家共享《推背图》，按咱们之前商议之策，共同瓜分天下，如何？"

地藏哈哈大笑，双臂一振，身上电光缭绕直冲天际。"哈哈，如今本座已是雷电之体，天神之身，又何须契丹人的帮忙？哼，本神不但要夺宋室天下，来日还要征服契丹，降伏西夏，做天下共主，又岂会与你分享？"

哈梵失笑摇头道："地藏，你在做白日梦吗？就算你练成了人不人鬼不鬼的怪异武功，凭此就想征服四海，真是不自量力！"

这时周围的百姓全吓傻了，看着地藏的模样大叫妖怪的，也有倒地磕头以为他是神仙的，不过随着大队禁军赶到，很快清场，把百姓们都驱赶开，以防被误伤。

禁军赶到，哈梵随意地扫了一眼，不以为意，转头看向地藏，忽然意识到了什么，双眼亮了起来。"你方才明明能腾飞于空中，为何却不一直使用？是不是你的雷电之力也有耗光的时候？"

"嗯？"地藏脸色一变，喝道，"休想套我口风，交出《推背图》！"

说着，地藏飞扑上前，与哈梵交手。

这一打起来哈梵马上就傻眼了，若单论武功，他虽然比不过地藏，但有火器相助的话，其实也在伯仲之间。可此时的地藏早不是原本的地藏了，不但武功精进，最关键的是身上电光缭绕，别说打了，只要稍稍靠近，就浑身发麻，这还怎么打？

再者，哈梵的手里还抱着个石匣，打起来只能用一只手招架。

面对如今雷神一样的地藏，整个天下，谁敢说一只手就能打败他？别说哈梵了，就算是太祖复生，吕布在世，也根本不可能。

而且眼看着大群禁军都追过来了，哈梵也没心思跟地藏纠缠，纠缠了几招就欲寻路而逃，但地藏一生抱负都在《推背图》上，可谓是志在必得，岂会容他逃走？

二人都是少见的高手，打起来那真叫一个兔起鹘落，只见两个的身影飞快闪动，随后就听"砰"的一声，哈梵就被一掌击飞，重重地摔在天津桥上，身上雷电萦绕，不停抽搐，怀里的石匣也摔向一边。

地藏哈哈大笑，一伸手，掌心吐出一串闪电，将石匣吸回，落在掌中。

他一手托着石匣，眼中露出激动之色，斜睨了哈梵一眼，冷哼一声："不自量力！"

说完，地藏上前一步，高举手掌，掌心电流嗞嗞作响，看那模样是打算将哈梵当场击毙，铲除后患。

就在这时，天津桥另一头，大群契丹人赶到，领头的正是契丹使团的副使乙辛。

乙辛正好远远看到哈梵被地藏一掌击飞的一幕，当下就大叫一声："国师！"

说完，乙辛抬手向前一指，急叫道："快快，快保护国师！"

随着他的呼喊，身后的契丹人马上停下，并没有急着上前，而是从随身包裹里取出弓箭，不等排列队形就弯弓急射，朝地藏射杀过去。

"嘣……"箭矢离弦声连连响起，密密麻麻的箭矢朝地藏飞射而去。

"哼！"地藏冷哼一声，顾不得追杀哈梵，身形一振，蓝白的电光萦绕全身，在身前组成了一道电网，所有箭矢刚一靠近，马上被电网吸在空中，微微颤抖两下，朝地面坠落，根本无法击中地藏。

乙辛见状，连忙阻止弓箭手，下令勇士近战。

可当契丹勇士们持刀扑向前时，马上就发现，还不如射箭呢，因为他们根本靠近不了地藏，远远地就被那道电网击倒，一个个倒在地上，抽搐着口吐白沫。

　　地藏的眸中电光闪耀，如同高高在上的神灵俯瞰人间，瞥了契丹人一眼就不再理睬，托着石匣缓步走到了哈梵的身前。

　　这时哈梵身上的雷电已经散去，但浑身僵直，仍然微微抽搐，一时间却无力起身。

　　"哈梵，跪下，臣服于本神，否则……"地藏神色淡漠，俯瞰哈梵。

　　随着地藏走动，身前的电网也慢慢散去，几个契丹使团的勇士见状，马上朝桥上扑了过来。地藏轻哼一声，远远地一挥手，几道细如发丝的雷光一闪而出，瞬间落在那几个契丹人身上。

　　"啊……"几个契丹人都是惨叫出声，飞快落地，转眼间就没了气息。显然，这一次地藏是下了狠手，轻易就夺走了几条性命。

　　"否则，这就是你的下场。"地藏看着哈梵，眼神淡然。

　　哈梵瘫倒在地上，也被地藏这股视人命如蝼蚁的态度惊住了。不过他毕竟也是从死人堆里拼出来的，自然不会被几个死人吓住，当下虽然咬牙切齿地看着地藏，却是沉默不语。

　　"哼，不识时务！"地藏摇摇头，眼中露出淡淡失望，上前一步，一脚踩在哈梵身上，傲视桥头两边围堵着他的人。

　　"本座已经成神，尔等有谁不服？谁不服？"

　　四周静谧，无人应答，都被地藏的威势震慑住了。

　　哈梵被他踩着胸口，连连干咳，好一阵才艰难地出声道："我……我认输！我……愿意臣服于你！"

　　"敬酒不吃吃罚酒！"地藏低头看了他一眼，冷哼一声收回脚，退了两步，托着石匣站定。

　　"看你还算个人才，本神要征服四海，也需要几个得力的人手，便饶你不死！跪下，向本尊三跪九叩！"

　　哈梵颤颤巍巍地爬起来，脸上面无表情，看了眼对面的大宋禁军，又转头看了眼契丹使团，突然膝盖一弯，"砰"的一声，朝地藏跪倒叩下头去。

　　"哈哈哈……"地藏仰天嚣张大笑，一头长发无风自动，浑身上下电丝涌动，如魔如神。

　　就在这时，哈梵突然抬起头，向前一扑，双手猛地扣住了地藏的双腿，随后身子倒立而起，双足朝上用力一踢，"啪"的一声，竟将地藏手中的石匣踢得远远飞出。

　　"找死！"地藏神色大变，惊怒地大吼一声，一脚踢向哈梵，就要去追石匣。

　　可哈梵的反应快得惊人，没等地藏出手就已经双掌在地上一拍，整个人倒纵而去，斜穿至空中，一把接住石匣，然后凌空翻了两个跟头，稳稳地落在天津桥头一侧的栏柱上。

　　而此时，他的容貌一阵恍惚，突然变成了太岁的模样。

　　地藏一惊，低头看去，就见不远处，一个手持长刀的契丹勇士身上一阵模糊，变成了哈梵的模样，而哈梵仍然晕迷着。

　　太岁单足立在石桥栏柱上，朝地藏扮了个鬼脸，嬉笑道："师伯祖，连本门幻术你都看不破了吗？"

　　"哼！区区障眼法，有什么大用，老夫懒得去学。"地藏面色难看，冷冷地看着太岁，眼中电光闪烁，杀气四溢。

　　太岁却丝毫无惧，嬉皮笑脸地说道："没什么大用？这《推背图》可就因此落到了我的手上！"

　　地藏厉声大喝："凭老夫的神功，谁抢得走？"

说着，他身形一动，飞扑上前。

太岁早有防备，地藏刚一动作，他就纵身一跃，朝大宋禁军的方向掠去。

但地藏早料到了太岁的反应，一道闪电从他掌中射出，弹指间击中了后背的太岁。

太岁"哎呀"一声，抽搐着摔在桥上。好在他体质特殊，之前又几番与地藏交手，早有了经验，身上但凡是金属之物早被他扔掉，这时被一道闪电击中，虽然难受，却没有被电得僵直，趁着摔倒的一瞬间，奋力丢出了手中的石匣。

但被闪电击中毕竟不是好玩的，就算太岁再三防备，影响仍然很大，最直接的就是力气大降，石匣被他丢出不过三尺就落在了地上，顺着惯性贴着桥面滑向宋军一方。

瑶光和洞明等人见状急忙抢过来，一是抢夺石匣，二是抢救太岁。

地藏一见，也赶紧扑上去抢夺。

不但是地藏，另一头的乙辛也不甘寂寞，趁机领着手下从另一侧扑了过来，想要救下哈梵。

如此一来，三方很快在桥上撞成了一团，再度大战了起来。

三方大战，混乱至极，一时间不停听到人的惨叫声。

几息过后，太岁已经恢复了一些，趁着众人大战之时，忙扑过去抱起石匣，连滚带爬地朝自己一方跑了过去。

地藏一直关注着石匣，毕竟里面装着《推背图》，见状急忙上前，想要抓住太岁。

"快走！"突然一道人影冲出，不顾地藏浑身闪电，一把抱住了他。

"师父！"太岁回头一看，见正是玄玄子，当下大叫一声。

而地藏被拦住，更是大怒，抬起一掌拍在玄玄子的后背上，怒吼道："滚开！"

"师父！"太岁一把丢开石匣，踉跄爬起身，就想要返身去救师父。

"噗！"玄玄子仰头喷出一口鲜血，被地藏一掌打飞，重重落在地上，口鼻不停朝外喷血。

太岁扑到他身上，痛苦地悲呼："师父！师父啊……"

玄玄子眼神有些恍惚，似乎失去了焦距，听着太岁的悲呼声，好一会儿他才转过目光看着太岁，脸上慢慢露出微笑，颤巍巍抬起手臂，摸向太岁的脸颊。

太岁只觉脑海"嗡"的一声，眼泪瞬间就流下来了，颤巍巍地说道："师父，师父，你，可别吓我。"

"不，不死儿！"玄玄子的脸色惨白如纸，眼中却带着淡淡的笑意，几个字说完，手臂无力地滑落。

太岁愣了下，轻轻摇晃着玄玄子道："师父？师父？"

玄玄子的脸上带笑，但眼神已经没有了神采。

"三尺龙泉剑，匣里无人见。一张落雁弓，百只金花箭。为国竭忠贞，苦处曾作战。先望立功勋，后见君王面……"

"师父，徒儿还没问过呢，你叫什么名字呀？"

"为师玄玄子。"

"那我呢？我叫什么？"

"瞧为师这记性。徒儿呀，你叫太岁。"

"徒儿，有件事，师父得告诉你，要不然……心里不安……"

周围到处都是嘶吼声，三方人马在不停厮杀，鲜血飞溅，不时有断臂残躯倒在血泊中。

太岁耳中寂静无声，一切都好像回到了原点。

时间似乎回到了很多年前，皇城郊外的一个荒野里，一个衣衫褴褛的老道从天而降，一个悲苦无助的孕妇噤若寒蝉，一声啼哭声起，一个新的生命诞生……

后来，婴儿慢慢长大，道人慢慢变老。几年后，二人离散，道人不知所踪，生死不知，而孩童却浪迹江湖，一心想要为师父报仇。

再后来……

太岁的眼前已经模糊了，渐渐变得血红，耳边只剩下若有若无的喃喃轻语！

"不死儿，不死儿……"

太岁恨欲狂！

恨地藏，恨他杀死了自己的师父。

恨哈梵，恨他搅局抢走了石匣。

恨袁天罡、李淳风，恨他们留下了《推背图》这么个祸害。

恨契丹人，恨他们野心勃勃，非要在大宋搅动风云。

但他更恨自己，恨自己明明早有机会把武功练得更好、更强，却偏偏懒散，不肯用功。

风声呜咽，丝缕不绝。

奇怪的是，明明微不可闻的风声都能够入耳，可身侧不远处的滔天杀声，太岁却一点都听不到。

"徒儿！"突然，远方传来一声悲愤的大叫声，惊醒了太岁。

转头看去，就见不远处，一个狼狈的人影从马上翻跃而下，转眼间落在太岁的身前，直直地看向已经没了生息的玄玄子。

"徒儿啊！"天机子悲哭一声，老泪纵横。

众人仍在和地藏交手，阻止他去捡石匣，而契丹人一方却是夺回了哈梵，暂且退到桥头。

这时大家都被天机子的悲哭声惊扰，暂时停下了手。

天机子猛地抬头，悲愤地看向地藏道："师兄，是你……杀了玄玄子？"

"是我杀的，那又如何？"地藏一脸不屑，眼神淡漠如视蝼蚁。

这时，又有大批禁军赶到桥头，队伍中有黄罗伞盖，銮驾赶到。

地藏看向銮驾，眼神闪动。

"护驾！"洞明一看，心里马上一惊，大叫一声，挡在銮驾前方。柳随风等人也看出了地藏的打算，都退到一侧警惕地戒备着。

而天机子却是怒火冲天，见地藏如此态度，心中最后一丝羁绊终于被他抛去，悲愤大吼："还我徒儿命来！"

一句话出口，天机子身形如电，朝地藏扑上去，一出手就是一拳，朝地藏的心口打去。

"轰！"天机子拳出如龙，一拳击出，如睡龙抬头，困龙睁眼，杀气盈野，人人惊颤得退后，仿佛看到了血流成河的幻象。

天机子是真的怒了，这一拳打出，不但带着武功，而且还结合着高明的幻术。

"辰拳？"地藏的眼神终于变了，第一次闪身退后，不敢硬抗。

所谓辰拳，又称醒龙拳，是当年陈抟传下蛰龙心法时附带的唯一一套拳法，此拳一共七式，威力之大，超乎想象。

潜龙飞天，蛰龙睁眼。

平时天机子根本不会用这套拳法对敌，不是不想，而是不敢。催使这套拳法的代价太大了，大到天机子都无法承受的地步。

而这代价，就是寿元。

说白了，就是一旦使出辰拳，就会折寿。

当然，这并非是说这套拳法有多么邪恶，实在是因为辰龙拳法与蛰龙心法一脉相生，若单论招式，其实也不算太过玄妙，能有这么大的副作用，主要是因为运功法门的不同。

简单来讲，若想催动辰拳，首先就是要把蛰伏在体内的蛰龙真元一次性地激发出来，就好像用棍子把沉积在水底的淤泥都搅动起来一样，几乎一瞬间就搅动丹田。仅这一步，一不小心就会丹田受损。

而天机子修炼蛰龙心法近百年，功力是何等深厚，要把如此深厚的功力一次性激发出来，对他的身体又是何等的负担？

就算丹田无碍，可是他的经脉血肉，又如何能承受这么大、这么狂暴力量的冲击？

也正因此，所以就算地藏明明懂蛰龙心法、会辰拳，他却从来没练过，更没想过要使用它。

此时一见天机子使出辰拳，地藏马上就明白了，自己这个一向性子平和的师弟，这一次是真的怒了。

他虽然自信天机子此时绝不是自己的对手，但另一方面，他对天机子的功力也心里有数，知道在这种情况下，不能跟他硬拼。

当下，地藏连连后退，不停躲避，打定主意等天机子真元耗尽后再行反击。

而另一头，趁着天机子和地藏打在一起之时，禁军闪开道路，曹玮、展昭和包拯陪着赵祯和刘娥出现，缓步向前走来。

"陛下！"洞明一惊，连忙拦住，"陛下、太后，前面太危险，不能过去！"

刘娥眯眼朝前方看去，就见天机子和地藏二人就像两条游弋的影子一样，快得让人看不清身形。她本身也是一位高手，眼力自是不凡，当下心里就是一惊，没想到这二人武功如此之高，忙一把拉住儿子，退到禁军身后。

见太后听劝，洞明的心里一松，出了口气，微一行礼，再次转过头看向桥上。

赵祯被母亲拉住，也不勉强，只是当他看到桥上的情景时，却不由得惊呼："快救我大哥！"

洞明、隐光等人本来就要上前，只是之前怕被地藏和天机子波及误伤，此时听到皇帝的命令，也顾不得再多想，趁着地藏二人纠缠不休时，隐光找了个机会，一个纵身上前，拉起太岁就跃了回来。

此时太岁神色怔怔，眼角隐有血泪，整个人好像丢了魂似的。

看着太岁这副模样，瑶光眼中露出心疼之色，她也知道太岁为何如此，一时间也不知如何劝慰他，只能紧紧地握住太岁的手掌，透过掌心的温度，想给他一些鼓励。

太岁神色怅然，似乎对外界失去了感知一般，眼神也失去了焦距。

此时，桥边昏迷的哈梵醒过来，悄悄观察着场面。

"国师，你醒了！"乙辛一直关注着哈梵，见他醒过来，不由得大喜。

"嗯！"哈梵点了点头，做了个噤声的手势，缓缓起身。

他身形紧绷，双眼泛着冷光，看了看地面的石匣，随后紧盯地藏不放。

天机子和地藏打成一团，以他们二人的武功，洞明一方根本插不上手，实在是太快了，跟不上他们的节奏。快到这种速度，若是一旦贸然出手，很容易就会误伤了天机子。到那时，反而不妙。

这一点对哈梵来说却不是问题，在他眼里，无论是除掉地藏或是天机子，都是有益无害。当然了，在他看来威胁最大的还是地藏，毕竟此时的地藏实在是太强了，简直就是一个非人的存在。

哈梵盯着二人看了一阵，趁着地藏背向自己的时候，突然跃起，一振手臂，一束黑色的火焰朝地藏的背后射去，"呼"的一声，喷中地藏的身体。

地藏大惊，连忙一个纵身，甩开天机子的纠缠，退到了桥中间。

见火焰喷中地藏，哈梵大喜，哈哈大笑道："地藏，本国师的黑火如附骨之疽，这是可以焚尽一切的火焰！你完蛋了！哈哈哈！"

地藏脸色大变，忙催运闪电压制火焰，就听"轰"的一声，他身上电光炸起，竟然把黑火压制住在方寸之间，没有蔓延。

哈梵见状大惊："怎么会这样？怎么会这样？"说着，他连退两步，一脸惊愕。

地藏也感到意外，毕竟当初他也用过哈梵的火器，更是以此为基从地牢中救出了哈梵，知道这火焰的厉害之处。

见火焰被压制住，他先是一愣，紧接着狂笑："哈哈哈！我说过了，本尊早已成神，区区凡火，岂能取我性命！等你练成了三昧真火再来吧，哈哈哈……"

天机子脸有泪痕地上前一步，平静地看着地藏道："师兄，你已经入魔了，就让师弟来送你一程吧。"

"想杀我？就凭你？"地藏扭头看向天机子，不屑地一笑，摇了摇手指，"你不行！就算使出辰拳一样不行！"

天机子一脸平静，眼中古井无波，透着淡淡的死气。"师兄，我的蛰龙心法练到第六重境界，就已到了无垢境，万物不沾身，但我若逆运心法的话，你说会如何呢？"

地藏大惊道："你疯了？逆运心法是自寻死路。"

"自寻死路？"天机子凄凉一笑，"我与师兄少年相识，相伴一生。如今师兄已经疯了，就让师弟再陪你疯这最后一回吧。"

天机子话音刚落，一探手，整个人像是鬼魅一样闪到了地藏身前，一把抓住他的手臂。紧接着，就见天机子迅速变得苍老，脸上皱纹飞快浮现，头上黑发以肉眼可见的速度变得半黑半白，竟然转眼间就从一个英姿勃发的青年，变成了面容沧桑的中年人。

几乎是天机子身上刚起变化，地藏背上被缭绕的电流压制的黑火就开始飞快地朝周围蔓延开来。

"放手，你放手！"地藏大惊，一边狂吼，一边用力挣扎。

但天机子决心已定，并不理会地藏的挣扎，手如铁箍一般扣住地藏的手腕，体内的真气逆转而出，像是钻头一样冲进地藏的体内。而与此同时，他的容貌却更加迅速地变老，眨眼工夫头发已经全白，皮肤干缩，如同行将就木的老人。

地藏"啊"的一声大叫，身上雷电乱窜，手臂上被压制的黑色火焰腾的一下涌出，瞬间把二人席卷。

熊熊大火中，地藏惊恐大叫："你疯了，天机子，你真疯了！"

天机子一言不发，任由火焰焚烧，手掌却毫不放松。

周围人目瞪口呆地看着这一切，都被震住了。

"师祖！"这时，太岁突然回过神来，见天机子被火焰包围，大叫一声，就要朝上扑去。

"太岁，别冲动！"好在展昭眼疾手快，太岁身形刚动，就被他一把拉住。

瑶光也紧张地抓住太岁："别！这黑火太可怕了，就算是你，只怕也要被烧成灰了。"

太岁的眼中流下血泪，看着黑火笼罩下的两个人影，直至渐渐化成黑灰，太岁身形一颤，突然软倒。

"师父，师祖……都是太岁没用，都是太岁没用！"

早知今日，我一定会用心练功！

早知今日，当初我绝不会为地藏求情！

早知今日……

太岁泪流满面，心中的懊悔和愧疚无以复加。

天机子和地藏同归于尽，周围瞬间安静下来。

这时哈梵眼见众人都看着化为飞灰的地藏和天机子，突然向前一冲，一把抢过石匣，转头就要逃跑。

众人都吃了一惊，洞明急呼："快，夺回《推背图》！"

说着，他已经朝哈梵掠去，隐光等人连忙跟上。

可哈梵却早有防备，头也不回就是一道黑色火焰喷出，趁着众人闪避时，哈梵一个纵身回到自己那边人的一段桥面上，向前一指，大声吩咐道："拦住他们！"

乙辛等人听令上前阻拦，双方迅速打成一团。

契丹人虽多，但论起武功，也就只有乙辛勉强还上得了台面，其他人尽管勇武，但都是些沙场上正面厮杀的功夫，在这种地方与洞明等人交手，差得不是一点半点。

很快，契丹人就已经败退下来，哈梵本准备趁机脱身，带着石匣远走高飞。对他来讲，这些契丹人虽然是自己的同族，但为了完成任务，就算牺牲所有人都是值得的。

可不等哈梵有所动作，另一头的太岁已经红着眼睛抬头看了过来，此时的他接连失去师父和师祖，早已经失去了理智。之前还有瑶光和展昭按着，不能上前，可此时一打起来，展昭和瑶光一时间也顾不上他了，正好给了他机会。

太岁根本不理会其他契丹人，一个纵身跳到桥旁的栏杆上，脚下连踩，顺着栏杆绕过人群，眼看到了哈梵不远处，太岁一个纵身，如苍鹰扑食般恶狠狠地朝哈梵扑了过去。

哈梵一惊，抬头见是太岁，不由得哈哈一笑，心下不屑。太岁的功夫他早见识过了，除了扛揍点外，根本没什么出色的地方，当下随手一掌击过去，接下了太岁全力以赴的一击。

"啪！"二人手掌相交，发出一声脆响。

本以为太岁会被打飞，或是借力后跃，可不成想，太岁此时心中恨意滔天，有进无退，手掌刚被哈梵击中，他马上变掌为爪，一把抓住哈梵的手掌，任由一团狂暴的真气入体。

"噗！"狂暴的真气一进入经脉，就开始飞快地肆虐，太岁一口鲜血喷出，正好吐得哈梵满头满脸。

趁此机会，太岁身形落下，想也不想，一把抱住哈梵，脑袋似头槌般朝着哈梵下巴狠狠撞了过去。

这根本就是无赖似的泼皮打法，哈梵虽然有些惊愕，反应却飞快，顾不得抹掉脸上的血迹，脑袋朝后一仰，左腿高抬，顶在太岁的胸口处狠狠地一用力，太岁被顶得退后半步。

太岁一退，哈梵想也不想，抬起一脚"砰"的一下把太岁踢得倒飞而去，撞在一个契丹人身上，软倒在地。

"不好！"哈梵得手，不喜反惊，原来太岁趁着被踢飞的一瞬间，身子一扭，竟然借机抢了哈梵手中的石匣。

哈梵神色一变，连忙扑过去追赶太岁，想要抢回石匣。

不远处的开阳和瑶光等人连忙上前掩护，可哈梵错了一次，哪还肯给机会，当下一抬手，一道黑色火焰猛地喷出，开阳和瑶光见状只能退避。

哈梵看出来光凭武功，无论是自己还是手下这群人，都不是他们的对手，当下顾不得是否会伤到自己人了，双臂一抬，一道红色、白色、黑色火焰接踵而出，一边催逼洞明等人退后，一边逼得太岁无法越过人群逃避。渐渐地，竟然把他逼到了契丹使团这一侧的桥边。

乙辛和手下的契丹勇士见状都是一喜，连忙持械站成一排，在桥中间挡住了瑶光、洞明等人。

此时，太岁已经独自陷身于契丹人的阵营中。

"哈哈哈，小贼，看你往哪儿跑！"哈梵得意狂笑，身形一动，就要上前抢过石匣。

太岁深吸口气，往桥边栏杆上一跳，托着石匣的手探出桥去，大喝一声："别过来！"

哈梵一惊，赶紧站住，生怕太岁不管不顾把匣子扔进河里，一来是宋军不会给他机会打捞，再者，他担心石匣中的《推背图》是记载在纸册或是帛布上，万一被水浸湿了，恐怕会将其毁于一旦。

其他人也纷纷看了过来，但都没说话。

太岁盯着哈梵，双目充血，冷声道："这是可行漕船的大河，水深数丈，水流湍急，如果我把它丢下去，你确信还能把它捞出来？"

哈梵看了看太岁，又看了看洛河，眼中厉色一闪而逝，脸上露出一副虚伪的笑容："你是大宋皇帝的兄长，贤王？"

太岁挪了挪脚步，找了个舒服的位置，缓缓在石栏上坐下来，托着石匣的手探在外面。"不错，正是本王爷！"

哈梵的笑容更盛了。"哈哈哈，贤王爷，不如咱们做个交易，如何？"

"交易？"太岁瞥了他一眼，冷哼道，"什么交易？"

哈梵朝銮驾方向望了望，脸上笑得有些诡异。"只要你交出《推背图》，本人以契丹国师的名义保证，愿倾我契丹之兵，帮贤王你坐上宋国皇帝的宝座！"

乙辛一听，马上明白了国师的意思，赶紧在一旁帮腔："对啊，你本来就是先帝长子，生母又是太后，无论比长幼还是论嫡庶，宋室江山都该由你来继承，把皇位拱手让人，你甘心吗？"

另一边桥头，太后脸色一变，包拯等人看向皇帝，一时都不敢说话。

而赵祯却是上前一步，高喊道："大哥，契丹人狼子野心，千万不要与虎谋皮！《推背图》关系到天下众生，把它毁去吧！"

说着，赵祯转身面向众臣和众禁军："朕在这里向上天、向列祖列宗发誓，只要贤王毁掉《推背图》，朕情愿禅让皇位。若违此誓，人人得而诛……"

"皇上！"包拯等人都是脸色大变，就要开口劝阻。

这时，太岁却扬声打断了他的话："得了吧，老弟！"

赵祯回身看向太岁，就见太岁坐在石栏上，原本满脸的戾气突然消散一空，望着玄玄子的尸体，太岁眼中露出哀恸之色，好半晌，他才回过神来，懒洋洋地掏了掏耳朵。

"我这人懒散惯了，对皇位没兴趣。对于做契丹人的儿皇帝……"说到这里，太岁瞟了哈梵一眼，"更没兴趣！"

赵祯激动地上前一步："大哥……"

"那你就去死！"哈梵见状也不再多说，趁着赵祯说话引得太岁分心之时，抬手朝太岁猛地喷出两道火焰。

太岁正坐在栏杆上，无处可躲，但他早有准备，见状急忙举起石匣迎向火焰，哈梵一惊，赶紧移开手臂，随后怒吼一声抬起手臂，可这一次他却没有喷出火焰，而是整个人猛扑了过来。

太岁不防，以为又是火焰，再次抬起石匣去挡，当他发现击来的不是火焰而是拳头时，不禁"哎哟"一声大叫，想要把石匣收回来。

可就在这时，哈梵的拳头也正好击中匣，就听"啪"的一声，石匣被击碎，碎石乱飞，匣中金子做成的书册散落成一大片金光闪闪的书页，纷纷落进桥下的洛水。

所有人都目瞪口呆。

太岁呆住，哈梵也是一呆，突然大吼："我杀了你！"

一句话说完，哈梵疯狂地朝太岁扑了上去。

多少算计，多少辛苦，多少次生死搏杀，眼看着《推背图》就在眼前，却被这个一直没放在眼里的小家伙给毁了。哈梵怒火中烧，整个人都要燃起来了，这一刻他什么都不顾了，只想把这个坏了自己大事的家伙撕成碎片。

"快救我大哥！"对面桥头赵祯连忙大叫。

其实不等他出口，洞明和隐光等人已经一起扑了上去，乙辛和手下的契丹兵抵挡不住，纷纷后退。

最先冲出去的是瑶光，她神力惊人，但凡拦路者都被她大力拨开，很快冲到近前，恰见哈梵抓住太岁的一条手臂，正一边怒骂，一边暴烈地殴打着太岁。

"太岁！"瑶光大怒，疯狂地冲上去。

此时的太岁已经被打得仰面摔在桥面上，听到瑶光的声音，他"噗"的一声，朝天喷出一口鲜血，奄奄一息，整个人像是一摊面团般，任凭哈梵一拳一拳地打下来。

瑶光刚冲到太岁的身边，开阳和柳随风也赶到，一身机甲的开阳二话不说，身体缩成一团，轰轰地朝哈梵撞了过去。

无奈，哈梵只能暂时放过太岁，一边与开阳和柳随风交手，一边朝后退去。

到了这时，哈梵也恢复了一些神志，知道此地不宜久留，一边与二人纠缠，一边眼珠乱转，就准备找机会退走。

"太岁……"瑶光心疼地抱住太岁，眼泪哗哗地落下。

"我……我没事……"此时的太岁已经被打得不成人形，身上处处是血，听到瑶光的呼唤，他吃力地睁开眼，嘴角挤出一丝难看的微笑。

"太岁！"瑶光眼含泪光，猛地抬起头望向哈梵，双睛飞快充血。

太岁一见，不由得大惊，吃力地伸出手拽住瑶光的衣袖。"瑶光，别……别发狂！"

尽管他已经发现了苗头，可还是晚了，话一说完，就被瑶光扔在桥面上。

瑶光慢慢站直身体，长发无风自扬，一对眸子飞快充血，很快变得全红，身体骨节更是噼啪作响，她双拳紧握，一步步朝哈梵走了过去。

柳随风扭头看到瑶光这副模样，吃惊地大叫："开阳，快闪开！瑶光发飙了！"

一身机甲的开阳见状也是大惊，连忙闪开。

哈梵惊愕，不明所以，转头看向瑶光，可一转头，瑶光就已经扑了过来。她如同一只发狂的猛兽，根本没什么招数，双手一合，就已经抓住哈梵的肩膀，不等哈梵反击或是发出火焰，瑶光就一把扭着他的胳膊，只听"嘎吱嘎吱"一阵刺耳的响声传来，哈梵藏在手臂下的火器竟然就这么被她轻易给捏扁了。

随后，不等哈梵有所反应，瑶光像是拎着一个破麻袋似的，"呼"的一下，把哈梵整个人都抡了起来。

就见瑶光拎着哈梵的一只手臂，像是摔麻袋似的，拼命地在桥上来回摔打。

所有人都惊愕地停下了动作，一眨不眨地看着瑶光，瞠目结舌。

这时太岁已经恢复了一些，怕砸到自己，赶紧连滚带爬地躲到一边，心惊肉跳地看着瑶光发威，连声音都不敢发出一丝，生怕惹来她的注意，惹祸上身。

瑶光一身杏黄罗衫上早已经染满了血迹，此时一边砸着哈梵，嘴里一边怒吼不停："死，死，死……"

一声怪异的声音传来，哈梵的一只手臂竟然被生生扯断，血肉模糊，令人不敢直视。

这时的哈梵早没了声息，只有口鼻在不停地朝外喷血，整个人更是一抽一抽的，眼看着有出气没进气了。

可就算这样，瑶光仍然不放过他，随手抓着哈梵的一只脚，更加用力地摔打起来。

所有人都傻眼看着。

岸边，小皇帝赵祯吃惊地看着这一幕，目瞪口呆，张着嘴扯了扯身旁同样瞠目结舌的刘娥的衣袖，喃喃道："娘，好在儿子当初没答应娶她。"

刘娥深以为然，怔怔地点了点头，一言不发，只是扭头看了眼曹玮。

曹玮连忙心虚地缩了缩脖子，移开目光，不敢跟太后对视。

远处洛水上，停泊着一艘小船。

一个船娘打扮的身着青衣的俏丽少女，正笑吟吟地坐在船头，看着天津桥头疯狂摔打哈梵的瑶光。

她的身后，是一位白衣如雪、貌若天仙的女子，看年纪比她要大上两三岁。

白衣女子望着桥上的这一幕，喃喃道："妹妹，北斗司的这些怪人，都不好惹啊！"

青衣少女略略一笑，笑吟吟地点头道："是啊，不过，倒是很有趣的一些怪人呢！"

桥上，瑶光浑身染血仍在发狂，如同战神附身，修罗转世，已经快把哈梵拆碎了。契丹人们怒吼着冲过来想要施救，可面对狂化的瑶光，都不堪一击，连近身都做不到。

柳随风等人也都尽可能地避开瑶光，生怕受到波及。

这时的太岁已经恢复了许多，偎在石栏旁，看着瑶光发狂，脸色苍白得吓人，好一阵后才拍拍胸口，喃喃道："太岁啊，这一辈子……可千万别惹她生气啊。这丫头啊……发起脾气来也太吓人了……"

此时哈梵早已经不成人形，血肉模糊，许多人都不忍直视，桥上更是血流成河，不时滴落在洛水中，引来阵阵食肉的游鱼。

又过了一会儿，瑶光渐渐恢复了清醒，站在原地愣了愣，看向手中不成人样的哈梵，眼中露出恶心的神色，一抬手把哈梵远远扔开，朝太岁走了过去。

乙辛等人张皇失措，不知该如何是好，走不能走，留下更是很可能被斩杀，脸上神色不停变化，显然没了主意。

等瑶光扶着太岁回到赵祯他们这边，赵祯才在展昭、包拯和曹大将军的保护下上前几步，隔着桥上数十具尸体，高声对乙辛喊话："乙辛副使！"

乙辛失魂落魄地看向他，一声不吭，神色沮丧，静等发落。

赵祯高声道："告诉你主耶律隆绪。为君者，就该让百姓过上太平日子，丰衣足食，就是好皇帝，不要轻启事端，致生灵涂炭。若战事一起，我大宋百姓固然难过，契丹百姓就能免受煎熬吗？"

乙辛沉默不语，无话可说。

赵祯道："他有韩德让、耶律休哥等名将辅佐，又重用汉人士大夫，整理政弊，改革法度，任贤去邪，仿我中原开科取士，国家日渐太平康盛，也算是一位贤明之君，希望贵我两国能和睦相处，共造太平！"

话一说完，也不等乙辛反应，赵祯转过身去，小手一挥，带着禁军朝后退去。

乙辛在原地站了一会儿，长叹口气，朝身旁幸存的契丹勇士点了点头，几个契丹人上前，抬回了哈梵的尸体。随后，他又默默地向赵祯长揖一礼，带着他的人转身离开了。

刘娥收回目光，看着赵祯稚嫩的小脸，突然欣慰地一笑。

洛水小船上，白衣女子叹了口气。

"地藏和哈梵都死在北斗司手上了，你愿意与他们为敌吗？"

青衣少女此时正坐在船头，两只玉白的小脚丫踩在水里，一晃一晃，煞是可爱，听到白衣女子的声音，她嘻嘻一笑，一边低头玩着自己的头发，一边说道："只要他们不找咱们麻烦，再厉害也不关咱们的事啊！"

白衣女子静默片刻，微微一叹："唉，这是一群不能得罪的人啊！"

青衣少女眸波一转，扭头道："那姐姐，咱们走吧，回杭州。"

白衣女子想了想，摇头道："不急！我对那《推背图》也好奇得很，说不定，凭你的水性，能把它捞出来。"

"咦？这倒也是啊！"青衣少女眼睛一亮，二话不说，就一个猛子扎进了水底，如同一条箭鱼，朝天津桥的方向飞射而去。

时光荏苒，转眼半月过去。

外面鸡鸣已经叫了三遍，但天色仍未大亮，房间里呼噜声不停，太岁正在蒙头大睡。突然，一群仆人冲进来，二话不说就掀开被子，将太岁搀了起来。

"王爷，王爷，快醒醒，该上朝了！"

太岁闭着眼睛"嗯"了一声，懒洋洋地伸开手臂。

众仆人七手八脚地帮太岁洗脸刷牙，梳头打扮，穿衣穿鞋，太岁始终迷迷瞪瞪的，两眼半睁未睁，像是一个木头人般，任由仆人们伺候。

天色还没亮，只是一片朦胧，一颗启明星在天边闪烁，已经换好王爷袍服的太岁被人扶着，迷迷糊糊地从房里走了出来。

门外轿子早已经备好，一见太岁出来，轿夫赶紧打起轿帘，等闭着双眼的太岁被两个仆人塞进了轿子里，又小心地把帘子放下，朝身旁一个老管家点头哈腰。

老管家不理轿夫，开口高呼："起轿！"

轿子搭起，在四个轿夫的肩上，一颤一颤地出了王府。

感受着微微的颠簸，轿上的太岁满意地抿了抿嘴，呼噜声再次响起。一不小心，身体滑到了座位下，一只脚伸出了轿子。

陪在轿旁走着的家仆赶紧上前，把脚给他胡乱塞了回去，又把帘子放下。家仆神色淡定，显然早习惯了太岁的这种做派，像是什么都没有发生一样，迈步朝前走去。

庄严恢宏的金殿上，皇帝临朝，左八王，右贤王（太岁），二人分坐在椅上，侧对着满朝文武。

这时，有大臣正在上禀。

"陛下，蜀中难民已经陆续返乡，朝廷沿途的赈济分府县发放。臣请陛下恩准，免除受灾城乡的赋税徭役以养民安民。"

赵祯一身龙袍，虽面色稚嫩，却已经颇有了几分威严，听了微微颔首，朗声道："准奏，免蜀地受灾城乡两年徭役，三年赋税。"

太岁坐在椅子上眯着眼打哈欠，因为坐的位置稍高，袍下的靴子露了出来，有大臣注意到他两只靴子的颜色不一样，不禁偷笑，窃窃私语。

赵祯看了眼太岁，轻咳一声："贤王。"

太岁眯眼，微微打鼾，根本没听到。

赵祯脸上露出无奈，再次喊道："贤王。"

太岁打了一个激灵，迷迷糊糊地睁开眼睛，看向赵祯，伸手抹了把口水。

"没错，我叫你呢。"赵祯一脸无奈。

"哦。"太岁晃悠悠地起身，拱手行了一礼，打着哈欠，两眼泪光盈盈，问道，"不知陛下有何事询问？"

满朝文武突然哄堂大笑起来，原来他袍子的后摆还系在腰带里，袍子后摆也挂在腰带上一半，露出了毛乎乎的大腿。

赵祯一怔，顺着百官的眼睛看去，当下哭笑不得，本来想说什么的也忘了，当下只好摆摆手道："算了算了，退朝吧！贤王，下了朝来趟御书房。"

下朝后，太岁晃晃悠悠地来到御书房，也不敲门，直接走了进去。

等太岁坐下，小林子勤快地为二人斟茶。

赵祯一脸无奈地看着太岁道："大哥，你别总这样啊！金殿上还是要讲究一下规矩的，你就是装装样子，也得装啊！"

"怪我喽？"太岁满脸的不乐意，端起茶杯抿了一口，埋怨地看着赵祯，哼道，"你明知道我不爱上朝，明知道我爱睡懒觉，还要我和你一起上早朝。天不亮就起来啊！我的娘啊，你看你看，哥都有黑眼圈了。"

太岁指着自己的眼袋。

赵祯苦笑道："你是王爷啊，我的哥，你不上朝怎么行？"

这时小林子凑过来："陛下，既然王爷觉得无聊，不如让王爷担任纠风使，纠察百官上朝时的风仪，这样呢，王爷千岁就不用上朝了，纠察风仪后，还可以回家补觉啊。"

赵祯和太岁一听，眼睛都亮了。

太岁连连点头道："不用上朝啊？行！那行！我做，我做！"

次日一早，悠扬威严的钟鼓声在一重重红墙碧瓦间跌宕回响。

文武百官在午门外列班，等候宫门开启，上朝面君！

太岁一脸呆滞地立在金水桥上，倚着白玉栏杆打瞌睡，身旁跟着一位身着绿袍的年轻书记官。书记官神色严肃，一双锐利的双眼，不时看向文武百官，手里拿着笔纸，似乎时刻准备做记录。

这时，百官列队缓缓走上了金水桥，书记官忙朝太岁推了推，低声道："王爷，王爷，快醒醒，百官来了，要纠风仪啊！"

"嗯！"太岁应了一声，不耐烦地睁开眼，揉了揉眼睛，百无聊赖看着百官们一个个过桥，打了个哈欠。

"太仆卿帽子歪了，有失风仪，记上！"太岁完全是应付差事，那年轻的书记官却非常认真，只要看到一丝一毫的失礼之处，马上嘟囔一声，记在小本子上。

"工部右侍郎和户部左侍郎在说悄悄话，有失风仪，记上。"

"中散大夫没挂锦绶，领子也歪了，记上。"

太岁打了个哈欠，忽然看到有一个官员也在打哈欠，登时两眼一亮，指着那个官员叫道："那个那个，他打哈欠了，我看见了，快记上！"

书记官忙记录，太岁凑过去瞅了瞅，满意地点了点头，可没多久，他又开始发困了，倚着栏杆上打起了哈欠。

"呼……呼……"站了一会儿，太岁打起了瞌睡，一个不小心，没站稳，身体往外一翻，"扑通"一声，从栏杆上一跤翻下河去。

书记官大惊，扑到桥边一看，见太岁正仰躺在水面上，嘴里仍在"呼呼"地打着鼾。

书记官皱眉看了太岁两眼，脑袋往回一缩，一边嘟囔着一边在本子上记录："贤王早朝时睡觉，而且还是躺在河里睡觉，有失风仪，记上！"

桥下，太岁顺着河水缓缓飘去，渐行渐远，没多远就失去了踪影。

北斗司。

院子里，一身灰色短褂的开阳正在操纵傀儡机关兽。

校武场上，瑶光一身制服，面如皎月，正一脸严肃地训练新人们蹲马步，其中有不少样貌清秀的女子，柳随风不由得凑过来搭讪，逗得美女们抿嘴笑。

"大柳，你是不是讨打？"瑶光凤眼圆睁，怒视柳随风。

柳随风嘿嘿一笑，摇着扇子说道："瑶光，你得学会劳逸结合啊，就算是练武，也不能总站桩啊，把她们的大腿都练粗了，多难看。"

女孩子们掩口而笑，瑶光气得直咬牙，眼看着开始撸袖子了，柳随风见不妙，再不敢多说，连忙转身跑掉。

"君子动口不动手。"柳随风大叫着逃远。可瑶光却不肯放过，气哼哼地追了过去，口中大叫道："本姑娘从来就不是君子，柳随风，有种你站住！"

花园中，榕树下，一位仙风道骨的老人正独自一人低头研究棋谱，眉头紧皱，好似遇到了什么难题。这时，一阵轻风吹过，老人的眉头一松，似想到了解法，不由得哂然一笑，抬手轻捋下颌长须，自得地一点头，将棋谱翻到了另一页。

另一头，院子的角落里，一位头发乱蓬蓬的老人正在演练阵法，摆弄着石头，不时抚须颔首。

这时，一身便装的太岁施施然地从外面走进来。

众人一见太岁，都大为惊讶，纷纷拱手见礼道："见过王爷！"

太岁笑吟吟地朝众人点头，拱手回礼道："别介呀，生分了，叫我太岁。"

他大步朝里走去，当走到北斗司大厅门口时，正好碰到洞明和一个小男孩双双从里边出来。

而柳随风也刚巧从侧道上跑过来，身后瑶光气哼哼地追杀着他，最可怕的是瑶光手里还拎着一根大棒槌。看到这熟悉的一幕，太岁的心情别提有多舒爽了，当下哈哈大笑道："我回来了！"

洞明和隐光大惊，二人对视一眼，隐光问道："太后和陛下允许你留在北斗司了？"

"我呢，实在是烂泥扶不上墙，我那兄弟也是无计可施了，只好放我回来了！"太岁哈哈一笑，不以为耻反以为荣。

柳随风大笑着张臂迎过去。太岁也大笑着张臂迎上来。

这时，开阳欣喜地跑过来，笑吟吟地说道："太岁，你回来了！"

"回来了！"太岁一乐，张开一只手，开阳兴奋地上前，与他和瑶光三人抱在一起。

柳随风张着双臂，看看三人，讪讪地伸了懒腰，又做了几个五禽戏的动作。

这时，一个小男孩走到太岁的身边，仰着脸看他，问道："你这个逍遥王，怎么有空回来？"

太岁一听他说话的声音老气横秋，不由得大惊，失声道："隐光前辈？你现在连小孩子都能扮啦？"

瑶光笑道："笨，易容术再加上缩骨功，不就成啦？"

太岁犹自不信，把小男孩的脸蛋揪成了包子样："好神奇呀，完全没有破绽！"

隐光没好气地挣开他的手道："臭小子，对老前辈尊重些。不然，就算你是王爷，老夫也要揍你的屁股！"

众人正说笑着，洞明缓缓走过来，神色严肃道："太岁，你回来了！"

太岁笑道："我实在不是当王爷的料，笑话百出，皇帝实在没有办法，只好放我回来啦！"

洞明微微一笑，颔首道："很好！北斗司需要你！"

洞明拍了拍太岁的肩膀，转向瑶光、开阳和小不点的隐光道："朝廷刚刚收到消息，上元节时，杭州西湖有一对蛇妖，一青一白，化作少女，游荡街市，后来却忽然凶性大发，伤了很多人！"

太岁和瑶光对视一眼，挺胸并肩上前一步，异口同声地说道："北斗司军巡判官太岁（瑶光），愿意接受这个任务！"

柳随风急忙挤上前去，问道："洞明前辈，那青蛇白蛇，漂不漂亮？"

洞明瞪了柳随风一眼道："漂亮如何，不漂亮又如何？"

柳随风笑道："漂亮，我去！不漂亮，他们去！"

（全书完）

图书在版编目（CIP）数据

大宋北斗司.下／月关著 .— 长沙：湖南文艺出版社，2018.1
ISBN 978-7-5404-8401-9

Ⅰ.①大… Ⅱ.①月… Ⅲ.①长篇小说—中国—当代 Ⅳ.①I247.5

中国版本图书馆 CIP 数据核字（2017）第 287204 号

上架建议：长篇小说

DASONG BEIDOUSI. XIA

大宋北斗司.下

著　　者：月　关
出 版 人：曾赛丰
责任编辑：薛　健　刘诗哲
监　　制：蔡明菲　邢越超
策划编辑：刘　筝
特约编辑：汪　璐　陈　明
营销支持：姚长杰　李　群　张锦涵
封面设计：壹　诺
版式设计：潘雪琴
出版发行：湖南文艺出版社
　　　　　（长沙市雨花区东二环一段 508 号　邮编：410014）
网　　址：www.hnwy.net
印　　刷：北京京都六环印刷厂
经　　销：新华书店
开　　本：860mm×1200mm　1/16
字　　数：594 千字
印　　张：24
版　　次：2018 年 1 月第 1 版
印　　次：2018 年 1 月第 1 次印刷
书　　号：ISBN 978-7-5404-8401-9
定　　价：45.00 元

若有质量问题，请致电质量监督电话：010-59096394
团购电话：010-59320018